삼국지

1

삼국지 1
개정판

초판 1쇄 발행 • 2020년 12월 21일
초판 8쇄 발행 • 2024년 12월 30일

지은이 / 나관중
옮긴이 / 황석영
펴낸이 / 염종선
펴낸곳 / (주)창비
등록 / 1986년 8월 5일 제85호
주소 / 10881 경기도 파주시 회동길 184
전화 / 031-955-3333
팩시밀리 / 영업 031-955-3399 · 편집 031-955-3400
홈페이지 / www.changbi.com
전자우편 / lit@changbi.com

ⓒ 황석영 2020
ISBN 978-89-364-3066-5 04820
ISBN 978-89-364-3291-1 (전6권)

1

·三·國·志·

삼국지

나관중 지음
황석영 옮김

창비

원문의 맛 그대로 느끼는 고전의 재미

'삼국지 이야기꾼'의 전성시대

내가 '삼국지'를 처음 알게 된 것은 초등학교 때인 한국전쟁 시기의 피난지 대구에서였다. 당시에 『학원』이란 청소년 잡지가 나오고 있었는데 거기에 김용환(金龍煥)의 「코주부 삼국지」가 연재되고 있었다. 나중에 알았지만 이것은 일제시대 '삼국지'의 대종을 이루었던 요시까와 에이지(吉川英治)의 번역본을 기본 줄거리로 하고 있었다. 즉 유비가 어머니를 위해 돗자리를 짜가지고 저자에 내다 팔아서 차를 구해 오다가 황건적을 만나는 일화가 첫 장면이었다.

서울수복 후 휴전이 되던 무렵인 초등학교 5학년 여름방학에 두툼한 10권짜리 『삼국지』를 대본소에서 빌렸다. 그 무렵의 대본소는 전후 각 가정에서 쏟아져나온 책들을 야시장 노천의 책장에 진열해놓고, 일정한 책값을 맡겨두면 아무 책이든 빌려볼 수 있는 식이었다. 내가 그때까지 닥치는 대로 읽은 책들이란 어린이책에서 어른책에 이르기까지 대개는 이른바 '세계명작'이라고 하여, 시대와 배경이 서양이고 작가도 모두 서양인들이었다. 『삼국지』 이후에 비로소 『임꺽정』이라든가 『수호지』 『서유기』 등등을 읽었다. 그렇게 동양고전을 읽는 맛을 알게 되면서 중학교에 들어가서 『열국지』 『금병매』 『홍루몽』 등을 읽었던 기억이 난다.

나는 『삼국지』를 초등학교·중학교·고등학교 그리고 군대에서 제대하고 나서도 읽었다. 그러니 유년기를 지나 소년, 청년이 되기까지 몇번이고 읽은 셈이다. 전후의 초등학교 시절에는 학교가 거의 파괴되거나 군부대시설로 사용되고 있어서 교실도 변변히 없었다. 선생님들은 결근이 잦았고 아예 부임이 늦어지는 경우도 있었으며, 몇개 학년을 겹치기로 가르치기도 해서 자습시간이 많았다. 이런 때에는 내가 단골로 앞에 나가서 책에서 본 줄거리들을 그럴듯하게 아이들에게 얘기해주는 날이 많았다. 내가 '삼국지 이야기'를 해주던 때가 이를테면 이야기꾼으로서의 전성기였던 셈이다. 나의 '삼국지 이야기'는 대번에 유명해져서 자습 중인 다른 반 아이들이 우리 교실로 몰려오기도 했다. 이야기의 묘미는 아슬아슬한 대목이나 슬픈 장면에서 딱 자르고 다음 시간을 기약하는 데 있었다. 아이들이 그다음 내용을 물으면 절대로 말해주지 않고 시치미를 떼어야 하는 데도 무지무지한 참을성이 필요했다.

번역을 마음먹기까지: 기존 번역본들에 대한 실망

방북과 망명 뒤에 옥살이를 하던 1997년이었는데, 당국에서 집필을 허용하지 않아 괴롭던 때였다. 시인 이시영, 평론가 최원식 등의 후배들이 면회를 왔다가, 7년형을 받고 옥살이를 하면서 글도 쓰지 못하는 사정이 딱했던지 『삼국지』 번역이나 해보는 게 어떻겠냐고 넌지시 권하는 것이었다. 그래 생각이 나서 옛날에 읽은 정음사판 『삼국지』를 구해보라고 했더니 1955년 무렵에 나온 판이 들어왔다. 우리가 어렸을 때 읽던 『삼국지』는 소설가 박태원(朴泰遠)의 것으로, 그가 월북해버린 뒤에 사장의 이름을 붙여서 나온 정음사판이다. 나중에 나온 것을 살펴보니 간략하게 하느라고 그랬는지 일화를 많이 줄이고 시도 빼버려서 역시 옛날의 것 같은 '읽을 맛'이 안 나서 섭섭했다.

나는 이 사람 저 사람이 면회로 오갈 때마다 넣어준 여러가지 번역본을 비교·검토해가면서 읽다가 어딘가 미흡하다는 느낌 때문에 차츰 실망하기 시작했다. 어떤 역본은 너무 원문대로를 고집한 나머지 직역에 그쳐서 은유와 인용이 엉뚱하게 해석된 곳도 보였다. 또는 여러 사람이 나누어 일을 하다보니 앞뒤 인물이나 장소의 이름이 서로 다르기도 하고 문체가 바뀐 경우도 있었다. 아니면 너무 의역을 하여 상황에 맞지 않는 대화나 상하관계가 뒤바뀌는 말투가 되기 십상이었다. 시의 경우는 더욱 심해서, 아예 빼버린 역본도 있고, 실었다 하더라도 번역이 틀린 곳이 많거나 오자·탈자가 많고, 시나 문장에 인용된 고사를 자연스럽게 반영하지 못한 것이 대부분이었다.

유럽 체류시절에 그곳 부모들이 아이들에게 고전을 많이 읽히려고 노력하는 것을 보았고, 중학교·고등학교만 가도 라틴어를 가르치고 '그리스·로마사'라든가 플루타르코스의 『영웅전〔對比列傳〕』 같은 책들을 원문 교재로 쓰는 것도 보았다. 나도 어릴 적에 그리고 청년기에도 『플루타크 영웅전』을 읽었다. 이 고전은 이미 15세기에 자끄 아미요(Jacques Amyot)의 불역과 토머스 노스(Thomas North)의 영역이 이루어져서 셰익스피어와 괴테의 작품에도 큰 영향을 주었다. 고전의 번역은 충실하게 원문 그대로 읽는 것이 무엇보다 중요하고, 작가가 자기 나름대로의 해석을 붙이려면 셰익스피어처럼 「시저와 클레오파트라」를 따로 쓰면 되는 것이다. 그러므로 자신의 어떤 이념대로 평을 한다든가 새로운 해석을 붙이려면 '조조와 제갈량' 식의 새로운 창작을 하면 된다.

기존의 번역본에 불만을 느낀 내가 스스로 원문을 다시 음미하면서 번역을 해보리라 작정한 것은 나름대로 다행스러운 일이었다. 한문과 우리말 공부도 다시 할 수 있었고, 글쓰기를 못하게 하던 옥살이의 고독과 답답함을 넘어서서 작가의 필력이며 상상력을 녹슬지 않게 해주었기 때문이다. 나는 세르반떼스가 전쟁에 참전했다가 포로가 되어 터키의 감옥에서 『돈 끼호떼』를 집필했다거나, 단떼가 감옥에서 『신곡』을 썼다든가 하는 일화를 되새기며 번역에 몰두했다.

당대 민중들의 꿈과 소망이 녹아들어 있는 고전 『삼국지』

『삼국지』의 어느 해설에나 나오는 이야기지만 이 책의 원래의 줄거리는 위·촉·오 삼국의 역사를 기록한 진수(陳壽)의 사서에서 출발했다. 이와 같은 역사가의 기록에다 여러 시대에 걸친 민중들의 구전설화와 재담, 연희·연극 등의 공연예술, 작가·문인들의 창작이 덧붙여져서 오늘날의 『삼국지』가 이루어진 것이다. 열 중에 일곱이 사실이라면 나머지 셋이 지어낸 이야기라고 한다. 이 나머지 셋이야말로 각 시대를 통해 끈질기게 이어져내려온 민중들의 꿈과 소망이 반영되어 있는 부분이며, 어떤 의미에서는 사실보다 더욱 중요한 역사의식이다.

위(魏)나라를 이어받은 진(晉)나라를 섬긴 진수가 당연히 사서에서 위나라를 정통으로 삼았던 데 비하여, 역사소설 『삼국지〔三國志演義〕』는 촉한(蜀漢)을 정통으로 삼은 점도 의미심장하다. 당대의 관점에서 본다면 환관들과 패권적 제후들의 음모와 민중반란 속에서 기울어져가는 한나라의 정통을 세운다는 것은 역사적으로 분명히 반동이다. 그러나 이것은 당대를 떠나 여러 시대를 거치면서 형성되고 구축된 정통론이라는 것에 우리는 주목해야 한다.

내가 1974년에 대하역사소설 『장길산』을 시작하면서 '역사소설의 의의는 소설에 그려진 시대가 중요한 것이 아니라 작가가 어느 시대에 썼는가 하는 것이 더욱 중요하다. 『임꺽정』이 일제시대에 나왔다면 『장길산』은 분단시대에 나온 것이다'라고 했던 말이 떠오른다. 이는 작가의 글을 읽는 당대 사람들이 무엇을 원하며 어디로 향하고 있는가가 중요하다는 뜻이겠다.

오늘날의 원본이 있기까지 『삼국지』는 수없이 개작·첨삭되었겠지만, 크게 보면 대개 두번에 걸쳐서 집대성되었다고 할 수 있다. 처음에 원말·명초의 나관중(羅貫中)에 의해서 집필되어 전해오다가 청대에 와서 모종강(毛宗崗)이 120회로 정리해 김성탄(金聖嘆)의 서문을 붙여 간행했다. 일설에 의하면 나관중은 이민족 원나라에 항거하는 농민봉기에도 가담했으며, 그들 지도자 중의 한 사람인 장사성(張士誠)과도 관련이 있다고 한다. 그리고 명나라를 세운 주원장과 장사성은 정치적으로 알력관계였다고 하며 종종 주원장을 옛적의 조조에 비유했다고 하니 나관중의 촉한정통설의 근원을 짐작할 수가 있겠다. 금(金)과 원(元)이 모두 유목민족으로 중원을 차지한 뒤에 한나라 정통성에 대한 의식은 동진·남북조·남송 대로 이어졌다. 특히 원작자인 나관중의 정치적 입장은 당대 민중의 인의론(仁義論)과 한족 정통성에 근거를 둔 것이기도 했다. 다시 모종강의 작업이 이루어졌을 때에도 중원은 만주족이 점령한 청의 통치기였다. 여기서 오히려 천하통일의 기초가 된 위를 세운 조조보다는 유비를 중심으로 줄거리가 서술되고 있는 것은 당연하다 하겠다. 조조는 귀족이었고 손권도 강남 명문제후의 후손이었지만, 촉한의 유비·관우·장비 등은 물론 제갈량까지도 당대 백성들과 거의 같은 몰락한 선비거나 지방 무뢰배에 지나지 않았다.

유비가 극도로 불리한 상황에서도 의리를 지키느라고 여포에게 여러차례 시달린다든가, 한중 파촉을 대번에 차지할 수 있었는데도 대의명분 때문에 우여곡절을 겪으면서 가까스로 기반을 마련하는 과정을 보면 『삼국지』가 당대 민중들과 더불어 추구하려 했던 가치가 무엇인지를 짐작할 수 있다. 관운장이 온갖 영예를 뿌리치고 조조를 떠나 필마단기(匹馬單騎)로 다섯 관문 장수들의 목을 베면서 유비를 찾아가는 과정이나, 선주 유비와의 약속 때문에 어리석은 유선을 보필하다가 위나라 정벌을 떠나기에 앞서 제갈량이 「출사표(出師表)」를 올리는 대목 등에서 우리는 뜨거운 감동과 함께 눈물에 젖는다. 그러나 인덕과 의리를 추구한 유비 삼형제와 제갈량 등의 촉한은 실패한다.

의(義)를 추구했지만 현실에서 실패하고 좌절한 영웅을 기리는 백성들의 풍조는 동서고금이 다 같은데, 잔 다르끄나 엘 시드(El Cid)에 대한 서양의 많은 전설이나 우리나라 무속에서 최영(崔瑩)이나 남이(南怡) 장군을 지방마다 사당을 지어 받들고 있다든가 하는 데서 그 예를 흔히 찾아볼 수 있다.

일본에서는 오히려 조조를 높이 평가하는 경향이 있다. 때로는 그를 중심으로 『삼국지』의 기본 줄거리를 전개하는 작품도 있으며, 우리 번역본 중에도 은근히 그런 시도를 하는 경우가 없지 않은데, 이는 패권과 현실에서의 힘을 추구하는 가치관에서 비롯한 것이라고 본다. 나는 저러한 이른바 '현대적 해석'에 대해서 백성들의 보편적인 염원을 훨씬 중요하게 여기는 축이다. 따라서 나는 원본의 관점과 흐름에 적극 찬동했고, 이것이 유년시절부터 지금까지 나의 『삼국지』에 대한 일관된 애정의 원천이기도 하다.

그렇다고 해서 조조나 손권을 폄하할 필요는 없으리라. 모든 등장인물들이 그럴듯한 성격에 걸맞은 언행을 하고 있지만, 특히 조조의 성격은 그가 악역이라는 점을 염두에 두더라도 대단히 매력적이다. 우리는 적벽대전에서 패배한 조조가 죽을 둥 살 둥 도망치는 대목에서 신이 나지만, 그가 헛것에 시달리다 죽으면서 시녀들에게 향을 나눠주는 장면에서는 인생의 무상함과 함께 엄숙한 느낌을 갖게 된다.

이 책에서 어떤 이는 정의와 의리를 볼 것이며, 어떤 이는 권모와 술수를, 그리고 어떤 이는 경영과 처세를 읽을 것이다. 번역을 위해 『삼국지』를 찬찬히 다시 보면서 나는 읽을 때마다 자신이 처한 사정과 나이에 따라서 느낌이 달라진다는 것을 알았다. 전에는 유비 삼형제가 모두 죽어버리고 나면 신명도 없어지고 어쩐지 허전해져서 대충 읽어치우게 되었는데, 이제는 후반부로 갈수록 인생에 대한 깊은 성찰이 전해지던 것이다. 역시 『삼국지』를 읽는 맛은 가슴이 썰렁해지도록 밀려오는 사람의 일생이 덧없다는 회한과, 그에 비하면 역사는 자기의 흐름을 갖고 있으며 어떤 식으로든 옳고 그름을 판결하게 된다든가, 조금 주어진 생이지만 사람은 최선을 다해 살아야 한다는 반성 등일 것이다.

젊은이들에게 전해주고 싶은 고전의 정신과 역사의식

정음사판 외에 내가 감옥에서 접한 것 중에는 구한말에서 일제시대까지 조선의 광범위한 민중에게 읽혔던 영창서관(永昌書館) 발행의 『현토 삼국지(懸吐 三國志)』가 있는데, 원문 문장에다 읽기 쉽게 '하나니' '이거늘' 식의 토를 단 판본이었다. 이것들을 보면서 대하소설 『장길산』을 쓰던 시절 이래 오랫동안 한문서적을 보지 않아서 잊고 있던 문장독해의 감이 자연스럽게 되살아났다. 감옥에서 내가 손을 댄 것이 2권까지의 분량이다.

석방된 이후에 다른 소설 창작과 연재로 다시 손을 댈 엄두를 못 내다가 지난 1999년 겨울부터는 아예 처음부터 꼼꼼히 원문을 살피면서 번역을 조금씩 진행하게 되었다. 이때에는 1999년에 강소고적(江蘇古籍)출판사에서 펴낸 번체자(繁體字) 『수상삼국연의(繡像三國演義)』를 원본으로 했다. 이 판본은 종래 우리나라에서 나온 모든 『삼국지』 번역본의 원본이 된 대만 삼민서국(三民書局)출판사의 『삼국연의(三國演義)』와는 달리, 모종강본의 오자·탈자와 오류를 바로잡은 간체자(簡體字) 텍스트인 중국 인민문학(人民文學)출판사의 『삼국연의』를 근간으로 새롭게 간행한 것이라 무엇보다 믿을 만하다고 생각했기 때문이다.

처음에 손을 대던 때에는 그냥 나 자신을 위하여 시작한 일이었지만 갈수록 고전 그대로의 정신과 역사의식을 후대에게 전해주어야 한다는 책임감이 생겨났다. 내가 수많은 번역본을 보면서 느꼈던 아쉬움을 다른 이들도 공감하고 있으리라 생각했는데, 세상에 나와서 들으니 『삼국지』가 '논술고사 시장'과 만나면서 청소년들이 많이 읽게 되었다는 소문이었다. 앞에서도 밝혔듯이 고전은 무엇보다도 원문대로 전달이 되어야 한다. 그럼으로써 누구나 그 것을 읽고 나름대로의 가치관에 따라 해석하고 비판하고 재창조할 수 있어야 한다. 특히 젊은이들에게는 고전의 정신이야말로 무한한 재생산의 보고이다. 『삼국지』의 형성과정이 그렇듯이, 천여 년 동안 여러 시대와 나라를 거치면서 투영된 당대 백성들의 소망이며 꿈은 역사적으로 존중되어야 마땅하다. 또 나는 한편으로 올바르게 고전의 정신을 전달하는 것뿐만 아니라 어느새 사라져버린 동아시아 사람들의 세계관이라든가 인간관을 되새기고 싶다는 생각도 했다. 일방적인 생활방법의 세계화로 자기 문명의 뿌리와 대안을 상실해가고 있는 동아시아에서 오랫동안 문화의 저변에 깔려 있던 가치들을 되돌아볼 필요가 있다고 생각한 것이다. 이러한 교양과 세계관이야말로 근대 이래 우리가 가장 소홀히 했던 부분이며, 동양은 이슬람을 포함해서 아직도 도처에서 사회적 실험의 와중에 있지 않은가.

나는 이런 마음가짐으로 서두르지 않고 조금씩이라도 꾸준히 번역을 진행했다. 출판사 측에서도 속으로는 애를 태웠겠지만 '믿어준다'는 태도를 유지하면서 참을성 있게 기다려주었다. 그렇게 7년의 세월이 흘러서야 드디어 책이 나오게 된 것이다.

번역을 해나가면서 나는 『삼국지』의 문체가 간결하고 객관적이며 냉정한 사실적 문체라는 느낌을 받았다. 특히 다큐멘터리를 보는 것 같고 때에 따라서는 광활한 대지의 허공에서 조감하는 것 같은 전투장면의 남성적 사실성은 『삼국지』의 특성이기도 하다. 나는 주요한 전투장면에서는 건조한 원문에다 나름대로의 신명을 얹어서 좀더 박진감있게 표현하려고 덧붙여 묘사하기도 했고, 과거형이 아니라 지금 바로 눈앞에서 진행되고 있는 듯한 느낌을 주려고 현재형 문장으로 다듬기도 했다. 『삼국지』의 또다른 특징으로는 주요한 장면마다 서사시와 고전비극의 코러스나 해설자가 나와서 노래하듯이 주관적인 정서와 감정을 여성적인 시로써 표현하는 것을 들 수 있는데, 이를 내 식대로 말하자면 과연 '문무겸비의 솜씨'라 할 만하다.

무엇보다도 나는 한문실력은 접어두고라도 문장 속에 인용된 고사와 인물들에 대해 너무도 무지하다는 사실을 발견했다. 중국판과 한국판 대자전(大字典)을 붙잡고 씨름하는 사이에 시력이 옥살이할 때보다 더 나빠져서 안경을 두번이나 바꿔야 했다. 애매한 대목에서는 여러 사람들에게 문의하는 메일을 끊임없이 보내기도 했다. 등장인물이 당대보다 옛적의 일을 들어 설명할 때 연원을 몰라서는 문장도 되지 않고 대화가 엉뚱해지게 마련이었다. 그야말로 중국 고전공부를 다시 하게 된 기간이었다.

내가 초고를 넘긴 뒤에 우석대 전홍철(全弘哲) 교수는 인민문학출판사판 『삼국연의』(1953년 초판: 2002년 제3판 9쇄)까지 참조해가며 일일이 대조해 바로잡아주었다. 소설의 문장에 못지않게 중요한 원문의 시는 자신이 없어 외우 임형택(林熒澤) 교수에게서 교정을 받았고, 어떤 것은 그가 새롭게 번역을 하기도 했다. 여기에 현재 중국 화단의 원로인 왕홍시(王宏喜) 화백이 150여장의 본문 삽화와 인물도를 그렸는데, 그는 『홍루몽』을 비롯한 중국 고전문학작품들의 삽화를 그려서 화풍과 고증에서 당대 으뜸이라는 세평을 이미 받은 바 있다. 또한 창비사 편집진은 거듭 원문 대조를 하면서 세심하게 바로잡아주었다. 이렇듯 여러분들이 작업에 함께 참여했으니 이 책은 그야말로 『삼국지』 본연의 정신대로 집단창작의 방식으로 이루어진 것이라 해도 지나친 말이 아니다. 우리는 세월이 흘러도 오랫동안 읽힐 수 있는 당대의 고전으로 만들어내려고 고지식하고 성실하게 이 작업에 임했다. 여기 잘못이 있다면 그것은 모두 나의 책임이며 받아야 할 질책도 나의 것이다.

이제 이 장강 대하와도 같은 장엄한 인간 드라마에서 티끌처럼 일어났다가 스러져간 크고 작은 인간들의 삶과 역사를 보면서, 우주의 섭리로 보아 저들과 거의 찰나처럼 가까이 있는 우리들의 현재를 생각해보게 되리라 믿는다.

2003년 6월 25일
황석영

차례

6권

• 일러두기

1. 이 책은 중국 인민문학출판사에서 발간한 간체자(簡體字) 『삼국연의(三國演義)』 (1953년 초판; 2002년 3판 9쇄)와 강소고적(江蘇古籍)출판사의 번체자(繁體字) 『수상 삼국연의(繡像三國演義)』(전10권, 1999년 초판)를 저본으로 했다.
2. 원문에 충실하게 번역하는 것을 원칙으로 하되, 원서의 불필요한 상투어들(각 회 끝 의 "다음 회의 이야기를 들으시길且看下回分解", 본문 중의 "이야기는 두 머리로 나뉜 다話分兩頭" 등)은 오늘의 독자들에게 맞게 현대화했다. 또한 생동감을 살리고 독자 들의 이해를 돕기 위해 건조한 원문을 대화체로 한 부분이 있고, 주요 전투장면의 박 진감을 살리기 위해 덧붙여 묘사하기도 했다.
3. 본문 중의 옮긴이주는 해당어를 우리말로 풀어옮기고 괄호 안에 그에 해당하는 한자 를 병기한 뒤 이어붙이는 것을 원칙으로 했다.
4. 한시의 옮긴이주는 해당 시의 아래에 붙였다.
5. 본문 중의 삽화는 원서의 것을 쓰지 않고 현대적 감각에 맞추어 왕홍시(王宏喜) 화백 에게 의뢰해 새로 그려넣었다.

서사

滾滾長江東逝水	장강은 넘실넘실 동쪽으로 흐르는데
浪花淘盡英雄	물거품처럼 사라진 영웅들이여
是非成敗轉頭空	시비승패 모두 눈깜짝할 사이에 공으로 돌아갔구나
青山依舊在	청산은 옛날 그대로인데
幾度夕陽紅	붉은 석양은 몇번이나 지나갔나
白髮漁樵江渚上	강가에서 고기 잡고 나무하는 백발의 늙은이
慣看秋月春風	가을달 봄바람 익히도 보았으리
一壺濁酒喜相逢	한병 탁주로 반갑게 만나서
古今多少事	고금의 수많은 사건들을
都付笑談中	모두 다 웃으며 이야기하면서 붙여나보세

* 명나라 때 문인 양신(楊愼, 1488~1559)의 작품

1
도원결의

세 호걸 도원에서 잔치하며 의형제 맺고
황건적을 무찔러 세 영웅은 처음 공을 세우다

예로부터 이르기를 천하대세란 나누어진 지 오래면 반드시 합쳐
지고, 합쳐진 지 오래면 또 반드시 나누어지는 법이라 했으니, 주
(周)나라 말년에 일곱 나라로 나뉘어 다투다가 진(秦)나라로 통일
이 되고, 진나라가 멸망한 뒤에 초(楚)나라와 한(漢)나라가 다투다
가 다시 한(漢)나라로 통일되었다.

한고조 유방(漢高祖 劉邦)이 흰뱀(진나라)을 베어 죽이고 의(義)를
일으켜 천하를 통일한 뒤로 광무제(光武帝) 때에 크게 일어났다가
헌제(獻帝)에 이르러 세 나라로 분열되었으니, 환제(桓帝)와 영제
(靈帝) 때로부터 나라가 어지러워졌다.

환제는 선량한 사람들을 잡아가두고 환관(宦官)의 말만 믿었다.
환제가 죽고 영제가 즉위하자 대장군(大將軍) 두무(竇武)와 태부

(太傅) 진번(陳蕃)이 좌우에서 그를 보좌했으나 환관 조절(曹節) 등이 멋대로 권세를 휘둘렀다. 두무와 진번이 은밀히 환관 조절의 무리를 처치하려 했지만 일을 치밀하게 꾸미지 못해 오히려 해를 당하고 말았다. 그뒤로 환관들의 횡포는 더욱 심해졌다.

건녕(建寧) 2년(169) 4월 보름날 일이다. 황제가 온덕전(溫德殿)에 들어 막 자리에 앉으려고 할 때였다. 전각 모퉁이에서 갑자기 일진 광풍이 일어나며 난데없는 푸른 구렁이가 대들보 위에서 미끄러져 내려와 옥좌에 서리고 앉았다. 그대로 혼절하는 황제를 급히 내전으로 안아 모시고 문무백관들도 다 함께 몸을 피했다. 어느 틈엔가 구렁이는 간 곳이 없고 갑자기 우렛소리와 함께 큰비가 쏟아지다가 우박까지 섞여 내리더니 밤이 깊어서야 겨우 그쳤는데, 이날 수많은 전각과 가옥이 무너지고 쓰러졌다.

다시 건녕 4년 2월에는 낙양(洛陽)에 지진이 일어나고 바닷물이 넘쳐서, 해변에 사는 백성들이 모두 해일에 휩쓸려 빠져 죽었다. 광화(光和) 원년(178)에는 암탉이 변해 수탉이 되었고, 같은 해 6월 초하룻날에는 열길이 넘는 검은 기운이 온덕전 안으로 날아들었다. 다시 같은 해 7월에는 궁궐에 무지개가 걸리고 오원산(五原山) 기슭이 모두 무너지니, 이외에도 상서롭지 못한 조짐이 끊임없이 일어났다.

"대체 이 모든 천재지변은 무엇 때문에 일어난 것이냐?"

황제가 조서를 내려 백관에게 물으니, 의랑(議郞) 채옹(蔡邕)이

상소를 올렸다.

"무지개가 나타나고 닭이 변하는 것은 모두 환관의 무리가 나라의 정사에 간여한 까닭이옵니다……"

나라를 생각하고 황제를 위하여 환관들의 죄상을 밝힌 채옹의 상소는 구구절절이 옳았다. 영제는 이 상소를 보고 한숨을 내쉬며 편전(便殿, 임금이 평소에 거처하는 궁전)으로 들어갔다. 이때 조절이 황제의 등 뒤에서 몰래 엿보고는 다른 환관들에게 죄다 알리니, 환관들은 마침내 다른 일을 가지고 채옹을 죄인으로 몰아 시골로 쫓아버렸다.

그뒤로 장양(張讓)·조충(趙忠)·봉서(封諝)·단규(段珪)·조절(曹節)·후람(侯覽)·건석(蹇碩)·정광(程曠)·하운(夏惲)·곽승(郭勝) 등 열 사람이 한패거리가 되어 간교한 짓을 일삼으니 이른바 '십상시(十常侍)'가 그들이다. 황제도 일개 환관인 장양을 높여서 '아버지'라고 부르니, 나라의 정사는 날로 그릇되고 천하 인심이 반란을 생각하여 마침내 도적의 무리들이 사방에서 벌떼처럼 일어나기에 이르렀다.

이때 거록군(巨鹿郡)에 장각(張角)·장보(張寶)·장량(張梁)이라는 이름을 가진 삼형제가 있었다. 장각은 본래 과거에는 급제하지 못한 수재(秀才)로서, 일찍이 산에 들어가 약초를 캐다가 우연히 한 노인을 만났다. 노인은 푸른 눈에 동안(童顔)이었고 손에는 명아주 지팡이를 짚고 있었다. 노인이 장각을 데리고 어느 동굴 속으로 들어가더니 천서(天書) 세권을 내어주며 일렀다.

"이 책은 '태평요술(太平要術)'이다. 너는 부지런히 배워서 마땅히 하늘을 대신해 교화를 베풀고 널리 세상 사람들을 구하라. 그러나 만일에 다른 마음을 품는 날에는 반드시 벌을 받게 될 것이니, 부디 명심하여라."

장각이 절하고 그의 이름을 묻자 노인이 대답한다.

"내가 바로 남화노선(南華老仙)이니라."

노인은 말을 마치기가 무섭게 한줄기 맑은 바람으로 변하더니 사라져버렸다. 장각은 남화노선에게서 세권의 천서를 얻은 뒤, 밤낮으로 공부해 마침내 바람을 부르고 비를 내리는 술법까지 익히고 나서 도호(道號)를 '태평도인(太平道人)'이라 했다.

중평(中平) 원년(184) 정월에 전염병이 크게 번지자, 장각은 백성들에게 널리 부적과 약물을 나누어주어 병을 고치게 하고, 스스로 일컫기를 '대현량사(大賢良師)'라 했다. 이리하여 장각은 그를 따르는 제자 5백여명에게 사방으로 뜬구름처럼 돌아다니며 백성들에게 부적을 써주고 주문을 외워주게 하니, 따르는 무리들이 날로 늘어갔다. 장각은 그들을 36방(方)으로 나누었다. 대방(大方)은 1만여명이요 소방(小方)도 6~7천명이라, 각 방마다 우두머리를 두어 장군이라 일컬었다. 그러고는 이상한 말을 지어내 세상에 널리 퍼뜨렸다.

푸른 하늘이 이미 죽었으니　　　　　　　　蒼天已死

누런 하늘이 마땅히 서고　　　　　　　　黃天當立

갑자년에는   歲在甲子

천하가 대길하리라   天下大吉

또한, 백성들로 하여금 '갑자(甲子)' 두자를 각기 자기 집 대문
위에다 백토로 써놓게 하니, 청주(靑州)·유주(幽州)·서주(徐州)·기
주(冀州)·형주(荊州)·양주(揚州)·연주(兗州)·예주(豫州) 등의 여덟
고을 사람치고 집집마다 '대현량사 장각'의 이름자를 받들어 모시
지 않는 사람이 없었다.

장각은 심복 마원의(馬元義)라는 자를 시켜 은밀히 금과 비단을
가지고 '십상시'의 한 사람인 봉서를 찾아가 내통하도록 하고, 곧
장보와 장량 두 아우를 불러 일을 의논했다.

"지극히 얻기 어려운 것이 민심인데, 이제 백성들이 모두 나를
따르는 터이다. 이때를 이용해 천하를 차지하지 않는다면 두고두
고 애석하리라."

두 아우도 물론 좋다고 서두른다. 장각은 한편으로는 황색 깃발
을 만들면서 날을 정하여 거사하기로 하고, 다른 한편으로는 당주
(唐周)라는 제자를 시켜 밀서를 가지고 경사(京師, 수도)로 올라가
미리 내통한 환관 봉서에게 전하게 했다. 그러나 당주는 곧바로 관
아로 가서 변란을 고해바쳤다.

영제는 곧 대장군 하진(何進)에게 군사를 주어 역모를 꾀한 마원
의를 붙잡아 목을 베도록 했다. 이때에 환관 봉서 이하 관련된 자
들 1천여명을 모조리 옥에 가두었다. 일이 탄로난 것을 안 장각은

그 밤으로 군사를 일으켰다. 장각 자신은 천공장군(天公將軍), 장보는 지공장군(地公將軍), 장량은 인공장군(人公將軍)이라 각각 칭호를 정한 뒤에 무리들에게 호령했다.

"장차 한나라의 운수가 다하려 하매 대성인(大聖人)이 나왔으니, 너희들은 마땅히 하늘의 뜻을 받들어 태평성대를 즐기라."

각지의 백성들 가운데 누런 수건으로 머리를 싸매고 장각을 따라 일어난 자가 실로 40~50만명이나 되었다. 그 형세가 워낙 거대하여, 이르는 곳마다 관군의 무리는 변변히 싸워보지도 못하고 무너졌다.

황제는 대장군 하진의 주청에 따라 황급히 조칙을 내리되, 각처의 방비를 더욱 엄중히 하고 도적을 막아 공을 세우게 하는 한편, 다시 중랑장(中郞將) 노식(盧植)·황보숭(皇甫嵩)·주준(朱儁) 세 장수로 하여금 각기 정예군사를 이끌고 세 길로 나뉘어 가서 도적을 치게 했다.

이때 장각의 무리는 이미 유주 경계까지 침범해 들어오고 있었다. 유주 태수(太守) 유언(劉焉)은 강하(江夏)의 경릉(竟陵) 사람으로 한나라 노공왕(魯恭王)의 후예다. 적병이 주 경계 밖에까지 이르렀음을 듣고 유언은 즉시 교위(校尉) 추정(鄒靖)을 불러 계교를 물었다. 추정이 대답한다.

"도적의 무리는 많고 우리 군사는 적으니, 공께서는 속히 의병을 모집하여 대적하십시오."

유언은 그 말을 옳게 여겨, 즉시 방문(榜文)을 붙이고 의병을 모집했다. 그런데 이 방문이 탁현(涿縣)에 들어가서 그곳의 영웅을 끌어내게 된다.

그는 글 읽기를 썩 좋아하지는 않았지만 천성이 너그럽고 온화하고 말이 적으며, 기쁘거나 화나거나 도무지 얼굴에 드러내지를 않고, 원래 마음에 큰뜻을 품어 오로지 천하 호걸들과 사귀기를 좋아하는 사람이었다. 키가 7척 5촌이요 두 귀가 어깨까지 늘어져 있고, 팔은 남달리 길어서 두 손이 무릎을 지나며, 눈은 자기 귀를 돌아볼 수 있을 만큼 크고 맑았으며, 얼굴은 옥처럼 깨끗하고, 입술은 연지를 칠한 듯 붉었다.

이 사람이 누군가. 그가 곧 중산정왕(中山靖王) 유승(劉勝)의 후예요 한나라 경제(景帝)의 현손(玄孫)으로, 성은 유(劉)요 이름은 비(備), 자는 현덕(玄德)이었다. 옛적에 유승의 아들 유정(劉貞)이 한나라 무제(武帝) 때에 탁록정후(涿鹿亭侯)에 봉해졌다가 황제의 제수용 상납금인 주금(酎金)을 바치지 못한 죄로 벼슬을 잃은 일이 있었는데, 그런 연유로 그 자손이 탁현에 살게 되었다.

현덕의 조부는 유웅(劉雄)이고, 아버지는 유홍(劉弘)이다. 유홍은 효성과 어진 성품을 가진 백성들 중에서 관리를 특채하는 효렴(孝廉)에 천거되어 관직에 올랐으나 일찍이 세상을 떠났다. 현덕은 어려서 아버지를 여의자 어머니를 지성으로 봉양했다. 집안이 몹시 가난하여 짚신을 팔고 돗자리를 짜는 것으로 생업을 삼았다.

그의 집은 누상촌(樓桑村)에 있었다. 집앞 동남쪽에는 다섯길이 넘는 큰 뽕나무 한그루가 있어 멀리서 바라보면 무성한 잎이 마치 황제가 타는 수레의 덮개 같았다. 언젠가 한 점쟁이가 그 앞을 지나다가 유비의 집을 바라보고는 이렇게 말했다고 한다.

"이 집에서 반드시 귀인이 나리라."

현덕도 어렸을 때 동네 아이들과 함께 이 나무 아래서 장난치고 놀다가 이렇게 말했다.

"나는 이담에 황제가 되어서 이런 덮개 있는 수레를 탈 테니, 너희들 두고 보아라."

그의 숙부 유원기(劉元起)는 이 말을 듣고 기특하게 생각했다.

"이 아이는 보통 아이가 아니구나!"

그래서 그는 현덕이네 가난한 살림에 양식거리라도 늘 도와주곤 하였다.

현덕의 나이 15살에 어머니는 그를 다른 지방으로 유학을 보냈다. 이를 계기로 그는 당대의 높은 선비 정현(鄭玄)과 노식(盧植)에게서 글을 배우고, 공손찬(公孫瓚) 등을 벗으로 사귀었다.

유주 태수 유언이 방문을 붙여 의병을 모집할 때, 현덕의 나이는 이미 28살이었다. 현덕이 거리에 붙은 방문을 보고 세상 돌아가는 꼴에 저도 모르게 길게 한숨을 쉬며 탄식하는데, 누군가 등 뒤에서 소리를 버럭 지른다.

"사내대장부가 나라를 위해서 힘을 내려고는 하지 않고 어째서 긴 한숨만 쉬고 있단 말이오?"

현덕이 고개를 돌려 보니 젊은 사람이 분명한데, 키는 8척이요 머리는 표범 같고, 두 눈은 부리부리한 고리눈, 제비턱에 범의 수염으로 목소리는 우레 같고, 그 기상은 마치 달리는 말과 같았다. 현덕은 이 젊은이가 보통 사람이 아니라는 것을 대번에 알아보고는 예를 갖추어 물었다.

"귀공은 뉘신지요?"

"나는 장비(張飛)라는 사람으로 자는 익덕(翼德)이오. 대대로 탁군에 장원과 토지를 가지고 살면서 술을 팔고 도야지 잡아 지내오거니와, 천하 호걸들과 사귀기를 좋아하는 터에 노형이 방문을 보고 한숨짓기에 내가 한마디 물어본 게요."

"소생은 본래 한실 종친으로 성명은 유비, 자는 현덕이라는 사람이오. 황건적이 반란을 일으켰다는 소문을 듣고, 도적을 쳐서 백성들을 편안하게 할 생각은 간절하오마는, 다만 힘이 못 미쳐 탄식하던 중이외다."

장비가 말한다.

"내 약간의 재산을 가진 것이 있으니, 이 고을 장정들을 모아서 우리 함께 대사를 도모하는 것이 어떻겠소?"

두 사람은 너무나 기뻐서 그길로 즉시 근처 주막을 찾아들어 마주 앉아서는 술을 들게 되었다. 그들이 앞일을 의논하며 몇잔 술을 나누고 있을 때, 수레 한채가 주막 문앞에 와 멈추어섰다. 그러더니 덩치 큰 장부 하나가 수레에서 내려 안으로 성큼 걸어들어오며 주보(酒保, 술을 파는 사람)에게 말한다.

"나 술 한잔 빨리 주오. 방문을 보고 속히 성으로 들어가 의병에 지원하려는 길이오."

그 말에 현덕이 고개를 돌려 그 사나이를 보았다. 당당한 9척 장신에 수염의 길이가 두자는 되어 보이고, 얼굴은 무르익은 대춧빛이요, 입술은 연지를 칠한 듯하며, 봉의 눈에 누에 눈썹의 그 모습이 늠름하고 위풍당당했다. 현덕이 합석하기를 청하고 그 이름을 물었다.

"내 성은 관(關), 이름은 우(羽)요, 자는 본래 장생(長生)이던 것을 고쳐서 지금은 운장(雲長)이라 하는데, 하동(河東) 해량(解良)이 고향이오. 내 고향에 토호 한놈이 권세를 믿고 하도 사람을 업신여겨서 때려죽여버리고 5~6년 동안 강호로 피해다녔소. 이번에 이곳에서 의병을 모집한다는 말을 듣고 지원하려고 찾아가는 길이오."

현덕이 자기들의 뜻도 그러하다고 말하니 운장은 크게 기뻐했다. 세 사람은 장비의 장원으로 가서 함께 대사를 의논했다. 장비가 말한다.

"내 집 뒤에 복숭아 동산이 있어 지금 한창 꽃이 만발하오. 내일 뒷동산에서 하늘과 땅에 제를 지내고, 우리 세 사람이 의형제를 맺은 다음에 힘과 마음을 합해야만 대사를 도모할 수 있지 않을까 하는데, 두분 의향은 어떠시오?"

현덕과 운장은 한목소리로 대답한다.

"그거 좋소!"

이튿날, 도원(桃園)에서 검정 소와 흰 말 한마리에 갖은 제물을 차려놓고 세 사람은 분향재배하고 맹세했다.

세 호걸은 도원에서 의형제를 맺다

"저희들 유비·관우·장비가 비록 성은 다르나 이미 의를 맺어 형제가 되었은즉, 마음을 같이하고 힘을 합해 어려운 자와 위태로운 자를 구하며, 위로는 나라에 보답하고 아래로는 백성들을 편안케 하되, 저희가 동년 동월 동일에 태어나지는 못하였으나 다만 동년 동월 동일에 함께 죽기를 원하오니, 황천후토(皇天后土)는 이 마음을 굽어살피시어 의리를 배반하고 은혜를 잊거든 하늘과 사람이 함께 죽여주소서."

하늘에 맹세하기를 마치자 관우는 현덕에게 절하여 둘째가 되고, 장비는 현덕과 운장에게 차례로 절하여 막내가 되었다. 세 사람은 하늘에 맹세하고 나서 소 잡고 술을 준비하여 잔치를 벌이고 장정들을 모집하니, 모여든 고을 장정들이 3백여명이다. 그들은 도원에서 한껏 술을 마셔 모두 취했다. 다음 날 군기를 수습하는데, 칼·창·활과 화살 따위는 대강 고을 안에서 마련할 수 있었으나 다만 타고 나설 말이 없는 것이 한이었다. 한창 궁리들을 하고 있는 판에 한 사람이 들어와 아뢰기를, 낯선 길손 두명이 여러명의 부하들을 거느리고 한떼의 말을 몰아 이리로 오고 있다는 것이었다. 현덕이 말한다.

"이는 하늘이 우리를 도우심이로다!"

현덕은 관우·장비와 함께 나가서 그들을 영접해 들인다. 그 두 사람은 본래 중산(中山)의 대상(大商)으로 한 사람은 장세평(張世平)이라 하고, 또 한 사람은 소쌍(蘇雙)이라 했다. 그들은 해마다 북방으로 가서 말을 팔곤 했는데, 이번에는 황건적의 난이 나서 길이 막히는 바람에 중도에서 되돌아오는 길이라 했다.

현덕은 두 사람에게 은근히 술을 권하며 도적을 치고 백성들을 편안히 하고자 하는 자신들의 뜻을 밝혔다. 두 사람 모두 그들의 뜻을 장히 여겨 좋은 말 50필과 함께 금은 5백냥, 강철 1천근을 군용에 써달라며 내놓았다.

깊이 사례하여 그들을 보낸 뒤에, 세 사람은 솜씨가 빼어난 장인에게 명하여 현덕은 자웅 두자루가 한쌍을 이루는 쌍고검(雙股劍)을, 운장은 82근짜리 긴 자루가 붙은 반달 모양의 큰칼인 청룡언월도(靑龍偃月刀, 냉염거冷艷鋸)를, 익덕은 길이 1장 8척에 자루 끝에 뱀처럼 구불구불한 창날을 붙인 장팔사모(丈八蛇矛, 장팔점강모丈八點鋼矛)를 각기 만들어 가졌다. 그들은 투구와 갑옷을 만들어 입은 다음, 모집한 용사 5백여명을 거느리고서 유주의 교위 추정을 만나러 갔다. 추정은 현덕 일행을 태수 유언에게로 안내했다. 세 사람이 각기 인사를 하는데, 현덕이 같은 한나라 종실이라는 말을 꺼내자 유언은 자기 조카뻘이 된다면서 더욱 기뻐했다.

며칠이 안 가서 황건적의 대장 정원지(程遠志)가 군사 5만을 거느리고 탁군으로 쳐들어왔다. 유언은 교위 추정에게 유비·관우·장비 세 사람과 함께 군사 5백여명을 거느리고 나아가 도적을 물리치라 했다. 세 사람은 흔쾌히 군사를 이끌고 성을 나가서 바로 대흥산(大興山) 아래 이르러 적병과 만났다. 도적의 무리들은 황건적이란 이름 그대로 모두들 산발한 머리를 누런 수건으로 싸매고 있었다.

서로 진을 치고 대적하자 현덕은 말을 타고 앞으로 썩 나섰다. 운장과 익덕이 좌우에서 따른다. 적진에서 정원지가 나왔다. 현덕은 곧 채찍을 들어 가리키며 큰소리로 꾸짖는다.

　"나라를 배반한 역적놈이 어찌하여 빨리 항복하지 않는가!"

　정원지가 크게 노하여 부장(副將) 등무(鄧茂)를 내보냈다. 이를 보고 장비는 즉각 장팔사모를 빼어들고 득달같이 내달아, 미처 등무가 손을 놀려볼 사이도 없이 한창에 그의 가슴 한복판을 꿰어버렸다. 등무는 그대로 피투성이가 되어 말 아래 거꾸러진다.

　더욱 노하여 칼을 휘두르며 몸소 말을 재우쳐 나선 정원지는 곧바로 장비에게 달려들었다. 이때 운장이 청룡언월도를 춤추듯 휘두르며 내달았다. 정원지가 그 장한 기세에 놀라 겁부터 집어먹고 얼른 말머리를 돌려 달아나려 한다. 운장이 그대로 쫓아들어가며 휘두른 청룡도가 한번 번뜩하자 손쓸 겨를도 없이 그의 몸은 두동강이로 베어져 땅위에 굴렀다.

　후세 사람이 시를 지어 관우와 장비를 이렇게 찬양했다.

오늘 아침에 영웅의 숨겨진 재주 드러나니	英雄露穎在今朝
한 사람 창을 쓰고 한 사람 칼을 쓰네	一試矛兮一試刀
첫 싸움에 문득 위력을 펼쳤으매	初出便將威力展
삼분천하에 명성이 드날리네	三分好把姓名標

　대장 정원지가 죽는 것을 보고 도적의 무리는 창자루를 거꾸로

쥐고 앞을 다투어 달아났다. 현덕이 때를 놓치지 않고 군사를 휘몰아 그 뒤를 급히 몰아치니, 칼과 창을 내던지고 투항하는 자가 태반이었다. 한바탕 싸움에 크게 이기고 세 사람은 항복받은 도적의 무리들을 앞세우고 돌아왔다. 태수 유언은 매우 기뻐하며 친히 성밖에 나와서 그들을 영접하고 군사들에게 후히 상을 내렸다.

이튿날 청주(靑州) 태수 공경(龔景)에게서 편지가 왔다. 황건적에게 성을 포위당하여 형세가 심히 위태로우니 급히 구원해달라는 내용이었다. 유언이 현덕을 불러 상의했다. 현덕은 서슴지 않고 자청한다.

"제가 구하러 가겠습니다."

유언은 즉시 교위 추정에게 명하여 군사 5천을 거느리고 현덕·관우·장비와 더불어 청주로 가게 했다. 청주성 밖에 이르니 철통같이 성을 둘러싸고 있던 적병은 구원병이 도착한 것을 알고는, 즉시 군사를 나누어 달려들었다. 중과부적(衆寡不敵)임을 깨달은 현덕은 더 싸우려 하지 않고 군사를 거두어 30리 밖으로 물러나 영채를 세웠다. 현덕은 관우·장비에게 말한다.

"도적의 무리는 많고 우리 군사는 적으니 아무래도 기병(奇兵)을 써야만 이길 것 같네."

운장은 1천군을 거느리고 산 좌측에, 익덕은 1천군을 거느리고 산 우측에 매복하고 있다가 징소리를 신호로 일시에 달려나와 싸우도록 했다.

다음 날, 현덕은 추정과 함께 군사를 거느리고 북치고 고함을 지르며 앞으로 나아가자 도적의 무리도 나와서 맞서 싸운다. 한참을 싸우다가 갑자기 현덕이 군사를 돌이켜 달아나자 도적들이 아우성치며 뒤를 급히 쫓았다. 쫓고 쫓기며 바야흐로 산모퉁이를 지나려 할 때였다. 현덕의 진 속에서 갑자기 요란한 징소리가 울리더니 산 좌우에서 복병이 함성을 지르며 내달았다. 좌우 양군이 일시에 내 달아 협공하자, 거짓으로 패해 달아나는 척하던 현덕도 군사를 돌이켜서 한꺼번에 몰아친다. 세 방면에서 휘몰아치는 기세에 도적의 무리는 견뎌내지 못하고 어지러이 흩어지며 달아난다. 현덕은 군사를 더욱 급히 몰아 바로 청주성 아래까지 쫓아간다. 성루에서 이 광경을 지켜보던 태수 공경이 급히 군사를 거느리고 나와 싸움을 도왔다. 결국 적병은 크게 패하여 헤아릴 수 없이 많은 자들이 목숨을 잃었으며, 청주성은 마침내 위기에서 벗어날 수 있었다.

후세 사람이 시를 지어 유현덕을 이렇게 찬양했다.

계책을 내어서 신공을 세웠으니　　　　　運籌決算有神功
두 호랑이 아무래도 한 용에 못 미치네　　二虎還須遜一龍
첫 싸움에 나가 위엄을 드리우니　　　　　初出便能垂偉績
창업의 정한 운세 현덕에게 있었구나　　　自應分鼎在孤窮*
　* 고궁은 황제가 되기 전의 현덕을 가리킴

청주 태수 공경은 크게 잔치를 베풀어 기쁨을 나누었다. 군사들에게 술과 음식을 배불리 먹이고 나자 추정이 그만 돌아가야겠다고 하며 몸을 일으켰다. 현덕이 추정에게 말한다.

"듣자니 요즘 중랑장 노식 선생께서 황건적의 두목 장각과 광종(廣宗)에서 싸우고 있다 합니다. 나는 아무래도 그곳으로 가서 옛 스승이신 노식 선생을 도와드려야 할 것 같습니다."

이에 추정은 군사를 거느리고 돌아가고, 현덕은 두 아우와 더불어 본부병 5백명을 거느리고 청주성을 떠나 광종으로 갔다.

이때 노식은 5만군을 거느리고 15만 도적의 무리들과 광종에서 맞서다가 현덕이 찾아와 인사하며 도우러 왔다고 하자 몹시 반가워하면서 자기 곁에서 출정 지시를 받도록 했다. 노식이 현덕에게 말한다.

"나는 지금 적을 포위한 채 이러고 있네. 하나 장각의 아우 장보와 장량이 우리 장수 황보숭·주준과 영천(潁川)에서 한창 싸움 중일세. 내 생각에 자네는 본부 군사와 내가 주는 1천군을 거느리고 곧 영천으로 가서 적의 상황을 탐지하여 날을 정해 도적을 무찌르는 것이 좋겠네."

현덕은 영을 받자 다시 군사를 이끌고 한밤중에 영천으로 향했다.

이때 영천에서는 적장 장보와 장량이 황보숭·주준의 관군과 싸우다가 전세가 불리해지자 무리들을 이끌고 장사(長社)로 물러나 풀을 엮어 영채를 세우고 있었다. 황보숭은 주준과 더불어 계책을 의논한다.

"도적들이 숲속에다 영채를 세웠으니 화공법(火功法)을 써서 공격하는 것이 좋을 성싶소."

두 사람은 즉시 군사들에게 영을 내려, 군사 한명당 풀 한묶음씩
을 가지고 가만히 적진 가까이 가서 매복하게 했다. 그날따라 어둠
이 짙고 바람 또한 거세게 불었다.

2경(밤 10시) 이후 매복한 군사들이 일제히 불을 질러 사방에서
불길이 치솟자, 황보숭과 주준은 각기 군사를 휘몰아 적진을 치기
시작했다. 아무 방비도 없이 기습을 당한 도적의 무리들은 너무나
놀라고 당황한 나머지, 갑옷을 챙겨입기는커녕 말에 안장을 얹을
겨를조차 없이 사방으로 달아나기 바빴다. 관군의 추격은 조금도
늦추어지지 않았고, 날이 훤히 밝아올 무렵까지 쫓고 쫓기는 싸움
이 계속되었다. 지칠 대로 지친 장보와 장량이 남은 군사를 이끌고
간신히 길을 찾아 달아나는데, 저만치 앞에서 난데없는 한떼의 군
마가 붉은 기를 나부끼며 달려오더니 길을 가로막는다.

아연실색하여 바라보니, 7척 신장에 눈이 가늘고 수염이 긴 장수
가 군사를 거느리고 선두에 서 있다. 그는 다름 아닌 패국(沛國) 초
군(譙郡) 태생의 조조(曹操)로, 자는 맹덕(孟德)이며 관직은 기도위
(騎都尉)였다. 본래 그는 하후(夏侯)씨 집안이었으나 그의 아비 조
숭(曹嵩)이 중상시(中常侍) 조등(曹騰)에게 양자로 들어간 까닭에
조씨 성을 가지게 된 것이다. 그의 어릴 적 이름은 아만(阿瞞)이며,
길리(吉利)라고도 불렸는데, 어려서부터 사냥을 좋아하고 가무를
즐겼으며 꾀가 많아 임기응변에 능했다.

한번은 이런 일이 있었다. 조조에게는 숙부가 있었는데, 조조가

마냥 놀기만 하는 것을 보고 조숭에게 고하여 꾸지람을 듣게 했다. 아버지에게 책망을 당한 조조는 궁리 끝에 숙부를 골탕먹일 방법을 생각해냈다. 어느날 그는 숙부가 들어오기를 기다렸다가 갑자기 땅에 쓰러지며 중풍에 걸린 사람처럼 버둥거렸다. 숙부는 깜짝 놀라 조숭에게 달려가 이 사실을 알렸다. 아비가 소스라쳐 놀라 급히 와보니, 조조는 언제 그런 일이 있었냐는 듯 멀쩡한 모습으로 방에 앉아 글을 읽고 있었다.

"네 숙부 말로는 중풍으로 쓰러졌다고 하던데, 어찌 된 노릇이냐?"

아비의 물음에 조조는 너무도 억울하다는 얼굴로 대답했다.

"중풍이라니요? 무슨 말씀이신지…… 아마도 숙부께서 저를 미워하시는 까닭에 가끔 없는 말을 지어내시나봅니다."

조숭은 자식의 말을 믿고 다음부터는 아무리 아우가 와서 조조의 잘못을 말해도 다시는 곧이들으려 하지 않았다. 그런 일이 있은 후로 조조의 장난은 더욱 심해져 제멋대로였다. 당시에 교현(橋玄)이라는 사람이 일찍이 조조에게 이렇게 말한 일이 있다.

"장차 천하가 어지러울 때에 하늘이 낳은 재주가 아니면 구하지 못할 터인데, 앞으로 능히 천하를 편안히 할 사람은 오직 자네뿐일세."

또한 남양(南陽) 사람 하옹(何顒)도 그를 보더니 이렇게 말했다.

"한실(漢室)이 장차 망할 때 천하를 편안히 할 사람은 오직 이 사람뿐이로다."

사람을 잘 보기로 유명한 여남(汝南)의 허소(許劭)라는 이가 있었다. 조조는 이 사람을 찾아가 물었다.

"나는 장차 어떤 인물이 되겠습니까?"

허소는 잠시 얼굴을 바라볼 뿐 아무 말이 없다가, 조조가 거듭 묻자 마침내 대답했다.

"그대는 치세(治世)의 능신(能臣)이고, 난세(亂世)의 간웅(姦雄)이 될 것이다."

이 말을 듣고서야 조조는 비로소 기뻐하며 만족스러워했다고 한다.

조조는 나이 20세에 효렴(孝廉)에 천거되고 낭관에 이어 낙양(洛陽) 북부위(北部尉)가 된다. 그는 부임하자마자 오색봉(五色棒) 10여개를 사대문에 세워놓고서, 누구든 법을 어길 경우 지위 고하를 막론하고 그 몽둥이로 죄를 다스렸다.

어느날 중상시 건석(蹇碩)의 삼촌이란 자가 조카의 권세를 믿고 금령(禁令)을 무시한 채 야밤에 칼을 차고 돌아다니다가 순찰 중이던 조조에게 걸려 오색봉으로 죽지 않을 만큼 두들겨맞은 일이 있었다. 이 일이 있은 뒤로 감히 법을 어기는 자가 없어지고 조조의 이름은 널리 알려지게 되었다.

북부위를 지낸 후 그는 다시 돈구령(頓丘令)이 되었다가 황건적의 난리가 일어나자 기도위(騎都尉)로 임관되었다. 그리하여 그는 마보군 5천을 거느리고 영천으로 싸움을 도우러 오는 길에, 마침 패잔군을 이끌고 도망하는 장보·장량의 무리를 만나기에 이른 것이다.

조조는 한바탕 싸움에 적의 머리를 1만여급(級)이나 베고, 깃발과 징과 북, 말 따위를 무수히 노획했다. 장보·장량이 죽기로써 싸워 간신히 혈로를 뚫고 달아나자, 조조는 잠깐 황보숭·주준 두 장수에게 인사만 건네고는 계속해서 적군의 뒤를 쫓았다.

한편 현덕은 관우·장비와 더불어 영천으로 오는데, 문득 산 너머에서 함성이 크게 들려오며 타오르는 불길이 하늘을 찌르는 듯했다. 현덕 일행은 바삐 말을 달려 산을 넘었다. 그러나 그들이 당도했을 때 도적의 무리들은 크게 패하여 도망하고 싸움은 이미 관군의 승리로 끝난 뒤였다.

현덕은 황보숭과 주준을 만나, 자신이 영천에 오게 된 경위를 설명했다. 노식의 뜻에 따라 싸움을 도우러 왔다는 현덕의 말에, 황보숭이 입을 열었다.

"장보·장량이 이번에 크게 패했으니, 놈들은 필시 광종에 있는 저희 형 장각에게 의지하러 갔을 것이오. 그대는 즉시 그리로 가서 노장군을 도와 도적을 치도록 하시오."

현덕은 군사를 이끌고, 온 길을 되돌아 다시 광종으로 향했다. 행군 도중 앞에서 수레 한채를 호송해오는 한떼의 말 탄 군사와 마주쳤다. 가만히 살펴보던 현덕은 깜짝 놀랐다. 수레 속에 있는 것은 뜻밖에도 지금 자기들이 찾아가는 중랑장 노식이 아닌가. 현덕이 황망히 말에서 뛰어내려 수레 곁으로 달려가 그 연유를 물었다. 노식은 허탈한 얼굴로 대답한다.

"내가 장각을 포위하여 다 이기려던 참에 그놈이 요술을 쓰는 바람에 성공하지 못하였네. 때마침 조정에서 내려보낸 황문시랑(黃門侍郞) 좌풍(左豊)이 싸움 감찰차 와서는 나더러 뇌물을 내라고 하지 않겠나. 그래 내가 '군량도 부족한 터에 무슨 남는 돈이 있어서 사신에게 드리겠소?' 하였다네. 좌풍이 이 일로 앙심을 품고 돌아가, 내가 도적이 두려워서 성에 틀어박혀 고의로 싸우지를 않아 군심이 태만해져 있다고 아뢴 모양일세. 그래 황제께서 진노하시어 중랑장 동탁(董卓)에게 내 자리를 맡겨 지휘권을 빼앗고는 벌을 내리고자 이렇게 경사로 잡아가지 않는가."

곁에서 듣고 있던 장비는 격분하여 호송하는 군사들을 베고 노식을 구하려 했다. 현덕이 놀라 황망히 장비의 팔을 잡는다.

"조정에도 공론이 있을 터인데 네가 어찌 함부로 이러느냐?"

수레는 어느덧 호송하는 군사들과 함께 저만치 멀어지고 있었다. 관우가 말한다.

"노중랑은 이미 저렇듯 잡혀가고, 이제는 다른 사람이 군사를 통솔하고 있다는데 광종으로 가면 뭐합니까? 차라리 탁군으로 돌아가서 다시 앞일을 의논하는 것이 좋겠습니다."

현덕은 관우의 말을 좇아 다시 군사를 이끌고 북쪽을 향해 길을 떠났다.

행군을 시작한 지 이틀째 되는 날 어느 산모퉁이를 지나가려는데 갑자기 고개 너머로 함성이 크게 울려왔다. 현덕은 관우·장비와 함께 급히 말을 달려 높은 언덕 위로 올라갔다. 아래를 살펴보니 수만 군사가 쫓기며 쫓고 있는데, 어지러이 패하여 달아나는 것은 관군이었다. 그 뒤를 급히 쫓고 있는 황건적의 무리가 산과 들을 뒤덮었는데, 깃발에 '천공장군(天公將軍)'이라 씌어진 네 글자가 선명하게 눈에 들어온다.

"저놈 장각이 아니냐? 우리 빨리 내려가서 싸우자."

현덕은 관우와 장비를 이끌고 군사를 휘몰아 나는 듯이 달려나갔다. 장각은 동탁의 군사를 무찌르고 승세를 몰아 짓쳐들어오다가 갑자기 세 사람이 뛰어들자 크게 패하여 50여 리 밖으로 물러났다. 세 사람은 관군의 장수 동탁을 구해내어 함께 영채로 돌아왔다. 동탁은 곧 현덕을 불러들인다.

"세 사람은 지금 무슨 벼슬에 있는가?"

현덕이 대답한다.

"모두 아직 벼슬이 없습니다."

그러자 동탁은 이들을 매우 업신여겨 도무지 예의를 갖추려고 하지 않았다. 현덕이 아무 말 없이 밖으로 나오자 장비는 크게 노했다.

"우리가 몸소 천군만마 가운데 뛰어들어 죽기로 싸워서 제 목숨을 구해줬는데 이처럼 무례할 수가 있단 말이우? 내 당장 저놈의 목을 쳐 죽이겠수."

그러고는 곧 칼을 빼들고 장막 안으로 뛰어들어가려 한다.

인정과 세태는 예나 이제나 한가지　　　　　人情勢利古猶今

초야에 묻힌 영웅 누가 알아보리　　　　　　誰識英雄是白身

장익덕 같은 호쾌한 사람을 얻어　　　　　　安得快人如翼德

이 세상의 의리 없는 놈들 모두 벨 수 없을까　盡誅世上負心人

동탁의 목숨은 장차 어찌 될 것인가?

2

십상시의 난

분노한 장비는 독우를 매질하고
하진은 계책을 써서 환관들을 죽이려 하다

동탁은 농서(隴西)의 임조(臨洮) 사람으로 자는 중영(仲穎)이다. 그의 벼슬은 하동(河東) 태수인데, 원래 성품이 교만했다. 그날도 현덕을 업신여겼다가 장비의 노여움을 샀다. 화가 난 장비가 동탁을 죽이려 했으나, 현덕과 관우가 급히 손을 잡으며 가로막는다.

"저자는 뭐니뭐니해도 조정 명관(命官)이 아니냐. 그런 사람을 어떻게 함부로 죽인단 말이냐?"

"그럼 저자를 그대로 살려두고 우리가 도리어 그 수하에 있어야 옳단 말이우? 그럴 테면 두분 형님이나 그렇게 하시우. 나는 혼자서 다른 데로 가버리겠수."

현덕이 달랜다.

"우리가 생사를 같이하자고 하늘과 땅에 맹세를 드린 터에 서로 헤어지자니 그게 될 말이냐? 다 함께 다른 데로 떠나자."

장비가 말한다.

"형님들이 그렇게 하신다면 조금 화가 풀리겠수."

세 사람은 곧 군사를 거느리고 그곳을 떠나 밤새도록 말을 달려 주준을 찾아갔다. 주준은 그들을 진정으로 반겨 맞이했다. 그는 세 사람을 극진히 대접한 뒤에 군사를 합쳐서 황건적 장보를 칠 계책을 의논했다. 이때 조조는 곡양(曲陽)에서 황보숭을 도와 장량을 상대로 큰 싸움을 벌이고 있었다.

주준은 장보를 공격하러 출진했는데, 도적의 무리 8~9만명을 거느리고 산 너머에 주둔하고 있는 장보의 형세는 만만치가 않았다. 주준은 현덕에게 선봉이 되어 맞서보라고 했다. 적진 가운데에서 북소리가 한차례 높이 울리며 한 장수가 급히 말을 몰아나온다. 그는 바로 적의 부장 고승(高升)이다. 현덕이 돌아보자, 장비는 이내 장팔사모를 꼬나잡고 살같이 말을 몰아 적장을 맞아 싸우러 나간다. 그러나 부딪친 지 불과 수합 만에 고승이 겁을 집어먹고 몸을 빼어 달아나려 한다. 예끼놈, 하는 외마디 호통소리와 함께 장비는 거센 물결에 물고기 꿰듯이 고승의 등을 한창에 찔러 말 아래로 거꾸러뜨린다. 그와 함께 현덕이 한번 채찍을 들어 영을 내리자 군사들은 앞을 다투어 아우성치며 돌진했다.

이때, 장보가 말 위에서 머리를 풀어헤치더니 칼끝을 땅에 짚고는 요사스러운 술법을 쓰기 시작했다. 난데없는 바람이 사납게 일어나며 마른하늘에 우렛소리 크게 울리고, 한줄기 검은 기운이 허공으로부터 뻗쳐오른다. 그 검은 기운 속에는 무수한 인마가 있어 당장에 쳐죽일 듯이 달려드는 것만 같다. 현덕이 다급히 군사를 거두어들이려 했으나 군사들은 이미 크게 혼란에 빠져 그대로 패하여 돌아왔다. 현덕은 군사들을 수습하여 다시 진을 친 다음 주준과 함께 계책을 의논했다. 주준이 계교를 일러준다.

"놈이 요술을 쓰는 것 같은데, 내게 좋은 계책이 있소이다. 내일 돼지·양·개 등을 잡아 그 피를 준비해가지고 군사를 언덕 위에 매복시켜놓았다가 적당한 때에 냅다 끼얹는 거요. 그러면 그 술법을 막아낼 수 있을 게요."

현덕은 물러나와 그의 계책대로 관운장과 장비에게 각기 군사 1천명씩을 주고 돼지·양·개의 피 따위의 오물(汚物)을 준비하도록 일렀다.

이튿날 장보가 깃발을 앞세우고 북을 치며 군사를 거느리고 와서 싸움을 청한다. 현덕이 몸소 쌍고검을 춤추듯 휘두르며 나아가 바야흐로 그를 맞아 싸우려 하자, 장보는 다시 말 위에서 요사스러운 술법을 쓴다. 이번에도 역시 무서운 바람이 일더니 우렛소리가 진동하면서 모래가 날리고 돌이 구르며 검은 기운이 온 하늘을 뒤덮더니, 그 속에서 한떼의 군마가 쏟아져나온다. 현덕은 곧 말머리를 돌려 달아나기 시작했다. 장보가 군사를 이끌고 급히 뒤를 쫓는다. 쫓고 쫓기며 막 산모퉁이를 지날 때, 포소리가 울린다. 관우와 장비의 매복한 군사가 기다렸다는 듯이 미리 마련해둔 오물을 일시에 끼얹었다. 그러자 순간 허공에서 종이로 만든 군사와 짚으로 만든 말이 분분히 떨어져내리고 바람과 천둥이 멈추었다. 날리던 모래와 돌도 홀연 사라졌다.

술법이 깨어진 것을 보고 크게 당황한 장보는 곧 군사를 돌려 달아나려 했다. 그러나 관우와 장비가 좌우에서 나오고 또 등 뒤에서 현덕과 주준이 함께 쫓으니, 도적의 무리들 가운데 얼마가 죽고 상했는지 그 수를 헤아릴 수가 없었다. 크게 낭패한 장보는 말을 달려 죽자 사자 달아났다.

현덕은 어지러이 도망하는 적군 가운데 '지공장군'이라 쓴 깃발을 표적 삼아 더욱 급히 말을 몰아 추격한다. 현덕이 달리는 말 위에서 어느 틈엔가 활에 살을 메겨 장보의 등 한복판을 겨누었다. 시윗소리 높이 울리며 유성처럼 화살이 날아간다. 장보는 미처 몸을 피할 사이도 없이 왼팔에 화살을 맞고 그대로 양성(陽城)으로 쫓겨들어가서 성문을 굳게 닫고 다시는 나오려 하지 않았다.

주준은 군사를 휘몰아 양성을 에워싸고 공격하는 한편, 각 방면으로 사람을 보내 황보숭의 소식을 알아오게 했다. 정탐꾼이 돌아와서 보고한 바에 의하면, 황보숭은 황건적과 싸워 여러차례 이겼으나 동탁은 싸움마다 져서 조정이 황보숭에게 동탁의 군사까지 관장하게 했다고 전한다. 그리하여 황보숭이 부임했을 때에 장각은 이미 죽은 뒤였고, 그 아우 장량이 황건적을 거느리고 관군에 항거하니, 황보숭이 일곱번 싸움에 일곱번을 모두 이겨 마침내 곡양에서 장량의 목을 베었다 한다. 또한 무덤을 파헤쳐 장각의 시체를 꺼내어 그의 수급도 아울러 경사로 올려보내니 나머지 도적의 무리도 모두 항복했다는 것이다. 조정에서는 황보숭의 벼슬을 높여 거기장군(車騎將軍)을 삼고 기주(冀州) 목사(牧使)에 임명했다고 한다. 그후 황보숭은 조정에 표문을 올려, 노식이 공은 있으되 죄는 없다고 상소하니 조정에서는 다시 노식에게 원래의 벼슬을 내렸다. 조조 또한 공이 있다고 하여 제남상(濟南相)을 제수하니 조조는 그날로 군사를 거느리고 부임했다는 것이다.

주준은 이런 소식을 듣고 더욱 군사를 재촉하고 온힘을 쏟아 양성을 공격했다. 형세가 심히 위급한 것을 깨달은 적장 엄정(嚴政)이란 자가 장보를 찔러죽인 다음 그 머리를 베어들고 나와서 항복을 청했다. 주준은 마침내 여러 고을의 도적들을 평정하고 조정에 승전소식을 알렸다.

이때 황건적의 잔당 조홍(趙弘) · 한충(韓忠) · 손중(孫仲) 등이 수만명의 무리를 거느리고 각처로 다니며 여전히 살인과 방화, 노략질을 일삼고 있었다. 또한 그들은 반드시 장각의 원수를 갚겠노라고 떠들고 다녔으니, 이에 조정에서는 주준에게 남은 무리들을 완전히 소탕할 것을 명하였다.

주준은 조칙을 받들어 곧 군사를 거느리고 길을 떠났다. 이때 황건적의 잔당들은 완성(宛城)을 점거하고 있었다. 주준이 공격하자 조홍은 한충을 보내 대적하게 했다. 주준은 현덕 · 관우 · 장비에게 성문 서남쪽을 치게 했다. 한충이 정예군사를 모조리 이끌고 나와서 이에 맞섰다.

그 틈을 타서 주준은 몸소 철기(鐵騎) 2천명을 거느리고 성의 동북쪽을 공격했다. 한충이 현덕의 군사를 맞아 싸우려 하다가 이 소식을 듣고 동북쪽을 향해 말머리를 돌리는데, 현덕이 관우·장비와 더불어 그 뒤를 몰아쳤다.

도적의 무리가 크게 패하여 성안으로 도망해들어가자, 주준은 즉시 군사를 나누어 성을 철통같이 에워쌌다.

성이 포위당한 지 얼마 안되어 양식이 떨어졌고, 한충은 사람을 보내어 항복할 뜻을 알려왔다. 그러나 주준은 이를 받아들이지 않았다. 이를 보고 현덕이 말한다.

"지난날 고조(한고조 유방)께서 천하를 얻으신 것은 항복을 권하고 항복하여 귀순하는 무리들을 잘 받아주셨기 때문인데, 장군은 어찌하여 한충의 투항을 받아주려 하지 않으십니까?"

주준이 말한다.

"지금은 그때와는 경우가 다르오. 당시(진나라 말기)로 말하자면 천하가 크게 어지러워 백성들에게 정한 주인이 없던 때였으니 귀순하는 자를 받아들이고 상도 주어 항복을 권했던 것이오. 그러나 지금은 천하가 통일되어 있는 터에 오직 황건적 무리들만 모반했으니, 만약에 항복한다고 그대로 모두 용납했다가는 무엇으로 선악을 따져 징계한단 말이오. 도적들이 저희가 이로울 때는 얼마든지 못된 짓을 하다가 형세가 불리해지면 곧 항복을 해버릴 것이니, 이는 도적의 마음을 길러주는 일이라 결코 좋은 대책이 아니오."

듣고 나서 현덕이 다시 말한다.

"도적의 항복을 용납하지 않는 것은 마땅한 일입니다. 그러나 지금 우리가 철통같이 성을 에워싼 채 저들의 항복을 받아들여주지 않는다면 도적의 무리는 죽을힘을 다해 싸울 것입니다. 1만명의 적이 마음을 합해 싸운다 해도 당해내기가 어려운데 지금 성중에는 수만명이 죽을 지경에 놓여 있습니다. 제 생각으로는 군사를 거두어 동문과 남문을 퇴로로 터주고, 서문과 북문만 친다면 적들은 반드시 성을 버리고 달아날 것입니다. 그때 군사를 휘몰아서 치면 한충을 쉽게 사로잡을 수 있습니다."

주준은 현덕의 의견에 따라 곧 동쪽과 남쪽을 공격하도록 배치했던 군사를 거두고 서쪽과 북쪽만을 일제히 공격했다. 과연 한충은 군사들과 더불어 성을 버리고 달아나기 시작했다. 주준은 곧 현덕·관우·장비 세 장수와 함께 군사들을 휘몰아 뒤를 추격하면서 공격하니 한충이 마침내 화살에 맞아 죽고, 나머지 무리들은 각각 사방으로 흩어져 달아나기에 바빴다. 관군이 뒤를 쫓는데, 조홍과 손중이 도적의 무리 수천명을 이끌고 달려들었다.

주준이 군사를 지휘하여 이를 맞아서 싸웠으나 도적의 형세가 워낙 큰지라 쉽사리 대항할 수가 없었다. 주준이 일단 군사를 물리는데, 조홍이 그 틈을 타서 완성을 탈환했다.

주준이 성에서 10리 떨어진 곳에 영채를 세우고 군마를 정돈하여 성을 치려 할 때 동쪽에서 한떼의 인마가 달려왔다. 나가서 맞으니 군사를 거느리고 달려온 장수는 오군(吳郡) 부춘(富春) 사람 손견(孫堅)으로 자는 문대(文臺)이며, 바로 저 유명한 손무자(孫武子, 손자. 병법의 대가)의 후손이었다. 주준이 그의 생김새를 바라보니,

이마와 얼굴이 넓고 크며, 몸집은 범과 같고 허리는 곰처럼 탄탄해 보였다.

손견의 나이 17살 때였다. 아버지와 함께 전당호(錢塘湖)에 갔다가 해적 10여명이 상인의 재물을 빼앗아 강기슭에서 나누고 있는 것을 보고 손견은 의분을 참지 못했다.

"제가 저놈들을 잡아보겠습니다."

아버지에게 한마디 한 다음, 칼을 휘두르며 언덕 위로 뛰어올라가 소리 높여 외쳐대면서 동쪽과 서쪽을 향해 마치 사람들을 부르는 양 지휘하니, 도적들은 관병들이 잡으러 오는 줄 알고 재물을 모두 버리고 도망쳤다. 손견이 그 뒤를 쫓아가서 마침내 도적 하나를 잡아 죽이니 이로써 고을 안에 그 이름이 알려져 교위에 천거되었다.

뒤에 회계(會稽)에서 허창(許昌)이란 자가 반란을 일으켜 수만의 무리를 거느리고 자칭 양명황제(陽明皇帝)라 일컫자 손견은 고을의 사마(司馬)와 함께 용사 1천여명을 모집하고, 그 지방 관군과 합세하여 도적을 쳐서 마침내 허창과 그 아들 허소(許韶)의 목을 베었다.

회계 자사(刺史) 장민(臧旻)이 표문을 써서 손견의 공을 아뢰자 조정에서는 손견에게 염독승(鹽瀆丞)이란 벼슬을 주고, 다시 우이승(盱眙丞)·하비승(下邳丞)을 제수했다.

이제 손견은 황건적의 무리들이 난리를 일으킨 것을 보고 시골의 젊은이들과 장사치들을 모아 회수(淮水)·사수(泗水) 땅의 정병

1500명을 거느리고 주준을 도우러 완성에 온 것이었다.

주준은 매우 기뻐하며 손견으로 하여금 남문을 치게 하고, 현덕에게 북문을 치게 하며, 자기는 몸소 서문을 치고, 오직 동문만은 도적들이 달아날 수 있게 남겨두었다.

손견은 즉시 군사를 이끌고 남문으로 가서 남보다 먼저 성으로 기어올라갔다. 달려드는 도적의 무리를 연달아 20여명이나 베어버리자 적들은 흩어져 도망가기 시작한다. 멀리서 이 광경을 보고 있던 적장 조홍이 창을 치켜들고 말을 달려 돌진해온다. 손견은 곧 성 위에서 몸을 날려 아래로 뛰어내리더니 조홍의 창을 빼앗아 그를 찔러 거꾸러뜨리고, 조홍의 말에 올라 이리저리 나는 듯이 오가며 닥치는 대로 적을 무찌른다.

형세가 다급해지자 손중은 북문을 열고 달아나려다 현덕과 부딪혔다. 손중은 싸울 마음이 없어 도망갈 기회만 보다가 현덕의 화살에 맞아 말에서 떨어져 죽고, 그 뒤를 서문으로 쳐들어온 주준의 대군이 덮치니 죽은 자가 수만이요 항복한 자는 그 수효를 헤아릴 길이 없었다. 이로써 남양 일대의 10여 고을이 모두 평정되었다.

주준이 군사를 거느리고 경사로 돌아가니, 황제는 그를 거기장군에 봉하고 하남윤(河南尹)에 임명했다. 주준은 곧 손견과 유비의 공을 조정에 아뢰었다. 손견은 연줄이 있어 별군사마(別郡司馬)를 제수받았으나, 현덕에게는 여러날이 지나도록 끝내 아무런 기별이 없었다.

현덕은 관우·장비와 함께 성내로 들어가 울적한 심사를 이기지 못하여 발길 닿는 대로 거닐다가 낭중(郎中) 장균(張鈞)의 행차와 마주쳤다. 현덕이 낭중 장균 앞에 나아가 자신들이 세운 공적을 고하자, 장균은 깜짝 놀랐다. 그는 좋은 말로 세 사람을 위로하고 경사에 머물면서 위에서 분부가 내리기를 기다리라 이르고는, 그길로 궁중으로 들어가 황제를 뵙고 아뢰었다.

"전에 황건적이 난을 일으켰던 것도 근원을 밝히자면 모두가 십상시 무리들이 함부로 벼슬을 팔며 저희들과 친한 자가 아니면 쓰지 않고, 저희와 원수진 자가 아니면 죄 있어도 죽이지 않아 천하가 크게 어지러워진 때문입니다. 이제 십상시의 목을 베어 그 머리를 남문 밖에 걸게 하시고, 사자를 보내어 천하에 널리 포고하신 다음 공있는 자에게 후히 상을 내리시면, 나라 안이 깨끗해지고 질서가 바로잡힐 것입니다."

듣고 있던 십상시들이 황망히 아뢴다.

"장균이 폐하를 속이고 있습니다."

영제는 무사를 시켜 장균을 궐 밖으로 몰아내게 했다. 이 일이 벌어진 뒤 십상시는 가만히 의논한다.

"이는 필시 황건적을 친 공이 있어도 아직 벼슬을 얻지 못한 무리가 불평을 품고 원망하는 말을 낸 것이니, 우선 작은 관직이라도 주었다가 뒤에 가서 다시 처리해도 늦지 않으리라."

이리하여 현덕은 정주(定州) 중산부(中山府) 안희현(安喜縣)이라는 조그만 고을의 현위(縣尉) 자리를 얻게 되었다. 현덕은 그동안 고락을 함께한 군사들을 해산하여 고향으로 돌아가게 하고, 가까이 따르는 20여명만 데리고 관우·장비와 함께 안희현에 부임했다.

고을 일을 한달 남짓 보면서 백성들을 혈육처럼 보살피고 추호도 범하는 것이 없으니, 명관을 만났다고 온 고을 백성들이 모두 그 덕을 칭송했다. 부임한 뒤로 현덕은 언제나 관우·장비와 식사와 잠자리를 같이했으며, 현덕이 관청에 나가 일을 볼 때에는 관우·장비 두 사람은 하루 종일 그 옆에 시립하여 조금도 피곤한 기색이 없었다.

그러나 부임한 지 채 넉달이 못 되어 조정에서 조서가 내려왔다. 전투에서 공을 세워 지방관이 된 자들을 심사해 정리하겠다는 내용이었다. 현덕은 그 일로 의구심에 사로잡혀 있었다. 이때 독우(督郵, 고을들을 순회하며 감독하는 관리)가 그 고을로 내려왔다.

현덕은 성밖으로 나아가 독우를 영접하고 정중히 예를 베풀었지만, 독우는 말 위에 거만하게 앉아서 손에 든 채찍을 가볍게 들어 답례를 대신할 뿐이었다. 관우·장비는 이 꼴을 보고 분을 참지 못했다. 역관(驛館, 관원들의 숙소)에 이르자 독우는 현덕을 섬돌 아래 뜰에 세워둔 채 마루 위에 앉아 남쪽을 바라보며 오랫동안 말이 없더니, 이윽고 입을 열어 한마디 묻는다.

"유현위는 어디 출신인고?"

현덕이 손을 맞잡고 허리를 구부리며 공손히 아뢴다.

"저는 중산정왕(中山靖王)의 후예로, 탁군에서 민병을 일으켜 황건적과의 30여차례 크고 작은 전투에서 세운 작은 공이 있어 지금의 관직을 받은 것입니다."

독우가 소리를 버럭 지르며 꾸짖는다.

"네가 황실의 친척이라 사칭하면서 또한 거짓 공적까지 말하는 구나. 너는 조정에서 내린 조서를 보지도 못했느냐? 너와 같은 탐관오리를 모두 정리하는 중이다."

현덕은 그저 예예 하며 그의 앞을 물러나 관청으로 돌아와서 현리들과 의논하니 한 사람이 아뢴다.

"독우가 위협하는 것은 뇌물을 바라고 하는 수작입니다."

현덕은 정색을 하며 말했다.

"내가 추호도 백성을 범하지 않았는데 제게 줄 재물이 어디 있단 말이냐?"

이튿날 독우는 먼저 현리를 잡아들여 현위가 백성을 해친 사실을 자백하라고 을러댔다. 현덕이 몇번이나 찾아가 현리를 풀어달라고 빌었지만 문지기가 안으로 들여보내지도 않고 문밖에서 쫓아 냈다.

이때 장비가 밖에 나와 울적한 김에 몇잔 술을 마시고는 말을 타고 역관 앞을 지나려는데, 촌늙은이 50~60명이 문전에 모여서서 통곡을 하고 있었다. 장비가 의아하여 통곡하는 이유를 묻자 늙은 이들이 서로 다투어 대답한다.

"독우 나으리가 현리를 윽박질러 유현덕 공을 까닭 없이 죄인으로 몰려 하기에 저희들이 그렇지 않다는 말씀을 드리고자 왔는데, 안에 들이기는커녕 문지기에게 매만 맞고 분해서 그럽니다."

그들의 말에 장비는 분기탱천했다. 고리눈 부릅뜨고 이를 갈아

장비는 부패한 관리를 붙들어매고 매질하다

붙이며 말에서 뛰어내려 그대로 역관으로 달려들어가니, 몇명 문지기 따위의 힘으로는 그를 가로막을 도리가 없었다. 장비가 곧장 역관의 뒷건물로 달려들어가니 독우는 높이 앉아 있고, 현리가 결박당한 채 땅에 엎어져 있었다. 장비가 소리친다.

"이 백성을 해치는 도적놈아! 내가 누군지 아느냐?"

독우가 미처 입을 열기도 전에 장비는 다짜고짜 독우의 머리를 움켜잡아 역관에서 그대로 현청 앞까지 질질 끌고 갔다. 관청 문앞에는 말을 매어두는 기둥이 있었다. 장비는 그곳에다 독우를 붙들어매고, 옆에 있는 버드나무 가지를 꺾어 그의 종아리를 힘껏 때린다. 삽시간에 부러져나간 버드나무 가지가 10개도 넘었다.

이때 현덕은 동헌에 홀로 앉아 근심 중에 있다가 관청 앞에서 들리는 시끄러운 소리를 듣고 좌우에게 그 까닭을 물었다.

"장장군이 관청 문앞에 한 사람을 매달아놓고 매질하고 있습니다."

현덕이 황급히 뛰어나와보니, 묶여 있는 자는 독우가 아닌가.

"이게 무슨 짓이냐?"

장비가 매를 든 채로 볼멘소리를 한다.

"이놈은 백성의 적이오. 내가 이놈을 때려죽일 작정이우."

독우는 현덕을 향하여 애걸한다.

"현덕공, 제발 나를 좀 살려주시오……"

현덕은 본래가 마음이 인자한 사람이라 즉시 장비를 꾸짖어 매질을 멈추게 하고, 손수 그의 묶인 것을 풀어주려는데 어느 틈에 곁에 다가온 관운장이 말한다.

"형님이 허다한 공을 세우시고 겨우 현위 하나를 얻어 하신 터에, 이제 도리어 독우 따위에게 이처럼 욕을 보셨습니다. 가시덤불 속은 본래 난새와 봉황이 깃들일 곳이 못 됩니다. 차라리 독우를 죽이고 벼슬을 버린 다음에 고향으로 돌아가 달리 원대한 계획을 세우시는 게 나을까 합니다."

현덕은 침통하게 고개를 끄덕이고는 인수(印綬)를 내오라 하여 독우의 목에 걸어주고 조용히 꾸짖는다.

"네가 백성에게 해를 끼친 죄는 죽여 마땅하다마는, 구차한 목숨만은 살려주마. 이제 인수를 돌려주었으니 나는 떠나겠다."

독우는 정주(定州)로 돌아가서 태수에게 이 사실을 고했다. 태수는 다시 조정에 공문을 띄워 보고하고 각처에 장교를 보내 유비·관우·장비를 체포하게 했다.

유비·관우·장비는 대주(代州)로 가서 유회(劉恢)에게 잠시 몸을 의탁하기로 했다. 유회는 현덕이 한나라 황실의 종친임을 알고 집에 숨겨주고는 일절 입 밖에 내지 않았다.

한편 조정에서는 십상시들이 권력을 잡고 서로 의논하여 저희들의 의사에 반대하는 이들은 모두 잡아 죽이려 했다.

조충이나 장양 같은 자들은 황건적을 물리친 장수들에게 금과 비단을 뇌물로 바치라고 요구했다. 그러고는 이에 응하지 않는 이들은 파직시키도록 참소했다. 황보숭과 주준 같은 강직한 이들이 뇌물 주기를 거부하자, 조충 등의 환관들은 황제에게 모함하여 그들을 파직했다.

어리석고 아둔한 영제는 그렇지 않아도 많은 권세를 누리고 있는 환관의 무리들에게 다시 벼슬을 내렸다. 조충의 무리를 거기장군으로 삼고 장양의 무리 13명을 모두 열후(列侯)에 봉하여, 나라정사는 더욱 어지러워지고 백성들의 원망하는 소리가 날로 높아만 갔다.

이러한 때, 장사(長沙)에서는 도적 구성(區星)이란 자가 난을 일으키고, 또 어양(漁陽)에서는 장거(張擧)·장순(張純)이 반기를 들었다. 장거는 스스로 '황제'라 일컫고 장순은 스스로 '대장군'이라 일컬으니, 표문이 빗발치듯 올라왔건만 십상시가 모두 감추고 황제에게는 아뢰지도 않았다.

어느날 황제가 후원에서 십상시 무리와 더불어 잔치를 벌이고 있는데, 간의대부(諫議大夫) 유도(劉陶)가 들어와 황제 앞에서 큰소리로 통곡했다. 황제가 그 까닭을 물으니 유도는 엎드려 아뢴다.

"이제 나라의 존망이 위급하온데, 폐하께서는 환관의 무리들과 술이나 드시고 계십니까?"

황제는 의아하다는 듯이 되묻는다.

"이렇듯 태평세월인데, 나라가 위태롭다니 무슨 말이오?"

"사방에서 도적떼가 일어나 각 고을을 침범하고 있으니, 이 모두가 저 십상시들이 벼슬을 팔고 백성을 해롭게 하며 임금을 속여 조정의 바른 신하들을 쫓아냈기 때문입니다. 화(禍)가 목전에 이르렀음을 어찌 모르십니까?"

유도의 말에 십상시 무리는 곧 자리에서 일어나 관들을 벗고 모두 황제 앞에 엎드렸다.

"대신이 저희를 용납하지 않으니 소신들은 죽을 수밖에 없사옵니다. 청컨대 신들의 목숨이나 붙여주시어 향리로 돌아가게 하시옵고, 신들의 가산을 팔아서 군자(軍資)에나 보태소서."

그들은 말을 마치자 일제히 통곡을 했다. 이 모양을 본 영제는 진노하여 유도에게 말한다.

"너희 집에도 또한 곁에서 시중드는 사람이 있을 터인데, 어찌 짐에게만 용납이 안된단 말이냐?"

황제가 무사를 불러 유도를 끌어내 목을 베라고 명했다. 무사가 양옆에서 달려들어 잡아일으키자, 유도는 황제를 쳐다보며 소리 높여 부르짖는다.

"소신이 죽는 것은 털끝만치도 두렵지 않사오나 4백여년을 이어온 한나라 황실이 하루아침에 망하는 것이 애석할 따름이오!"

무사가 유도를 궐문 밖으로 끌고 나가 바야흐로 집행하려 할 때 대신 하나가 앞으로 나서며 외친다.

"멈추어라. 내가 들어가서 간언을 드릴 것이다."

모두 바라보니 그는 바로 사도(司徒) 진탐(陳耽)이었다. 진탐은 궁중으로 달려들어가 황제께 아뢴다.

"유간의에게 무슨 죄가 있어서 목을 베려 하시옵니까?"

영제가 대답한다.

"근신들을 헐뜯고 짐을 모독한 죄이니라."

진탐은 정색하고 아뢴다.

"천하 백성들이 모두 십상시의 고기를 씹으려 벼르는 터에 폐하께서만 홀로 부모처럼 받드시며, 그들 몸에 한치의 공도 없건만 모두 열후에 봉하시고, 더욱이 봉서로 말씀드리면 황건적과 내통하여 내란을 일으키려 한 자이온데 폐하께서 오늘에 이르도록 깨닫지 못하시니, 이대로 가다가는 사직이 머지않아 쓰러질 것입니다."

"봉서가 도적과 내통했다는 것은 분명치가 않으며, 더욱이 십상시 가운데 어찌 한두명의 충신이 없겠소?"

진탐이 머리를 섬돌에 부딪치며 울며 간하니, 황제는 진노하여 끌어내라 명하고 유도와 함께 옥에 가두게 했다.

그날밤 십상시는 두 충신을 옥중에서 죽여버렸다. 그러는 한편 황제의 조서를 거짓으로 만들어 손견을 장사 태수로 임명하여 구성을 치게 하니, 50일이 못 되어 강하(江夏)를 평정했다는 보고가 올라왔다. 그들은 손견을 오정후(烏程侯)에 봉했다. 그리고 유우(劉虞)를 유주 목사로 삼아 군사를 이끌고 어양으로 가서 장거와 장순을 치게 했다. 이를 알게 된 대주의 유회는 유우에게 편지를 보내 현덕을 천거했다.

유우가 그 글을 보고 크게 기뻐하여 현덕을 도위(都尉)로 삼아 나가서 도적을 치게 하니, 현덕은 관우·장비와 함께 군사를 거느리고 나아가 며칠 만에 적의 예기를 꺾었다.

장순은 본래 성정이 사나워 부하들에게 인심을 잃고 있던 터라, 부하들 중 두목 하나가 변심하여 장순을 찔러죽인 다음 머리를 베어들고 무리와 함께 와서 항복을 구했다. 형세가 불리해지자 장거는 살아남기 어려울 줄 알고 스스로 목을 매어 자결했다. 이로써 어양땅은 평정되었다. 유우는 글을 올려 조정에 유비의 큰 공을 알렸다.

조정에서는 비로소 유비가 안희 현위로 있을 때 독우를 매질한 죄를 용서하고 하밀(下密)의 현승일을 맡아보게 했다가 다시 고당위(高堂尉)의 벼슬로 전직시켰다. 노식 아래서 동문수학한 공손찬 역시 유현덕의 공로를 알리는 표문을 올렸다. 이에 조정은 현덕에게 별부사마(別部司馬)라는 직함을 주고 평원(平原) 현령에 제수했다.

현덕이 평원에 부임하여 군량과 군자금, 병마를 넉넉히 갖추니 예전과 같은 기상이 되살아나고, 유우는 도적을 평정한 공으로 태위(太尉) 벼슬을 받았다.

중평(中平) 6년(189) 4월, 영제는 병이 중해지자 대장군 하진을 궁중으로 불러 뒷일을 상의했다. 하진이라는 사람은 본래 가축 잡던 백정 출신으로, 그의 누이가 후궁으로 들어가 귀인(貴人)이 되어 황자 변(辯)을 낳고 황후에 봉해짐으로써 조정에서 권세를 잡게 된 터였다.

하황후는 투기가 심하였다. 영제가 특별히 왕미인(王美人)을 총애하여 그 몸에서 황자 협(協)을 낳자 하황후는 곧 왕미인을 독살했다. 그뒤로 황자 협은 동태후 궁중에서 길렀는데, 이 동태후가 바로 영제의 어머니요, 해독정후(解瀆亭侯) 유장(劉萇)의 아내이다.

본래 환제가 아들이 없어 해독정후의 아들을 맞아다가 대를 잇게 했으니 그가 곧 영제이다. 영제는 대통을 물려받자 즉시 모친을 궁중으로 맞아들여 태후로 높인 것이다. 동태후는 일찍부터 영제에게 왕미인이 낳은 황자 협을 태자로 봉하도록 권해왔고, 영제 역시 협을 사랑하여 태자로 세우려 했다. 영제의 병이 중해지자 중상시(中常侍) 건석(蹇碩)이 은근히 아뢰었다.

"협 황자를 세우시려면 먼저 대장군 하진을 베어 후환을 없애도록 하소서."

영제는 그 말을 옳게 여겨 하진을 궁중에 들라고 했다. 황제의 부르심을 받고 대장군 하진이 궁중으로 들어가는데, 궁문 앞에 이르니 사마(司馬) 반은(潘隱)이 앞을 막는다.

"궁에 들지 마십시오. 건석이 장군을 죽이려 하고 있소이다."

하진은 크게 놀라 그대로 집으로 돌아와서 즉시 모든 대신을 모아놓고 환관의 무리들을 모조리 죽일 의논을 하니, 좌중에서 누군가 일어나 말한다.

"환관들의 세도는 충제(沖帝)와 질제(質帝) 때부터 시작되어 오늘날 조정 안 곳곳에 뻗쳐 있으니 모조리 죽이기는 어려울 것입니다. 만약에 일이 누설되면 반드시 멸문지화(滅門之禍)가 있을 것이니 깊이 생각해서 하시지요."

하진이 바라보니 전군교위(典軍校尉) 조조였다. 하진은 조조를 꾸짖는다.

"네 따위 아랫것이 어찌 조정 대사를 안다고 나서느냐?"

모두들 주저하고 있을 때 반은이 들어와 말한다.

"황제는 이미 세상을 떠나셨습니다. 지금 건석이 십상시 무리들과 짜고서 국상을 비밀에 부치고 거짓 조칙을 내어 대장군 하국구(何國舅, 국구는 황후의 오라버니)를 궁중으로 들라 하여 후환을 없앤 다음, 황자 협을 황제로 세우려 하고 있습니다."

반은의 말이 끝나기도 전에 사자가 와서 황제가 붕어하셨으니 하진은 속히 궁에 들어와 후사(後嗣)를 정하라는 전갈을 알렸다. 조조가 다시 말한다.

"장군이 지금 취해야 할 계책은 한시바삐 새로운 임금을 세우는 것입니다. 그후에 내시들을 처치하도록 하십시오."

하진 역시 같은 생각으로 좌중을 둘러본다.

"누가 나와 함께 궁중에 들어가서 새 황제를 바로 세우고 역적들을 토벌하겠는가?"

한 사람이 나서며 대답한다.

"정병 5천만 주시면 궐내로 들어가 새 임금을 세우고 환관의 무리를 모두 없앤 다음 조정을 일신하여 천하를 편안케 하오리다."

하진이 보니, 그는 사도 원봉(袁逢)의 아들이요 원외(袁隗)의 조카인 원소(袁紹)로, 자는 본초(本初)이며 이때 사예교위(司隷校尉, 수도 가까운 곳의 군현을 관할하고 군사권까지 관장함)로 있던 사람이었다. 하진은 크게 기뻐하여 원소에게 어림군(御林軍, 친위병) 5천을 내주었다. 원소가 온몸에 갑옷과 투구를 걸치고 검을 차니 하진은 하옹(何顒)·순유(荀攸)·정태(鄭泰) 등 대신 30여명과 함께 궁중으로 들어가 영제의 관 앞에서 태자 변을 황제의 자리에 오르게 했다.

백관이 새 황제의 등극을 축하하며 예를 올리는데, 원소는 궁중에 들어가자마자 중상시 건석을 잡으려 했다. 건석은 급한 대로 허둥지둥 어원(御苑)으로 뛰어들어가서 꽃그늘에 숨었으나 같은 중상시 곽승의 손에 죽음을 당했다. 이에 건석이 거느리고 있던 금군(禁軍)은 모조리 항복하고 말았다. 원소가 하진에게 말한다.

"한통속인 환관의 무리들을 오늘 이 좋은 기회에 모두 죽여 없애야 합니다."

일이 자못 위급함을 알고 장양 일당은 황망히 내전으로 들어가 하태후에게 아뢴다.

"처음에 대장군을 모함하는 꾀를 낸 것은 건석 한 사람이며 소신의 무리들은 도무지 모르는 일이온데, 이제 대장군께서 원소의 말만 들으시고 소신들을 모두 죽이려 하니 부디 태후마마께서는 가엾게 여겨주옵소서."

"너희는 아무 걱정 말라. 내 너희를 보호하리라."

하태후는 이렇게 말하고 곧 전지(傳旨)를 내려 하진을 불러들였다. 하진이 입궐하자 은근히 말한다.

"오라버니와 나는 본래 출신이 한미한 터에, 오늘날 이같은 부귀를 누리고 지내게 된 것은 장양 무리들 덕분이 아닙니까? 건석을 죽여 이미 죄를 다스렸으면 그만이지, 남의 말만 듣고 다른 환관들까지 모두 죽일 필요야 없지 않겠어요?"

하진은 밖으로 물러나와 모든 관원들에게 말한다.

"건석이 나를 모해하여 죽이려 하니 내 그 일족을 멸하겠지만, 다른 무리들이야 구태여 죽일 필요까지는 없을 게요."

원소가 반대하고 나선다.

"만약 풀만 베고 그 뿌리를 뽑지 않는다면 반드시 큰 후환이 따를 것입니다."

그러나 하진은 원소의 말을 들으려 하지 않는다.

"이미 결정했으니 여러 말 말라."

하는 수 없이 모든 신하들은 물러나왔다. 이튿날 하태후는 하진에게 녹상서사(錄尙書事)의 벼슬을 내리고 다른 사람들에게도 합당한 벼슬을 내렸다.

한편, 동태후는 장양의 무리를 궁중으로 불러들여 조용히 상의한다.

"본래 하진의 누이를 내가 불러들였는데, 이제 그가 낳은 아들이 황제가 되어 지금 안팎의 신하들이 모두 그들의 심복이 되고, 그 권세가 엄청나게 커졌으니 장차 이를 어찌하면 좋겠느냐?"

장양이 계교를 아뢴다.

"마마께서 조정에 납시어 수렴청정하시고, 협 황자를 왕에 봉하시며 국구 동중(董重)의 관직을 높여 병권을 장악하게 하시옵고, 또 소신들을 중히 쓰시면 가히 대사를 도모할 수 있을 것입니다."

동태후는 크게 기뻐한다. 이튿날 조회를 열어 동태후는 황자 협을 진류왕(陳留王)으로 봉하고, 동중을 표기장군(驃騎將軍)으로 삼아 장양의 무리들과 함께 정사에 참여하게 했다.

하태후는 동태후가 이렇듯 권세를 마음대로 휘두르는 것을 보고
는 궁중에 잔치를 열어 동태후를 청했다. 술을 거나하게 마셔 주흥
이 한창 올랐을 때, 하태후는 문득 몸을 일으켜 잔을 받들고 동태
후에게 두번 절한 후 말한다.

"우리들은 부녀자라 나라 정사에 참여하는 것은 사리에 맞지 않
사옵니다. 옛날에 여태후(呂太后)는 권세를 틀어쥐고 있다가 그 일
가친척 1천여명이 모두 죽음을 면치 못했다 하지 않습니까. 이제
우리는 그저 구중궁궐에 깊이 앉아 있고 조정의 큰일은 대신과 원
로에게 맡겨두심이 나라를 위하는 일이 아닐까 싶습니다. 부디 소
비(小妃)의 말을 뿌리치지 마소서."

동태후는 화가 치밀었다.

"네 투기가 심해 죄없는 왕미인을 약 먹여 죽이더니, 이제는 네
소생이 임금 되고 네 오라비의 권세가 중하다고 그것을 믿고 감히
방자한 소리를 늘어놓는구나. 내가 표기장군에게 조칙을 내려 네
오라비의 목을 베기란 손바닥을 뒤집는 것처럼 간단한 일이다."

하태후도 화가 났다.

"제가 좋은 말씀으로 권하는데, 어찌 오히려 화를 내시옵니까?"

동태후가 더욱 화를 내며 말한다.

"너희 백정 집안의 천한 것들이 무얼 안단 말이냐?"

두 태후가 서로 다투자 장양 등이 뜯어말려 각기 궁으로 돌아가
도록 했다.

한밤중에 하태후는 하진을 불러들여 동태후와 다투었던 일을 소

상히 말했다. 하진은 퇴궐하여 삼공(三公)을 불러 대책을 논했다.
그들은 이튿날 아침 일찍 조회를 열어 신하들로 하여금 황제께 주
청을 올리도록 했다. 그들은 동태후가 정궁(正宮)이 아닌 번비(藩
妃)라 궁중에 오래 머물러 있게 하는 것은 옳지 않다 하여 하간(河
間)으로 내쫓되 날짜를 정해 궁중을 떠나게 하고, 한편으로는 금군
으로 하여금 표기장군 동중의 집을 포위하고 장군의 관인(官印)을
찾아오게 했다. 동중은 사태가 위급한 것을 알고 후당(後堂)에서
스스로 목을 찔러 자결했다. 집 안에서 가족들의 곡성이 흘러나오
자 그제야 비로소 군사들은 흩어져 돌아갔다.

동태후 일파가 무너진 것을 본 장양과 단규의 무리들은 금은보
화로 대장군 하진의 아우 하묘(何苗)와 그의 모친 무양군(舞陽君)
에게 연줄을 놓았다. 그러고는 아침저녁으로 하태후에게 자신들이
무사하도록 이야기해달라고 부탁했다. 이로써 십상시 무리들은 또
다시 황제의 총애를 받게 되었다.

그해 6월에 하진은 조용히 사람을 하간으로 보내어 동태후를 역
관 뜰에서 독살하고, 영구를 끌고 경사로 돌아와 문릉(文陵)에 장
사 지낸 뒤 병이 났다 핑계대고 바깥출입을 삼갔다. 어느날 사예교
위 원소가 찾아와 하진에게 권한다.

"요사이 장양·단규 등이 공께서 동태후를 독살하고 대사를 도모
한다는 헛소문을 밖에서 퍼뜨리고 있으니, 이때에 환관들을 없애
지 않는다면 반드시 나중에 큰 화가 미칠 것입니다. 예전에 두무가
환관들을 죽이려다가 계획이 치밀하지 못하여 도리어 화를 입었지

만, 공의 형제와 부하 장정들은 모두 영특한 분들이니, 지금 결단을 내리신다면 대권을 장악할 수 있습니다. 이는 하늘이 주신 기회이니 놓치지 마십시오."

그러나 하진은 말한다.

"천천히 의논하기로 하세."

하진이 선뜻 결단을 내리지 못하고 있을 때 좌우에 있던 자가 이 일을 가만히 장양에게 알렸다. 장양의 무리는 다시 하진의 동생 하묘에게 뇌물을 보내면서 도움을 간청했다. 뇌물을 먹은 하묘는 궁으로 들어가 하태후에게 아뢴다.

"대장군이 새 임금을 보좌하여 어진 정사를 베풀려 하지 않고 오직 살벌한 일만 계획하고 있습니다. 지금 까닭 없이 십상시를 또 죽이려고 하니, 이는 나라를 크게 어지럽게 하는 일입니다."

하태후는 이 말을 받아들였다. 잠시 후 하진이 궁에 들어와 환관들을 죽여야겠다고 말하자 하태후가 나무란다.

"환관들이 궁궐을 다스리는 것은 한나라의 오랜 법도이고, 지금은 선제께서 세상을 버리신 지 오래지 않은 터인데, 함부로 옛신하들을 죽이려 하는 것은 종묘를 소중히 여기는 일이 아니오."

하진은 원래 결단력이 없는 위인이라 태후의 말을 거역하지 못하고 그저 예예 하고 물러나왔다. 원소가 그를 맞으며 묻는다.

"어찌 되었습니까?"

하진이 대답한다.

"태후께서 윤허하지 않으시니 어찌할까?"

원소가 말한다.

"그렇다면 곧 사방의 영웅들을 불러 군사를 거느리고 경사로 올라와서 환관의 무리들을 쳐죽이도록 하십시오. 그렇게 하면 일이 워낙 급하니 태후라 하더라도 허락하지 않을 수 없게 됩니다."

"거참 묘한 계책이구나."

하진은 즉시 격문을 각 진으로 보내어 제후를 경사로 부르려 했다. 주부(主簿) 진림(陳琳)이 말린다.

"안될 말씀이오. 속담에 이르기를 '눈 가리고 새를 잡는다 함은 자신을 속이는 짓'이라 하였습니다. 미물도 자신을 속여가면서는 잡기 어려운데, 하물며 국가대사에 속임수가 있어서야 되겠습니까. 이제 장군께서는 황제의 위엄을 등에 업고 병권을 손아귀에 넣어 용이 뛰어오르고 범이 달리듯이 무엇이든지 마음대로 할 수 있습니다. 환관들을 죽이는 것쯤은 활활 타오르는 화로에 머리털을 태우기처럼 쉬운 일이니 속히 군사를 동원하여 처단한다면 하늘과 사람이 순응할 것입니다. 그런데 어찌하여 외지의 영웅들을 불러올려 그들로 하여금 함부로 대궐을 범하게 하려 하십니까? 여러 영웅이 한자리에 모이면 각기 딴마음을 품게 될 것이니, 창날을 거꾸로 하여 그 자루를 남에게 맡기는 것과 같아 일은 이루지 못하고 도리어 환란만 일으키게 되오리다."

하진이 웃으면서 말한다.

"그것은 겁쟁이의 소견일 뿐이다."

옆에 있던 한 사람이 이들이 나누는 말을 듣고 손바닥을 두드리고 크게 웃으면서 중얼거린다.

"이런 일은 손바닥 뒤집기보다 쉽거늘 무슨 말이 이렇게 많은가."

바라보니 그는 전군교위 조조였다.

임금 주위 소인배들의 어지러움을 없애려면　　　　欲除君側宵人亂
모름지기 조정의 지략 있는 자의 꾀를 들으라　　　須聽朝中智士謀

과연 조조는 뭐라고 말할 것인가?

3
동탁의 음모

동탁은 온명원에서 정원을 꾸짖고
이숙은 황금과 명주로 여포를 유혹하다

조조가 하진에게 말한다.

"환관들이 나라에 해를 끼친 것은 예로부터 있었던 일입니다. 군
주가 그들을 너무 총애하고 큰 권력을 주어 이 꼴이 된 것입니다.
환관의 죄를 다스리려 한다면 우두머리만 없애면 되고, 그 일은 옥
리 혼자서도 할 수 있거늘 어찌하여 지방 제후의 군사까지 부른단
말입니까? 그들을 다 죽이려 한다면 반드시 일이 탄로나서 오히려
그르치고 말 것입니다."

조조의 말에 하진이 벌컥 화를 낸다.

"맹덕, 그대도 사심을 품고 있는가?"

조조는 물러나와 한탄한다.

"천하를 어지럽게 할 자는 바로 하진이로구나."

하진은 제 고집대로 비밀조서를 가진 사자를 밤중에 은밀하게 각지로 보냈다.

한편 전장군(前將軍) 오향후(鰲鄕侯) 서량 자사 동탁은 지난번 황건적을 치는 싸움에 아무런 공이 없어 조정에서 죄를 물으려 하자, 십상시에게 뇌물을 바치고 다행히 모면할 수 있었다. 그뒤로 조정의 귀인들과 결탁하여 마침내 높은 벼슬에 올라 서주(西州)의 20만 대군을 통솔하기에 이르렀다. 그렇지 않아도 슬그머니 야심을 품고 있던 차에, 경사로 올라오라는 조칙을 받게 되자 동탁은 크게 기뻐하며 군마를 점검해서 속속 떠나보냈다.

그런 다음 사위 중랑장 우보(牛輔)를 남겨두어 섬서(陝西)를 지키게 하고, 동탁 자신은 이각(李催)·곽사(郭汜)·장제(張濟)·번조(樊稠) 등 수하장수와 더불어 군사를 이끌고 낙양으로 향했다. 동탁의 사위이며 참모인 이유(李儒)가 조언을 한다.

"비록 조서를 받기는 했으나 그 가운데는 애매한 부분이 많으니, 표문을 올려 대의명분과 입장을 밝혀두십시오. 그래야만 큰일을 도모할 수 있습니다."

동탁이 크게 기뻐하여 표문을 올리니, 그 내용은 대략 이러하다.

천하가 이처럼 어지러운 것은 환관 장양 무리들이 하늘의 법도를 능멸한 때문입니다. 신이 듣건대 '끓는 물을 식히려면 불쏘시개를 제거해야 하고, 종기를 째는 아픔이 독을 번지게 하는 것보다 낫다'고 합니다. 이제 신이 감히 징치고 북을 울리며 낙양으로 들어가 장양 무리를 없앨 것이니, 종묘사직과 천하가 크게 다행스러워질 것입니다.

하진이 동탁의 표문을 받고 여러 대신들에게 보이자 시어사(侍御史) 정태(鄭泰)가 간한다.

"동탁은 이리와도 같은 자라, 경사로 끌어들이면 반드시 사람을 해칠 것입니다."

그러나 하진은 말한다.

"그대는 의심이 많아서 큰일을 도모하지 못하겠네."

노식이 또한 나서서 간한다.

"제가 동탁의 사람됨을 잘 아는데, 그는 양가죽을 둘러쓴 이리 같은 자입니다. 한번 궁궐에 들어오면 반드시 변란을 일으킬 것이니, 부디 그자를 끌어들이지 마시어 변란을 면하소서."

그래도 하진이 듣지 않자, 정태와 노식은 사직하고 떠났다. 조정 대신들 가운데도 벼슬을 버리고 향리로 돌아가는 이가 태반이었다. 하진은 사신을 보내 동탁을 민지(澠池)에서 맞이하게 했다. 동탁은 그곳에 이르러 행군을 멈추고 움직이지 않았다.

한편 장양의 무리들은 지방의 군사들이 경사로 몰려온다는 소식을 듣고 대책을 논의한다.

"이는 하진이 꾸민 일이니 우리 편에서 먼저 손을 쓰지 않았다가는 반드시 멸족의 화를 면치 못하리라."

이렇게 결론을 내린 장양의 무리는 먼저 도부수(刀斧手, 큰 칼과 도끼를 쓰는 군사) 50여 명을 장락궁(長樂宮) 가덕문(嘉德門) 안에 매복시키고 하태후에게 들어가 아뢴다.

"지금 대장군이 거짓 조서로 지방의 군사들을 경사로 불러들여 소신의 무리를 모두 죽이려 하시니, 마마께서는 가엾게 여기시어 소신들의 목숨을 구해주소서."

태후가 말한다.

"너희들이 대장군 부중으로 가서 사죄를 드려보아라."

장양의 무리는 다시 엎드려 아뢴다.

"소신들이 대장군 부중으로 갔다가는 뼈도 못 추릴 것입니다. 엎드려 비옵건대 마마께옵서 대장군을 궐내로 부르시어 소신들을 죽이지 말라고 말씀해주소서. 들어주지 않으시려거든 소신들은 차라리 마마 앞에서 죽기를 바라옵니다."

태후는 마침내 하진을 궐내로 불러들이라는 조서를 내렸다. 하진이 태후의 부르심을 받고 즉시 궁으로 들어가려 하자 주부 진림이 나서며 말린다.

"태후의 이 조서는 십상시가 꾸민 것이니, 절대로 들어가면 안됩니다. 입궁하시면 반드시 화를 입을 것입니다."

하진은 가볍게 들어넘긴다.

"태후께서 나를 부르시는데 무슨 화를 입는단 말인가?"

원소가 또한 말한다.

"내시들을 죽이려던 계획이 다 누설된 지금 어찌하여 장군은 궐내로 들어가려 하십니까?"

조조도 옆에서 말한다.

"장군이 기어코 들어가시겠으면, 먼저 십상시 무리를 밖으로 불러내신 뒤에 들도록 하십시오."

하진은 도리어 가소롭다는 듯이 말한다.

"무슨 어린애 같은 소견인가. 내가 지금 천하의 권세를 한손에 잡고 있는 터에 십상시가 감히 나를 어쩌겠는가?"

"장군이 기어코 들어가시겠으면 우리들이 무장한 군사들을 거느리고 호위하여 뜻하지 않은 변을 방비하도록 하겠습니다."

원소와 조조는 각기 정병 5백을 뽑아내어 원소의 아우 원술(袁術)에게 통솔하게 했다. 원술은 곧 갑옷 입고 투구 쓰고 군사를 청쇄문(靑瑣門) 밖에 늘어세우고, 원소와 조조는 허리에 칼을 차고 하진을 호위하여 장락궁 앞에 이르렀는데 환관이 앞을 가로막는다.

"태후께옵서 특히 대장군만 부르시는지라, 다른 사람은 함부로 들이지 말라 하십니다."

원소와 조조 등은 궁문 밖에 걸음을 멈추었고, 하진 혼자서 대장군의 위풍을 뽐내며 의기양양하게 걸음을 옮겼다. 가덕전(嘉德殿) 문 앞에 이르렀을 때, 장양과 단규가 마주 나오더니 좌우로 달려들며 에워쌌다. 하진은 크게 놀랐다. 장양이 소리를 가다듬어 꾸짖는다.

"동태후께 무슨 죄 있어 네가 독살을 했더냐? 국모의 장례에도 병을 핑계대어 나오지 않은 놈아, 네 본래 푸줏간이나 하던 미천한

놈을 우리가 황제께 천거하여 오늘날의 영화를 누리게 했건만, 은혜를 갚기는커녕 도리어 우리를 죽이려고 하느냐. 네가 말끝마다 우리들을 더럽다고 하는데 대체 깨끗한 놈은 누구란 말이냐?"

하진은 황급히 도망갈 길을 찾으려 했다. 그러나 궁문은 모두 굳게 닫혀 있었다. 그때 매복해 있던 도부수들이 일제히 달려들어 어지러이 내리치는 칼과 도끼에 하진의 몸은 어육이 되고 말았다.

후세 사람들이 시로써 이렇게 한탄했다.

한나라 기울어져 천수가 다하려니	漢室傾危天數終
어리석은 하진이 삼공이 되었구나	無謀何進作三公
충신들의 간언을 들을 줄 몰랐으니	幾番不聽忠臣諫
궁중에서 칼맞는 일 제 어이 면하리	難免宮中受劍鋒

장양의 무리가 이처럼 하진을 죽였는데, 밖에서는 하진이 좀처럼 나오지 않자 기다리던 원소가 궁문을 향해 크게 외친다.

"장군께서는 어서 수레에 오르십시오!"

장양의 무리가 안에서 이 소리를 듣고 하진의 머리를 담 너머로 내던진 뒤 황제의 명을 소리쳐 알린다.

"하진이 모반하여 이미 베어 죽였으나, 나머지 따르던 무리들은 용서하여 죄를 사하노라."

원소가 소리를 가다듬어 부르짖는다.

"환관의 무리가 대신을 살해했으니 놈들을 쳐죽이려는 자는 모두 나와서 싸움을 도우라!"

그 소리에 응하여 하진의 장수 오광(吳匡)이 청쇄문 밖에다 불을 질렀고, 원술은 군사를 이끌고 궁정으로 뛰어들어 환관들을 닥치는 대로 죽였다. 원소와 조조도 함께 궐문을 부수고 들어가 조충·정광·하운·곽승 네 명을 이리저리 쫓다가 취화루(翠花樓) 아래서 도륙을 해버렸다. 궁중에 이는 불길이 하늘을 찌를 듯했다. 장양·단규·조절·후람의 무리는 하태후와 태자(황제), 그리고 진류왕을 협박해 뒷길로 해서 북궁으로 달아나고 있었다.

한편 노식은 비록 벼슬은 내놓았으나 아직 낙양을 떠나지 않고 있다가 궁중에 변란이 일어난 것을 전해들었다. 그는 곧 갑옷을 갖춰입고 달려들어와 창을 들고 전각 아래 서 있었다. 멀리서 단규가 하태후를 윽박질러 밖으로 막 끌어내려 하고 있었다. 노식은 큰소리로 외친다.

"단규 이 역적놈아, 어디서 감히 태후를 핍박하느냐!"

단규는 깜짝 놀라 몸을 돌려 달아나고, 태후는 창문으로 급히 뛰어나와 위기를 모면했다.

한편 하진의 장수 오광이 내정으로 달려들어가는데 때마침 하진의 아우 하묘가 칼을 들고 나온다. 오광이 큰소리로 외친다.

"하묘는 내시들과 한패가 되어 제 형을 해친 놈이다. 마땅히 함께 죽여야 한다."

사람들이 일제히 소리친다.

"제 형을 죽인 역적놈을 죽여라!"

하묘가 달아나려 했지만 군사들이 에워싸고 칼을 마구 휘둘러 난도질했다. 원소는 다시 군사를 나누어 십상시의 가족들을 남녀노소 가리지 않고 모두 죽여버렸다. 그 바람에 수염이 없는 자로서 억울하게 죽은 이도 적지 않았다.

이때 조조는 궁중의 불을 끄게 하고, 하태후를 모셔내어 나랏일을 섭정하도록 하는 한편, 군사를 풀어 도망한 장양의 무리를 추적하여 어린 황제를 찾도록 했다.

한편 장양과 단규는 어린 황제와 진류왕을 협박하여 연기를 무릅쓰고 불속을 뚫고 밤새 달아나서 북망산에 이르렀다. 밤이 깊어 2경쯤 되었는데, 뒤쪽에서 함성이 크게 일며 한떼의 군마가 달려왔다. 앞장서서 말을 달려오는 이는 하남(河南)의 중부연리(中部掾吏) 민공(閔貢)이라는 사람이다. 민공이 말을 급히 달려 쫓아오며 큰소리로 외친다.

"이 역적놈아, 어디로 도망하려느냐!"

장양은 사태가 워낙 급하여 도저히 피할 길이 없음을 깨닫고 강물에 몸을 던져 자결했다. 어린 황제와 진류왕은 상황이 어찌 되었는지를 몰라 숨을 죽이고 강변의 우거진 잡초 속에 가만히 엎드려 있었다. 민공은 군사를 사방으로 풀어 두루 찾았으나, 어린 황제와 진류왕이 있는 곳을 찾지 못하고 다른 곳으로 가버렸다.

밤은 이슥해 어느덧 4경(새벽 2시)에 이르렀다. 이슬이 차게 내리고 몹시 배가 고파 황제와 진류왕은 서로 껴안고 우는데, 누가 들을까 하여 풀숲에 웅크린 채 소리도 내지 못했다. 애처로이 우는 황제를 위로하며 진류왕이 말한다.

"이 강기슭은 오래 있을 곳이 못 되오니 어디든 살길을 찾아 떠나야겠습니다."

두 사람은 옷깃을 서로 붙잡아매고 강기슭으로 기어올라 나아갈 길을 찾았다. 캄캄한 어둠 가운데 가시덤불만 우거졌고 아무리 둘러보아도 길을 찾을 수가 없어 우왕좌왕하고 있는 터에, 문득 수천 수백마리의 반딧불이 떼를 지어 황제 앞에서 날아다니며 밝은 빛을 비추어주었다. 진류왕은 황제를 돌아보며 말한다.

"하늘이 아마도 우리 형제를 도와주시나봅니다."

형제가 손을 맞잡고 떼로 날며 빛을 비추는 반딧불의 뒤를 따라가니 차츰 길이 보이기 시작했다. 5경(새벽 4시)이 될 때까지 계속 걸었다. 다리가 아파서 더이상 걸을 수가 없는데, 길가 언덕 옆에 쌓인 건초더미가 보였다. 어린 황제와 진류왕은 그 건초더미에 지친 몸을 던지고 잠이 들었다.

건초더미가 있는 앞쪽에는 장원이 한채 있었다. 이때 그 집 주인이 꿈을 꾸었는데, 붉은 태양 두개가 바로 자기 집 뒤로 떨어진다. 놀라서 깨어나 옷을 주섬주섬 입고 밖으로 나왔다. 사방을 살펴보니 자기 집 뒤 건초더미 위에 한줄기 붉은빛이 바로 하늘 위까지 뻗쳐 있다. 황급히 더듬어 찾아가보니 웬 소년 둘이 누워 있는 게 아닌가. 주인이 묻는다.

"너희들은 대체 뉘 집 아이들이냐?"

황제는 두려워 감히 대답을 못하고, 진류왕이 나서서 황제를 가리키며 말한다.

"이분은 바로 황제이시오. 십상시의 난리를 만나 이곳까지 피하여 오시었고, 나는 아우 되는 진류왕이오."

이 말에 집주인은 소스라치게 놀라 황제 앞에 거푸 두번 절하고 말한다.

"신은 선조대에 사도를 지낸 최열(崔烈)의 아우 최의(崔毅)로서, 십상시가 벼슬을 사고팔고 어진 이를 괴롭히기에 이곳에 숨어 살고 있습니다."

최의는 황제를 부축하여 집 안으로 모시고는 술과 음식을 마련하여 무릎을 꿇고 올렸다.

한편 민공은 사방으로 황제의 종적을 찾아다니다가 마침내 달아나던 단규를 붙잡았다.

"바른대로 아뢰어라. 황제께서는 어디 계시냐?"

"도중에 잃어버려 어디로 가셨는지 모르오."

민공은 한칼에 단규를 베어 그 머리를 말 목에 매달고 나서 군사를 풀어 사방으로 황제를 찾게 했다. 그리고 혼자서 말을 몰아 길을 찾아나선 곳이 우연히도 최의의 장원 앞이었다.

최의가 안에서 나와 말머리에 달린 수급을 보고 내력을 물었다. 그는 곧 황제의 종적을 찾아서 이곳까지 이른 것을 자세히 이야기했다. 최의가 그를 안으로 안내하자 임금과 신하는 한동안 통곡할 뿐 말문을 열지 못했다. 이윽고 민공이 황제에게 아뢴다.

"나라에는 하루라도 임금이 계시지 않으면 아니 됩니다. 청컨대 폐하께서는 곧 궁으로 돌아가시옵소서."

최의의 장원에는 겨우 여윈 말 한필이 있을 뿐이어서, 민공은 그 말을 빌려 황제를 타게 하고, 자신의 말 위에 진류왕을 함께 태우고 그곳을 떠났다. 농장을 떠난 지 얼마 안되어 사도 왕윤(王允)·태위 양표(楊彪)·좌군교위 순우경(淳于瓊)·우군교위 조맹(趙萌)·후군교위 포신(鮑信)·중군교위 원소 등 일행이 수백 인마를 이끌고 황제를 맞았다. 임금과 신하는 또 한차례 통곡했다.

먼저 사람을 시켜 단규의 수급을 도성 거리에 내걸어 역적의 종말을 만천하에 알리고, 좋은 말 두필을 가려내어 황제와 진류왕을 각기 태워 낙양을 향해 출발했다. 이에 앞서 낙양성내의 아이들은 이런 동요를 즐겨불렀다.

황제가 황제 아니고   帝非帝

왕이 왕 아니라네   王非王

천승 만기 함께   千乘萬騎

북망산으로 달아나네   走北邙

결국 노랫말대로 모든 일이 맞아떨어진 셈이 되었다.

황제를 모시고 한마장쯤 나아가니, 문득 깃발이 해를 가리고 먼지가 하늘을 덮으면서 난데없는 한떼의 인마가 앞으로 달려들었다. 백관이 모두 안색이 변하고 황제도 크게 놀라 어쩔 줄 모르는데, 원소가 말을 짓쳐 앞으로 나서며 소리쳐 묻는다.

"너희들은 누구냐?"

수놓은 깃발 아래로 한 장수가 말을 달려나오며 목소리를 가다듬어 되묻는다.

"황제 폐하는 어디 계시오?"

황제는 겁에 질려 말도 못하고 있는데, 곁에 있던 진류왕이 말을 몰고 앞으로 나서며 묻는다.

"그대는 누군가?"

그 장수가 대답한다.

"서량 자사 동탁이오."

"그대는 어가(御駕)를 호위하러 왔는가, 그렇지 않으면 핍박하러 왔는가?"

"특별히 호위하러 왔소이다."

진류왕은 한층 목소리를 가다듬었다.

"어가를 호위하러 왔다면 황제께서 이곳에 계신데, 어찌하여 말에서 내리지 않는가?"

동탁이 크게 놀라 황망히 말에서 뛰어내려 길 한편으로 비켜서며 허리를 숙였다. 진류왕은 부드러운 어조로 동탁을 칭찬하며 격려하는데, 처음부터 끝까지 한마디의 실언도 없었다. 동탁은 마음속으로 은근히 탄복하며 이때부터 이미 황제를 폐하고 진류왕을 옹립할 뜻을 품었다.

이리하여 황제는 어렵사리 궁으로 돌아왔다. 하태후와 만나 두 모자가 한바탕 통곡을 한 뒤 궁중을 점검해보니, 이게 웬일인가. 전국옥새(傳國玉璽)가 보이지 않았다.

그후 동탁은 군사를 성밖에 주둔해두고 날마다 철갑으로 무장한 기마병을 거느리고 성내로 들어와서 거리를 활보하니, 백성들이 몹시 불안해했다. 게다가 그는 거침없이 궁정을 드나들었다. 어느 날 후군교위 포신이 원소를 찾아가 말한다.

"동탁이 딴마음을 품고 있는 것이 분명하니 속히 없애는 것이 좋겠습니다."

그러나 원소는 대답한다.

"조정이 새로이 바로잡혔는데 함부로 움직여서는 안되오."

포신은 다시 사도 왕윤을 찾아가 제 뜻을 밝혔다. 왕윤의 대답 역시 시원치 않았다.

"천천히 의논키로 하십시다."

포신은 길게 탄식하고 지체없이 자기 군사를 이끌고 태산(泰山)으로 돌아가버렸다.

이때 동탁은 하진 형제 수하에 있던 군사들을 포섭하여 병권을 장악한 뒤 이유를 불러 조용히 상의한다.

"내가 이제 황제를 폐하고 대신 진류왕을 세울까 하는데 어찌 생각하느냐?"

이유가 기다렸다는 듯 대답한다.

"지금 조정에 주인이 없으니 서두르셔야 합니다. 시일을 늦췄다가는 무슨 변고가 생길지 모르니 내일 당장 온명원(溫明園)에 문무백관을 불러모아 황제를 폐립(廢立)하겠노라는 뜻을 밝히십시오.

그리고 반대하는 자가 있다면 무조건 목을 치십시오. 위엄을 세우실 때는 바로 지금입니다."

그 말에 동탁은 크게 기뻐했다. 이튿날 온명원에다 큰 잔치를 베풀어 문무백관을 청하니, 모두 동탁을 두려워하는 터라 누가 감히 모이지 않을 것인가. 동탁은 백관이 다 모이기를 기다려 뒤늦게 허리춤에 칼을 찬 채로 자리에 앉았다. 술이 두어순배 돌자 그는 문득 잔을 멈추더니 풍악을 그치게 한 다음 목청을 가다듬어 말한다.

"내 좌중에 드릴 말씀이 있소."

모든 사람이 쥐 죽은 듯 귀를 기울이며 바라보았다. 동탁은 한차례 둘러보고 나서 말을 잇는다.

"황제는 만백성의 주인이시니 위엄이 없고서야 어찌 종묘사직을 받들 수 있겠소. 내가 뵈옵기에 폐하는 심히 나약하시오. 그러니 총명하고 학문을 좋아하는 진류왕께서 대위(大位)를 계승하심이 마땅할 것이오. 내 황제를 폐하고 진류왕을 세우고자 하는데, 대신들의 의향은 어떠시오?"

모두들 조용히 들을 뿐 누구 하나 감히 입을 열지 못하는데, 문득 한 사람이 술상을 밀치고 일어나 큰소리로 외친다.

"안될 말이다! 네가 누구기에 감히 그러한 말을 하느냐? 금상께서는 선제(先帝)의 적자(嫡子)이실 뿐만 아니라 이렇다 할 과실이 있는 것도 아닌 터에, 네 어찌 망령되이 폐립을 의논하려 드느냐? 네 감히 역적질을 하려는 게냐?"

형주 자사 정원(丁原)이었다.

"내 뜻을 따르는 자는 살고, 거역하는 자는 죽음을 면치 못하리라."

화가 난 동탁은 즉시 칼을 빼어들며 당장이라도 정원을 칠 기세였다. 이때였다. 불현듯 정원의 등 뒤에 서 있는 한 장수의 모습이 이유의 눈에 들어왔다. 커다란 체구에 위풍이 늠름한 그 사나이는 손에 방천화극(方天畵戟)을 잡고 부릅뜬 눈으로 동탁을 노려보고 있었다. 심상치 않은 그 모습에 이유는 얼른 동탁의 팔을 잡는다.

"이같은 잔치 자리에서 국정을 논하는 일은 옳지 않으니, 내일 조정에서 의논하시더라도 늦지 않을 것입니다."

여러 대신들의 권유로 정원이 말을 타고 떠나자 동탁은 좌중을 둘러보며 다시 묻는다.

"그래 내 의견이 잘못되기라도 했소?"

노식이 말한다.

"공의 말씀은 옳지 않소이다. 옛날에 은(殷)나라 임금 태갑(太甲)이 아둔하여 이윤(伊尹)이 그를 동궁(桐宮)에 내쳤고, 한나라 창읍왕(昌邑王)이 왕위에 오른 지 겨우 스무이레 동안에 지은 죄가 3천여가지라, 곽광(霍光)이 태묘(太廟)에 고하고 이를 폐하였다 하오. 그러나 금상께서는 비록 나이 어리시기는 하나 총명인자하시고 또한 털끝만 한 과실도 없으신 터에, 공이 한낱 외곽을 지키는 자사로서 일찍이 나라 정사에 참여한 적도 없고, 더구나 이윤이나 곽광 같이 재주있는 인물도 못 되면서 어찌 폐위를 논한단 말이오? 옛 성인께서도 '이윤의 뜻이 있다면 임금을 바꾸어도 가하지만 이윤의 뜻이 없으면 역적이라' 하셨소이다."

노기가 충천한 동탁은 다시 칼을 빼들어 노식을 치려는데 시중 채옹과 의랑 팽백(彭伯)이 막아서며 말한다.

"노상서(盧尚書, 노식)는 나라에 인망이 높으신 분으로, 지금 까닭 없이 사람을 베면 천하 민심이 흉흉할까 두렵소."

동탁은 하는 수 없이 칼을 거두었다. 사도 왕윤이 조용히 한마디 한다.

"폐립 문제는 술자리에서 의논할 일이 아니니 다른 날로 미루시는 게 옳을 듯하오이다."

사람들이 흩어져 돌아간 뒤, 동탁은 칼을 잡고 온명원 입구에 나와 섰다. 이때 한 장수가 문밖 큰길을 창을 들고 말을 탄 채 오락가락하고 있었다. 이를 본 동탁이 이유를 돌아보며 묻는다.

"저 장수는 누구인가?"

이유가 대답한다.

"정원의 수양아들 여포(呂布)로, 자는 봉선(奉先)이라 합니다. 주공께서는 잠시 몸을 피하도록 하시지요."

동탁은 얼른 온명원 안으로 몸을 피했다.

이튿날 수하군사가 들어와 알리기를, 형주 자사 정원이 군사를 거느리고 성밖에 와서 싸움을 청한다고 한다. 동탁은 노하여 즉시 군사를 이끌고 이유와 함께 나가 진을 쳤다. 양군이 마주 서자 동탁은 이내 여포가 오른편에 버티고 서 있는 모습을 보았다. 여포는 묶은 머리에 금관을 쓰고 백화전포(百花戰袍)와 당예(唐猊, 그 가죽이질겨 갑옷을 만들었다는 고대전설 속의 짐승) 갑옷을 입고, 허리에 사만보대(獅蠻寶帶, 사자모양을 새긴 보석 박은 띠)를 두른 모습으로, 창을 높이 치켜들고 말을 달려 정원을 따라 진 앞으로 나와섰다. 정원이 동탁을 가리키며 꾸짖는다.

"환관들이 정권을 농락하여 오랫동안 백성들을 도탄에 빠뜨리더니, 이제 네놈이 조그마한 공도 없이 감히 폐립을 거론하여 다시 조정을 어지럽히려 드느냐?"

동탁이 미처 대답할 겨를도 없이 여포가 그대로 말을 달려 덤벼들었다. 황급히 달아나는 동탁의 뒤를 정원이 군사를 휘몰아 덮친다. 동탁의 군사는 크게 패하여 30리 밖으로 달아나 진을 쳤다. 동탁은 부하들을 불러모으고 말한다.

"내가 보기에 여포는 참으로 비상한 인물이다. 이 사람 하나만 얻으면 천하에 두려울 것이 없겠는데……"

그때 누군가 앞으로 나서며 말한다.

"주공은 아무 염려 마십시오. 여포는 한 고향 사람이라 제가 잘 압니다만, 용맹하되 꾀가 없고 제 이익 앞에서는 쉽사리 의리를 저버리는 위인입니다. 허락하신다면 저의 싱싱한 이 세 치 혀로 여포를 구슬려 제발로 주공을 찾아오도록 만들겠습니다."

동탁이 크게 기뻐하며 보니, 그는 호분중랑장(虎賁中郞將) 이숙(李肅)이다. 동탁이 반갑게 묻는다.

"네 어떻게 여포를 설득하겠단 말이냐?"

"주공께 적토(赤兎)라 불리는 명마가 있어, 하루에 능히 천리를 간다고 들었습니다. 이 말에다가 황금과 명주(明珠)를 가지고 가서 여포의 마음을 사로잡은 다음 달콤한 말로 꾄다면 정원을 배반하고 주공께 투항하게 하는 것쯤 그리 어려운 일이 아닙니다."

동탁이 이유에게 말한다.

"어찌하면 좋겠는가?"

이유가 말한다.

"주공께서 장차 천하를 취하실 생각이라면 말 한필이 아깝겠습니까?"

동탁은 흔쾌히 적토마와 함께 황금 1천냥에다 수십 덩어리의 명주와 옥대 한벌을 내주었다. 이숙은 곧장 예물을 챙겨들고 여포의 영채로 향했다. 영채를 지키고 있던 군사들이 달려나와 일행을 둘러싸자 이숙이 말한다.

"빨리 가서 여장군께 고향 친구가 찾아왔노라고 전하라."

군사 한명이 먼저 달려가 말을 전하자 여포는 어서 안으로 모셔들일 것을 분부했다. 이숙이 들어서며 인사한다.

"아우님께선 그간 별고 없으셨는가?"

여포도 마주 절하며 묻는다.

"오랫동안 뵙지 못하였는데, 그래 지금은 어디 계십니까?"

"나는 호분중랑장 벼슬에 있네만, 아우가 사직(社稷)을 구하려 한다는 말을 듣고 내 기쁨을 이길 길이 없어 말 한필을 가지고 왔네. 이 말은 하루에 능히 천리를 가며, 물을 건너고 산에 오르기를 마치 평지 밟듯 하니 이름은 적토라, 특별히 아우에게 드려 범 같

동탁은 이숙에게 적토마와 황금 등을 내주고 여포를 유혹하게 하다

은 위용을 도우려는 것일세."

여포는 곧 사람을 시켜 말을 끌어오게 했다. 살펴보니, 과연 온몸이 활활 타오르는 불덩어리와도 같이 잡털 한오라기 섞이지 않았으며, 머리로부터 꼬리까지 길이가 한장(丈)이요, 굽에서 목까지의 높이가 8척, 콧소리를 내며 우렁차게 소리치는 형상은 그대로 치솟아 하늘을 날고 바다 위를 달릴 듯했다.

후세 사람들이 적토마에 대해 남긴 시가 있다.

천리 내닫는 발굽 아래 이는 티끌먼지   奔騰千里蕩塵埃

물 건너고 산 오르는데 안개 자욱하더라   渡水登山紫霧開

굴레를 끊어놓고 옥고삐 흔드는 모습   掣斷絲繮搖玉轡

화룡이 저 하늘에서 날아 내려온 듯하네   火龍飛下九天來

여포는 적토마를 보자 이루 말할 수 없는 기쁨을 느껴 사례한다.

"형님께서 이렇듯 훌륭한 용마(龍馬)를 내리셨는데, 이 은혜에 무엇으로 보답하면 좋겠습니까?"

이숙이 말한다.

"내 아우를 찾아온 것은 오직 의기(義氣)를 위함이네. 보답이라니 당치 않은 말씀일세."

여포는 주안상을 차리게 하여 이숙을 대접한다. 어느정도 취기가 오르자 이숙이 한마디 한다.

"아우를 만나본 지는 참으로 오랜만이지만 내 춘부장 어른은 가끔 뵈었다네.”

여포가 껄껄 웃는다.

“형님이 취하신 게로군요. 선친께서 돌아가신 지가 언젠데 어찌 그런 말씀을 하시오?”

“아니, 그게 아닐세. 나는 지금 정자사(丁刺史)를 말하는 걸세.”

여포는 무안해하며 말한다.

“내 부득이한 사정으로 그에 의탁하고는 있으나, 그리 말씀하시니 듣기 민망하외다.”

이숙이 기다렸다는 듯 엄숙하게 말한다.

“거 무슨 말씀인가? 아우에게 하늘을 떠받치고 바다를 뒤엎을 만한 재주가 있음은 온 세상이 알아 흠모하고 공경하지 않는가? 그런 사람이 공명과 부귀를 구하려고만 들면 마치 주머니 속에서 물건 꺼내듯 할 터인데, 부득이하여 남의 수하에 있다니 정말 당치 않은 말씀일세.”

“내 아직 주인을 제대로 못 만나 한스럽습니다.”

이숙이 웃으며 말한다.

“옛말에도 좋은 새는 나무를 가려서 깃들이고, 어진 신하는 주인을 가려 섬긴다 했네. 기회를 보아 서두르지 않으면 뒤늦게 후회해도 소용없을 걸세.”

여포가 말한다.

“형님 보시기에 지금 조정에서 진실로 당대의 영웅이라 할 사람이 누구 같소이까?”

"내 여러 사람들을 두루 보아왔지만 정말로 동탁만 한 이가 없다네. 동탁은 어진 이를 공경하고 선비를 대접할 줄 알며 상과 벌이 분명하니, 마침내는 대업을 이루고야 말 것이네."

"내 그를 따르고 싶어도 길이 없는 게 한이오."

이숙은 기다렸다는 듯이 가지고 온 황금이며 구슬과 옥대를 여포 앞에 꺼내놓는다. 여포는 깜짝 놀란다.

"아니, 이게 웬 물건들이오?"

이숙은 좌우 사람들을 꾸짖어 내보내고 조용히 속삭인다.

"실은 동탁 나으리께서 오랫동안 아우의 명성을 흠모해오던 터에 특별히 나더러 갖다드리라 하신 걸세. 적토마도 실상은 동공이 보내신 것이라네."

여포가 말한다.

"동공이 이렇게까지 나를 생각해주시니 내 장차 이 은혜를 어떻게 갚아야 좋을지 모르겠소."

이숙이 말한다.

"나같이 재주 없는 사람도 호분중랑장 자리에 있네. 만약 그대가 동공께로 가기만 한다면 귀한 자리에 오를 걸세."

"한스럽게도 내가 티끌만 한 공도 세운 것이 없으니 무슨 낯으로 찾아뵙는단 말이오?"

"공을 세우기야 마음먹기에 따라서 손바닥 뒤집기보다 더 쉬운 일이지만, 그대가 하려 들지 않을 뿐일세."

여포는 한동안 생각에 잠겼다가 결심한 듯 입을 연다.

"내가 정원을 죽이고 군사를 이끌고 동공께로 가면 어떻겠소?"

이숙이 고개를 크게 끄덕인다.

"아우께서 과연 그렇게만 한다면야 그보다 더 큰 공이 어디 있겠나? 그러나 지체했다가는 무슨 변이 생길지 모르니 서두르는 게 좋겠네."

이리하여 이숙은 여포에게 내일 당장 투항할 것을 약속받고 돌아갔다.

그날밤 2경 무렵 여포는 칼을 들고 곧장 정원의 장막 안으로 들어갔다. 정원은 불을 밝히고 병서(兵書)를 읽던 참이었다. 여포가 들어오는 것을 보고 정답게 묻는다.

"내 아들이 이 밤중에 웬일인고?"

여포가 큰소리로 맞받는다.

"내 당당한 사내대장부로서 네 아들이라니, 당치도 않다!"

정원은 놀라 말문이 막혔다.

"봉선아, 네 어찌 마음이 변했……"

순간, 칼이 번쩍 들리는가 싶더니 한칼에 정원의 목이 떨어진다. 여포는 베어낸 정원의 목을 들고 큰소리로 외친다.

"너희들은 듣거라! 정원이 어질지 않기로 내가 죽였다. 나를 따를 자는 남아 있고 따르지 않을 자는 갈 데로들 가거라."

군사들 대부분은 뿔뿔이 흩어져 각자 제 갈 길로 가버렸다.

이튿날 여포는 남은 군사들을 데리고 정원의 수급을 챙겨 이숙을 찾아갔다. 이숙은 곧장 여포를 동탁에게로 데려갔고, 동탁은 크게 기뻐하며 여포를 반겨 잔치를 베풀었다. 동탁은 술잔을 권한 뒤 몸을 일으켜 먼저 예를 차린다.

"이제 장군을 얻은 것은 마치 큰 가뭄에 타들어가던 새싹이 단비를 만난 것과도 같소이다."

여포는 몸 둘 바를 몰라하며 황급히 동탁의 손을 잡아 자리에 앉게 한 뒤 절을 올렸다.

"주공께서 이몸을 버리지만 않으신다면, 삼가 의부(義父)로 모실까 합니다."

동탁은 여포에게 황금 갑옷과 금은보화를 상으로 내리고 취하도록 마신 후 헤어졌다. 그뒤로 동탁의 위세는 더욱 커졌다. 그는 스스로 전장군(前將軍) 일을 맡고, 아우 동민(董旻)을 좌장군(左將軍) 호후(鄠侯)로, 여포는 기도위중랑장(騎都尉中郎將) 도정후(都亭侯)로 봉했다.

이유는 다시 동탁에게 황제폐립 계획을 서두르라고 권했다. 동탁은 곧 궁 안에 성대한 잔치를 베풀어 문무백관을 청하고 여포로 하여금 무장한 군사 1천여명을 거느리고 좌우를 호위하게 했다. 그날 태부(太傅) 원외(袁隗)를 비롯한 문무백관 모두가 자리에 나왔다. 술이 두어순배 돌자 동탁은 칼을 짚으며 말한다.

"금상께서는 정사에 어둡고 나약하여 종묘를 받들 수 없으니, 내이제 이윤·곽광의 고사(故事)를 본받아 황제를 폐하여 홍농왕(弘農王)을 삼고 진류왕께서 대위를 이으시게 하려는즉, 만약 좇지 않는 자가 있으면 목을 베겠다."

모든 신하들이 두려워서 감히 입을 열지 못할 때 중군교위 원소가 분연히 자리를 차고 일어난다.

"금상께서 즉위하신 지 얼마 안되시며, 덕을 잃을 만한 행실도 없으신 터에, 네가 함부로 적자(嫡子)를 폐하고 서자(庶子)를 세우려 하다니, 이런 역적행위가 어디 있단 말이냐?"

동탁은 노하여 소리친다.

"천하의 일이 내 손에 달린 터에, 내 하려는 일을 뉘라 감히 거역하려느냐? 네가 아직 내 칼이 날카로운 줄을 모르는 모양이구나."

원소도 질세라 칼을 빼어들며 외친다.

"네 칼만 날카로운 줄 아느냐? 내 칼도 그 못지않다!"

결국 술상을 앞에 두고 두 사람이 맞서게 되었다.

정원은 의기를 세우다가 먼저 죽었는데 丁原仗義身先喪

칼을 뽑아 맞선 원소 그 형세 위태로워라 袁紹爭鋒勢又危

원소의 목숨은 장차 어찌 될까?

4

어린 황제를 폐하는 동탁

동탁은 한 한제를 폐하여 진류왕을 세우고
조조는 역적 동탁을 죽이려다 칼을 바치다

동탁이 원소를 죽이려 하자 이유가 말린다.

"대사를 정하기도 전에 함부로 사람을 죽이는 것은 옳지 않습니다."

원소는 칼을 그대로 손에 든 채 문무백관에게 작별을 고하고 밖으로 나왔다. 품속에 지녀오던 벼슬직의 상징인 절(節)을 풀어내어 동문(東門) 위에 걸어놓은 원소는 기주(冀州)를 향해 떠나갔다. 원소가 자리를 뜨자 동탁은 태부 원외를 향해 말한다.

"그대의 조카 원소가 심히 무례하나, 내 그대의 낯을 보아 용서하겠소. 그건 그렇고, 그대 생각은 어떠하오? 황제를 폐위하고자 하는데 이견이 있으면 말해보오."

원외가 기어들어가는 소리로 간신히 대답한다.

"태위의 생각이 옳으신 줄로 압니다."

동탁은 날카로운 눈초리로 백관들을 죽 둘러본다.

"감히 대의(大議)를 막는 자가 있다면 군법으로 다스리겠소."

모든 신하들이 두려움에 떨며 한소리로 대답한다.

"명을 따르겠소이다."

연회를 마친 후 동탁은 시중(侍中) 주비(周毖)와 교위 오경(伍瓊)에게 묻는다.

"원소가 갔으니 어찌하면 좋겠는가?"

주비가 말한다.

"원소가 노기등등하여 가버렸으니 만약에 현상금을 걸고 급히 잡으려 들었다가는 반드시 변이 생길 것입니다. 더욱이 원씨 집안으로 말하자면 사대에 걸쳐서 많은 사람에게 은덕을 쌓아 그 문하에서 지금 벼슬직에 올라 있는 사람들이 도처에 널려 있습니다. 만일 그가 호걸을 거두고 무리를 불러모아 난이라도 일으키면 그 틈에 영웅들이 들고일어날 것이고, 그렇게 되면 산동(山東) 지방은 이미 대감의 것이라 할 수 없습니다. 그러니 도량을 베풀어 오히려 그에게 군(郡)의 태수 자리라도 내주셔서, 제가 죄를 면하게 된 것을 기쁘게 여겨 결코 후환을 일으키지 않도록 하소서."

오경이 덧붙여 말한다.

"원소는 꾀는 많지만 결단성이 없는 사람이라 크게 근심할 것은 없습니다. 작은 태수 자리나 한자리 내주시면 민심은 저절로 수습될 것입니다."

동탁은 그들의 의견을 좇아 그날로 사람을 보내어 원소를 발해(渤海) 태수로 봉했다.

9월 초하룻날, 동탁은 황제를 청하여 가덕전(嘉德殿)에 오르게 하고 문무백관을 모두 모아놓은 다음 칼을 빼어들고 말했다.

"황제가 너무도 심약하고 사리에 어두워 천하를 다스릴 수 없다는 것은 자명한 사실이다. 이제부터 책문(策文)을 읽을 터이니 모두 듣도록 하라."

이유가 동탁의 명을 받아 책문을 읽어내려갔다.

일찍이 효령(孝靈)황제께서 신하와 백성을 버리고 세상을 떠나신 뒤에 새로운 황제가 등극하시니 온 백성이 우러러보았으나, 천성이 경박하고 위엄이 없으며 상중에도 그 부덕함으로 대위(大位)를 그르쳤다. 또한 하태후도 국모로서의 범절(凡節)이 없어 정사를 어지럽혔으니, 영락태후(永樂太后, 동태후)께서 갑자기 세상을 떠나시자 백성들은 의혹에 사로잡히지 않을 수 없었다. 어찌 삼강(三綱)의 도(道)와 천지의 기강이 무너졌음을 개탄하지 않을 수 있으랴? 반면에 진류왕은 성덕(聖德)이 높으실 뿐만 아니라 법도를 엄중히 지켜 상중에도 그 예를 다하여 슬퍼하시고 그릇된 말은 입에 담지 않으셨다. 그 미덕은 온 천하가 아는 바로, 마땅히 대업을 이어받아 만세에 전해져야 할 것이라. 이에 황제를 폐하여 홍농왕을 삼고, 하태후는 더이상 정사에 관여치 못하도록 할 것이며, 진류왕을 받들어 황제로 섬기고자 한다.

이야말로 하늘의 뜻에 따르고 민심에 순응하여 만백성의 간절한 소망을 받들어 위로하는 길이다.

이유가 책문을 다 읽고 나자, 동탁은 좌우 신하를 꾸짖어 황제를 전각 아래로 끌어내리게 했다. 그러고는 옥새를 빼앗고 북쪽을 향해 꿇어앉게 하더니, 이제부터 신하로서 명령에 복종하라 하고, 태후에게도 태후복을 벗고 새 황제의 명을 받들라 했다. 급기야 황제와 태후는 서로 끌어안고 통곡을 한다. 이를 지켜보는 모든 신하들도 눈물을 금할 길이 없었다. 이때, 한 대신이 분노를 참지 못하고 소리친다.

"역적 동탁아, 네 어찌 감히 하늘을 속이려 드느냐! 네놈에게 내 목의 피를 뿌리고야 말리라!"

그는 곧장 전각 위로 뛰어오르며 동탁을 향해 손에 들고 있던 상간(象簡)을 휘둘렀다. 동탁은 크게 노하여 무사들을 시켜 당장 끌고 나가 목을 베도록 했다. 그는 다름 아닌 상서(尙書) 정관(丁管)으로, 죽어가면서도 기개를 굽히지 않고 동탁의 잘못을 꾸짖으며, 조금도 두려워하는 기색을 보이지 않았다.

후세 사람들은 그의 충절을 이렇게 노래했다.

역적 동탁이 함부로 황제를 폐하려 하니	董賊潛懷廢立圖
한나라 종묘사직이 무너지게 되는구나	漢家宗社委丘墟
조정에 가득한 신하들 모두 입을 다물고 있는데	滿朝臣宰皆囊括

오직 정상서 한 사람 진정한 대장부로다　惟有丁公是丈夫

동탁은 진류왕을 청하여 전(殿)에 오르게 하고, 문무백관들로 하여금 하례(賀禮)를 올리도록 했다. 또한 하태후와 홍농왕, 왕비 당(唐)씨를 영안궁에 들게 한 뒤 궁문을 봉쇄해 모든 신하의 출입을 금하니, 애달프게도 어린 황제는 4월에 등극하여 9월에 쫓겨났다. 동탁이 새로 세운 진류왕 협의 자는 백화(伯和)요, 영제의 둘째아들로 헌제(獻帝)라 불리었는데, 이때 그의 나이는 9살이었다. 이로부터 연호를 고쳐 초평(初平)이라 했다.

동탁은 스스로 상국(相國)이 되어 황제 앞에서 절을 할 때 자신의 이름을 말하지 않고, 조정에 들어갈 때도 예에 따라 허리를 굽히고 종종걸음을 걷지 않을 뿐만 아니라 칼을 차고 신을 신은 채 전상에 오르는 등 그 위세가 극에 달했다.

이유는 동탁에게 덕망있는 인재를 최대한 등용하여 민심을 수습할 것을 권하며 채옹(蔡邕)을 천거했다. 동탁은 그의 말에 따랐지만 채옹이 선뜻 부름에 응하지 않자 진노하여 또다시 사람을 보냈다.

"만일 내 명을 거역하면 일족을 모두 죽여버리겠다."

채옹은 두려워하고 마침내 동탁을 찾아왔다. 동탁은 매우 기뻐하여 한달 동안에 세번이나 그의 벼슬을 올려 시중의 자리에까지 앉히는 등 각별한 대접을 했다.

한편 폐위된 어린 황제는 하태후·당비와 더불어 영안궁에 갇혀 답답한 나날을 보내는데, 의복은 점점 해어지고 음식이 떨어져가며 하루도 눈물 마를 날이 없었다. 어느날, 제비 한쌍이 뜰 안을 날아다니는 것을 지켜보던 어린 황제는 비감한 생각에 젖어 시 한수를 지어 읊었다.

푸른 새싹에 아지랑이 어리고	嫩草綠凝烟
제비 한쌍이 맵시있게 나는구나	裊裊雙飛燕
한줄기 낙수 물빛이 푸르러	洛水一條靑
언덕 위 사람들 부러워하네	陌上人稱羨
멀리 보이는 구름 깊은 저곳	遠望碧雲深
내 있던 옛 궁전이 아니던가	是吾舊宮殿
어느 누가 충의를 지켜	何人仗忠義
원한 맺힌 이 심사를 풀어줄거나	洩我心中怨

날마다 사람을 시켜서 동정을 살피던 동탁은, 이날 부하의 입을 통해 이 시의 내용을 전해듣고는 기다렸다는 듯이 말했다.

"원망하는 시를 지어 스스로 명을 재촉하는구나. 명분이 선 이상 더는 지체할 필요가 없겠다."

동탁의 명을 받고 이유는 즉시 무사 10명을 거느리고 어린 황제를 죽이고자 영안궁으로 들어갔다. 태후·당비와 함께 누각 위에 앉아 있던 황제는 이유가 왔다는 궁녀의 말만 듣고도 벌써 가슴이 떨리고 안색이 변했다. 잠시 후 누각 위로 올라선 이유는 대뜸 독주

한병을 내어놓는다.

"이게 무엇이오?"

황제가 어리둥절하여 묻자 이유가 천연스레 대답한다.

"봄날이 너무도 화창하여 상국께서 특별히 수주(壽酒, 장수를 비는 술)를 올리는 것입니다."

하태후는 의심스러운 생각이 들었다.

"과연 수주라면 네가 먼저 마셔보아라."

이유가 화를 내며 소리친다.

"못 마시겠다는 거냐?"

이유는 좌우에 선 자들에게 단도 한자루와 흰 비단 한 자락을 황제 앞에 꺼내놓게 했다.

"수주를 마시지 않으려거든 이것을 받아라!"

이유의 호령에 당비가 얼른 몸을 일으켜 앞으로 나서며 무릎을 꿇는다.

"첩이 대신하여 술을 마시겠으니, 원컨대 두분 모자의 목숨만은 살려주오."

"네가 뭐라고 감히 왕 대신 죽겠다 하느냐?"

이유는 불호령을 하며 하태후에게 술잔을 내밀었다.

"네가 먼저 마셔라."

하태후의 입에서 탄식이 흘러나왔다.

"어리석은 하진이 역적을 경사로 끌어들여 오늘날 이 화를 겪게 하는구나!"

이유는 어린 황제에게 성화를 부리며 독주 마실 것을 재촉한다.

"잠시 태후와 작별인사나 나누게 해주오."

황제는 한차례 목놓아 울더니, 시 한수를 지어 읊었다.

천지가 바뀌고 일월이 뒤집혀서	天地易兮日月翻
만승 황제의 몸이 변방으로 밀려났구나	棄萬乘兮退守藩
신하에게 핍박받아 죽어가는 목숨	爲臣逼兮命不久
대세 이미 기우니 눈물만 속절없다	大勢去兮空淚潸

이에 당비가 화답한다.

하늘이 무너지고 땅마저도 꺼지누나	皇天將崩兮后土頹
이몸 후비로서 운명이 기구해라	身爲帝姬兮命不隨
생사의 길 다르거늘 이로부터 마치려는가	生死異路兮從此畢
애끊는 이 심사 어찌할거나!	奈何縈速兮心中悲

시를 다 읊고 나서 어린 황제와 당비는 서로 부둥켜안고 한바탕 울음을 터뜨렸다. 이유가 화를 내며 다그친다.

"상국께서 기다리고 계시니 한시바삐 돌아가야 한다. 이렇듯 울고 앉았으면 행여나 누가 구해줄 성싶으냐?"

순간 하태후가 소리쳐 꾸짖는다.

"역적 동탁이 우리 모자를 핍박하고, 하늘이 우리를 저버려 너희들이 악한 짓을 하고 있다만, 머지않아 네놈들도 멸족당할 날이 있을 게다!"

이유는 격분하여 두 손으로 하태후를 떠밀어 누각 아래로 떨어뜨려버렸다. 그는 무사들로 하여금 당비는 목 졸라 죽이고, 어린 황제의 입을 벌려 독주를 들이붓게 했다. 이렇듯 무지막지한 참살을 감행한 다음 이유는 곧장 동탁에게 돌아가 결과를 알렸다. 동탁은 시체들을 성밖으로 끌어내어 장사 지내게 하고, 그후로는 밤마다 궁에 들어가서 궁녀들을 간음하고 용상에서 잠을 잤다.

어느날 동탁은 군사를 거느리고 성을 나서 양성지방으로 갔다. 때는 2월, 마을에 굿이 있어 촌 백성들이 남녀 가릴 것 없이 삼삼오오 짝을 지어 봄놀이를 나왔다. 이 모습을 본 동탁은 군사들에게 영을 내려 무조건 에워싸고 목을 베게 했다. 군사들은 닥치는 대로 부녀자들과 재물을 빼앗아 가득 싣고, 수레 밑에는 죽은 이들의 머리 1천여개를 주렁주렁 매달고 경사로 돌아와, 적군을 쳐서 크게 이기고 돌아왔노라 거짓 선전을 했다. 그런 다음 성문 밖에서 사람들의 머리를 모두 불태워 없애게 하고, 노략질해온 부녀자와 재물은 군사들에게 나누어주었다.

월기교위(越騎校尉) 오부(伍孚)의 자는 덕유(德瑜)다. 그는 동탁의 잔인무도한 행동에 분노를 이기지 못하여 평소 조복(朝服) 속에 얇은 갑옷을 입고 단도를 숨기고서 호시탐탐 기회를 엿보고 있었다. 그러던 어느날 아침, 동탁이 막 조정에 들어서는 참이었다. 전각 아래 서 있던 오부는 때를 놓치지 않고 잽싸게 비수를 빼들고 달려들어 동탁을 찔렀다. 그러나 워낙 힘이 센 동탁인지라, 얼른 몸을 피하며 오부의 팔을 두 손으로 잡고 막아낸다. 이에 뒤따르던 여포가 달려들어 단숨에 오부를 땅바닥에 내동댕이쳤다. 동탁이 묻는다.

"누가 너를 모반하게 했느냐?"

오부는 눈을 부릅뜨고 똑바로 쳐다보며 꾸짖는다.

"네가 내 임금이 아니고, 내가 네 신하가 아닌 터에 모반이라니 가당치도 않다! 네놈의 죄가 하늘을 덮을 지경이라, 너를 죽이고자 하는 사람이 하나둘이 아니다. 내 너의 사지를 찢어 죽여 온 천하에 보답하지 못함이 한스러울 뿐이다."

동탁은 화가 머리끝까지 치밀어 당장 오부를 끌어내 온몸을 토막내어 죽이도록 했다. 오부는 죽어가면서도 목숨이 다하는 마지막 순간까지 동탁을 꾸짖었다. 이러한 오부의 용기를 후세 사람들은 이렇게 노래했다.

한나라 말년에 충신으로 오부가 있으니	漢末忠臣說伍孚
하늘을 찌를 듯한 기개 세상에 다시없어	冲天豪氣世間無
역적 죽이려던 그 이름 아직도 전해지니	朝堂殺賊名猶在
만고에 일컬어 대장부라 하리	萬古堪稱大丈夫

그런 일이 있은 뒤로 항상 동탁의 전후좌우에는 무장한 군사가 따르며 호위했다.

그 무렵 발해에 머물고 있던 원소는 동탁의 전횡이 날이 갈수록 심해진다는 소식을 듣고 은밀히 사람을 보내 왕윤(王允)에게 밀서를 전했다. 서신의 내용은 대략 이러하다.

역적 동탁이 하늘을 속이고 임금을 폐한 것은 사람으로서 차마 할 짓이 아니거늘, 공은 놈들이 저렇듯 마음껏 날뛰는 꼴을 보고도 모르는 체하고만 계시니, 이 어찌 나라에 보답하는 충신이라 하겠소이까? 나는 지금 군사를 모아 조련하여 장차 황실을 바로잡고자 하나, 감히 경솔히 움직이지 못하고 있소이다. 공께서도 나와 뜻을 같이하신다면 마땅히 틈을 보아 도모하길 바라며, 이몸을 부르신다면 언제라도 뜻을 받들어 뒤를 따르리다.

왕윤은 원소의 밀서를 받고 이런저런 궁리를 해보았으나 마땅한 계책이 떠오르지 않았다. 그러던 어느날, 대궐에 들어갔다가 옛 신하들만이 시반각(侍班閣) 안에 모여 있는 것을 보고 조용히 말했다.

"오늘은 바로 이 늙은 사람의 생일인데, 차린 것은 없으나 밤에 내 집에 오셔서 술이나 한잔씩 나누셨으면 하오."

모두들 대답한다.

"당연히 가서 축하드려야지요."

그 즉시 집으로 돌아온 왕윤은 서둘러 후당(後堂)에다 잔칫상을 차리도록 했다. 밤이 되자 대신들이 하나둘 모여들었다. 술이 몇순배나 돌았을까. 왕윤은 느닷없이 두 손으로 얼굴을 감싸쥐고 소리

내어 울기 시작했다. 뜻밖의 일에 대신들은 모두 놀라서 묻는다.

"경사로운 생신날 어찌 그러십니까?"

왕윤이 말한다.

"실은 오늘이 내 생일이란 말은 거짓이오. 조용히 여러분을 모시고 지난날의 회포를 풀고 싶은 마음에, 행여라도 동탁이 의심할까 두려워 그리 말씀드린 것이오. 여러분도 알다시피 동탁이 황제를 속이고 권력을 마음대로 휘둘러, 나라의 앞날이 암담한 지경에 이르렀소이다. 돌이켜보건대 일찍이 한고조께서 진나라를 멸하고 초나라를 무너뜨려 비로소 얻으신 천하가 오늘에 이르러 동탁의 손에 망하게 될 줄이야 누가 알았겠소. 그게 바로 내가 우는 까닭이오."

왕윤의 말에 모여앉은 대신들은 일제히 울음을 터뜨렸다. 그런데 유독 한 사람만이 손뼉을 치며 웃어댄다.

"허허, 그만들 하시오. 이렇게 날밤 새도록 울기만 하면 동탁이가 절로 죽는답디까?"

그는 효기교위(驍騎校尉) 조조였다. 왕윤은 몹시 화가 났다.

"너희 조상들이 대대로 한나라 녹을 먹은 터에, 어찌 너는 나라에 보답할 생각은 하지 않고 도리어 우리를 비웃느냐?"

조조가 말한다.

"내 달리 웃는 것이 아니오. 여러 대감들이 이렇게 모여앉았어도 동탁을 해칠 계교를 내는 사람이 하나도 없다는 게 딱해서 그러오. 이몸 조조, 비록 재주는 없으나 즉시 동탁의 머리를 베어 성문에 높이 매달아 천하에 사례하리다."

왕윤은 자리를 고쳐앉으며 묻는다.

"맹덕에게 특별한 계책이라도 있으시오?"

조조가 말한다.

"내가 요사이 몸을 굽혀 동탁을 섬기는 것은 오로지 기회를 엿보아 도모하려는 까닭이오. 이제 동탁도 나를 신임하는 눈치라서 가까이서 그를 접할 수 있소. 그래서 드리는 말씀이오만, 사도께서 칠성보도(七星寶刀)라는 보검을 한자루 갖고 계시다고 들었는데, 그 보검을 잠시 이 조조에게 빌려주신다면 당장이라도 승상부로 들어가 동탁을 찔러죽이겠소. 이 일을 이룰 수만 있다면 내가 죽게 되어도 여한이 없겠소이다."

"맹덕이 진정 그런 마음을 가지고 있다면 그보다 다행스러운 일이 천하에 또 어디 있겠소?"

왕윤은 친히 술을 부어 조조에게 권했다. 조조는 잔을 받아 땅바닥에 술을 뿌려가며 맹세를 했다. 왕윤은 더 망설이지 않고 보검을 꺼내다 조조에게 주었다. 조조는 왕윤에게서 칼을 받아 간직하고 술잔을 비운 다음 먼저 몸을 일으켰다. 잠시 후 다른 사람들도 술자리를 파하고 각기 흩어져 돌아갔다.

이튿날, 조조는 허리에 그 보검을 차고 승상부로 들어갔다.

"승상께서는 어디 계시냐?"

"작은 누각 안에 계십니다."

시종의 말에 조조는 곧장 누각으로 향했다. 안에 들어가보니 동탁은 평상에 앉아 있고, 그 곁에는 여포가 서 있다. 조조를 보자 동탁이 묻는다.

"맹덕이 오늘은 왜 이리 늦었는가?"

조조가 말한다.

"말이 야위어 걸음걸이가 신통칠 않습니다."

동탁이 여포를 돌아보며 말한다.

"내게 서량에서 올라온 좋은 말이 있으니, 봉선이 네가 한마리 골라 맹덕에게 주도록 해라."

여포가 말을 고르려고 밖으로 나가자 조조는 속으로 쾌재를 불렀다.

'이 역적놈, 너도 이제 죽을 때가 되었구나!'

조조는 즉시 칼을 빼려다가 망설였다. 워낙 힘이 센 동탁인지라 경솔하게 움직일 수가 없었다. 주저하며 기회를 노리는데, 동탁은 몸이 비대하여 오래 앉아 있지 못하고 조조에게 등을 보이며 모로 드러눕는다.

'그래. 내 기필코 끝장을 내리라!'

조조는 더이상 망설이지 않고 보검을 빼들었다. 대번에 동탁의 등을 찌르려 하는데, 이런 공교로운 일이 또 있으랴. 동탁은 무심코 고개를 들어 벽에 걸린 거울을 바라보다가 그 속에 비친 조조의 갑작스러운 행동에 급히 몸을 돌렸다.

"지금 무슨 짓을 하려는 게냐?"

이때 여포는 이미 말을 끌고 누각 밖에 와 있었다. 조조는 엉겁

결에 칼을 두 손으로 받들고 공손히 꿇어앉아 아뢴다.

"저에게 보검 한자루가 있기에 특별히 은혜로운 승상께 바치고
자 합니다."

동탁이 이를 받아들고 보니 칼의 길이가 한자 남짓한데, 칼자루
와 칼등에 칠보(七寶)를 장식했고 칼날도 심히 날카로운 것이 과연
훌륭한 보검이었다. 여포가 안으로 들어서자 동탁은 살펴보던 칼
을 건네며 잘 보관하라고 일렀다. 조조는 곧 허리에서 칼집마저 끌
러 여포에게 건네었다. 동탁은 조조를 데리고 밖으로 나가 말을 보
여주었다. 조조는 사례하며 말했다.

"한번 타보고 싶습니다."

동탁이 즉각 안장과 고삐를 가져다주게 했다. 조조는 말을 끌고
승상부를 나서자 곧 그 위에 뛰어올라 동남쪽을 바라고 쏜살같이
내달아 사라졌다. 여포가 동탁에게 말한다.

"아무래도 조조의 거동이 수상쩍습니다. 제가 딴 뜻을 품고 왔다
가 그만 일이 여의치 못하니까 임기응변으로 칼을 바친 게 아닐까
요?"

"나도 그렇게 생각하던 참이다."

두 사람이 이야기를 나누는 중에 이유가 들어왔다. 동탁이 조조
의 일을 들려주자 이유가 아뢴다.

"조조는 지금 처자 없이 낙양에서 홀로 지내고 있습니다. 곧 사
람을 조조의 처소로 보내 불러보시지요. 그래서 곧장 달려오면 보
도를 공께 바치려 했던 게 사실이나, 만약 핑계를 대고 오지 않으

조조가 어쩔 수 없이 칠성보도를 동탁에게 바치다

면 공을 찌르려 했던 것이 분명하니 즉시 잡아다 문초를 하심이 옳을 줄로 압니다.”

동탁은 그 말을 좇아 즉시 옥졸 4명을 보내서 조조를 불러오게 했다. 그런데 한참이 지나서야 옥졸들이 돌아와서 보고한다.

“거처하는 곳에 가보니 그곳에는 들르지 않은 눈치입니다. 사람들 말로는, 여기서 말을 타고 나가 곧장 동문으로 갔는데, 수문장이 어디 가느냐고 묻자, 긴급한 일이 있어서 승상의 분부를 받고 가는 길이라고 황급히 말을 몰아갔다 합니다.”

이유가 말한다.

“조조가 혼쭐이 빠져라 도망친 것을 보면 승상을 노렸던 게 틀림없습니다.”

동탁은 격분한다.

“내가 조조를 그토록 대접해주었건만 도리어 나를 해치려 했단 말이냐?”

이유가 다시 아뢴다.

“이번 일에는 반드시 공모한 자가 있을 터인즉, 조조만 잡으면 곧 밝혀질 것입니다.”

동탁은 즉시 영을 내려 전국에 포고문을 돌리고 조조의 모습을 그림으로 그려 방방곡곡에 붙이도록 했다. 조조를 사로잡아 바치는 자에게는 1천금의 상을 주고 만호후(萬戶侯, 1만호의 식읍을 갖는 제후)에 봉할 것이나, 반대로 숨겨주는 자는 조조와 같은 죄로 다스릴 것이라는 내용이었다.

성문을 빠져나와 고향인 초군(譙郡)을 향해 정신없이 말을 달리던 조조가 막 중모현(中牟縣)을 지나는 참이었다. 관(關)을 지키는 군사의 눈에 수상쩍게 보인 그는 사로잡혀 현령 앞으로 끌려갔다. 현령의 심문에 조조는 대답했다.

"나는 한낱 떠돌이 장사치로, 성은 황보(皇甫)라고 합니다."

현령은 조조의 얼굴을 유심히 살피며 한동안 말이 없다가 입을 열었다.

"내 일찍이 벼슬을 구하러 낙양에 올라갔다가 너를 본 일이 있어 네가 조조임을 잘 알고 있는데, 어째서 신분을 숨기려 하느냐? 경사로 압송하여 상을 청하겠다."

그러는 한편 현령은 조조를 잡아온 군사에게는 술과 음식을 후하게 내렸다. 그날밤, 현령은 심복부하를 시켜 조용히 옥에 갇힌 조조를 끌어내어 후원으로 데리고 갔다.

"내 듣기에 그대는 동승상께 특별한 대접을 받아온 것으로 알고 있는데, 어찌하여 화를 자초했는가?"

조조가 대답한다.

"제비나 참새 따위가 어찌 기러기와 고니의 큰뜻을 알겠는가. 너는 운이 좋아 나를 잡았으니 끌고 가서 상이나 청할 일이지, 무엇을 귀찮게 묻는가?"

현령은 좌우를 물리고 조용히 말한다.

"나를 업신여기지 마오. 내 아직 제대로 주인을 못 만났을 뿐, 속된 벼슬아치들과는 다르다오."

그제야 조조도 솔직한 심정을 털어놓는다.

"나의 조상은 대대로 한나라 녹을 먹고 살아왔소. 그런 터에 나라에 보답할 방도를 생각지 않는다면 짐승과 무엇이 다르겠소? 내가 몸을 굽혀 동탁을 섬길 때는 오직 기회를 보아서 놈을 죽이고 나라를 안정케 하려던 것이었는데, 뜻대로 되지 않았소. 이도 하늘의 뜻인가보오."

현령이 말한다.

"맹덕은 이제 어디로 갈 생각이오?"

조조가 말한다.

"고향으로 돌아가겠소. 거기서 거짓 조서를 내어 천하 제후들을 불러모으고 군사를 일으켜 함께 동탁을 치는 것만이 내 소원이오."

현령은 친히 조조의 결박을 풀어주고 조조를 상좌에 앉히더니 두번 절했다.

"공은 참으로 천하에 둘도 없는 충신이시오."

조조도 얼른 답례하고 현령의 성명을 물었다.

"내 성은 진(陳)이고 이름은 궁(宮)으로, 자는 공대(公臺)라 하오. 노모와 처자가 모두 동군(東郡)에 있는데, 공의 충의에 감동하여 벼슬을 버리고 공을 따르고 싶소."

조조는 말할 수 없이 기뻤다.

그날밤 진궁은 여비를 마련하고 조조에게 옷을 바꿔 입힌 뒤, 각각 칼 한자루씩을 메고 말에 올라 조조의 고향을 향해 떠났다. 길을 떠난 지 사흘째 되는 날 해질 무렵에야 두 사람은 성고(成皐) 지방에 이르렀다. 조조가 채찍을 들어 맞은편 울창한 숲을 가리키며 말한다.

"저곳에 여백사(呂伯奢)란 이가 살고 있는데, 그분은 나의 아버지와 의형제를 맺은 사람이오. 집안 소식도 물어볼 겸 하룻밤 묵어가는 것이 어떻겠소?"

진궁도 반가워했다.

"그거 좋소이다."

두 사람이 말에서 내려 백사의 집 안으로 들어가 문안을 드리자 백사가 깜짝 놀라 묻는다.

"조정에서 조카를 잡으려고 사방으로 공문을 띄우고 야단법석인데, 어떻게 여기까지 용케 왔는가. 아버지는 벌써 진류(陳留)땅으로 피해가셨네."

조조는 지난 일을 상세히 말하고는 덧붙인다.

"만약에 여기 진궁 현령이 아니었으면 이몸은 벌써 가루가 되었을 것입니다."

조조의 말에 백사는 얼른 몸을 일으켜 진궁에게 절을 한다.

"공이 아니었으면 조카는 말할 것 없고 조씨 집안이 멸문의 화를 당할 뻔했소이다. 이제 아무 걱정 마시고, 누추하오만 오늘밤은 내 집에서 편히 쉬도록 하시오."

그러고는 안으로 들어갔다가 한참 만에 다시 나와서 진궁에게 말한다.

"늙은이의 집에 좋은 술이 없어 서쪽 마을에 가서 한병 받아가지고 와야겠구려."

여백사는 곧장 나귀에 올라 집을 나섰다. 조조가 진궁과 함께 한참을 앉아 있노라니, 문득 후원에서 써억써억 칼 가는 소리가 들려왔다. 이에 귀를 기울이던 조조가 진궁의 귀에 속삭인다.

"여백사와 내가 친부모 자식 간은 아닌지라 아무래도 안심이 안되오. 도대체 혼자서 어딜 갔는지, 가만히 동정을 살펴야겠소이다."

슬며시 방에서 나온 두 사람은 발소리를 죽이고 뒤꼍으로 갔다. 초당 뒤에서 누군가 말하는 소리가 또렷이 들려왔다.

"묶어서 죽이는 게 어떨까?"

조조는 그럴 줄 알았다는 표정으로 말했다.

"우리가 먼저 손을 써야겠소. 그러지 않았다간 저들 손에 당하고 말 거요."

조조는 망설이지 않고 진궁과 함께 달려들어 칼을 휘둘러 남녀 가리지 않고 닥치는 대로 여백사의 여덟 식구를 모두 죽이고 말았다. 또 남은 사람이 없나 하여 부엌을 들여다보다가, 진궁은 가슴이 철렁 내려앉았다. 부엌 한구석에 돼지 한마리가 꽁꽁 묶여 버둥대고 있는 것이 아닌가. 방금 돼지를 잡으려 했던 모양이었다.

'아뿔싸! 맹덕이 너무 의심이 많아서 공연히 착한 사람들을 죽였구나.'

진궁이 깊이 탄식했다. 두 사람은 급히 말을 몰아 그곳을 떠났다.

한마장쯤이나 갔을까. 나귀 안장에 술 두병을 달고 손에는 과일과 채소를 든 채 돌아오던 여백사가 저만치 앞에서 그들을 발견하고 큰소리로 외친다.

"아니 조카, 왜 벌써 떠나는가?"

조조가 말한다.

"죄 지은 몸이라 오래 머물 수가 없어 떠납니다."

여백사가 말한다.

"내 이미 집안사람들한테 돼지 한마리 잡으라고 일렀네. 여기 술도 사왔는데, 어찌 하룻밤도 묵지 않고 떠나겠다는 겐가? 어서 말머리를 돌리게나."

조조는 대꾸없이 말을 재촉하여 여백사의 곁을 지나쳐버린다. 몇걸음을 가다가 조조는 갑자기 칼을 빼들고 말머리를 돌려 여백사를 불러세우며 물었다.

"저기 오는 사람이 누굽니까?"

여백사가 무심코 뒤를 돌아보자 조조는 그대로 달려들며 한칼에 여백사를 베어 나귀 아래로 떨어뜨렸다. 순식간의 일이라 말릴 겨를도 없이 이를 지켜보던 진궁이 크게 놀라 조조를 나무란다.

"이게 무슨 짓이오? 아까는 모르고 한 일이지만……"

조조가 대답한다.

"백사가 자기 집에 돌아가 식구들이 몰살당한 것을 보면 가만있겠소? 반드시 무리를 거느리고 쫓아오거나 관가에 알릴 것이니, 우리가 화를 입지 않으려면 다른 방도가 없지 않소."

진궁이 말한다.

"그렇지만 함부로 사람을 죽이는 것은 정말 옳지 않은 처사요."

"차라리 내가 천하 사람을 저버릴지언정, 천하 사람이 나를 저버리게 할 수는 없소."

조조의 차가운 대답에 진궁은 더이상 아무 말도 하지 않고 굳게 입을 다물어버렸다.

그날따라 유난히 달빛이 밝았다. 말을 타고 얼마나 더 달렸을까. 두 사람은 달빛 아래 서 있는 한 객점을 발견하고 하룻밤 묵어가기로 했다. 조조는 말을 배불리 먹인 뒤에 먼저 잠자리에 들더니 곯아떨어졌다. 곤히 잠이 든 조조 곁에서 진궁은 이런저런 생각에 머릿속이 복잡했다.

'나는 조조가 어진 사람인 줄 알고 벼슬까지 버리고 따라왔건만, 오늘 하는 짓을 보니 승냥이 같은 놈이로구나. 이런 놈을 내버려두었다가는 반드시 후환이 될 터이니 지금 죽여 없애야겠다.'

진궁은 결심하고 칼을 빼어들었다.

타고난 마음 승냥이라 좋은 인물 아니로다　　　設心狼毒非良士
조조 동탁 이 둘은 원래 한 길의 사람일세　　　操卓原來一路人

조조의 목숨은 이제 어찌 될 것인가?

5

전국의 제후들이 모이다

조조의 거짓 조서에 모든 제후들이 호응하고
호뢰관을 칠 때 세 영웅은 여포와 싸우다

칼을 내려치려다 말고 진궁은 다시 생각에 잠겼다.

'내가 이자를 따라 여기까지 온 것은 오로지 나라를 구하겠다는
일념에서였다. 이까짓 위인을 죽이는 일이 어찌 의로운 일이겠는
가. 차라리 내버려두고 혼자 떠나는 편이 낫겠다.'

진궁은 도로 칼을 꽂고 말에 올라 날이 미처 밝기도 전에 동군을
향해 떠났다. 새벽녘에 문득 잠에서 깨어난 조조는 곁에 진궁의 모
습이 보이지 않자 얼른 일어나 앉았다.

'이 사람이 나의 언행에 실망한 나머지 혼자 떠나간 게로군. 필
시 내가 어질지 못하고 의리 없는 위인이라 여겨 믿지 못한 것일
테지. 이러고 있을 게 아니라 나도 어서 여길 떠나야겠구나.'

조조는 서둘러 그곳을 떠나 밤낮으로 달려 진류땅에 이르렀다.

도착하자마자 조조는 아버지를 뵙고, 지금까지의 일들을 소상히 여쭙고 집안의 재산을 털어서라도 의병을 모집해야겠다고 자신의 뜻을 밝혔다. 부친이 대답했다.

"그런 큰일을 도모하자면 넉넉지 않은 자금으로는 성사시키기 어려울 게다. 이 고을에서 손꼽히는 거부 효렴 위홍(衛弘)은 재물보다는 의리를 소중히 여기는 사람이니, 그이의 도움을 받을 수만 있다면 가히 대사를 도모할 수 있을 게다."

조조는 곧 주안상을 차려 손님 맞을 준비를 하고 위홍을 집으로 모셔왔다. 어느정도 취기가 오르자 입을 연다.

"지금 한나라 황실에는 주인이 없고, 동탁이 제맘대로 권세를 휘두르며 황제를 속이고 백성을 괴롭히고 있음은 온 천하가 아는 사실입니다. 이에 모든 사람들이 이를 갈며 분해하는지라, 이몸이 나서서 사직을 바로잡고자 하나 힘이 부족한 것이 한이외다. 듣기에 어르신께서는 충의를 중히 여기시는 지사라 하니 감히 도움을 청하고자 이렇게 모셨습니다."

위홍이 흔쾌히 말한다.

"나도 그러한 생각을 가진 지 오래나 다만 영웅을 만나지 못한 것이 한이었네. 그런데 맹덕이 그렇듯 큰뜻을 품었다니 내 어찌 변변치 않은 재물을 아끼겠나?"

조조는 너무도 기뻤다. 그는 우선 거짓 조서를 써서 각 도에 돌리고 의병을 모으기 시작했다. 흰 깃발에 '충의(忠義)'라는 두 글자를 크게 써서 내걸자, 며칠 안되어 헤아릴 수 없이 많은 젊은이들이 구름처럼 모여들었다.

하루는 양평(陽平)의 위국(衛國) 사람으로, 성명은 악진(樂進)이요 자는 문겸(文謙)이라 불리는 자가 조조를 찾아왔다. 이어 성명은 이전(李典)이요 자가 만성(曼成)인 산양군(山陽郡) 거록현(鉅鹿縣) 사람도 찾아와 조조에게 의탁하니, 조조는 이 두 사람을 모두 거두어 장전리(帳前史)로 삼았다.

또한 패국(沛國)의 초현(譙縣) 사람이 왔는데, 성은 하후(夏侯)요 이름은 돈(惇), 자는 원양(元讓)으로, 그는 다름 아닌 하후영(夏侯嬰)의 자손이었다. 어려서부터 창과 몽둥이 쓰는 솜씨가 뛰어났던 그는 14살 때부터 스승에게 무술을 배우기 시작했는데, 어떤 사람이 스승을 욕보이자 그를 죽이고 몸을 피해 각지로 떠돌아다녔다. 그러다가 조조가 군사를 일으킨다는 소문을 듣고 아우 하후연(夏侯淵)과 함께 각각 장사 1천여 명을 이끌고 찾아온 것이다. 이 두 사람은 따지고 보면 조조와 형제뻘이라 할 수 있었다. 조조의 부친인 조숭(曹嵩)이 원래 하후씨의 자손이었으나, 조씨 집에 양자로 갔던 까닭이다.

며칠 후, 이번에는 조씨 집안의 형제인 조인(曹仁)·조홍(曹洪)이 또 각각 군사 1천여 명을 거느리고 찾아왔다. 조인의 자는 자효(子孝)요, 조홍의 자는 자렴(子廉)으로, 두 사람 모두 활쏘기와 말 다루는 재주가 출중했다.

조조는 크게 기뻐했다. 그가 마을에서 군마를 조련하기 시작하자, 위홍이 자신의 재산을 모두 내놓아 군사들의 갑옷은 물론 필요한 장비들을 마련해주었을 뿐만 아니라, 사방에서 군량을 보내오는 사람들의 수효가 헤아릴 수 없을 지경이었다.

이 무렵 발해 태수로 있던 원소도 조조가 보낸 거짓 조서를 받고, 조조와 합류하기 위해 휘하의 문무 관원과 군사 3만명을 이끌고 발해를 떠나왔다. 이에 힘을 얻은 조조는 격문을 지어 각 고을에 돌렸다.

조조 등은 삼가 대의(大義)를 받들어 천하에 고하노라. 동탁이 하늘을 속이고 땅을 속이며, 나라를 망하게 하고 황제를 죽이며, 궁중을 어지럽히고 백성을 해치는 등 사납고 어질지 못함이 가득 차서 그 죄악이 하늘에 닿을 지경이라 이제 황제의 밀조를 받들어 의병을 일으켜 흉악한 무리들을 소탕하고 나라를 구하고자 한다. 바라건대 뜻있는 자들은 모두 도탄에 빠진 백성들을 도와 원한을 풀고 황실을 지킬 수 있도록 이 격문을 보는 즉시 함께 일어나라.

전국에 격문이 돌자 각 진의 제후들이 모두 군사를 일으켜 이에 응했다. 그 인물들은 다음과 같다.

제1진 후장군(後將軍) 남양 태수(南陽太守) 원술(袁術)

제2진 기주 자사(冀州刺史) 한복(韓馥)

제3진 예주 자사(豫州刺史) 공주(孔伷)

제4진 연주 자사(兗州刺史) 유대(劉岱)

제5진 하내군 태수(河內郡太守) 왕광(王匡)

제6진 진류 태수(陳留太守) 장막(張邈)

제7진 동군 태수(東郡太守) 교모(喬瑁)

제8진 산양 태수(山陽太守) 원유(袁遺)

제9진 제북상(濟北相) 포신(鮑信)

제10진 북해 태수(北海太守) 공융(孔融)

제11진 광릉 태수(廣陵太守) 장초(張超)

제12진 서주 자사(徐州刺史) 도겸(陶謙)

제13진 서량 태수(西涼太守) 마등(馬騰)

제14진 북평 태수(北平太守) 공손찬(公孫瓚)

제15진 상당 태수(上黨太守) 장양(張楊)

제16진 오정후(烏程侯) 장사 태수(長沙太守) 손견(孫堅)

제17진 기향후(祁鄕侯) 발해 태수(渤海太守) 원소(袁紹)

각 지방의 군마는 수효가 일정하지 않아 많게는 3만에 이르고 적게는 1~2만으로, 제각기 문관과 무장을 거느리고 낙양으로 향했다.

북평 태수 공손찬이 정병 1만 5천을 거느리고 덕주(德州) 평원현(平原縣)을 지나는데, 멀리 뽕나무 숲속에서 황색 깃발을 나부끼며 말 탄 장수 몇 사람이 달려나와 그를 맞았다. 자세히 보니 앞장선 사람은 다름 아닌 유현덕이다.

"아우가 여긴 어쩐 일인가?"

공손찬의 물음에 현덕이 대답한다.

"지난날 형님 덕택에 평원 현령이 되어 줄곧 이곳에 머물다가, 형님께서 군사를 거느리고 이곳을 지나신다는 소문을 듣고 이렇게 나왔습니다. 잠깐 성에 들어가 말에게 물도 먹이고 쉬어가시는 게 어떠시겠습니까?"

공손찬이 현덕의 뒤에 서 있는 관우와 장비를 가리키며 묻는다.

"이들은 누구요?"

현덕이 말한다.

"이쪽은 관우, 저쪽은 장비라 하는데, 저와 의형제를 맺은 사람들입니다."

"옳아, 이 장수들이 바로 아우님과 함께 황건적을 토벌한 그 사람들이구면."

"모두 이 두 사람의 힘이지요."

"그래 지금 무슨 벼슬에 있소?"

현덕이 대답한다.

"관우는 마궁수(馬弓手)로, 장비는 보궁수(步弓手)로 있습니다."

공손찬은 탄식한다.

"자네도 알다시피 지금 동탁이 세상을 어지럽히고 있는지라 천하의 제후들이 함께 치기로 하여 나도 이렇게 나선 길일세. 어떤가, 아우도 그 하잘것없는 벼슬 집어치우고 나와 함께 역적을 물리치고 한나라 황실을 구하러 가지 않으려나?"

현덕이 선뜻 응한다.

"바로 제가 원하던 바입니다."

장비가 불쑥 나서며 투덜댄다.

"그때 내가 그놈을 죽이려 할 때 형님께서 말리지만 않았어도 오늘날 이런 일은 일어나지 않았을 거 아뇨?"

그러자 관우가 한마디 한다.

"일이 이미 이렇게 되었는데 어서 행장을 수습하여 길 떠날 준비나 하자."

이리하여 현덕은 관우·장비와 함께 휘하 장병을 거느리고 공손찬을 따라나섰다. 이들이 조조의 대채(大寨)에 이르자 다른 제후들도 뒤를 이어 도착해 진영을 배치하니 그 길이가 2백여리에 달했다. 조조는 곧 소와 말을 잡아 잔치를 베풀고 모든 제후들과 출병할 계책을 의논했다. 먼저 태수 왕광이 의견을 내놓는다.

"이제 대의를 받들어 거사함에 있어 우선 맹주를 한분 세워야겠소. 그런 다음 모든 사람이 그 명령에 따르기로 하고 일제히 진격하는 게 좋을 듯하오."

이에 조조가 말한다.

"원소공은 집안 대대로 사대에 걸쳐 삼공(三公)을 지냈고, 그 문중에서 관리들도 많이 나왔을 뿐만 아니라 한조(漢朝) 명상(名相)의 후예이시니 가히 맹주로 받들 만하오."

원소는 극구 사양했지만, 모두들 주장한다.

"원소공이 아니면 안되오."

이튿날 3층으로 단을 쌓고, 동서남북과 중앙에 오색기(旗, 청·황·

적·백·흑)를 세운 다음, 백모(白旄)와 황월(黃鉞)을 올리고 병부(兵符)와 장인(將印)을 가져다놓은 뒤 원소를 청하여 단에 오르게 했다. 원소는 의관을 바로잡고 칼을 차고서 늠름하게 단에 올랐다. 그는 분향재배하고 하늘에 맹세한다.

불행히도 한나라 황실이 기강과 계통을 잃으니, 역적 동탁이 그 틈을 타서 나쁜 짓을 일삼아 그 화가 황제에게까지 미치고 날로 더해가는 학정에 백성들은 도탄에 빠져 있다. 이에 원소 등이 나라가 망하는 것을 보고만 있을 수가 없어 의병을 규합하여 국난을 바로잡고자 한다. 오늘 이 자리에 모인 동맹군들은 마음을 합하고 힘을 모아 신하된 도리로서 결코 다른 생각을 품지 않을 것을 결의한다. 만일 이 맹세를 저버리는 자는 그 자신뿐만 아니라 자손까지도 살아남지 못할 것이니, 황천후토(皇天后土)와 조종신명(祖宗神明)께서는 우리를 굽어살피소서.

원소가 읽기를 마치고 맹세의 표시로 피를 마셨다. 이를 지켜보던 모든 제후들은 감정이 북받쳐올라 눈물을 흘렸다. 사람들은 단에서 내려오는 원소를 부축하여 장막에 올라가 앉게 하고, 직위와 나이순에 따라 두줄로 나뉘어 앉았다. 술이 두어순배 돌고 나서 조조가 말한다.

"오늘 이렇듯 맹주를 세웠으니, 이제 각기 명령을 받들어 나라를 구하는 일만 남았소. 누구 힘이 더 강하고 약한가를 따지기에 앞서,

그 힘을 한데 모으는 일만이 최선임을 명심합시다."

원소도 한마디 한다.

"이몸이 비록 재주는 없으나 여러분들의 추대를 받아 맹주가 된 이상, 공이 있으면 반드시 상을 주고 죄가 있으면 반드시 벌할 것이오. 나라에는 법이 있고 군에는 반드시 기율(紀律)이 있는 법, 각기 준수하여 한 사람도 어긋남이 없기를 바라오."

모두들 이구동성으로 대답한다.

"명령대로 따르겠습니다."

비로소 원소가 명을 내린다.

"아우 원술은 군량과 말먹이를 맡아 각 영(營)에 분배하되 부족함이 없도록 하라. 그리고 누군가 한 사람 선봉을 삼아 즉시 사수관(氾水關)으로 나가 싸움을 청하고, 나머지는 각각 험준한 곳을 골라 진을 치고 있다가 적당한 때 응전토록 하시오."

말이 떨어지기가 무섭게 장사 태수 손견이 나선다.

"제가 선봉에 서겠습니다."

원소가 말한다.

"문대(文臺, 손견의 자)의 용맹스러움은 가히 이 일을 감당하고도 남을 것이오."

그리하여 손견은 본부의 인마를 거느리고 사수관으로 나아갔다. 사수관을 지키던 장수는 즉시 파발마를 띄워 낙양 승상부에 급한 전갈을 보냈다.

동탁은 대권을 손에 넣은 뒤 매일 잔치를 벌이며 술 마시기를 일삼고 있었다. 그러던 어느날 이유가 사수관으로부터 급한 소식을 전하는 문서를 가지고 들어와 아뢰었다. 동탁은 깜짝 놀라 황급히 여러 장수들을 모아 대책을 상의했다. 온후(溫侯) 여포가 앞으로 나서며 말한다.

"아버님께서는 아무 염려 마십시오. 관문 밖 그따위 제후들에게 무슨 힘이 있겠습니까? 제가 호랑이 같은 군사들을 거느리고 나가서 그들의 머리를 모조리 베어다가 성문 위에 걸겠습니다."

동탁은 기뻐 어쩔 줄 모른다.

"하기야, 내게 봉선이가 있는데 무슨 걱정이 있겠느냐?"

이때였다. 말이 채 끝나기도 전에 여포 뒤에 서 있던 한 장수가 앞으로 나서며 큰소리로 말한다.

"그까짓 닭을 잡는 데 소 잡는 칼을 쓸 필요가 있겠습니까? 제가 나가서 간단히 해결할 터이니, 온후께서는 구경만 하십시오. 제게 맡겨주시면, 내 주머니 속 물건을 꺼내기보다 더 수월하게 제후놈 들의 목을 베어오리다."

동탁이 보니, 9척 장신에 범 같은 체격, 이리 같은 늘씬한 허리에 표범 머리, 원숭이의 긴 팔을 지닌 그는 바로 관서(關西) 사람 화웅(華雄)이었다. 동탁은 너무도 기쁜 나머지 그 자리에서 화웅에게 효기교위(驍騎校尉)의 벼슬을 내리고 기병과 보병 5만을 기꺼이 내주었다. 그리하여 그길로 이숙(李肅)·호진(胡軫)·조잠(趙岑)과 함께 밤을 새워 사수관으로 달려가서 적과 싸우도록 했다.

한편 제후들 가운데 손견이 선봉장이 된 것을 마땅찮게 여기는 자가 있었으니 그는 제북상(濟北相) 포신(鮑信)이었다. 포신은 손견에게 공을 빼앗길까 두려워 동생 포충(鮑忠)을 시켜 기병과 보병 3천을 거느리고 지름길로 질러가게 했다. 포충이 먼저 싸움을 걸자 화웅이 철기 5백을 거느리고 사수관에서 나는 듯이 달려내려오면서 소리친다.

"적장은 달아날 생각 마라!"

포충은 제대로 싸워보지도 못하고 황급히 말머리를 돌려 달아나려 한다. 그러나 피할 틈도 없었다. 화웅이 뒤로 바싹 추격해 칼을 한번 번뜩이자 포충은 대번에 목이 떨어져 말 아래로 거꾸러진다. 장수가 죽자 수많은 군사들은 무기를 버리고 사로잡혔다. 사람을 시켜 포충의 수급을 승상부에 올려 승리의 소식을 알리니, 동탁은 화웅에게 도독(都督)의 벼슬을 내렸다.

한편 손견은 휘하의 네 장수를 거느리고 그제야 사수관 앞에 이르렀다. 네 장수 중 한 장수는 우북평(右北平) 토은(土垠) 사람으로, 성명은 정보(程普)요 자는 덕모(德謀)라 하는데 철척사모(鐵脊蛇矛)를 잘 다루고, 둘째 장수는 영릉(零陵) 사람으로서 성명은 황개(黃蓋)요 자는 공복(公覆)으로 철편(鐵鞭)을 잘 쓰며, 세번째 장수는 요서(遼西) 영지(令支) 사람으로 대도(大刀)를 잘 쓰는데, 그의 이름은 한당(韓當)이고 자는 의공(義公)이며, 마지막 장수 오군(吳郡) 부춘(富春) 사람 조무(祖茂)는 쌍칼의 명수로, 그의 자는 대영(大榮)이다.

손견은 번쩍이는 은빛 갑옷 차림에 붉은 두건을 쓰고 옆구리에는 고정도(古錠刀)를 차고서 화종마(花鬃馬)에 올라탄 채 사수관을 향해 큰소리로 외친다.

"역적 동탁의 조무래기들아, 어서 항복하지 못할까?"

그러자 관문이 열리며 화웅의 부장(副將) 호진(胡軫)이 군사 5천을 거느리고 달려나왔다. 정보가 창을 휘두르며 마주 달려나가 호진과 맞서 싸운다. 얼마 안 가 정보의 창이 호진의 목을 찔러 말 아래로 떨어뜨려버렸다. 승세를 타고 손견이 군사를 휘몰아 관 앞으로 돌격해들어가는데, 관문 위에서 화살이 비오듯 쏟아져내린다. 손견은 하는 수 없이 군사를 이끌고 일단 후퇴했다.

손견은 양동으로 돌아와 군사를 주둔하고 사람을 보내어 원소에게 승전을 고하게 하는 한편, 원술의 영채로 기별하여 속히 군량을 보내줄 것을 재촉했다. 이때 원술에게 한 부하가 술책을 말한다.

"손견으로 말할 것 같으면 강동의 무서운 호랑이입니다. 그가 낙양을 점령해 동탁을 죽이는 날엔 이리를 없애고 그 대신 범을 들어앉히는 꼴이 될 것입니다. 군량을 대주지 마십시오. 그러면 손견의 군사는 머지않아 저절로 흩어질 겁니다."

원술은 그 술책을 받아들여 손견에게 군량과 말먹이를 보내지 않았다. 그 결과 손견의 군사들은 굶주림에 빠져 전의를 상실하고 말았다. 염탐꾼이 이 소식을 전하자, 이숙이 화웅에게 계책을 내놓는다.

"오늘밤에 내가 군사를 거느리고 지름길로 가서 손견의 영채를 뒤에서 칠 것이니 장군은 군사를 휘몰아 정면에서 싸우시오. 그러면 손견을 사로잡을 수 있으리다."

화웅은 그의 말을 좇아 군사들을 배불리 먹인 다음 날이 저물기를 기다려 조용히 관을 나섰다.

달빛이 밝고 바람이 시원한 밤이었다. 손견의 영채에 다다랐을 때는 이미 한밤중이었다. 북을 치고 함성을 지르며 일제히 쳐들어가자, 느닷없는 기습에 놀란 손견은 잠자다 말고 허둥지둥 갑옷을 입으랴 두건을 쓰랴 정신이 없었다. 황급히 말에 올라 뛰쳐나가려는데 어느새 화웅이 앞을 막아선다.

손견과 화웅이 말을 타고 어울려 수합을 싸우고 있는데 영채 뒤에서는 이숙의 군사들이 일제히 불을 놓았다. 불길이 치솟자 손견의 군사들은 좌충우돌하며 제각기 도망갈 길을 찾느라 정신이 없다. 여러 장수들이 혼전을 거듭하고 있는 와중에 끝까지 곁을 지키던 조무가 손견을 도와 포위를 뚫고 달아나기 시작했다. 이를 발견한 화웅이 뒤를 쫓는다. 손견은 달아나면서 연달아 활을 두번 쏘았으나 화웅은 민첩하게 잘도 피한다. 손견은 다시금 활을 당겼다. 그러나 세번째 화살을 쏘기도 전에 힘을 너무 쓴 나머지 작화궁(鵲畫弓)이 그대로 부러지고 말았다. 손견은 부러진 활을 내던지고 내닫기 시작했다. 뒤를 따르며 조무가 말한다.

"주공께서 쓰고 계신 붉은 두건이 적의 표적이 되고 있으니 저에게 벗어주십시오. 제가 쓰겠습니다."

손견은 쓰고 있던 두건을 벗어 조무에게 주고 대신 그의 투구를 받아서 쓴 뒤 조무와 헤어져 다른 길로 달아났다. 화웅의 군사는 그런 줄도 모르고 오직 붉은 두건만을 쫓으니, 손견은 조무 덕에 샛길로 빠져 위기를 모면했다. 화웅의 추격이 점점 가까워지자, 조무는 붉은 두건을 벗어 불에 타다 만 민가의 나무기둥에 걸어놓고 숲속으로 달아나버렸다.

휘영청 밝은 달빛 아래, 화웅의 군사는 멀리서 붉은 두건을 발견하고 사면을 둘러쌌다. 그러나 누구 하나 감히 가까이 다가가지는 못한 채 멀찍이서 활만 쏘아댔다. 그렇게 날아드는 화살에도 상대편에서 전혀 반응이 없자 화웅은 그제야 속았음을 깨닫고 기둥으로 다가가 두건을 벗겨들었다. 그때였다. 벽력같은 고함을 지르며, 숲속에 숨어 있던 조무가 쌍칼을 휘두르며 화웅에게 달려든다. 그러나 그보다 먼저 외마디소리와 함께 화웅의 칼날이 달빛에 번쩍하는가 싶더니, 한칼에 조무를 내려쳐 두동강을 내버렸다. 동이 훤히 틀 무렵에야 화웅은 군사를 거두어 관으로 돌아갔다.

얼마 후 정보·황개·한당은 손견을 찾아내어 패군을 수습하고 다시 영채를 세웠다. 뒤늦게 조무가 죽었다는 사실을 알게 된 손견은 가슴이 찢어지는 듯한 슬픔에 잠겼다. 그는 곧 마음을 다잡고 원소에게 전황을 알렸다. 한밤중에 손견의 패전소식을 전해들은 원소는 크게 놀랐다.

"손견이 화웅의 손에 패하다니, 이럴 수가 있나."

그는 즉시 모든 제후들을 불러모아 회의를 열었다. 뒤늦게 공손찬이 오자, 장중으로 불러들여 자리에 앉히고 말을 꺼낸다.

"얼마 전 포(鮑) 장군의 아우가 군율을 어기고 마음대로 진병했다가 덧없이 목숨을 버리고 허다한 군사를 잃더니, 이제 또 손견이 화웅에게 패하여 군사의 사기가 크게 꺾였소이다. 장차 이를 어찌하면 좋겠소?"

모든 제후가 한결같이 입을 닫고 대꾸가 없다. 원소가 좌중을 둘러보는데, 공손찬의 등 뒤에 용모가 남다른 낯선 사람 셋이 입가에 냉소를 머금고 서 있는 게 눈에 띄었다. 원소가 묻는다.

"공손 태수의 등 뒤에 서 있는 자들은 누구요?"

공손찬은 곧 현덕을 불러내 소개한다.

"이 사람은 어릴 적부터 나와 동문수학한 평원령 유비입니다."

조조가 묻는다.

"그러면 바로 황건적을 무찌른 유현덕이 아니시오?"

"그렇소이다."

공손찬은 유현덕을 여러 제후에게 인사시키고, 그의 공로와 출신을 자세히 설명했다.

"그렇다면 황실의 종친인데 자리에 앉으시오."

원소가 앉을 것을 권했으나 현덕은 겸손하게 사양한다. 그러자 원소는 아예 말을 놓는다.

"내가 자네의 벼슬을 대접해서 그러는 것이 아니라 한실의 종친이라기에 앉으라는 것이네."

현덕이 마지못해 말석에 자리 잡고 앉자, 관우·장비는 두 손을 가슴 앞에 맞잡고 그 뒤에 나란히 섰다. 이때 전령이 급히 들어와 보고한다.

"화웅이 철기를 거느리고 관에서 내려와, 긴 장대에다 손견 태수의 붉은 두건을 걸어놓고 영채 앞으로 와서 욕설을 퍼부으며 싸움을 청하고 있습니다."

원소가 좌중을 향해 묻는다.

"누가 나서서 대적하겠는가?"

원술의 등 뒤에 섰던 날랜 장수 유섭(俞涉)이 앞으로 나선다.

"소장이 나가겠습니다."

원소가 쾌히 응낙했다. 유섭은 곧 말을 달려나갔다. 그러나 얼마 안되어 전령이 달려와 보고한다.

"유섭 장군이 화웅과 맞서 불과 3합도 싸워보지 못하고 목이 잘려 죽었습니다."

사람들은 놀라지 않을 수 없었다. 이때 기주 자사 한복이 말한다.

"내 휘하에 뛰어난 장수 반봉(潘鳳)이 있는데, 그러면 능히 화웅의 목을 베고도 남을 것입니다."

원소는 급히 출전을 명했다. 반봉은 커다란 도끼를 들고 말에 올라 나갔다. 그러나 그가 나간 지 얼마 안되어 다시 전령이 나는 듯이 말을 달려와 보고한다.

"반봉 장군 역시 화웅의 칼에 죽었습니다."

모든 사람의 낯빛이 달라졌다. 원소가 탄식하며 말한다.

"이런 애석한 일이 있나! 나의 빼어난 장수 안량(顔良)과 문추(文丑)가 이 자리에 없는 것이 한이로구나. 그들 중 한 사람만 있었어도 화웅 따위는 두려울 것이 없을 텐데……"

이때였다. 원소의 말이 채 끝나기도 전에 단 아래서 한 사람이 나서며 크게 외친다.

"소장이 나가서 화웅의 머리를 베어다 바치오리다."

사람들은 일제히 소리 나는 쪽을 바라보았다. 9척 신장에 수염의 길이는 두자가 넘고, 봉의 눈매에 누에 눈썹이 짙은 그의 얼굴은 무르익은 대춧빛이며, 소리는 마치 쇠북을 울리는 듯했다. 원소가 묻는다.

"누구인가?"

공손찬이 대답한다.

"유현덕의 의제(義弟) 관우입니다."

"지금 무슨 벼슬에 있소?"

"유현덕의 마궁수로 있소이다."

대답이 끝나기가 무섭게 원술이 관우를 향해 호통을 친다.

"네가 우리 제후들 중에 장수가 없다고 업신여기는 게냐? 한낱 궁수 따위가 어디라고 감히 그런 소리를 지껄이느냐? 저놈을 당장 밖으로 끌어내라!"

조조가 급히 말린다.

"공로(公路), 너무 노여워 마시오. 저자가 저렇듯 큰소리를 칠 때에는 그만한 용기와 지략이 있을 것인즉, 시험 삼아 내보내서 만약 이기지 못하거든 그때 책망해도 늦지 않으리다."

원소는 도무지 내키지 않는 눈치다.

"한낱 마궁수 따위를 내보냈다가 화웅의 웃음거리가 되면 그땐 어쩔 테요?"

조조가 말한다.

"보아하니 평범한 인물 같지가 않은데, 화웅인들 저자가 마궁수인 줄 어찌 알겠소?"

잠자코 듣고만 있던 관우가 다시 청한다.

"만일 화웅을 이기지 못하면 그땐 내 목을 내어드리리다."

조조가 더운 술 한잔을 가져다가 관우에게 권한다.

"한잔 마시고 나가시게."

"그냥 두십시오. 술은 갔다 와서 마시지요."

관우는 말을 마치기가 무섭게 칼을 들고 밖으로 나가 말에 뛰어올랐다. 잠시 후 관 밖에서는 북소리와 함성이 천지를 진동한다. 금방이라도 하늘이 무너지고 땅이 꺼질 듯 요란하여 모든 제후들이 놀라 소식을 기다리는데, 문득 말방울소리가 들려왔다. 일제히 쳐다보니 관우가 화웅의 머리를 들고 와서 보란듯이 내팽개쳤다. 따라놓은 술이 미처 식지 않은 사이였다.

후세 사람들은 관우의 공로를 이렇게 칭송했다.

위엄이 천지를 진압한 제일 공훈　　威鎭乾坤第一功

군문의 북소리 둥둥 울릴 때로다　　轅門畫鼓響鼕鼕

관운장이 술잔 놓아둔 채 용맹을 떨쳐　　雲長停盞施英勇

그 술이 식기도 전에 화웅의 목 베었더라　　酒尙溫時斬華雄

조조가 기뻐 어쩔 줄 모르는데, 현덕의 등 뒤에서 장비가 뛰어나오며 큰소리로 외친다.

"우리 형님이 화웅의 목을 베었으니, 이때를 타서 사수관으로 쳐들어가 동탁을 생포합시다. 어느 때를 더 기다리겠습니까?"

원술이 또 화가 나서 꾸짖는다.

"나는 대신의 몸으로도 스스로 겸양하는데, 일개 현령의 수하에 있는 졸개 따위가 어찌 이렇듯 방자하게 군단 말이냐? 저놈들을 모두 장막 밖으로 끌어내라."

조조가 다시 말린다.

"공이 있는 자에겐 상을 주는 법, 어찌 귀천만 따지시오."

원술은 자리를 차고 일어난다.

"공들이 이처럼 일개 현령 따위를 중히 여긴다면 나는 그만 물러가겠소."

조조가 딱하다는 듯 말한다.

"어찌 사소한 말 한마디로 큰일을 그르치려 하십니까?"

조조는 공손찬에게 현덕과 관우, 장비를 데리고 먼저 영채로 돌아가게 했다. 뒤이어 모였던 사람들이 모두 자리를 뜬 다음, 조조는 아무도 모르게 술과 고기를 보내 세 사람을 위로했다.

한편 싸움에 패한 화웅 휘하의 군사들이 관으로 돌아가 전황을 보고하자 이숙은 황급히 공문을 작성하여 동탁에게 올렸다. 동탁은 즉시 이유와 여포 등을 불러 의논했다. 이유가 말한다.

"이제 상장 화웅을 잃은데다 적의 형세는 더욱 커졌습니다. 더구나 적의 맹주 원소의 숙부 원외(袁隗)가 지금 조정의 태부로 있는 터이니, 만약 그들 무리와 내통이라도 하는 날엔 일이 더욱 난처해질 것입니다. 하오니 우선 화근을 없애버린 연후에, 승상께서 친히 대군을 이끌고 나가 적을 무찌르시는 게 좋을 것 같습니다."

동탁은 그 말을 타당하게 여겨 즉시 이각과 곽사를 불렀다. 그들에게 군사 5백명을 내주고 태부 원외의 집을 포위하여 남녀노소 가릴 것 없이 전부 죽인 후에 원외의 머리를 베어 사수관 관문 위에 높이 매달도록 지시했다.

이어 동탁은 군사 20만을 일으켜 두 길로 나누었다. 그중 5만은 이각과 곽사에게 주어 사수관을 굳게 지키되 싸움은 일으키지 말라 하고, 나머지 군사 15만은 동탁 자신이 이끌고 이유·여포·번조·장제(張濟) 등과 더불어 낙양으로부터 50여리 떨어진 호뢰관(虎牢關)으로 출발했다. 호뢰관에 다다른 동탁은 여포로 하여금 군사 3만명을 거느리고 관문 아래 영채를 세우게 하고, 자신은 몸소 관 위에 주둔했다.

이 소식이 원소의 대채에 전해지자 원소는 즉각 모든 제후들을 불러 대책을 상의했다. 조조가 말한다.

"동탁이 호뢰관에 군사를 주둔시킨 것은 우리 제후들의 허리를 끊으려는 수작이니, 우리도 병력을 반으로 나누어 이에 대처해야 할 것입니다."

조조의 제의에 따라 원소는 즉시 왕광·교모·포신·원유·공융·장양·도겸·공손찬 등 여덟명의 제후로 하여금 호뢰관을 치게 하고, 조조는 따로 군사를 거느리고 뒤를 돌보게 했다. 여덟 제후들은 각기 군사를 이끌고 호뢰관으로 향했다.

제일 먼저 하내 태수 왕광이 그곳에 당도했다. 여포가 철기 3천 군을 거느리고 나는 듯이 달려나온다. 왕광이 군마를 벌여세워 진을 치고 말잔등에 앉아 문기(門旗) 아래를 바라보니, 선두에 선 여포의 모습이 한눈에 들어왔다. 머리에는 삼차속발자금관(三叉束髮紫金冠, 비녀 세개로 묶은 머리에 얹은 자줏빛 금관)을 쓰고, 몸에는 서천홍금백화포(西川紅錦百花袍, 서천산 붉은 비단에 온갖 꽃을 수놓은 전투복)와 수면탄두연환개(獸面吞頭連環鎧, 머리를 삼키는 짐승얼굴 모양의 고리를 엮어 만든 갑옷) 갑옷을 입고, 허리에는 늑갑영롱사만대(勒甲玲瓏獅蠻帶, 단단한 껍질에 영롱한 사자모양을 새긴 띠)를 차고, 어깨에는 활과 전통을 메고, 손에 방천화극을 거머쥔 채 말 위에 높이 앉아 있는 모습이, 과연 출중한 인물에 빼어난 적토마였다. 왕광이 부하장수들을 돌아보며 묻는다.

"누가 나가 싸우겠는가?"

그 말이 떨어지기가 무섭게 뒤에서 한 장수가 창을 휘두르며 달려나간다. 하내의 명장 방열(方悅)이다. 여포가 마주 달려나온다. 두 말이 서로 어울려 싸운 지 5합이나 되었을까. 여포의 일격에 방열은 그대로 말 아래 거꾸러진다. 그 기세를 몰아 여포가 창을 휘두르며 돌격해오자 왕광의 군사는 크게 패하여 사방으로 흩어진다. 여포는 동에 번쩍 서에 번쩍하며 마치 무인지경을 넘나들듯 닥치는 대로 찔러죽인다. 죽을 지경에 몰려 있던 왕광은 다행히도 교모와 원유의 군사들에 의해 구출되었다. 여포도 더는 공격하지 않고 물러났다.

세 명의 제후들은 각기 적지 않은 군마를 잃고 30리를 물러나 영채를 세웠다. 뒤를 이어 나머지 다섯 제후도 모두 한곳에 모였다.

"여포의 용맹스러움을 대적할 만한 사람이 없으니 참으로 답답한 노릇이오."

모두 모여앉아 걱정만 하고 있는데, 여포가 다시 군사를 이끌고 와서 싸움을 청한다는 전갈이 왔다. 여덟 제후는 일제히 말에 올라 군사를 여덟 대로 나누어 높은 언덕 위에 진을 쳤다. 앞을 바라보니 여포의 군마가 수놓은 깃발을 날리며 질풍처럼 달려오고 있다. 상당 태수 장양의 부장 목순(穆順)이 창을 치켜들고 마주 달려나간다. 그러나 여포의 창이 번쩍 빛나는가 싶더니 목순은 그대로 말 아래로 떨어져 뒹군다.

지켜보던 여덟 제후들은 너무도 놀라 벌어진 입을 다물 줄 몰랐다. 이번에는 북해 태수 공융의 부장 무안국(武安國)이 철퇴를 휘두르면서 나는 듯이 말을 몰고 나간다. 여포도 말에 박차를 가해 무안국과 맞선다. 10여 합쯤 싸우는데 여포가 휘두르는 창날에 무안국의 한쪽 팔이 무참하게 떨어져나갔다. 무안국은 철퇴를 버리고 그대로 달아난다. 여덟 제후의 군사들이 무안국을 구해내려고 일제히 달려들었다. 여포는 그제야 말머리를 돌려 물러났다.

여러 제후들은 영채로 돌아와 다시 머리를 맞댔다. 조조가 입을 연다.

"여포의 용맹을 당해낼 재간이 없으니 열여덟 제후가 한자리에 모여 좋은 방책을 의논해야겠소. 여포만 사로잡으면 동탁을 잡아 죽이는 거야 시간문제 아니겠소."

한창 의논하는 중에 여포가 다시 군사를 거느리고 와서 싸움을 청했다. 여덟 제후는 일제히 말을 타고 나갔다. 이번에는 공손찬이 제일 먼저 창을 휘두르며 여포와 맞섰다. 그러나 몇합 싸우지도 못 하고 말머리를 돌렸다. 여포는 틈을 주지 않고 적토마를 몰아 뒤를 쫓는다. 적토마는 하루에 천리를 달리는 말이라, 바람처럼 내달아 순식간에 거리가 좁혀진다. 여포가 화극을 들어 공손찬의 등덜미 를 덮치려는 순간이다. 뒤에서 한 장수가 벽력같이 소리 지르며 말 을 달려나온다. 그는 고리눈을 부릅뜨고 범의 수염을 곤두세운 채 장팔사모를 휘두르며 소리친다.

"성을 셋이나 가진 쌍놈아, 게 섰거라! 연인(燕人) 장비의 창을 받아라!"

화가 머리끝까지 치민 여포는 공손찬을 버려두고 말을 돌려 장 비에게로 달려들었다. 장비가 휘두른 장팔사모가 여포의 방천화 극에 부딪치며 불꽃을 튀긴다. 창날이 휘돌아가고 창봉이 엇갈리 면서 마치 범과 용이 바람과 구름에 휩싸인 듯, 50여합에 이르도록 좀처럼 승부가 나지 않는다.

이를 지켜보던 관운장이 춤을 추듯 82근짜리 청룡언월도를 휘두 르며 내닫는다. 여포와 장비 사이로 비집고 들어선 관운장이 청룡도를 휘둘러 허공을 베면서 달려들자, 장비는 장팔사모의 창끝으로 독사가 이빨을 내어 꿈틀대며 공격하듯이 찔러들어간다. 당황한 여포는 재빨리 방천화극의 창날로 청룡언월도를 퉁겨내고, 장비의 창끝을 어깨 너머로 간신히 비껴낸다. 세마리 말이 정(丁) 자 모양으로 어우러져 30여합을 더 싸웠으나 여포는 좀처럼 물러설 기미를 보이지 않는다.

마침내 유현덕이 쌍고검을 휘두르며 황종마를 급히 몰아 비스듬히 쳐들어간다. 유현덕이 여포의 정면을 공격한 것은 아니나, 여포는 적토마를 전후좌우로 몰아 세 사람의 공격을 피해간다. 세 장수가 여포 하나를 둘러싸고 주마등처럼 어지러이 몰아친다.

여덟 제후와 그 군마가 모두 취한 듯 어린 듯 바라보고 있는데, 여포는 마침내 더 견디지 못하고 창을 들어 현덕의 면상을 냅다 찌르는 척하더니, 현덕이 급히 몸을 틀어 피하자 그 빈틈을 이용하여 창을 거꾸로 끌어당기고 쏜살같이 달아난다.

세 장수가 급히 뒤를 쫓았다. 여덟 제후의 군사들도 일제히 고함을 지르며 그 뒤를 따르니, 들판이 군사들로 순식간에 새까맣게 뒤덮였다. 여포의 군마는 정신없이 호뢰관을 향해 내닫는다. 그 뒤를 쫓아 유비·관우·장비도 숨 돌릴 겨를 없이 말을 달렸다.

옛사람이 이때의 싸움을 시로써 읊었다.

한나라 운수는 환제 영제에 이르러　　　　漢朝天數當桓靈

빛나던 태양 서산으로 기울었다네　　　　炎炎紅日將西傾

유비·관우·장비 세 영웅이 여포와 맞서 싸우다

간신 동탁이 어린 임금 폐하고 　　　　　　奸臣董卓廢少帝

황위에 오른 진류왕 나약하여 꿈속에서 놀라누나 劉協懦弱魂夢驚

조조가 격문을 돌려 천하에 고하자 　　　　　曹操傳檄告天下

제후들 분노하여 군사를 일으켰네 　　　　　諸侯奮怒皆興兵

원소를 맹주로 삼자 의논하고 　　　　　　　議立袁紹作盟主

왕실 바로잡아 태평을 이루기로 하였다네 　　誓扶王室定太平

온후 여포를 당할 자 세상에 없는지라 　　　溫侯呂布世無比

그 용맹 사해에 떨쳐 덮는구나 　　　　　　雄才四海夸英偉

몸에 두른 갑옷 은빛 비늘 번쩍번쩍 　　　護軀銀鎧砌龍鱗

머리에 쓴 금관 꿩깃털을 꽂았구나 　　　　束髮金冠簪雉尾

옥에 짐승을 새긴 보대는 맹수를 삼키는 듯 參差寶帶獸平呑

떨쳐입은 백화전포는 봉새가 날듯 했네 　　錯落錦袍飛鳳起

용마가 한번 뛰면 하늘 바람 일고 　　　　龍駒跳踏起天風

화극이 번뜩이니 서릿발 이는구나 　　　　畫戟熒煌射秋水

관문 앞에 나서 싸움 걸면 당할 자 누구냐 出關搦戰誰敢當

제후들마다 마음 졸이며 가슴 떨더라네 　諸侯膽裂心惶惶

그런 중에 연인 장비가 나서니 　　　　　踊出燕人張翼德

손에는 장팔사모 높이 치켜들고 　　　　手持蛇矛丈八槍

범의 수염 곧추서서 금실처럼 빛나며 　虎鬚倒豎翻金線

부릅뜬 고리눈에 번갯불 일어나네 　　　環眼圓睜起電光

여포 장비 한판 싸움 승부가 나지 않아 酣戰未能分勝敗

보다 못한 관운장이 쫓아나오니 　　　陣前惱起關雲長

청룡보도에 눈서리 찬란하다	靑龍寶刀燦霜雪
앵무전포는 나비처럼 펄럭이고	鸚鵡戰袍飛蛺蝶
말발굽 닿는 곳에 귀신도 울부짖고	馬蹄到處鬼神嚎
노기에 찬 두 눈 부릅뜨면 유혈이 낭자하네	目前一怒應流血
영웅 현덕이 쌍검을 들고 나서	梟雄玄德掣雙鋒
위풍당당하게 용맹을 뽐내누나	抖擻天威施勇烈
삼인이 포위하여 한참을 싸우니	三人圍繞戰多時
치고 막고 달아나랴 숨 돌릴 틈 없어	遮攔架隔無休歇
함성이 크게 일며 천지가 진동하고	喊聲震動天地翻
살기 가득, 견우성 북두성에 한기 서리네	殺氣迷漫牛斗寒
여포는 힘이 다해 달아날 길 찾아	呂布力窮尋走路
멀리 관문을 바라고 말을 달려 달아나네	遙望家山拍馬還
방천극을 거꾸로 잡아든 탓에	倒拖畫杆方天戟
금수놓은 오색기가 어지러이 흩어지고	亂散銷金五彩幡
말고삐 끊어져라 적토마 내달아서	頓斷絨縧走赤兔
나는 듯이 몸을 뒤채 호뢰관으로 올랐네	翻身飛上虎牢關

여포의 뒤를 쫓아 호뢰관 아래에 도착한 세 사람은 무언가 눈길을 끄는 것이 있어 관문 위를 올려다보았다. 푸른 비단으로 만든 깃발이 때마침 불어오는 서풍에 나부끼고 있다. 장비가 큰소리로 외친다.

"저기에 반드시 동탁이 있을 게요. 여포 따위를 쫓아갈 게 아니라, 먼저 동탁을 붙잡아 화근을 뿌리째 뽑아버려야지."

그는 곧 말을 몰아 호뢰관을 향해 달려갔다.

역적 잡기 모름지기 우두머리부터 잡아야지   擒賊定須擒賊首

기이한 공덕 세우자면 기인을 기다려야 하리   奇功端的待奇人

앞으로 승부는 어떻게 될 것인가?

6

옥새를 숨긴 손견

동탁은 황금빛 궁궐을 불태우는 만행을 저지르고
손견은 옥새를 감추어 맹약을 저버리다

장비는 말에 박차를 가해 단숨에 호뢰관 아래 이르렀다. 그러나
위에서 화살과 돌이 비오듯하니 올라가지 못하고 되돌아오는 수밖
에 달리 방법이 없었다. 여덟 제후들은 현덕·관우·장비를 청하여
공로를 치하하고, 원소의 영채에 사람을 보내 전황을 보고했다. 원
소는 승전 보고를 받자 즉시 손견에게 격문을 띄워 출진할 것을 명
했다. 손견은 정보와 황개를 데리고 원술을 찾아가 지휘봉으로 땅
바닥을 두드리며 항의한다.

"동탁이 나와 본래 원수진 일 없소마는 지금 내가 몸을 돌보지
않고 날아드는 화살과 돌을 무릅쓰며 결사적으로 싸우는 것은, 위
로는 나라를 위하여 역적을 치자는 것이며 아래로는 장군 가문과
의 의리 때문이외다. 그런데 장군이 나를 모함하는 말을 듣고 군량

과 마초 공급을 중단하는 바람에 우리가 적들에게 패하고 말았으니, 그래 속이 편하시오?"

원술은 당황하여 무어라 대답을 못했다. 그는 하릴없이 손견을 모함했던 자의 목을 베도록 지시했다. 그러고는 자신의 생각이 깊지 못했음을 인정하고 사죄했다. 이때 손견 휘하의 군사 하나가 찾아와 보고한다.

"관 위에서 적장 한 사람이 말을 타고 영채에 와서 장군을 뵙고자 합니다."

손견은 원술과 작별하고 즉시 본채로 돌아왔다. 찾아온 사람은 뜻밖에도 동탁이 아끼는 장수 이각이다. 손견은 의아한 생각이 들어 묻는다.

"대체 무슨 일로 왔느냐?"

이각이 대답한다.

"승상께서 평소 장군을 공경해오시던 터에, 오늘 특별히 저를 보내신 까닭은 다름이 아니오라 따님의 혼인문제 때문입니다. 승상의 따님과 장군의 아들이 백년가약을 맺어 두 어르신께서 사돈이 된다면, 그런 경사스러운 일이 또 어디 있겠습니까?"

"뭐라고?"

손견은 벌컥 화를 낸다.

"하늘을 거스르고 황실을 뒤엎은 천하의 역적놈이 나와 사돈을 맺자고? 내가 그 구족을 멸하여 천하에 보답하려 하거늘, 그런 가당찮은 소릴 하느냐? 당장 네놈의 목을 베어버려야 할 것이나 그냥 돌려보낼 터이니, 속히 가서 호뢰관을 내놓고 살 궁리들을 하여라. 한시라도 지체하면 그때엔 네 몸이 가루가 될 줄 알아라!"

이각은 머리를 싸안은 채 쥐구멍을 찾아 달아나듯 그대로 돌아와 동탁에게 손견의 무례함을 고했다. 동탁은 몹시 화가 나서 이유를 불러 앞일을 의논했다. 이유가 대답한다.

"여포가 패한 뒤 군사들의 사기가 크게 떨어졌습니다. 제 생각엔 하루속히 낙양으로 돌아가 황제를 장안으로 옮기는 것이 좋을 듯합니다. 지금 거리에 떠돌고 있는 동요가 바로 그 해답이라 할 수 있습니다."

이유는 동요를 들려주었다.

서쪽에도 하나의 한나라요 　　　　　　西頭一箇漢

동쪽에도 하나의 한나라라 　　　　　　東頭一箇漢

사슴이 장안으로 들어가야만 　　　　　鹿走入長安

바야흐로 어려운 일 사라지리라 　　　　方可無斯難

"생각건대 '서쪽에도 하나의 한나라'라는 것은 고조께서 서도 장안에 도읍하시어 12대를 전해온 것을 말하고, '동쪽에도 하나의 한나라'라는 것은 광무께서 동도 낙양에 도읍하시어 역시 오늘까지 12대를 전해온 것을 뜻합니다. 천운과 맞아떨어지는 지금, 승상께서는 그 천운에 따라 장안으로 도읍을 옮기시면 자연 근심이 없어질 줄로 압니다."

들고 보니 그럴듯한 말이었다.

"그대가 일러주지 않았더라면 내 미처 깨닫지 못할 뻔했구나."

동탁은 그날밤으로 여포를 데리고 낙양으로 돌아가서 문무백관들을 불러모아 도읍 옮길 것을 상의한다.

"한나라가 동쪽 낙양에 도읍한 지 어언 2백여년에 이르러 운이 다한 듯하오. 내가 보기에 왕기(王氣)는 실상 장안에 있소. 이제 어가를 모시고 서쪽으로 옮기려 하니, 그대들도 속히 그 준비를 하도록 하오."

사도 양표(楊彪)가 말한다.

"장안 일대는 지금 형편없이 황폐해져 있습니다. 그런 터에 까닭없이 종묘(宗廟)를 없애고 황릉(皇陵)을 버리신다면, 백성들이 놀라 동요하지 않을까 심히 염려스럽습니다. 천하를 움직이기는 쉬우나 안정시키기는 지극히 어렵사오니, 승상께서는 한번 더 생각해서 결정하십시오."

"네 감히 국가대계를 막으려 하느냐?"

동탁이 화를 내자, 이번에는 태위 황완(黃琬)이 말한다.

"양사도의 말씀이 옳습니다. 장안은 지난날 왕망(王莽)의 찬역과 경시(更始) 연간 적미(赤眉)의 난으로 인해 불에 타서 남아 있는 인가가 없고, 또한 백성들도 모두 떠나버려 백에 한둘도 남아 있지 않습니다. 그런데 지금의 궁궐을 버리고 폐허로 가신다니, 옳지 않은 일입니다."

그러나 동탁은 들으려 하지 않는다.

"관동(關東)이 도적떼들로 들끓어 천하가 어지러운 이때, 장안은 효산(崤山)과 함곡관(函谷關) 같은 험한 요새가 있고, 또 가까운 곳에 농우(隴右)땅이 있어 목재와 석재, 벽돌과 기와를 쉽게 가져다 쓸 수 있으니 한달이면 궁궐을 지을 수 있을 것이다. 내 이미 결정을 내렸으니, 여러 말 하지 말라."

사도 순상(荀爽)이 간곡히 말한다.

"승상께서 도읍을 옮기려 하신다는 소문이 돌면 민심이 크게 동요하여 편안할 날이 없을 것입니다."

"천하를 위한 일에 백성들 따위가 무슨 대수란 말이냐?"

동탁은 몹시 화가 나서 그날로 양표·황완·순상을 파직시켜 평민으로 만들어버렸다. 회의를 마치고 밖으로 나온 동탁은 수레에 몸을 실었다. 막 길을 떠나려는데 웬 사나이 둘이 앞으로 달려와 절을 한다. 상서(尙書) 주비(周毖)와 성문교위(城門校尉) 오경(伍瓊)이다.

"무슨 일이냐?"

주비가 말한다.

"승상께서 장안으로 천도하려 하신다는 말을 듣고 아뢸 말씀이 있어 왔습니다."

동탁은 화가 머리끝까지 올랐다.

"듣기 싫다. 내가 전에도 너희 두놈 말을 듣고 원소를 살려두었다가 반란을 일으키는 바람에 이렇듯 낭패를 보았거늘, 감히 어디라고 와서 또 입을 놀리려는 게냐? 네놈들도 필시 원소와 한통속이렸다!"

그러고는 무사에게 명하여 두 사람을 성문 밖으로 끌어내 목을 베게 했다. 이어서 내일 당장 장안으로 떠날 수 있도록 모든 준비를 마치라고 명령했다. 이유가 옆에서 부추긴다.

"지금 조정에는 군자금과 양곡이 바닥났습니다. 낙양에는 부자가 많이 살고 있으니 그들의 재물을 몰수하도록 하십시오. 이들을 모두 원소의 무리로 뒤집어씌워 그 친인척을 죽이고 재산을 몰수하면 필시 어마어마한 돈을 얻을 수 있을 것입니다."

동탁이 이유의 말에 따라 철기 5천을 풀어 낙양의 부호를 모두 잡아들이니 그 수효는 실로 수천명에 이르렀다. 동탁은 부자들의 머리에 일일이 '반신역당(反臣逆黨)'이라 쓴 기를 꽂은 뒤에 모두 성밖으로 끌어내 죽이고 그 재산을 몽땅 빼앗았다.

이각과 곽사는 낙양의 백성 수백만명을 몰고 먼저 장안으로 떠났다. 백성 한무리에 군사 한무리를 배치하여 잔혹하게 끌고 가는 바람에 개천과 구덩이에 빠져 죽은 자가 수도 없이 많았다. 또한 군사들이 아낙네와 처녀를 가리지 않고 닥치는 대로 겁탈하며 양식과 재물을 강탈하도록 내버려두니, 백성들의 울부짖는 소리가 천지를 진동했다. 조금이라도 걸음이 더딘 자가 있으면 뒤따르는 3천명의 군사들이 윽박지르며 다그쳤고, 시퍼런 칼을 휘둘러 노상에서 쳐죽이기도 했다.

동탁은 낙양을 떠나기 직전 모든 성문에 불을 지르게 했다. 불길은 순식간에 번져 민가를 태우고 종묘와 관부까지도 모두 태우니,

남북의 두 궁전에서 치솟은 불길이 불바다를 이루어 장락궁은 고스란히 잿더미가 되었다. 또한 여포를 시켜 역대 황제와 황후들의 묘까지 파헤쳐서 그 속에 든 금은보화를 모두 취하자, 이것을 본 군사들도 다투어 벼슬을 지냈던 자들의 큰 무덤은 물론 백성들의 무덤까지도 남김없이 파헤쳐버렸다. 동탁은 금은보화와 값비싼 비단 등을 수천개의 수레에 나누어 싣고 어린 황제와 비빈들을 협박하여 이끌고 장안을 향해 떠났다.

한편 동탁이 낙양을 버리고 장안으로 떠나는 것을 본 장수 조잠(趙岑)은 그길로 손견에게 사수관을 바쳤다. 손견이 제일 먼저 군사를 거느리고 낙양으로 들어가고, 현덕·관우·장비 세 사람도 호뢰관을 향해 짓쳐들어갔다. 모든 제후들은 군사를 이끌고 뒤를 따랐다.

낙양으로 들어가면서 손견은 개탄하지 않을 수 없었다. 눈길 닿는 곳마다 화염이 하늘을 찌를 듯하고 시커먼 연기가 땅을 덮어, 2~3백리 사이에 인가의 밥짓는 연기는 말할 것도 없고 닭이나 강아지새끼 한마리 구경할 수 없었다. 손견은 군사를 풀어 우선 불부터 끄게 하고, 여러 제후들로 하여금 아쉬운 대로 불탄 자리나마 군사를 주둔시키도록 했다. 조조가 원소를 찾아가 말한다.

"동탁이 서쪽으로 달아나는 지금 때를 놓치지 말고 즉시 뒤쫓아야 할 터인데, 이렇듯 군사를 끼고 앉아 움직이지 않는 것은 무슨 까닭이오?"

원소가 대답한다.

"군마가 모두 지쳐 있어 뒤쫓아간다 해도 별도리가 없을 거요."

조조는 답답하다는 듯 여러 제후들을 향해 말한다.

"동탁이 궁궐을 불사르고 황제를 윽박질러 함부로 도읍을 옮기니 흉흉해진 민심이 천지를 뒤흔들 지경이외다. 지금이야말로 하늘이 동탁을 버리려는 때인데, 나가 싸워서 천하를 평정할 생각들은 하지 않고 무엇이 두려워 이렇듯 주저한단 말이오?"

그러나 제후들은 하나같이 말한다.

"경솔하게 움직일 일이 아니오."

조조는 너무도 화가 났다.

"이런 못난 사람들을 봤나! 내 그대들과 무슨 일을 도모하겠소?"

조조는 마침내 군사 1만여명을 거느리고 하후돈·하후연·조인·조홍·이전·악진 등과 더불어 밤을 새워 동탁의 뒤를 쫓았다.

한편 동탁은 어느덧 형양지방에 이르렀다. 태수 서영이 군사를 거느리고 나와서 영접했다. 이유가 또다시 속닥거린다.

"승상께서 낙양을 떠나오셨으니 원소의 군사들이 반드시 뒤쫓아올 것입니다. 서영을 시켜 형양성 밖 산등성이에 군사를 매복시켜두고, 우리를 쫓는 군사가 있으면 일단 지나가게 내버려두라 이르십시오. 그랬다가 제가 앞에서 막아내고 있을 때 퇴로를 끊어 공격하게 하시면 뒤에 오는 군사가 감히 더는 쫓아오지 못할 것입니다."

동탁은 고개를 끄덕인다. 그는 곧 이유의 말을 좇아 지시를 내리고, 여포로 하여금 정병을 이끌고 뒤를 막게 했다. 여포가 계책대로 움직이노라니 과연 조조의 군사가 뒤를 쫓아왔다. 여포는 소리를 높여 웃는다.

'과연 이유의 짐작대로구나.'

곧 군마를 벌여세우고 기다리고 있는데, 조조가 앞장서서 말을 달려나온다.

"이 역적놈아, 황제를 강제로 앞세워 가련한 백성들을 끌고 어디로 가느냐?"

여포도 질세라 마주 소리친다.

"네 이놈, 너는 주인을 배반한 주제에 무슨 망발이냐?"

이때, 하후돈이 창을 휘두르며 여포에게 달려든다. 몇합을 싸우는데 이각이 한무리의 군사를 이끌고 왼쪽에서 짓쳐들어온다. 조조는 급히 하후연으로 하여금 나가 맞서게 한다. 그러자 이번에는 오른쪽에서 함성이 크게 일며 곽사가 군사를 이끌고 밀어닥치는 게 아닌가. 조조는 급히 조인에게 나가 싸우게 했다. 그러나 좌우 중앙 세 방면에서 달려드는 여포의 군세를 당해낼 도리가 없다.

하후돈이 여포를 대적하지 못하고 말머리를 돌려 후퇴하기 시작하자 여포는 철기를 끌고 여세를 몰아 끝까지 공격했다. 결국 조조의 군사는 참패를 당하고 형양으로 달아났다.

그렇게 얼마나 달렸을까. 어느 황량한 산모퉁이를 지날 무렵에는 어느덧 2경이 되어 달이 대낮처럼 환히 떠올라 있었다. 조조는 비로소 가쁜 숨을 돌리고 남은 군사를 수습했다. 너나없이 모두 지

치고 배고픈 기색들이었다. 조조의 명에 따라 군사들은 밥을 짓기 위해 솥을 걸고 불을 지폈다. 이때였다. 느닷없이 함성이 크게 일어나며 숨어 있던 서영의 군사들이 사방에서 쏟아져나온다.

조조는 급히 말을 몰아 달아날 길을 찾았다. 그러나 얼마 못 가서 서영과 정면으로 마주쳤다. 얼른 말을 돌려 달아나려는데, 서영이 쏜 화살이 바람 가르는 소리를 내며 날아와 조조의 어깻죽지에 틀어박힌다. 조조는 화살이 꽂힌 채 그대로 말을 몰아 달아났다.

정신없이 산언덕을 넘어서는데 이번에는 숲속에 매복해 있던 두 명의 군사가 튀어나와 조조의 말을 동시에 공격한다. 번개같이 내지르는 창에 찔려 말은 그대로 거꾸러져버리고, 조조도 땅바닥에 나뒹굴었다. 두 군사가 조조를 향해 달려드는 순간이다. 웬 장수 하나가 말을 몰아 달려오더니 칼을 휘둘러 두 군사를 일시에 쳐죽이고, 말에서 내려 조조를 부축해 일으킨다. 그제야 제정신이 들어 보니, 그는 조홍이었다. 조조는 힘없이 조홍의 손길을 뿌리친다.

"나는 예서 죽을 것이니 너나 빨리 달아나거라."

"어서 말에 오르십시오. 저는 걸어서 가면 됩니다."

"적병아 곧 쫓아올 텐데 어찌하려고 이러느냐?"

"저 같은 목숨 하나 없어진다고 세상이 달라지겠습니까만, 공은 그렇지 않습니다."

"내가 만약 죽지 않고 살아남는다면 그건 오로지 네 덕이다."

조조는 말에 올랐다. 조홍은 갑옷과 투구를 벗어던진 뒤 칼을 쥐고 말을 따라 뛰기 시작했다. 어느덧 밤이 깊어 4경이나 되었는데,

한줄기 큰 물이 길을 막는다. 뒤에서는 적군의 함성이 점점 가까워지고 있었다. 조조의 입에서 탄식이 절로 흘러나온다.

"결국은 여기서 죽는구나."

조홍은 급히 조조를 말에서 내리게 하고 갑옷과 전포를 벗겨내더니 조조를 업고 강물에 뛰어들었다. 간신히 헤엄쳐 건너편 언덕에 오르자, 뒤쫓아온 군사들이 강을 가로질러 화살을 쏘아댄다. 조홍은 조조를 이끌고 뒤도 돌아보지 않고 달렸다.

두 사람은 물길을 따라 날이 훤히 샐 무렵까지 30여리를 달리다가 어느 언덕 아래에 멈춰섰다. 잠시 숨을 돌리는데, 또다시 함성이 일며 한떼의 군사가 달려온다. 서영이 상류 쪽으로 거슬러올라가 물을 건너 따라온 것이다. 조조가 당황하여 어찌할 바를 모르는데, 저만치 앞에서 하후돈과 하후연이 기병 수십명을 거느리고 나는 듯이 달려오며 외친다.

"네 이놈 서영아, 우리 주공에게 덤비지 말라!"

서영은 말머리를 돌려 하후돈을 향해 달려든다. 싸운 지 몇합도 안 돼서 결국 서영은 하후돈의 창에 찔려 말에서 고꾸라지고, 뒤따르던 군사들도 뿔뿔이 흩어져 달아났다. 간신히 위기를 모면한 조조는 뒤늦게 달려온 조인·이전·악진 등과 만나 지금까지 겪은 일을 이야기하며 기쁨과 슬픔을 나누었다.

조조는 겨우 5백여명 남짓한 패잔병을 수습하여 하내(河內)로 돌아가고, 동탁은 계속해서 장안으로 향했다.

한편 다른 제후들은 각기 진을 치고 여전히 낙양에 주둔하고 있었다. 손견은 궁중의 남은 불을 끄고 건장전(建章殿)이 있던 자리에 장막을 쳤다. 그리고 군사들을 시켜 대궐 마당에 어질러진 타다 남은 기왓장들을 말끔히 치우게 했다. 또한 동탁이 파헤친 능들을 모두 덮은 뒤 태묘가 있던 자리에 세칸짜리 전각을 지어 역대 황제들의 위패를 모시고, 소·양·돼지를 잡아 여러 제후들과 함께 제를 올렸다. 제사가 끝나자 제후들은 각기 영채로 돌아갔다.

손견도 영채로 돌아와 건장전 뜰에 섰다. 그날따라 유난히 별이 빛나고 달이 밝았다. 손견은 칼을 찬 채 땅에 앉아서 하늘을 올려다보며 천문을 헤아렸다. 자미원(紫微垣, 황제를 상징하는 별) 주위에 부연 기운이 서려 있었다. 손견은 탄식한다.

"황제의 별이 저렇듯 밝지 못하니, 역적이 나라를 어지럽히고 백성들은 도탄에 빠져 허덕이며, 낙양은 한줌 재가 돼버리고 말았구나!"

이렇게 중얼거리는데, 자신도 모르게 눈물이 주르륵 흘러내렸다. 곁에 있던 군사 하나가 문득 전각 남쪽을 가리키며 말했다.

"저기 좀 보십시오. 건장전 남쪽 우물 속에서 알 수 없는 오색빛이 뻗쳐나옵니다."

손견은 즉시 군사에게 명하여 횃불을 밝히고 우물 속으로 내려가 살피게 했다. 잠시 후 우물 속에서 한 여인의 시체가 끌어올려졌다. 죽은 지 여러날 된 듯했으나 시체는 조금도 썩지 않았다. 살펴보니 궁녀 차림새로, 비단 주머니 하나가 목에 걸려 있었다. 주머니를 열어보았다. 황금 자물쇠가 채워진 붉은색의 자그마한 갑이

손견이 옥새를 얻다

들었는데, 자물쇠를 여니 그 안에 옥새가 들어 있다. 둘레는 네치 가량 되어 보이고, 윗부분에는 다섯마리의 용이 엉켜 꿈틀거리는 듯한 형상을 새겼는데, 떨어져나간 한쪽 모서리가 금으로 메워져 있다. 자세히 보니, 전자(篆字)로 새겨진 여덟 글자가 눈에 띄었다. '수명어천(受命於天) 기수영창(旣壽永昌)', 즉 '하늘의 명을 받아 그 수명이 영원히 창성하리라'는 뜻이다. 옥새를 만져보다가 손견은 옆에 있던 정보에게 물었다. 정보가 대답한다.

"이것은 전국새(傳國璽)라 합니다. 이 옥은 옛날에 변화(卞和)라는 사람이 형산(荊山) 밑을 지나다가 얻은 것으로, 봉황이 돌 위에 깃들이는 것을 보고 그 돌을 가져다가 초문왕에게 바쳤다 합니다. 초문왕이 돌을 깨어보니 그 속에 이 옥이 들어 있었는데, 진시황 26년에 솜씨 좋은 옥공(玉工)을 시켜 이것으로 옥새를 만들고, 이사(李斯)를 시켜 이 여덟 전자를 새긴 것입니다. 그리고 28년, 진시황이 순행차 동정호(洞庭湖)에 이르렀을 때 풍랑이 크게 일어 배가 뒤집히려 하자 급히 이 옥새를 호수에 집어던졌더니 즉시 바람이 멎고 물결이 잠잠해지더랍니다. 36년에는 진시황이 화음(華陰)땅으로 순행을 갔는데, 어떤 사람이 길을 막아서더니, '조룡(祖龍, 진시황)에게 옥새를 돌려주라' 하며 시종에게 옥새를 건네고는 홀연히 사라졌다 합니다. 이리하여 이 옥새가 다시 진나라로 돌아왔는데, 그 이듬해 진시황이 죽자, 손자 자영(子嬰)이 옥새를 한고조에게 바쳤습니다. 그뒤에 왕망이 역적질할 때 효원(孝元)황태후가 그 무리인 왕심(王尋)과 소헌(蘇獻)에게 옥새를 던져 때리는 바람에 한쪽 모서리가 떨어져나간 것을 이렇듯 금으로 때웠다 하며, 광무제가 이 보물을 의양(宜陽)에서 손에 넣은 이래 오늘에 이른 것입니다. 근간에 듣기로는, 십상시의 난 때 어린 황제가 북망산에 갔다 돌아와보니 이 옥새가 없어졌다고 합니다. 이제 하늘이 이 옥새를 내리신 것은 공께서 황제의 자리에 오르시리라는 징조임에 틀림없습니다. 하오니 여기 머물러 계실 게 아니라 하루빨리 강동으로 돌아가 대사를 도모하셔야 할 것입니다."

정보의 긴 설명에 손견은 고개를 끄덕인다.

"내 생각도 그러하다."

이렇게 의견을 모으고 나서 손견은 군사들에게 비밀을 누설하지 않도록 경고했다. 그러나 공교롭게도 군사 중에 원소와 동향 사람이 끼여 있을 줄 누가 알았으랴. 그에게 이 사실은 다시없는 출세의 기회였다. 그는 한밤중에 영채를 빠져나와 원소에게로 달려가 이 사실을 알렸다. 원소는 그 군사를 후하게 대접하고 자기 군사들과 함께 머물게 했다.

손견은 이튿날 작별인사를 하기 위해 원소를 찾아갔다.

"몸에 병이 나서 장사로 돌아가야겠기에 특별히 공에게 하직인사를 여쭙고자 이렇게 왔소이다."

원소는 입가에 비웃음을 띠고 말한다.

"저런, 전국새 때문에 병이 나신 게로군."

손견의 낯빛이 변한다.

"그, 그게 무슨 말씀이시오?"

원소가 정색을 한다.

"지금 우리는 오직 나라를 위하는 마음으로 군사를 일으켜 역적을 치려 하오. 그런 판에 공께서 조정의 보물인 옥새를 얻었다면 응당 여러 제후들에게 보이고 맹주인 나에게 맡겨두는 것이 도리요. 그런 연후에 동탁을 죽이고 다시 조정에 반납해야 할 터인데, 이를 숨겨가지고 떠나려는 저의가 무엇이오?"

"내게 무슨 옥새가 있다고 그러시오?"

"건장전 우물에서 나온 것은 대체 무어요?"

"나는 그게 어떻게 생긴 물건인지 구경도 못했소이다. 있지도 않은 물건을 가지고 도대체 어쩌자는 것이오?"

원소가 버럭 소리친다.

"속히 내놓는 것이 그대에게 이로울 게요."

손견은 하늘을 가리키며 맹세한다.

"내가 만약 그 보물을 얻어 몰래 감추었다면 필시 칼이나 화살에 맞아 죽을 것이외다."

이제까지 잠자코 지켜보고만 있던 제후들이 이구동성으로 말했다.

"저렇게까지 맹세하는 걸로 봐선 분명 가지고 있지 않은 듯하외다."

원소는 숨겨둔 군사를 불러낸다.

"우물 속에서 옥새를 찾아낼 때 이자가 곁에 있었다 하는데 그래도 부인하겠소?"

손견이 분을 참지 못하고 차고 있던 칼을 거칠게 뽑아들어 다짜고짜 군사를 베려 하자, 원소도 칼을 빼들며 꾸짖는다.

"네가 이 군사를 죽이려 드는 걸 보니 나를 속인 게 틀림없구나!"

원소의 등 뒤에 서 있던 안량과 문추도 칼을 빼들었다. 이에 질세라 손견 휘하의 정보·황개·한당이 동시에 칼을 뽑아들었다. 삽시간에 살벌한 분위기가 되었다. 제후들이 일제히 나서며 원소와 손견을 말렸다. 이참에 손견은 분연히 말에 올라 영채를 버리고 낙양을 떠났다.

화가 치민 원소는 즉시 편지를 써서 심복으로 하여금 그날밤 안으로 형주로 가서 자사 유표(劉表)에게 은밀히 전하게 했다. 내용인즉, 손견이 돌아가는 길을 막고 옥새를 빼앗으라는 것이었다. 이튿날, 사람이 와서 보고한다.

"동탁의 뒤를 쫓아갔던 조조가 형양에서 싸웠지만 크게 패하고 돌아왔습니다."

원소는 즉시 사람을 보내 조조를 불러다가 술자리를 만들어 위로했다. 술이 어느정도 취하자 조조는 길게 한숨을 쉬며 말한다.

"내가 처음에 대의를 일으켜 나라를 위해 역적을 치려 하자, 여러분도 나와 뜻을 같이하여 이렇듯 모여들었소이다. 원래 내 계획을 말씀드리자면, 장군께서는 하내의 군사를 거느리고 맹진(孟津) 땅으로 나아가고, 산조(酸棗)의 여러 제후들은 성고(成皐)땅을 굳게 지켜 오창(敖倉)에 진을 침으로써, 환원(轘轅)과 태곡(太谷)을 막아 그 험준한 요새를 제압하는 것이었습니다. 그런 한편 원술 장군께서는 남양(南陽) 군사를 이끌고 단석(丹析, 단현丹縣과 석현析縣)에 주둔한 후에 무관으로 진입해서 삼보(三輔, 장안 주변의 경조·풍익·부풍의 세 군郡)를 치되, 도랑을 깊이 파고 토성을 높이 쌓아, 싸우지는 않고 군사가 무척 많은 것처럼 전술을 써서 대세가 이미 기울었음을 과시하면, 그것은 순(順)으로 역(逆)을 다스리는 이치라 가히 천하를 바로잡을 수 있으리라 여겼소. 그런데 제공이 끝끝내 의심하며 나아가지 않아 마침내 대사를 그르치고 말았으니, 이 조조는 수치스러운 생각뿐이외다."

조조의 원망 섞인 말에 원소를 비롯한 여러 제후들은 입이 있어도 할 말이 없었다. 이날 자리가 파하고 나서 조조는 곰곰이 생각에 잠겼다. 원소를 비롯한 모든 제후들이 각기 딴마음을 품고 있으니 일을 성사시키기는 이미 틀린 노릇이었다. 더이상 머무를 필요가 없다고 생각한 조조는 즉시 군사를 이끌고 양주로 떠났다.

공손찬이 현덕·관우·장비에게 말한다.

"원소는 무능한 사람일세. 이대로 가다가는 반드시 변이 생길 것이니 우리들도 돌아가는 것이 좋겠네."

그들은 함께 군사를 수습해 북쪽으로 가서 현덕은 예전대로 평원 현령직을 맡고, 공손찬 자신은 북평(北平)으로 돌아가서 군사를 양성하기로 했다.

그 무렵 연주 자사 유대는 양식이 떨어져 동군 태수 교모에게 군량미를 빌려달라고 청했다. 교모가 이를 외면하자, 유대는 군사를 거느리고 쳐들어가 교모를 죽이고, 항복하는 군사들을 제 휘하에 넣었다. 모든 제후들이 이렇듯 각기 흩어지자 원소도 마침내 자기 군사들을 거두어 낙양을 떠나 관동으로 가버렸다.

한편 형주 자사 유표는 자가 경승(景升)이요, 산양(山陽) 고평(高平) 사람으로, 한나라 황실의 종친이었다. 어려서부터 친구 사귀기를 좋아하여 명사(名士) 일곱 사람과 교우를 맺었는데, 당시에 이들을 가리켜 '강하팔준(江夏八俊)'이라 했다.

그 일곱 사람들을 살펴보면, 여남(汝南) 출신의 진상(陳翔)은 자가 중린(仲麟)이요, 같은 고을 사람 범방(范滂)은 자가 맹박(孟博)이며, 노국(魯國) 출신 공욱(孔昱)은 자가 세원(世元), 발해 출신 범강(范康)은 자가 중진(仲眞), 산양 출신 단부(檀敷)는 자가 문우(文友), 같은 고을 사람 장검(張儉)은 자가 원절(元節), 남양 출신 잠질(岑晊)은 자가 공효(公孝)로, 유표는 이들 일곱 사람과 벗을 삼고 연평(延平) 사람 괴량(蒯良)·괴월(蒯越) 형제와 양양(襄陽) 사람 채모(蔡瑁)의 도움을 받아 형주를 다스리고 있었다.

그러한 유표에게 어느날 원소로부터 한통의 서찰이 전해졌다. 내용을 읽어본 유표는 즉시 괴월과 채모로 하여금 군사 1만명을 거느리고 나아가 손견의 길을 막으라 했다. 이러한 사실을 모르는 손견은 군사를 재촉하여 형주지방으로 들어섰다. 손견의 군사가 이르자, 괴월이 진을 벌이고 길을 막아섰다가 먼저 말을 몰고 나온다. 손견이 앞으로 나서며 묻는다.

"영도(英度, 괴월의 자)는 무슨 연유로 군사를 끌고 와 내 가는 길을 막는가?"

괴월이 대답한다.

"그대는 한나라 신하로서 어찌하여 전국새를 숨겨가지고 가는가? 선뜻 내놓지 않으면 한발짝도 움직일 수 없을 터이니, 그리 알아라."

손견은 크게 노하여 황개를 시켜 나가서 싸우게 했다. 황개가 나서자 채모가 춤추듯 칼을 휘두르며 나와 맞선다. 어우러져 두어합쯤 싸웠을 때 황개는 철채찍을 휘둘러 채모의 호심경(護心鏡, 가슴부위를 보호하기 위해 갑옷에 붙인 철판)을 후려친다. 채모가 기겁하여 말머리를 돌려 달아나자 손견은 군사를 휘몰아 급히 뒤를 쫓았다. 형주 경계에 이르러 산모퉁이를 돌아드는데, 산 뒤에서 북소리 징소리가 요란하게 울리며 유표가 군사를 이끌고 나타난다. 뜻밖의 상황에 놀란 손견은 말 위에 앉은 채 예를 차리고 묻는다.

"경승께서는 어찌하여 원소의 글만 믿고 이웃 고을 사람을 괴롭히는 거요?"

유표가 꾸짖는다.

"그대가 진정 전국새를 숨기고 있다면 그건 바로 모반을 하려는 뜻이 아니오?"

손견은 다시 한번 맹세한다.

"내가 정말 그 물건을 가지고 있다면 칼과 화살에 맞아 죽고 말것이오!"

"과연 그렇다면 네 군사의 행장들을 샅샅이 뒤져보자."

그 말에 손견은 불같이 화를 낸다.

"네가 대체 무슨 힘을 믿고 나에게 이렇듯 함부로 구느냐?"

손견은 싸울 태세로 채찍을 들어 군사들에게 신호를 보냈다. 손견의 군사들이 일제히 달려들자 유표는 슬며시 말머리를 돌린다. 손견은 말을 달려 유표를 쫓기 시작했다. 그러나 얼마 못 가 산 뒤 양쪽에서 복병이 일제히 달려나오고 뒤에서는 채모와 괴월이 쫓아와 손견을 완전히 포위했다.

옥새 얻었으되 쓸데없는 것을　　　　　　　玉璽得來無用處

도리어 그로 인해 싸움만 일어나네　　　　　反因此寶動刀兵

손견은 과연 이 곤경에서 벗어날 수 있을 것인가?

7

손견의 죽음

원소는 반하에서 공손찬과 싸우고
손견은 강을 건너 유표를 공격하다

유표에게 포위당한 손견은 정보·황개·한당 세 장수의 도움으로 간신히 죽음은 면했으나 군사 태반을 잃고 강동으로 달아났다. 그후 손견은 유표와 원수지간이 되었다.

한편 원소는 낙양에서 하내로 돌아와 군사를 주둔시키고 있었는데, 군량미가 떨어져 곤경에 처했다. 때마침 이 사실을 안 기주 자사 한복(韓馥)이 군사들을 위한 양식을 보내왔다. 이에 모사(謀士) 봉기(逢紀)가 원소에게 말한다.

"천하를 주름잡아야 할 대장부가 남이 보내주는 양식에 의지한다는 게 말이나 될 일입니까? 기주는 땅이 넓어 자원도 풍부하고 곡식이 많이 나는 곳인데, 장군께서는 어째서 그곳을 수중에 넣을 생각을 하지 않으십니까?"

원소가 대꾸한다.

"좋은 계책이 떠오르질 않아서 그러네."

"비밀리에 서신을 보내, 공손찬에게 함께 기주땅을 치자고 하십시오. 우리도 군사를 보내 협공하기로 한다면 공손찬은 반드시 군사를 일으킬 것입니다. 그렇게 되면 어리석은 한복이 장군에게 달려와 기주 일을 봐달라고 구원을 요청할 터이니, 그 기회를 적당히 이용하면 손쉽게 기주땅을 얻을 수 있을 것입니다."

원소는 매우 기뻐하며 곧 공손찬에게 편지를 보냈다. 원소의 속셈을 알 리 없는 공손찬은 함께 기주를 쳐서 그 땅을 분배하자는 내용의 편지를 받자 기뻐하며 그날로 군사를 일으켰다.

다른 한편으로 원소는 이 사실이 한복의 귀에 들어가도록 계책을 썼다. 당황한 한복은 얼른 순심(荀諶)과 신평(辛評) 두 모사를 불러 상의했다. 순심이 말한다.

"공손찬이 연(燕)과 대(代) 지방의 군사를 거느리고 쳐들어온다면 그 기세를 무슨 수로 막아내겠습니까? 거기에 유비와 관우, 장비까지 가세할 경우 더더욱 대적하기 어려울 것입니다. 그래서 드리는 말씀이온데, 원소 장군은 지혜와 용기가 뛰어나고 또 그 수하에 이름난 장수들이 많으니, 그에게 도움을 청하여 기주를 함께 다스리자고 제의하십시오. 그러면 그도 반드시 후하게 대접할 것이니, 그렇게만 된다면 공손찬쯤이야 무어 두려울 게 있겠습니까?"

한복은 즉시 별가(別駕)를 맡아보는 관순(關純)을 보내 원소를 청해오려 했다. 그러자 장사(長史) 벼슬의 경무(耿武)가 간한다.

"원소는 지금 기댈 데 없는 외톨이 신세로 그렇지 않아도 젖먹이 아이처럼 우리만 바라보고 있습니다. 우리가 모르는 척하면 금방이라도 굶어 죽을 처지인데, 그런 위인에게 기주를 맡긴다는 건 당치 않은 말씀입니다. 이는 양떼 속으로 범을 끌어들이는 것과 다를 바 없습니다."

그러나 한복은 힘없이 말한다.

"나는 본래 원씨 문하에서 벼슬을 지내던 사람으로 재능 또한 원소에게 미치지 못한다. 옛말에도 어진 사람을 가려 자리를 양보하는 것이 군자의 도리라 했거늘, 너는 왜 그를 질투하느냐?"

한복이 전혀 들으려 하지 않자 경무는 혼잣말로 탄식한다.

"이제 기주땅도 끝장났구나!"

일이 이렇게 되자 벼슬을 버리고 가는 자가 30여명이나 되었지만, 그래도 경무와 관순만은 성밖에 숨어 원소가 오기를 기다렸다.

며칠 후 마침내 원소가 군사를 거느리고 나타났다. 경무와 관순이 칼을 빼들고 동시에 원소를 향해 달려들었다. 그러나 원소의 장수 안량이 한칼에 경무를 베어 죽이고, 문추 또한 관순을 쳐죽였다.

결국 원소는 기주로 들어가 한복을 분위장군(奮威將軍)으로 삼고, 전풍(田豐)·저수(沮授)·허유(許攸)·봉기(逢紀)에게 고을 일을 나눠 맡김으로써 한복의 권한을 모조리 빼앗아버렸다. 그제야 한복은 자신이 어리석었음을 깨닫고 후회의 눈물을 흘렸다. 결국 그는 처자식을 버리고 필마단기(匹馬單騎)로 진류 태수 장막(張邈)에게 가서 의탁했다.

한편 공손찬은 원소가 이미 기주를 점령한 것을 알고 아우 공손월(公孫越)을 보내 약속대로 땅을 나누어달라고 했다. 공손월의 말에 원소가 대꾸한다.

"만나서 서로 긴하게 나눌 말도 있고 한데, 자네 형님더러 직접 오라고 하게."

공손월은 별수 없이 발길을 돌렸다. 말을 달려 한 50리쯤 갔을 때였다. 갑자기 길 양옆에서 한떼의 인마가 쏟아져나온다. 그들은 원소의 지시대로 동탁의 군사를 가장하여 달려들어 공손월을 활로 쏘아 죽였다. 가까스로 도망쳐나온 공손월의 시종은 공손찬에게 이 사실을 알렸다. 공손찬은 노기등등하여 외친다.

"원소가 나를 꾀어 한복을 치게 하고는 저 혼자 기주땅을 독차지하더니, 이제는 동탁의 군사로 가장하여 내 아우를 활로 쏘아 죽였다고? 내 기필코 이 원수를 갚고야 말리라!"

그리고는 휘하의 군사들을 이끌고 곧장 기주로 쳐들어갔다. 이 소식을 전해들은 원소도 군사를 이끌고 마주 나와, 반하(磐河)에서 서로 대치했다. 원소의 군사가 반하교 동쪽에 진을 치자 공손찬의 군사는 물 건너 다리 서쪽에 진을 쳤다. 공손찬이 다리 위로 말을 달려나오더니 큰소리로 외친다.

"이 의리 없는 놈아, 어찌 감히 나를 팔아먹었느냐?"

원소도 말을 채찍질하여 다리 위로 나가 맞선다.

"한복이 무능하여 내게 기주를 양보한 것인데, 그게 너와 무슨 상관이란 말이냐?"

"내 일찍이 너를 충의가 있는 자라 생각하여 맹주로 추대했는데, 지금 소행으로 봐서는 이리 같은 마음보에 개 같은 행실을 지녔구나. 그러고도 뻔뻔스럽게 낯을 들고 세상을 살아가려 하느냐?"

원소는 화가 머리끝까지 치밀었다.

"누가 나가 저놈을 사로잡겠는가?"

말이 채 끝나기도 전에, 문추가 창을 꼬나잡고 공손찬을 향해 말을 달린다. 공손찬은 다리 앞에서 문추와 맞서 싸운 지 10여합이 채 못 되어 더는 당해내지 못하고 냅다 달아나기 시작한다. 기세등등해진 문추는 승세를 몰아 뒤를 쫓는다.

공손찬이 진중으로 들어가버리자 문추는 나는 듯이 진을 뚫고 들어가 좌충우돌 마구 휘젓고 다닌다. 공손찬 휘하의 네 장수가 일제히 덤벼들었지만 문추의 창이 그중 한 장수를 찔러 말에서 떨어뜨리자 나머지 세 사람은 기겁해서 달아난다. 문추는 곧장 공손찬을 뒤쫓았고, 공손찬은 진을 벗어나 산골짜기를 향해 달아났다. 문추는 계속해서 공손찬의 뒤를 추격했다.

"당장 말에서 내려 항복하지 못하겠느냐!"

공손찬은 투구가 벗겨져 땅에 구르는 것도 모른 채 산등성이를 향해 정신없이 말을 몰았다. 필사의 힘으로 산언덕을 달려올라갔으나 말이 발을 헛딛는 바람에 공손찬의 몸뚱이는 그대로 언덕 아래로 나뒹굴었다. 문추는 때를 놓치지 않고 힘껏 창을 치켜올린다. 공손찬을 향해 막 창을 내지르려는 찰나, 느닷없이 언덕 왼편에서 한 소년장수가 창을 꼬나잡고 나는 듯이 말을 달려 문추를 공격해온다.

이 틈을 타서 공손찬은 허겁지겁 몸을 추슬러 언덕으로 기어올랐다. 정신을 가다듬고 내려다보니, 소년장수는 키가 8척이요 부리부리한 눈에 눈썹이 짙고, 하관이 발달하여 너부죽한 얼굴에 위풍이 늠름하다. 소년장수의 창술은 눈부실 정도인데, 문추는 의외의 강적을 만나 위아래로 막기에 바빴다. 문추가 창을 곧추 찔러들어가자 소년장수는 능숙하게 창대를 휘돌려 막으면서 그대로 문추의 옆구리로 창날을 질러들어온다. 문추는 가까스로 피하면서 주춤주춤 뒤로 밀리기 시작했다. 50~60합을 싸웠으나 도무지 승부가 나질 않자 문추는 차츰 지쳐갔다.

때마침 군사들이 공손찬을 구하기 위해 몰려왔다. 상황이 불리해진 문추는 싸움을 중단하고 그대로 말머리를 돌려 달아난다. 소년장수 역시 더이상 쫓지 않는다. 공손찬은 바삐 언덕을 내려와 소년장수에게 다가갔다. 소년장수가 허리를 굽혀 예를 차리며 고한다.

"소장은 상산(常山) 진정(眞定) 사람으로, 조(趙)씨 성에 이름은 운(雲)이요, 자는 자룡(子龍)이라 합니다. 원소의 휘하에 있었으나, 그가 임금에게 충성하고 백성을 구제할 마음이 없는 것을 알고, 장군을 찾아 떠나온 길에 예기치 않게 여기서 뵙게 되었습니다."

공손찬은 매우 기뻐하며 그와 함께 영채로 돌아와 군사를 정돈했다.

이튿날 공손찬이 휘하 군마를 좌우로 나누어 진을 편성하니, 그 형세는 마치 새가 날개를 펼친 듯했다. 말 5천여필은 대부분 백마였다. 이는 공손찬이 일찍이 오랑캐 강인(羌人)들과 싸울 때 백마만 추려서 선봉을 삼고 자칭 백마장군이라 일컫자 오랑캐들이 백마만 보면 질겁하여 달아나기에 백마의 수를 대폭 늘린 때문이었다.

한편 원소도 안량과 문추를 선봉으로 각기 궁노수 1천여명을 좌우로 나누어 왼편의 군사들은 공손찬의 우군을, 오른편의 군사들은 공손찬의 좌군을 대적하게 했다. 또한 국의(麴義)에게 궁노수 8백명과 보병 1만 5천명을 거느리고 진을 치게 하고, 원소 자신은 기병과 보병 수만명을 이끌고 뒤를 받치기로 했다.

공손찬은 조자룡이 휘하에 들어온 지 얼마 안되어 아직 신뢰할 수 없는지라 따로 일군을 거느리고 뒤에 있게 하고, 대장 엄강(嚴綱)을 선봉으로 삼았다. 자신은 몸소 중군(中軍)을 영솔하여 다리 위로 나아갔다. 붉은 바탕에 금실로 '수(帥)'자를 수놓은 깃발을 말 앞에 세워두었다. 공손찬의 군사는 진시(辰時, 오전 8시)부터 사시(巳時, 오전 10시)까지 북을 치며 싸움을 돋우었으나 원소의 진영에서는 좀처럼 움직이려는 기미를 보이지 않는다. 그러나 그때 국의는 궁노수들로 하여금 모두 차전패(遮箭牌) 밑에 엎드려 있다가 포소리가 울리면 일제히 활을 쏘도록 지시해두었다.

기다리다 못한 엄강이 북을 치고 함성을 올리며 국의의 진으로 달려들었다. 국의의 군사는 엄강의 군사가 쳐들어와도 움직이지 않고 그대로 엎드려 적이 가까이 다가오기만을 기다렸다. 문득 포소리가 울리고 8백 궁노수가 일제히 활을 쏘아댄다. 엄강이 깜짝 놀라 급히 달아나려 하는데, 국의가 말을 몰아 번개처럼 달려들며

178

칼을 휘두른다. 엄강이 고꾸라지자 공손찬의 군사는 더 싸워볼 생
각도 하지 않고 제각기 달아날 길을 찾아 흩어진다. 공손찬의 좌우
양군이 급히 달려들어 도우려 했으나 안량과 문추의 궁노수들이
쉴 새 없이 활을 쏘아대는 바람에 더 진격하지 못하고 멈춰버린다.

원소의 군사들은 더욱 기세가 등등해져서 다리 근처까지 밀고
나왔다. 국의가 앞장서서 달려와 먼저 깃대를 잡은 장수를 베고 수
놓인 기를 꺾어버린다. 깃대가 두동강 나며 부러지자 공손찬은 말
을 돌려 다리 아래로 달려내려갔다. 국의는 군사를 이끌고 공손찬
의 뒤를 추격하려다가 조자룡이 마주 달려오자 주춤했다. 조자룡
은 창을 휘두르며 말을 달려 몰아세우는데, 싸움을 시작한 지 몇합
도 안되어 국의를 찔러 거꾸러뜨리고 혼자 원소의 군중으로 뛰어
든다. 좌충우돌 싸우는 모습은 마치 무인지경을 달리는 듯하다. 달
아나던 공손찬이 이에 힘을 얻어 가세하자, 원소의 군사는 크게 패
했다.

이에 앞서 원소는 사람을 보내 전황을 탐지하도록 했는데, 국의
가 공손찬의 깃대를 잡은 장수를 죽이고 패잔병의 뒤를 쫓고 있다
는 보고를 접하고는 몹시 기뻐했다. 그래서 그는 아무런 준비도 없
이 장수 전풍과 함께 창을 든 군사 수백명과 궁노수 수십명만을 데
리고 구경을 나갔다.

"공손찬도 별게 아니로군."

득의양양해진 원소는 큰소리로 비웃었다. 바로 그때였다. 느닷
없이 조자룡이 그들 앞으로 달려든다. 원소의 군사들은 급히 활을

쏘려 했으나 조자룡이 순식간에 몇 사람을 찔러 죽이자 모두 달아나버렸다. 그 뒤를 공손찬의 군사가 물밀듯 쳐들어와 포위하자 곁에 있던 전풍이 황망히 말한다.

"주공께서는 어서 저 빈집 담장 안으로 몸을 숨기십시오."

원소는 쓰고 있던 투구를 땅바닥에 패대기치며 소리친다.

"대장부가 한번 싸움터에 나왔으면 싸우다 죽을지언정 목숨을 구걸하지 않는 법이다. 그런데 내 어찌 담장 너머로 몸을 피해 살기를 바라겠느냐?"

원소의 말에 군사들은 한마음이 되어 죽기로써 싸우니 조자룡도 더는 쳐들어오지 못했다. 때마침 원소의 대군이 그를 구하기 위해 속속 도착했다. 안량 역시 군사를 이끌고 당도하여 좌우로 협공하자, 조자룡은 별수 없이 공손찬을 보호하여 겹겹이 싸인 적의 포위망을 뚫고 다리 근처로 돌아갔다.

원소의 대군은 계속 뒤를 이어 숨 돌릴 새 없이 밀어닥쳤다. 공손찬의 군사들 가운데 헤아릴 수 없을 만큼 많은 인원이 미처 다리를 건너지 못해 물에 빠져 죽고 말았다. 원소는 앞장서서 달아나는 공손찬을 쫓기 시작했다. 5리쯤 갔을 때 돌연 산 뒤에서 함성이 일며 한떼의 군사를 거느린 세명의 장수가 나타났다. 앞장선 대장은 다름 아닌 유비·관우·장비였다. 평원에 있던 이들 세 사람은 공손찬이 원소와 싸운다는 소식을 듣고 돕기 위해 달려온 것이다.

세 사람은 세필의 말을 타고 세가지 병기를 휘두르며 동시에 원소에게 달려들었다. 혼비백산한 원소가 손에 들고 있던 보검을 떨어뜨리고 말을 돌리자, 그의 군사들이 죽기로 달려오더니 그를 구출하여 간신히 다리를 건넜다. 공손찬 역시 군사를 수습해 영채로 돌아왔다. 유비·관우·장비가 인사를 올리자 공손찬이 치하한다.

"현덕이 먼 길을 와서 나를 구해주지 않았더라면 오늘 싸움에 큰 낭패를 볼 뻔했소."

그러고는 조자룡을 불러 소개했다. 조자룡과 첫대면을 한 현덕은 한눈에 그 사람됨을 알아보고 내심 그를 놓치지 않으리라 마음먹었다.

한편 원소는 싸움에 패한 뒤로는 영채를 굳게 지키며 좀처럼 움직이려 하지 않았다. 양군이 서로 버틴 채 어느덧 한달이 지나갔다. 이 소문이 장안의 동탁에게 전해지자, 이유가 말한다.

"원소와 공손찬은 근래에 보기 드문 호걸들입니다. 지금 그들이 반하에서 싸우고 있다 하니, 황제의 조서를 보내 두 사람을 화해시키는 게 어떠실는지요. 그러면 두 사람이 깊이 감동받아 반드시 태사를 따르게 될 것입니다."

동탁은 크게 기뻐하며 고개를 끄덕였다.

이튿날 동탁은 태부(太傅) 마일제(馬日磾)와 태복(太僕) 조기(趙岐)를 시켜 조서를 가지고 반하로 떠나게 했다. 두 사람이 조서를 가지고 하북에 이르자 원소가 1백리 밖에까지 마중 나와서 두번 절하고 조서를 받았다. 다음 날 두 사람은 공손찬에게로 갔다. 조서를 받은 공손찬은 곧장 원소에게 사람을 보내어 화해할 의사를 전했고, 마일제와 조기는 장안으로 돌아와 그 결과를 보고했다.

공손찬은 그날로 군사를 정리하여 돌아가면서 유현덕을 평원상(平原相)에 앉힐 것을 조정에 건의했다. 유현덕은 조자룡과 작별인사를 나누며 손을 잡고 눈물을 떨구면서 헤어지는 것을 몹시 안타까워했다. 조자룡이 한숨 지으며 말한다.

"저는 지금껏 공손찬을 당대의 영웅인 줄로만 알았습니다. 그런데 이번에 하는 짓을 보니 원소와 다를 바가 없는 위인입니다."

현덕이 조자룡의 손을 잡고 위로한다.

"우선은 아무 생각 말고 계시게나. 그러노라면 우리가 다시 만날 날이 있을 걸세."

유현덕은 눈물을 뿌리며 조자룡과 작별했다.

한편 원술은 남양에 있으면서 원소가 새로 기주를 얻었다는 말을 듣고, 즉시 사람을 보내어 말 1천필을 보내달라고 요구했다. 그러나 원소는 그의 청을 거절했다. 이로 인해 두 형제간에 불화가 생겼다.

원술은 다시 형주로 사람을 보내 유표에게 양식 20만섬을 빌려달라고 부탁했는데, 유표 역시 이를 거절했다. 이를 몹시 원망스럽게 생각한 원술은 비밀리에 서신을 띄워 손견으로 하여금 유표를 치도록 충동질했다. 서신의 내용은 대강 이러했다.

지난날 유표가 공이 돌아가는 길을 막은 것은 다름 아닌 나의 형 원소의 생각이었습니다. 이제 원소는 다시 유표와 한뜻이 되어 강동땅을 치려 하니, 공은 속히 군사를 일으켜 유표를 치도록 하십시오. 그러면 나는 공을 위해 원소를 칠 것이니, 두 원수를 한꺼번에 없애버림으로써 공은 형주를 얻고 나는 기주를 얻을 수 있는 좋은 기회를 부디 놓치지 않기를 바랍니다.

원술의 편지를 다 읽고 난 손견이 중얼거린다.

"그렇지 않아도 유표가 길을 막고 덤비던 일만 생각하면 이가 갈리는 참인데 잘됐다. 다시없는 좋은 기회를 놓칠 수 없지."

그러고는 즉시 정보·황개·한당을 불러들여 의논했다. 정보가 의견을 내놓는다.

"원술은 워낙 거짓말을 잘하는 위인이라 믿을 수 없습니다."

손견은 완강하다.

"내가 내 힘으로 원수를 갚겠다는 것이지, 원술 따위의 힘을 빌리자는 게 아니다."

그는 먼저 황개를 강변으로 보내 군선을 정비한 뒤 각종 무기와 양식을 넉넉히 준비하고 큰 배에 전투용 말을 싣는 등 군사를 일으킬 준비를 했다. 배를 타고 오락가락하던 염탐꾼이 이 사실을 탐지하고 즉각 유표에게 알렸다. 유표는 깜짝 놀라 급히 문무관원들을 불러 대책을 상의했다. 먼저 괴량이 말한다.

"근심하실 것 없습니다. 우선 황조(黃祖)로 하여금 강하(江夏) 군사를 이끌고 앞서 나가게 한 뒤 공께서는 몸소 형주와 양양(襄陽)의 군사를 거느리고 뒤를 받치십시오. 그러면 제아무리 대단한 손견이라도 멀리 강을 건너오느라 지친 터에 무슨 수로 우리와 대적하겠습니까?"

그럴듯한 말이었다. 달리 방책이 없다고 생각한 유표는 괴량의 말에 따라 황조를 앞세워 내보내고 자신은 대군을 일으켜 뒤를 맡기로 했다.

손견에게는 오부인(吳夫人)의 소생인 네 아들이 있었다. 맏아들의 이름은 책(策)으로 자는 백부(伯符)이며, 둘째아들의 이름은 권(權)으로 자는 중모(仲謀), 셋째아들의 이름은 익(翊)으로 자는 숙필(叔弼), 넷째아들의 이름은 광(匡)으로 자는 계좌(季佐)이다. 손견은 또 오부인의 동생인 둘째부인과의 사이에서도 1남 1녀를 두었다. 아들의 이름은 낭(朗)이요 자는 조안(早安), 딸의 이름은 인(仁)이며, 유씨 집안의 아들 하나를 양자로 삼았는데, 이름은 소(韶)요, 자는 공례(公禮)이다. 또 손견에게는 아우가 하나 있었는데, 이름은 정(靜)이요 자는 유대(幼臺)이다. 손견이 군사를 일으켜 길을 떠나려는데, 아우 손정이 여러 아들들을 이끌고 나와 말에 올라앉은 손견에게 절하며 간청한다.

"지금 동탁이 국권을 손아귀에 쥐고 제 맘대로 하고 있으며 황제는 무력하여 천하가 크게 어지러운 터입니다. 아시는 바와 같이 여기저기서 영웅들이 들고일어나 각각 한 지방씩을 나누어 차지하고 있는 중에 오직 강동만이 별탈 없이 오늘에 이르렀습니다. 그런데 이제 형님께서 사사로운 원한으로 군사를 일으키려 하시니, 제가 보기에는 옳지 않은 일로 여겨집니다. 다시 한번 생각하십시오."

그러나 손견은 듣지 않는다.

"여러 말 하지 마라. 내 장차 천하를 누비려 하는 터에 앞길을 가로막는 원수를 어찌 그냥 둔단 말이냐?"

맏아들 책이 앞으로 나선다.

"아버님께서 기어이 가시겠다면 소자도 따라가겠습니다."

손견은 아들의 청을 받아들여 함께 배를 타고 번성(樊城)으로 쳐들어갔다. 강기슭에 매복하고 있던 유표의 장수 황조는 손견의 배가 가까이 다가오기를 기다렸다가 궁노수들로 하여금 일제히 활을 쏘게 했다.

화살이 빗발치듯 날아오자 손견은 각 군선에 명령을 내려 함부로 공격하지 말고 죽은 듯 엎드려 배를 대었다 물렸다 하며 적을 유인하도록 했다. 손견의 군선들은 기슭 가까이로 다가가는 듯싶다가 상대방이 활을 쏘아대기 시작하면 얼른 뒤로 물리기를 사흘 동안이나 반복하며 시간을 끌었다. 마침내 황조의 군사가 앞뒤 돌보지 않고 쏘아대어 화살이 거의 바닥이 날 무렵 손견은 배에 꽂힌 화살을 전부 거둬들이도록 했다. 세어보니 무려 10만개가 넘었다.

손견은 비로소 공격을 개시했다. 그날따라 순풍이 불어, 손견의 군사들이 일제히 활을 쏘아대는 대로 그야말로 백발백중이었다. 강기슭 위의 황조 군사는 더이상 버티지 못하고 날아드는 화살을 피해 정신없이 달아나고 말았다.

손견의 군사들이 기슭에 오르자 정보와 황개는 군사를 두 길로 나누어 황조의 영채로 쳐들어갔다. 한당이 뒤를 맡아 삼면에서 협공하니, 황조는 크게 패하여 번성을 버리고 등성(鄧城)으로 도망쳤다. 손견은 황개로 하여금 군선을 지키게 하고, 몸소 군사들을 이끌고 뒤를 쫓았다.

앞서 등성에 당도한 황조는 성 앞 벌판에 군사들을 벌여세워 진을 쳤다. 손견도 이에 따라 진을 친 다음 말을 달려 문기 아래로 나섰다. 곁에는 아들 손책이 갑옷 차림에 투구를 쓰고 창을 세워든 채 아버지를 따르고 있었다. 황조가 강하의 장호(張虎)와 양양의 진생(陳生) 두 장수를 거느리고 나와 채찍을 들어 큰소리로 꾸짖는다.

"강동의 쥐새끼 같은 놈아! 네 어찌 감히 한실 종친의 경계를 침범하느냐?"

그러고는 장호를 내보냈다. 손견의 진영에서는 한당이 나서서 장호와 맞섰다. 두 장수가 서로 어우러져 30여합쯤 싸웠을 때, 느닷없이 진생이 앞으로 달려나왔다. 점점 열세에 몰리는 장호를 보다 못해 도우려는 것이었다. 아버지 옆에서 이를 지켜보던 손책이 손에 들고 있던 창을 거두고 재빨리 활시위를 당겼다. 화살은 진생의 얼굴을 향해 날아가 양미간에 정통으로 박혔고, 진생은 그대로 고꾸라진다.

진생이 말에서 떨어지는 것을 본 장호가 놀란 나머지 미처 손을 쓰지 못하는 사이에 이번에는 한당이 칼을 들어 장호의 머리통을 둘로 갈라놓았다. 때를 놓치지 않고 정보는 적진 앞으로 쳐들어가 황조를 생포하려 했다. 황조는 급히 말에서 뛰어내려 투구를 벗어 던지고 보병들 사이에 섞여 도망쳤다. 손견은 달아나는 적군들의 뒤를 몰아치며 한수(漢水)에 이르렀고, 곧 황개에게 명하여 군선을 한강(漢江) 기슭에 정박시키도록 했다.

군사를 수습하여 유표에게로 간 황조는 손견의 군세가 결코 만만치 않다고 보고했다. 유표는 황망히 괴량을 불러 의논한다.

"지금 군사들이 크게 패하여 사기가 땅에 떨어져 있을 터이니, 우선 급한 대로 구덩이를 깊이 파고 보루를 높이 쌓아 그 예봉을 피한 다음 비밀리에 사람을 보내 원소에게 구원을 청하면 이 위험을 벗어날 수 있을 것입니다."

괴량의 말에 채모가 반대의견을 낸다.

"지금 그걸 계책이라고 내놓는 거요? 참으로 졸렬하기 짝이 없소이다. 적군이 성밑에까지 와서 언제 해자를 넘어올지 모르는데 어찌 이대로 앉아 죽기만 기다린단 말이오? 내 비록 재주는 없으나 군사를 이끌고 나가 한판 승부를 겨뤄보겠소."

유표는 고개를 끄덕였다. 채모는 당장 군사 1만여명을 거느리고 양양성 밖으로 나가 현산(峴山)에 진을 쳤다. 이어 손견이 승전으로 기세가 등등해진 군사들을 이끌고 기세 좋게 진군해왔다.

채모가 말을 타고 나오자 손견이 수하장수들을 돌아보며 말한다.

"저자는 바로 유표 후처의 오라비이다. 누가 나를 대신해서 저자를 사로잡겠느냐?"

말이 떨어지기가 무섭게 정보가 철척사모(鐵脊蛇矛)를 꼬나잡고 말을 달려 앞으로 나섰다. 그 기세가 어찌나 사나운지 채모는 두어합도 겨뤄보지 못하고 꽁무니를 뺐다. 그러나 손견이 그냥 놓아보낼 리 없다. 군사들을 몰아 정신없이 뒤를 치니, 순식간에 들판 가득 시체가 즐비했다. 채모는 군사를 반 이상 잃고 양양성으로 도망쳐들어갔다.

괴량이 유표에게 말한다.

"채모가 좋은 계책을 듣지 않고 나갔다가 이렇듯 참패를 당했으니 군법에 의해 목을 베는 것이 옳을 줄로 압니다."

그러나 유표는 얼마 전 채모의 누이동생을 후처로 맞이한 터라 차마 형벌을 내리지는 못했다.

손견은 군사를 사방으로 나누어 양양성을 에워싸고 공격하기 시작했다. 그러던 어느날 갑자기 광풍이 일더니 영채 한복판에 세워둔 '수(帥)'자를 쓴 깃대가 뚝 부러져버린다. 한당이 말했다.

"불길한 징조이니, 일단 군사를 거두어 돌아가시는 게 좋을 듯싶습니다."

손견은 고개를 젓는다.

"내가 지금껏 싸움에서 모두 이겨 양양을 차지하는 것은 이제 시간문젠데, 바람에 깃대 하나 꺾였다고 군사를 물린단 말이냐?"

그는 한당의 말을 귀담아듣지 않고 더욱 맹렬하게 성을 공격했다.

이때 성안에서는 괴량이 유표에게 말한다.

"어젯밤에 천문(天文)을 보다가 장성(將星) 하나가 떨어지려는 걸 발견했는데, 그 별의 위치로 보아 손견에 해당하는 것 같습니다. 주공께서는 속히 원소에게 서신을 띄워 도움을 청하십시오."

유표는 곧 원소에게 글을 썼다.

"누가 포위를 뚫고 원소에게 다녀오겠느냐?"

패기만만한 장수 여공(呂公)이 선뜻 나섰다. 괴량이 말한다.

"떠나기 전에 내 계책을 잘 새겨들어라. 내 너에게 군마 5백을 줄 터이니, 활 잘 쏘는 자를 데리고 나가 포위를 뚫고 바로 현산을 향해 달아나도록 하라. 저들은 반드시 군사를 이끌고 뒤를 쫓을 것이다. 그럼 너는 군사를 나누어 1백명은 산꼭대기에 올라가 돌을 준비하게 하고, 1백명은 활을 가지고 숲속에 매복해 있도록 하라. 그리하여 적병이 쫓아오면 절대 급히 달아나지 말고 우리 군사들이 매복한 지점까지 빙빙 돌며 유인하여, 위에서는 일제히 돌을 굴려 떨어뜨리고 좌우에서 활을 쏘게 하되, 계책대로 되거든 곧장 연주포(連珠炮)를 쏘아라. 그때를 기다렸다가 우리가 일제히 성밖으로 나가 접응할 터인즉, 만일 저편에서 뒤를 쫓지 않을 경우 포를 쏠 것 없이 곧장 가던 길을 계속 가야 한다. 오늘밤엔 달이 밝지 않으니 해 지기를 기다렸다가 성문을 나서도록 하라."

여공은 괴량의 계책을 듣고 군마를 정비하여 황혼 무렵 동문으로 조용히 성을 빠져나갔다.

한편 장막 안에 있던 손견은 돌연한 함성에 벌떡 일어났다. 그는 급히 말에 올라 수하의 30여기를 거느리고 밖으로 뛰어나갔다. 군사 하나가 급히 보고한다.

"방금 한떼의 군마가 성을 나와 현산 쪽으로 달려갔습니다."

손견은 다른 장수들에겐 알리지도 않고 30여기만 거느린 채 그대로 적병의 뒤를 쫓았다. 이때 여공은 이미 산속으로 들어가 위아래로 숲이 울창한 곳을 찾아 군사를 매복시켜놓았다. 손견의 말이 워낙 빨라 혼자 앞서 추격해가니 멀지 않은 곳에 적군이 바라보인다.

"이놈들, 게 섰거라!"

여공이 기다렸다는 듯 말머리를 돌려 즉각 손견에게로 달려들었다. 그러나 잠시 싸우는 시늉만 하다가 다시 말을 달려 산속으로 달아나기 시작한다. 손견은 곧장 그 뒤를 추격해갔다. 얼마쯤 달리다가 문득 멈춰서며 사방을 둘러보았다. 어디로 사라졌는지 여공은 그림자조차 보이지 않는다. 두리번거리던 손견이 산 위로 올라가려는데, 갑자기 요란한 징소리와 함께 커다란 돌들이 어지러이 굴러내리고 좌우 숲속에서는 화살이 빗발치듯 날아온다. 온몸에 돌과 화살을 맞은 손견은 머리가 깨져 뇌수가 흘러내리며 말과 함께 현산에서 처참한 최후를 마쳤다. 이때 그의 나이 겨우 37세였다.

여공은 손견이 데리고 온 30여기의 군사를 모조리 잡아 죽이고 약속대로 연주포를 쏘았다. 포소리가 울리자 성안에서 기다리고 있던 황조·괴월·채모가 각기 군사를 이끌고 달려나온다. 순식간에 강동의 군사들은 갈팡질팡 큰 혼란에 빠졌다.

강변에서 군선을 지키고 있던 황개는 천지가 진동하는 듯한 함성을 듣고 즉시 수군(水軍)을 이끌고 달려갔다. 황조와 맞닥뜨린 황개는 싸운 지 채 두합도 못 되어 이내 황조를 사로잡아버렸다.

한편 손책을 보호하며 급히 달아날 길을 찾던 정보는 여공과 맞

손건은 온몸에 화살과 돌을 맞고 죽다

닥뜨리자 말을 몰고 달려나가 싸운 지 몇합 안되어 한창에 여공을 찔러 말 아래로 굴러떨어뜨렸다. 밤새도록 격전을 벌인 끝에 날이 밝아오기 시작하자 비로소 유표는 군사를 거두어 성으로 돌아갔다.

손책도 군사를 거느리고 한수로 돌아가서야 아버지의 소식을 들었다. 아버지가 헤아릴 수 없이 많은 돌과 화살에 맞아 얼마나 끔찍한 죽음을 당했는지와, 유표의 군사들이 그 시신을 성안으로 가지고 들어갔다는 이야기를 상세히 전해들은 손책은 자리에 주저앉아 대성통곡을 했다. 모여 있던 군사들도 일제히 울음을 터뜨렸다. 손책이 울음 섞인 소리로 말한다.

"적군에게 아버님의 시신을 맡겨두고 내 어찌 고향으로 돌아갈 수 있겠나!"

황개가 말한다.

"적장 황조를 사로잡아놓았으니, 유표에게 사람을 보내 강화를 청하고 황조와 주공의 시신을 맞바꾸기로 하면 어떠실는지요."

황개의 말이 떨어지기가 무섭게 군리(軍吏) 환계(桓階)가 앞으로 나선다.

"저는 오래전부터 유표와 잘 아는 처지이니 제가 가서 협상해보겠습니다."

손책은 쾌히 승낙했다.

성안으로 들어간 환계는 유표를 만나 손책의 뜻을 전했다. 유표가 말한다.

"손견의 시신은 내 이미 관 속에 잘 모셔두었으니 황조를 속히 돌려보내도록 하시오. 그리고 각각 군사를 거두어 다시는 서로 침범하지 말도록 합시다."

환계가 감사를 표하고 막 떠나려는 참이었다. 계단 아래쪽에 서 있던 괴량이 앞으로 나선다.

"그건 안됩니다. 제 말씀대로만 하시면 강동의 군사 중 단 한놈도 살아 돌아가지 못할 것입니다. 먼저 환계의 목을 베신 다음 제 계책을 쓰심이 현명할 줄로 압니다."

적을 치러 갔던 손견은 목숨을 잃고 　　　追敵孫堅方殞命
화해를 청하려던 환계도 재앙을 만나는가 　求和桓階又遭殃

환계는 이제 어찌 될 것인가?

8
왕윤의 계책

왕윤은 교묘하게 연환계를 쓰고
동탁은 봉의정을 발칵 뒤집어놓다

괴량이 말을 잇는다.

"손견은 이미 죽었고 그 아들들이 모두 어리니, 이때를 타서 급히 군사를 몰아 진격해간다면 북소리 한번으로도 강동땅을 손쉽게 얻을 수 있습니다. 그러나 시신을 돌려보내고 군사를 거둬들이면 저들에게 힘을 길러주어 장차 형주의 걱정거리가 될 뿐입니다."

그러나 유표는 말한다.

"우리 편 장수 황조가 적에게 붙들려 있다. 그런데 어떻게 그냥 버려둔단 말이냐?"

괴량이 말한다.

"그까짓 황조 하나를 버림으로써 강동땅을 얻을 수 있는데 무얼 어렵게 생각하십니까?"

"황조는 나의 충실한 심복이었다. 그를 버린다면 의를 저버리는 짓이다."

유표는 끝까지 괴량의 권고를 물리치고, 손견의 시신과 황조를 교환하기로 약속한 뒤 환계를 돌려보냈다. 환계가 돌아오자 손책은 즉시 황조를 돌려보내고 약속대로 부친의 시신을 돌려받았다. 손책은 부친의 영구(靈柩)를 모시고 군사를 거두어 강동으로 돌아가 곡아(曲阿)의 평원에 장사 지냈다. 그후 강도(江都)로 돌아가 주둔하면서 어진 인재들을 두루 불러 대접하며 자신을 굽히니 천하의 호걸들이 차츰 그에게로 모여들었다.

한편 장안에 있던 동탁은 손견이 죽었다는 소문을 듣고 말한다.

"한가지 근심을 덜었구나. 그 아들은 지금 몇살이나 되었는고?"

누군가가 대답한다.

"17살이라 들었습니다."

이 말을 들은 동탁은 마음에 둘 것 없다고 여기고 더욱 교만하고 방자해져서 스스로 상보(尙父, 임금이 특별한 대우로 신하에게 내리는 칭호)라 일컫고 출입할 때는 무례하게도 황제의 의장(儀仗)을 갖추도록 했다. 또한 아우 동민(董旻)을 좌장군(左將軍) 호후(鄠侯)로, 조카 동황(董璜)을 시중(侍中)으로 삼아 금군(禁軍)을 맡아 다스리게 하고, 동씨 가문은 어른 아이 할 것 없이 모두 열후(列侯)에 봉하였다.

다른 한편으로는 장안성 250여리 밖에다 따로 미오(郿塢)라는 별궁을 지었는데, 동원된 백성들이 무려 25만명이나 되고, 그 성곽 높이와 두께는 장안성과 같았다. 성안에는 궁실과 창고를 지어 20년은 족히 먹을 양식을 저장하고, 금은보화와 빛깔 좋은 비단과 진귀한 구슬을 산처럼 쌓아두었을 뿐만 아니라 백성들 가운데 아름다운 소년소녀 8백여명을 뽑아들여 그곳에 가두었다.

또한 가속들은 모두 그 안에서 생활하게 하고, 동탁 자신은 보름 또는 한달에 한번씩 장안을 왕래했다. 그가 한번 움직일 때마다 만조백관들은 장안의 성문인 횡문(橫門) 밖까지 나아가 전송하거나 맞아들였다. 그럴 때마다 동탁은 길에다 장막을 치고 그들과 더불어 술 마시기를 일삼았다.

어느날 동탁이 자신을 전송하기 위해 횡문 밖까지 나온 백관들과 여느 때처럼 모여앉아 술판을 벌이고 있는데, 북쪽 지방에서 투항해온 포로 수백명이 그 앞을 지나갔다. 동탁은 그들을 불러오게 하여 그 자리에서 팔다리를 자르고 눈알을 파내며 혀를 잘라 부글부글 끓는 큰 가마솥에 던져넣었다. 여기저기서 울부짖는 소리가 천지를 뒤흔들고, 백관들은 차마 눈 뜨고는 볼 수 없는 끔찍한 광경에 부들부들 떨며 젓가락을 떨어뜨리고 고개를 돌렸다. 그러나 동탁은 아랑곳없이 먹고 마시며 떠들어댔다.

하루는 또 동탁이 궁 안에서 백관들을 모아놓고 잔치를 벌였다. 술이 두어순배 돌았을 무렵이었다. 여포가 급히 들어와 동탁의 귀에 대고 몇마디 소곤거렸다. 동탁의 입가에 웃음이 떠오르는가 싶더니 이내 고개를 두어번 끄덕인다.

"짐작대로구나."

그는 여포에게 사공(司空) 장온(張溫)을 끌어내라고 명했다. 백관들은 얼굴빛이 파랗게 질렸다. 얼마 안 있어 시종 하나가 붉은 소반에 피가 뚝뚝 떨어지는 장온의 머리를 받쳐들고 들어왔다. 백관들이 모두 겁에 질려 어찌할 바를 모르는데, 동탁이 좌중을 둘러보며 껄껄 웃는다.

"너무 놀라지들 마시오. 장온이 원술과 결탁하여 나를 해치려 했기 때문에 오늘 이같은 일이 생겼소. 원술이 보낸 밀서가 내 아들 봉선에게 잘못 전해져서 그 사실을 알게 되었는데, 공들은 아무 관련이 없으니 조금도 불안해할 것 없소."

백관들은 그저 예예 하며 연신 굽신거리다가 말없이 헤어졌다.

자기 부중(府中)으로 돌아온 사도 왕윤은 그날 술자리에서 있었던 일을 생각하며 불안감에 휩싸여 있었다. 밤이 깊어 달이 밝게 떠오르자 왕윤은 홀로 지팡이를 짚고 후원으로 갔다. 한동안 거닐다가 도미꽃 덩굴 옆에서 걸음을 멈추고 하늘을 우러러 소리 없이 눈물을 흘리는데, 문득 모란정 쪽에서 누군가 길게 한숨짓는 소리가 들려왔다. 기이하게 생각한 왕윤은 발소리를 죽여 그 옆으로 다가갔다.

가까이 가서 살펴보니, 그는 뜻밖에도 부중의 가기(歌妓) 초선(貂蟬)이다. 그녀는 어려서 부중으로 뽑혀들어와 소리와 춤을 익혀 이제 나이 16세에 재주와 자색을 겸하여 갖추었는데, 왕윤이 각별히 사랑하여 친딸처럼 여겨오던 터였다. 왕윤은 한동안 듣고 있다가 앞으로 나서며 꾸짖는다.

"천한 것이로구나. 사내 생각으로 이 밤중에 한숨타령이냐?"

초선은 소스라쳐 놀라 무릎을 꿇고 대답한다.

"제 비록 천한 몸이지만 무슨 다른 정이 있사오리까?"

"그렇다면 어찌하여 이 밤중에 홀로 한숨을 짓는단 말이냐?"

초선이 말한다.

"소녀의 속마음을 사실대로 말씀드릴 터이니 들어주시겠습니까?"

"어디, 숨김없이 다 말해보아라."

초선이 두 손을 모으고 앉아 입을 연다.

"대감께서 소녀를 은혜로 기르시어 노래와 춤을 가르치고 예로써 대접해주시니, 제 비록 분골쇄신하더라도 그 크신 은혜의 만분의 일도 갚지 못할 것이옵니다. 그런데 요즘 대감을 뵈오니 양미간에 수심이 가득하신 것이, 필시 국가대사일 줄은 아오나 감히 여쭈어볼 처지는 못 되어 안타까웠나이다. 오늘따라 더욱 불안해하시는 모습을 뵙고 저도 모르게 한숨이 나왔나봅니다. 대감께서 엿보고 계시리라곤 생각지도 못했습니다. 만약에 소녀를 쓰실 곳이 있다면 만번 죽는다 해도 그 뜻에 따르겠습니다."

왕윤은 그윽이 초선을 내려다보다가 갑자기 무슨 생각이라도 난 듯 지팡이로 땅을 치며 중얼거린다.

"그렇구나! 한나라 운명이 네 손안에 있을 줄은 내 미처 몰랐구나. 나를 따라 화각(畵閣)으로 오너라."

왕윤은 화각 안에 있던 시녀들을 모두 물러가게 한 다음, 초선을 자리에 앉히더니 느닷없이 머리를 조아려 절을 했다. 초선은 깜짝 놀라 바닥에 마주 엎드리며 묻는다.

"대감께서는 어찌하여 이러십니까?"

왕윤이 말한다.

"너는 부디 한나라 백성들을 불쌍히 여겨다오."

왕윤의 눈에서 눈물이 비오듯 한다. 초선의 눈에도 눈물이 고인다.

"다시 한번 말씀드리지만, 소녀를 쓰실 곳이 있어 분부만 내리신다면 만번을 죽는다 해도 후회하지 않을 것입니다."

왕윤은 무릎을 꿇은 채 말한다.

"지금 이 나라 백성들은 거꾸로 매달린 듯한 고통에 허우적대고, 임금과 신하는 모두 누란(累卵)의 위기에 처해 있다. 이를 바로잡고 백성을 구할 자가 참으로 너밖에는 없구나. 역적 동탁이 감히 황제의 자리를 넘보고 있는데도 조정의 문무백관은 이렇다 할 계책도 없이 하늘만 쳐다보고 있는 형편이다. 그러니 지금부터 내가 하는 말을 잘 듣거라. 동탁에겐 여포라 불리는 양아들이 하나 있다. 보기 드물게 용맹스럽고 날쌘 인물이지만, 내가 보기에 동탁이나 여포나 둘 다 어지간히 여색을 밝히는구나. 내 이제 연환계(連環計)를 써서 너를 여포에게 시집보내겠다고 약속하고 나서 동탁에게 바칠 생각이다. 네가 할 일은 저들 사이에서 부자간을 이간질하여 여포로 하여금 동탁을 죽이도록 하는 것이다. 만약 이 일을 성사시킨다면, 크나큰 악의 근원을 제거하여 기울어진 사직을 바로잡고 온 천하가 편안해질 터인즉, 이 모든 일이 오로지 너에게 달려 있다. 나라를 위해 이보다 더 큰 공은 없으리니 너는 해낼 수 있겠느냐?"

말없이 듣고 있던 초선이 조용히 대답한다.

"소녀가 만번 죽음도 사양치 않겠다는 터에 어찌 이만한 일을 싫다고 하오리까? 당장이라도 보내만 주십시오. 소녀에게도 생각이 있사오니, 뒷일은 제게 맡겨주소서."

왕윤이 말한다.

"이 일이 만약 누설되는 날에는 나는 멸문의 화를 입을 것이니라."

"대감께서는 조금도 심려 마십시오. 소녀 대의에 보답하지 못한다면 만번 난도질당해 죽겠사옵니다."

왕윤은 눈물을 머금고 다시 초선에게 큰절을 올렸다.

다음 날, 왕윤은 집에 보관해두었던 명주(明珠) 몇개를 장인(匠人)에게 내주고 이를 박아넣어 금관 하나를 만들게 했다. 며칠 후 금관이 완성되자 왕윤은 이것을 은밀히 여포에게 보냈다. 뜻밖의 선물을 받은 여포는 매우 기뻐하여 인사차 몸소 왕윤을 찾아왔다. 왕윤은 반갑게 그를 맞이하고 후당으로 데리고 가서 상석에 앉히고는, 미리 준비해둔 갖가지 술과 안주를 내어 극진히 대접했다. 여포가 기쁨을 감추지 못하며 말한다.

"이몸으로 말하자면 승상부의 한 장수에 지나지 않고, 사도는 곧 조정의 대신이신데, 어찌 이러십니까? 도리어 송구합니다그려."

그러자 왕윤이 대답한다.

"지금 천하에 진정한 영웅이라고는 오직 장군 한분이 계실 뿐이외다. 내가 이렇듯 모시는 것은 장군의 직책 때문이 아니라 장군의 재주를 공경하기 때문이오."

여포가 더욱 기뻐한다. 왕윤은 은근히 술을 권하며 말끝마다 동탁과 여포를 추켜세웠다. 여포는 큰소리로 웃으며 연신 잔을 기울였다. 왕윤은 곁에 있던 사람들을 모두 내보내고 시녀 몇명만 남아 여포에게 술을 권하도록 했다. 술이 어느정도 오르자 왕윤이 분부한다.

"그 아이를 나오라고 해라."

잠시 후 푸른 옷차림의 시녀 둘이 곱게 단장한 초선을 부축하여 데리고 나온다. 여포가 놀라서 묻는다.

"이분이 대체 누굽니까?"

"이 사람의 딸 초선이외다. 내 평소에 장군의 특별한 대접을 받아오던 터에 가까운 친척이나 다름이 없기로, 이참에 인사나 올리라고 불렀소이다."

이어서 왕윤은 초선을 향해 분부한다.

"어서 한잔 올리도록 하여라."

초선은 여포의 잔이 넘치도록 술을 따르며 생긋 눈웃음을 던진다. 왕윤이 술에 취한 척하며 말한다.

"장군을 잘 모시도록 해라. 우리 집안이 이만큼 사는 것도 다 장군의 은덕이니라."

여포가 흐뭇해져서 초선에게 앉을 것을 청했다. 초선은 짐짓 사양하며 자리를 떠나 안으로 들어가려는 태도를 보인다. 왕윤이 나무라듯 말한다.

"장군은 나의 막역한 벗인데, 네가 곁에 좀 앉기로 무슨 흉이 되겠느냐?"

초선은 그제야 못이기는 척 왕윤의 옆에 앉았다. 여포는 넋을 잃고 오직 초선의 얼굴만 바라볼 뿐이다. 다시 몇잔을 마시다가 왕윤이 초선을 가리키며 여포에게 이른다.

"부족한 자식이기는 하나, 장군이 원하신다면 이 아이를 장군에게 보낼까 하는데, 의향이 어떠신지요?"

여포는 기다렸다는 듯 자리에서 일어나 사례한다.

"그렇게만 해주신다면 내 사도를 위해 견마지로(犬馬之勞)를 다하여 보답하겠소이다."

"그럼 조만간에 길일을 택하여 부중으로 보내도록 하오리다."

여포는 이루 말할 수 없이 기뻤다. 잠시도 초선에게서 눈길을 떼지 못하는데, 초선 또한 추파를 보내며 싫지 않은 기색이다. 술자리를 파할 무렵 왕윤이 말한다.

"저의 집에서 하룻밤 모시고 싶어도 동태사께서 괜한 의심을 할까 두려워 붙잡지 못하니 그리 아십시오."

여포는 거듭 감사를 표하고 돌아갔다.

그런 일이 있은 지 며칠 후, 왕윤은 조당(朝堂)에 들어갔다가 마침 여포가 곁에 없는 틈을 타서 동탁 앞에 엎드려 청한다.

"누추하오나 내일 태사를 저의 집에 모셔 소연을 베풀까 하옵는데, 왕림해주시겠습니까?"

동탁이 흔쾌히 허락한다.

"다른 사람도 아닌 사도의 청이신데 거절할 수 있겠소? 내 기꺼이 가리다."

왕윤은 감사의 절을 올리고 즉시 집으로 돌아와 산해진미를 갖추도록 이르고 전청(前廳) 한가운데 자리를 마련했다. 바닥에는 비단을 깔고 안팎에 수놓은 휘장을 둘러 동탁을 맞을 만반의 준비를 했다.

이튿날 점심 무렵, 동탁이 왕윤의 집으로 찾아왔다. 왕윤은 조복을 차려입고 문밖까지 나가 두번 절을 올려 최대한 예를 갖추어 동탁을 맞이했다. 동탁이 수레에서 내리자 창칼로 무장한 1백여명의 군사들이 좌우에서 호위하여 집 안으로 들어서더니 양편으로 늘어섰다. 동탁이 자리를 잡고 앉자, 왕윤은 아래쪽에서 다시 두번 절을 올렸다. 동탁은 시종을 시켜 그를 부축하여 데려다가 자기 곁에 앉게 한다.

"태사의 높고 높으신 성덕은 이윤(伊尹)과 주공(周公)도 미치지 못할 것입니다."

왕윤이 짐짓 추켜세우자 동탁은 기뻐 어쩔 줄 모른다. 술이 나오고 풍악이 울렸다. 왕윤은 연신 술을 권하며 듣기 좋은 소리로 동탁의 기분을 돋우었다. 어느덧 날이 저물고 동탁이 거나하게 취하자, 왕윤이 청한다.

"태사, 후당으로 가서 한잔 더 하시지요."

동탁은 기분이 한껏 고조되어 호위하던 군사들을 물리치고 후당으로 갔다. 왕윤은 새로 상을 차리게 하고 다시 거푸 술을 권하며 말한다.

"이몸이 어릴 때부터 천문을 익혀 제법 볼 줄 아는데, 밤에 건상(乾象)을 살펴보니 이제 한나라 운수는 기울 대로 기울어 태사의 공덕이 천하에 떨칠 운입니다. 순(舜)이 요(堯)를 잇고, 우(禹)가 순(舜)을 이은 것처럼 태사께서 한나라를 이어받는다면, 이야말로 하늘의 뜻이며 만백성의 뜻이라 생각됩니다."

"어찌 감히 바랄 일이겠소."

동탁은 이렇게 말하면서도 기쁜 마음을 감추지 못한다.

"예로부터 도(道) 있는 사람이 도 없는 자를 치고, 덕 없는 사람이 덕 있는 사람에게 자리를 내어준다 했거늘, 어찌 과분하다 하겠습니까?"

동탁이 웃으며 말한다.

"사도 말씀처럼 만약에 천명(天命)이 내게로 돌아온다면 사도는 마땅히 으뜸 공신이 될 것이오."

왕윤은 허리 굽혀 감사를 표한 다음, 후당에 화촉을 밝혀놓고 시녀들만 남긴 채 술을 따르도록 한다.

"교방(敎坊)의 풍류는 익히 들어서 별로 흥이 나지 않으실 테고, 저의 집에 뛰어난 가기가 있는데, 한번 감상해보시겠습니까?"

"거 좋은 생각이오."

왕윤은 곧 명을 내려 주렴을 드리운 뒤 초선을 불러다가 생황(笙
篁)소리 은은히 울려퍼지는 가운데 주렴 밖에서 춤을 추게 했다.
초선의 그림자가 음악에 맞춰 움직이는데, 흔들리는 주렴 사이로
언뜻언뜻 보이는 간드러지는 몸매가 보는 사람의 애간장을 녹인
다. 누군가 이 광경을 시로 읊었다.

본래 소양궁의 조비연(趙飛燕)이었나	原是昭陽宮裏人
놀란 기러기 손바닥에서 너울너울 춤추고	驚鴻宛轉掌中身
봄기운 짙은 동정호를 날아오는 듯	祇疑飛過洞庭春
양주곡에 맞춘 걸음마다 연꽃	按徹梁州蓮步穩
오, 봄바람에 한들대는 새로 돋은 한떨기 꽃	好花風裊一枝新
화당의 향기 가득하니 춘정을 어찌 이기리	畫堂香暖不勝春

이런 시도 있다.

박판의 빠른 장단에 맞춰 제비처럼	紅牙催拍燕飛忙
지나던 한조각 구름 화당으로 흘러드네	一片行雲到畫堂
그린 듯 검은 눈썹 나그네 한숨짓고	眉黛促成遊子恨
떠오르는 달 같은 두 뺨 애간장을 끊는구나	臉容初斷故人腸
천금의 저 미소 돈으로 어이 사리	楡錢不買千金笑
버들 같은 허리 보물장식이 무엇에 필요하랴	柳帶何須百寶粧
춤춘 뒤 주렴 사이로 눈길을 던지니	舞罷隔簾偸目送

누가 초양왕*이 될지 모르겠구나　　　　　　不知誰是楚襄王

＊전국시대에 호색한으로 이름난 초나라 왕

춤이 끝나자 동탁은 초선에게 가까이 오도록 했다. 초선이 주렴을 들추고 사뿐한 걸음걸이로 들어와서는 몸을 굽혀 두번 절한다. 초선의 아름다운 자태에 홀린 동탁이 상기된 어조로 묻는다.

"이 여인은 누구인가?"

왕윤이 대답한다.

"가기 초선이옵니다."

동탁이 묻는다.

"소리도 할 줄 아는가?"

왕윤은 곧 초선에게 한 곡조 부를 것을 명하자, 초선이 단판(檀板)을 잡고 나지막한 소리로 노래를 불렀다. 그 모습을 두고 누군가 이렇게 읊었다.

앵두알 같은 붉은 입술 방긋이 열어　　　一點櫻桃啓絳唇

옥구슬 드러내며 양춘백설가 부르네　　　兩行碎玉噴陽春

정향내 나는 혀는 한자루 비검이 되어　　　丁香舌吐衡鋼劍

나라 어지럽히는 간신을 죽이려는 것이로다　要斬姦邪亂國臣

노래가 끝나자 동탁은 침이 마르도록 초선을 칭찬한다.

"태사께 한잔 따라올려라."

왕윤이 초선에게 분부하자, 동탁이 술잔을 잡고 묻는다.

"올해 몇 살이냐?"

"열여섯이옵니다."

동탁이 빙그레 웃으며 말한다.

"참으로 선녀가 내려온 듯하구나."

동탁의 마음은 이미 초선에게 사로잡혀버렸다. 왕윤이 자리에서 일어나며 말한다.

"이 아이를 태사께 바칠까 하는데, 마음에 드시는지요?"

동탁의 입이 딱 벌어진다.

"이런 고마운 일이 있나. 사도께서 나를 이렇게까지 생각해주시다니, 이 은혜를 어찌 보답하면 좋겠소?"

"이 아이가 태사를 모시게 된다면 그보다 더 큰 복이 어디 있겠소이까?"

동탁은 몇번이고 고맙다고 사례한다. 왕윤은 즉시 초선을 가마에 태워 승상부로 먼저 보냈다. 동탁도 몸을 일으켜 작별인사를 했다.

왕윤은 몸소 동탁을 승상부까지 전송하고 말머리를 돌려 집으로 향했다. 과연 이 어려운 일이 별탈 없이 잘 될지 염려스럽기도 하고 초선이 가여운 생각도 들어 복잡한 심정으로 발길을 재촉하는데, 반도 채 못 가 문득 저만치 앞에서 요란한 말발굽소리가 들려온다. 한쌍의 붉은 등불이 길을 비추며 점점 가까이 온다. 어둠 속에 나타난 사람은 다름 아닌 여포였다. 여포가 손에 방천화극을 쥐고 말을 몰아오다가, 왕윤과 맞닥뜨리자 말을 세우고는 한손으로 왕윤의 옷깃을 움켜잡고 따진다.

"사도께서 어찌 이럴 수가 있소? 이미 초선이를 내게 주기로 하고서 다시 태사에게 보내다니 사람을 이렇듯 농락해도 되는 거요?"

왕윤은 급히 손을 저으며 말한다.

"길에서 이러실 게 아니라 내 집으로 가십시다. 집에 가서 자세한 내막을 말씀드리리다."

여포는 일단 왕윤을 따라 그의 집으로 향했다. 집에 도착하자 두 사람은 곧장 후당으로 들어갔다. 서로 인사를 마치자 왕윤이 묻는다.

"내가 장군을 농락하다니, 그게 무슨 말씀이시오?"

여포가 여전히 흥분한 채로 말한다.

"조금 전에 누가 와서 일러주기를, 사도가 초선이를 가마에 태워 승상부로 들여보냈다고 합디다. 대체 어찌 된 일인지 말씀 좀 들어봅시다."

왕윤이 말한다.

"장군이 속사정을 모르고 하시는 말씀이오. 어제 조당에서 동태사를 뵈었는데, 태사께서 이 늙은이에게 말씀하시기를 의논할 일이 있으니 집으로 찾아오겠다고 하십디다. 그래서 약소하나마 주안상을 마련하여 모셨던 것인데, 약주를 드시다가 문득 제게 초선이라는 딸이 있다는 소리를 들으셨다고 뜻밖의 말씀을 하시잖겠습니까. 초선이를 장군께 드리기로 했다는 얘기는 도대체 어디서 들었는지, 어떻게 생긴 아이이기에 여포에게 주기로 했는지 궁금하고, 또 내 말을 그대로 믿을 수는 없으니 한번 보고 싶다고 하시는 겁니다. 거역할 수도 없고 해서 초선이를 불러내 시아버님께 인사를 올리게 했더니, 태사께서는 '오늘이 마침 길일이니 온 김에 아예 초선이를 데리고 가서 봉선과 짝지어줘야겠다' 하셨지요. 장군도 생각을 좀 해보시오. 태사께서 친히 오신 마당에, 내가 무슨 수로 거역하겠소? 그래서 부랴부랴 차비를 하여 초선이를 승상부로 보낸 겁니다."

여포는 얼굴을 붉히며 사과한다.

"용서하시오. 내가 잠시 잘못 알고 큰 실수를 했소이다. 내일 다시 와서 정식으로 사죄하겠소."

왕윤이 다시 말한다.

"신행길에 보내려던 물건들도 그대로 있는데, 초선이가 장군 댁으로 들어가게 되면 곧 보내드리도록 하겠소이다."

여포는 정중히 인사하고 돌아갔다.

다음 날 여포는 부중에 있으면서 아침 일찍부터 무슨 소식이 있으려니 하고 은근히 기다렸다. 그러나 해가 중천에 뜨도록 태사로부터는 아무런 기별이 없었다. 기다리다 못한 그는 곧 승상부로 달려가 시녀들에게 물었다. 한 시녀가 살짝 귀띔해준다.

"태사께서는 어젯밤 새로 들어온 여인과 잠자리에 들었는데, 아직 일어나지 않으셨습니다."

순간 여포는 피가 거꾸로 치솟는 느낌이었다. 잠시 멍청히 서 있던 여포는 동탁의 침실 뒤로 몰래 숨어들어 안을 엿보았다. 초선은 마침 자리에서 일어나 창가에서 머리를 빗고 있었다. 그녀는 무심히 창밖으로 눈길을 주다가 연못에 비친 사람 그림자를 발견했다. 커다란 체구에, 머리를 동여매어 관을 쓰고 있는 사내는 다름 아닌 여포였다. 초선은 양미간을 찌푸려 수심이 가득한 표정으로 비단 수건을 들어 몇번 눈물을 찍어내는 시늉을 한다.

여포는 한동안 밖에 서서 창 너머로 초선의 하는 양을 훔쳐보다가 밖으로 나와버렸다. 잠시 후 그가 다시 들어간 것은 동탁이 중당에 나와 앉아 있을 때였다. 여포를 본 동탁이 먼저 말을 건넨다.

"밖에 아무 일 없느냐?"

"별일 없습니다."

여포는 대답하고 동탁 곁으로 가 모시고 섰다. 아침상을 받은 동탁은 묵묵히 식사를 하기 시작했다. 동탁이 밥을 먹는 동안 여포는 자리에 선 채 눈만 움직여 방 안쪽을 살폈다. 수놓은 휘장 저편에서 오락가락하는 한 여인의 모습이 눈에 들어왔다. 갑자기 여인은 휘장을 살짝 젖히며 얼굴을 반쯤 내밀어 밖을 내다보았다. 순간 여포와 눈길이 마주치자 정이 가득 어린 눈빛으로 추파를 던진다. 초선을 두 눈으로 확인한 여포는 간장이 녹아내리는 듯한 열기에 사로잡혔다. 취한 듯 넋을 잃고 서 있는 여포를 본 동탁은 뭔가 석연치 않은 느낌이 들어 한마디 한다.

"별일이 없거든 봉선이는 그만 물러가거라."

여포는 부루퉁한 채 밖으로 물러나오는 수밖에 별도리가 없었다.

동탁은 초선을 데려온 후로 여색에 빠져 한달이 넘도록 정사를 돌보지 않았다. 한번은 동탁이 그리 대수롭지 않은 병에 걸려 앓아 눕게 되었는데, 초선은 허리띠도 풀지 않은 채 한시도 동탁의 곁을 떠나지 않고 주야로 지켜앉아 병구완을 했다. 그 정성이 어찌나 지극한지 동탁의 마음은 더욱 흡족했다.

그러던 어느날 여포가 문안인사를 하러 들어왔다. 때마침 동탁은 잠이 들어 있고, 초선은 침상 뒤에 앉아 있다가 상반신을 드러내어 여포를 바라보았다. 여포와 눈이 마주치자 초선은 손을 들어 자기 가슴을 가리킨 다음에 동탁을 가리키며 눈물을 비오듯 흘리기 시작한다. 이를 본 여포는 가슴이 찢어지는 듯하여 어찌할 바를 모르는데, 어느 틈에 깨어났는지 동탁은 여포를 발견하고 의식이 몽롱한 가운데 여포의 시선을 따라 고개를 돌렸다. 아니나 다를까, 침상 뒤에는 초선이 서 있다. 동탁은 울컥 화가 치밀어 소리친다.

"이놈, 네가 감히 내 사랑하는 계집을 희롱하려 드느냐?"

그는 자리에서 벌떡 일어나 앉으며 좌우를 지키는 시종에게 불호령을 내린다.

"이놈을 당장 밖으로 끌어내어 앞으로는 이곳에 들어오지 못하도록 하라."

여포는 분노를 누를 길이 없어 가슴 가득 원망을 품은 채 물러나왔다. 처소로 돌아가는 길에 우연히 이유를 만난 여포는 자기 속마음을 털어놓았다. 이유는 깜짝 놀랐다. 그는 급히 동탁에게 들어가 아뢴다.

"태사께서 장차 천하를 취하시려는 터에, 어찌 조그만 허물이 있다고 해서 온후를 책망하십니까? 만약 그의 마음이 변하기라도 한다면 대사를 그르치게 됩니다."

동탁이 물었다.

"그러면 어찌했으면 좋겠느냐?"

"내일 아침에 불러들이셔서 금과 비단을 내리시고 좋은 말로 위로해주십시오. 그러면 자연 마음이 누그러질 것입니다."

이튿날 동탁은 이유의 말대로 여포를 불러들였다.

"어제는 내가 병중에 심신이 편칠 않아 말이 잘못 나간 모양인데, 그건 내 진심이 아니니 괘념치 말라."

그러고는 황금 10근과 비단 20필을 하사했다. 여포는 사례하고 돌아갔다. 여포는 전과 다름없이 가까이에서 동탁을 모시게 되었다. 그러나 초선을 향한 그의 마음은 변함이 없었다.

며칠 후 동탁은 몸이 회복되었다. 여러날 만에 그는 궁중으로 들어가 헌제와 함께 국사를 의논했다. 여포는 그 틈을 타서 방천화극을 손에 들고 몰래 내문(內門)을 빠져나왔다. 말에 올라탄 그는 급히 채찍을 가하여 승상부로 달려갔다. 말을 문앞에 매어놓고 창을 든 채 후당으로 들어가 초선을 찾으니 초선이 기다렸다는 듯 그를 맞이하며 말한다.

"후원에 있는 봉의정으로 가 계세요. 내 곧 뒤따라갈게요."

여포는 창을 들고 즉시 후원으로 가서 봉의정 아래의 굽은 난간 옆에 서서 초선이 오기만 기다렸다. 한참이 지나 마침내 초선이 나타났다. 늘어진 버들가지를 헤치며 꽃밭 사이로 하늘하늘 걸어오는 모습은 마치 구름을 타고 내려온 달나라 선녀와도 같았다. 여포에게 다가서기가 무섭게 그녀는 와락 울음을 터뜨린다. 품에 안겨 한참을 흐느끼다가 가까스로 입을 연다.

"저는 비록 친딸은 아니지만 왕사도께서는 저를 친딸이나 다름없이 아끼고 사랑해주셨습니다. 사도님의 뜻에 따라 처음 장군을 뵙고 평생 모시게 되어 더는 원이 없다고 생각했는데, 뜻밖에 태사가 옳지 않은 마음을 먹고 소첩의 몸을 더럽혔으니 목숨이 붙어 있는 게 한이옵니다. 첩이 차마 목숨을 끊지 못하고 이렇듯 살아 있는 것은, 오직 장군을 한번 뵙고 작별인사라도 올리고 싶어서였습니다. 이제 잠시나마 장군을 뵈었으니 더는 아무런 한이 없습니다. 이미 더럽혀진 몸, 어찌 다시 장군을 섬길 수 있겠사옵니까? 이렇게 살 바에는 차라리 장군 앞에서 깨끗이 목숨을 끊으렵니다. 첩의 마음을 받아주십시오."

말을 마치기가 무섭게 초선은 손으로 난간을 잡고 당장이라도 연못을 향해 뛰어들 태세다. 여포는 황망히 달려들어 그녀의 가는 허리를 부둥켜안으며 울부짖는다.

"말하지 않는다고 네 마음을 내가 모르겠느냐? 오직 너와 이야기를 나눌 기회가 없는 것이 한이었다."

초선은 은근히 품속으로 파고들며 말한다.

"금생에서는 장군의 아내가 될 수 없으니 우리 내세에 다시 만나기로 해요."

여포가 말한다.

"내가 금생에 너를 아내로 맞이하지 못한다면 영웅이 아니니라."

"첩은 지금 하루를 일년처럼 보내고 있습니다. 저를 불쌍히 여겨 하루빨리 구해주십시오."

여포는 쫓기는 듯 초조한 음성으로 말한다.

"내가 지금은 잠시 틈을 보아 온 것이라, 늙은 도적에게 의심을 살지 모르니 어서 돌아가야 한다."

초선은 여포의 옷자락을 움켜잡고 쉽사리 보내려 하지 않는다.

"장군께서 이처럼 늙은 도적을 무서워하시니 첩이 하늘을 볼 날은 다시 없을 것 같사옵니다."

여포가 멈추어서며 말한다.

"조금만 기다려라. 좋은 계책을 생각해보자꾸나."

여포가 다시 창을 들고 서둘러 그곳을 떠나려 하자, 초선은 맥없이 옷자락을 놓으며 비오듯 눈물을 흘린다.

"첩이 깊은 규중에 있으면서 일찍이 우렛소리처럼 커다란 장군의 명성을 들으며 사모해왔던 것은, 당세에 오직 한분뿐인 영웅으로 믿었기 때문입니다. 이처럼 다른 이에게 억눌려 있으실 줄은 진정 몰랐사옵니다."

여포는 부끄러운 마음에 얼굴이 확 달아올라 선뜻 떠날 수가 없었다. 그는 다시 창을 옆에 세워놓은 채 초선을 안고 몸을 어루만지며 좋은 말로 위로했다. 두 사람은 서로 부둥켜안은 채 차마 떨어지지를 못하였다.

한편 궁중에 있던 동탁은 뒤늦게야 여포가 곁에 없는 것을 깨닫고 뭔가 수상한 생각이 들어 헌제에게 황망히 하직인사를 올린 다음 수레를 타고 승상부로 돌아왔다. 승상부 앞에 다다르니 문앞에 여포의 적토마가 매여 있다. 동탁은 문지기에게 여포가 있는 곳을 물었다.

"온후께서는 아까 오셔서 바로 후당으로 들어가셨나이다."

동탁은 좌우를 꾸짖어 물리치고는 부리나케 후당으로 들어갔다. 여포를 찾았으나 보이지를 않는다. 목청 높여 초선을 부른다. 그러나 초선 역시 보이지 않는다. 시녀들이 달려나왔다.

"초선이를 못 보았느냐?"

동탁이 급히 묻자 한 계집이 대답한다.

"초선은 후원에서 꽃구경을 하고 있을 겁니다."

동탁은 서둘러 후원으로 갔다. 여포와 초선은 봉의정 아래에서 서로 부둥켜안고 다정하게 이야기를 나누고 있고, 한옆에는 방천화극이 기대어져 있었다. 동탁은 참지 못하고 버럭 소리를 질렀다.

"네 이놈!"

여포는 깜짝 놀라 소리 나는 쪽을 돌아보았다. 동탁이 앞으로 달려오며 고래고래 소리치고 있다. 여포는 망연자실 서 있다가 동탁이 죽일 듯이 달려들자 얼른 몸을 피했다. 동탁은 난간에 기대어 있는 여포의 창을 집어들고 뒤를 쫓기 시작했다. 그러나 둔한 동탁이 날쌘 여포를 따라잡기란 쉽지 않았다. 비대한 몸으로 뒤뚱거리

여포와 초선이 봉의정에서 밀회하다 동탁에게 들키다

며 뒤를 쫓던 동탁은 도저히 안되겠던지 여포를 겨누어 창을 날린다. 여포는 날렵하게 창을 손으로 쳐서 바닥에 떨어뜨린다. 화가 머리끝까지 치민 동탁은 땅에 떨어진 창을 집어들고 다시 뒤를 쫓았으나 여포는 이미 따라잡을 수 없을 만큼 멀리 달아나고 있었다.

동탁이 급히 후원 문을 빠져나가려는데 누군가 나는 듯이 마주 달려오다가 동탁의 가슴을 정면으로 들이받았다. 동탁은 그대로 땅바닥에 엉덩방아를 찧으며 주저앉고 말았다.

분노는 천길 높이로 하늘을 찌를 듯한데   沖天怒氣高千丈
땅에 쓰러진 뚱뚱한 몸은 언덕만 하구나   仆地肥軀做一堆

이 사람은 대체 누구일까?

9
동탁의 최후

여포는 왕윤을 도와 동탁을 죽이고
이각은 가후의 말에 따라 장안을 침범하다

동탁과 부딪친 사람은 다름 아닌 이유였다. 이유는 황망히 동탁을 부축해 일으켜세운 뒤에 함께 서원으로 갔다. 서원에 자리 잡고 앉자 동탁이 묻는다.

"무슨 일로 왔느냐?"

그제야 이유도 입을 연다.

"제가 마침 승상부에 들어서는데, 태사께서 몹시 노하여 후원으로 여포를 찾으러 가셨다는 말을 듣고 급히 달려오던 참이었습니다. 그런데 여포가 달려나오며 '태사가 나를 죽이려고 합니다' 하기에 제가 태사의 노여움을 좀 풀어드릴까 하고 황망히 오다가 뜻하지 않게 다치게 해드렸습니다. 참으로 죽을죄를 지었습니다."

동탁은 새삼 노여움을 느끼며 말한다.

"그 배은망덕한 놈이 내 애첩을 희롱하는 데는 도저히 참을 수가 없도다. 내 맹세코 그놈을 죽여버릴 것이니라."

이유가 간곡히 말린다.

"그것은 잘못된 생각입니다. 옛날 초나라 장왕(莊王)은 절영회(絶纓會)에서 자신의 사랑하는 아내를 희롱한 장웅(蔣雄)의 죄를 추궁하지 않았더니, 뒤에 장왕이 진나라 군사에게 쫓겨 목숨이 위태로워지자 장웅이 죽기로써 구해냈다고 합니다. 지금 초선으로 말하자면 일개 여자에 불과하고, 여포는 곧 태사의 심복 맹장이 아니오이까? 태사께서 만약 이 기회에 초선을 여포에게 주신다면 그 크신 은혜에 감동하여 언젠가는 반드시 목숨을 걸고 그에 보답하려 할 것이니, 부디 심사숙고하십시오."

동탁은 한참 동안 말이 없더니 마침내 입을 연다.

"네 말에 일리가 있으니 내 생각해보마."

이유가 사례하고 물러가자, 동탁은 후당으로 들어가 초선을 불러앉히고 조용히 묻는다.

"네 어찌하여 여포와 몰래 만나느냐?"

초선이 울며 대답한다.

"첩이 후원에서 꽃을 보고 있는데 여포가 갑자기 들어왔어요. 첩이 놀라 피하려고 하자 여포 말이, 나는 태사의 아들인데 무슨 연유로 피하려 하느냐며 창을 들고 봉의정까지 쫓아왔구요. 첩은 아무래도 여포가 나쁜 마음을 품고 겁탈하려는 것이 아닐까 두려워, 욕을 당하기 전에 연못에 몸을 던져 자결하려 하였지요. 그런데 여

포가 달려들어 끌어안고는 놓아주질 않는 거예요. 그렇게 생사의
갈림길에서 몸부림치고 있는데, 때마침 태사께서 오시어 첩의 위
태롭던 목숨이 살아난 것이지요. 그런데 여포와 몰래 만난다 하시
니, 그런 억울한 말씀이 어디 있사옵니까?"

동탁은 물끄러미 초선을 바라보다가 불쑥 말한다.

"내 이제 너를 여포에게 줄까 하는데, 네 생각은 어떠하냐?"

그 말에 초선은 소스라쳐 놀라며 목놓아 운다.

"이몸이 이미 귀인을 섬긴 터에 갑자기 그런 천한 아랫것에게 내
주시려 하다니 너무 야속합니다. 태사님 생각이 정 그러시다면, 그
런 욕을 당하느니 차라리 죽어버리겠어요."

초선은 벌떡 일어나더니 벽에 걸린 보검을 떼어들고 당장이라도
자결할 듯한 시늉을 한다. 동탁은 놀라 황망히 칼을 뺏고 그녀를
껴안는다.

"내 공연히 해본 소리다. 농으로 해본 소리야."

초선은 동탁의 품속에 몸을 던지듯 안겨 얼굴을 묻고 흐느낀다.

"이유가 그러라고 했지요? 이유는 본래 여포와 절친한 사이라
태사의 체면과 첩의 목숨은 털끝만치도 생각지 않고 이러한 계교
를 낸 것이 틀림없어요. 생각할수록 분해서…… 그놈을 산 채로 씹
어먹어도 시원치 않겠어요."

동탁은 초선의 등을 어루만지며 말한다.

"염려 마라. 내가 어찌 너를 버릴 수 있겠느냐."

"태사님의 두터운 사랑을 받고 있다 하여도 첩이 이곳에 더 있다

가는 여포의 손에 죽고 말 것입니다."

"내일 나와 함께 미오로 가자꾸나. 거기 가서 함께 즐기며 살도록 하자. 의심하거나 걱정하지 말거라."

초선은 그제야 눈물을 거두며 입가에 살포시 미소를 떠올린다.

다음 날, 이유가 들어와서 동탁에게 말한다.

"마침 오늘 일진이 좋으니 초선을 여포에게 보내시지요."

동탁이 대답한다.

"나와 여포는 부자지간이나 진배없는데, 아들에게 제 계집을 내어주는 애비가 세상 천지에 어디 있겠느냐? 다만 내 여포의 죄를 따지지는 않을 것이니, 네가 가서 내 뜻을 잘 전하고 좋은 말로 위로해주도록 하라."

이유가 다시 권한다.

"태사께서는 지나치게 여색에 혹하셔서는 아니 되옵니다."

드디어 동탁의 낯빛이 변한다.

"네 아내도 여포에게 내어주겠느냐? 초선이 얘기는 이후 꺼내지도 말아라. 다시 입 밖에 내는 날에는 네 목을 베고 말겠다."

이유는 밖으로 물러나와 하늘을 쳐다보며 깊은 한숨을 내쉬었다.

"우리 모두 한 계집의 손에 죽고 말겠구나……"

후세 사람이 책을 읽다가 이 대목에 이르자 시를 지어 이렇게 탄식했다.

왕사도, 신묘한 계책 다홍치마의 여자에게 붙였으니 司徒妙算托紅裙

병기도 쓰지 않고 군사 하나 안 움직였도다　　　不用干戈不用兵
호뢰관의 세번 싸움 힘만 허비했거늘　　　　　三戰虎牢徒費力
개선의 노래 봉의정에서 울리도다　　　　　　凱歌却奏鳳儀亭

동탁은 그날로 초선을 데리고 미오로 갈 것을 명했다. 모든 문
무백관이 문밖에까지 나와서 전송했다. 수레에 오른 초선은 여포
가 사람들 틈에 끼여 서서 뚫어져라 자기만 바라보고 있는 것을 발
견하고는 두 손으로 얼굴을 가리고 슬피 우는 시늉을 했다. 초선을
실은 수레가 멀어지자 여포는 말을 몰아 언덕 위로 올라갔다. 먼지
속에 멀어지는 수레를 망연자실 바라보며 끓어오르는 분노와 슬픔
을 달래느라 애쓰고 있는데, 등 뒤에서 누군가가 말을 건넨다.

"온후는 어찌하여 태사를 따라가지 않고 여기 서서 그렇게 한숨
만 쉬고 계시오?"

돌아보니 사도 왕윤이다. 서로 인사를 나누고 나서 왕윤이 말한다.

"이 늙은이가 요 며칠 대수롭지 않은 병이 나서 집 안에만 틀어
박혀 지내다보니 장군을 만나뵌 지도 꽤 오래되었구려. 마침 태사
께서 미오로 떠나신다기에 병을 무릅쓰고 나온 것인데, 장군까지
만나게 되었습니다그려. 그런데 장군께서 이런 곳에서 혼자 한숨
을 내쉬고 있는 것을 보니 무슨 일인지 걱정이 앞서는군요."

여포는 다시 한숨을 쉬며 말한다.

"이 모두 공의 따님 때문이외다."

왕윤은 짐짓 놀라는 척한다.

"아니, 태사께서 아직도 초선이를 보내지 않으셨단 말이오?"

"그 늙은 도적놈이 푹 빠져서 도무지 내놓으려 들지를 않습니다."

왕윤은 더더욱 믿기지가 않는다는 듯 고개를 설레설레 젓는다.

"아무러면 그럴 리가……"

여포는 그사이에 있었던 일을 낱낱이 털어놓았다. 왕윤은 몹시 분하다는 듯 하늘을 보며 발만 구를 뿐 한동안 입을 열지 못하다가 탄식하며 가까스로 말한다.

"태사께서 그런 금수와 같은 행실을 하시다니, 그럴 줄은 정말 몰랐소이다."

그는 여포의 손을 잡아끌었다.

"내 집으로 가십시다. 가서 상의합시다."

여포는 왕윤을 따라 그의 집으로 갔다. 집에 도착한 왕윤은 여포를 밀실로 데리고 들어가 술을 내오게 하여 성의껏 대접했다. 술이 몇잔 들어가자 여포는 다시 봉의정에서 초선과 만났던 일을 상세히 이야기하며 비분을 터뜨린다. 왕윤이 맞장구를 친다.

"태사가 내 딸을 강제로 겁탈하여 장군의 아내를 빼앗은 격이니 참으로 천하의 웃음을 살 일이오. 그러나 천하는 태사를 비웃는 게 아니라 이 왕윤과 장군을 비웃을 거요. 이 사람이야 늙고 무능하니 그렇다 칩시다. 천하의 영웅으로 세상을 뒤엎을 만한 기개를 가진 장군께서 이같은 모욕을 당하다니, 이런 기막힌 일이 어디 있겠소?"

왕윤의 말은 여포를 더욱 화나게 했다. 분노를 이기지 못한 여포는 주먹으로 상을 치며 노발대발했다. 왕윤이 여포를 진정시키려 한다.

"이 늙은 사람이 취중에 실언을 했소이다. 너무 노여워 마시오."

여포가 분연히 중얼거린다.

"내 맹세코 그 늙은 도적놈을 죽여서 이 오욕을 씻고야 말겠소."

왕윤은 급히 손을 들어 여포의 입을 막으려는 시늉을 한다.

"함부로 그런 말씀 마시오. 이 말이 태사 귀에 들어가기라도 하는 날엔 이 사람까지 화를 입게 되오."

그래도 여포는 분을 이기지 못하고 계속 떠들어댄다.

"사내대장부로 세상에 태어난 이상 어찌 남의 지배만 받으며 욕되게 살 수 있겠소?"

왕윤은 은근히 부채질을 한다.

"솔직히 장군처럼 재주있는 이가 동태사 밑에 있다는 자체가 애석한 일이지요."

"내 기어코 이놈을 죽이고야 말 것이오. 하지만……"

여포는 한풀 꺾인 음성으로 말을 잇는다.

"부자간의 정을 맺은 터에 후세 사람들이 무어라 떠들어댈지 그게 걱정이오."

이 말에 왕윤이 빙그레 웃는다.

"장군은 성이 여(呂)씨요 태사는 동(董)씨외다. 더욱이 봉의정에서 태사가 장군에게 창을 던질 때 무슨 부자간의 정이 있었겠소이까?"

여포는 무릎을 탁 친다.

"옳으신 말씀이오. 내 거기까지는 생각이 미치지 않았는데, 사도의 말씀을 듣고 보니 하마터면 잘못 판단할 뻔했소이다."

왕윤은 여포의 뜻이 굳어진 것을 확인하고 정색을 하며 말한다.

"장군이 만약에 한나라 황실을 붙들어 세운다면 충신으로서 그이름이 청사에 기록되어 아름다운 행적과 더불어 백세(百世)에 전해지겠지만, 반대로 동탁을 돕는다면 이는 곧 반역을 하는 것이니 그 이름이 사필(史筆)에 올라 더러운 행적이 만년까지 남을 것이오."

왕윤의 말에 여포는 냉큼 자리에서 내려와 큰절을 올린다.

"내 뜻이 이미 결정되었으니 사도는 의심하지 마시오."

왕윤이 말한다.

"다만 일을 성사시키지 못했을 때 도리어 큰 화가 미칠 것이 걱정이외다."

여포는 갑자기 차고 있던 칼을 빼들더니 다짜고짜 자기 팔을 찔렀다. 그가 피로써 변심하지 않을 것을 맹세하자, 왕윤은 그의 앞에 무릎을 꿇고 공손히 머리를 조아린다.

"한나라가 망하지 않는다면 이는 모두 장군이 손을 쓰신 덕분이오. 이 일을 결코 누설하지 않도록 각별히 조심하시오. 때가 되어 계책이 서면 그때 다시 알려드리리다."

여포는 그렇게 하기로 하고 돌아갔다. 왕윤은 즉시 사람을 보내

복야사(僕射士) 손서(孫瑞)와 사예교위 황완(黃琬)을 청하여 일을 의논했다. 먼저 손서가 말한다.

"듣자하니 최근에 주상께서 병환에서 회복되셨다고 하니, 말 잘하는 사람을 하나 뽑아 미오로 보내어 황제께서 대사를 의논하려고 동탁을 부르신다 이르고, 한편으로는 황제의 밀조를 여포에게 보내어 궁궐 안에 군사를 매복시켰다가 동탁을 유인해 끌어들여 주살하는 것이 상책일 듯합니다."

황완이 묻는다.

"그렇다면 동탁에겐 누굴 보내면 좋겠소이까?"

손서가 말한다.

"글쎄요. 내 생각에는 여포와 동향 사람인 기도위(騎都尉) 이숙이 어떨까 하오. 이 사람은 동탁이 벼슬을 올려주지 않아 은근히 원망하는 마음을 품고 있는 터라 아무래도 이 일에 가장 적임자일 것 같소. 동탁도 그의 말이라면 별 의심 없이 따를 게요."

왕윤은 고개를 끄덕인다.

"그거 좋소이다."

왕윤은 곧 여포를 불러와 함께 의논한다. 여포가 말한다.

"전에 나에게 정건양(丁建陽)을 죽이도록 권한 사람도 바로 이숙입니다. 만약 가지 않겠다고 하면 그자부터 없애버리겠소."

왕윤은 다시 사람을 보내 조용히 이숙을 불러들였다. 이숙이 오자 여포가 말한다.

"전에 공이 나에게 정건양을 죽이고 동탁에게 의지하도록 권하

226

지 않았소. 이제 동탁이 위로 황제를 속이고 아래로 백성을 괴롭혀 그 죄가 하늘에 닿을 지경이라 사람은 물론 귀신들까지 분개할 지경이오. 그러니 공은 미오로 가서 황제의 조서를 전하여 동탁이 입궐하도록 하시오. 그러면 우리는 군사를 매복시켰다가 그를 죽일 생각이오. 이렇듯 모두가 힘을 합해 한나라 황실을 지켜 충신이 되고자 하는데, 공의 생각은 어떠하오?"

이숙이 말한다.

"나 또한 그 도적을 없애려 마음먹은 지 오래였으나 마음을 같이할 사람이 없는 것이 한스러웠소이다. 장군께서도 뜻이 같으시다면 이는 곧 하늘이 주신 기회라, 내 어찌 그 뜻을 저버릴 수 있겠소?"

이숙은 화살을 꺾어 맹세의 뜻을 보였다. 지켜보던 왕윤이 거든다.

"공이 이번 일을 잘 처리해주신다면 현관(顯官)에 오르는 것쯤이야 대수겠습니까."

다음 날 이숙은 10여명의 기병을 거느리고 미오로 갔다. 동탁은 이숙이 황제의 조서를 지니고 왔다는 말을 듣고 즉시 그를 불러들였다. 이숙이 들어가 문안인사를 올리자 동탁이 묻는다.

"황제께서 조서를 보내셨다니 무슨 내용인고?"

이숙이 아뢴다.

"황제께오서 그동안 병중에 있으시다가 회복되어 문무백관을 미앙전(未央殿)에 모아 장차 태사께 선위(禪位)하실 일을 의논하시려는 줄로 아옵니다."

"왕윤은 이 일을 어찌 생각하는 눈치던가?"

"왕사도는 벌써 사람을 시켜 수선대(受禪臺)를 쌓아놓고 오직 주공께서 오시기만 기다리고 있습니다."

동탁은 크게 기뻐한다.

"내가 간밤에 용 한마리가 몸을 휘감는 꿈을 꾸었더니 오늘 과연 이렇듯 기쁜 소식을 듣는구나. 이때를 놓쳐서는 안되지."

그는 즉시 영을 내려 심복인 이각·곽사·장제·번조 네 장수로 하여금 비웅군(飛熊軍, 곰처럼 용감하고 날쌘 군사) 3천을 거느리고 미오를 지키게 하고, 자기는 그날로 장안으로 올라갈 채비를 했다. 떠나기에 앞서 동탁이 이숙에게 말한다.

"내가 황제가 되면 너를 집금오(執金吾)로 삼을 것이니라."

이숙은 허리를 숙여 감사의 뜻을 표하여 신(臣)의 예를 칭했다. 동탁은 떠날 채비를 마치고, 어머니에게 하직인사를 하기 위해 찾아갔다. 나이 아흔이 넘은 노모가 묻는다.

"어딜 가려는 게냐?"

동탁이 말한다.

"한나라 제위를 이어받기 위해 장안에 가는 길입니다. 어머니는 머지않아 태후가 되시는 겁니다."

그러나 모친은 그의 말에 조금도 즐거워하는 기색이 아니다.

"내 근자에 까닭 없이 자꾸 살이 떨리고 마음이 불안한 게 아무래도 길조가 아닌 것 같다."

동탁이 웃으며 대답한다.

"장차 국모가 되실 터인데, 어찌 그러한 조짐이 전혀 없겠습니까?"

동탁은 어머니에게 인사를 마치고 나서 초선에게 말한다.

"내가 황제가 되면 너를 귀비로 삼으마."

초선은 왕사도의 계교가 마침내 이루어지게 되었음을 짐작하고, 매우 기뻐하는 척하며 절을 올려 감사를 표했다.

동탁은 마침내 앞뒤 호위를 받으며 장안을 향해 출발했다. 30리쯤 갔을까. 어찌 된 영문인지 동탁이 타고 가던 수레가 덜컥거리더니 돌연 바퀴 하나가 부서져버린다. 동탁은 하는 수 없이 말로 바꾸어타고 가던 길을 재촉했다. 그런데 다시 출발하여 10리쯤 갔을 때, 갑자기 말이 앞발을 번쩍 들며 소리 높이 울더니 고삐를 툭 끊어버린다. 동탁은 괴이한 생각이 들어 이숙을 향해 물었다.

"수레바퀴가 부서지고 말이 또한 고삐를 끊으니 이 무슨 조짐인가?"

이숙이 대답한다.

"태사께서 한나라의 제위를 이어받으시는데 옛것을 버리고 새것으로 바꾸어 장차 보석으로 장식한 수레와 황금 안장을 얻으실 징조인 줄로 아룁니다."

동탁은 기뻐하며 그 말을 모두 믿었다. 이튿날 다시 길을 가는데, 문득 광풍이 크게 일며 검은 안개가 하늘을 덮는다. 동탁은 다시 이숙에게 묻는다.

"이것은 또 무슨 조짐인고?"

"주공께서 장차 용위(龍位)에 오르려 하시니, 붉은 광명과 자줏빛 안개가 일어 하늘의 위엄을 떨쳐 보이려는 것이겠지요."

동탁은 더이상 의심하지 않고 말을 재촉했다. 동탁이 성문 앞에 이르자 문무백관이 모두 나와 영접하는데, 이유는 병으로 집에 누워 있던 터라 미처 나오지 못했다. 동탁이 승상부로 들어서자 여포가 와서 하례한다. 동탁이 말했다.

"내 황제 자리에 오르면 너는 천하의 병마를 총독하게 될 것이다."

"참으로 황공하옵니다."

여포는 깊숙이 머리를 조아리고 장막 앞에서 하룻밤을 묵었다. 그날밤 열댓명의 아이들이 밖에서 노래를 부르는데, 그 소리가 바람을 타고 장막 안에까지 들려왔다.

천리초가 제아무리 푸르고 푸르러도   千里草 何靑靑

열흘을 못 넘겨서 죽고 말리라   十日卜 不得生

* '천리초(千里草)'는 '동(董)'자를 가리키고 '십일복(十日卜)'은 '탁(卓)'자를
  일컫는 것이니, 동탁이 곧 죽게 되리라는 것을 암시한다.

노랫소리는 애절했다. 동탁이 이숙에게 묻는다.

"저 노랫소리는 무엇을 뜻하는가. 길조인가, 흉조인가?"

이숙은 그 노랫말이 동탁의 죽음을 일컫는 뜻임을 번연히 알면

서도 시치미를 뗀다.

"유씨는 망하고 동씨가 일어난다는 뜻이옵니다."

이튿날 아침 동탁이 전후좌우로 시종들을 거느리고 입궐하는데, 문득 사람들 틈에 흰 두건을 쓴 도인의 모습이 눈에 들어왔다. 그는 푸른 도포 차림에 손에는 긴 막대를 잡고 있었는데, 막대 위에는 한길이 넘는 베에 입 '구(口)'자 두개를 각각 써서 붙들어매었다.(즉 입 구가 둘이면 곧 성 '려(呂)'자가 되고, 그것을 베에 썼으니 베는 곧 '포(布)'라, 여포를 경계하라는 뜻이건만 동탁은 물론 이것을 알 리가 없다.)

동탁은 다시 이숙에게 물었다.

"저 사람은 왜 저러고 서 있는 겐가?"

"미친놈 같습니다."

이숙은 대수롭지 않은 듯이 대꾸하고는 군사에게 일러 멀리 쫓아버리게 했다.

궁궐로 들어서자 여러 신하들이 각기 조복을 갖추어입고 양쪽 길에 길게 늘어서서 동탁을 맞이했다. 이숙은 손에 보검을 들고 수레 뒤를 따르다가, 북액문(北掖門)에 다다르자 호위하는 군사들을 모두 문밖에 머물러 있게 했다. 그러고는 수레를 이끄는 20여명만을 선별해 동탁과 함께 안으로 들어갔다.

동탁은 문을 들어서다가 멈칫했다. 저만치 앞에 사도 왕윤 이하 조정의 원로대신들이 모두 나와 하나같이 손에 보검을 잡고 전문(殿門) 앞에 늘어서 있는 게 아닌가. 동탁은 깜짝 놀라 이숙을 향해 물었다.

"저들이 왜 모두 칼을 가지고 있는 겐가?"

이숙은 못 들은 척 아무 대꾸도 하지 않고 그대로 수레를 몰아 앞으로 나아갔다. 전문 가까이 이르자 느닷없이 왕윤이 큰소리로 외친다.

"반적(叛賊)이 왔거늘 무사들은 어디 있는가?"

말이 끝나기가 무섭게 양편에서 1백여명의 무사들이 동탁을 향해 일제히 창칼을 휘두르며 달려들었다. 동탁은 조복 안에 갑옷을 받쳐입고 있었는데 그 갑옷이 어찌나 두꺼운지 창이 꽂히질 않는다. 동탁은 한 팔에 상처를 입고 땅으로 굴러떨어지면서 큰소리로 부르짖는다.

"내 아들 봉선이는 어디 갔느냐!"

그 말이 미처 끝나기도 전에 수레 뒤에서 여포가 나선다.

"조칙을 받들어 도적을 참하노라!"

벽력같은 외침과 함께 번쩍 치켜올려진 여포의 방천화극이 거침없이 동탁의 목을 찌른다. 이숙은 곧 그 머리를 베어 높이 치켜들었다. 여포는 화극을 왼손으로 바꿔 잡고 다른 손으로는 품속의 조서를 꺼내들며 큰소리로 외쳤다.

"조칙을 받들어 역적 동탁을 베었으나, 나머지 무리들은 그 죄를 묻지 않겠노라."

이에 모든 장수와 관리들이 소리 높여 만세를 불렀다.

후세 사람이 동탁을 한탄하여 읊은 시가 있다.

여포가 방천화극으로 동탁의 목을 찌르다

패업을 이루면 제왕이 되고   霸業成時爲帝王

못해도 부가옹은 되련만은   不成且作富家郞

누가 알았으랴, 하늘의 뜻 공평무사하여   誰知天意無私曲

미오 별궁 이루자마자 죽음으로 끝났도다   郿塢方成已滅亡

여포는 다시 큰소리로 외친다.

"이유 또한 동탁을 도와 같은 악행을 일삼았다. 누가 가서 그를 사로잡아 오겠는가?"

"내가 가겠소."

이숙이 앞으로 나섰다. 이때 궐문 밖에서 요란한 함성이 이는 듯싶더니 군사 하나가 들어와 보고한다.

"이유의 집 종들이 벌써 이유를 결박해 끌고 왔습니다."

왕윤은 곧 이유를 거리로 끌어내 죽이게 하고, 동탁의 시체도 큰길에 던져놓아 백성들이 전부 볼 수 있게 했다. 동탁의 시체가 어찌나 비대한지 지키는 군사가 그 배꼽에다 심지를 박고 불을 붙이니 기름이 끓어내려 땅바닥에 흥건히 고일 정도였다. 백성들은 하나같이 동탁의 머리를 손으로 때리고 시체를 짓밟으며 그 앞을 지나갔다.

왕윤은 또 여포에게 명하여 황보숭·이숙과 더불어 군사 5만을 거느리고 미오로 가서 동탁의 재산을 모두 나라에 귀속시키고 식솔들을 잡아 죽이도록 했다.

한편 미오를 지키고 있던 이각·곽사·장제·번조 등은 동탁이 이미 죽고 여포가 쳐들어올 것이라는 소문에 즉시 비웅군을 이끌고 밤을 새워 양주(涼州)로 달아났다.

미오에 당도한 여포는 우선 꿈에도 잊지 못하던 초선부터 찾았다. 황보숭은 명을 내려 미오성 안에 갇혀 있던 양갓집 자녀들을 모두 석방하고 동탁의 친속은 남녀노소를 가리지 않고 모두 잡아 죽였다. 이때 동탁의 어미가 죽고, 동탁의 아우 동민과 조카 동황에게는 참수형이 내려졌다. 성안에 쌓인 동탁의 재물을 거둬들이니 황금이 수십만근에다 백금이 수백만근, 온갖 비단과 구슬뿐만 아니라 갖가지 그릇과 양식이 헤아릴 수 없을 정도로 많았다. 장안에 돌아온 그들은 왕윤에게 몰수한 것들을 모두 바쳤다.

왕윤은 술과 음식을 크게 내어 군사들을 위로하고 문무백관을 도당에 불러모아 큰 잔치를 베풀었다. 축하연에 모인 여러 대신들이 서로 술을 권하며 한창 기쁨을 나누고 있는데, 갑자기 사람 하나가 들어와 고한다.

"어떤 사람이 거리에 내놓은 동탁의 시체를 붙들고 목놓아 울고 있습니다."

왕윤은 화가 나서 버럭 소리를 지른다.

"동탁의 죽음에 사대부든 백성이든 모두들 기뻐하는데 감히 우는 자가 있다고? 그놈이 대체 누구란 말이냐?"

곧 무사를 불러 당장 잡아들일 것을 명했다. 잠시 후 무사가 한 사내를 끌고 들어온다. 모여 있던 대신들은 모두 놀라지 않을 수 없었다. 그는 당대의 기재(奇才)로 널리 알려진 인물로 시중 자리에 있는 채옹이 아닌가. 왕윤이 노기 띤 음성으로 꾸짖는다.

"역적 동탁을 죽인 것은 국가의 큰 경사이거늘, 너 또한 한나라 신하로서 기뻐하기는커녕 역적을 위하여 울다니 이 무슨 기이한 행동인가?"

채옹이 땅바닥에 엎드려 사죄한다.

"이몸이 비록 재주는 없으나 대의를 아는 터에, 어찌 나라를 배반하고 동탁을 위하겠사옵니까. 다만 한때 나를 알아준 지우였던 지라 사사로운 감정을 절제하지 못하고 부지중 큰 실수를 저질렀습니다. 스스로 죄가 큰 줄은 아오나, 공께서 너그러운 마음으로 경수월족(黥首刖足, 죄인의 이마에 먹글자를 새기고 발목을 끊는 형벌) 정도로 형을 내리시어 한사(漢史)를 계속 써서 완성하는 것으로 속죄할 수 있게만 해주신다면 더없는 다행으로 여기겠습니다."

문무백관들은 채옹의 재주를 아껴 힘써 구하려 했다. 태부 마일제(馬日磾)가 앞으로 나선다.

"백개(伯喈, 채옹의 자)는 재주가 남다른 사람입니다. 그가 지은 죄로 보면 죽여 마땅하지만 아량을 베푸시어 그에게 한사를 완성하게 하심이 어떠실지요. 더구나 그는 효행이 지극한 사람으로 널리 알려져 있어 무턱대고 죽였다가는 인망을 잃을까 두렵습니다."

왕윤이 말한다.

"옛날에 효무제(孝武帝)가 사마천(司馬遷)을 죽이지 않고 『사기(史記)』를 쓰게 했더니 오히려 비방하는 글을 남겨 아직까지 전해지고 있소. 더구나 지금은 국운이 쇠미하여 조정이 어지러운 터에 간사한 신하로 하여금 어린 임금 좌우에서 붓끝을 놀리게 한다면 반드시 우리들을 비방하는 글을 남길 것이오."

마일제는 더이상 말하지 않고 물러나와 대신들에게 말했다.

"왕윤은 길게 가지 못할 것이외다. 착한 사람은 나라의 기강이요 역사를 기록하는 것은 국가의 법이거늘, 기강을 없애고 법을 폐하여 어찌 오래갈 수 있겠소?"

왕윤은 마일제의 말을 듣지 않고 채옹을 옥에 가둔 뒤 목졸라 죽이고 말았으니, 이 소식을 들은 사대부들은 모두 눈물을 흘렸다. 이에 관하여 후세 사람들은 '채옹이 동탁을 위해 눈물을 흘린 것도 옳지 않지만, 왕윤이 채옹을 죽인 것도 지나친 일'이라고 평하며, 시를 지어 탄식했다.

동탁은 권력을 휘둘러 악행을 저질렀는데	董卓專權肆不仁
채옹은 무슨 까닭에 스스로 신세를 망쳤던고	侍中何自竟亡身
당시에 제갈량은 융중에 누워 있었다네	當時諸葛隆中臥
어찌 가벼이 난신과 어울리려 했으리오	安肯輕身事亂臣

한편 이각·곽사·장제·번조 등은 섬서땅에 피신해 있으면서 장안으로 사람을 보내 표문을 올려 죄를 사해줄 것을 요청했다. 이를 받아본 사도 왕윤이 말했다.

"동탁이 그처럼 제멋대로 날뛴 것은 모두 이들 네 사람의 도움에 의한 것이었다. 비록 천하에 대사면을 내렸다고는 하나, 이 네 사람만은 용서할 수 없다."

사자는 돌아가서 이각에게 그대로 전했다. 이각의 실망은 이만 저만이 아니었다.

"아무래도 용서받긴 틀린 모양이니 이대로 앉아 죽음을 기다리고 있을 수는 없는 일, 각기 흩어져서 살길을 찾는 수밖에 없겠소이다."

이각의 말에 모사 가후(賈詡)가 고개를 젓는다.

"여러분이 군사를 버리고 뿔뿔이 흩어진다면 일개 정장(亭長)이라도 공들을 능히 붙잡을 수 있을 거요. 공들이 각자 흩어져서 살길을 찾는다는 것은, 섬서 사람들을 설득하여 본부의 남은 군사들과 함께 장안으로 쳐들어가 동탁의 원수를 갚느니만 못하오. 그렇게 해서 만일 일이 잘되면 조정을 받들어 천하를 바로잡게 되는 것이고, 실패할 경우 그때 도망쳐도 늦지 않을 것이외다."

이각 등은 가후의 충고에 따라 앞으로의 계책을 의논했다. 그후 그들은 서량주 일대에 무서운 소문을 퍼뜨리기 시작했다.

"사도 왕윤이 장차 서량주 백성들을 모두 몰살하려 한다."

많은 사람들이 놀라 어쩔 줄 몰랐다. 그들은 다시 소리를 높였다.

"이대로 앉아 개죽음을 당하겠는가, 아니면 모두 일어나 우리와 함께 반기를 들겠는가?"

백성들이 너 나 할 것 없이 들고일어나니 그 수효가 순식간에 10만이 넘었다. 이각의 무리는 곧 그들을 네 길로 나누어 장안을 향해 출발했다. 도중에 그들은 동탁의 사위인 중랑장(中郞將) 우보

(牛輔)를 만났다. 그 역시 군사 5천 명을 거느리고 장인의 원수를 갚겠다고 나선 길이었다. 이각은 군사를 합친 다음 우보를 선봉에 세우고, 자신을 비롯한 네 사람은 계속 진군했다. 왕윤은 서량의 군사가 장안으로 쳐들어온다는 소식을 듣고 여포와 대책을 의논했다.

"사도는 아무 염려 마십시오. 그까짓 쥐새끼 같은 놈들 얼마가 쳐들어온들 겁날 게 뭐가 있겠소?"

여포는 대수롭지 않다는 듯이 말하고는 이숙과 함께 군사를 이끌고 성을 나섰다. 선봉에 선 이숙은 곧 우보의 군사와 맞닥뜨렸다. 우보가 칼을 휘두르며 나와 이숙과 맞섰다. 일대 접전이 벌어진 지 얼마 안되어, 우보가 열세에 몰리는가 싶더니 끝내 패하여 달아난다.

그날밤 2경 우보는 군사를 이끌고 이숙의 영채를 습격했다. 정신없이 잠에 빠져 있던 이숙의 군사들은 어지럽게 흩어지며 그대로 30여 리 밖으로 쫓겨갔다. 군사를 반이나 잃은 이숙은 여포를 찾아갔다. 여포는 크게 화를 냈다.

"한심한 놈 같으니! 네가 군사들의 사기를 꺾었으니 무슨 수로 책임질 테냐?"

그러고는 당장 이숙의 머리를 베어 군문(軍門)에 높이 매달았다.

이튿날 여포는 군사를 거느리고 직접 우보와 맞섰다. 그러나 우보는 여포의 적수가 아니었다. 도저히 여포를 당해낼 재간이 없는 우보는 몇합 싸워보지도 못하고 이내 군사를 몰아 달아났다. 그날밤, 우보는 심복인 호적아(胡赤兒)를 불러 조용히 상의한다.

"여포가 워낙 날쌔고 용맹하여 당해낼 도리가 없으니 달리 생각해야겠다. 괜히 다시 나가 싸우다가 목숨을 잃느니, 이각 일당 모르게 그들이 숨겨놓은 금은보화를 훔쳐내 믿을 만한 사람 서넛만 데리고 몰래 도망가버리는 게 어떻겠느냐?"

호적아는 두말없이 고개를 끄덕인다. 두 사람은 군사들이 모두 잠들기를 기다렸다가 보물을 훔쳐내 심복부하 3~4명만을 데리고 몰래 영채를 빠져나왔다. 강을 건널 즈음 문득 금은보화를 혼자서 차지해야겠다는 생각이 들게 된 호적아는 망설이지 않고 결단을 내렸다. 우보가 다시 길을 떠나기 위해 말에 오르려는 참이었다. 호적아는 칼을 뽑아들고 우보에게로 달려들었다. 칼을 한번 크게 휘두르자 우보의 머리는 그대로 땅바닥에 나뒹굴었다. 호적아는 그 길로 우보의 머리를 들고 여포의 영채로 달려가 바쳤다. 여포가 의심쩍게 여겨 그 경위를 묻자 호적아의 부하들이 지금까지의 일을 소상히 고했다.

"호적아가 우보를 죽이고 금은보화를 모두 빼앗았습니다."

여포는 노하여 당장 호적아의 목을 베어버렸다. 그러고는 다시 군사를 거느리고 이각의 군대가 미처 진을 치기도 전에 방천화극을 휘두르며 쳐들어갔다. 갑작스러운 기습에 우왕좌왕하던 이각의 군사들은 제대로 싸워보지도 못하고 앞을 다투어 달아나기에 급급했다. 이각은 50리가 넘게 달아나 비로소 숨을 돌리고 산을 의지해 겨우 영채를 세웠다. 그리고 곽사·장제·번조 세 장수와 더불어 앞으로 어떻게 대처할지를 의논했다. 이각이 좌중을 한번 둘러보고는 입을 연다.

"여포가 비록 용맹스럽기는 하나 본래 꾀가 없는 사람이니 그리 근심할 것 없소. 나는 군사를 이끌고 이곳 산골을 철통같이 지키며 그를 유인할 테니, 곽장군은 군사를 몰아 뒤를 치기로 하되, 옛날에 팽월(彭越)이 초나라 군사를 교란하던 수법을 쓰는 거요. 징이 울리면 공격하고 북이 울리면 군사를 뒤로 물리는 것이지요. 한편으로는 장장군과 번장군이 군사를 양편으로 나누어 바로 장안으로 쳐들어가면 여포가 무슨 수로 이쪽저쪽을 다 막아낼 수 있겠소? 그리되면 적은 반드시 크게 패할 것이외다."

"거 참 훌륭한 계책이오."

세 사람은 이구동성으로 이각의 말에 동의한다. 이들이 이런 이야기를 나누고 있는 동안 여포는 군사를 이끌고 산밑에 이르렀다. 이각이 기다렸다는 듯 달려나가 싸움을 걸고는 작전대로 군사를 몰아 달아난다.

노기충천한 여포는 군사를 휘몰아 급히 뒤를 쫓는다. 이각은 즉시 산 위로 올라가 돌을 굴리고 빗발치듯 화살을 쏘아댄다. 여포의 군사들이 주춤하여 더 나아가지 못하고 갈팡질팡하는데, 이번에는 뒤에서 곽사의 군사가 밀어닥친다. 놀란 여포는 급히 군사를 돌려 곽사와 맞선다. 그러나 북소리가 크게 진동하는 소리만 들릴 뿐 곽사의 군사는 이미 물러가고 없었다. 군사를 돌릴 틈도 없이 이번에는 요란한 징소리와 함께 반대쪽에서 이각의 군사들이 고함을 내지르며 몰려온다. 다시금 황망히 군사를 수습해 싸우려 하자 물러

갔던 곽사가 또다시 군사를 몰아 뒤쫓아온다. 여포가 군사를 돌려 곽사를 맞아 싸울 태세를 취하면 북소리가 크게 울리며 곽사는 다시 군사를 거두어 물러가 버리고, 이각을 향해 싸울 태세를 취하면 다시 곽사가 뒤쫓아오기를 되풀이했다.

그렇게 며칠에 걸쳐 진을 빼자 여포는 더이상 싸우려야 싸울 수도 없고 쉬려야 쉴 수도 없어 거의 미칠 지경이 되었다. 분통이 터져 애꿎은 수하 장졸들만 못살게 굴며 신경이 날카로워져 있는데, 군사 하나가 급히 달려와 보고한다. 장제와 번조가 두 길로 나누어 장안을 습격하여 몹시 위태로운 상황이라는 것이다. 여포는 즉시 군사를 수습하여 장안으로 향했다.

이각·곽사가 곧 군사를 휘몰아 그 배후를 어지러이 쳤다. 여포는 이에 대처하지 않고 계속 앞만 보고 달리니, 결국 적지 않은 군사를 잃고 장안성에 이르렀다. 그러나 그때는 적병이 구름처럼 운집하여 성 주위를 물샐틈없이 포위하고 있었다. 그 형세가 어찌나 큰지 여포의 군사들은 싸우기도 전에 겁부터 집어먹었다. 더욱이 여포의 성미가 지나치게 사나운 것을 두려워한 나머지, 슬그머니 빠져나가 항복하는 자가 적지 않았다. 여포의 근심은 갈수록 더했다.

여포가 속수무책으로 덧없이 날짜만 보내는 중에, 성안에 숨어 있던 동탁의 잔당인 이몽(李蒙)과 왕방(王方)이 적들과 내통하여 몰래 문을 열어주었다. 적군은 네 길로 나누어 일제히 성안으로 몰려들어오기 시작했다. 여포는 적군 가운데로 뛰어들어 좌충우돌했으나 혼자 힘으로 물밀듯 하는 적의 형세를 막아낼 도리가 없다.

그는 하는 수 없이 몇백명의 기병만을 거느리고 급히 청쇄문 앞으로 가서 외친다.

"사도 어른! 어서 밖으로 나오십시오!"

사도 왕윤이 모습을 나타냈다. 여포가 왕윤을 향해 다시 외친다.

"형세가 급박합니다. 어서 말을 타고 나오십시오. 저와 함께 몸을 피합시다. 우선 관을 빠져나가 다른 방도를 강구하는 게 좋을 것 같습니다."

왕윤은 말한다.

"만약 사직(社稷) 영령의 가호로 나라가 편안해질 수만 있다면 나는 더 바랄 게 없소. 그렇지 못하다면 어차피 한번 죽을 목숨 나라를 위해 기꺼이 바치겠소. 국난을 만나 구차스럽게 살아남아 뭘 하겠소? 그러니 장군은 나를 대신해서 관동에 있는 제공(諸公)들에게 용서를 구하고, 나라를 위해 최선을 다해달라고 전해주시오."

여포가 거듭 권하지만 왕윤은 말없이 고개를 젓는다. 이때였다. 갑자기 이곳저곳에서 아우성치는 소리가 들리더니 모든 성문에서 일제히 불길이 치솟았다. 여포는 처자식도 버려둔 채 수하에 남은 기병 1백여명만 거느리고 관을 빠져나왔다. 그러고는 곧장 말을 달려 원술에게로 갔다.

이각과 곽사는 성안에 들어서자 즉시 군사를 풀어 마음대로 노략질하게 했다. 도적의 손에 죽은 무고한 백성들이 수천에 달하며, 태상경(太常卿) 충불(种拂)·태복(太僕) 노규(魯馗)·대홍려(大鴻臚) 주환(周奐)·성문교위(城門校尉) 최열(崔烈)·월기교위(越騎校尉) 왕기(王頎) 등도 모두 이때 죽음을 당했다.

이각과 곽사의 무리가 마침내 내정을 에워싸 사태가 지극히 급박해졌다. 신하들은 황급히 황제께 아뢴다.

"폐하께서는 친히 선평문(宣平門)에 납시어 도적의 무리에게 난을 멈추도록 명하십시오."

이각의 무리는 황제가 나타나자 즉시 군사들을 진정시킨 다음 일제히 소리 높여 만세를 부르기 시작했다. 헌제는 문루에 올라 내려다보며 묻는다.

"경들은 어찌하여 주청(奏請)도 없이 함부로 군사를 몰아 장안에 들어왔는가? 앞으로 어쩔 작정인가?"

이각과 곽사는 황제를 우러르며 아뢴다.

"동태사로 말씀드리자면 곧 폐하의 둘도 없는 중신이었거늘, 죄 없이 왕윤에게 모살당했습니다. 신들이 이렇게 온 것도 원수를 갚으려는 것이지 결코 반란을 일으키려는 것은 아니옵니다. 하오니 왕윤만 내어주시면 당장이라도 군사를 물리겠나이다."

황제의 곁에 서 있던 왕윤이 이 말을 듣고 아뢰었다.

"신이 본시 사직을 위하여 한 일이었으나 뜻밖에도 이 지경에 이르렀나이다. 폐하께서는 신을 아껴 나랏일을 그르치지 마시고, 청컨대 내려가 저들을 만나볼 수 있도록 허락하여주소서."

황제는 주저하며 차마 허락하지 못한다. 왕윤은 과감히 몸을 날려 선평문 아래로 뛰어내리며 큰소리로 외친다.

"왕윤이 여기 있다!"

이각과 곽사가 동시에 칼을 빼들고 꾸짖는다.

"동태사에게 무슨 죄가 있어 죽였느냐!"

왕윤이 대꾸한다.

"역적 동탁의 죄가 하늘과 땅에 가득 차고 넘쳤음은 온 천하가 아는 터에 너희만 몰랐더냐? 그 역적놈이 죽던 날 장안의 백성들 가운데 기뻐하지 않는 자가 없었거늘, 어찌 유독 너희들만 그 소문을 못 들었느냐?"

"동태사는 죄가 있어 죽였다고 하지만, 우리는 무슨 죄가 있다고 죽이려 드는 게냐?"

왕윤은 눈을 크게 부릅뜨고 결연히 소리친다.

"역적놈 주제에 말이 많구나. 나 왕윤은 오늘 여기서 죽으면 그만이다. 죽음을 두려워할 내가 아니다!"

말이 떨어지기가 무섭게 이각과 곽사는 동시에 칼을 번쩍 치켜들었다. 왕윤은 외마디소리를 지르며 한칼에 쓰러졌다. 그는 결국 선평문루 아래에서 두 역적의 손에 죽고 말았다.

후세에 사관이 시를 지어 다음과 같이 칭송했다.

왕윤은 기막힌 계책을 써서	王允運機籌
간신 동탁을 끝장냈다네	奸臣董卓休
마음속에 나라를 걱정하는 뜻 품고	心懷家國恨
눈썹 사이에는 사직을 위한 수심으로 가득 찼네	眉鎖廟堂憂
영특한 기운이 은하수까지 뻗치니	英氣連霄漢

충성심이 북두성을 관통해	忠誠貫斗牛
오늘에 이르기까지 그 혼백이	至今魂與魄
봉황루에 서려 있도다	猶繞鳳凰樓

두 도적이 왕윤을 죽인 다음 군사들을 풀어 왕윤의 집안사람이면 남녀노소를 가리지 않고 모조리 잡아 죽이자 장안 사람치고 눈물을 흘리지 않는 이가 없었다. 그때 이각과 곽사는 깊은 생각 끝에 말한다.

"일이 이에 이르렀으니 지금 황제를 죽이고 대사를 도모하지 않는다면 다시는 기회가 없으리라."

두 사람은 즉시 칼을 뽑아들고 함성을 지르며 궁궐로 쳐들어 갔다.

| 괴수를 처단하니 재앙이 그치는가 싶더니 | 巨魁伏罪災方息 |
| 추종하던 무리들 날뛰어 다시 화를 일으키누나 | 從賊縱橫禍又來 |

헌제의 목숨은 과연 어찌 될 것인가?

10
군사를 일으키는 조조

마등은 왕실을 위해 의병을 일으키고
조조는 아버지의 원수를 갚으려고 군사를 일으키다

이각과 곽사가 헌제를 죽이려 하자, 장제와 번조가 이를 말린다.

"안될 일이오. 지금 까닭 없이 황제를 죽이면 반발하는 이가 적지 않을 것이오. 우선 각 지방의 제후들을 불러들여 처치한 연후에 황제를 죽입시다. 그러고 나면 천하는 우리 것이나 다름없소."

일리가 있는 말이었다. 이각과 곽사는 이내 칼을 거두고 한걸음 물러섰다. 황제가 문루 위에서 묻는다.

"왕윤이 이미 죽었는데 어찌하여 아직도 군마를 물리지 않느냐?"

이각과 곽사가 대꾸한다.

"신들이 왕실을 위해 공을 세웠으나 아직 이렇다 할 벼슬을 내리시지 않기로 이렇듯 군사를 물리지 못하고 있사옵니다."

"경들은 무슨 벼슬을 원하는가?"

이각·곽사·장제·번조는 각기 바라는 직함을 써서 올린 후 그 관품을 달라고 억지를 부렸다. 황제는 그대로 따르는 수밖에 도리가 없었다.

마침내 이각을 봉하여 거기장군 지양후(池陽侯)로 삼아 사예교위를 겸직하게 하고 절(節)과 월(鉞)을 주었으며, 곽사는 후장군(後將軍) 미양후(美陽侯)에 봉하여 역시 절·월을 주어 정사에 참여하게 하고, 번조는 우장군(右將軍) 만년후(萬年侯)로, 장제는 표기장군(驃騎將軍) 평양후(平陽侯)로 봉하여 군사를 거느리고 홍농에 주둔하게 했다. 이밖에도 이몽과 왕방의 무리를 교위로 삼으니, 이각과 곽사의 무리는 그제야 사례하고 군사를 거느려 성문을 나섰다.

성밖으로 나온 그들은 동탁의 시체부터 찾았다. 시신을 찾아내고 보니 그사이 시일이 흘러 거의 썩었을 뿐만 아니라, 수천 수만명이 주먹질에 발길질을 하여 부서진 뼈 몇 토막만 겨우 남아 있었다. 이것들을 주워모아 향나무로 형체를 깎아 만들어 안치한 다음성대하게 제사를 지냈다. 그리고 황제가 입는 의관과 관(棺)을 써서 길일을 택하여 미오로 옮겨 장사 지내기로 했다.

그러나 하늘이 노하셨음인지 장삿날이 되자 뇌성벽력과 함께 큰비가 내리더니, 들판이 온통 물에 잠겨 수심이 여러자가 넘고 관은벼락을 맞아 박살이 나서 시체가 관 밖으로 드러나버렸다. 이각은날이 개기를 기다려 다시 장사를 지내려 했으나 그날밤에 또다시뇌성벽력이 일고 큰비가 내렸다. 다음 날도 마찬가지였다. 세차례나 시도했지만 결국 장사를 지내지 못하고 간신히 주워모은 동탁의 살점과 뼈토막마저 벼락을 맞아 흔적도 없이 타버리고 말았으니, 동탁에 대한 하늘의 노여움이 그만큼 컸던 탓이리라.

대권을 손아귀에 넣은 이각, 곽사의 무리는 잔학무도하기가 이를 데 없었다. 그들은 백성들을 학대하며 한편으로는 황제 곁에 은밀히 자신들의 심복을 심어두어 일거수일투족을 감시하게 했다. 그때 헌제는 황제의 자리에 앉아 있다고는 하나 자유롭게 움직일 수가 없었으니 가시방석과 다름없고, 조정의 관원들은 모두 두 역적에 의해 임명되거나 파면되었다. 그러면서도 한편으로 인망을 잃지 않으려고 특별히 주준을 불러들여 태복(太僕)으로 봉하여 함께 정사를 살피기로 했다.

하루는 서량 태수 마등(馬騰)과 병주 자사 한수(韓遂)가 군사 10여만을 일으켜 역적의 무리를 토벌하기 위해 장안으로 쳐들어오고 있다는 보고가 들어왔다. 본시 이들 두 사람은 장안에 은밀히 사람을 보내어 시중으로 있는 마우(馬宇)와 간의대부(諫議大夫) 충소(种邵), 좌중랑장(左中郞將) 유범(劉範) 세 사람과 내응하여 함께 적을 치기로 했다. 마우 일행은 몰래 이각·곽사의 눈을 피해 황제를 찾아뵙고 이 일을 아뢰었다.

헌제는 밀조를 내려 마등을 정서장군(征西將軍)으로, 한수를 진서장군(鎭西將軍)으로 봉하여 서로 힘을 합해 도적을 치도록 명했다. 두 사람이 군사를 일으켜 장안으로 향했다는 첩보를 받고, 이각·곽사·장제·번조 등은 한자리에 모여 이에 대항할 계책을 세웠다. 모사 가후가 나서며 말한다.

"제 생각은 이렇습니다. 두 군사들이 모두 멀리서 왔으니 방비를 엄중하게 하여 지키면서 적군이 싸움을 청하더라도 응하지 말아야 합니다. 그러면 1백일이 못 가서 군량이 떨어져 견디지 못하고 물러갈 것이니, 그때 군사를 풀어 뒤를 치면 마등과 한수는 쉽게 잡을 수 있습니다."

이몽과 왕방이 반대한다.

"나가서 싸우지 않고 저들이 물러가기만 기다린다니 당치도 않은 말씀이오. 저희에게 정병 1만명만 내어주시면 당장 나가서 마등과 한수의 머리를 베어다가 바치겠소이다."

가후가 고개를 젓는다.

"지금 나가 싸웠다가는 반드시 패하고 말 것이오."

"만약 패하거든 우리 목을 베시오. 그 대신 우리가 이기면 공이 머리를 내놓아야 합니다."

이몽과 왕방이 분연히 말했으나, 가후는 대꾸도 하지 않고 이각과 곽사를 향해 말한다.

"장안 서편으로 2백리 밖에 주질산(盩厔山)이 있는데, 그곳은 길이 험준하니 장제와 번조 두 장군으로 하여금 군사를 주둔하여 군게 지키도록 하고, 이몽과 왕방은 군사를 이끌고 나가서 적군을 맞이하여 싸우도록 하는 것이 좋겠습니다."

이각과 곽사는 그 말에 따라 군사 1만 5천을 점검하여 이몽과 왕방에게 주었다. 두 사람은 의기양양하게 장안성을 출발하여 280리 떨어진 곳에 진을 쳤다. 머지않아 서량 군사가 당도했다. 이몽과 왕방 두 사람은 군사를 이끌고 나가 진을 펴고, 서량 군사는 길을 막고 진세를 펼친다. 마등과 한수가 말머리를 나란히 하여 앞으로 나오더니 이몽과 왕방을 가리키며 큰소리로 외친다.

"나라를 배반한 저 역적놈들을 누가 나가서 사로잡겠느냐?"

그 말이 떨어지기가 무섭게 한 소년장수가 손에 긴 창을 들고 준마에 올라 앞으로 내닫기 시작한다. 백옥처럼 흰 얼굴에 눈빛이 별처럼 반짝이는 소년장수는 호랑이 같은 체구에 원숭이처럼 긴 팔, 배는 표범 같고 허리는 이리처럼 날렵했다. 그는 바로 마등의 아들 마초(馬超)로 자는 맹기(孟起), 열일곱살 나이에 참으로 영리하고 용맹스럽기 짝이 없었다.

나이 어린 마초를 업신여긴 왕방은 주저없이 말을 몰아 달려나간다. 왕방이 소년장수의 기를 죽이려는 듯 큰소리로 고함을 지르며 달려들어 칼을 휘두르는데, 마초는 태연자약하게 마상에서 몇번쯤 창대를 저어 칼날을 막아낸다. 창과 칼이 서로 맞부딪쳤다가 적당한 거리로 헤어지기를 세번쯤 거듭했을까. 마초가 칼을 치켜든 왕방의 빈틈을 노려 겨드랑이에 창날을 깊숙이 꽂아넣으니, 외마디소리도 없이 왕방의 몸은 말에서 굴러떨어져버렸다. 마초는 아무 일도 없었던 듯 유유히 말머리를 돌렸다.

이를 지켜보던 이몽은 너무도 화가 났다. 그는 철창을 치켜들고 급히 말을 몰아 마초의 뒤를 쫓는다. 그런 줄도 모르고 천천히 말을 몰아 돌아오고 있던 마초의 등 뒤에서 이몽은 창을 겨누며 순식간에 거리를 좁혀갔다. 진문(陣門) 아래 서 있던 마등이 깜짝 놀라 소리친다.

"등 뒤에 따라오는 놈이 있다!"

그 말이 채 끝나기도 전에 마초는 번개같이 몸을 틀어 이몽을 사로잡아 말 위로 끌어올린다. 원래 마초는 이몽이 쫓아오고 있는 것을 알면서도 일부러 천천히 가다가, 이몽이 말을 바짝 붙여 창을 내지를 때 살짝 몸을 비켜 이몽의 창이 허공을 가르자 원숭이처럼 긴 팔로 잽싸게 목을 휘감아 보기좋게 사로잡은 것이다.

주인을 잃은 이몽의 군사들은 이내 뿔뿔이 흩어져 달아난다. 마등과 한수는 기세를 늦추지 않고 뒤를 몰아쳐서 크게 이기고, 적진 가까이에 진을 치고 나서 이몽의 목을 베어 높이 내걸었다.

이각과 곽사는 이몽·왕방이 모두 마초의 손에 죽었다는 소식을 듣고서야 비로소 가후에게 선견지명이 있었음을 깨달았다. 결국 그들은 가후의 계책에 따라 진중에 깊이 박혀, 아무리 상대방이 와서 싸움을 걸어도 좀처럼 응하지 않았다. 과연 가후의 예측대로 두 달이 채 못 되어 양식이 떨어진 서량군은 군사를 거두어 돌아갈 일을 상의하게 되었다.

한편 장안 성중에서는 마우의 집 종이 사소한 일로 주인에게 앙심을 품고 승상부로 들어가서, 주인 마우와 충소, 유범이 성밖의 마등, 한수와 내통하려 한다고 밀고했다. 화가 머리끝까지 치민 이각과 곽사는 곧 군사를 보내 세 집의 가족이라면 남녀노소, 신분고하

를 가리지 않고 모두 끌어내다 죽이고, 마우·충소·유범 등 세 사람
의 목을 베어 모두가 볼 수 있도록 진문에 매달게 했다.

마등과 한수는 군량미도 이미 떨어진데다 성안 사람과 내통한
사실이 누설된 것을 알고 더는 어찌할 도리가 없어 군사를 이끌고
물러가기 시작했다. 이각과 곽사는 장제에게 명하여 마등의 뒤를
쫓도록 하고, 번조에게는 한수의 뒤를 몰아치게 했다. 서량군은 크
게 패하여 달아났다. 마초가 뒤에 남아 죽기로 싸워서 장제의 군사
를 물리쳤으나, 한수는 그대로 번조에게 쫓기는 신세가 되었다. 번
조가 악착같이 뒤를 쫓아 진창(陳倉) 근방에서 그만 붙잡힐 지경이
되자 한수는 갑자기 말을 멈추고 번조를 향해 말했다.

"공은 나와 동향 사람 아니시오? 어찌 이리 무정할 수가 있소?"

번조도 말을 세우고 대답한다.

"윗사람의 명령이니 난들 어쩌겠소?"

"나 역시 나라를 위해서 이러는 거요. 그러한 터에 이렇듯 무지
막지하게 사람을 몰아세울 건 없지 않소?"

한수의 말에 번조는 더 쫓지 않고 그대로 군사를 거두어 영채로
돌아갔다. 그러나 누가 알았으랴? 이것을 본 자가 있었으니 다른
사람 아닌 이각의 조카 이별(李別)이었다. 이별은 당장 숙부에게
번조가 고의로 한수를 놓아보낸 사실을 고해바쳤다. 이 말을 들은
이각의 노여움은 컸다. 그는 당장이라도 군사를 일으켜 번조를 치
려 했다. 가후가 말한다.

"아직 민심이 안정되지 않은 터에 자주 군사를 움직이는 것은 바

람직하지 않소이다. 그러기보다는 잔치를 베풀어 장제와 번조의 공을 치하하는 것처럼 꾸며 번조의 목을 베면 식은 죽 먹기일 것입니다."

이각이 크게 기뻐하며 그의 말을 좇아 잔치를 베풀고 장제와 번조를 청하자 그들은 기꺼이 자리에 나왔다. 술이 어느정도 취하여 이각은 돌연 낯빛을 바꾸어 말한다.

"번조는 듣거라. 너는 어찌하여 한수와 몰래 내통해 반역행위를 하였느냐?"

번조가 당황해 미처 대답할 겨를도 없이 벽 뒤에서 도부수들이 달려나와 그 자리에서 목을 베어버린다. 경악한 장제는 그대로 땅바닥에 꿇어엎드렸다. 이각은 장제를 일으켜 자리에 앉히며 말한다.

"번조는 죄가 있어 참하였으나 그대는 내 심복으로 공을 세운 터에 무얼 두려워하는 겐가?"

그러고는 번조의 군사를 장제에게 주니 그는 깊이 사례한 뒤 군사들을 이끌고 홍농으로 돌아갔다.

이각과 곽사가 서량의 군사들을 물리친 뒤로 그들의 위세는 하늘을 찌를 듯하여 제후들 가운데 누구 하나 감히 모반할 엄두를 내지 못했다. 또한 모사 가후의 몇차례 진언으로 백성들을 편안케 하고 어진 사람과 호걸을 등용하여 정사를 다스리니, 다소나마 조정에 생기가 돌기 시작했다.

이 무렵 청주(靑州)땅에 또다시 황건적이 들고일어났다. 그 무리가 실로 수십만명에 달했는데, 그들은 뚜렷한 두목도 없이 각처로 떠돌아다니며 양민을 약탈하고 괴롭히기를 일삼았다. 태복 주준이 황건적을 소탕할 만한 인물로 한 사람을 추천하니, 이각과 곽사가 그 사람이 누구냐고 물었다. 주준이 대답한다.

"산동의 적들을 소탕할 사람은 다름 아닌 조맹덕입니다."

이각이 묻는다.

"그렇다면 그는 지금 어디 있는가?"

"현재 동군(東郡) 태수로서 군병을 많이 거느리고 있으니, 지금이라도 그에게 황건적을 치도록 명령만 내리시면 며칠 안 걸려서 적을 완전히 소탕할 것입니다."

이각은 매우 기뻐하며 밤새 조서를 작성해 동군에 전하게 했다. 황제의 이름을 빌린 그 조서는 조조로 하여금 군사를 일으켜 제북상(濟北相) 포신(鮑信)과 더불어 도적을 치라는 내용이었다.

조조는 곧 명을 받들어 포신과 함께 군사를 일으켜 먼저 수양(壽陽) 땅으로 쳐들어갔다. 포신은 섣불리 적진 깊숙이 잘못 들어갔다가 도리어 적의 손에 붙잡혀 죽고 말았다. 그러나 조조는 적병을 쫓아 곧장 제북에 이르니, 항복하는 자가 수만명에 달했다.

조조는 투항해온 도적의 무리들을 앞세우고 계속 진격해갔다. 그의 군대가 이르는 곳마다 항복하지 않는 자가 없어, 군사를 일으킨 지 불과 1백일 만에 무려 30여만 병사와 그 지역 백성으로 1백여만의 남녀가 항복해왔다. 조조는 그들 중에서 날렵한 사람들만 뽑아 청주병(靑州兵)이라 칭하고, 나머지는 각자 고향으로 돌려보내 농사를 짓도록 했다. 이후 조조의 위엄과 명성은 날로 드높아져서, 이 사실이 장안에까지 알려졌다. 조정에서는 조조에게 진동장군(鎭東將軍)이란 벼슬을 내렸다.

조조는 연주(兗州)땅에 머물면서 널리 인재들을 불러모았다. 제일 먼저 숙질 두 사람이 조조를 찾아왔다. 영천(潁川) 영음(潁陰) 사람 순욱(荀彧)과 그 조카 순유(荀攸)로, 순욱의 자는 문약(文若)이요, 순유의 자는 공달(公達)이다. 순욱은 순곤(荀昆)의 아들로 본래 원소 밑에 있다가 그를 버리고 조조에게로 온 것이다. 조조는 그와 이야기를 나눠보고는 크게 기뻐하며 말했다.

"그대는 내게 장자방(張子房, 한 고조 유방의 뛰어난 모사 장량張良)과 같은 사람이오."

그러고는 그를 행군사마(行軍司馬)로 삼았다. 그 조카 순유는 나라 안에서 유명한 현량(賢良)으로, 일찍이 황문시랑(黃門侍郎)을 지냈으나 벼슬을 버리고 고향에 돌아가 있다가 숙부와 함께 조조를 찾아왔는데, 그에게는 행군교수(行軍敎授)라는 직함을 내렸다.

순욱이 조조에게 말한다.

"이곳 연주에 어진 선비 한 사람이 있다고 들었는데, 지금 어디에 있는지 모르겠소이다."

조조가 묻는다.

"누구 말씀이오?"

"동군(東郡) 동아(東阿) 사람으로, 성명은 정욱(程昱)이요 자는 중덕(仲德)이라 합니다."

"나도 그 이름을 들은 지 오래요."

조조는 곧 사람을 시켜 그를 찾게 했다.

정욱은 산속에서 글을 읽으며 나날을 보내고 있었다. 조조는 정중히 그를 불러 자기 사람으로 만들고는 매우 기뻐했다. 정욱이 순욱에게 말한다.

"나는 견문이 부족하여 고루하기 짝이 없는 사람이라 공의 천거를 감당하기 어려우나, 공의 동향 사람으로 곽가(郭嘉)라는 이가 있는데, 그의 자는 봉효(奉孝)로, 당대의 현량인 그를 어찌하여 모시지 않으십니까?"

순욱이 무릎을 친다.

"내 그만 깜빡 잊었소이다."

그는 곧 조조에게 곽가를 추천하여 연주로 불러와 함께 천하의 일을 의논했다. 곽가는 광무제의 적손(嫡孫)인 유엽(劉曄)을 천거했다. 그는 회남(淮南) 성덕(成德) 사람으로 자는 자양(子陽)이었다. 조조는 즉시 유엽도 청해왔다. 유엽 또한 두 사람을 천거한다. 한 사람은 산양(山陽) 창읍(昌邑)의 만총(滿寵)이란 사람으로 자는 백녕(伯寧)이요, 또다른 사람은 무성(武城)의 여건(呂虔)이란 사람으로, 자는 자각(子恪)이다. 조조도 그들의 이름을 일찍부터 들어서 알고 있던 터라 곧 그들을 불러들여 군중종사(軍中從事)로 삼았다.

만총과 여건이 함께 또 한 사람을 천거하니, 그는 곧 진류(陳留) 평구(平邱) 사람 모개(毛玠)로 자는 효선(孝先)이다. 조조는 그 역시 초빙하여 종사로 삼았다.

그런가 하면 태산(泰山) 거평(巨平) 사람인 장수 하나가 군사 수백명을 거느리고 조조를 찾아왔다. 그의 성명은 우금(于禁)으로 자는 문칙(文則)이다. 그는 활쏘기와 말타기에 능하며 무예가 출중했다. 조조는 주저없이 그를 점군사마(點軍司馬)로 삼았다.

하루는 하후돈이 거대한 몸집의 장사 한명을 데리고 왔다.

"누군가?"

조조의 물음에 하후돈이 대답한다.

"진류 사람으로 전위(典韋)라 하는데, 매우 용맹하고 힘이 출중합니다. 전에 장막(張邈) 밑에 있다가 다른 부하들과 뜻이 맞지 않아 맨손으로 수십명을 때려죽이고 산속에 들어가 숨어 있었습니다. 그러던 차에 제가 사냥을 나갔다가 이 사람이 호랑이를 잡으려고 골짜기를 건너뛰는 것을 보고 군중에 거두어두었는데, 지금 주공께 천거하는 것입니다."

조조는 전위를 바라보다가 하후돈을 향해 말한다.

"용모가 남다른 것을 보니 과연 용력이 비상할 것 같구먼."

하후돈이 대답한다.

"한번은 이 사람이 친구 원수를 갚아주려고 사람을 죽인 일이 있었는데, 머리를 베어들고 저잣거리로 나갔더니 수많은 사람들 중 누구 하나 감히 접근할 엄두를 내지 못했다 합니다. 또 이 사람이 쓰고 있는 두자루 철극(鐵戟)은 무게가 80근이나 되며, 그것을 말 위에 앉아 어찌나 가볍게 휘두르는지 놀라울 정도입니다."

조조는 곧 전위에게 명하여 시범을 보이도록 했다. 전위가 몸을 날려 말에 오르더니 쌍창을 휘두르며 나는 듯이 오갔다. 모두 취한 듯 매료되어 바라보자니, 문득 난데없는 광풍이 일며 장막 아래 세워둔 커다란 깃대가 바람에 날려 쓰러지려 했다. 군사 여러명이 일시에 달려들어 붙잡았으나 거센 바람을 이겨낼 수가 없었다. 이것을 본 전위가 즉시 말에서 뛰어내려 군사들을 물리치고는 한손으로 깃대를 잡고 똑바로 세웠다. 바람이 더욱 거친 소리를 내며 몰아쳤으나 깃대는 더이상 미동조차 하지 않았다.

"그 옛날 악래(惡來, 상商나라 주왕紂王 휘하의 용맹한 무사)를 보는 것 같구나."

조조는 연신 감탄하며 그를 장전도위(帳前都尉)로 삼은 다음 자신이 입고 있던 비단전포와 준마 그림을 새긴 안장을 하사했다. 이리하여 조조 수하에 문반(文班)으로는 모신(謀臣)이 있고, 무반(武班)으로는 맹장이 있어 그 위엄을 산동에 떨쳤다.

당시 조조의 아비 조숭(曹嵩)은 난을 피하여 진류를 떠나 낭야(琅琊)에 살고 있었다. 조조는 태산 태수 응소(應劭)를 보내 부친을 모셔오게 했다. 서신을 받은 조숭은 조조의 아우 조덕(曹德)과 함께 일가친척 40여명에 아랫사람 1백여명을 수레 1백여채에 나눠 싣고 연주를 향해 길을 떠났다.

연주로 가려면 서주를 거쳐야 한다. 서주 태수 도겸(陶謙)은 자가 공조(恭祖)로, 성품이 부드럽고 성실한 사람이었다. 그는 일찍부터 조조의 영웅다운 면모에 반하여 사귀고 싶어했으나 기회가 없던 차에, 마침 조조의 부친이 자기 고을을 지난다는 소문에 몸소 성밖으로 나가 두번 큰절을 하여 공경하는 마음을 표하고 이틀 동안 잔치를 베풀어 정성껏 대접했다. 조숭 일행이 떠날 때 도겸은 다시 성밖까지 나가 배웅하고, 도위(都尉) 장개(張闓)에게 군사 5백 명을 주어 그들 일행을 호송하게 했다.

조숭이 가솔을 거느리고 길을 떠나 화현(華縣)과 비현(費縣) 사이에 이르렀을 때였다. 늦여름의 초가을 날씨로 말짱하던 하늘이 갑자기 어두워지며 비가 쏟아지기 시작했다. 조숭은 산중턱에 있는 오래된 절로 찾아들어가 하룻밤 묵어가기를 청했다. 승려 한 사람이 그들을 맞아주었다. 조숭은 가족들만 안으로 들여 쉬게 하고 장개에게는 군사들을 거느리고 양쪽 회랑에 머물게 했다. 길에서 소나기를 만나 옷이 흠뻑 젖은 군사들은 저희들끼리 수군대며 은근히 원망하는 소리가 높았다. 장개는 즉시 수하 두목을 조용한 곳으로 불러 상의한다.

"우리는 본시 황건적의 잔당으로 마지못해 도겸에게 항복하여 그 밑에서 지내면서 도무지 좋은 일이라고는 없었다. 그런데 조숭 일행의 재물을 실은 수레가 저렇게 많은 것을 보니, 우리에게도 드디어 기회가 온 모양이다. 저 어마어마한 재물을 손아귀에 넣기만 하면 우리 모두 평생을 풍족하게 살 수 있을 게 아니냐. 오늘밤 3경 (밤 12시)에 저들의 침소로 일제히 쳐들어가 조숭 일가를 죽여버리자! 그런 다음 재물을 강탈하여 모두들 산속으로 들어가는 게 어떻겠느냐?"

장개의 말에 모두들 찬성했다.

그날밤에는 비바람이 유독 거세었다. 조숭이 잠을 이루지 못하고 앉아 있노라니 느닷없이 사방에서 큰 함성이 일었다. 조덕이 칼을 찾아들고 허둥지둥 뛰어나갔다. 그러나 미처 사태를 파악하기도 전에 외마디 비명을 지르며 칼을 맞고 그대로 거꾸러져버렸다.

조숭은 허겁지겁 첩을 데리고 밖으로 뛰쳐나갔다. 그는 담장을 넘어 달아날 작정이었다. 그러나 막상 담장 밑에 이르자 첩의 몸이 워낙 비대하여 담을 넘기가 쉽지 않았다. 다급해진 그는 첩을 끌고 뒷간으로 가서 숨었으나 끝내는 난군들에 의해 피살되고 말았다. 응소는 간신히 목숨을 구해 원소에게로 갔다.

장개는 조숭의 일가족을 처참하게 몰살시키고 재물을 빼앗은 뒤 절을 불살라버리고는 5백명의 졸개들을 데리고 회남땅으로 도망쳐버렸다.

후세 사람들은 이 일에 대해 이렇게 시를 읊었다.

'조조는 간웅이라' 세상에 알려졌는데	曹操奸雄世所誇
일찍이 여씨 온가족을 몰살하였다네	曾將呂氏殺全家
이제는 제 식구가 모두 살해당하니	如今闔戶逢人殺
하늘의 돌고 도는 이치는 응보의 오차가 없구나	天理循環報不差

이때 응소의 부하 한 사람이 간신히 목숨을 건져 도망하여 이 사실을 조조에게 알렸다. 부친을 위시해 온가족이 몰살당했다는 말에 조조는 땅을 치며 통곡하다가 그대로 졸도해버렸다. 잠시 후 정

신을 되찾은 조조는 이를 갈며 소리쳤다.

"도겸이란 놈이 부하들을 딸려보내 내 아버님을 죽이다니, 어떻게 그런 원수놈과 한 하늘 아래 살 수 있겠느냐. 당장 군사를 일으켜 서주를 쓸어버리기 전에는 내 한이 풀리지 않을 것이다!"

그는 당장 순욱과 정욱에게 군사 3만을 주어 견성(鄄城)·범현(范縣)·동아(東阿) 세 고을을 지키도록 한 뒤, 자신은 나머지 군사를 거느리고 하후돈과 우금, 전위를 선봉으로 삼아 서주를 향해 출발했다.

"성을 점령하는 즉시 그 안에 살고 있는 백성들을 모두 죽여 내 부친의 원수를 갚으리라!"

조조의 음성은 끓어오르는 분노로 떨려나왔다.

이 무렵 구강(九江) 태수 변양(邊讓)은 본래 도겸과 교분이 두터운 처지라, 서주가 위기에 처했다는 소문을 듣자 몸소 군사 5천을 거느리고 도겸을 돕기 위해 길을 나섰다.

행군하던 중에 이 소식을 전해들은 조조는 더더욱 화가 치밀었다. 그는 하후돈을 시켜 길을 막고 있다가 변양이 나타나는 즉시 죽여버리게 했다.

당시 동군종사(東郡從事)로 있던 진궁(陳宮) 역시 도겸과 교분이 두터운 사이로, 조조가 군사를 일으켜 원수를 갚고자 서주 백성을 모두 죽이려 한다는 말을 듣고 밤새도록 말을 달려 조조를 만나러 왔다. 조조는 진궁이 도겸을 위해 자신을 설득하러 왔음을 짐작하고 만나려 하지 않았으나, 과거에 그의 은혜를 입은 터에 그냥 돌

조조가 부친의 원수를 갚으려 군사를 일으키다

려보내는 것은 도리가 아닌지라 장막 안으로 불러들여 만났다. 진궁이 조심스레 입을 연다.

"지금 공께서는 크게 군사를 일으켜 부친의 원수를 갚기 위해 서주로 가시는 줄로 압니다. 또한 서주땅에 당도하는 즉시 그곳에 살고 있는 무고한 백성들을 모두 죽여 없애려 한다는 소문을 듣고 각별히 한말씀 올리려고 이렇게 찾아왔소이다."

조조는 잠자코 듣고만 있었다. 진궁이 말을 잇는다.

"도겸은 어진 사람으로 결코 사사로운 이익을 위해 의리를 저버릴 사람이 아니외다. 이번에 공의 부친께서 화를 입으신 것도 장개란 놈이 혼자서 저지른 일이지 결단코 도겸의 죄가 아니며, 더욱이 서주 백성들이야말로 공과 무슨 원수진 일이 있단 말씀입니까? 그들을 모두 죽이는 것은 명공께 결코 이롭지 않으니, 청컨대 부디 심사숙고해주십시오."

조조는 노기를 띠고 말한다.

"그대는 과거에 나를 버리고 가더니, 이제 무슨 면목으로 나를 찾아왔소? 도겸은 우리 가족을 죽였으니 마땅히 쓸개를 도려내고 심장을 찍어내어 내 원한을 풀 것이오. 그대가 도겸을 위해 나를 설득하러 온 모양인데, 더이상 듣고 싶지 않소."

진궁은 작별을 고하고 물러나와 속으로 탄식했다.

'내 무슨 낯으로 도겸을 보겠는가!'

그는 그길로 말을 달려 진류 태수 장막에게로 갔다.

조조는 계속 서주를 향해 진군하며, 대군이 이르는 곳마다 죄없는 백성들을 살육하고 함부로 무덤들을 파헤치는 등 끔찍한 만행을 일삼았다. 도겸은 서주에서 조조가 원수 갚기 위해 군사를 일으켜 백성들을 무참히 도륙하고 있다는 보고에 하늘을 우러러 목놓아 울었다.

"내가 하늘에 죄를 지어 서주 백성들로 하여금 이 고통을 겪게 하는구나!"

그는 급히 사람들을 불러모아 대책을 의논했다. 조표(曹豹)가 말한다.

"조조 군사가 이미 성밖에 이르렀는데 어찌 손을 묶고 앉아 죽기만을 기다리겠습니까? 제가 비록 재주는 없으나 주공을 도와 나가서 적을 물리치오리다."

도겸은 하는 수 없이 군사를 거느리고 성밖으로 나갔다. 멀리 바라보니 조조의 군사가 밀려오는데, 마치 넓은 들판에 서리가 내리고 눈이 쌓인 듯 그 위세가 실로 대단했으며, 무엇보다도 '보수설한(報讐雪恨, 원수를 갚아 한을 풀다)'이라 씌어진 커다란 백기 하나가 유독 눈에 띄었다. 군사와 말들이 진세를 펼치자 조조가 흰 상복 차림으로 말을 달려 선두로 나서더니 채찍을 휘두르며 큰소리로 꾸짖는다. 도겸 역시 말을 타고 문기 아래로 나와 공손히 몸을 굽혀 예를 갖추며 말한다.

"나는 본래 공과 교분을 맺고 싶어 장개에게 공의 부친을 호송케 했던 것인데, 뜻밖에 그자가 제 버릇을 버리지 못하고 이런 일을 저질렀으니 내 책임 또한 크오이다. 그러나 그 일은 실로 내 뜻과는 관계가 없는 일이니 다시 한번 깊이 생각하여 판단해주십시오."

조조는 들으려고도 않고 소리친다.

"하잘것없는 늙은 놈이 내 아버지를 죽이고도 무슨 할 말이 있다고 주둥이를 나불대는가? 누가 저 늙은 도적을 사로잡아 오겠느냐?"

하후돈이 창을 꼬나잡고 말을 달려나간다. 도겸이 황망히 말머리를 돌려 진중으로 몸을 피하자 조표가 창을 휘두르며 달려나와 맞섰다. 두 장수가 서로 어우러져 싸우기 시작하는데 갑자기 거친 광풍이 일며, 그 바람에 모래가 솟구치고 돌들이 허공을 날았다. 양쪽 군사들은 바람을 피해 일단 뒤로 물러서는 수밖에 없었다. 도겸은 성으로 들어가 다시 상의한다.

"조조 군사의 형세가 워낙 커서 대적할 길이 없으니, 내 스스로 몸을 결박해 조조의 영채로 찾아갈까 하오. 내 한목숨 버려 서주 백성들을 구할 수만 있다면 무슨 일인들 못하겠소."

말이 끝나기도 전에 누군가가 앞으로 나선다.

"공께서 지금껏 서주를 다스려오는 동안 백성들이 한결같이 은혜를 입어 감사하게 여기고 있는 터입니다. 비록 조조의 군사가 많다고는 하나 우리 성을 쉽사리 무너뜨리지는 못할 것이니, 공께서는 백성들과 함께 이 성을 굳게 지키면서 밖으로 나가서는 안됩니다. 내 비록 재주는 없으나 계책을 써서 조조로 하여금 죽어도 몸을 묻을 곳이 없게 하오리다."

모든 사람이 놀라며 그를 향해 이구동성으로 물었다.

"그 계책이란 대체 무엇이오?"

교분을 맺으려다 도리어 원한을 지었더니　　　本爲納交反成怨
막다른 골목에서 살길 열릴 줄 누가 알았으랴　　那知絶處又逢生

이 사람은 과연 누구인가?

11

복양 싸움

유비는 북해에서 공융을 구출하고
여포는 복양에서 조조를 격파하다

계책 운운한 사람은 동해(東海) 구현(朐縣) 출신으로, 이름은 미축(麋竺)이요 자는 자중(子仲)인데, 그 집안은 대대로 내려오는 부호였다.

일찍이 미축이 낙양에 가서 물건을 매매하고 수레를 몰아 집으로 돌아오는 길에 젊고 아름다운 한 여인을 만났다. 그 여인은 미축에게 수레에 태워줄 것을 부탁했다. 미축은 수레에서 내려 여인을 태우고 자기는 걷기 시작했다. 그러자 여인이 함께 타기를 청했다. 미축은 수레에 올라앉아 멀찍이 거리를 두고 여인에게는 곁눈질 한번 하지 않았다. 얼마쯤 가다가 여인은 수레에서 내려 감사를 표하고는 헤어지기 전에 한마디 일러주었다.

"나는 남방(南方)의 화덕성군(火德星君)이오. 옥황상제의 명을 받들어 그대 집에 불을 놓으러 가는 길인데, 그대가 예로써 나를 대해준 데 감복하여 특별히 알려드리는 것이니, 속히 돌아가서 재물을 다 실어내도록 하오. 내 오늘밤 안으로 찾아갈 것이오."

말을 마치기가 무섭게 여인은 홀연히 사라져버렸다. 미축은 깜짝 놀라 나는 듯이 집으로 달려와 소장하고 있던 값진 물건과 세간들을 닥치는 대로 들어냈다. 그날밤, 과연 부엌 쪽에서 난데없이 불길이 치솟더니 커다란 집이 순식간에 타버렸다.

그후 미축은 느낀 바가 있어, 재산을 정리하여 널리 가난한 자들을 도왔고, 이 소문을 들은 도겸이 그의 어진 성품을 높이 평가하여 데려다가 별가종사(別駕從事)를 삼았던 것이다. 미축은 차근차근 자신의 계책을 설명한다.

"이몸은 북해군(北海郡)에 가서 공융(孔融)에게 구원을 청하고, 다른 한 사람은 청주로 가서 전해(田楷)에게 원병을 청하는 것입니다. 이 두곳의 군사가 와주기만 한다면 조조가 물러서지 않고는 배겨낼 수 없을 것이외다."

도겸은 미축의 계책에 따라 두통의 편지를 쓰고 나서 좌우를 둘러보며 묻는다.

"청주에는 누가 갔다오겠는가?"

한 사람이 선뜻 나선다. 그는 광릉(廣陵)땅의 진등(陳登)이란 사람으로 자는 원룡(元龍)이다. 도겸은 먼저 진등을 청주로 보낸 다음 미축에게 서신을 맡겨 북해로 보내고서, 자기는 성을 굳게 지키며 조조의 공격에 대비했다.

북해 태수 공융의 자는 문거(文擧)로, 노국(魯國) 곡부(曲阜) 사람이다. 그는 공자(孔子)의 20대 후손이요 태산 도위(泰山都尉) 공주(孔宙)의 아들로, 어렸을 때부터 남달리 뛰어나고 총명했다.

그가 열살 때의 일이다. 일이 있어 하남윤(河南尹) 이응(李膺)을 찾아간 적이 있었는데, 문지기가 어린 그를 무시하여 들여보내주지 않자 정색을 하고 말했다.

"우리 집안은 이씨 집안과 대대로 친분관계를 맺어온 터이니 염려 말고 들여보내주시오."

마침내 안으로 들어간 그는 이응을 대하자 절로써 예를 갖추었다. 물끄러미 바라보던 이응이 한마디 물었다.

"너의 집안과 내 집안이 대대로 무슨 친교가 있었다는 게냐?"

공융이 천연스레 대답했다.

"저의 조상 공자께서는 일찍이 이씨 가문의 노자(老子)께 예(禮)에 대해 물으신 적이 있습니다. 그것이야말로 제 가문과 어르신 가문이 의(誼)를 맺어왔음을 증명하는 게 아니겠습니까?"

이응이 그를 기특하게 여겨 마주 앉아 이런저런 얘기를 시켜보는데, 마침 태중대부(太中大夫) 진위(陳煒)가 찾아왔다. 이응이 공융을 가리키며 말했다.

"이 아이는 기동(奇童)이오."

진위가 빙그레 웃으며 대꾸했다.

"어려서 총명한 아이들이 커서는 그렇지 못한 수가 많습디다."

그 말이 끝나기가 무섭게 공융이 응수했다.

"말씀을 듣고 보니 어르신께서도 어렸을 때는 매우 총명하셨을 것 같습니다."

진위와 이응이 박장대소하며 말했다.

"이 아이가 장성하면 반드시 당대의 큰 그릇이 되겠소이다."

그때부터 공융의 명성은 널리 알려졌고, 뒤에 중랑장이 되었다가 여러번 벼슬을 옮겨 북해 태수에까지 오르게 된 것이다. 그는 유난히 사람을 좋아하여 집안에 손님이 끊일 날이 없었다. 그는 평소에 이렇게 말하곤 했다.

"내가 있는 자리에 언제나 손님이 끊이지 않고 술독에 술이 비지 않으면 그 이상 바랄 게 뭐가 있겠소?"

그러한 성품인지라 공융은 북해에서 6년을 머무는 동안 민심을 크게 얻어 백성들의 존경을 한몸에 받았다.

그날도 공융은 여느 때처럼 찾아온 객들과 더불어 술을 마시며 담소를 즐기고 있었다. 한창 이야기를 나누는 중에 아랫사람 하나가 들어와 보고한다.

"서주에서 미축이란 이가 찾아왔습니다."

공융이 그를 안으로 들게 하여 찾아온 연유를 물으니, 미축은 품속에서 도겸의 서신을 꺼내놓는다.

"지금 조조가 서주를 포위하고 매섭게 몰아치고 있어 도움을 청하고자 이렇게 왔습니다."

"도공조(陶恭祖)와는 내 일찍부터 교분이 두터운 사이인데다 자중(子仲, 미축의 자)께서 이렇듯 몸소 오셨으니 어찌 아니 간다 할 수 있겠소. 하나 내가 조맹덕(曹孟德)과 원수진 일도 없으니 먼저 서신을 띄워 화해하도록 권해보고, 그래도 듣지 않으면 그때 가서 군사를 일으키는 것이 순서일 듯싶소."

"조조는 자기 군사의 힘을 믿고 있어 결단코 화해하려 들지 않을 것입니다."

미축의 말에 공융은 일단 군사를 정비하며 다른 한편으로는 조조에게 서신을 띄울 채비를 하면서 부하들과 상의하고 있는데 군사 하나가 급히 들어와 보고한다.

"황건적의 잔당 관해(管亥)가 졸개 수만명을 거느리고 물밀듯 쳐들어오고 있습니다."

공융은 매우 놀라 급히 본부의 군사들을 이끌고 성밖으로 나갔다. 서로 진을 치고 대치하자 관해가 말을 달려 앞으로 나서며 큰 소리로 외친다.

"이곳 북해에 양식이 넉넉하다기에 왔으니 우리에게 양식 1만석만 빌려다오. 순순히 내어주면 곧 군사를 물릴 것이요, 그렇지 않으면 이 성을 쳐부수고 늙은이 어린아이 할 것 없이 모조리 죽여버릴 테다!"

공융이 꾸짖는다.

"나는 한나라의 신하로서 한나라 땅을 지키고 있는 터이다. 목에 칼이 들어온다 해도 너희 같은 도적떼에게 내줄 양식은 없느니라."

관해는 벌컥 화를 내더니, 말을 박차고 칼을 휘두르며 직접 공융에게 달려들었다. 이때 공융의 장수 종보(宗寶)가 창을 세워들고 나가 맞섰다. 그러나 종보는 싸움을 시작한 지 두어합도 못 되어 관해의 칼에 맞아 말 아래로 나뒹굴고 만다. 이를 지켜보던 공융의 군사들은 기겁하여 앞을 다투어 성안으로 달아나기 바빴다. 관해는 군사를 나누어 사방으로 성을 포위했다.

공융은 마음이 답답하고 괴로웠다. 이를 지켜보는 미축의 심사는 말할 나위조차 없었다. 이튿날 공융은 성 위에 올라서서 바깥 동정을 살폈다. 겹겹으로 성을 에워싼 적의 형세가 실로 엄청나서 그의 근심은 더욱 깊어졌다. 그때 갑자기 성밖이 소란스러워졌다. 웬 장수 하나가 창을 휘두르며 나타나더니 마치 무인지경을 넘나들듯 좌충우돌하며 적진을 뚫고 성문을 향해 달려오고 있는 게 아닌가. 눈 깜짝할 사이에 성문 앞에 이른 그가 큰소리로 외친다.

"문을 열어라!"

공융은 그가 누구인지 알 수 없어 선뜻 문을 열어주지 못하고 망설였다. 적들이 함성을 지르며 성 주변 해자까지 쫓아왔다. 장수가 얼른 몸을 돌려 창을 휘두르니 순식간에 수십명이 말 아래로 고꾸라진다. 적들은 그 기세에 눌려 더는 덤비지 않고 뒤로 물러선다. 공융은 그제야 급히 문을 열게 하여 그를 맞아들였다.

성안으로 들어선 장수는 즉시 말에서 내리더니 창을 내려놓고 성 위로 올라와 공융을 향해 정중히 절을 했다. 공융도 답례하며 묻는다.

"그대는 뉘시오?"

"저는 동래(東萊) 황현(黃縣) 사람으로, 이름은 태사자(太史慈)요 자는 자의(子義)입니다. 제가 이렇게 찾아온 것은 다름 아니라 제 늙으신 어머님의 간곡한 당부 말씀이 있으셨기 때문입니다. 저는 어제 요동(遼東)에서 어머님을 뵈러 왔다가 황건적의 무리가 성을 공격하고 있다는 말을 들었습니다. 저의 노모께서는 평소에 공의 은덕을 입어 무척 감사하게 여기던 터에, 어서 가서 도와드리라며 안타까워하시기에 이렇듯 필마단기로 달려왔습니다."

공융은 너무도 기뻤다. 비록 태사자를 만난 적은 없으나 그의 용맹은 익히 들어 알고 있었다. 공융은 태사자가 멀리 타향에 나가 있는 동안 성밖 20여리쯤에서 홀로 살고 있는 그의 노모에게 종종 사람을 보내어 살피며 양식과 옷감을 보내주곤 했는데, 공융이 어려움을 겪게 되자 이번에는 태사자의 모친이 그 은혜를 갚기 위해 이렇듯 아들을 보낸 것이다. 공융은 태사자에게 갑옷과 준마, 안장 등을 주며 후히 대접했다. 태사자가 말한다.

"부디 저에게 날랜 군사 1천명만 주십시오. 성을 나가 도적을 물리치겠습니다."

공융은 고개를 젓는다.

"그대가 비록 용맹스럽다고는 하나, 적의 형세가 너무 커서 섣불리 나갔다가는 낭패 보기 십상일세."

"모친께서 공의 두터운 은덕을 갚아드리고자 특별히 저를 보내신 터에, 만약 도적의 포위망을 풀어드리지 못한다면 돌아가서 모친을 뵈올 낯이 없습니다. 원컨대 나가서 싸우게 해주시면 죽기로 싸우겠습니다."

공융은 한참을 생각하던 끝에 입을 연다.

"내가 들으니 유현덕이란 사람이 당세의 영웅이라 하던데, 만약 그의 도움만 받을 수 있다면 저들의 포위는 저절로 풀릴 것이네. 그러나 포위를 뚫고 도움을 청하러 갈 만한 사람이 없으니……"

태사자가 기다렸다는 듯이 말한다.

"공께서 글을 써주시면 이몸이 당장 다녀오겠습니다."

공융은 크게 기뻐하며 서신을 써서 태사자에게 주었다. 태사자는 음식을 배불리 먹은 뒤 투구와 갑옷 차림으로 허리에 활과 화살을 차고, 손에는 철창을 들고는 말에 오르기가 무섭게 쏜살같이 성문을 나섰다. 태사자가 성밖으로 나와 해자 근처에 이르자 적장 하나가 졸개들을 이끌고 달려들었다. 태사자는 창을 휘둘러 닥치는 대로 찔러죽이며 포위를 뚫고 계속해서 말을 달렸다.

누군가 성을 나왔다는 사실을 알게 된 관해는 그가 필시 구원병을 청하러 가는 것이라 짐작하고 급히 기병 수백명을 거느리고 뒤를 쫓아 마침내 태사자를 사방팔방으로 에워쌌다. 태사자는 얼른 활을 빼어들고 전후좌우로 정신없이 화살을 쏘기 시작했다. 활시윗소리가 울릴 때마다 백발백중, 연달아 말에서 굴러떨어지는 적들은 그 수를 헤아릴 수가 없었다. 결국 적들은 잔뜩 겁을 집어먹고 제각각 흩어져 달아나기에 바빴다.

태사자는 거뜬히 포위망을 뚫고 밤새도록 말을 달려 평원(平原)에 도착하여 유현덕을 만났다. 예를 갖추어 인사를 한 뒤, 공융이 포위를 당해 구원을 청하게 된 일을 소상히 아뢰고 서신을 바쳤다. 현덕이 글을 읽고 나서 묻는다.

"그대는 누구신가?"

"저는 동해의 보잘것없는 사람으로 태사자라 합니다. 북해 태수와는 피를 나눈 친척도 아니며 같은 고향 사람도 아닙니다. 다만 그분과 의기투합하여 근심을 나누고 환난을 극복하고자 하는 뜻을 가지고 있습니다. 지금 공융 어른께서는 극심한 곤경에 처해 계시옵니다. 황건적의 잔당인 관해가 갑자기 쳐들어와 북해를 포위하여 이처럼 고립무원인 채로 있다가는 성이 언제 함락될지 모르는 위급한 상황입니다. 공께서는 어질고 의로우며 위태로운 사람을 구해주시는 분이라 들었습니다. 공융 어른께서도 평소 공의 높으신 명성을 들어오던지라 특별히 저로 하여금 창칼을 무릅쓰고 포위를 뚫고 나와 이렇듯 구원병을 청하게 한 것입니다."

태사자의 말을 끝까지 듣고 난 현덕은 사뭇 진지한 표정이 되며 중얼거린다.

"북해의 공융이 이 세상에 유비가 있는 것을 알았던가……?"

유현덕은 즉시 관우·장비와 더불어 정병 3천을 거느리고 북해를 향해 길을 떠났다. 원병이 오는 것을 본 관해는 직접 군사를 이끌고 나와 맞섰다. 그는 현덕의 군사가 적은 것을 보고 대수롭지 않게 여겼다. 현덕이 관우·장비·태사자와 함께 선봉에 나서자 관해도 질세라 격분하여 달려나왔다. 태사자가 맞서기 위해 앞으로 나가는데 관우가 한걸음 앞서 달려나가 관해와 대적한다. 두 사람이 어우러져 싸움을 시작하자, 양편 군사가 일제히 함성을 지르며 위세를 부추겼다. 그러나 관해가 무슨 수로 관우를 대적하겠는가. 수십합을 싸우다가 관우의 청룡도가 허공중에 번쩍 빛나더니, 관해의 몸뚱이가 두동강나며 말 아래로 굴러떨어진다.

때를 맞추어 장비와 태사자도 각기 창을 치켜들고 말을 달려 적진 가운데로 성난 범처럼 뛰어든다. 현덕이 그 뒤를 쫓아 군사를 휘몰아간다. 성 위에서 이 광경을 목격한 공융의 눈에는 마치 범들이 양의 무리 속에 뛰어들어 종횡무진으로 날뛰는 것처럼 보였다.

공융도 군사들을 몰고 나와 양쪽에서 협공하여 적을 치기 시작했다. 도적의 무리는 여지없이 패하여 태반은 항복하고 나머지는 제각각 흩어져 달아났다.

공융은 유현덕 일행을 성안으로 맞아들여 인사를 나눈 다음 크게 잔치를 베풀어 승리의 기쁨을 나누었다. 그러고는 미축을 불러 소개하며, 장개가 조숭을 죽이는 바람에 조조가 군사를 일으켜 서주를 포위하고 싸움을 일으킨 것과, 미축이 북해로 도움을 청하러 오기까지의 정황을 현덕에게 자세히 설명했다. 현덕이 개탄한다.

"도공조는 어진 군자이신데 죄없이 억울한 일을 당하게 되다니 참으로 안됐소이다."

공융이 말한다.

"공께서는 한실의 종친으로, 조조가 자기 군사의 힘만 믿고 백성들을 괴롭히며 갖은 악행을 자행하고 있으니 저와 함께 서주로 가서 돕지 않으시렵니까?"

"변명 같소만, 제가 거느리고 있는 군사가 적고 장수도 많지 않으니 선불리 움직여서 해결될 일이 아닌 듯하오이다."

"내가 도공조를 구하고자 하는 것은 지난날의 우정 때문만이 아니라 대의를 위한 것이오. 공께서도 의리를 앞세워 함께 일어설 수 없겠소?"

현덕이 마침내 대답한다.

"정 그러시다면 공께서 먼저 떠나시지요. 저는 공손찬에게 가서 4~5천의 군사를 얻어 곧 뒤따라가오리다."

"공은 부디 신의를 지키십시오."

"이 유비를 어찌 보고 하시는 말씀입니까? 성인께서 밀씀하시기를, 자고로 사람은 모두 죽게 마련이나 신용 없이는 살 수 없다 했습니다. 제가 북평에 가서 군사를 얻든 얻지 못하든 반드시 서주로 갈 것이니 그 점은 염려 마십시오."

공융은 이 말을 듣고 미축을 시켜 먼저 서주로 돌아가서 이 소식을 전하게 하고, 자신도 군사를 수습하여 떠날 채비를 했다. 태사자가 작별인사를 한다.

"제가 늙으신 어머니의 명령을 받들어 어르신을 돕고자 왔으나, 다행히 일이 무사히 처리된 것을 보니 이제 떠나야 할 때가 된 것 같습니다. 더구나 고향 사람인 양주(揚州) 자사 유요(劉繇)가 서신을 띄워 저를 부르는지라 아니 갈 수도 없고 하니, 후일에 다시 뵙기로 하겠습니다."

공융은 황금과 비단을 주어 사례하려 했으나 태사자는 한사코 거절하고 떠나갔다. 태사자가 집으로 돌아가 그간의 일을 소상히 말하자 그의 늙은 어머니는 기뻐하며 말했다.

"네가 북해 태수의 은혜를 보답했다니 참으로 기쁘구나. 여기서 지체할 게 아니라 어서 양주로 가거라."

그리하여 태사자는 다시 집을 나와 양주로 향했다.

공융이 군사를 일으킨 이야기는 여기서 줄이고, 한편 현덕은 북해로 가서 공손찬을 만났다. 서주를 구하러 가는 길이니 군사를 빌려달라고 말하자 공손찬이 한마디 한다.

"조조는 일찍이 그대와 아무런 원수지은 일이 없거늘 뭣 때문에 남의 싸움에 뛰어들어 고생을 자초하려는가?"

현덕이 말한다

"내 이미 약속을 한 터라 신의를 저버릴 수는 없습니다."

공손찬은 하는 수 없다는 듯 대답한다.

"그렇다면 내 군마 2천을 빌려주겠네."

"조자룡도 함께 가게 해주셨으면 좋겠습니다."

공손찬이 순순히 허락하자 현덕은 관우, 장비와 더불어 자기 휘하의 군사 3천명을 거느리고 앞장서고, 조자룡으로 하여금 공손찬에게서 빌린 군마 2천명을 이끌고 뒤를 따르게 하여 서주를 향해 말을 달렸다.

한편 미축은 서주로 돌아가 도겸에게 북해 태수 공융이 유현덕에게 원병을 청한 사실을 알렸다. 또한 청주에 갔던 진등도 돌아와서 청주 자사 전해가 기꺼이 군사를 이끌고 도우러 오기로 했음을 보고하니, 그제야 도겸은 안도의 한숨을 내쉬었다.

이리하여 공융과 전해 양군은 약속대로 서주땅에 이르렀다. 그러나 조조의 형세가 워낙 큰 것이 두려웠는지 멀찍이 산을 의지해 진을 치고 경솔히 움직이려 하지 않았다. 조조도 구원병이 두 방향에서 온 것을 보고는 군사를 나누어 배치하고 싸움을 자제하며 사태를 관망하는 듯했다.

그 무렵 유현덕이 마침내 군사를 이끌고 도착했다. 공융이 그를 영채로 맞아들인다.

"조조 군사의 세가 워낙 크고 또 조조가 본래 용병에 능한 사람이라 경망되이 나가서 싸우는 것이 그리 이롭지 않겠소. 천천히 동정을 살핀 다음 군사를 움직이는 것이 좋을 것 같소."

공융의 말에 현덕이 대답한다.

"옳으신 말씀이오만, 성에 양식이 넉넉지 않다니 이런 식으로 계속 버티기는 어려우리라고 봅니다. 제 생각에는 운장과 자룡으로 하여금 군사 4천을 거느리고 공의 지시를 따르게 하고, 저는 장비와 함께 조조의 진을 뚫고 성안으로 들어가 도겸을 만나 뒷일을 의논해보는 것이 좋을 것 같습니다."

유현덕의 말에 크게 만족한 공융은 전해와 함께 기각지세(掎角之勢)를 이루고, 관우와 조운이 각기 군사를 거느려 양쪽에서 접응키로 했다.

이날 현덕은 장비와 더불어 1천 인마를 이끌고 조조의 영채로 진격해갔다. 영채에 다다르자 갑자기 안에서 북소리가 크게 울리며 기병과 보병들이 물밀듯 몰려나오는데, 앞장선 대장 우금(于禁)이 길을 막아서며 크게 외친다.

"웬 미친놈들이 여기가 어디라고 함부로 발을 들여놓느냐?"

장비는 거두절미하고 곧장 달려나가 우금과 맞섰다. 두 장수가 어우러져 몇합 싸우는 동안에 현덕이 쌍고검을 휘두르며 군사를 휘몰아 진격했다. 궁지에 몰린 우금이 말머리를 돌려 달아나기 시작하자 장비는 그 뒤를 쫓아 닥치는 대로 쳐죽이며 곧장 서주성까지 몰아붙였다.

도겸이 성 위에서 내려다보니 바람에 나부끼는 붉은 깃발이 눈에 띄는데, 그 위에 흰 글씨로 '평원 유현덕'이라는 다섯 글자가 씌어 있다. 도겸은 급히 군사를 시켜 성문을 열게 하여 현덕을 맞아들였다.

도겸은 현덕과 정중히 인사를 나눈 뒤 잔치를 베풀어 극진히 대접했다. 그뿐 아니라 군사들에게도 배불리 먹을 수 있도록 술과 음식을 아끼지 않았다. 말로만 듣다가 직접 현덕을 만난 도겸은 그의 훤칠한 용모와 늠름한 기상, 그리고 활달한 태도에 매료되었다. 그는 너무도 기쁜 마음에 미축을 시켜 서주의 관인(官印)을 가져오게 하더니 다짜고짜 현덕 앞에 내놓았다. 현덕은 뜻밖의 일에 깜짝 놀라며 묻는다.

"무슨 까닭으로 이러십니까?"

도겸이 대답한다.

"아시다시피 세상이 하도 뒤숭숭하여 황실의 기강이 바로잡히지 못하고 있소이다. 그런데 오늘 이렇게 만나뵙고 보니 공께서는 한나라 종친이며 당대 영웅이시라, 무너져가는 이 나라 사직을 붙들어세우기에 가장 적합한 인물인 것 같소. 나는 이제 나이가 들고 무능하여 서주땅 하나도 다스리기 어려우니, 바라건대 나를 대신하여 우리 서주를 맡아주시오. 내 당장 표문을 써서 조정에 올릴 것이니, 공은 부디 사양하지 마시오."

현덕은 몸을 일으켜 재배하고 말한다.

"이 유비가 비록 한나라 황실의 자손이기는 하나, 쌓은 공도 없을뿐더러 덕이 부족하여 평원상 노릇도 감당을 못하는 터입니다. 제가 이렇게 온 것은 오직 대의를 위하여 어르신을 돕고자 하는 뜻 외에 아무런 사심이 없습니다. 그런데 공께서 그런 말씀을 꺼내시는 건 혹시라도 이 유비가 딴마음을 품고 있지 않나 의심하시기 때문이 아니오이까? 만약 제가 털끝만치라도 그런 뜻을 품었다면 하늘이 돕지 않을 것입니다."

도겸이 말한다.

"이 늙은이의 진심이니 부디 사양치 마시오."

도겸이 거듭 권했지만, 현덕은 한사코 사양하며 그의 말을 들으려 하지 않는다. 곁에서 지켜보던 미축이 나서며 말한다.

"지금 적병이 성밑에 이르렀으니 우선 적을 물리칠 방책을 의논하시고, 그들을 물리친 뒤에 다시 상의하시는 게 좋겠습니다."

그러자 유현덕이 말한다.

"우선 제가 조조에게 글을 써서 화해를 권해보겠습니다. 그래도 듣지 않으면 그때 공격해도 늦지 않을 것입니다."

도겸이 고개를 끄덕였다. 현덕은 곧 세곳의 영채에 격문을 띄워 당분간 움직이지 말라 지시하고, 한편으로는 사람을 시켜 조조에게 서신을 전달하게 했다.

한편 조조는 휘하의 여러 장수들을 모아놓고 서주성을 공략할 계책을 세우고 있던 중에 서주에서 서신이 왔다는 보고가 올라왔다. 조조가 서신을 열어보니 바로 유비의 글이다.

관외(關外)에서 한번 공을 뵈온 뒤로 너무 멀리 떨어져 있어 지금까지 다시 뵙지 못하였소이다. 저번에 공의 부친께서 뜻밖의 변을 당하신 것은 실로 장개란 자의 어리석은 소행이지, 결코 도공조의 죄가 아니었던 것으로 압니다. 지금 밖에서는 황건적의 남은 무리들이 소란을 피우고 있고 안에서는 동탁의 잔당들이 조정을 어지럽히고 있소이다. 원컨대 귀공은 조정의 위급함을 먼저 생각하시어, 사사로운 원한에 얽매일 것이 아니라 서주를 포위한 군사를 거두어 나라를 구하는 데 쓰신다면, 서주를 위해서도 다행한 일이거니와 천하를 위하여도 그만한 다행이 없을 것입니다.

조조는 유비가 보내온 서신을 읽고는 분통을 터뜨린다.

"대체 유비가 어떤 자이기에 이러한 글을 보내 내게 충고한단 말이냐. 더구나 글 속에 은근히 비난하는 말투가 보이지 않는가?"

그는 즉시 사자로 온 자의 목을 베라 하고, 한편으로는 전력을 다해 성을 치도록 명했다. 그때 곽가가 만류한다.

"유비가 먼 길을 원병 와서 싸우기 전에 먼저 예를 갖춘 것이니, 공께서도 좋은 말씀으로 회답을 하여 유비의 마음을 늦춘 연후에 저들을 공격하면 일이 한결 수월하겠습니다."

조조가 그 말을 좇아 유비의 사자를 잘 대접하여 머물게 하며 천천히 회답하기로 했다. 이때 갑자기 군사 하나가 헐레벌떡 달려와 보고한다.

"여포가 이미 연주를 치고 복양(濮陽)을 점령했다 합니다."

원래 여포는 이각·곽사의 난이 일어나자 그길로 무관(武關)을 빠져나와 원술을 찾아갔다. 그러나 원술이 그를 믿지 못하여 받아주지 않자 그길로 다시 원소를 찾아가니, 원소는 그를 받아들여 함께 상산(常山)으로 가서 장연(張燕)을 격파했다. 득의양양해진 여포가 이때부터 원소의 수하장수들을 우습게 여기며 거만을 떨자, 이를 지켜보던 원소는 참다못해 그를 죽이려 했다. 결국 여포는 원소에게도 오래 붙어 있지 못하고 다시 달아나 장양(張楊)에게로 가서 몸을 의탁했던 것이다.

이때 여포와 교분이 두텁던 방서(龐舒)라는 사람은 장안에서 여포의 아내와 자식들을 자기 집에 숨겨두고 있다가, 여포가 장양의 휘하에 들어갔다는 소식을 듣고서야 은밀히 돌려보내주었다.

이 사실을 안 이각과 곽사는 크게 노하여 방서를 잡아다 죽이고는 즉시 장양에게 글을 보내 여포를 죽이라고 명했다. 여포는 다시 장양을 떠나 장막에게 투항했다. 때마침 진궁이 장막의 아우 장초(張超)를 따라 그곳에 와 있다가, 여포가 온 것을 보고 장막에게 말했다.

"지금 천하가 어지러워 영웅이 벌떼처럼 일어나는 터에 공께서는 천리 땅과 많은 백성을 거느리고 있으면서도 남의 통제를 받고 있으니, 이런 딱한 노릇이 어디 있겠습니까? 그래서 드리는 말씀이 오마는, 지금 조조는 군사를 일으켜 서주를 치러 갔기 때문에 연주 땅이 텅 비어 있는 실정입니다. 이때를 틈타 당세의 용사인 여포와 더불어 연주를 쳐서 차지하면, 가히 천하를 도모할 수 있으리다."

장막은 매우 기뻐하며 즉각 여포에게 군사를 주어 연주를 치게 하고, 더 나아가 복양까지 점령하도록 했다. 그 결과로 견성(鄄城)·동아(東阿)·범현(范縣) 세 고을만이 순욱과 정욱이 계책을 세워 죽기로써 지켜내어 온전했고, 나머지는 모두 빼앗기고 말았다. 조인 역시 여포와 싸웠으나 번번이 지기만 했다. 그래서 하는 수 없이 사람을 보내 조조에게 급히 알리게 된 것이다.

급보를 받고 조조는 크게 놀란다.

"연주를 잃었다면 내 장차 어디로 돌아간단 말인가? 이러고 있을 때가 아니다. 속히 대책을 강구해야겠다."

곽가가 말한다.

"상황이 급박하니 우선 유비에게 거짓 답서를 보내 인정을 베푸신 다음, 즉시 군사를 돌려 연주성을 회복하심이 옳을 줄로 압니다."

조조는 그 말을 좇아 즉시 유비에게 회답을 전하고 군사를 정비하여 연주로 향했다.

한편 사자는 서주로 돌아가 도겸에게 답서를 올리고 조조의 군사가 이미 물러갔음을 알렸다. 도겸은 말할 수 없이 기뻤다. 그는 사람을 시켜 공융·전해·관우·조운 등을 청해들여 크게 잔치를 베풀었다. 잔치가 끝나자 도겸은 현덕을 상좌에 앉히고 여러 사람이 모인 자리에서 정중히 말을 꺼낸다.

"나는 이제 너무 나이가 들어 기력도 없고 슬하의 두 자식마저 변변치 못하여 국가의 중임을 감당키는 어려운 처지요. 유공으로 말하자면 황실의 자손으로 덕이 많고 재주가 뛰어난 분이니 서주를 맡아 다스리기에 이만한 재목이 없으리라 보오. 이제부터 나는 유공에게 서주땅을 넘겨주고 쉬면서 몸조리나 할 생각이니 그리들 아시오."

현덕이 당황스레 말한다.

"그럴 수는 없습니다. 공융 어른께서 저를 이곳에 보내신 것은 오직 의리로써 서주를 돕자는 것이었습니다. 그런데 제가 갑자기 까닭 없이 서주를 차지하게 된다면 천하 사람이 나를 의리 없는 자라 손가락질할 테고, 저 또한 그렇게 되는 걸 원치 않습니다."

미축이 곁에서 권한다.

"지금 한나라 황실이 몹시 흔들려서 천하가 극도로 혼란스러우니 이때야말로 나라를 위해 공업을 세울 때가 아닌가 싶소이다. 더구나 이곳 서주는 물자가 풍부하고 백성도 1백만이나 되니 부디 사양치 마십시오."

현덕은 한사코 사양한다.

"아무리 그렇다 해도 이 일만은 결단코 따를 수 없소이다."

이번에는 진등이 나선다.

"도겸 태수께서는 늘 병환에 시달리느라 고을 일을 돌보시기에 어려움이 많습니다. 바라건대 공께서 이곳을 맡아주셨으면 합니다."

현덕이 생각난 듯 말한다.

"원공로(원술)는 4대째 삼공을 지낸 집안이라 천하 사람이 모두 존경해 마지않습니다. 그가 가까이 수춘(壽春)에 있거늘 어찌하여 그에게 물려주려 하지 않으십니까?"

그 말에 공융이 입을 연다.

"원공로는 무덤 속의 뼈다귀나 다름없으니 들어 말할 것이 못 되오. 오늘 일은 하늘이 내린 기회입니다. 그런데도 불구하고 공께서 끝까지 거절하신다면 반드시 후회하게 될 겁니다."

아무리 여러 사람이 말해도 현덕은 좀처럼 고집을 꺾으려 들지 않는다. 도겸은 급기야 눈물을 흘리며 사정한다.

"현덕공께서 나를 버리고 가신다면 나는 죽어서도 눈을 감지 못할 게요."

그때까지 잠자코 있던 관우가 보다 못해 나선다.

"도공께서 저렇듯 간곡히 권하시는데 잠시라도 서주를 맡아 다스리는 게 옳지 않겠습니까?"

장비도 한마디 한다.

"거 뭐 우리가 억지로 빼앗자는 것도 아니고, 저쪽에서 호의로 양보하는 것을 그렇게까지 마다고 할 거야 없지 않수?"

현덕은 못마땅한 얼굴로 관우와 장비를 돌아본다.

"너희들이 나를 불의에 빠뜨리려는 게냐?"

도겸이 다시 거듭 간청했으나 현덕은 끝까지 뜻을 굽히지 않는다. 하는 수 없이 도겸이 말한다.

"공의 뜻이 정히 그러시다면, 여기서 가까운 곳에 소패(小沛)라는 고을이 있어 족히 군사를 주둔시킬 만하니, 부디 그곳에라노 잠시 머물면서 우리 서주를 보호해주면 어떠시겠소?"

이에 여러 사람이 모두 나서서 소패에 머물 것을 권한다. 현덕은 마침내 이를 응낙했다. 도겸은 몇번이고 감사의 뜻을 표하고 군사를 위무하는 잔치를 베풀었다. 이윽고 잔치가 완전히 파하자 조자룡이 하직을 고했다. 현덕은 그의 손을 잡고 눈물을 흘리며 헤어짐을 아쉬워했다. 공융과 전해도 작별하고 각기 군사를 거느리고 돌아갔다.

뒤이어 현덕도 관우·장비와 함께 군사를 거느리고 소패로 향했다. 소패에 도착하여 성과 담부터 보수하고 백성들을 잘 다스리자, 고을 인심이 좋아졌다.

한편 조조가 군사를 이끌고 돌아오니 조인이 나와 영접한다.

"여포의 형세가 몹시 큰데다 진궁이 돕고 있어 연주와 복양땅은

유비가 두번째로 서주를 사양하다

이미 빼앗겼고, 견성·동아·범현 세 고을만이 순욱과 정욱의 공으로 간신히 위기를 모면하여 성곽을 보존하고 있습니다."

조조가 대꾸한다.

"내 생각에 여포는 비록 용맹하지만 지략이 뛰어나지 못하니 과히 염려할 것 없다. 우선 영채를 세운 다음 다시 의논하자."

여포는 조조가 회군하여 이미 등현(滕縣)을 지났음을 알고 부장(副將) 설란(薛蘭)과 이봉(李封)을 불렀다.

"오래전부터 너희들을 쓰려던 차에 마침 잘되었다. 내가 군사 1만을 줄 것이니 너희 둘이서 연주를 굳게 지키고 있거라. 나는 몸소 군사를 이끌고 나가서 조조를 물리치겠다."

두 장수가 명에 따르겠다고 할 때 진궁이 급히 들어서며 묻는다.

"장군은 연주를 버리고 어디로 가시려 하오?"

여포가 답한다.

"나는 복양으로 가서 군사를 주둔시키고 정족(鼎足, 솥발처럼 셋으로 나뉘어 맞섬)의 형세를 이루려 하네."

진궁이 반대한다.

"잘못 생각하셨소이다. 설란은 연주를 지켜낼 재목이 못 됩니다. 여기서 정남쪽으로 180리 밖에 태산이 있으니, 험준한 길목 곳곳에다 정병 1만명만 매복시켜두십시오. 그렇게 얼마간 기다리고 있노라면, 조조의 군사들이 연주가 함락되었다는 소식을 듣고 반드시 서둘러 올 것입니다. 그때를 기다렸다가 그들 중 절반 정도가 지나갈 무렵 일제히 쏟아져나가 친다면, 거뜬히 조조를 사로잡을 수 있을 것입니다."

여포는 고개를 젓는다.

"내가 복양에 군사를 주둔시키려는 데는 달리 좋은 계책이 있어서 그러네. 이 일은 내게 맡겨두게."

여포는 결국 자기 고집대로 설란에게 연주땅을 맡겨두고는 곧장 복양으로 가버렸다.

한편 조조의 대군이 태산의 험준한 길목에 이르자, 모사 곽가가 말한다.

"더 나아가선 안됩니다. 이런 곳에는 복병이 있을 가능성이 많습니다."

조조가 껄껄 웃는다.

"여포처럼 미련한 놈이 그런 꾀를 낼 리가 없지. 설란 따위에게 연주를 맡겨놓고 저는 복양으로 간 터에 무슨 매복을 해두었겠느냐?"

그러고는 조인에게 일군을 거느리고 연주를 포위하라 이르고, 자기는 몸소 복양으로 가서 여포를 치기로 했다. 조조의 군사가 가까이 왔다는 말을 듣고 진궁은 여포에게 계교를 말한다.

"조조 군사는 지금 먼 길을 오느라 지쳐 있을 테니 숨 돌릴 새 없이 몰아치는 것이 우리에게 유리합니다. 잠시라도 지체하여 회복할 틈을 주어서는 안됩니다."

그러나 여포는 여전히 큰소리를 칠 뿐이다.

"내가 필마로 천하를 누비고 다녔는데, 어찌 한낱 조조 따위를 두려워하겠는가? 놈들이 영채를 세울 때까지 기다렸다가 단숨에 사로잡을 테니 두고 보게."

조조는 복양 근방에 당도하자 서둘러 영채를 세우고 다음 날 아침, 수하장수들을 거느리고 들판에 나가 군사를 벌여세웠다. 모든 준비가 끝나자 문기 아래 말을 세우고 둥글게 진을 친 여포의 진영을 살폈다.

드디어 여포가 앞장서서 말을 달려나온다. 좌우에 여덟명의 맹장이 호위하며 나오는데, 하나는 안문(雁門) 마읍(馬邑)의 장요(張遼)라는 인물로 자는 문원(文遠)이며, 다른 하나는 태산(泰山) 화음(華陰)의 장패(臧覇)라는 인물로 자는 선고(宣高)였다. 두 장수 장요와 장패가 또 각각 세 장수를 거느리니, 그들은 학맹(郝萌)·조성(曹性)·성렴(成廉)·위속(魏續)·송헌(宋憲)·후성(侯成) 등이다. 여포가 이들 여덟 장수를 이끌고 선두로 나서자 5만 군사가 일제히 함성을 지르며 천지가 떠나갈 듯 북소리를 울려댔다. 조조는 손을 들어 여포를 가리키며 꾸짖는다.

"내 너와 일찍이 원수진 일이 없거늘, 어찌하여 남의 땅을 빼앗은 게냐?"

여포가 비웃는다.

"한나라 땅을 가지고 네 땅 내 땅이 어디 있단 말이냐?"

그는 말을 마치자 장패를 불러 나가 싸우라 했다. 조조 진에서는 악진이 말을 몰아나왔다. 두필의 말이 서로 마주치고 두자루 창이 어우러져 싸우기를 30여합이나 끌었으나 좀처럼 승부가 나지 않는다.

조조의 편에서 하후돈이 싸움을 도우러 달려나가자, 여포 쪽에서도 장요가 말을 짓쳐나와 앞을 가로막는다. 네 장수가 뒤엉켜 싸우는데도 쉽게 승부가 나지 않자, 이를 지켜보던 여포는 더 참지 못하고 방천화극을 꼬나잡고 적토마를 몰아 적진 한복판으로 살같이 내달았다. 그러자 하후돈과 악진이 기겁해서 말머리를 돌려 달아난다. 여포는 기세를 늦추지 않고 계속 몰아쳐 조조의 군사는 30~40리 밖으로 패퇴했다. 그제야 여포도 군사를 거두었다.

조조는 첫번 싸움에 크게 패하자 영채로 돌아와 장수들을 모아놓고 앞으로의 일을 의논했다. 먼저 우금이 말한다.

"제가 오늘 산 위에 올라가 관망하여보니, 복양 서편에 여포의 영채가 하나 있는데 군사가 그리 많은 것 같지 않았습니다. 중요한 것은, 저들이 지금 우리가 패해 달아났다 하여 다소나마 긴장이 풀려 있다는 점입니다. 오늘밤 허술한 틈을 타서 저들의 영채를 들이치면, 여포의 군사들은 모두 질겁해서 싸워볼 생각도 못하고 달아날 터이니 야습이 상책입니다."

조조는 그 말에 따라 우금을 비롯하여 조홍(曹洪)·이전(李典)·모개(毛玠)·여건(呂虔)·전위(典韋) 등 여섯 장수와 함께 기병과 보병 2만명을 이끌고 그날밤 조용히 여포의 서쪽 영채를 향해 출발했다.

이때 여포는 영채에서 술과 고기를 내어 군사들의 노고를 치하하며 승리의 기쁨에 젖어 있었다. 진궁이 걱정스레 말한다.

"이렇게 방심하고 있을 때가 아닙니다. 서쪽 영채는 군사적으로 무척 중요한 곳인데, 이때를 틈타 조조가 습격이라도 해오면 어찌 시렵니까?"

여포는 당치도 않다는 듯 내뱉는다.

"아까 우리한테 그렇게 당했는데, 무슨 경황으로 다시 올 생각을 하겠소?"

진궁이 거듭 당부한다.

"그렇지 않습니다. 조조는 군사를 부리는 데 능한 사람이니 조금도 긴장을 늦춰서는 아니 됩니다."

여포도 이번에는 진궁의 말을 좇아 고순(高順)·위속·후성 세 장수에게 명하여 군사들을 이끌고 출발해 서쪽 영채를 지키도록 했다.

한편 조조는 해가 질 무렵 군사들을 나누어 사방에서 서쪽 영채를 기습했다. 영채를 지키던 여포의 군사들은 갑자기 당한 일이라 미처 막아내지 못하고 뿔뿔이 흩어져 달아난다.

조조가 어렵지 않게 서쪽 영채를 장악하고 난 뒤 4경쯤 되어서, 그때서야 도착한 고순이 군사를 이끌고 쳐들어왔다. 조조는 직접 군사를 지휘하여 고순과 맞선다. 양편 군사가 동틀 무렵까지 일대 혼전을 벌이는데, 문득 서쪽에서 요란한 북소리가 들려왔다. 군사 하나가 조조에게 달려와 보고한다.

"여포가 직접 군사를 거느리고 쳐들어오고 있습니다."

조조는 곧 영채를 버리고 달아났다. 고순·위속·후성의 무리가 뒤를 쫓고, 여포는 어느 틈에 군사를 휘몰아 정면에서 추격해온다.

우금과 악진이 조조를 대신해 여포에게 달려들었다. 그러나 그들 두 사람으로 당해낼 수 있는 여포가 아니다. 다급해진 조조는 말에 채찍을 가하며 북쪽을 향해 내닫기 시작했다. 정신없이 달리는데 갑자기 산모퉁이에서 한떼의 군사들이 쏟아져나온다. 왼쪽은 장요, 오른쪽은 장패의 무리다.

이번에는 여건과 조홍으로 하여금 맞서게 했으나 역시 열세였다. 조조는 다시 말머리를 돌려 서쪽으로 달아나기 시작했다. 그런데 이게 웬일인가. 얼마 안 가서 또다시 커다란 함성이 일며 한떼의 군사가 달려나오고 학맹·조성·성렴·송헌 네 장수가 길을 가로막는다. 조조의 장수들이 하나같이 죽을 각오로 싸우는 동안 조조는 필사적으로 포위망을 뚫고 나가려 애썼다. 그러나 채 빠져나가기도 전에 불현듯 징소리가 울리더니 그것을 신호 삼아 빗발치듯 화살이 날아든다. 진퇴양난에 처한 조조가 다급히 외친다.

"누구 없느냐, 날 좀 구해다오!"

기병들 사이에서 장수 하나가 조조의 음성을 듣고 나는 듯이 달려온다. 그는 바로 전위다.

"주공은 염려 마십시오!"

전위의 손에는 철극 한쌍이 쥐여져 있다. 그는 몸을 날려 말에서 뛰어내리더니, 쌍철극은 옆구리에 끼고 단극(短戟) 10여개를 두 손에 나눠 쥐고서, 수하군사들에게 명한다.

"내 뒤로 적들이 10보 안에 들어오거든 알려다오."

그리고는 화살을 뚫고 뛰기 시작한다. 여포의 기병 수십명이 말을 몰아 급히 뒤를 쫓는다. 군사들이 소리친다.

"10보요!"

전위가 다시 외친다.

"5보 안에 들거든 나를 불러라."

잠시 후 군사들이 외친다.

"5보요!"

전위는 번개같이 몸을 돌려 손에 쥐고 있던 단극을 한자루씩 날린다. 단극은 하나도 빗나가는 법 없이 던지는 족족 명중하여 순식간에 여포의 기병 10여명을 거꾸러뜨린다. 이를 본 남은 무리들은 더이상 뒤쫓을 엄두를 내지 못하고 일제히 흩어져 달아난다.

전위는 다시 말에 뛰어올라 한쌍의 철극을 휘두르며 적군 속으로 뛰어들었다. 여포의 장수 학맹·조성·성렴·송헌 네 장수도 전위 하나를 당해내지 못해 달아나기 바빴다. 전위가 적군을 과감히 물리치고 마침내 조조를 구해내니, 그제야 흩어졌던 다른 장수들도 모여들었다.

어느덧 날이 저물어 어두워졌다. 조조 일행이 길을 찾아 영채로 돌아가고 있는데, 갑자기 등 뒤에서 함성이 크게 일며 여포의 군사들이 쫓아오기 시작한다. 여포가 말 위에 앉아 방천화극을 꼬나잡고 벽력같이 소리치며 달려온다.

"조조야, 이 도적놈아. 꼼짝 말고 게 섰거라!"

조조의 말과 군사들은 지칠 대로 지쳐 서로의 얼굴만 쳐다보며 오직 도망갈 생각뿐이다.

겹겹의 포위망 잠시 벗어났나 했더니　　　　　雖能暫把重圍脫
아뿔싸, 감당하기 어려운 강적이 쫓아왔네　　　祇怕難當勁敵追

이렇듯 위급한 상황에서 조조는 과연 살아남을 것인가?

12

조조와 여포

도겸은 서주를 세번째로 양도하려 하고
조조는 여포와 크게 싸우다

조조가 정신없이 달아나고 있는데, 남쪽에서 한떼의 군마가 달려왔다. 하후돈이 군사를 거느리고 구하러 온 것이다. 하후돈이 여포와 맞서 한바탕 싸움을 벌이는데 어느덧 날이 저물고 장대비가 쏟아지기 시작한다. 양편은 각기 군사를 거두어 물러났다.

조조는 영채로 돌아와 생명을 구해준 전위에게 후한 상을 내리고, 공로를 치하하는 뜻에서 벼슬을 올려 영군도위(領軍都尉)로 삼았다.

한편 영채로 돌아온 여포는 진궁을 불러 앞으로의 일을 의논했다. 진궁이 말한다.

"복양성 안에 전(田)씨 성을 가진 부자 한 사람이 살고 있는데, 이 고을의 제일가는 부호로 거느린 하인만도 1천명이 넘습니다. 그 사람을 시켜 조조에게 밀서 한통을 보내십시오. 내용은 '여포는 성질이 잔악하고 어질지 못하여 백성들이 크게 원망하고 있습니다. 여포는 성안에 고순만을 남겨두고 여양(黎陽)으로 옮겨갈 참이니, 이 틈을 타서 밤중에 군사를 이끌고 쳐들어오면 제가 안에서 도울 것입니다' 이렇게 적으면 됩니다. 그래서 만약 조조가 진격해오면 그를 유인하여 성안으로 끌어들인 다음 사대문에 불을 지르고 밖에 복병을 깔아두면, 조조가 경천위지(經天緯地)의 재주가 있다 해도 도저히 벗어나지 못할 것입니다."

진궁의 계교를 좇아 여포는 즉시 전씨에게 은밀히 명령을 내려 조조의 영채에 사람을 보내도록 했다.

이 무렵 조조는 여포와의 싸움에서 크게 패한 뒤 대책을 세우지 못하고 매우 심란해하며 한참을 이 궁리 저 궁리로 서성대다가 복양의 부호 전씨에게서 밀사가 왔다는 보고를 받았다. 즉시 불러들여 가지고 온 서찰을 개봉하니 이렇게 씌어 있다.

여포는 이미 여양으로 갔고 성안이 텅 비어 있습니다. 이 기회를 틈타 속히 오셔서 성을 치시면, 이몸 또한 만반의 준비를 하고 있다가 내응하리다. 성 위에 '의(義)' 자가 씌어진 백기를 꽂아둘 터이니 그리 아십시오.

조조의 얼굴에 희색이 돌았다.

"이것이야말로 하늘이 준 기회로다. 나에게 복양땅을 얻게 하시려는 게야."

조조는 밀서를 가지고 온 자에게 후한 상을 내리고는 군사를 수습해 진격할 준비를 서둘렀다. 이를 보고 모사 유엽이 말한다.

"여포는 워낙 아둔한 사람이라 꾀가 없지만, 진궁은 다릅니다. 이면에 무슨 계략이 숨어 있을지 모르니, 섣불리 움직이실 일이 아닙니다. 공께서 굳이 가시겠거든 군사를 셋으로 나누어 두 부대는 성밖에 매복시켜 접응케 하고, 한 부대만 이끌고 성안으로 들어가시는 게 안전할 듯싶습니다."

조조는 그의 말대로 군사를 셋으로 나누어 복양성 밑에 이르렀다. 조조가 앞으로 나서며 동정을 살펴보니, 성 위에 빙 둘러 깃대가 꽂혀 있는데, 과연 약속대로 서쪽 문귀퉁이에 '의' 자가 씌어진 백기 하나가 눈에 들어온다. 조조는 속으로 몹시 기뻤다.

정오 무렵이 되자 성문이 열리며 장수 두명이 군사를 거느리고 나온다. 앞장선 사람은 후성이라는 자이고, 뒤따르는 자는 고순이다. 조조는 전위를 시켜 후성을 맞아 싸우게 했다. 두 사람이 맞서 싸운 지 불과 몇합에, 후성은 전위를 당해내지 못하고 말머리를 돌려 성안으로 달아난다. 전위가 후성의 뒤를 쫓아 조교(弔橋, 성문 밖 해자를 건널 수 있게 한 개폐식 다리) 앞에 이르자, 고순이 그를 막아선다. 그러나 잠시 후 고순마저도 전위의 위세에 밀려 도망치듯 성안으로 달려들어간다. 그 혼란한 틈을 타서 몇명의 군사가 말을 몰아 조조 앞으로 오더니, 전씨의 밀서를 올린다. 서둘러 펼쳐보니, 이렇게 씌어 있다.

오늘밤 초경(오후 8시)쯤 성 위에서 징소리가 울리거든 그것을 신호 삼아 진군해오십시오. 즉시 성문을 열어드리겠습니다.

조조는 하후돈으로 하여금 군사를 거느리고 왼편에 있게 하고, 조홍은 군사를 거느리고 오른편에 있게 한 뒤, 자신은 하후연·이전·악진·전위 등 네 장수와 더불어 군사를 거느리고 성을 향해 진군했다. 갑자기 이전이 앞으로 나서며 말한다.

"주공께서는 잠시 성밖에서 기다리시지요. 저희가 먼저 들어가 보겠습니다."

조조가 꾸짖는다.

"내가 몸소 들어가지 않으면 누가 앞장선단 말이냐!"

그는 즉시 군사를 몰아 성을 향해 전진했다. 때는 초경쯤으로, 달은 아직 뜨지 않았다. 문득 서쪽 문루에서 징소리가 들리더니 요란한 함성과 더불어 문 위에서 무수한 횃불들이 일제히 밝혀지며 성문이 활짝 열린다. 동시에 들어올려져 있던 조교가 천천히 내려온다. 조조는 기다렸다는 듯 앞장서서 성안으로 뛰어들었다. 급히 말을 몰아 관청에 이르기까지 사람의 그림자는커녕 개미새끼 한마리 눈에 띄지 않는다. 그제야 자신이 속았다는 생각이 든 조조는 즉시 말머리를 돌리며, 군사들을 향해 큰소리로 외친다.

"퇴각하라!"

바로 그때 관청 안에서 포소리가 크게 울리더니, 사방 성문에서 하늘을 사를 듯한 불길이 일시에 치솟는다. 징소리 북소리가 터져 나갈 듯이 울리고 함성에 강이 뒤집히고 바다가 끓는 듯했다. 동쪽 길에서는 장요가 달려나오고, 서쪽 길에서는 장패가 달려나와 조조의 군사들을 협공하기 시작한다. 조조는 몸을 빼어 북문을 향해 말을 달렸다. 그러나 얼마 가지 않아 길가에 매복해 있던 학맹과 조성이 군사를 휘몰고 나와 앞을 가로막는다. 조조가 소스라쳐 놀라 남문을 향해 말머리를 돌려 달아나니, 이번에는 고순과 후성이 길을 가로막는다. 전위가 눈을 부릅뜨고 이를 갈며 닥치는 대로 적을 베며 앞으로 뚫고 나가자, 고순과 후성은 그 기세에 성밖으로 밀려나갔다.

전위는 이들을 추격하여 조교까지 달려가다가 문득 뒤를 돌아보니 조조의 모습이 보이지 않는다. 다시 말을 몰아 성안으로 뛰어들어가는데, 문앞에서 이전과 마주쳤다. 전위가 급히 묻는다.

"주공께서는 어디 계시오?"

"나도 지금 찾아다니는 길이오."

"그럼 공께서는 밖으로 나가 원병을 청하시오. 나는 성안으로 들어가서 주공을 찾아보리다."

이전은 성밖으로 나갔다. 전위는 다시 성안으로 뛰어들어가 미친 듯이 조조를 찾아헤맸다. 그러나 어디에서도 조조의 모습을 찾을 길이 없다. 다시 성을 빠져나와 해자 쪽으로 달려가던 전위는 맞은편에서 달려오는 악진과 마주쳤다. 악진이 급히 묻는다.

"주공께서는 어디 계시오?"

"나도 두차례나 성안을 돌아보았건만 뵙지 못하였소."

"같이 들어가 다시 한번 찾아봅시다. 무슨 일이 있어도 주공을 구해내야 합니다."

두 사람이 함께 말을 달려 성문 앞에 이르렀을 때였다. 갑자기 성 위에서 화포(火炮)가 터지며 마구 불덩어리가 떨어져내린다. 악진의 말이 놀라 멈춰서더니 꼼짝도 하지 않는다. 전위는 혼자서 연기와 불길을 뚫고 성안으로 달려들어가 여기저기 조조를 찾아다녔다.

한편 조조는 전위가 성밖으로 나가는 것을 보고서도, 적군이 사방에서 달려드는 바람에 미처 남문으로 나가지 못하고 북문으로 말머리를 돌려야 했다. 이때 화염 속에서 누군가가 손에 창을 들고 말을 몰아 달려온다. 바라보니 여포가 아닌가.

조조는 곧 손을 들어 얼굴을 가리고 말에 더욱 채찍을 가했다. 그는 여포의 곁을 스쳐 앞으로 내달았다. 그러나 몇걸음 못 가서 여포는 갑자기 말머리를 돌려 조조의 뒤를 쫓아와 창끝으로 조조의 투구를 가볍게 치며 묻는다.

"혹시 조조를 못 봤느냐?"

조조는 손을 들어 반대쪽을 가리키며 말한다.

"저기, 황마(黃馬) 타고 도망치는 자가 바로 조조입니다."

그 말이 떨어지기가 무섭게 여포는 조조를 버리고 조조가 가리킨 방향으로 바람처럼 달려간다. 간신히 위기를 모면한 조조는 이번에는 동문을 향해 말머리를 돌렸다. 정신없이 달리다가 그는 비로소 전위를 만났다.

전위가 급히 조조를 호위해 혈로를 뚫고 성문 앞에 다다르니 주위는 온통 화염에 휩싸여 있다. 더구나 성 위에서 나뭇단이며 건초더미를 계속 떨어뜨려 불길은 더욱 사나운 기세로 타오른다.

전위가 창을 내두르며 화염을 뚫고 달리기 시작했다. 조조는 그 뒤를 따랐다. 그러나 막 성문을 통과하려는 순간 갑자기 위에서 불붙은 대들보가 떨어져내리며 조조가 탄 말의 엉덩이를 후려친다. 말이 고꾸라지자 조조는 황급히 대들보를 밀쳐내고 간신히 몸을 빼냈으나 그 바람에 손과 팔에 화상을 입고 머리털과 수염이 몽땅 타버렸다.

전위가 얼른 되돌아와 조조를 일으키는데, 마침 하후연이 나타났다. 두 사람은 함께 조조를 부축해 하후연의 말에 태웠다. 전위는 또다시 앞장서서 달려드는 적군을 물리치며 큰길 쪽으로 혈로를 열고, 조조와 하후연은 함께 말을 타고 뒤를 따른다. 간신히 성을 빠져나온 세 사람은 계속 혼전을 벌인 끝에 날이 훤히 밝아서야 영채로 돌아왔다. 모든 장수들이 엎드려 절하며 문안을 드리자, 조조는 멋쩍은 듯 껄껄 웃으며 말한다.

"변변치 않은 놈의 계책에 속아 낭패를 봤구나. 내 반드시 복수를 하고야 말리라."

곽가가 곁에서 거든다.

"계책이 있으시다면 서둘러 실행해야 합니다."

"저들의 계책을 거꾸로 이용하는 게 좋을 것 같다. 너희들은 즉시 내가 심한 화상으로 이미 5경에 죽었다고 헛소문을 내어라. 그럼 여포가 반드시 군사를 이끌고 쳐들어올 테니, 마릉산(馬陵山) 속에 군사를 매복시켜두고 놈들이 반쯤 들어서길 기다렸다가 중도에서 허리를 끊어 치면 여포를 쉽사리 사로잡을 게다."

곽가가 두말없이 찬성한다.

"참으로 훌륭한 계책이십니다."

모든 군사들이 상복을 입고 조조가 죽었다고 헛소문을 퍼뜨렸다. 이 소문을 들은 정탐꾼이 복양성으로 돌아가 여포에게 전했다. 여포는 당장 군마를 점검하여 이끌고 조조의 영채를 향해 출발했다. 어느덧 마릉산에 이르러 조조의 영채를 향해 중간쯤 접어들었을 때 갑자기 북소리가 크게 울리며 사방에서 복병이 일어났다. 죽기로 싸웠으나 여포는 군마를 태반이나 잃고 간신히 복양으로 돌아가 문을 굳게 닫아걸고는 방비를 삼엄하게 하며 다시는 나오려 하지 않았다.

그해에 갑자기 수많은 메뚜기떼가 날아들어 벼농사를 망쳐버리는 바람에 관동 일대의 곡식값이 엄청나게 치솟아 곡식 한섬에 50관(貫)을 호가하니, 사람이 사람을 잡아먹는 지경에 이르렀다. 군량미가 떨어지자 조조는 하는 수 없이 군사를 거두어 견성으로 돌아갔다. 여포 역시 양식을 구하러 산양으로 가서 군사를 주둔하니, 이로써 양편의 싸움은 일단 중지되었다.

이때 서주에 있던 도겸은 병상에서 신음하고 있었다. 어느덧 그의 나이 63세로, 갑자기 앓아누운 이래 나날이 병이 악화되어 회복할 기미를 보이지 않았다. 그는 미축과 진등을 불러다 후사를 의논했다. 미축이 아뢴다.

"조조의 군대가 물러간 것은 여포가 연주를 습격했기 때문입니다. 지금은 흉년이라 잠시 싸움을 중단했으나, 내년 봄에는 반드시 다시 올 것입니다. 전에 태수께서 두번이나 자리를 물려주시려 했으나 유현덕이 굳이 사양한 것은 그때만 해도 어르신께서 건강하셨기 때문입니다. 그러나 이제 병세가 악화되어 고을을 다스리시기 어려운 터이니, 다시 한번 간곡히 부탁하면 그도 더는 사양하지 못할 것입니다."

미축의 말에 도겸은 기뻐하며 즉시 소패로 사람을 보내서 군무로 상의할 일이 있다고 하고 유현덕을 불러들였다. 현덕은 관우·장비와 더불어 군사 수십기만 거느리고 서둘러 서주로 왔다. 세 사람은 도겸에게 안내되어 문안인사를 올렸다. 도겸이 반기며 말한다.

"현덕공을 청한 것은 다름이 아니라, 간곡히 부탁드릴 일이 있어서요. 이 늙은이는 병세가 위독하여 언제 죽을지 모르니 부디 내 청을 받아들여주시오."

"무슨 일이신지 말씀하십시오."

"전에도 말씀드렸지만, 공께서는 한나라 황실의 종친으로 나라를 위해 이 서주땅을 다스려달라는 것이외다. 그렇게만 해준다면 이 늙은 몸, 지금 죽어도 여한이 없겠소이다."

"어르신께는 자제분이 두분이나 계시는데, 어찌하여 저에게 이러십니까?"

"물론 큰아들 상(商)과 작은아들 응(應)이 있긴 하나 중임을 맡을 만한 그릇이 못 됩니다. 제가 죽은 뒤에 공께서 잘 가르쳐주시길 바랄 뿐이오. 하나, 결코 고을 일은 맡겨서는 안됩니다."

"제 한몸으로 이 막중한 임무를 어찌 감당하겠습니까?"

"내가 공을 보좌할 사람을 천거하리다. 북해 출신으로 손건(孫乾)이란 사람이 있는데, 자는 공우(公祐)라 합니다. 그 사람이라면 능히 공을 보필할 수 있을 겁니다."

도겸은 이제 미축을 돌아보며 당부한다.

"유공은 당세의 인걸이시니 잘 섬기게나."

현덕이 끝내 사양하자, 도겸은 진심임을 표하려는 듯 손을 들어 자기의 가슴을 가리키며 숨을 거두고 말았다. 사람들은 한참을 몹시 슬퍼하다가 곧바로 현덕에게 패인(牌印)을 바쳤다. 그래도 현덕은 한사코 거절하며 받아들이지 않는다.

다음 날 서주 백성들이 몰려왔다. 그들은 하나같이 땅에 엎드려 통곡하며 간청한다.

"유사군(劉使君)께서 이 고을을 맡아주시지 않는다면 우리들은 하루도 편안히 살 날이 없을 겝니다."

보다 못한 관우와 장비가 거듭 권하자 현덕은 당분간만 서주 일을 맡아보기로 허락했다. 현덕은 손건과 미축을 보좌관으로 삼고 진등을 막관(幕官)으로 삼아 소패에 주둔시킨 군마를 모두 성안으

三讓徐州

유비가 세번째로 서주를 사양하다

로 옮긴 다음 방을 붙여서 백성들을 안심시키는 한편, 도겸의 장례를 서둘렀다. 상을 치르는 데 지위 고하를 막론하고 일제히 상복을 갖춰 입도록 했으며, 성대한 제전을 마련하여 제를 올리고 황하(黃河)의 원류에 장사 지내고서 도겸의 유표(遺表, 신하가 죽을 때 임금에게 올리는 표문)를 조정에 올렸다.

견성에 주둔하고 있던 조조는 도겸이 이미 죽고, 유비가 서주 목사가 되었다는 소식을 듣고는 몹시 화를 냈다.

"내 아직 원수를 갚지 못했는데, 유비란 놈이 화살 하나 쏘지 않고 가만히 앉아서 서주를 차지했다고? 내가 기필코 그놈을 먼저 죽이고 도겸의 시체를 갈가리 찢어 내 아버님의 한을 풀어드리고 말리라."

조조는 당장이라도 군사를 일으킬 기세를 보였다. 순욱이 들어와서 간한다.

"일찍이 고조께서 관중(關中)을 보전하고, 광무제(光武帝)께서 하내(河內)를 확보하신 것은 근본을 중히 여겨 뿌리를 확고히 함으로써 천하를 바로잡으려는 뜻에서였습니다. 그 결과 밖으로 나가서는 적을 물리치고, 물러나서는 안을 굳게 지킬 수 있었으며, 한때의 역경을 딛고 대업을 이루게 되었던 것입니다. 주공께 연주와 하제(河濟)는 군사적으로 중요한 요새로서, 옛 관중이나 하내와 다름이 없습니다. 만약 지금 서주를 취하려면 많은 병력이 필요한데, 모든 군사가 동원되면 이 연주땅은 누가 지킬 것이며, 또한 그 허술한 틈을 타서 여포가 침범한다면 연주를 잃을 것입니다. 그렇다고 많은 군사들을 이곳에 남겨둔다면 서주에서의 싸움에서도 승리하기 어려울 터이니, 만약에 서주마저 얻지 못할 경우 주공께서는 대체 어디로 돌아가실 생각이십니까? 지금 도겸이 죽었다고는 하나, 이미 유비가 서주땅을 지키고 있고, 더구나 그는 서주 백성들에게 깊은 신뢰를 얻고 있는 터라, 무슨 일이 생기면 모든 백성들이 죽기로써 유비를 도와 싸울 것입니다. 그러니 주공께서 연주를 버리고 서주를 취하려 하시는 것은 곧 큰 것을 버리고 작은 것을 얻고자 하는 격이요, 근본을 버리고 실로 하찮은 것에 연연해하는 격이며, 안전함을 위태로움과 바꾸는 격입니다. 부디 깊이 생각하여 결정하십시오."

조조가 침묵 끝에 입을 연다.

"그러나 금년 같은 흉년에 군량도 넉넉지 못한 터에 이렇듯 무작정 앉아 있을 수만은 없는 노릇 아닌가?"

"그렇다면 동쪽으로 진(陳)지방을 공략하여 군사들의 배를 채워주는 것이 상책입니다. 황건적의 잔당인 하의(何儀)와 황소(黃劭) 등이 인근 마을을 약탈하여 여남(汝南)과 영천(潁川) 등지에 금은보화는 물론이고 비단과 양식을 산더미처럼 쌓아두고 있다 하는데, 그깟놈들쯤이야 우리의 적수도 못 됩니다. 놈들을 쳐서 그 양식을 빼앗아 군사를 기른다면, 조정이 기뻐하시고 백성들이 또한 기뻐할 테니, 이야말로 하늘의 뜻에 따르는 일이 아니고 무엇이겠습니까?"

310

조조는 순욱의 말에 따라, 하후돈과 조인으로 하여금 남아서 견성을 지키게 하고, 자기는 몸소 군사를 이끌고 나가 먼저 진지방을 공략한 후 여남과 영천을 향해 진격해갔다. 하의와 황소는 조조의 군사가 온 것을 알고, 수하의 무리들을 집결시켜 양산(羊山)에서 대치했다. 그들은 수효만 많을 뿐 대오행렬이 없는 오합지졸이었다.

조조는 군사들을 시켜 화살과 돌을 퍼붓게 하는 한편 전위로 하여금 나가 싸우게 했다. 하의도 질세라 부장을 내보내 맞서게 했다. 그러나 싸우기 시작한 지 3합도 못 되어 전위가 휘두르는 철극에 맞아 말 아래로 거꾸러져버린다. 여세를 몰아 조조는 적도들을 닥치는 대로 시살하며 양산 너머에 영채를 세웠다.

이튿날 황소가 군사들을 이끌고 와서 둥그렇게 진을 치더니, 그 가운데서 한 장수가 뚜벅뚜벅 걸어나온다. 머리에 누런 수건을 동여매고 녹색 옷차림을 한 그는 손에 쇠몽둥이를 들고서 큰소리로 외친다.

"나는 절천야차(截天夜叉) 하만(何曼)이다! 어느 놈이 나와 겨뤄볼 테냐?"

조홍이 냅다 소리를 지르며 말에서 뛰어내리더니, 칼을 뽑아들고 앞으로 나선다. 서로 어우러져 40~50합이나 싸웠으나 좀처럼 승부가 나지 않는다. 조홍은 꾀를 내어 달아나는 척하며 타도배감계(拖刀背砍計, 칼을 늘어뜨리고 있다가 갑자기 등을 돌려 적을 치는 계책)를 쓰기로 작정했다. 그러고는 하만이 뒤를 쫓자 가까이 오기를 기다렸다가 돌연 번개같이 몸을 돌리며 펄쩍 뛰어오르는 듯싶더니, 한 칼에 하만의 어깻죽지를 후려쳐 쓰러뜨린다. 하만이 어깨를 싸쥐고 비틀대며 몸을 일으키려 하자 다시 한번 목을 내려쳐서 아예 숨통을 끊어놓는다.

기세가 오른 이전이 고함을 지르며 나는 듯이 적진 가운데로 뛰어든다. 그 거센 공격에 황소는 미처 피하지 못하고 그대로 이전의 손에 생포되고 말았다. 사기등등해진 조조의 군사들이 닥치는 대로 적을 참살하여 한바탕 싸움에서 크게 이기니, 도적에게서 빼앗은 재물과 양식이 그 수효를 헤아릴 수 없을 정도였다.

적장 하의는 전세가 불리해지자 남은 무리 수백기만을 거느리고 갈파(葛陂)를 향해 달아나기 시작한다. 한창 도망하는 중에 느닷없이 산모퉁이에서 한떼의 군사들이 쏟아져나오더니 거구의 장사가 앞을 막아선다. 그는 8척 신장에 허리는 절구통보다도 커 보였으며, 손에 한자루 대도를 거머쥐고 있다.

하의가 곧 창을 꼬나잡고 대들었으나 싸운 지 단 1합 만에 장사의 손에 사로잡히고 말았다. 이를 지켜보던 나머지 무리들은 감히 싸워볼 엄두도 내지 못하고 사시나무 떨듯 하며 다투어 항복하기에 바빴다. 장사는 그들을 개 몰듯 몰고 가 토성으로 들어가버렸다. 전위가 하의를 쫓아 갈파에 이르니, 이번에도 역시 그 장사가 병사들을 거느리고 앞을 막아선다. 전위가 소리쳐 묻는다.

"이놈, 너도 황건적이냐?"

장사가 대답한다.

"나는 황건적 수백명을 붙잡아 토성 안에 가둬둔 사람이다."

"그래? 그렇다면 그놈들을 당장 내놓아라!"

"내가 들고 있는 이 보검을 빼앗아봐라. 그럼 당장 내어주마."

전위는 화가 치밀어 쌍철극을 휘두르며 달려들었다. 두 장수가 맞붙어 겨루는데, 진시(辰時, 오전 8시)에 시작해 오시(午時, 낮 12시)에 이르기까지 승부가 나지 않는다. 두 장수는 잠시 쉬기로 했다. 얼마 안 있어 장사가 다시 말을 몰아 나오며 큰소리로 외친다.

"그만 나오너라. 이번엔 결판을 내자!"

"그러자!"

한자루 대도와 두자루 철극이 다시금 어우러졌다. 어느덧 해가 저물어 황혼녘이 되었으나 여전히 승부는 나지 않고, 사람보다 말들이 지쳐서 더 싸울 수가 없다. 이를 지켜보던 전위의 군사가 나는 듯이 말을 달려 조조에게 가서 정황을 보고했다. 조조는 크게 놀라 서둘러 수하장수들을 거느리고 달려와 싸움을 구경했다.

다음 날 날이 밝기가 무섭게 장사가 다시 와서 싸움을 청한다. 조조는 그의 위풍당당한 모습을 보고 은근히 마음에 들어 전위에게 오늘은 거짓으로 패하라 분부했다.

전위는 조조의 명에 따라 30합가량 싸우다가 못이기는 체하며 진영으로 도망쳐온다. 장사가 뒤를 쫓아 진문 앞까지 왔으나 조조의 군사들이 화살을 빗발치듯 쏘아대자 되돌아갔다. 조조는 급히 군사들로 하여금 5리쯤 물러나게 한 뒤 몰래 함정을 파놓고 갈고리를 든 군사를 매복시켰다.

이튿날 아침 조조는 다시 전위를 시켜 나가 싸우게 했다. 전위가 1백여명의 기병을 거느리고 나가 싸움을 걸자, 장사가 가소롭다는 듯 웃어댄다.

"패해 달아난 놈이 무슨 낯으로 다시 왔느냐?"

전위는 대꾸하지 않고 나아가 몇합 싸우는 척하다가 이내 말머리를 돌린다. 장사는 춤추듯 칼을 휘두르며 달아나는 전위의 뒤를 급히 쫓다가 말을 탄 채로 함정 속에 빠지고 말았다. 매복해 있던 군사들이 장사를 결박하여 조조 앞으로 끌고 왔다. 조조는 얼른 자리에서 내려와 그를 끌고 온 군사들을 꾸짖어 물리치고 친히 결박을 풀어주었다. 또한 옷을 가져오게 하여 새옷으로 갈아입힌 다음 자리에 앉히고 고향과 이름을 물었다. 장사가 대답한다.

"나는 초국(譙國) 초현(譙縣) 사람 허저(許褚)로 자는 중강(仲康)입니다. 지난번 황건적의 난이 일어났을 때 일가친척 수백명을 모아 이곳에다 토성을 쌓고 도적을 막는데, 어느날 도적떼가 몰려옵디다. 곧 사람들을 시켜 돌을 잔뜩 주워오게 해서, 쳐들어오는 놈들을 내가 한놈 한놈 돌을 날려 쳤습지요. 백발백중의 팔매질에 놈들이 다 물러갔는데, 며칠 있다 다른 놈들이 또 몰려옵디다그려. 그때 우리는 마침 양식이 떨어졌기로 도적놈들과 화해하고, 소를 쌀과 바꾸기로 했습니다. 이놈들이 쌀섬을 지고 와서 대신 소를 몰고 가는데, 고개를 채 반도 못 내려서 소들이 모두 길길이 뛰며 우리 쪽으로 도로 돌아오더군요. 그래, 내가 달려나가 양손에 한마리씩 쇠꼬리를 붙잡고 뒷걸음질을 쳐서 백보 남짓 그들 쪽으로 끌어주었더니, 이 모양을 보고 도적놈들이 모두 놀라서 소들을 놓아둔 채 그대로 달아나버립디다. 그런 일이 있고부터 소문이 돌았는지 그뒤로는 다시 오는 놈이 없어서 지금까지 예서 무사히 지내고 있습니다."

조조가 말한다.

"내 그대의 명성을 들은 지 오래요. 그래, 앞으로 내 밑에서 지내는 게 어떻겠소?"

"진작부터 원하던 바올시다."

이리하여 허저는 그의 일가친척 수백명을 거느리고 조조의 휘하에 들게 되었다. 조조는 허저를 도위(都尉)로 삼고 상을 후하게 내린 다음, 사로잡은 하의와 황소의 목을 베어 여남과 영천땅을 평정했다. 조조가 군사를 거두어 견성으로 돌아오자 조인과 하후돈이 연주 소식을 고한다.

"며칠 전에 정탐꾼이 와서 보고하기를, 요즘 설란(薛蘭)과 이봉(李封)의 군사들이 밖으로 나와 노략질을 일삼고 다니는 바람에 지금 연주성이 텅 비었다고 합니다. 승리를 거둔 여세를 몰아 이를 공격한다면 북소리 한번에 연주성을 되찾을 수 있을 것입니다."

이에 조조는 다시 일어나 곧장 군사를 이끌고 지름길로 연주를 향해 급히 진격했다. 설란과 이봉은 뜻밖의 기습에 당황했으나 곧 남아 있는 군사들을 수습하여 성밖으로 나왔다. 허저가 조조에게 말한다.

"제가 저 두놈을 잡아 공에게 올리는 첫 예물로 삼을까 합니다."

조조는 크게 기뻐하며 나가 싸우게 했다. 허저가 달려나가자 이봉이 창을 휘두르며 덤벼든다. 그러나 채 2합도 싸우기 전에 허저의 칼이 이봉의 머리를 베어 떨어뜨린다. 이를 본 설란은 기겁하여 급히 말머리를 돌리더니 성으로 들어가려 했다. 그러나 어느 틈엔가 이전이 조교 근처에 버티고 서서 그의 돌아갈 길을 끊었다. 성으로 돌아가지 못한 설란은 군사를 이끌고 거야(鉅野)를 향해 달아나려 했다. 그러나 뒤쫓아온 여건(呂虔)의 화살 한발에 말에서 떨어져 죽고 말았다. 설란의 군사들은 모두 뿔뿔이 흩어져버렸다.

조조가 연주를 되찾으니, 정욱이 다시 군사를 몰아 복양으로 진격할 것을 청했다. 그 말에 조조는 허저와 전위를 선봉에 서게 하고 하후돈과 하후연은 좌군을, 이전과 악진은 우군을 통솔하게 했다. 그리고 자신은 중군을 이끌고 우금과 여건은 후군 삼아 복양을 향해 떠났다. 조조의 군사가 복양에 이르자 여포는 직접 군사를 거느리고 나아가 싸우려 했다. 이에 진궁이 말한다.

"아직 나가시면 안됩니다. 장수들이 다 모인 뒤에 계책을 의논하여 나가시는 게 좋을 듯합니다."

여포는 버럭 화를 낸다.

"내가 뭣이 두려워서 지체한단 말이냐?"

그리고는 진궁의 말을 듣지 않고 그대로 군사를 이끌고 성밖으로 나갔다. 여포는 진을 벌여세운 뒤 창을 비껴들고 조조의 진영을 향해 욕설을 퍼붓는다. 조조 진에서 허저가 뛰어나왔다. 두 장수가 서로 어우러져 20합가량 싸웠으나 승부가 나질 않는다.

"여포를 혼자 힘으로 당해낸다는 게 쉬운 일이 아니지……"

지켜보던 조조가 나직이 중얼거리고는 즉시 전위를 내보내 싸움을 돕게 했다. 전위와 허저가 여포를 협공하자, 연달아 좌편의 하후돈·하후연과 우편의 이전·악진이 달려나간다. 여섯 맹장이 여포 하나를 둘러싸고 치니, 아무리 대단한 여포라도 견뎌낼 도리가 없다. 여포는 몸을 빼어 성쪽으로 달아나기 시작한다. 그런데 뜻하지 않은 일이 벌어졌다. 성 위에서 내려다보고 있던 전(田)씨가 급히 사람을 시켜 다리를 들어올리게 한 것이다. 여포가 다급히 외친다.

"조교를 내려라! 어서 성문을 열어라!"

전씨가 대꾸한다.

"닥쳐라! 나는 이미 조장군께 항복했으니 아예 성에 들어올 생각은 말아라."

사태의 급함을 깨달은 여포는 전씨에게 한바탕 저주를 퍼붓고, 곧장 말머리를 돌려 정도(定陶)땅으로 달아났다. 복양성 안에 있던 진궁도 전씨가 변절한 사실을 알고 허둥지둥 여포 가족들을 보호하여 성을 빠져나갔다. 조조는 마침내 복양을 되찾고, 전씨의 지난 날의 허물을 용서했다. 유엽이 권한다.

"여포는 사나운 범과도 같아서 지금 비록 곤경에 처했다 하더라도 언제 다시 기운을 되찾아 덤벼들지 모를 일입니다. 이 기회에 아예 놈을 없애버려야 후환이 없을 것입니다."

옳은 말이었다. 조조는 유엽 등에게 복양을 지키도록 한 뒤, 자기는 다시 군사를 이끌고 여포의 뒤를 쫓아 정도로 향했다. 이때 여포는 장막·장초와 더불어 성안에 틀어박혀 있었다. 고순·장요·장패·후성 등은 바닷가로 양식을 구하러 나가서 아직 돌아오지 않고 있었다.

정도에 도착한 조조는 공격하지 않고 사태를 관망하며 여러날을 보내다가 무슨 생각에선지 40리 밖으로 물러나 영채를 세웠다. 제군(濟郡) 일대는 마침 보리가 무르익어 수확의 손길을 기다리고 있었다. 조조는 군사를 동원하여 보리를 베어다가 양식을 마련했다.

정탐꾼으로부터 이같은 보고를 받은 여포는 곧 군사를 이끌고 조조의 영채로 쳐들어갔다. 그러나 조조의 영채에 다다라 그 왼편의 울창한 숲을 보고서는 혹시 복병이 있지 않을까 염려하여 그대로 되돌아갔다. 조조는 여포가 군사를 이끌고 왔다가 그냥 돌아가는 것을 보고 즉시 수하장수들을 불러 말한다.

"여포가 그냥 돌아간 것을 보니 저 숲속에 복병이 있을 줄로 짐작한 모양이다. 숲속에 정기(旌旗)를 여러개 꽂아 실제로 군사를 매복해둔 것처럼 꾸미도록 하라. 그리고 서쪽에 긴 둑이 있는데, 물이 메말라 정예군사를 배치하기에 좋다. 그곳에 숨어 있다가, 내일 여포가 필시 숲에 불을 지르러 올 터이니 때맞춰 그 뒤를 치면 여포를 쉽게 사로잡을 수 있을 게다."

조조는 곧 고수 50명만 영채에 남아 북을 치게 하고, 근처 마을에서 남녀 수백명을 데려다 영채 안에서 함성을 올리도록 지시한 뒤 정예군사들은 모두 제방 뒤에 매복시켜놓았다.

한편 성으로 되돌아간 여포가 진궁에게 자신이 보고 온 바를 얘기하자, 진궁이 충고한다.

"조조는 꾀가 많으니 경솔히 상대했다가는 낭패 보기 십상입니다. 싸우는 것만이 능사가 아니라 계책을 철저히 세워 행동으로 옮기셔야 합니다."

그러자 여포가 큰소리를 친다.

"내가 내일이면 화공을 써서 복병놈들을 모조리 죽여 없앨 테니 두고 보아라."

이튿날 여포는 진궁과 고순으로 하여금 성을 지키게 하고, 자신은 다시 군사를 거느리고 성문을 나섰다. 멀리 수풀 한복판에 무수한 깃발들이 바람에 나부끼고 있는 게 눈에 들어온다.

'역시 짐작대로군.'

여포는 자기 생각이 틀림없다고 믿고 군사를 몰아 숲 주변에 불을 질렀다. 불길은 순식간에 번지며 무섭게 타들어간다. 그러나 금방이라도 군사들이 뛰쳐나올 것 같던 숲속에선 아무런 반응도 없다. 여포는 조조의 영채로 말머리를 돌렸다. 그가 군사들을 지휘하여 영채로 막 뛰어들려는데, 갑자기 안에서 천지가 진동하는 듯한 요란한 북소리가 울리기 시작한다. 여포는 깜짝 놀라 주춤 멈춰섰다. 뭔가 의심스러운 생각에 주저하는데, 느닷없이 영채 뒤에서 한 떼의 군사가 몰려나온다. 여포는 얼른 그들을 향해 말머리를 돌렸다. 그 순간, 이번에는 '쾅!' 하는 포소리와 함께 제방 뒤에 매복해 있던 군사들이 일제히 고함을 지르며 물밀듯 쏟아져나온다.

하후돈·하후연·허저·전위·이전·악진 등이 일시에 사방에서 공격하자, 여섯 장수들의 기세에 눌린 여포는 감히 싸워볼 생각도 못하고 재빨리 군사를 거두어 달아난다. 여포는 이 싸움에서 수하장수 성렴(成廉)이 악진의 화살에 맞아 죽었으며, 군사를 3분의 2가량 잃었다. 군사 하나가 먼저 달아나 진궁에게 싸움의 결과를 보고했다. 진궁이 말한다.

"군사도 없는 빈 성을 지키기는 어렵다. 빨리 피하는 게 낫겠다."

진궁은 고순과 함께 여포의 일가족을 데리고 정도성을 빠져나왔다. 조조가 승리를 거둔 여세를 몰아 성안으로 쳐들어가니, 그 기세는 하늘을 찌를 듯했다. 미처 도망치지 못한 장초는 불 속에 뛰어들어 스스로 목숨을 끊었고, 장막은 용케 성을 빠져나가 원술에게로 갔다. 이리하여 산동 일대는 모두 조조의 차지가 되었다. 조조가 백성들을 안심시키고 성곽을 보수한 이야기는 더 말할 것이 없다.

한편 도망치던 여포는 중도에서 휘하의 여러 장수들과 만났고, 진궁도 여포를 찾아왔다.

"우리가 비록 패하여 많은 군사를 잃었지만, 마음만 먹으면 조조쯤이야 얼마든지 이길 수 있다!"

여포는 여전히 큰소리치며 다시 정도성으로 진격해 조조를 치려한다.

싸움에서 이기고 지는 일 병가의 상사라   兵家勝敗眞常事

권토중래 또한 누가 알 수 있으랴　　　　　　　　　捲甲重來未可知

과연 여포와 조조의 승부는 어찌 날 것인가?

13
이각과 곽사의 난

이각과 곽사는 큰 싸움을 일으키고
양봉과 동승은 함께 황제를 구하다

정도에서도 조조에게 크게 패한 여포는 곧장 바닷가로 달아나, 그곳에서 흩어진 군마를 정돈하고 여러 장수들을 모아 다시 조조를 칠 대책을 세웠다. 진궁이 나서서 간한다.

"지금 조조의 형세가 워낙 커서 대적하기가 어려우니, 우선 몸 둘 곳을 찾은 연후에 쳐도 늦지 않을 것입니다."

"다시 원소에게로 가서 잠시 의탁할까 하는데, 어찌 생각하오?"

"먼저 기주로 사람을 보내 그쪽 소식을 알아본 뒤에 움직이는 것이 좋을 성싶습니다."

여포는 진궁의 의견에 따르기로 한다.

이 무렵 원소는 기주에 있으면서 조조와 여포가 한창 싸우고 있다는 소식을 듣고 있었다. 모사 심배(審配)가 말한다.

"여포는 이리나 범 같은 자라, 그가 만약 연주를 얻게 되면 우리 기주를 도모하려 들 게 뻔합니다. 그러니 차라리 조조를 도와 애시당초 근심거리를 없애는 것이 옳을 줄로 압니다."

그 말에 따라 원소는 안량(顔良)에게 군사 5만을 주어 조조를 도우러 가게 했다. 이 소식을 탐지한 정탐꾼이 급히 달려가 알리자, 여포는 몹시 놀라 진궁을 불러 의논했다. 진궁이 말한다.

"들자하니 근자에 유현덕이 서주를 맡아 다스리게 되었다는데, 그에게 가보는 것이 어떨는지요."

여포는 그 말에 따라 군사를 거느리고 서주로 향했다. 이 소식을 전해들은 현덕이 휘하 장수들을 불러놓고 말한다.

"여포는 당대의 뛰어난 용장이니 나가서 맞아들이는 것이 도리일 듯싶소."

미축이 반대한다.

"그렇지 않습니다. 호랑이 같은 여포를 받아들였다가는 반드시 큰 해를 입게 될 것입니다."

"지난날 여포가 연주를 습격하지 않았으면 조조는 끝끝내 이 서주를 손아귀에 넣고야 말았을 거요. 위급한 상황에서 덕을 보았는데, 어찌 곤경에 빠진 그를 모른 척 외면할 수 있겠소? 그도 생각이 있는 사람이니 딴마음은 먹지 않을 테지."

장비가 불쑥 말참견을 한다.

"형님은 마음이 너무 너그러운 게 탈이우. 어쨌거나 대비책은 있어야 하우."

현덕은 마침내 무리를 거느리고 30리 밖으로 나가 여포 일행을 영접하여 여포와 함께 말머리를 나란히 하고 성으로 돌아왔다. 그러고는 서로 예를 갖추어 인사를 나눈 뒤 마주 앉았다. 여포가 말한다.

"이몸이 왕사도와 함께 계교를 써서 동탁을 죽인 뒤 이각과 곽사의 변을 만나 몸 붙일 곳 없이 관동 일대를 떠돌아다녔건만, 제후들 가운데 누구 한 사람도 받아주는 이가 없었소이다. 그러던 중에, 얼마 전 포악하기 짝이 없는 조조가 이곳 서주땅을 침범했을 때 공께서는 군사를 일으켜 도겸을 구하셨지요. 그때 나는 연주를 습격해 조조의 세력을 분산시키려 한 것이 도리어 그의 간계에 넘어가 패장이 되어 이렇듯 공을 찾아오기에 이르렀소이다. 이제 공께 의탁하여 함께 대사를 도모하려 하는데, 공의 뜻은 어떠하신지요?"

현덕이 말한다.

"도사군께서 세상을 떠나신 후 마땅히 서주를 다스릴 사람이 없어 제가 잠시 고을 일을 맡아보던 터에, 마침 장군께서 오셨으니 저는 이제 물러나야겠습니다. 이제부터는 장군께서 서주땅을 맡아 다스려주시오."

현덕은 당장 패인(牌印)을 내어다 여포에게 주려 했다. 여포는 너무도 기뻤다. 망설임도 없이 손을 내밀어 덥석 받으려다가 불에 데인 듯 멈칫한다. 현덕의 뒤에서 노기등등하여 자기를 노려보고 있는 관우·장비와 눈이 마주쳤던 것이다. 여포는 내밀었던 손을 내저으며 어색하게 웃어 보인다.

유비가 내주는 서주의 패인을 여포가 마지못해 사양하다

"이 사람은 한낱 무관에 지나지 않거늘, 어찌 서주 목사 일을 감당할 수 있겠소이까?"

그래도 현덕이 거듭 권하자 진궁이 나선다.

"아무리 강해도 의탁하는 자는 주인 행세를 할 수 없다는 말이 있습니다. 그러니 공께서도 공연한 의심은 거두십시오."

진궁의 말에 현덕은 더이상 권하지 않고 잔치를 베풀어 후하게 대접한 후, 따로 숙소를 정해 편히 쉬도록 해주었다.

다음 날은 여포가 자기 숙소에서 답례의 뜻으로 술상을 마련하여 현덕을 청했다. 현덕은 관우·장비와 더불어 즐거운 마음으로 술자리에 참석했다. 술이 웬만큼 돌았을 때, 여포는 현덕에게 후당으로 갈 것을 청한다. 현덕이 관우·장비와 함께 후당으로 들어서자, 여포는 젊은 아내를 불러 인사를 시키려 했다. 현덕이 극구 사양하자 여포가 취한 척하며 말한다.

"아우님께서 그렇게까지 사양할 건 없지 않소?"

그 말이 떨어지자마자 곁에 있던 장비가 고리눈을 부릅뜨고 버럭 소리친다.

"네 이놈! 우리 형님이 어떤 분이신데 네깐놈이 감히 아우라 하느냐? 우리 형님으로 말하자면 황실의 후예로 더없이 귀한 분이시다. 당장 밖으로 나오너라. 내 너와 3백합이라도 겨루겠다!"

현덕이 깜짝 놀라 꾸짖었다. 곁에 있던 관우가 얼른 나서서 장비를 밖으로 끌어냈다. 현덕이 여포에게 사과한다.

"미련한 아우가 취중에 헛소리를 한 것이니, 형께선 너무 노여워 마시오."

여포는 입을 다물고 한동안 말이 없었다. 잠시 후 자리가 파하자 여포는 현덕을 전송하기 위해 밖으로 나왔다. 이때였다. 갑자기 말 발굽소리가 요란하더니 장비가 장팔사모를 꼬나잡고 말을 몰아 들어오며 벽력같이 소리친다.

"여포는 앞으로 나서라! 내 너와 3백합을 겨루겠다!"

현덕이 급히 관우를 시켜 말리게 했다.

이튿날 여포가 현덕을 찾아와 하직을 고한다.

"공께서는 저를 거두어주셨으나 아우님들이 용납하려 않으니, 달리 머물 곳을 찾아 떠나는 게 좋을 것 같소이다."

현덕이 말한다.

"장군이 이렇게 떠나신다면 그건 순전히 이 사람 잘못입니다. 용렬한 아우의 무례한 행동을 용서하십시오. 동생에게도 훗날 기회를 보아 반드시 사과드리도록 이르겠습니다. 그보다 여기서 가까운 곳에 소패라는 고을이 있는데, 제가 일찍이 군사를 주둔시켜 머물던 곳입니다. 협소한 곳이지만, 장군께서는 불쾌하게 생각지 마시고 잠시 그곳에 가서 지내시면 어떠실지요? 양식과 군수품은 제가 대드리도록 하겠습니다."

여포는 현덕에게 깊이 감사를 표했다. 그러고는 그길로 군사를 거느리고 소패로 갔다. 여포가 떠난 뒤 현덕이 직접 장비를 찾아 심하게 꾸짖은 것은 말할 필요도 없다.

한편 조조는 산동지방을 평정하고 나서 조정에 표문을 올려 이 사실을 알렸다. 조정에서는 조조에게 건덕장군(建德將軍) 비정후(費亭侯)의 벼슬을 내렸다. 이즈음 이각은 스스로 대사마(大司馬)가 되고, 곽사는 스스로 대장군이 되어 거리낌 없이 횡포를 부리고 있었다. 그러나 조정에서는 누구 하나 감히 무어라 말하는 사람이 없었다. 그런 중에 태위 양표와 대사농 주준이 헌제에게 은밀히 아뢴다.

"이제 조조 휘하에는 군사가 20만이며, 수십명의 모사와 장수들이 있습니다. 폐하께서 그를 얻으실 수만 있다면 사직을 보전할 수 있음은 물론이요, 간악한 무리들을 제거하여 천하를 안정시킬 수 있을 것입니다."

헌제는 눈물을 글썽인다.

"짐이 두 역도들에게 얼마나 오랫동안 말 못할 수모를 당했는지 모르오. 그자들의 목을 벨 수만 있다면 더 바랄 것이 없겠소."

양표가 아뢴다.

"신에게 한가지 계책이 있습니다. 먼저 두놈을 이간시켜 싸움을 붙일 테니, 폐하께서는 조조에게 조칙을 내려 적도들을 소탕하게 하여 조정을 편안케 하소서."

"그 계책이란 무엇인가?"

"신이 듣자오니, 곽사의 계집이 유달리 투기가 심하다 하옵니다. 그 계집에게 사람을 보내 반간계(反間計, 두 사람 사이를 멀어지게 하는 이간책)를 쓰면, 두 도적은 서로 죽이지 못해 안달이 날 것입니다."

헌제는 곧 밀조를 써서 양표에게 주었다. 퇴궐하여 집으로 돌아온 양표는 즉시 자기 아내를 은밀하게 곽사의 집으로 보냈다. 뭔가 용무가 있는 것처럼 꾸며 곽사의 아내를 만난 양표 부인은 이런저런 이야기 끝에 넌지시 말했다.

"듣자니 곽장군께서 이사마의 부인과 은근히 가깝게 지내신다고 하던데, 부인께서도 그 소문을 들으셨는지요? 만약에 이 일을 사마께서 아시게 되면 장군님 신상에 큰 변고라도 생길까 염려되어 드리는 말씀입니다. 부인께서는 모쪼록 유념하셔서 두분의 왕래를 끊도록 하시는 게 좋을 것 같습니다."

곽사 부인의 안색이 금세 어두워진다.

"어쩐지 요즘 들어 외박이 잦기에 수상쩍다 했지만, 그런 염치없는 짓을 저지르고 다닐 줄은 정말 몰랐어요. 부인께서 귀띔해주시지 않았다면 감쪽같이 속고 지낼 뻔했군요. 얘기해줘서 고마워요. 내 기필코 방비를 해야지요."

양표 부인이 하직을 고하자, 곽사 부인은 몇번이고 사례하며 믿어 의심치 않았다. 며칠 뒤 곽사가 이각의 초청을 받고 연회에 참석하기 위해 외출을 서두르자, 곽사 부인이 앞을 막아선다.

"내 들으니 이사마는 성미가 좋지 않은 사람 같아요. 더구나 두 영웅이 한자리에 설 수는 없는 법이라는데, 만약에 그 사람이 음식에다 독이라도 타먹이면 내 신세는 어찌 되겠어요?"

곽사는 아내를 나무라며 그대로 나가려 했다. 그러나 아내가 한사코 말리며 비켜서려 하지 않아 그는 결국 외출을 포기했다. 그날 저녁 이각은 사람을 시켜 곽사의 집으로 술과 안주를 보내왔다. 곽사 부인은 그 음식에다 남모르게 독약을 넣어 곽사 앞에 내놓았다. 곽사가 젓가락을 들어 맛보려 하자 그녀는 급히 손을 들어 만류한다.

"밖에서 들어온 음식을 어떻게 함부로 드시려 하세요?"

곽사 부인은 고기 한점을 집어 개에게 던져주었다. 덥석 음식을 받아먹은 개는 그 자리에서 모로 쓰러져 죽어버렸다. 이때부터 곽사의 마음에는 자연히 이각에 대한 불신감이 자리 잡기 시작했다.

며칠 후, 조정에서 회의를 마치고 나오는데 이각이 굳이 곽사를 자기 집으로 청했다. 하는 수 없이 이각의 집에 끌려간 곽사는 늦게까지 술을 마신 후 만취해서 돌아왔다. 그런데 어찌 된 일인지 집에 돌아오기가 무섭게 복통을 일으킨 그는 배를 싸쥐었다.

"그것 보세요. 음식에다 독을 탄 게 틀림없어요."

곽사 부인은 즉시 똥물을 퍼오게 하여 남편에게 먹였다. 먹은 음식을 모조리 토하고 나서야 속이 가라앉은 곽사는 격분하여 씩씩댔다.

"내가 제놈과 함께 대사를 도모한 사이인데, 이제 와서 까닭 없이 나를 해치려 하다니 이럴 수가 있나! 이렇게 당하고 있을 수만은 없지. 내가 먼저 손을 써서 놈을 죽여버리고 말 테다."

곽사는 즉시 군사들을 정비하여 이각을 칠 준비를 했다. 그러나 누군가에게서 이러한 뜻밖의 소식을 전해들은 이각은 노기가 충천했다.

"곽사란 놈이 내게 이럴 수가 있단 말이냐!"

이각 역시 군사를 거느리고 곽사를 치러 나서니, 두 장수가 거느린 군사가 수만명에 이르렀다. 그들은 장안성 밖에서 혼전을 벌이는 한편 백성들을 상대로 노략질을 일삼았다.

이각의 조카 이섬(李暹)은 군사를 거느리고 궁궐을 포위한 뒤, 수레 둘을 마련해 황제와 복황후를 각각 태우고 가후(賈詡)와 좌령(左靈)에게 감시, 호송케 했다. 나머지 환관과 궁녀들은 그 뒤를 따라 궐문을 나서다가 달려드는 곽사의 군사와 맞닥뜨려 어지러이 날아드는 화살에 수도 없이 목숨을 잃었다.

양편이 한창 혈전을 벌이는데, 이각이 군사를 이끌고 달려와 곽사의 배후를 공격했다. 곽사는 그제야 군사를 거두어 물러갔다. 곽사가 후퇴하자 이각은 황제와 복황후가 탄 수레를 협박하여 위험을 무릅쓰고 성밖으로 내몬 후 일언반구도 없이 자신의 진영으로 데리고 갔다.

이각의 군사가 한차례 휩쓸고 지나가자, 곽사는 군사들을 몰고 성안으로 들어가 남은 비빈과 궁녀들을 사로잡아 모조리 자기 진영으로 압송한 뒤 궁궐에 불을 질렀다. 다음 날, 곽사는 이각이 황제를 납치해간 사실을 뒤늦게 알고 다시 군사를 이끌고 이각의 진영으로 쳐들어갔다. 이각 또한 군사를 몰고 나가 싸우니, 황제와 복황후는 가슴이 떨리고 마음이 진정되지 않아 목숨을 부지하고 있는 것이 오히려 지옥이었다. 후세 사람이 이 광경을 연상하여 탄식한 시가 있다.

광무의 중흥으로 한실을 다시 일으켜	光武中興興漢世
앞뒤로 계승하여 12대에 이르렀더니	上下相承十二帝
환제와 영제 무도하여 나라가 기울고	桓靈無道宗社墮
환관이 권세를 부려 말세가 되었도다	閹臣擅權爲叔季
어리석은 하진이 어쩌다가 삼공 되어	無謀何進作三公
쥐새끼무리 없애고자 간웅을 불러들였던가?	欲除社鼠招奸雄
승냥이 몰아냈으나 범과 이리가 든 격	豺獺雖驅虎狼入
서량땅의 역적놈 음흉한 마음 품으니	西州逆竪生淫凶
왕윤의 충정심 한 여인에게 계책을 붙여	王允赤心托紅粉
동탁과 여포를 이간하여 원수로 만들이서	致令董呂成矛盾
역적 괴수 죽여 세상이 태평할 줄 알았으나	渠魁殄滅天下寧
이각 곽사 분을 품을 줄 뉘 알았으리	誰知李郭心懷憤
가시밭길 같은 황제의 운명 어찌할꼬	神州荊棘爭奈何
육궁*이 모두 굶주려 시름겨워 하누나	六宮饑饉愁干戈
인심이 흩어지니 천명도 다하여서	人心旣離天命去
영웅들은 천하를 나누어 차지하기 바빴네	英雄割據分山河
후대의 제왕들이여, 이 일을 거울삼아	後王規此存兢業
나라의 강토 잃지 않도록 조심하라	莫把金甌等閒缺
무고한 생령들 목숨 잃어 오장육부 뿌려지고	生靈糜爛肝腦塗
물과 산은 아직도 온통 원혈에 젖어 있어	剩水殘山多怨血
옛 역사 펼쳐봄에 슬픔을 못이기겠다	我觀遺史不勝悲
고금의 망국유적만 아득하여라	今古茫茫嘆黍離

임금 된 자 마땅히 근본을 굳게 지켜야 하리니　　　人君當守苞桑戒
누가 태아 명검을 잡아 나라 기강 세울 건가?　　　太阿誰執全綱維

＊ 황후와 후궁

이각의 진영으로 쳐들어간 곽사는 전세가 불리해지자 잠시 물러났다. 이 틈을 타서 이각은 황제와 복황후를 수레에 태워 미오로 옮긴 뒤 조카 이섬을 시켜 지키게 했다. 이섬은 사람들의 출입을 철저히 통제하며 음식조차 제대로 공급해주지 않아, 임금을 모시는 신하들은 모두 굶주림에 지쳐 운신도 못할 지경이 되었다. 보다 못한 황제는 이각에게 쌀 다섯섬과 소뼈 다섯마리분을 신하들에게 나누어줄 것을 청했다. 이 말을 전해들은 이각은 소리를 버럭 지른다.

"아침저녁으로 밥을 올리는데 그만하면 족하지, 무얼 또 달란 말이냐?"

심사가 뒤틀린 그는 마지못해 상한 고기와 썩은 쌀을 주어 보냈다. 그나마 아쉬운 대로 음식을 해서 먹으려 했으나 악취가 너무 심해 도저히 입을 댈 수가 없다. 헌제는 더이상 참을 수가 없어 분을 터뜨렸다.

"아무리 역적놈이라지만 이럴 수가 있는가!"

시중 양표가 급히 아뢴다.

"이각은 워낙 성질이 잔인하고 포악한 자이니, 어찌하겠습니까? 엎드려 비옵건대 폐하께오서 참으셔서 그의 예봉을 피하소서."

헌제는 고개를 푹 떨군 채 말없이 눈물만 흘렸다. 떨어지는 눈물이 용포 소매를 적시는 것을 보고 신하들도 저마다 울음을 삼키는데, 사람 하나가 급히 들어오며 보고한다.

"지금 한떼의 군마가 폐하를 구하러 오고 있다는 소식이옵니다. 멀리서도 창검이 빛나고 징소리와 북소리가 천지를 진동합니다."

순간 헌제의 얼굴에 기쁜 기색이 떠올랐다.

"날 구하러 온다고? 그게 누구인지 당장 알아보고 오너라."

잠시 후 정황을 알아보고 들어온 시종이 맥 풀린 소리로 말한다.

"곽사라 하옵니다……"

헌제는 더욱 낙담하지 않을 수 없었다. 이내 성밖에서 함성이 크게 들려왔다. 이각이 군사를 거느리고 곽사를 맞아 싸우러 나가는 참이었다. 이각이 채찍을 들어 곽사를 가리키며 크게 꾸짖는다.

"내 너를 박대하지 않았는데, 어찌하여 나를 해치려 하느냐?"

곽사도 지지 않고 대꾸한다.

"이 역적놈아, 너 같은 반역자를 어찌 살려두란 말이냐?"

"네놈이 알다시피 나는 황제를 보호하고 있는 몸이다. 그런 날보고 역적이라니, 말이 될 소리냐?"

"황제를 납치해 감금하고서 보호라니, 네놈이야말로 말이 되는 소리를 해라."

"닥쳐라! 여러 말 할 것 없이 결판을 내자. 우리 단둘이 겨루어 이기는 자가 황제를 모시기로 하자."

두 사람은 그 자리에서 10합을 겨뤘으나 승부가 나지 않는다. 싸움이 한창 절정에 달할 무렵 양표가 급히 말을 달려나오며 외친다.

"두분 장군은 잠깐 싸움을 멈추시오. 내가 대신들과 상의하여 두 분을 화해시키고자 이렇게 달려왔소."

이리하여 이각과 곽사는 일단 싸움을 중단하고 각자 진영으로 돌아갔다. 양표는 곧 대사농 주준과 더불어 조정 관원 60여명을 모 아 먼저 곽사의 진영으로 가서 화해를 권했다. 그러나 곽사는 그들 의 말을 들으려 하지 않을뿐더러 모두 잡아가두려 한다.

"너무하시오. 우리는 두분 장군을 화해시키려는 것뿐 다른 뜻이 있어 온 게 아닌데 어찌 이렇게 대접할 수 있단 말이오?"

대신들이 일제히 항의하자 곽사가 대꾸한다.

"이각은 황제도 감금하는 판인데, 내가 공들쯤 잡아가둔들 무어 그리 대수겠소?"

양표가 말한다.

"한 사람은 황제를 감금하고 또 한 사람은 우리 대신들을 감금하 니, 도대체 어쩌자는 것이오?"

곽사가 발끈하여 당장 처죽일 듯 허리에 찬 칼을 뽑아들었다. 곁 에 있던 중랑장(中郞將) 양밀(楊密)이 얼른 막아서며 만류한다.

"참으시오. 이각을 제거하지 못하고 조정의 원로부터 죽이는 것 은 현명한 처사가 아니외다."

듣고 보니 딴은 옳은 말이었다. 곽사는 칼을 도로 칼집에 꽂고 선심이라도 쓰듯이 양표와 주준을 놓아보냈다. 그러나 나머지 대 신들은 모두 진영 안에 가두어버렸다. 밖으로 나오자 양표가 주준에게 말한다.

"한나라의 신하 된 몸으로 임금을 구해 나라를 편안히 할 수 없다면 목숨을 부지한들 무슨 낯으로 하늘을 볼 수 있겠소?"

두 사람은 부둥켜안고 통곡하다가 땅바닥에 쓰러져 혼절했다. 간신히 깨어나 집으로 돌아간 주준은 결국 몸져눕더니 며칠 안 가 세상을 뜨고 말았다. 이각과 곽사는 그뒤로도 50여일을 계속하여 싸웠는데, 이때 죽은 자가 수를 헤아릴 수 없이 많았다.

평소에 이각은 해괴하고 요사스러운 술법을 좋아했는데, 진중에 항상 무녀를 불러들여 북을 울리며 내림굿을 한다고 야단법석을 피우곤 했다. 모사 가후가 여러차례 중지할 것을 간했으나 이각은 좀처럼 들으려 하지 않았다. 어느날 시중 양기(楊琦)가 헌제에게 가만히 아뢴다.

"신이 보기에 가후가 비록 이각의 심복이기는 하나 그래도 폐하에 대한 충성심이 아직 남아 있는 듯하더이다. 그러니 폐하께서 가후를 불러다가 대책을 의논하시면 어떨는지요?"

이렇게 말하는데, 마침 가후가 약속이라도 한 듯 불쑥 들어섰다. 헌제는 좌우를 물리치고 울면서 가후에게 말한다.

"경이 한나라 황실의 처지를 가엾게 여겨 짐의 목숨을 구해줄 수 있겠는가?"

가후가 엎드려 절하며 아뢴다.

"그것이야말로 신이 원하는 바이옵니다. 폐하께서는 아무 말씀

마시고 신에게 맡겨만 주십시오."

"짐은 경만 믿겠소."

헌제는 눈물을 거두고 감사의 뜻을 표했다. 가후가 물러가고 잠시 후에 이각이 나타났다. 칼을 찬 채로 거침없이 들어서는 그를 보고 헌제의 얼굴은 이내 흙빛이 되었다. 이각이 거만스레 말한다.

"곽사란 자가 반역의 뜻을 품어 공경(公卿)들을 감금하고 폐하까지 납치하려 하니, 신이 아니었으면 폐하는 벌써 놈의 손에 붙들려 포로신세가 되었을 거요."

헌제가 손을 마주 모아 보이며 사례하자 이각은 비로소 물러갔다. 그러자 이번에는 황보력(黃甫酈)이 들어섰다. 헌제는 그가 말주변이 뛰어나고, 무엇보다도 이각과 동향 사람이란 점을 생각하여 이각과 곽사를 화해시킬 것을 간곡히 당부했다. 헌제의 명을 받들어 곽사의 영채를 찾은 황보력은 어떻게든 곽사를 설득해보려고 애를 썼다.

"이각이 황제를 내놓는다면, 나도 대신들을 놓아주겠다."

곽사의 말에 황보력은 다시 이각을 찾아갔다.

"황제께오서 이몸이 공과 동향인 서량 사람임을 아시고 나에게 두분의 화해를 당부하시기로 이렇게 왔소이다. 곽공은 명을 받들어 황제의 뜻에 따르기로 하셨는데, 공께서는 어쩌시렵니까?"

"나로 말하면 여포를 쳐서 물리친 크나큰 공로가 있고, 또한 황제를 보필하여 정사에 관여해온 지난 4년 동안 많은 공훈을 쌓았음은 온 천하가 다 아는 일이오. 그런데 일개 말도적에 지나지 않던 곽사라는 놈이 감히 대신들을 감금하여 나와 겨루려고 하니, 어찌 눈 뜨고 봐줄 수가 있겠소? 내 맹세코 그놈을 죽이고야 말 테니 두고 보시오. 알다시피 내 휘하에는 뛰어난 지략을 가진 장수들과 군사들이 있소. 그만하면 곽사 따위야 거뜬히 이기고도 남을 텐데 무엇 때문에 화해를 한단 말이오?"

"그렇지 않소이다. 옛날에 유궁국(有窮國)의 후예(后羿)는 자신의 활 쏘는 재주만 믿고 뒷일은 생각지 않다가 마침내 멸망했소.(고대 하夏나라 때 유궁국의 왕 후예가 자신의 능력만 믿고 정사를 돌보지 않다가 신하에게 죽임을 당한 고사) 또한 가까운 예로 동태사의 경우를 보면, 공도 잘 알다시피 그가 얼마나 막강한 힘을 가지고 있었습니까? 그러나 양자 여포가 은혜를 원수로 갚는 바람에 머리가 잘려 국문(國門)에 내걸리는 신세가 되었소. 그러니 힘이 강한 것이 능사도 아니며 믿을 것도 못 되지요. 공은 상장(上將)의 몸으로 모든 권세를 한손에 쥐셨고, 아울러 자손과 일가친척이 모두 높은 벼슬에 올라 있으니 국은(國恩)이 두텁다 하지 않을 수 없소. 그런데 지금 곽사는 대신들을 감금하고 장군은 황제를 감금하고 있으니, 과연 누가 누구를 나무랄 수 있겠소이까?"

이각은 화가 나서 칼을 빼들며 꾸짖는다.

"황제가 너를 보내면서 나를 욕하라 시키더냐? 당장에 네놈부터 목을 베어 본때를 보여줘야겠구나!"

기도위(騎都尉) 양봉(楊奉)이 얼른 끼어들며 간한다.

"곽사를 제거하지 못한 채 황제의 사신부터 죽이면 이는 곽사에게 군사를 일으킬 명분을 제공하는 셈이며, 또한 모든 제후들이 그를 돕도록 만드는 결과를 초래할 것입니다."

가후 또한 애써 말리자, 이각의 노기가 다소 누그러졌다. 가후는 이각의 마음이 바뀌기 전에 얼른 황보력을 밖으로 밀어냈다. 밖으로 나온 황보력이 소리 높여 외친다.

"이각이 조칙을 받들려 하지 않는 것은 황제를 죽이고 스스로 황제가 되려는 속셈이로구나!"

시중 호막(胡邈)이 깜짝 놀라 나서서 막는다.

"말조심하시오. 무슨 일을 당하려고 이러십니까?"

황보력은 호막을 꾸짖는다.

"호막아, 너 또한 조정의 신하로서 어찌하여 역도들의 하수인 노릇을 하느냐? 임금이 욕을 당하는 마당에 신하 된 몸으로 어찌 살기를 바라겠는가. 더러운 목숨을 부지하느니 차라리 이각의 손에 죽는 편이 낫겠다."

이 말을 전해들은 황제는 급히 영을 내려 황보력을 서량으로 돌려보냈다. 원래 이각의 군사들은 태반이 서량 사람들로, 게다가 강병(羌兵, 오랑캐족 군사)의 도움을 받고 있었다. 황보력은 서량으로 돌아가 그곳 사람들에게 말했다.

"이각은 반역자다. 그를 따르는 자 또한 역적으로 몰려 큰 해를 입을 것이니, 신중히 생각하여 행동하라."

황보력의 말은 서량 사람들 사이에서 널리 퍼졌다. 군사들의 마음이 흔들리기 시작했다. 이각은 이 소문을 듣고 크게 노하여 호분

(虎賁)직에 있는 왕창(王昌)을 시켜 당장 황보력을 잡아오게 했다. 왕창은 평소 황보력의 충성심을 누구보다 잘 알고 있던 터라, 쫓아가보지도 않고서 황보력이 어디로 달아났는지 아무리 찾아도 없더라며 거짓 보고를 했다. 가후는 가후대로 이각 군중의 강병들을 충동질했다.

"황제께서는 일찍이 너희들의 충의와 노고를 아시고, 너희를 고향으로 돌려보내라는 밀조를 내리셨다. 명을 받들어 귀환하면 후에 큰 상이 있으리라."

그렇지 않아도 이각이 싸움만 시키고 상이나 벼슬을 전혀 내리지 않는 데 불만을 품고 있던 강병들은 일제히 병기를 챙겨 떠나버렸다. 가후는 다시 헌제에게 은밀히 아뢰었다.

"이각은 본래 욕심만 많지 꾀가 없는 사람으로, 뜻밖에도 군사들이 뿔뿔이 흩어지자 몹시 불안해하고 있습니다. 이런 때에 높은 벼슬을 미끼 삼아 그를 안심시켜두면 여러모로 도움이 될 것입니다."

헌제는 당장 조칙을 내려 이각을 대사마로 봉했다.

"이것은 무당들이 내림굿을 하여 빌어준 덕이다."

이각은 이렇게 말하며 무녀들에게 후한 상을 내렸다. 그러나 군사들에게는 아무런 상도 내리지 않았다. 기도위 양봉이 화가 나서 송과(宋果)에게 말한다.

"우리가 화살과 돌이 빗발치는 사지에서 죽음을 무릅쓰고 싸웠거늘, 그 공이 무녀만도 못하단 말이오?"

송과도 맞장구친다.

"그러게 말이오. 이럴 바에는 차라리 그 역적놈을 잡아 죽이고 황제를 구하는 게 어떻겠소?"

"좋소. 그럼 이렇게 합시다. 오늘밤 그대가 영채에 불을 지르면, 나는 밖에서 군사를 거느리고 기다렸다가 불길이 치솟는 즉시 들이치는 거요."

두 사람이 이렇듯 약속을 정하고 2경(밤 10시)이 되기만을 기다리는데, 뜻밖에도 누군가가 엿듣는 바람에 이 사실은 곧 이각에게 알려지고 말았다. 몹시 화가 난 이각은 당장 송과를 잡아다 목을 베어버렸다. 그런 줄도 모르고 양봉은 군사를 거느리고 밖에서 신호가 있기를 기다렸다. 웬일인지 2경이 지나도록 안쪽에서는 아무런 기척이 없다. 그런데 갑자기 징과 북소리가 크게 울리며 이각이 직접 군사를 거느리고 짓쳐나오는 게 아닌가. 양봉은 결국 4경(새벽 2시)까지 한바탕 혼전을 벌인 끝에 크게 패하여 군사를 이끌고 서안(西安)으로 가버렸다.

이때부터 이각의 군세는 점점 약해졌고, 게다가 걸핏하면 곽사의 공격을 받아 죽어나가는 군사의 수도 점점 늘어났다. 이각이 이래저래 심란해 있는데 사람 하나가 달려와 보고한다.

"장제(張濟)가 대군을 이끌고 섬서지방에서 이리로 오는 중입니다. 두 장군을 화해시키러 오는 것이라는데, 만약 자기 말에 따르지 않을 경우 어느 쪽이든 가만두지 않겠답니다."

이각은 먼저 장제의 마음을 사기 위해 군중으로 사람을 보냈다. 그가 곽사와의 화해안을 받아들일 용의가 있음을 전하자, 곽사 쪽에서도 이를 받아들이지 않을 수 없었다. 장제가 표문을 올려 홍농(弘農)으로 옮길 것을 청하니, 헌제는 매우 기뻐한다.

"짐이 그토록 동도(東都, 낙양)를 그리워했거늘, 이제나마 돌아갈 수 있다면 얼마나 다행이겠느냐."

그날로 장제를 표기장군(驃騎將軍)으로 봉하니, 장제는 백관들에게 양식이며 술과 고기를 내어 크게 잔치를 베풀었다. 곽사는 그동안 영채 안에 가둬둔 대신들을 모두 풀어주었고, 이각은 군마를 수습한 뒤 어림군(御林軍) 수백명을 동원해서 헌제를 호송하여 길을 떠났다.

황제의 수레가 신풍(新豐)을 지나 패릉(霸陵)에 이르니, 때는 가을이 깊어 찬바람이 소슬하다. 패릉의 한 다릿목에 이르렀을 때였다. 문득 함성이 크게 일더니 수백명의 군사가 몰려와 앞을 막아서며 소리친다.

"웬놈들이냐?"

시중 양기가 말을 몰아 다리 위로 올라서며 되물었다.

"황제의 행차를 가로막는 네놈들이야말로 누구냐?"

군사들 중 두 장수가 앞으로 나서며 대답한다.

"우리는 곽장군의 명을 받들어 다리를 지키는 중이오. 황제의 행차시라면 어디 봅시다. 두 눈으로 확인하기 전에는 믿을 수 없소."

양기가 주렴을 높이 들어 보인다. 수레 위에 앉아 있던 헌제가 한마디 한다.

"짐을 보고도 왜 물러가지 않는가?"

이에 모든 군사가 소리 높여 만세를 부르더니 일제히 길 양편으로 물러서며 어가를 통과시켰다. 두 장수는 군사를 이끌고 돌아가 곽사에게 사실대로 보고했다.

"어가는 이미 지나갔습니다."

곽사가 노발대발하며 호통친다.

"멍청한 놈들 같으니! 내 당장 장제의 대군을 당해내기 어려워 짐짓 이각과 화해하는 척했던 것인데, 뭘 어쨌다구? 너희들에게 패릉교를 지키게 한 것은 황제를 납치해 미오로 끌고 와서 장제를 혼내줄 생각에서였다. 그런데 마음대로 어가를 놓아보내다니, 어떻게 책임질 테냐?"

곽사는 당장 칼을 뽑아 두 장수의 목을 치고, 급히 군사를 일으켜 어가의 뒤를 쫓았다.

어가가 화음현(華陰縣)에 이르렀을 무렵이다. 갑자기 뒤에서 천지가 떠나갈 듯한 함성이 일며 누군가 큰소리로 외쳤다.

"게 멈춰라, 당장 멈춰서지 못하겠느냐!"

헌제가 눈물을 글썽이며 대신들에게 말한다.

"가까스로 이리의 소굴을 벗어났나 했더니, 다시 범을 만났구나. 이 일을 어찌하면 좋겠느냐?"

대신들도 모두 낯빛이 변해 어찌할 바를 모르는데, 적군은 점점 더 가까이 다가왔다. 이때였다. 산모퉁이에서 또다른 무리들이 북을 울리며 나타났다. '대한양봉(大漢楊奉)'이라 씌어진 커다란 깃발을 세워들고서 1천여명의 군사들이 달려오고 있었으니, 다름 아닌 양봉의 군사였다. 양봉은 이각에게 패한 후 군사를 이끌고 종남산(終南山)에 들어가 숨어 있다가 어가가 온다는 소문을 듣고 황제를 호위하러 달려온 길이었다. 양봉이 군사를 벌여세워 진을 이루자, 곽사의 장수 최용(崔勇)이 선두에 나서며 욕설을 퍼부어댔다. 양봉이 화가 나서 휘하 장수들을 돌아보며 소리친다.

"공명(公明)은 어디 있느냐?"

한 장수가 커다란 도끼를 들고 나는 듯이 말을 달려나와 곧장 최용을 공격한다. 두 말이 어우러져 싸우기 시작한 지 불과 1합에 최용의 머리가 두쪽이 나며 말 아래로 굴러떨어진다. 양봉이 승세를 타고 군사를 몰아 닥치는 대로 쳐주었다. 곽사의 군사는 크게 패해 20여 리를 물러났다. 양봉은 얼른 군사를 수습한 뒤 어가 앞으로 나아갔다. 헌제가 반갑게 맞이하며 그의 공을 치하한다.

"경이 짐을 구해주었으니, 그 공이 참으로 크오."

양봉은 무릎을 꿇고 깊이 머리를 조아렸다. 헌제가 다시 입을 열었다.

"방금 적장을 벤 자는 누구인가?"

양봉은 곧 그 장수를 불러 수레 앞에서 절하게 하고 소개했다.

"이 사람은 하동(河東) 양군(楊郡) 사람으로 성은 서(徐)씨요 이름은 황(晃), 자는 공명이라 하옵니다."

황제는 서황에게도 치하의 말을 아끼지 않았다. 양봉이 어가를 호위하여 화음에 이르니, 장군 단외(段煨)가 의복과 음식을 갖추어 황제께 올렸다. 그날 헌제는 양봉의 영채에서 밤을 지냈다.

이튿날, 패해 달아났던 곽사가 다시 군사를 수습하여 공격해왔다. 서황이 앞서 나아가 싸웠으나 곽사가 사면팔방으로 에워싸고 몰아치는 통에 급기야 황제와 양봉은 위기에 처하게 되었다. 이때였다. 동남쪽에서 느닷없이 커다란 함성이 일며 한 장수가 군사를 거느리고 급히 달려왔다. 그의 도움으로 서황은 또다시 곽사의 군사들을 크게 물리쳤다. 한바탕 싸움이 끝나고 장수는 헌제 앞으로 나아가 큰절을 올렸다. 그는 다름 아닌 국척(國戚, 황제의 외척) 동승(董承)이었다. 헌제가 울며 지난 일들을 하소연하자, 동승이 말한다.

"폐하께서는 이제 근심을 거두소서. 신이 양장군과 더불어 맹세코 두 도적을 베어 천하를 바로잡겠나이다."

헌제는 하루라도 빨리 동도로 가기를 원했다. 양봉 일행은 어가를 모시고 밤낮없이 홍농을 향해 길을 재촉했다.

곽사는 패한 군사를 거느리고 돌아가다가 우연히 이각과 마주쳤다. 곽사가 말한다.

"양봉과 동승이 어가를 빼앗아 홍농으로 향했소. 그들이 산동에 도착해 자리를 잡으면 반드시 천하에 포고하여 제후들과 더불어 우리를 치려 할 게 뻔한데, 그리되면 우리의 삼족까지도 목숨을 보전하지 못할 게요."

이각이 답한다.

"지금 장제는 군사를 거느리고 장안에 진을 치고 있소. 내 보기에 그들이 경솔하게 움직일 것 같지는 않으니, 이 틈에 우리가 서

로 군사를 합하여 홍농으로 가서 황제를 죽인 다음 천하를 반씩 나
눠 가지면 어떻겠소?"

곽사는 기꺼이 그 제안을 받아들였다. 두 사람은 군사를 한데 집
결해 홍농을 향해 출발했다. 홍농으로 가는 동안 버릇처럼 노략질
을 해대니, 그들이 지나는 곳마다 남아나는 것이 없다. 양봉과 동승
은 도적의 무리가 다시 뒤를 쫓는다는 말을 듣고 군사를 돌려 동간
(東澗)에 이르러 일대 접전을 벌였다. 이각과 곽사가 상의한다.

"저들에 비해 우리 군사가 더 많으니 혼전을 벌이면 이길 것이
오."

이리하여 이각은 왼쪽, 곽사는 오른쪽으로 니뉘어 어지럽게 몰
아치며, 양편의 군사가 까맣게 들을 덮고 맹렬한 기세로 공격해들
어갔다. 양봉과 동승도 좌우로 갈라져 죽기로써 싸웠으나 백관과
궁인은 물론 부책(簿冊)이며 전적(典籍), 어용지물(御用之物) 따위
는 모두 포기한 채 간신히 황제와 황후만을 비호해 빠져나왔다. 이
각과 곽사는 군사를 이끌고 홍농으로 들어가 마구 약탈했다. 동승
과 양봉은 어가를 모시고 섬서(陝西) 북쪽을 향해 달아났다. 이각
과 곽사는 다시 군사를 나누어 그 뒤를 쫓았다.

동승과 양봉은 형세가 몹시 위태로움을 깨닫고, 사람을 보내 이
각과 곽사에게 화해를 청하는 한편, 급히 황제의 밀조를 하동으로
보내 백파수(白波帥) 한섬(韓暹)과 이락(李樂)·호재(胡才) 등에게
원군을 청했다. 이락은 원래 산적이었으나 너무도 다급한 상황이
라 이것저것 가릴 처지가 못 되었다. 황제가 지난날의 죄를 사하고

벼슬까지 내린다는데 세 장수가 마다할 이유가 없었다. 당장 휘하 군졸들을 총동원하여 달려와 동승과 함께 일제히 공격을 개시하여 홍농을 되찾았다.

그러나 그것으로 끝난 게 아니었다. 이각과 곽사는 이르는 곳마다 백성들을 약탈하며 노약자는 서슴없이 죽여버렸다. 또한 젊은 장정들은 닥치는 대로 잡아들여 감사군(敢死軍)이라 이름하고 싸울 때마다 화살받이로 내세우니, 그 형세는 날로 커져만 갔다.

한편 이락은 군사를 이끌고 위양(渭陽)에 이르렀다. 이 사실을 안 곽사는 꾀를 내어 군사들에게 의복과 몸에 지닌 물건들을 길에다 버리게 했다. 이락의 군사들은 길바닥에 옷들이 널려 있는 것을 보고 서로 다투어 줍느라 대오가 엉망이 돼버렸다. 이각과 곽사는 기다렸다는 듯이 군사를 휘몰아 어지러이 공격했다.

이락의 군사가 크게 패하자, 양봉과 동승도 적을 막아내지 못하고 어가를 비호하여 북쪽을 향해 달아나기 시작했다. 등 뒤에서는 역적의 무리가 뒤쫓고 있었다. 이락이 말을 달려 황제의 수레 곁으로 오더니 아뢴다.

"형세가 심히 급하오니, 폐하는 말에 올라 먼저 떠나십시오."

헌제가 사양한다.

"짐이 백관을 버리고 어찌 혼자 갈 수 있겠는가?"

그 말에 뒤를 따르던 모든 신하들이 하나같이 눈물을 흘렸다. 적군의 추격을 막던 호재는 이미 죽은 뒤였다. 양봉과 동승은 역적의 추격이 급해지자 황제께 청했다.

"폐하, 수레를 버리고 걸어가시는 편이 나을 것 같습니다."

얼마 안 가 황하(黃河)에 다다랐다. 이락의 무리가 어디선지 작은 배 한척을 구해왔다. 날은 차고 강바람은 매서웠다. 헌제와 복황후는 간신히 강언덕에 올랐으나 비탈진 절벽이 가로막아 도저히 내려갈 수가 없었다. 뒤에서는 커다란 함성과 함께 추격병이 점점 가까이 다가오고 있었다. 양봉이 말한다.

"말고삐를 풀어서 폐하의 허리에 묶어 내려 배에 오르시게 하는 길밖에 없겠소이다."

사람들 가운데서 황후의 친정오라버니 복덕(伏德)이 흰 비단 10여필을 들고 앞으로 나온다.

"이 비단은 난군(亂軍) 중에 얻은 것인데, 이것을 이어서 쓰기로 합시다."

행군교위(行軍校尉) 상홍(尙弘)이 비단을 풀어 황제와 복황후의 몸을 감싸 묶은 뒤 몇몇 사람들을 시켜 황제부터 조심스레 배에 오르게 했다. 뒤이어 황후의 오라버니 복덕이 황후를 등에 업고 배에 내려서자, 남아 있던 무리들이 서로 먼저 배에 오르려고 다투어 줄을 잡고 늘어졌다. 칼을 짚고 뱃머리에 서 있던 이락이 가차없이 칼을 휘둘러 그들을 물속으로 떨어뜨렸다.

가까스로 배를 띄워 황제와 황후를 건네고 난 후 되돌아가 사람들을 태우려 하니, 이번에도 역시 언덕에 모여 있던 사람들이 한꺼번에 달려들어 매달리는 바람에 난리법석이 벌어졌다. 이락은 다시 칼을 들어 뱃전에 매달린 자들의 손과 팔을 마구 내려찍었다.

배가 움직이기 시작하자 미처 배에 오르지 못한 사람들의 울음소리가 천지를 진동한다.

간신히 강을 건너고 보니 황제를 모시는 대신들과 측근 10여명만이 곁에 남아 있을 뿐이었다. 이번에는 양봉이 어딘가에서 달구지 한채를 찾아서 끌고 왔다. 헌제와 황후를 모시고 길을 떠나 대양(大陽)에 이르니 어느덧 해가 저물었다. 지치고 굶주린 채로 헤매다가 인가를 발견했으나, 난리통에 모두 도망가버려 집집마다 텅 비어 있었다. 그중 쓸 만한 기와집 한채를 치우고 황제를 모시니, 어디 숨어 있었는지 촌로 하나가 조밥 한 사발을 들고 왔다. 황제와 황후는 마주 앉아서 수저를 들었다. 그러나 난생처음 대하는 거친 밥이라 깔깔한 게 목구멍에 걸려 도무지 넘어가질 않았다.

이튿날 헌제는 조서를 내려 이락을 정북장군(征北將軍)으로, 한섬은 정동장군(征東將軍)으로 각각 봉한 후 수레에 올라 막 길을 떠나려는데, 대신 두 사람이 나타나 엎드려 절하며 울음을 터뜨린다. 태위 양표와 태복(太僕) 한융(韓融)이었다. 두 대신을 만나자 황제와 황후도 눈물을 흘렸다. 이윽고 눈물을 거두며 태복 한융이 아뢴다.

"이각과 곽사 두 도적이 신의 말은 좀 듣는 편이오니, 신이 목숨을 걸고 가서 싸움을 중단하도록 설득해보겠습니다. 폐하께서는 부디 옥체를 보전하소서."

한융이 떠나자, 이락은 황제를 모시고 양봉의 진영으로 가서 잠시 쉬도록 했다. 그후 양표의 청에 따라 안읍현(安邑縣)을 도읍으로 정하여 잠시 머물기로 하고 옮겼다. 그러나 그곳 역시 황제가 지낼 만한 집은 눈에 띄지 않았다. 하는 수 없이 문도 울타리도 없는 초가 한채를 치우고 그곳에 기거하기로 했다. 가시나무를 꺾어다가 사면을 둘러막아 울타리를 삼으니, 대신들은 초가집에서 황제와 더불어 국사를 논하였다. 장수들은 군사를 거느리고 울 밖에서 호위했다.

이때부터 이락은 본색을 드러내기 시작했다. 산적 노릇을 하며 살아온 그인지라 성정이 포악하며 매사에 방약무인했다. 대신들 가운데 조금이라도 제 비위를 거스르는 자가 있으면 황제가 보는 앞에서 함부로 욕설과 구타를 서슴지 않았다. 또한 일부러 탁주와 거친 음식을 황제께 드리며 잡숫기를 권하니, 황제라도 참아내는 수밖에 별도리가 없었다.

이락과 한섬은 또 황제에게 연명(連名)으로 자기들의 졸개인 온갖 무뢰배와 하인배·무당·군졸 2백여명에게 교위(校尉)나 어사(御史) 등의 벼슬을 내려줄 것을 강요했다. 그 경황에 옥새를 지니고 있을 리 만무한 황제는 나뭇조각에 송곳으로 글씨를 파서 임명장을 대신하니, 황제의 체통 따위는 이미 무너진 지 오래였다.

한편, 태복 한융이 이각과 곽사를 찾아가 두 사람을 설득하여 그들은 마침내 군사를 거두기로 하고 잡아두었던 여러 대신과 궁녀들을 모두 놓아주었다.

그해에는 전에 없는 극심한 흉년으로 백성들은 풀뿌리와 나무껍질로 목숨을 연명해야 했으며, 그나마도 부족해 굶어 죽은 사람의 시체가 사방에 널렸다. 이런 중에도 하내(河內) 태수 장양(張楊)은 쌀과 고기를 바치고 하동(河東) 태수 왕읍(王邑)이 비단을 바쳐, 헌제는 다소나마 안정을 얻게 되었다. 동승은 양봉과 서로 상의하여 낙양으로 사람을 보내서 궁궐을 고치도록 하고, 황제를 모셔 곧 동도로 돌아갈 준비를 했다. 이를 지켜보던 이락이 반대하고 나섰다. 동승이 설득한다.

"낙양은 원래 황제가 계시던 도읍이오. 안읍 같은 작은 고을에 어찌 황제를 계속 머무시게 할 수 있겠소? 이제 어가를 받들어 낙양으로 돌아가는 것은 당연한 이치요."

이락이 불쾌하다는 듯 말한다.

"어가를 모시고 갈 테면 가시오. 나는 그대로 여기 남겠소."

동승과 양봉은 마침내 이락을 그곳에 남겨둔 채 어가를 모시고 동도를 향해 떠났다. 이락은 비밀리에 이각과 곽사에게 사람을 보내 황제를 납치할 음모를 꾸몄다.

이 사실을 알게 된 동승·양봉·한섬 등은 군사들로 하여금 밤낮으로 황제를 물샐틈없이 호위하게 하고 기관(箕關)땅을 향해 걸음을 재촉했다. 이락은 음모가 누설되었음을 알고 이각과 곽사의 군사가 도착하기도 전에 혼자서 군사를 거느리고 서둘러 뒤를 쫓았다. 그날 4경이 지나 기산(箕山) 아래에서 어가를 만난 이락이 큰소리로 외친다.

"멈춰라! 이각·곽사가 여기 왔다."

이 소리를 들은 헌제가 소스라쳐 놀라 어찌할 바를 모르는데, 문득 산 위에서 환한 횃불들이 무수히 올랐다.

전에는 두 도적이 두패로 나뉘었더니　　　　　　前番兩賊分爲二
이제는 세 도적이 하나로 뭉쳤도다　　　　　　今番三賊合爲一

한나라 황제의 운명은 어찌 될 것인가?

14

대권을 잡은 조조

조조는 어가를 허도로 옮기고
여포는 서주를 야습하다

이락이 군사를 이끌고 이각과 곽사를 사칭하며 어가를 뒤쫓아오
자 헌제는 크게 놀랐다. 양봉이 황제를 위로한다.

"고정하소서. 저놈은 이각과 곽사가 아니라 이락입니다."

양봉은 곧 서황으로 하여금 나가 싸우게 했다. 이락이 앞장서 말
을 몰아 나오더니, 겨우 1합에 서황의 도끼에 맞아 말 아래로 굴러
떨어진다. 이를 본 잔당들은 아예 싸워볼 생각도 않고 뿔뿔이 흩어
져 달아났다. 서황은 군사를 휘몰아 그 태반을 죽였다. 그러고는 어
가를 보호해 기관땅을 지나는데, 하내 태수 장양이 양식과 비단을
싣고 나와 지도(軹道)에서 어가를 영접했다. 헌제는 그 자리에서
장양을 대사마에 봉했다. 장양은 공손히 하직인사를 올린 후 군사
를 거느리고 야왕(野王)으로 떠났다.

마침내 헌제는 다시 낙양으로 돌아왔다. 그러나 낙양은 이미 예전의 낙양이 아니었다. 궁궐은 모조리 불타 한줌 재로 변했고, 사방을 둘러봐도 잡초만 무성하여 황량하기 짝이 없다. 남아 있는 것이라곤 무너진 담장뿐이어서 양봉은 급한 대로 남아 있는 벽에 의지해 지붕을 덮게 하고 어설프게나마 황제의 거처를 마련했다. 문무백관들은 조례(朝禮) 때마다 가시덤불 속에서 예를 올렸다. 이로부터 황제는 흥평(興平) 연호를 고쳐 건안(建安) 원년(196)이라 했다.

그해 역시 크게 흉년이 들어서, 낙양성에 사는 백성들은 불과 수백호밖에 안되었는데도 먹을 것이 없어 대부분 성밖으로 나가 풀뿌리나 나무껍질로 연명했다. 조정에서도 상서랑(尙書郎) 이하의 벼슬아치들은 모두 밖으로 나가 풀뿌리와 나무껍질을 찾아 헤매다녔다. 굶주림으로 많은 사람들이 무너진 담장 밑에 쓰러져 죽었으니, 한나라 말년 운수처럼 참담한 경우는 다시 없었다.

후세 사람이 이 참상을 시를 지어 탄식했다.

망탕산에서 백사가 피 흘려 죽은 뒤   血流芒碭白蛇亡

붉은 깃발 나부끼며 천하를 종횡하여   赤幟縱橫游四方

진나라 사슴 쫓아 사직을 일으키고   秦鹿逐翻興社稷

초나라 오추마 넘어뜨려 천하를 정했다네   楚騅推倒立封疆

황제가 나약하고 간신이 들끓어   天子懦弱奸邪起

국운이 쇠잔하니 도적이 미쳐 날뛰누나   氣色凋零盜賊狂

서경, 동경 두 수도의 난리 겪은 자취를 보소   看到兩京遭難處

태위 양표가 헌제에게 아뢴다.

"지난번에 내리신 조서를 아직도 조조에게 보내지 못했습니다. 지금 조조는 여전히 산동에 머물고 있는데, 그 휘하에 뛰어난 장수와 많은 군사들을 거느리고 있으니 불러들여 왕실을 돕게 하심이 어떠하올는지요."

헌제가 말한다.

"이미 조서를 내렸으니 경이 알아서 하시오."

양표는 칙지를 받들어 밖으로 물러나오자마자 사람을 시켜 조조를 불러오게 했다.

한편 산동에 있던 조조는 헌제가 무사히 낙양으로 돌아갔다는 소식을 듣고 모사들을 모아 상의했다. 순욱이 나서서 말한다.

"과거에 진(晉)나라 문공(文公)은 주(周)나라 양왕(襄王)을 잘 받들어 모셨기 때문에 제후들의 존경을 한몸에 받았고, 한고조(漢高祖)는 초나라 의제(義帝)의 장례를 잘 치러준 까닭에 천하의 민심을 얻을 수 있었습니다. 그러므로 장군께서 의병을 일으켜 어려운 처지에 계신 황제를 돕는 것은 백성들의 마음을 얻는 길이자 불세출의 영웅으로 추앙받을 수 있는 절호의 기회입니다. 서두르지 않으면 좋은 기회를 놓칩니다."

조조가 그 말을 듣고 크게 기뻐하며 당장 군사를 수습하는데, 때마침 황제가 보낸 사신이 당도했다는 보고가 들어왔다. 조조는 조서를 받아보고 그날로 군사를 일으켰다.

황제는 낙양에서 답답한 나날을 보내고 있었다. 모든 것이 미비하여 제대로 정사를 돌볼 수도 없을뿐더러 무너진 성곽조차 고쳐 쌓지 못했다. 그런 중에 이각과 곽사가 또다시 군사를 이끌고 쳐들어온다는 보고가 들어왔다. 황제가 깜짝 놀라 양봉에게 묻는다.

"산동에 간 사자가 아직 돌아오지 않았는데 이각과 곽사의 무리가 온다니 이를 어찌하면 좋겠는가?"

양봉과 한섬이 동시에 대답한다.

"폐하, 신들이 목숨을 걸고라도 폐하를 지켜드릴 것이오니 염려 마옵소서."

동승이 나선다.

"성곽이 허술한데다 군사 또한 많지 않은 터에, 적들과 싸워 이기지 못하면 그때는 어떻게 하시겠소? 차라리 어가를 모시고 산동으로 피하느니만 못할 것 같소이다."

황제는 동승의 말에 따라 그날로 산동을 향해 길을 떠났다. 문무백관들은 타고 갈 말이 없어 모두 어가를 따라 걸어가야 했다. 그렇게 낙양을 떠나 한마장이나 갔을까. 문득 자욱이 먼지가 일어 태양을 가리더니, 징과 북소리가 하늘을 뒤흔들며 요란한 말발굽소리와 함께 수많은 군사들이 몰려왔다.

황제와 황후가 겁에 질려 떨며 말도 못하고 있는데, 웬 사람 하나가 나는 듯이 말을 달려와 수레 앞에 멈춰선다. 가까이서 보니 그는 산동에 갔던 사신이다. 그가 말에서 내려 땅바닥에 엎드리며 말한다.

"조장군이 폐하의 부르심을 받들어 산동의 군마를 일으켜 달려오고 있습니다. 또한 오던 중에 이각과 곽사의 무리가 낙양을 침범하려 한다는 소식을 듣고, 하후돈에게 장수 10명과 정병 5만을 주어 폐하를 호위할 수 있도록 먼저 보냈으니, 그들이 곧 도착할 것입니다."

헌제는 비로소 안도의 숨을 내쉬었다. 곧이어 하후돈이 허저와 전위의 무리를 이끌고 와서 군례(軍禮)로써 인사를 올렸다. 헌제가 막 위무의 말을 하는데, 그 말이 채 끝나기도 전에 동쪽에서 한떼의 군마가 몰려온다는 보고가 들어왔다. 헌제가 곧 하후돈에게 명하여 알아보게 하니, 하후돈이 다녀와서 아뢴다.

"조조 장군의 보병이옵니다."

잠시 후 조홍·이전·악진 등이 뒤를 이어 와서 황제를 뵙고 각자 자신들의 성명을 고했다. 조홍이 말한다.

"신의 형이 적병이 지척에 이르렀음을 알고 하후돈 혼자 당해내기 어렵겠다고 저희에게 도우라 하여 이렇게 달려왔습니다."

"조장군이야말로 진정 나라를 위하는 신하로다!"

헌제가 그들에게 수레를 호위하도록 하고 앞으로 나서는데, 다시 급한 말발굽소리를 내며 파발꾼이 달려와 고한다.

"이각과 곽사의 무리가 점점 가까이 오고 있습니다."

황제는 하후돈에게 군사들을 나누어 적병에 대처하도록 명했다. 하후돈과 조홍은 각기 군사를 이끌고 새가 날개를 펼치듯 양편으로 나뉘었다. 그러고는 기병이 앞장서고 보병이 뒤따라 맹렬히 공격하여 이각과 곽사의 무리를 크게 무찔렀다. 이때 벤 적병의 머리가 무려 1만여개나 되었다.

황제는 다시 낙양의 옛 궁궐터로 돌아왔다. 하후돈은 황제를 안으로 모시고 자신은 성밖에 머물며 밤새도록 지켰다. 이튿날, 드디어 조조의 대군이 낙양에 이르렀다. 조조는 성밖에 진을 벌인 뒤, 성안으로 들어가 황제를 뵈었다. 계단 아래 엎드린 조조를 친히 일으켜 세우며 황제가 말한다.

"먼 길을 오느라 수고가 많았소."

조조가 아뢴다.

"신은 일찍이 나라의 은혜를 입어 어찌하면 보답할 수 있을지 늘 마음에 새기고 있던 터였습니다. 이제 이각과 곽사 두 도적의 죄악이 하늘을 찌를 듯하여 더는 두고 볼 수 없습니다. 신에게 정병 20만이 있사오니, 하늘의 뜻에 따라 저들을 반드시 섬멸하고야 말겠습니다. 부디 폐하께서는 사직을 중히 여기시어 옥체를 보전하소서."

헌제는 조조를 사예교위(司隷校尉)에 봉하여 절월(節鉞, 대장에게 내리는 표식)을 주고, 녹상서사(錄尚書事)를 겸임하게 했다.

한편, 이각과 곽사는 조조가 멀리서 왔기 때문에 군마가 몹시 고단하리라 믿고서 다시 한번 공격하여 속전속결로 승부를 내려 했다. 그러자 모사 가후가 반대한다.

"다시 싸워봤자 우리 쪽이 불리합니다. 조조의 군사들은 정예병이고 장수들 또한 뛰어난 맹장들뿐이라 차라리 늦기 전에 항복하여 죄를 용서받는 편이 나을 것입니다."

이각이 버럭 화를 낸다.

"이놈, 네가 감히 내 예기를 꺾으려 드느냐!"

당장 칼을 빼어들어 내리칠 태세였다. 곁에 있던 수하장수들이 일제히 나서서 말린 덕에 간신히 죽음을 면한 가후는 그날밤 혼자서 영채를 빠져나와 고향으로 가버렸다.

이튿날 이각은 군사를 거느리고 다시 조조에게 도전했다. 조조는 먼저 허저·조인·전위 등을 시켜 3백 철기병(鐵騎兵)을 거느리고 이각의 진중으로 들어가 세차례나 접전한 뒤 비로소 진을 벌여세웠다. 이각의 진지에서도 질세라 그의 조카 이섬(李暹)과 이별(李別)이 말을 달려나와 맞선다. 이를 보고 허저가 번개같이 마주 달려나가며, 이섬이 미처 손을 쓸 새도 없이 한칼에 그의 목을 베어버린다. 그 바람에 이별이 깜짝 놀라 제풀에 말에서 떨어지자, 허저는 잽싸게 달려들어 그의 머리마저 베어들고 서서히 말을 돌려 진으로 돌아왔다.

"그대는 나에게 번쾌(樊噲, 한나라 유방의 맹장으로 여러번 유방의 목숨을 구함)나 다름없네!"

조조는 몹시 기뻐하며 허저의 등을 두드려주었다. 그러고는 곧 하후돈으로 하여금 군사를 거느리고 왼쪽으로 나가게 하고 조인은 오른쪽으로, 조조 자신은 친히 중군을 통솔하여 삼면에서 돌격할 태세를 취했다.

북이 한번 울리자 모든 군사들이 일제히 쳐들어가니, 적군은 맹렬한 공격을 견디지 못하여 뿔뿔이 흩어져 달아난다. 조조는 직접 보검을 빼들고 밤새도록 추격하여 적을 무찔렀다. 문자 그대로 주검이 들에 깔리고 피가 흘러 내를 이루었다. 항복한 군사들은 셀 수도 없이 많았다. 가까스로 목숨을 건져 서쪽을 향해 달아난 이각과 곽사는 그야말로 상갓집 개꼴이 되어 깊은 산속으로 자취를 감추었다.

조조가 크게 이기고 돌아와 낙양성 밖에 군사들을 주둔시키자, 양봉은 한섬과 은밀히 의논했다.

"이제 조조가 큰 공을 세웠으니 앞으로 권력을 잡게 될 것이오. 그렇게 되면 우리를 용납하려 들지 않을 게 뻔하지 않소?"

두 사람은 당장 황제를 찾아뵈었다.

"이각과 곽사가 산으로 도망갔다 하는데 신들이 뒤쫓아가서 이참에 아예 화근을 없앨까 하오이다."

헌제가 이를 허락하자 두 사람은 즉시 많은 군사를 이끌고 대량(大梁)으로 떠나갔다.

그때 황제가 의논할 게 있다고 조조에게 사람을 보냈다. 조조는 궁에서 사자가 왔다는 말에 얼른 안으로 들게 했다. 사자를 맞이하는데, 그의 이목이 수려하며 낯빛이 맑고 고운 것이 왠지 마음에 걸린 조조는 속으로 생각한다.

'동도(東都, 낙양)에 크게 흉년이 들어 군사와 백성들이 모두 굶주리는 판에 어찌하여 이 사람만 저렇게 낯빛이 좋을까……?'

조조가 묻는다.

"공의 얼굴은 유난히 윤기가 돌고 안색이 좋소그려. 무슨 특별한 비결이라도 있는 게요?"

사자가 대답한다.

"별다른 비결은 없사옵고, 30년간 담식(淡食, 싱겁고 기름지지 않은 식사)을 해온 때문이 아닌가 싶습니다."

조조는 고개를 끄덕이고 다시 묻는다.

"공은 지금 무슨 벼슬에 계시오?"

"이몸은 효렴(孝廉)으로 천거받아 원소와 장양 밑에서 종사를 지내다가, 최근 황제께서 환도하셨다는 소식을 듣고 입조하여 지금은 정의랑(正議郎)으로 있습니다."

"존함은 어찌 되시오?"

"제음(濟陰) 정도(定陶) 태생으로, 성명은 동소(董昭), 자는 공인(公仁)이외다."

그 말에 조조는 얼른 자리를 고쳐앉으며 말한다.

"귀공의 높은 명성을 들은 지 오래거늘 오늘에야 이렇게 만나게 되었소이다."

조조는 즉시 술상을 마련하도록 명하고 순욱을 불러 서로 인사를 나누게 하는데, 급한 보고가 올라왔다.

"한떼의 군마가 동쪽을 향해 가고 있는데, 어떤 자들인지 알 수가 없습니다."

조조가 당장 사람을 시켜 알아보려 하자 동소가 말한다.

"구태여 알아보실 것도 없습니다. 아마도 이각의 장수로 있던 양봉과 백파수 한섬일 터인데, 공께서 이곳에 오셨으니 달리 살길을 찾아 대량땅으로 떠나는 것 아니겠습니까."

조조가 묻는다.

"그것은 이 사람을 의심한 행동이 아니겠소?"

동소가 말한다.

"둘 다 신통치 않은 자들이니 개의하실 바 없소이다."

조조가 다시 묻는다.

"이각·곽사는 어찌 생각하오? 두놈 모두 아직 살아 있으니 그냥 내버려두어도 별달 없겠소?"

"범이 발톱이 없고 새가 날개를 잃었는데 제놈들이 어쩌겠습니까? 머지않아 공의 손에 사로잡히고 말 터이니 염려 마십시오."

조조는 동소의 대답이 막힘이 없고 사리에 밝은 것을 보고 화제를 바꾸어 조정의 일을 물었다. 동소가 차분히 대답한다.

"공이 의병을 일으켜 역적들을 주멸하고 조정에 들어와 황제를 보필한다면 이는 곧 오패(伍覇, 춘추시대 다섯 패권자. 제齊나라 환공桓公, 진晉나라 문공文公, 진秦나라 목공穆公, 송나라 양공襄公, 초楚나라 장왕莊王)의 공로와 다름없습니다. 다만 모든 장수들이 사람이 다르고 뜻이 달라서 공에게 반드시 복종하라는 법이 없으니, 이곳에 머물러 계신다면 분명 여러모로 불편한 일이 생길 것입니다. 그러니 황제를 모시고 허도(許都)로 옮겨가는 것이 상책이겠으나, 황제께서는 난리통에 이리저리 옮겨다니다가 낙양에 돌아오신 지 얼마 안되어 모든 백성들이 하루속히 안정되기를 바라는 만큼, 또다시 어가를 옮긴다면 당연히 반대가 따르겠지요. 그러나 남다른 일을 행하는 자만이 남다른 공로를 세울 수 있는 것이니, 장군의 용기있는 결단이 필요할 것으로 보입니다."

동소의 대답에 조조는 매우 흡족하여 동소의 손을 잡고 웃으며 말한다.

"그것이 바로 이 사람의 뜻이오. 그러나 양봉이 대량에 있고 대신들이 조정에 있으니, 그 일을 단행할 경우 혹 무슨 변고라도 생기진 않겠소?"

"그리 어렵게 생각할 일은 아닙니다. 우선 양봉에게 서신을 띄워 안심시킨 후, 대신들에게는 낙양에 양식이 없어 어가를 허도로 모시려 한다고 말씀하십시오. 허도는 노양(魯陽)이 가까워 양식을 운반하기에 편리하다고 설득하시면 대신들도 기꺼이 따를 것입니다."

조조는 그 말을 듣고 크게 기뻐했다. 동소가 돌아가려 하자 조조는 아쉬운 듯 그의 손을 잡으며 말한다.

"앞으로도 공은 내가 도모하는 일에 많은 가르침을 주시오."

동소는 사례하고 돌아갔다. 그뒤로 조조는 매일같이 모사들을 모아놓고 비밀리에 도읍 옮길 일을 의논했다.

한편 시중 태사령(太史令) 왕립(王立)은 사적인 자리에서 종정(宗正) 유애(劉艾)에게 조용히 말했다.

"내가 천문을 보니, 지난봄부터 태백성(太白星, 금성)이 북두성과 견우성 사이에서 진성(鎭星, 토성)을 범하여 천진(天津)을 지나고, 형혹성(熒惑星, 화성)이 또한 역행하여 태백성과 천관(天關)에서 만났으니, 이는 금(金)과 화(火)의 기운이 모여 새 임금이 나실 조짐이라. 머지않아 대한(大漢)의 천기와 운수가 다하여 진(晉)과 위(魏)땅에 반드시 새로 일어나는 자가 있을 것 같소."

그는 또한 헌제에게도 이같이 아뢰었다.

"천명에는 변화가 있고, 오행(五行) 또한 하나의 기운만 성할 수는 없는 법입니다. 화(火)를 대신하는 것은 토(土)이니, 한나라를 대신해 장차 천하를 다스릴 자는 필시 위(魏)에 있을 것입니다."

이 말을 전해들은 조조는 즉시 사람을 보내 왕립의 입을 단속했다.

"공의 충성심을 내 모르는 바는 아니나, 하늘의 이치는 깊고도 먼 것이니 부디 말씀을 삼가시오."

그러고는 순욱에게 왕립의 말을 전했다. 순욱이 말한다.

"한나라가 화덕(火德)을 입었다면 장군은 토명(土命)을 타고나셨소. 그리고 허도 역시 토에 속하니, 그곳으로 가시면 흥하게 마련이외다. 즉 화능생토(火能生土)요 토능왕목(土能旺木)이라, 이는 동소나 왕립의 말과 같은 뜻으로, 후일에 반드시 새로 일어나는 이가 있음을 의미합니다."

조조는 마침내 결단을 내리고 이튿날 궁중에 들어가 황제를 뵙고 아뢴다.

"동도(東都)는 이미 너무도 황폐하여 복원하기가 어렵고, 양식을 운반해오는 데도 어려움이 많습니다. 그러나 허도는 노양땅과 가까운데다 성곽과 궁실이 갖춰져 있으며 돈과 양식 등 모든 물자가 풍족하니 신은 감히 폐하께 도읍을 허도로 옮기실 것을 간청하는 바입니다. 부디 윤허하여주소서."

헌제는 감히 조조의 말을 물리칠 수 없었다. 신하들도 하나같이 조조의 세력을 두려워하는 터라 모두들 입을 다문 채 서로의 얼굴만 쳐다보았다.

마침내 길일을 잡아 낙양을 떠나는데, 조조가 군사를 거느리고 어가를 호위하니 문무백관이 그 뒤를 따라 행렬을 지었다. 얼마쯤 가다가 어느 고개에 이르렀을 때다. 갑자기 요란한 함성이 일더니 양봉과 한섬이 군사를 거느리고 나타나 길을 막아선다. 그 가운데서 서황이 앞으로 나서며 소리친다.

"네 이놈 조조야! 어가를 납치해 어디로 가려느냐?"

조조가 말을 달려 앞으로 나갔다. 서황이 도끼자루를 들고 매서운 눈초리로 조조를 쏘아보았다. 그 모습이 어찌나 늠름하고 위풍당당한지 조조는 속으로 칭찬해 마지않으며, 허저를 내보내 싸우게 했다. 허저가 달려나가 맞서니, 칼과 도끼가 어우러져 겨루기를 50여합이 지나도록 도무지 승부가 나질 않는다. 조조는 징을 울려 일단 군사를 거둔 뒤 모사들을 모아 의논했다.

"양봉과 한섬 따위는 거론할 여지도 없으나, 서황은 참으로 뛰어난 장수이다. 힘으로 굴복시키고 싶지 않은데, 어찌하면 내 수하에 거둘 수 있을지 의견들을 내보아라."

조조는 어가를 허도로 옮기다

행군종사(行軍從事) 만총(滿寵)이 앞으로 나선다.

"주공은 염려 마십시오. 서황을 만난 적이 있으니, 제가 나서서 잘 구슬려보겠습니다."

"무슨 좋은 계책이라도 있는가?"

"오늘밤 제가 졸개로 변장하고 몰래 그의 영채로 숨어들어가겠습니다. 그를 직접 만나 알아듣게 상황을 설명하고 마음을 움직여 스스로 주공 앞에 투항해오도록 만들겠습니다."

조조는 흔쾌히 승낙했다. 그날밤 만총은 졸개로 꾸미고 적의 영채 안으로 숨어들었다. 숨을 죽이고 사람의 눈을 피하여 서황의 장막으로 다가가서 안을 엿보니, 서황이 촛불을 밝힌 채 갑옷 차림으로 우두커니 앉아 있다. 만총은 소리 없이 안으로 들어가 서황 앞에 공손히 절하며 말한다.

"그간 별고 없으셨소이까?"

서황은 벌떡 몸을 일으켜 침착하게 살피더니 비로소 알아본다.

"아니, 자네는 산양(山陽)땅의 만백녕(滿伯寧, 백녕은 만총의 자)이 아닌가? 그런데 이곳엔 어떻게 왔는가?"

만총이 말한다.

"나는 지금 조장군 휘하에 있네. 아까 양군이 맞선 자리에서 옛 벗을 보게 되어, 이렇듯 죽음을 무릅쓰고 찾아왔네."

서황은 만총에게 자리를 권하며 찾아온 뜻을 묻는다.

"무슨 일인지 차근차근 말씀해보게."

만총이 자세를 바로잡고 진지하게 입을 연다.

"우선 내가 한마디 묻고 싶은 게 있네. 자네처럼 용맹하고 지략이 출중한 사람도 드물거늘, 무슨 까닭으로 양봉과 한섬 같은 자들 밑에서 자신을 굽히고 있는가?"

갑작스러운 질문에 서황은 얼른 대답을 못하고 당황스러운 눈치를 보였다. 만총이 말을 잇는다.

"지금부터 내 얘기를 잘 들게나. 조장군은 당대의 영웅으로, 어진 이를 좋아하고 장수를 예로써 대접한다는 것은 천하가 다 아는 바일세. 오늘도 싸움터에서 자네를 보고는 늠름한 기상과 용맹함에 이끌려 칭찬을 아끼지 않으시더니, 이렇듯 나를 보내신 걸세. 물론 자네 하나쯤이야 힘센 장수를 내보내 굴복시킬 수도 있지만, 그러기엔 뛰어난 장수를 잃을까 걱정이라고 일부러 나를 보내 자네를 모셔오라는 걸세. 그러니 자네는 이제부터라도 저 어리석은 자들의 무리에서 벗어나 조장군을 도와 함께 대업을 이루지 않겠는가?"

서황은 한동안 말이 없더니 길게 한숨을 내쉰다.

"나도 양봉이나 한섬이 큰일을 할 만한 인물이 못 된다는 것을 알고 있지만, 저들과 생사를 같이한 지도 너무 오래라 쉽게 저버릴 수가 없네."

만총이 다시 설득한다.

"그런 말씀은 마시게. 옛말에도 '영특한 새는 나무를 가려서 깃들이고 어진 신하는 주인을 가려서 섬긴다' 했거늘, 섬길 만한 주인을 만나고도 이를 놓친다면 대장부로서 그처럼 딱한 일이 어디 있겠나?"

서황이 마침내 몸을 일으킨다.

"알았네. 자네 말에 따르겠네."

만총은 잠깐 망설이다가 말한다.

"내친김에 아예 양봉과 한섬의 목을 베어 조장군을 뵙는 예물로 삼는 게 어떻겠나?"

그 말에 서황은 단호히 고개를 젓는다.

"아랫사람으로서 주인을 죽이기까지 한다면 그것이야말로 의(義)가 아니지. 나는 도저히 그렇게는 못하겠네."

만총은 얼른 사과한다.

"내 생각이 짧았네. 자네는 진정한 의가 무엇인지 아는 사람일세."

이렇게 해서 서황은 자기가 거느리고 있던 수십명의 부하들을 데리고 만총을 따라 영채를 빠져나왔다. 이 사실은 이내 양봉에게 알려졌다. 양봉은 몹시 화가 나서 1천여명의 기병을 거느리고 서황의 뒤를 쫓았다.

"배반자 서황아, 게 섰거라!"

양봉의 벼락같은 호통에 서황은 아무런 대꾸 없이 묵묵히 채찍질만 했다. 한창 쫓고 쫓기며 산모퉁이를 지날 무렵이었다. 갑자기 커다란 포소리가 울리더니 산 위와 아래에서 일제히 횃불이 일어나며 복병들이 사방에서 뛰쳐나온다. 조조가 몸소 군사를 거느리고 앞장서 나오며 외친다.

"모두들 멈춰라. 내 여기서 네놈들을 기다리고 있었다! 저놈을 놓치지 말아라!"

양봉은 깜짝 놀라 군사를 돌리더니 달아나려 한다. 그러나 조조의 군사들이 순식간에 그들을 포위했다. 때마침 한섬이 군사를 거느리고 나타나 위기에 처한 양봉을 도와 조조의 군사들과 맞섰다. 한섬과 조조의 군사들이 일대 혼전을 벌이는 동안 가까스로 포위망을 뚫고 빠져나온 양봉은 뒤도 돌아보지 않고 달아나기 시작했다. 조조가 적군이 우왕좌왕하는 틈을 타 맹렬하게 공격하니, 양봉과 한섬의 군사들은 많은 사상자를 내고, 많은 수가 항복했다. 형세가 어렵게 되자 양봉과 한섬은 남은 군사들을 이끌고 원술에게로 달아났다.

조조가 군사를 거두어 영채로 돌아오니, 만총이 서황을 데리고 와서 인사를 시켰다. 조조는 몹시 기뻐하며 서황을 후히 대접했다.

이리하여 무사히 어가를 모시고 허도에 이른 조조는 곧 궁궐과 전각을 새로 짓고, 종묘와 사직, 성대(省臺), 사원(司院), 각 관아를 세우며 성곽과 창고를 수축했다. 또한 동승 등 열세 사람을 열후에 봉하고, 공로에 따라 상과 벌을 내리며 전권을 휘둘렀다.

조조는 스스로 대장군(大將軍) 무평후(武平侯)라 칭했다. 그리고 순욱은 시중(侍中) 및 상서령(尙書令)에, 순유는 군사(軍師)에, 곽가는 사마좨주(司馬祭酒)에, 유엽은 사공창조연(司空倉曹掾)에, 모개(毛玠)와 임준(任峻)은 전농중랑장(典農中郞將)에 봉해 전량(錢糧)을 독촉하게 했으며, 정욱(程昱)은 동평상(東平相)에, 범성(范成)과 동소는 낙양령(洛陽令)에, 만총은 허도령(許都令)에, 하후돈·하후연·조인·조홍 등은 모두 장군에, 여건·이전·악진·우금·서황 등은 교위(校尉)에, 허저·전위는 도위(都尉)에 각각 임명하고, 그밖의 장수와 병사들에게도 각기 벼슬을 내렸다. 이때부터 대권은 모두 조조의 손안에 들어서 조정의 큰일은 항상 조조에게 먼저 알린 후에야 비로소 황제께 아뢸 수 있게 되었다.

조조는 수도를 허도로 옮기는 등 대사(大事)를 정한 뒤, 후당에 연회를 베풀고 수하의 모사들을 모아 의논한다.

"듣자니 유비가 서주에 군대를 주둔시켜 스스로 고을을 다스리고, 근래에는 싸움에 패한 여포가 유비에게 몸을 의탁하고 있다는데, 만약 이 두 사람이 마음을 합해 군사를 일으켜 쳐들어온다면 심복지환(心腹之患, 고치기 어려운 병, 없애기 어려운 근심)이 따로 없소. 공들에게 좋은 묘책이 없겠소?"

그 말이 떨어지기 무섭게 허저가 나선다.

"저에게 정병 5만명만 주신다면 유비와 여포의 머리를 베어다 승상께 바치겠소이다."

순욱이 웃으며 말한다.

"용맹하기로 말하자면 장군을 따를 사람이 없지만, 이런 일은 계책을 써야 하오."

그러고는 조조를 향해 말을 잇는다.

"도읍을 갓 옮겨 민심이 어수선한데 군사를 쓰는 일은 온당치 않습니다. 제게 한가지 계교가 있습니다. 비록 유비가 서주를 다스리고는 있지만 아직 황제의 명을 못 받은 처지이니 주공께서 황제께 청하여 유비를 서주목(徐州牧)에 임명하게 한 뒤에, 여포를 없애라는 밀서를 보내십시오. 일이 뜻대로 이루어진다면 유비는 한쪽 날개를 잃는 격이니 그를 처치하기도 수월할 테고, 만일 그리되지 않는다 해도 반드시 여포가 유비를 죽이고 말 것이니, 이른바 이호경식지계(二虎競食之計)를 써서 두 범이 경쟁하여 서로를 잡아먹게 하자는 것입니다."

조조는 순욱의 계책대로 즉시 황제께 청을 올려 유비를 정동장군(征東將軍) 의성정후(宜城亭侯)에 봉하고 서주목에 임명함과 동시에, 밀서 한통을 칙사에게 주어 서주로 내려보냈다.

한편 시주에 있던 유현덕은 황제께서 허도로 천도하셨다는 말을 전해듣고 표문을 올려 경축하려는 참에, 문득 칙사가 당도했다는 보고를 받았다. 유비는 성밖에까지 나가서 칙사를 맞아들이고 황제의 은명(恩命)을 받드는 의식을 행한 다음, 잔치를 베풀어 환대했다. 그 자리에서 칙사가 말한다.

"공께서 누구 덕에 이렇게 은명을 받게 되신 줄 아시는지요? 다름 아닌 조장군께서 힘써 천거하신 덕분이외다."

유현덕이 자리에서 일어나 감사의 뜻을 전하자, 칙사는 품에서 밀서를 꺼내주었다. 유현덕은 밀서를 보고 나서 고개를 두어번 끄덕이며 짧게 대답했다.

"이 일은 생각을 좀 해봐야겠소이다."

유현덕은 잔치를 마치고 칙사를 역관으로 보내 쉬게 했다. 그러고는 이 일에 대해 사람들과 함께 의논했다. 장비가 나서며 한마디 한다.

"여포로 말하자면 본래 의리가 없는 놈이니, 잡아 죽인들 무슨 상관이우?"

하지만 유현덕의 뜻은 달랐다.

"형세가 궁하여 나를 찾아온 터인즉, 내가 이제 그를 죽인다면 이 역시 의롭지 못한 일 아니겠느냐?"

"참 형님은 마음도 좋으시구려."

이튿날 여포가 경축하러 찾아왔다. 유현덕은 곧 여포를 안으로 들게 했다. 여포가 하례인사를 올린다.

"이번에 공께서 조정의 은명을 받으셨단 말씀을 듣고 하례하러 왔소이다."

유현덕이 겸손하게 인사를 받는 중에, 장비가 갑자기 칼을 빼들고 대청으로 뛰어올라와서는 다짜고짜 여포를 치려 한다. 유현덕이 황망히 장비를 가로막았다. 여포가 깜짝 놀라 부르짖는다.

"어찌하여 익덕은 나를 죽이려고 하는 게요?"

장비는 곧이곧대로 말한다.

"조조가 네놈을 의리 없는 놈이라고 우리 형님더러 잡아 죽이라 했다."

유현덕은 장비를 호되게 꾸짖어 물러가게 하고, 여포와 함께 후당으로 들어갔다. 현덕은 조조가 보내온 밀서를 여포에게 보여주었다. 밀서를 살펴본 여포가 울먹이며 말한다.

"이것은 필시 조조가 우리 두 사람을 이간하려는 속셈이오."

현덕이 말한다.

"형장께선 아무 염려 마오. 이 유비는 맹세코 의롭지 않은 일은 하지 않으리다."

여포는 거듭 감사의 뜻을 표했다. 유현덕은 술자리를 베풀어 여포를 극진히 대접했다. 날이 저물어 여포가 소패로 돌아가고 난 뒤, 관우와 장비가 현덕에게 묻는다.

"도대체 여포를 없애지 않는 까닭이 뭐요?"

유현덕이 말한다.

"이건 조조가 나와 여포가 공모하여 저를 칠까 두려워서 꾸민 계교다. 우리 둘을 서로 다투게 하고는 중간에서 이득을 보려 함인데, 내가 어찌 그자의 꾀에 넘어가겠느냐?"

관우는 비로소 그 말을 알아듣고 고개를 끄덕였으나, 장비는 여전히 막무가내다.

"그런 놈은 죽여버려야 후환이 없다니까 그러우."

유현덕이 타이른다.

"아서라, 그것은 대장부가 할 짓이 아니다."

이튿날 유현덕은 허도로 돌아가는 사자편에 황제의 성은에 감사하는 표문과 조조에게 보내는 답서를 주어 보냈다. 글의 내용은 시간을 두고 차차 기회를 보아가며 처신하겠다는 것이었다. 칙사는 돌아가서 조조에게 현덕이 여포를 죽이지 않았다고 전했다. 조조가 순욱에게 묻는다.

"일이 어긋난 모양인데 어찌하면 좋겠소?"

"또 한가지 좋은 계책이 있습니다. 이른바 '구호탄랑지계(驅虎吞狼之計)'입니다."

"그것은 또 어떤 계책이오?"

"몰래 사람을 원술에게 보내서, 유비가 비밀리에 황제께 표문을 올려 회남(淮南)을 치려 한다고 전하면, 격노한 원술은 반드시 군사를 일으켜서 유비를 칠 것입니다. 그때 공께서는 유비에게 조서를 내려 원술을 치게 하십시오. 이렇게 해서 유비와 원술이 서로 싸우게 되면, 여포는 그 틈을 타서 딴마음을 품을 테니 이보다 좋은 계책이 어디 있겠습니까? 이것이 바로 범을 몰아 이리를 잡아먹게 하는 '구호탄랑'의 계책이지요."

조조는 크게 기뻐하며 먼저 원술에게로 사람을 보낸 다음, 황제의 거짓 조서를 꾸며 서주로도 사람을 내려보냈다.

유현덕은 또다시 황제의 조서를 받들고 칙사가 내려왔다는 소식을 듣고 황망히 성밖으로 나가 맞이했다. 조서를 읽어보니, 즉시 군사를 일으켜 원술을 치라는 분부였다. 현덕은 분부를 따르겠다고 전하여 칙사를 돌려보냈다. 미축이 말한다.

"이것 역시 조조의 계략이올시다."

"나도 그런 줄은 아네. 그러나 어찌 황제의 명을 거역하겠나."

유현덕은 곧 군사를 점검하며 출병을 서두른다. 손건이 한마디 한다.

"뒤에 남아 성을 지킬 사람이나 정해놓고 떠나시지요."

유현덕이 묻는다.

"아우들 중에 누가 성을 지키겠느냐?"

관운장이 먼저 나선다.

"제가 지키겠소."

"내 자네와 의논해야 될 게 수시로 많은데 어찌 떨어져 있겠는가?"

이번에는 장비가 나선다.

"그럼 내가 남겠수다."

"내가 너에게 맡기고 갈 수 없는 이유가 두가지 있다. 하나는 술만 취하면 성질을 부리고 공연히 군사를 매질하기 일쑤이기 때문이요, 다른 하나는 사람이 진중치 못하여 일을 경솔히 하고, 또 남의 충고를 도무지 들으려 하지 않기 때문이다. 널 두고는 도무지 마음을 놓을 수가 없다."

장비는 다짐을 한다.

"형님, 내 오늘부터는 맹세코 술도 안 먹고 병사도 안 패고, 또 모든 일을 다른 사람의 충고를 잘 들어서 처신토록 하겠수."

곁에서 미축이 한마디 한다.

"말은 그럴듯한데 어디 믿을 수가 있어야지……"

장비가 벌컥 화를 낸다.

"내가 형님을 모시고 다닌 뒤로 한번도 신의를 지키지 않은 적이 없는데 네가 어찌 나를 우습게 안단 말이냐?"

"아우의 말은 비록 그러하나, 마음이 좀체로 놓이질 않는구나."

현덕은 이렇게 말하고는 진등(陳登)에게 당부한다.

"그대가 내 아우를 도와 항상 술을 과하게 마시지 않게 하여 큰 실수 없도록 하게나."

진등이 수락하자 현덕은 여러가지 분부를 마친 후, 급히 기병과 보병 3만을 통솔하고 서주를 떠나 남으로 향했다.

한편, 원술은 유비가 몰래 황제께 표문을 올려 자신이 관할하고 있는 땅을 뺏으러 온다는 소식을 듣고 진노했다.

"아니, 본시 촌구석에서 자리나 짜며 짚신이나 삼아 팔던 자가 갑자기 큰 고을을 다스리고 제후들과 동렬에 섰다기에 가뜩이나 벼르고 있던 참인데, 그자가 도리어 나를 치려 한다구? 이런 발칙한 자가 있나!"

원술은 급히 장수 기령(紀靈)으로 하여금 10만 대군을 거느리고 서주로 떠나게 했다.

기령의 군사와 현덕의 군사는 우이(盱眙)에서 마주쳤다. 군사가 적은 유현덕은 산을 의지하고 물가에 영채를 세웠다. 원술의 장수 기령은 산동 사람으로 삼첨도(三尖刀)를 잘 다루었는데, 그 무게가 무려 50근이나 되었다. 이날 기령은 군사를 거느리고 진에서 나와 큰소리로 외친다.

"촌놈 유비야, 어찌하여 감히 우리 경계를 범하려 드느냐?"

유현덕이 대꾸한다.

"삼가 황제의 명을 받들어 역신(逆臣)을 치러 온 터에, 감히 거역하려 들다니 네 죄는 죽어 마땅하다!"

기령은 대로하여 칼을 휘두르며 말을 몰아 곧장 현덕에게 달려들었다. 이에 관우가 마주 달려나가며 외친다.

"이놈, 무례하게 굴지 마라!"

두 사람이 어우러져 싸우기를 30합, 그래도 승부가 나지 않았다. 기령이 가쁜 숨을 몰아쉬며 말한다.

"잠시 쉬었다가 다시 싸우자."

관운장은 급히 말머리를 돌려 진영으로 돌아왔다. 진영 앞에 말을 세우고 기령이 다시 나오기를 기다렸건만 기령은 안 나오고 부장(副將) 순정(荀正)이 대신 나오는 것이 아닌가. 관운장이 한마디 한다.

"기령이 나와 싸우라고 하라. 내 그와 자웅(雌雄)을 결하리라."

순정이 응수한다.

"너는 무명 소장(小將)이니 기장군의 상대가 아니다."

격노한 관운장은 말을 몰고 나가 청룡도를 한번 휘둘러 순정을 베어 말 아래로 굴러떨어뜨린다. 이어 현덕이 군사를 몰아 쳐들어갔다. 기령은 크게 패하여 회음(淮陰) 하구까지 물러나 그곳을 굳게 지키며, 다시는 감히 맞서 싸우려 하지 않았다. 그후 기령은 몇번 어둠을 타서 현덕의 진영을 급습했으나 번번이 서주 병사에게 큰 손실만 입고 물러났다. 양쪽 군사는 오랫동안 대치상태에 있었다.

한편 장비는 현덕이 관운장과 함께 떠난 뒤로 일체의 자질구레한 일은 진등에게 맡겨두고, 군사기밀에 관한 중대한 일만 자신이

처리했다. 그러던 어느날 장비는 대청 위에 큰 잔치를 베풀고 관리들을 모두 청하였다. 자리를 잡고 앉자 장비가 입을 연다.

"형님이 떠나실 때 내게 술을 삼가라고 하셨는데, 그것은 혹여 무슨 실수라도 할까 염려하신 때문이야. 그러니 오늘 하루만 실컷 마시고 내일부터는 모두 술을 멀리하고 나를 도와 성을 지키자구. 자, 오늘만은 마음껏 마셔보세."

말을 마치고 장비는 자리에서 일어나 몸소 관리들에게 술을 권했다. 술잔이 돌아 조표(曹豹) 앞에 이르자 조표가 말한다.

"이 사람은 태생이 술을 먹지 못하오."

장비가 눈을 부릅뜬다.

"이런 죽일 놈 같으니라고. 술을 안 먹겠다고? 내 꼭 한잔 먹이고야 말겠다."

조표는 두려운 나머지 마지못해 한잔을 받아마셨다. 장비는 모든 관리들에게 차례로 술을 권하고 나서, 큰 잔을 가져오게 하여 손수 철철 넘치게 부어서 연거푸 몇십잔을 마셨다. 크게 취했으나 스스로는 그 사실도 깨닫지 못했다. 그는 다시 몸을 일으켜 좌중에 술잔을 돌려 어느덧 조표 앞에 이르렀다. 조표가 다시 사양한다.

"소인은 참으로 술을 마시지 못하오."

장비가 말한다.

"아니, 넌 좀 전에도 술을 받아마시지 않았더냐. 이제 와서 무슨 딴소리냐?"

거듭 권해도 조표는 끝내 사양한다. 이미 술에 취한 장비는 벌컥 화를 냈다.

"네 감히 장수의 명령을 어기다니, 당장 이놈을 끌고가 곤장 1백 대를 쳐라!"

군사들이 조표를 끌고 가려 하자, 진등이 나서서 한마디 한다.

"현덕공께서 떠나시며 뭐라 일렀소?"

장비는 진등의 말에도 아랑곳하지 않는다.

"너는 문관이니 문관 일이나 알아서 하고, 내 일에는 일절 간섭하지 마라."

조표는 할 수 없이 장비에게 간청한다.

"익덕공께서는 부디 내 사위의 낯을 봐서라도 용서해주오."

"네 사위가 대체 누구란 말이냐?"

"바로 여포올시다."

그 말에 장비는 더욱 분기탱천했다.

"내 본래 너를 때릴 생각이 없었으나, 네가 여포를 앞세워 나를 위협했으니 도저히 그냥 둘 수가 없다. 내가 너를 치는 것은 곧 여포를 치는 것이다!"

좌중이 모두 일어나서 말렸으나 이미 장비의 귀에는 아무 소리도 들리지 않는다. 장비는 매를 들고 무서운 기세로 조표를 쳤다. 매질하기를 50대, 보다 못해 사람들이 나서서 뜯어말려 겨우 매질이 멈췄다.

잔치가 끝나고 모든 관리들이 돌아갔다. 집으로 돌아온 조표는 도무지 분함을 참을 길이 없어 즉시 편지를 써서 소패로 보냈다.

먼저 장비의 무례한 행실을 적은 다음, 유현덕이 지금 회남에 가고 없는데다 오늘밤 장비가 술에 만취했으니, 이 기회를 놓치지 말고 즉시 군사를 거느리고 와서 서주를 빼앗으라는 내용이었다. 여포는 편지를 보자마자 진궁을 청해 의논했다. 진궁이 말한다.

"소패는 본시 오래 있을 곳이 못 됩니다. 마침 이렇게 좋은 기회가 왔으니 즉시 서주를 손에 넣읍시다. 지금 이 기회를 놓치면 후회막급일 것입니다."

여포는 얼른 갑옷을 챙겨입고 말에 올라 기병 5백명을 거느리고 먼저 떠났고, 진궁이 대군을 이끌고 뒤를 따랐으며, 맨 마지막으로 고순이 출발했다.

소패는 서주에서 겨우 40~50여리 남짓한 거리여서 말에 오르기만 하면 금세 닿는 곳이었다. 여포가 기병을 거느리고 말을 달려 서주성에 이르렀을 때는 밤이 깊어 막 4경이 지난 뒤였다. 달빛이 대낮처럼 밝게 비추는데, 밖에 소패의 군사가 와 있는 줄도 모른 채 성은 조용하기만 했다. 여포가 성문 앞으로 가서 크게 외친다.

"유공께서 중요한 기밀 때문에 사람을 보냈소."

마침 성 위에 있던 조표 수하의 병사가 이 사실을 보고했다. 조표는 곧 성 위로 올라가서 살펴보고는 군사를 시켜 성문을 열었다. 여포가 신호를 보내자 군사들이 일제히 성안으로 밀려들고 함성이 천지를 울린다. 이때 장비는 술에 만취해 부중(府中)에서 자다가, 사람들이 급히 흔들어 깨우자 겨우 일어났다.

"장군, 큰일났습니다. 여포가 속임수를 써서 성문을 열고 쳐들어왔습니다."

장비는 크게 노하여 허둥지둥 갑옷을 입고 장팔사모(丈八蛇矛)를 들었다. 그가 부문(府門) 밖으로 뛰쳐나가 말에 오르려 하는데, 여포의 군사들이 어느새 들이닥쳐 성안을 가득 메웠다. 장비는 여포와 정면으로 맞섰다. 그러나 술이 덜 깬 탓에 몸이 뜻대로 움직여주질 않는다. 여포도 장비의 용맹을 아는지라 선뜻 덤벼들지는 못한다. 그 틈을 노려 18명의 연장(燕將)들은 장비를 보호해 적을 무찌르며 동문을 지나 성밖으로 빠져나왔다. 현덕의 가족이 부중에 있었지만 미처 돌볼 겨를도 없었다.

한편 조표는 술에 취한 장비가 겨우 수하 10여명의 호위를 받으며 도망가는 것을 보고, 군사 1백여명을 이끌고 뒤쫓아갔다. 장비는 조표를 보자 분을 이기지 못하고 말을 돌려 공격한다. 겨우 3합을 싸웠을 뿐인데 조표는 패해 달아났다. 장비는 분연히 강가에까지 쫓아가 창을 번쩍 들더니 조표의 등 한복판을 꿰뚫었다. 조표는 말을 탄 채 그대로 강물 속에 떨어져 죽고 말았다. 장비는 소리쳐 성밖으로 빠져나온 군사들을 불러모아 회남으로 향했다.

서주를 손에 넣은 여포는 먼저 백성들을 안심시키고 나서 군사 1백명을 보내 현덕의 가족이 사는 집을 지키게 하고, 누구를 막론하고 함부로 드나들지 못하게 했다.

한편, 수십기를 이끌고 우이로 달려가 현덕을 만난 장비는 조표가 여포와 안팎에서 호응하여 야밤에 습격하는 바람에 서주를 빼앗기고 말았다고 고하였다. 이 말을 듣고 좌중의 사람들은 모두 얼굴빛이 변했다. 현덕이 한숨을 내쉬며 말한다.

"얻었을 때도 기쁘지 않았거늘 잃었다고 해서 무슨 근심할 일이 있겠느냐."

관운장이 재촉하듯 묻는다.

"두분 형수님은 어디 계시냐?"

"모두 성안에 계십니다."

유현덕은 묵묵히 말이 없고, 관우는 발을 구르며 원망한다.

"네가 애초에 남아서 성을 지키겠다고 했을 때 내 뭐라 했더냐. 또 형님께서 뭐라고 당부를 하셨더냐. 이제 성을 잃고 두분 형수님 마저 잡혀 계시니 어쩌면 좋단 말이냐?"

장비는 너무도 죄스러워 몸 둘 바를 몰라 하며 얼빠진 사람처럼 서 있더니 불쑥 칼을 빼들어 제 목을 찌르려 했다.

이런 장비를 보고 훗날 어떤 사람이 시를 지어 탄식했다.

술잔 들어 마실 적엔 거침이 없었거니　　　擧杯暢飮情何放
칼 뽑아 목숨 버려도 이미 늦었어라　　　拔劍捐生悔已遲

이제 장비는 어찌 될 것인가?

15

소패왕 손책

소패왕은 태사자와 싸우고
엄백호와도 크게 싸우다

장비가 칼을 뽑아 목을 찔러 죽으려 하자 유현덕이 달려들어 칼을 빼앗아 던지며 말한다.

"옛사람이 이르기를 형제는 손발과 같고, 처자는 의복과 같다 하였다. 의복이야 떨어지면 기워입을 수 있으나 손발은 한번 끊어지고 나면 다시 이을 도리가 없는 법. 우리 삼형제가 도원에서 형제의 의를 맺을 때에 비록 한날한시에 태어나지는 못했을지언정 같이 죽기로 맹세한 일을 벌써 잊었더냐? 내 비록 지금 성과 가족을 잃었다고 해서 어찌 형제를 죽게 하겠는가. 더구나 성은 본래 내 것이 아니요, 가족은 비록 잡혀 있다지만 여포가 반드시 해치지 않을 터이니 앞으로 구해낼 방도를 찾을 수 있을 것이다. 그런데 네 어찌 한순간의 잘못으로 목숨까지 버리려 든단 말이냐?"

유현덕이 말을 마치고 목놓아 울자 관우와 장비도 따라 울었다.

한편 원술은 여포가 서주를 빼앗았다는 소식을 듣고 급히 사람을 보내 곡식 5만섬과 말 5백필, 금은 1만냥, 비단 1천필을 주기로 약속하며 곧 유비를 치라 했다. 여포는 크게 기뻐하며 즉시 고순에게 군사 5만을 주어 현덕의 배후를 공격하도록 지시했다. 유현덕은 이 소식을 듣자 날이 흐리고 비가 오는 틈을 타 일단 군사를 거두고, 우이를 버리고 떠났다. 동쪽으로 가 광릉(廣陵)을 빼앗을 생각이었다. 고순이 군사를 이끌고 와보니 이미 현덕은 떠난 뒤였다. 그는 원술의 장수 기령에게 약속한 물건을 넘겨달라고 했다. 기령이 대답한다.

"공은 군사를 거두어 돌아가시오. 내 주공을 뵙고 상의해서 좋도록 하리다."

고순은 서주로 회군하여 여포에게 기령의 말을 전했다. 여포가 커다란 의심을 품고 있을 즈음 원술에게서 서신이 당도했다. 편지의 내용은 다음과 같았다.

고순이 비록 군사를 거느리고 왔으나 유비를 없애지는 못하였소. 유비를 잡게 될 때 언약한 물건을 보내리다.

여포는 격노하여 즉시 군사를 일으켜 원술을 치려 했다. 진궁이 만류한다.

"안됩니다. 원술은 회남의 수춘(壽春)에 웅거하여 군사가 많고 양식이 넉넉하니, 경솔히 대적할 수 없습니다. 오히려 현덕을 소패로 돌아오게 하여 우익(羽翼)으로 삼도록 하시지요. 그런 다음 뒷날에 현덕을 앞세워 원술을 쳐부수고, 이어서 원소를 쳐부수면 가히 천하를 주름잡을 수 있을 것입니다."

여포는 진궁의 말대로 즉시 현덕의 진영에 사람을 보냈다.

한편, 유현덕은 군사를 이끌고 광릉을 향해 가다가 원술의 갑작스러운 습격을 받아 군사를 태반이나 잃었다. 그리고 돌아오던 중에 여포의 사자를 만난 현덕은 여포의 서신을 받고 크게 기뻐했다. 관우와 장비가 말한다.

"여포 같은 의리 없는 놈의 말을 어찌 믿겠습니까?"

현덕은 덤덤하게 한마디 한다.

"제가 호의로 대하는데 내 어찌 그를 의심하겠느냐?"

그리하여 현덕은 서주에 당도했다. 여포는 행여나 현덕이 자신을 의심할까 염려하여 먼저 사람을 시켜 가족을 돌려보냈다. 감부인(甘夫人)과 미부인(麋夫人)이 돌아와서 현덕에게 말하기를, 그동안 여포가 사람을 시켜 처소에 아무도 들지 못하게 지켜주었고, 항상 시첩을 시켜 물건을 보내와서 부족한 게 없었다고 자세하게 얘기했다. 현덕이 관우와 장비를 돌아보며 말한다.

"내 뭐라 하더냐? 여포가 내 가족을 해치지는 않을 거라고 했지."

현덕은 여포에게 사례하기 위해 성으로 들어갔다. 장비는 여포를 깊이 원망하여 함께 가지 않고 두 형수를 모시고 소패로 가버렸다. 현덕이 여포를 만나 사례하니, 여포가 변명을 늘어놓는다.

"내가 성을 빼앗으려 한 게 아니었소. 공의 아우 장비가 술에 취해 사람을 죽이려 한다기에 혹시 큰 실수나 하지 않을까 걱정스러워 지키러 왔을 뿐이오."

현덕이 답한다.

"나는 오래전부터 형장께 서주를 내줄 생각이었소."

여포는 짐짓 사양하는 척하며 현덕에게 성을 내줄 뜻을 밝혔다. 그러나 현덕은 극구 사양하고 군사를 몰고 소패로 돌아왔다. 관우와 장비는 마음속에 불만이 가득했지만, 현덕은 호젓이 웃으며 말한다.

"사람이란 몸을 굽혀 제 분수를 지키며 하늘이 주신 때를 기다릴 뿐, 헛되게 목숨을 걸고 일을 도모해서는 아니 되는 법이다."

여포가 비단과 양식을 소패로 보내왔다. 이리하여 현덕과 여포 사이에는 평화가 유지되었다.

한편 수춘에서는 원술이 휘하의 장수들을 위로하기 위해 큰 잔치를 베풀고 있었다. 이때 한 사람이 들어와 보고하기를 여강(廬江) 태수 육강(陸康)을 치러 갔던 손책이 이기고 돌아왔다 전한다. 원술이 손책을 불러들였다. 손책이 대청 아래에서 절을 올리자 원술은 손책의 노고를 치하하고 술자리를 베풀어 대접했다.

원래 손책은 아버지 손견이 전사한 뒤 강남으로 물러나, 현명한 인재와 장수를 예로써 대접하며 힘을 길러왔다. 그런데 외숙뻘 되는 단양(丹陽) 태수 오경(吳景)이 서주 목사 도겸과 사이가 좋지 못해 자주 다투었기 때문에, 손책은 어머니와 가족을 곡아(曲阿)에 옮겨놓고 자기는 원술에게 의탁하고 있었다. 원술은 손책을 지극히 아껴 항상 이렇게 말했다.

"내게 손랑(孫郞, 손책) 같은 아들만 있다면야 죽은들 무슨 한이 있겠는가."

원술은 손책을 회의교위(懷義校尉)에 임명하고 군사를 내주며 경현(涇縣)의 대수(大帥) 조랑(祖郞)을 치게 했더니, 단번에 승전고를 울리며 돌아왔다. 손책의 용맹스러움에 탄복한 원술이 다시 그로 하여금 여강 태수 육강을 치게 했더니, 이번에도 역시 승리하고 돌아온 것이다.

잔치를 끝내고 자기의 영채로 돌아온 손책은 너무도 울적한 심사를 달랠 길이 없었다. 늘 그랬지만, 연회석상에서 자기를 대하는 원술의 오만무례한 태도가 생각할수록 괘씸하고 마음이 상했다. 그날따라 달빛도 밝아서 그는 뜰을 거닐다가 문득 아버지의 생각을 떠올렸다.

'돌아가신 아버님은 그토록 걸출한 영웅이었건만, 어찌하여 이 몸은 이 지경에 이르렀단 말인가!'

생각이 여기까지 미치자 손책은 울분을 이기지 못해 마침내 목놓아 통곡한다. 이때 누군가 밖에서 뜰 안으로 들어서며 큰소리로 웃는다.

"백부(伯符, 손책의 자)는 어찌하여 그리 우시오? 아버님께서는 생존해 계실 때 나를 많이 부리셨는데, 그대가 지금 결단하지 못하는 일이 있다면 내게 의논할 일이지 어찌하여 혼자 그렇게 울고 있소?"

손책이 보니, 그는 바로 주치(朱治)로 자는 군리(君理)인데, 단양 고장(故鄣) 사람으로 아버지 손견의 수하로 종사관을 지낸 사람이다. 손책은 얼른 눈물을 거두고 주치에게 자리를 권한다.

"이몸이 우는 이유는 자식으로서 아버님의 크신 뜻을 계승하지 못한 것이 한스럽기 때문이라오."

주치가 말한다.

"백부는 왜 원술에게 군사를 빌려 강동으로 가지 않소? 오경을 구한다는 명분으로라도 대사를 도모하지 않고, 언제까지 이렇게 남의 밑에서 갑갑하게 지내려는 거요?"

두 사람이 이야기를 나누는데 갑자기 한 사람이 끼어든다.

"두분이 어떤 일을 도모하시는지 다 들었소이다. 내 수하에 날랜 장수가 1백여명 있으니, 백부를 도와 한 팔이 되어드리겠소."

손책이 보니 그는 원술의 모사인 여범(呂範)으로, 여남(汝南) 세양(細陽) 사람이요 자는 자형(子衡)이었다. 손책은 반색하며 그에게도 자리를 권하였다. 여범이 말한다.

"다만 원술이 군사를 빌려주지 않을까 그게 걱정이오."

손책이 말한다.

"선친께서 남기신 전국옥새(傳國玉璽)가 내게 있으니 그걸 잡히고 군사를 빌리면 안되겠소?"

여범이 말한다.

"안 그래도 원술은 전부터 은근히 옥새를 손에 넣고 싶어했소. 그걸 맡기면 틀림없이 군사를 내줄 거요."

이리하여 세 사람은 마음을 정했다. 이튿날 손책은 원술을 보러 들어가 절하고 울면서 고한다.

"아버지의 원수를 아직 갚지 못한 터에 외숙 오경이 양주 자사 유요(劉繇)에게 핍박을 받고 있고, 곡아에 있는 노모와 식솔도 그대로 두었다가는 반드시 해를 입을 것입니다. 청컨대 군사 몇천만 빌려주시면 강을 건너가 환난을 구하고 노모와 식솔을 거두려 합니다. 하나 혹여 명공께서 믿지 못할까 두려우니, 선친이 남긴 옥새를 가져오게 하여 맡겨두겠습니다."

원술은 옥새를 받아보고는 기쁨을 감추지 못한다.

"내 너의 옥새를 탐내는 것은 아니나, 네 뜻이 그러하다면 맡아두겠다. 군사 3천명과 말 5백필을 내줄 터이니, 난을 평정한 후 속히 돌아오너라. 벼슬이 낮아서 군사를 거느리기 어려울 테니, 내 황제께 표를 올려 너를 절충교위(折衝校尉) 진구장군(殄寇將軍)으로 봉하려 한다. 곧 떠나도록 하라."

손책은 원술에게 절하여 사례한 다음 물러났다. 그리고 길일을 가려 주치와 여범, 오랫동안 함께 고생해온 정보(程普)·황개(黃蓋)·한당(韓當) 등과 더불어 군마를 이끌고 마침내 수춘을 떠났다.

손책 일행은 역양(歷陽)에 이르러 한떼의 군마와 맞닥뜨렸다. 앞장선 용모가 수려한 젊은이가 손책을 보더니 말에서 내려 절을 한다. 손책이 보니 그 젊은이는 주유(周瑜)였다. 그는 여강 서성(舒城) 사람으로, 자는 공근(公瑾)이다. 주유는 어린 시절에 손견이 동탁을 칠 때 서성으로 옮겨와 살다가 손책과 만나 의형제가 되었다. 원래 주유는 손책과 동갑이지만 손책의 생일이 두달 앞선다 하여 형으로 대접해오던 터이다. 이번에 그는 숙부 주상(周尚)이 단양 태수가 되어 문안하러 가는 길에 뜻지 않게 손책을 만나게 된 것이다. 손책은 너무도 반가운 나머지 주유에게 이내 자신의 속마음을 털어놓았다. 주유가 말한다.

"이 아우가 견마의 힘을 다하여 대업을 돕겠소."

손책도 기뻐하며 말한다.

"내 공근을 얻었으니 틀림없이 큰일을 이룰 것일세."

손책은 주유를 주치와 여범에게 인사시켰다. 주유가 손책에게 묻는다.

"형님께서 대사를 도모하시려면 사람이 필요한데, 강동의 두 장(張)씨를 아시는지요?"

"두 장씨라, 그게 누군가?"

"한 사람은 팽성(彭城)의 장소(張昭)로 자는 자포(子布)요, 또 한 사람은 광릉(廣陵)의 장굉(張紘)으로 자는 자강(子綱)이라 하오. 두 사람 모두 천하를 경륜할 만한 재주를 가졌는데, 난리를 피해 이곳에 와서 숨어 살고 있소. 형님께서 불러 등용하시면 좋을 것이오."

손책은 기쁜 마음으로 즉시 그들에게 예물을 보내 청했으나, 두 사람 모두 사양하고 오지 않았다. 마침내 손책이 직접 그들을 찾아가 흉금을 털어놓고 이야기를 나누니, 그제야 두 사람은 손책의 청을 받아들인다. 손책은 장소를 장사(長史)로 삼아 무군중랑장(撫軍中郎將)을 겸하게 하고, 장굉을 참모(參謀) 정의교위(正議校尉)로 삼아 유요를 칠 계획을 의논했다.

유요는 동래(東萊) 모평(牟平) 사람으로 자는 정례(正禮)이다. 한 황실의 종친으로 태위 유총(劉寵)의 조카이자 연주 자사 유대(劉岱)의 아우이기도 하다. 양주 자사로 수춘에 주둔하던 그는 원술에게 쫓겨나 강동의 곡아에 머무르고 있었다. 그러다가 손책이 군사를 거느리고 온다는 소식을 듣고는 급히 수하장수들을 모아놓고 상의했다. 부장 장영(張英)이 말한다.

"제가 군사를 거느리고 우저(牛渚)에 진을 치면 설사 백만 대군이라도 쉬이 쳐들어오지 못할 것이오."

장영의 말이 채 끝나기도 전에 장막 아래에서 한 사람이 나서며 크게 외친다.

"이몸이 선봉에 서겠소."

사람들이 보니 동래 황현(黃縣) 사람인 태사자(太史慈)가 아닌가. 태사자는 황건적 잔당에게 포위당한 북해의 공융(孔融)을 구한 뒤 유요를 찾아와 그의 수하에 있었는데, 손책의 군사가 당도했다는 말을 듣고 선봉이 되기를 자원한 것이다. 유요가 말한다.

"자네는 아직 나이가 너무 젊어 대장을 맡기기 뭣하니 내 곁에서 명을 받들도록 하게."

태사자는 마뜩지 않은 표정으로 물러났다.

군사를 거느리고 우저에 당도한 장영은 군량 10만섬을 창고에 쌓아두고 기다리다가 손책의 군사가 당도했다는 보고를 받았다. 그는 즉시 군사를 동원하여 우저의 물가에 진을 치고 대치했다.

손책이 말을 타고 진 앞으로 나서자 장영이 마주 서서 크게 꾸짖었다. 손책의 진중에서 황개가 말을 달려나온다. 이에 장영이 맞서 두어합 싸웠을까. 갑자기 장영의 진영이 혼란스러워진다. 한 군사가 보고하기를 영채 안에 불을 지른 자가 있다는 것이다. 장영이 급히 군사를 돌리자 손책이 승세를 몰아 맹렬히 공격했다. 마침내 장영은 우저를 버리고 달아나버렸다.

장영의 영채에 불을 지른 사람은 용맹한 두 장수였는데, 한 장수는 구강(九江) 수춘 사람으로 성명은 장흠(蔣欽), 자는 공혁(公奕)이요, 다른 한 장수는 구강 하채(下蔡) 사람으로 성명은 주태(周泰), 자는 유평(幼平)이었다. 본래 어지러운 세상을 만난 두 사람은 무리를 모아 양자강에서 노략질을 하며 살고 있었다. 그러다가 손책이 강동의 호걸이며, 어진 이를 예로써 우대하고 널리 인재를 구한다는 소문을 듣고 수하의 무리 3백여명을 이끌고 합류하기 위해 찾아오던 길이었다. 손책은 크게 기뻐하며 곧 장흠과 주태를 군전교위(軍前校尉)로 삼았다. 손책 일행은 우저의 창고에 있던 양식과 병기, 항복한 군사 4천여명을 거두어 다시 신정(神亭)으로 행군했다.

한편 장영은 패배한 군사를 수습해 곡아로 돌아갔다. 유요는 크게 노하여 장영의 목을 베려 했으나, 모사 착융(笮融)과 설례(薛禮)가 애써 말려 명을 거두었다. 유요는 다시 장영으로 하여금 말릉성

(秣陵城)으로 가서 적군을 막게 하고, 자신은 직접 대군을 이끌고 신정령 남쪽 기슭에 영채를 세웠다. 손책은 신정령 북쪽에 영채를 세웠다. 손책이 문득 지역의 백성을 불러 묻는다.

"혹시 이 근처에 한나라 광무제의 사당이 있는가?"

"바로 신정령 위에 있습니다."

손책이 좌우를 돌아보고 말한다.

"내 간밤 꿈에서 광무제가 부르시기에 만나뵈었다. 아무래도 참배를 드려야겠다."

장소가 간한다.

"안됩니다. 신정령 남쪽은 바로 유요의 영채인데, 행여 복병이라도 있으면 어쩌려고 그러십니까?"

"신령께서 나를 도우시는 터에 두려울 게 뭐가 있겠느냐?"

손책은 곧 갑옷 차림에 창을 들고 말에 올라, 성보를 비롯해 황개·한당·장흠·주태 등 12명을 거느리고 신정령으로 올라갔다. 사당에 다다르자 손책은 말에서 내려 분향재배한 뒤 무릎을 꿇고 축원을 올린다.

"만약 손책이 이제 강동에서 몸을 일으켜 죽은 아비의 뜻을 다시 세우게 되면 마땅히 사당을 중수(重修)하여 사시사철 정성껏 제사를 올리겠나이다."

축원을 마친 손책은 사당을 나와 다시 말에 올라서 수하장수들을 돌아보며 이른다.

"여기까지 왔으니 고개 너머 유요의 영채를 살피고 가세."

모두들 말렸지만, 손책은 아랑곳하지 않는다. 그가 고갯마루에 서서 남쪽을 바라보노라니, 마침 숲속에 숨어 있던 유요의 군사가 이를 보고 급히 달려가 유요에게 알렸다. 유요가 말한다.

"이는 필시 손책이 우리를 유인하려는 계책이다. 명령이 있을 때까지 섣불리 쫓지 마라."

그때 무리 중에서 태사자가 튕겨 일어났다.

"이때 손책을 안 잡고 언제까지 기다리겠소이까?"

그러고는 유요의 명도 받지 않은 채 분주히 갑옷을 입고 말에 올라 창을 잡고는 영채를 나서며 큰소리로 외쳤다.

"용기 있는 자는 나를 따르라!"

그러나 아무도 움직이려 들지 않는데, 그때 장수 한 사람이 벌떡 일어서며 말한다.

"태사자는 참으로 용맹한 장수다. 내가 가서 도우리라."

그는 말에 오르더니 급히 뒤따라 나섰다. 모든 장수들은 두 사람을 비웃었다.

한편 유요의 영채를 한참 살펴보던 손책이 말머리를 돌려 고개를 내려가려는데, 갑자기 고개 위에서 큰소리가 들렸다.

"손책은 게 섰거라!"

손책이 돌아보니, 장수 둘이 나는 듯이 말을 몰아 고개를 내려오고 있었다. 손책은 수하의 12명 장수들을 옆으로 벌여세운 다음 창을 비껴들고 말을 세워 기다렸다. 태사자가 말을 달려오며 크게 외친다.

"누가 손책이냐?"

손책이 되묻는다.

"너는 누구냐?"

"나는 동래의 태사자다. 손책을 잡으러 왔다."

손책이 여유만만하게 웃어 보인다.

"내가 바로 손책이다. 너희 둘이 한꺼번에 덤벼보아라. 조금도 두렵지 않다. 너희들을 겁낸다면 손책이 아니다!"

"나 역시 네놈들이 한꺼번에 덤벼도 겁나지 않는다."

태사자는 소리치며 창을 비껴들고 곧장 말을 몰아 손책을 향해 덤벼들었다. 손책 또한 창을 들고 내달아 맞붙는다. 두 사람이 어우러져 싸우기를 50합에 이르렀으나 좀처럼 승패가 나지 않는다. 정보의 무리는 모두 마음속으로 놀라움을 금치 못했다.

태사자가 손책의 창법을 보니 한치의 빈틈이 없어, 짐짓 거짓으로 패하여 달아나는 체한다. 태사자는 고개 위로 오르지 않고 산 뒤로 말을 몰아간다. 손책이 급히 뒤쫓으며 큰소리로 꾸짖는다.

"도망치는 놈은 대장부가 아니다!"

'따르는 장수가 12명이나 있는데 나는 혼자다. 설사 손책을 사로잡는다 해도 도로 빼앗길 게 뻔한 일. 좀더 유인해 호젓한 곳에서 싸우는 게 상책이리라.'

이렇게 생각한 태사자는 달아나다 돌아서서 몇합 싸우고, 싸우다가는 다시 말머리를 돌려 달아나기를 되풀이한다. 손책 역시 태사자를 놓아보내려 하지 않고 뒤쫓아, 마침내 평지에 이르렀다. 태

태사자와 손책이 맞붙어 싸우다

사자가 급히 말을 돌려 다시 손책과 싸운 지 50여합, 손책이 태사자에게 창을 내지르자 태사자는 몸을 비틀어 피하며 창자루를 손으로 틀어쥐었다. 이번에는 태사자가 창을 겨눠 손책을 찌르자 손책 또한 번개같이 몸을 틀며 태사자의 창자루를 움켜쥔다. 두 사람이 서로 맞붙잡고 밀고 당기며 한동안 용을 썼다. 그러다가 두 사람이 동시에 말에서 굴러떨어지니, 말은 어디론가 줄행랑을 놓아버렸다. 두 사람은 급기야 창을 버리고 맨손으로 힘을 겨루기 시작했다. 엎치락뒤치락하는 통에 전포가 갈가리 찢겨나간다. 그야말로 용호상박이었다.

손책은 재빨리 손을 놀려 태사자의 등 뒤에 있는 단극(短戟, 짧은 창)을 빼들었다. 태사자도 번개처럼 손을 뻗쳐 손책이 쓰고 있던 투구를 벗겨들었다. 손책이 태사자의 단극으로 태사자를 찌르고, 태사자는 손책의 투구로 이를 막는다. 이때 갑자기 뒤에서 함성이 크게 일며 유요의 군사 1천여명이 달려왔다. 손책은 당황했다. 순간 손책 쪽에서도 정보 등 12명의 장수가 달려나온다. 손책과 태사자는 그제야 맞잡았던 손을 풀었다.

자기 군중에서 말 한필을 얻어탄 태사자가 다시 창을 들고 달려든다. 달아나던 손책의 말을 정보가 잡아끌고 와서 손책도 창을 잡고 말에 올랐다. 이어 유요의 군사 1천여명과 손책, 그리고 휘하의 열두 장수가 접전을 벌여 신정령 아래까지 이르렀다. 이때 다시 함성이 일며 주유가 군사를 거느리고 오니, 유요도 직접 군사를 지휘해 고개를 달려내려온다. 그러나 때는 이미 황혼이요, 갑자기 비바람까지 몰아쳐 양편 모두 군사를 거두어 본진으로 돌아갔다.

이튿날, 손책이 군사를 거느리고 유요의 영채 앞에 나섰다. 유요 또한 군사를 이끌고 마주 나온다. 양군이 진을 치고 서로 대치했다. 이때 손책이 군사를 시켜서 어제 태사자에게서 빼앗아온 단극을 창끝에 매달고는 일제히 외치게 한다.

"태사자가 재빨리 달아나지 않았던들 벌써 찔려 죽었을 것이다!"

태사자도 군사를 시켜 손책의 투구를 들고 나가 진영 앞에 걸어 두고 큰소리로 외치게 한다.

"손책의 대가리가 여기 있노라!"

이렇듯 두 진영이 서로 이겼다 강하다 주장하며 어지러이 함성을 내지르는데, 태사자가 진영 앞으로 나서서 승부를 가리자고 소리친다. 손책이 서둘러 나서려 하는데 정보가 말한다.

"주공이 몸소 나서지 않더라도 이몸이 가서 사로잡아 오겠소."

정보가 말을 몰고 나서자 태사자가 꾸짖는다.

"너는 내 적수가 못 된다. 당장 손책을 보내라."

정보가 크게 노하여 창을 휘두르며 태사자에게 달려든다. 두 장수가 어우러져 싸운 지 30합에 이르렀을 때, 유요가 급히 징을 쳐 군사를 거두었다. 태사자가 돌아와 불만스레 묻는다.

"지금 막 적장을 사로잡을 참인데 무슨 일로 군사를 거두셨소?"

유요가 대답한다.

"급보가 날아왔다. 주유가 군사를 이끌고 곡아를 급습했는데, 여강 송자 사람으로 자가 자열(子烈)인 진무(陳武)가 내통하여 성이 적의 수중에 들어갔다는구나. 우리의 근거인 곡아를 잃었으니 지금 이러고 있을 때가 아니다. 속히 말릉으로 가서 설례·착융과 합세해 곡아를 되찾아야 한다.”

유요는 곧 퇴군령을 내렸다. 태사자도 따르지 않을 수 없었다. 손책이 굳이 그 뒤를 쫓지 않고 군사를 수습하자 장소가 말한다.

“저들은 주유에게 곡아를 점령당해 싸울 마음이 없을 터이니, 오늘밤에 적의 영채를 기습하는 게 좋을 듯싶습니다.”

손책은 고개를 끄덕였다. 그날밤, 손책이 군사를 다섯 길로 나누어 쳐들어가니 유요의 군사는 크게 패하여 도망치기에 바빴다. 태사자도 혼자 힘으로는 손책의 대군을 당할 길이 없어, 마침내 10여기의 수하만 거느리고 밤새 경현을 향해 말을 달렸다.

손책은 이 싸움에서 새로이 진무를 얻었다. 진무는 키가 7척이요, 낯빛이 누렇고 눈동자는 붉어서 생김새가 괴상했다. 손책은 진무를 지극히 아껴서 교위에 임명하고 선봉에 세워 설례를 공격하게 했다. 진무가 10여기를 이끌고 적진으로 뛰어들어 삽시간에 50여명의 목을 베니, 설례는 성문을 굳게 닫고 감히 나오려 하지 않았다. 이렇듯 손책이 군사를 이끌고 말릉성을 공격하고 있는데, 갑자기 파발꾼이 달려와 급보를 전한다.

“유요가 패군을 수습하고 착융의 무리와 합세해 우저를 공격하러 갔습니다!”

손책은 크게 노하여 대군을 이끌고 우저로 달려갔다. 유요와 착융이 말을 몰고 나와 맞선다. 손책이 말한다.

"내가 친히 이곳에 왔거늘 어찌하여 항복하지 않느냐!"

유요의 등 뒤에서 한명의 장수가 창을 든 채 말을 몰아 나온다. 바로 유요의 부장 우미(于麋)였다. 손책이 나아가 맞서 싸우니, 우미는 3합도 버티지 못하고 손책에게 사로잡혀버렸다. 손책은 우미를 옆구리에 끼고 자기 진영으로 돌아간다. 유요의 장수 번능(樊能)은 우미가 잡혀가는 것을 보고 급히 뒤를 쫓아 손책의 등을 향해 창을 겨누었다. 이때 손책 진영의 군사들이 큰소리로 외친다.

"장군, 등 뒤를 조심하시오!"

손책이 급히 고개를 돌려보니 번능이 바로 등 뒤에 와 있다. 손책은 눈을 부릅뜨고 대갈일성한다. 사뭇 벼락치는 소리 같았다. 번능은 그 소리에 소스라쳐 놀라 그대로 말에서 굴러떨어지더니 머리가 깨져 죽어버렸다. 손책이 마침내 문기(門旗) 아래 이르러 옆에 끼고 온 우미를 내려놓고 보니 그는 이미 숨이 끊어진 지 오래였다. 손책이 이렇듯 삽시간에 한 장수는 팔에 끼워 죽이고 또 한 장수는 소리 질러 죽이니, 그뒤로 사람들은 그를 일컬어 '소패왕(小霸王)'이라 했다.

이날 유요는 크게 패하였다. 수하군사의 태반이 손책에게 항복하고, 손책이 목을 벤 군사만도 1만여명이 넘었다. 결국 유요는 착융과 함께 예장(豫章)으로 도망하여 유표에게 몸을 의탁했다.

손책은 다시 군사를 돌려 말릉을 공략하러 갔다. 그가 직접 성 밑으로 가서 설례에게 항복을 권유하는데, 이때 성 위에서 몰래 쏜 화살이 손책의 왼쪽 넙적다리에 정통으로 꽂혔다. 손책은 그대로 말 아래로 굴러떨어졌다. 주위의 장수들이 급히 달려들어 손책을 영채로 옮긴 다음 다리에 꽂힌 화살을 뽑고 상처에 금창약(金瘡藥)을 발랐다.

손책은 군사들에게 명하여 자신이 화살에 맞아 죽었다고 거짓소문을 퍼뜨리게 했다. 그러고는 모든 군사들이 통곡을 하며 영채를 거두어 떠났다. 성안에 있던 설례는 손책이 죽었다는 소식을 듣고 당장 군사를 모아 날랜 장수 장영·진횡과 함께 성을 나와 그 뒤를 추격했다. 그런데 이게 웬일인가. 갑자기 사방에서 복병이 몰려나오더니 죽은 줄 알았던 손책이 앞으로 나서며 큰소리로 외치는 게 아닌가.

"손책이 바로 여기 있다!"

설례의 군사들은 귀신이라도 본 듯 모두 제자리에 얼어붙어버렸다. 잠시 후 그들은 마치 약속이나 한 듯이 창과 칼을 떨구고 일제히 땅바닥에 엎드렸다. 손책이 모든 군사들에게 명한다.

"항복하는 자는 단 한명도 죽이지 말라!"

뜻밖의 변을 당한 장영은 말머리를 돌려 달아나다가 진무의 창에 찔려 죽고, 진횡은 장흠의 화살에 맞아 죽었다. 또한 설례는 어지럽게 싸우는 중에 죽었다. 손책은 말릉으로 들어가 백성을 안정시키고, 다시 군사를 이끌고 태사자를 잡으러 경현으로 떠났다.

한편 태사자는 민첩한 군사 2천여명을 새로 뽑고, 수하군사들까지 합해 유요의 원수를 갚기 위해 군세를 정비하고 있었다. 손책은 주유와 함께 태사자를 사로잡을 계책을 의논했다. 의논이 끝난 뒤 주유가 군사들에게 영을 내린다.

"경현을 삼면으로 공격하되, 서·남·북 삼문만 치고 동문은 남겨 두어라. 적들이 달아날 수 있도록 길을 터주고, 성에서 25리 떨어진 곳에 군사를 셋으로 나누어 매복하라. 태사자가 그곳에 이르면 군사와 말이 모두 지쳐 반드시 사로잡을 수 있을 것이다."

본래 태사자가 불러모은 군사들은 태반이 산과 들에 흩어져 살던 백성이라 도무지 기율을 몰랐다. 게다가 경현성은 성곽이 그리 높지 않아 대군을 막고 싸울 곳이 못 되었다. 그날밤, 손책은 진무로 하여금 간편한 차림새로 몰래 성 위에 올라가 불을 놓게 했다. 태사자는 불이 난 것을 보고 그대로 말에 올라 동문을 열고 나갔다. 손책은 곧 군사를 이끌고 태사자의 뒤를 추격했으나 30리 정도 쫓다가 추격을 멈추고 말았다. 태사자는 단숨에 50리 길을 달렸다. 사람도 말도 지칠 대로 지쳐버렸다. 그때 느닷없이 갈대밭에서 큰 함성이 일어난다. 태사자는 말을 재촉하여 급하게 달아나기 시작했다. 그러나 얼마 못 가 길가 숲에서 던진 반마삭(絆馬索, 적의 말의 다리를 걸어 넘어뜨리기 위해 둘러친 새끼나 밧줄)에 걸려 말이 쓰러지는 바람에 그대로 사로잡히고 말았다.

손책의 복병들이 사로잡은 태사자를 영채로 끌고 왔다. 손책은 태사자가 잡혀왔다는 보고를 듣고 친히 나와 군사들을 꾸짖어 물리치고는 몸소 결박을 풀어주었다. 그러고는 자기가 입고 있던 비단 전포를 벗어서 태사자에게 입히더니 그를 안으로 청해들인다.

"그대야말로 참으로 대장부인데 어리석은 유요가 사람을 쓸 줄 몰랐소. 그래서 공으로 하여금 오늘과 같은 패배를 맛보게 한 것이오."

태사자는 손책이 자신을 후하게 대접해주자 감격하여 항복할 뜻을 보였다. 손책이 웃으며 태사자의 손을 잡는다.

"신정령 아래서 우리가 서로 싸울 때 만약 공이 나를 잡았다면 어찌했겠소? 나를 죽였을지도 모를 일 아니오?"

태사자도 웃으며 답한다.

"그야 알 수 없는 일이지요."

손책은 다시 한번 껄껄 웃더니, 태사자를 장막 안으로 청하여 상좌에 앉히고 잔치를 베풀었다. 태사자가 문득 입을 연다.

"유요가 대패하여 군사들이 마음 붙일 곳을 잃었소이다. 제가 가서 남은 군사들을 수습하여 공을 도울까 하는데, 저를 믿어주실지 모르겠소이다."

손책은 자리에서 일어나 감사의 뜻을 표한다.

"그것은 진실로 내가 원하는 바요. 내일 정오까지는 꼭 돌아오기로 나와 약속해주오."

태사자는 손책의 말에 응낙하고 떠나갔다. 손책 수하의 여러 장수들이 말한다.

"태사자는 이번에 가서 다시는 돌아오지 않을 것입니다."

손책은 확신에 찬 음성으로 대꾸한다.

"태사자는 신의있는 사람이라 결단코 나를 배신하지 않을 거요.”

그러나 모든 장수들은 손책과 생각이 달랐다.

이튿날 손책의 장수들은 영문(營門)에 장대 하나를 세워놓고 그림자를 관측하고 있었다. 해시계가 정확히 정오를 가리킬 무렵 태사자가 군사 1천여명을 이끌고 영채에 도착했다. 손책은 몹시 기뻐하고, 모든 사람들은 손책의 사람 보는 안목에 탄복했다.

이어 손책은 군사 수만명을 거느리고 강동으로 내려가서 백성들을 위무하니, 항복해오는 자가 헤아릴 수 없이 많았다. 처음에 강동 사람들은 모두 손책을 ‘손랑(孫郞)’이라 부르며 그의 군사가 온다는 말만 들어도 간담이 서늘해져 달아나기 일쑤였다. 그러나 막상 군대가 도착하면 그렇지 않았다. 손책은 군사들의 노략질을 엄금하여 닭 한마리, 개 한마리도 손대지 않음으로써 신뢰를 쌓았다. 급기야 백성들은 스스로 술과 고기를 들고 찾아와 손책의 군사를 격려하기에 이르렀고, 그럴 때마다 손책은 돈과 비단으로 답례했다. 백성들의 환호성이 들판에 가득했다. 또한 항복해온 유요의 군사들 가운데 그대로 종군을 원하는 자는 받아주고, 원치 않는 자는 상금을 후하게 주어 고향에 돌아가 농사짓고 살도록 해주니, 모든 백성들이 손책을 우러러 칭송해 마지않았다.

이리하여 손책은 세력을 크게 떨치게 되었으며, 어머니와 숙부, 아우들을 모두 곡아로 데려올 수 있었다. 그는 아우 손권으로 하여금 주태와 함께 선성(宣城)을 지키도록 하고, 자신은 다시 군사를 이끌고 오군(吳郡)을 공격하러 남쪽으로 떠났다.

이때 오군땅에는 엄백호(嚴白虎)라는 자가 자칭 '동오의 덕왕(德王)'이라 일컬으며 웅거하면서 수하 장수를 보내 오정(烏程)과 가흥(嘉興)까지 장악하고 있었다. 그러던 중 손책의 군사가 쳐들어온다는 보고를 받자 그는 즉시 아우 엄여(嚴興)로 하여금 군사를 거느리고 나아가 대적하게 했다.

양쪽 군사는 풍교(楓橋)에서 마주쳤다. 엄여가 다리 위에서 칼을 비껴들고 말을 세웠다. 손책의 군사 하나가 나는 듯이 말을 달려 이 사실을 진영에 알렸다. 손책이 창을 거머쥐고 말에 오르려 하는데, 장굉이 간한다.

"모름지기 군사들의 목숨은 주장(主將)에게 달려 있소이다. 보잘것없는 도적을 친히 대적하는 일은 경솔한 짓이오니, 부디 자중하십시오."

"참으로 지당한 말이오. 그러나 내 몸소 적의 화살과 돌을 무릅쓰지 않으면 군사들이 명령을 따르지 않을까 두렵소이다."

손책은 장굉의 충고대로 우선 한당을 보내 싸우게 했다. 한당이 칼을 들고 말에 올라 다리 위로 나아갔다. 이때 장흠과 진무는 어느새 작은 배를 타고 강기슭으로부터 다리 아래에 이르러서는 화살을 어지러이 퍼부어 언덕 위에 있는 군사들을 물리치고, 일제히 몸을 날려 언덕 위로 뛰어올라 닥치는 대로 베어 죽였다. 엄여가 패하여 군사를 거두어 달아나자 한당은 군사를 이끌고 창문(閶門) 아래까지 추격했다. 적병은 앞을 다투어 성안으로 몰려들어가 문을 굳게 닫아걸었다.

손책은 군사를 나누어 수륙(水陸) 두 길로 진격하여 오성(吳城)을 포위했다. 성을 포위한 지 사흘이 지나도록 성안에서는 도무지 나와 싸울 기미가 없다. 손책은 몸소 군사를 거느리고 창문 밖에 이르러 항복하라고 외쳤다. 이때 성루에서 한 장수가 왼손으로 문루 기둥을 붙들고, 오른손으로는 성 아래 손책을 가리키며 욕설을 퍼부어댄다. 태사자가 말 위에서 활에다 화살을 메겨 들고는 좌우를 돌아보며 말한다.

"내 저놈의 왼손을 쏘아 맞힐 터이니 잘들 보시오."

태사자의 말이 미처 끝나기도 전에 시윗소리가 울리더니, 곧장 날아간 화살은 그 장수의 왼손을 꿰뚫고는 문루 기둥에 깊이 박혀버렸다. 성 위아래에서 이를 지켜본 모든 사람들은 일제히 태사자에게 갈채를 보냈다. 적들은 급히 그 장수를 구하여 성루 아래로 내려보냈다. 엄백호가 크게 놀라 중얼거린다.

"저들에게 저런 장수가 있으니 어찌 당하겠는가."

그는 드디어 강화를 청하기로 했다.

이튿날 엄백호의 아우 엄여가 성을 나와 손책을 찾아왔다. 손책은 엄여를 진중으로 청하여 술을 권했다. 웬만큼 술기운이 돌기 시작하자 손책이 엄여에게 묻는다.

"그래 형님의 뜻이 뭐요?"

엄여가 대답한다.

"장군과 강동을 나누자고 하십니다."

"뭐라구? 쥐새끼 같은 무리가 어찌 감히 나와 대등한 위치에 서려 한단 말이냐."

손책은 진노하여 불호령을 내렸다.

"당장 이놈을 끌어내 목을 베어라!"

엄여는 칼을 빼들고 벌떡 일어섰다. 그러나 손책이 번개같이 허리에 찬 칼을 빼 휘두르자 엄여는 외마디 비명을 지르며 나뒹굴고 말았다. 손책은 엄여의 목을 베어 성안으로 보냈다. 엄백호는 도무지 대항할 수 없음을 깨닫고 마침내 성을 버리고 달아났다. 손책은 군사를 거느리고 엄백호를 추격하면서 황개를 보내 가흥(嘉興)을 치게 하고, 태사자를 보내 오정을 쳐서 빼앗으니, 여러 고을들이 일시에 모두 평정되었다.

엄백호는 여항(餘杭)으로 달아나며 가는 곳마다 노략질을 일삼았다. 그러자 그 지방의 능조(凌操)라는 사람이 고을사람들을 모아 대항하니, 그 바람에 엄백호는 다시 회계(會稽)를 향해 달아났다. 능조 부자가 엄백호를 뒤쫓아온 손책을 영접했다. 손책은 두 사람을 종정교위(從征校尉)로 삼아 함께 군사를 거느리고 강을 건넜다. 엄백호는 도적의 무리를 모아 서진 나루에 진을 치고 있었다. 손책은 정보를 보내 싸우게 했다. 엄백호는 또다시 크게 패하여 밤을 새워 회계로 달아났다.

한편 회계 태수 왕랑(王朗)은 엄백호를 돕기 위해 군사를 일으키려 했다. 이때 누군가 나서며 만류한다.

"안됩니다. 손책은 인의(仁義)를 앞세운 군대요 엄백호는 포학한 짓을 일삼는 무리이니, 오히려 엄백호를 사로잡아 손책에게 내주는 게 옳을 듯싶소이다."

고을 관리인 우번(虞翻)이었다. 그는 회계 여요(餘姚) 사람으로 자는 중상(仲翔)이었다. 왕랑이 오히려 꾸짖어 물리치자 우번은 길게 한숨을 쉬며 나가버렸다. 왕랑은 더이상 지체하지 않고 군사를 일으켜 엄백호와 함께 산음(山陰) 벌판에 진영을 벌여세웠다. 손책 또한 진을 친 후 말을 몰고 나와 왕랑을 향해 소리친다.

"내 인의의 군사를 일으켜 절강지방을 평안케 하려고 왔거늘, 그대는 어찌하여 도적을 돕는단 말인가?"

왕랑이 맞서 손책을 꾸짖는다.

"너야말로 이미 오군을 얻고도 다시 내 땅까지 넘보다니 욕심이 지나친 게 아니냐? 내 오늘 엄백호를 위해 원수를 갚아주리라."

손책이 진노하여 나가 싸우려 하는데, 벌써 태사자가 말을 달려 나가고 있었다. 왕랑이 춤추듯 칼을 휘두르며 맞선다. 몇합 안되어 왕랑의 장수 주흔(周昕)이 싸움을 도우려고 달려나오니, 손책의 진영에서는 황개가 나는 듯 말을 달려나가 주흔을 맡아 싸운다.

양쪽 진영에서 점차 북소리가 요란해지며 군사들이 모두 몰려나와 일대 접전을 벌였다. 그때 갑자기 왕랑의 진 뒤쪽이 어지러워지더니 한떼의 군사가 공격해온다. 왕랑은 크게 놀라 본진으로 되돌아가 적을 막았다. 군사를 몰아 왕랑의 배후를 찌른 사람은 주유와 정보였다.

협공을 받은데다가 적은 군사로 대군을 당할 길이 없어진 왕랑은 엄백호·주흔과 더불어 혈로를 뚫고 성으로 들어가서 급히 조교(弔橋)를 끌어올린 뒤 성문을 굳게 닫아버렸다. 손책은 승세를 몰아 대군을 거느리고 성밑까지 추격하여 병력을 나누어 사방의 성문을 일제히 공격한다. 성안에서 왕랑은 손책의 맹렬한 공격에 위급함을 느낀 나머지 죽음을 각오하고 다시 나가 싸우려 했다. 엄백호가 말린다.

"손책의 군사가 막강하니 귀공은 호를 깊이 파고 보루를 높게 올려 단단히 성을 지키면서 나가지 마시오. 그리하면 저들은 한달이 못 되어 양식이 떨어져 제풀에 물러갈 것이니, 그때 허술한 틈을 노려 공격하면 싸우지 않고도 이길 수 있을 것이외다."

왕랑은 그 말대로 회계성을 굳게 지킬 뿐 움직이지 않았다. 손책은 며칠 동안 계속해서 성을 공격했다. 그래도 왕랑은 꿈쩍도 하지 않는다. 손책은 사람들을 모아 의논했다. 진영에 함께 있던 숙부뻘 되는 손정(孫靜)이 말한다.

"왕랑이 성을 굳게 지키니 급하게 함락시키기는 어려울 것이오. 회계 전량(錢糧)의 태반이 사독(査瀆)에 있는데, 여기서 불과 몇십 리밖에 안되니, 먼저 사독을 손에 넣는 게 좋겠소. 이것이야말로 방비 없는 데를 치고, 뜻하지 않은 데서 군사를 일으키는 것이 아니겠소."

손책이 이 말을 듣고 몹시 기뻐한다.

"숙부의 묘책으로 능히 적을 물리칠 수 있을 것입니다."

손책은 즉시 영을 내려 각 진영마다 불을 밝히는 한편, 일부러기를 많이 세워 군사들이 있는 것처럼 꾸몄다. 그러고는 야음을 틈타 포위를 풀고 남쪽으로 떠날 채비를 했다. 주유가 말한다.

"주공께서 대군을 거두어 떠나는 것을 알면, 반드시 왕랑이 성을 나와 뒤쫓을 것이오. 이때 기습병을 쓰면 승리할 수 있습니다."

"이미 그 준비도 해놓았으니 회계성은 오늘밤 안으로 우리 손에 들어올 것이다."

손책은 마침내 군마를 거느리고 떠났다. 손책의 군사가 물러갔다는 보고를 받은 왕랑은 엄백호·주흔 등과 함께 성루에 올라 성밖을 두루 살펴보았다. 그러나 성밑에는 여전히 불길이 타오르며, 연기가 피어오르고 있었다. 정기(旌旗)도 어지럽지 않았다. 왕랑이 몹시 의아해하고 있을 때 주흔이 말한다.

"손책이 군사를 거두어 달아나면서 우리를 속이려고 쓴 계책이오. 군사를 이끌고 나가 뒤를 치도록 합시다."

엄백호가 한마디 한다.

"혹시 손책이 사독을 치려는 게 아니겠소? 내 주장군과 함께 군사를 이끌고 뒤쫓아가겠소."

왕랑이 말한다.

"사독은 내가 곡식을 쌓아둔 곳이니 방비를 엄히 해야겠소. 군사를 거느리고 먼저 가시오. 내 곧 뒤따라가 도우리다."

엄백호와 주흔은 군사 5천명을 이끌고 성을 나섰다. 때는 초경 (오후 8시) 무렵이었다. 20여리를 달렸을 때, 갑자기 숲속에서 북소리가 크게 울리며 일시에 횃불이 일어나 사방을 환히 비추었다. 엄백호가 깜짝 놀라 급히 말머리를 돌리려 하는데 한 장수가 말을 내달아 앞을 가로막는다. 불빛 속에서 살펴보니 바로 손책이다. 주흔이 칼을 휘두르며 달려들었으나, 단번에 손책의 창에 찔려 거꾸러지고 만다. 그러자 수하의 무리들은 다투어 항복했다. 엄백호는 그대로 말을 몰아 혈로를 뚫고 여항(餘杭)을 향해 달아났다. 뒤를 따르던 왕랑은 이미 엄백호의 군사가 패했다는 소식을 듣고, 성으로 되돌아가지 못하고 군사들을 이끌고 바닷가 쪽으로 달아나버렸다. 손책은 곧 군사를 돌려 회계성을 점령한 다음 백성들을 안정시켰다.

하루도 못 되어 한 장수가 엄백호의 수급을 가지고 와서 손책에게 바쳤다. 그 사람을 보니 키가 8척이요, 넓적한 얼굴에 입이 유난히 컸다. 이름을 묻자 회계 여요 태생으로, 성명은 동습(董襲)이요 자는 원대(元代)라고 하였다. 손책은 그를 기꺼이 받아들여 별부사마(別部司馬)로 삼았다. 이로써 동쪽 지방은 모두 평정되었다. 손책은 숙부뻘 되는 손정에게 회계성을 지키게 하고, 주치를 오군태수로 삼은 다음 군사를 거두어 강동으로 돌아갔다.

한편 손권은 주태와 함께 선성을 지키고 있었는데, 깊은 밤 난데없는 산적떼가 몰려와 사방에서 성을 공격했다. 미처 대적할 틈도 없어서 주태는 즉시 손권을 안아 말에 태우고 제대로 갑옷도 챙겨입지 못한 채 들이닥친 산적들을 맞이하여 삽시간에 10여명이나 해치웠다. 그런데 갑자기 한 도적이 말을 달려 주태의 등을 향해 창을 내질렀다. 주태는 허리 쪽으로 치고 들어오는 창을 움켜쥐고 비틀며 거세게 밀쳤다. 그 서슬에 상대방은 말 아래로 굴러떨어졌다. 주태는 빼앗은 창을 휘두르며 도적을 공격하여 혈로를 뚫고 손권을 구해냈다. 나머지 도적들은 모두 도망가고 말았다.

간신히 도적들을 물리치긴 했으나 주태의 몸은 열두군데나 창에 찔렸다. 창독으로 염증이 생겨 부어오르며 시간이 흐를수록 회복되기는커녕 목숨이 위태로운 지경에 놓였다. 대군을 거느리고 돌아온 손책은 이 말을 듣고 깜짝 놀랐다. 장하에서 동습이 말한다.

"제가 해적과 싸우다 여러군데 창에 찔린 적이 있사온데, 회계 고을 관리로 있는 우번이 용한 의원을 천거해주어 불과 보름 만에 나은 일이 있소이다."

"우번이라니 우중상 말씀이오?"

"그렇습니다."

"우번이 어진 사람이란 말은 내 일찍이 들은 바 있소."

이렇게 말한 손책은 즉시 장소에게 동습과 함께 가서 우번을 청해오라고 명하였다. 우번을 데려오자, 손책은 예를 갖추어 대우하고 그를 공조(功曹)로 삼은 다음, 용한 의원이 급히 필요하다고 말했다. 우번이 말한다.

"패국(沛國) 초군(譙郡) 사람으로 화타(華佗)라는 이가 있소이다. 자는 원화(元化)라 하는데, 당대의 명의올시다. 제가 가서 청해 오리다."

우번은 그날로 길을 떠나 화타를 데려왔다. 손책이 보니, 얼굴은 동안(童顔)이나 머리는 학처럼 하얗게 센 모습에 이 세상 사람 같지 않은 기운이 서려 있었다. 손책은 화타를 상빈으로 모시고 주태의 상처를 보아주십사 간곡히 부탁했다. 화타가 상처를 살펴보고는 말한다.

"고치기 쉬운 상처올시다."

화타가 약을 쓰기 시작한 뒤로 한달도 안되어 주태는 완쾌되었다. 손책은 크게 기뻐하며 화타에게 후히 사례했다. 그리고 즉시 군사를 보내 산적떼를 소탕하니, 이로써 강남 일대가 평온을 되찾았다. 손책은 군사를 나누어 각각 요처를 지키게 하고 조정에 표문을 올려 아뢰었다. 그러는 한편 조조와 교분을 맺으며, 원술에게 서신을 보내 옥새를 돌려달라고 청했다.

한편 원술은 옥새를 맡아둔 뒤로 딴마음을 품게 되었다. 손책으로부터 옥새를 돌려달라는 서신을 받은 그는 이런저런 평계를 대며 시간을 끌었다. 막상 옥새를 손에 쥐고 보니 은근히 황제 자리에 욕심이 생겼던 것이다. 그는 장사(長史) 양대장(楊大將)·도독(都督) 장훈(張勳)·기령(紀靈)·교유(橋蕤)·상장(上將) 뇌박(雷薄)·진란(陳蘭) 등 30여명을 모아놓고 의논했다.

"손책이 내가 빌려준 군마로 오늘날 강동땅을 저렇듯 수중에 넣고는 은혜 갚을 생각은 않고 도리어 옥새를 돌려달라고 하니 참으로 괘씸하다. 장차 이 일을 어찌하면 좋겠느냐?"

양대장이 말한다.

"손책이 장강(長江)의 요새를 점거하고 있을 뿐만 아니라 군사가 정예하고 양식이 넉넉하니 가볍게 생각할 일이 아닙니다. 먼저 유비를 쳐서, 지난날 아무 연고도 없이 우리에게 덤벼들었던 원수부터 갚도록 하십시오. 저에게 좋은 계책이 있으니 그대로만 한다면 곧 유비를 사로잡을 수 있을 것입니다. 그런 뒤에 손책을 공략해도 늦지는 않을 것입니다."

| 강동으로 가서 범을 잡으려 않고 | 不去江東圖虎豹 |
| 서주로 와서 용과 싸우려 하네 | 却來徐郡鬪蛟龍 |

과연 양대장이 말하고자 하는 계책이란 무엇일까?

16
의리 없는 여포

여포는 원문 밖의 방천화극을 쏘아 맞히고
조조는 육수에서 패하다

양대장이 원술에게 유비를 칠 계책이 있다고 하자 원술이 묻는다.

"그 계책이 무엇인가?"

"유비의 군사는 소패에 주둔하고 있어 무찌르기 쉬우나, 염려되는 것은 서주에 호랑이처럼 버티고 있는 여포입니다. 우리가 여포에게 황금과 비단, 곡식을 주기로 약조하고서 이제까지 주지 않고 있으니, 만약 여포가 유비를 돕는다면 큰일 아니겠습니까? 우선 여포에게 양식을 보내 환심을 얻어 군사를 일으키지 않게 하고 나서 유비를 사로잡습니다. 유비부터 사로잡으신 다음 여포를 도모하신다면 서주도 손에 넣을 수 있을 것입니다."

원술은 기뻐하며 당장 좁쌀 20만섬을 마련하여 한윤(韓胤)에게 주어 밀서와 함께 여포에게 전하도록 했다. 여포는 크게 기뻐하며 한윤을 후하게 대접했다. 한윤이 돌아가 그대로 원술에게 고하니, 원술은 마침내 기령을 대장으로, 뇌박과 진란을 부장으로 삼아 군사 수만명을 거느리고 소패를 치게 했다.

현덕은 이 소식을 듣고 즉시 사람들을 모아 상의한다. 장비가 무조건 나가 싸우겠다고 나서자 손건이 말한다.

"우리 소패에는 양식도 넉넉지 않고 병력도 적은 터라 대군과 맞서 싸우기란 쉬운 일이 아닙니다. 아무래도 여포에게 글을 보내 구원을 청하는 게 낫겠습니다."

장비가 말한다.

"그놈이 행여나 오겠소."

그러나 현덕의 생각은 달랐다.

"손건의 말이 옳다."

그러고는 즉시 다음과 같은 편지를 써서 여포에게 보냈다.

엎드려 생각건대, 장군께서 염려해주신 덕에 이몸이 소패에 살고 있으니, 하늘 같은 은덕에 진심으로 감사드리는 바입니다. 이제 원술이 사사롭게 원수를 갚겠다고 하면서 장수 기령으로 하여금 군사를 이끌고 이곳을 침략하게 했으니, 고을의 존망이 조석에 달려 있소이다. 장군이 아니면 누가 이 고을을 구해낼 수 있으리까. 청컨대 장군께서 1여(旅, 5백명 단위의 군대) 군사를 거느려 위급한 처지에서 구해주신다면 그 은혜 잊지 않겠소이다.

여포는 편지를 보고 나서 진궁과 상의한다.

"지난번에 원술이 양식을 보내고 밀서를 전해온 것은 현덕을 돕지 말라는 뜻일세. 그런데 이렇게 현덕이 도움을 청해왔으니 어찌해야 좋을지……"

잠시 생각하는 얼굴이더니 다시 입을 연다.

"현덕이 소패에 군사를 주둔하고 있는 것이야 내게 해될 것이 없지만, 만약 원술이 현덕을 삼키고 보면 그다음에는 반드시 북으로 태산(泰山)의 여러 장수와 합심하여 나를 도모하려 들 게 뻔한데, 그리되면 내가 어찌 베개를 높이 베고 편히 잘 수 있겠는가? 아무래도 현덕을 돕느니만 못할 것 같네."

여포는 이렇게 결론을 내리고 마침내 군사를 일으켜 길을 떠났다.

한편, 기령은 대군을 거느리고 소패의 동남쪽에 당도하여 영채를 세웠다. 그러고는 낮이면 깃발을 벌여세워 산천을 가리고, 밤이면 대낮같이 횃불을 밝혀 천지가 진동하도록 북을 울려댄다. 현덕은 수하에 거느린 군사라고 해야 오직 5천여명뿐이었으나, 그냥 있을 수도 없고 해서 일단 군사를 이끌고 성밖으로 나와 포진했다. 그때 여포가 소패에서 한마장쯤 떨어진 곳으로 군사를 몰고 와서 남쪽에 영채를 세웠다는 보고가 들어왔다. 기령은 여포가 군사를 이끌고 와서 유비를 도우려 한다는 말을 듣고, 즉시 여포의 진중으로 편지를 보내 신의 없는 태도를 책망했다. 여포가 웃으며 말한다.

"내게 한가지 좋은 수가 있다. 원술과 유비 모두 나를 원망하지 않게 하리라."

여포는 기령과 유비의 진영에 각각 사람을 보내 두 사람을 청했다. 현덕이 여포가 청한다는 말을 듣고 즉시 움직이려 하는데, 관우와 장비 두 아우가 말린다.

"형님, 경솔히 가실 일이 아니오. 여포는 분명히 딴생각을 품고 있을 거요."

　현덕은 가볍게 말한다.

"내가 저를 박대하지 않았으니, 나를 해치지는 않을 게다."

　현덕은 곧 말을 타고 진영을 떠났다. 하는 수 없이 관우와 장비도 뒤를 따랐다. 현덕 일행이 여포의 영채로 들어서자 여포가 현덕에게 말한다.

"내 오늘 특별히 공의 위급함을 풀어줄 작정이오. 훗날 뜻을 이루거든 부디 잊지나 마오."

　현덕이 거듭 사례하자, 여포는 비로소 현덕에게 자리를 권한다. 관우와 장비 두 사람은 칼을 든 채 현덕의 등 뒤에 섰다. 마침 사람이 와서 고한다.

"기령 장군이 오셨소이다."

　현덕은 뜻밖의 일에 깜짝 놀라 자리를 피하려 했다. 여포가 손을 들어 제지한다.

"내 특히 두분을 청하여 의논을 할 게 있어 모셨으니, 조금도 불안해하지 마시오."

　현덕은 여포의 심사를 알 길이 없어 마음이 매우 불안해졌다. 기령도 말에서 내려 무심히 영채 안으로 들어서다가 뜻밖에도 유비가 앉아 있는 것을 보고 소스라쳐 놀란다. 그대로 몸을 돌려 나가려 하는 그를 좌우 사람들이 만류한다. 그러나 소용이 없다. 보다 못해 여포가 몸소 나가 기령을 붙잡더니 마치 어린아이 다루듯 가볍게 끌고 왔다. 기령이 항의한다.

"장군은 나를 죽일 작정이오?"

여포는 기령을 자리에 앉히며 말한다.

"그럴 리가 있겠소?"

"아니면 저 귀 큰 자를 죽이려는 거요?"

"그것도 아니오."

"그럼 대체 어쩌실 생각이오?"

"현덕은 나와 형제나 다름없는데 장군 때문에 곤욕을 치르고 있다기에 도우려는 것뿐이오."

"그렇다면 나를 죽이려는 게 분명하군?"

"그렇지 않대두 그러시는구려. 이몸은 평생 싸움을 싫어하고 말리기를 좋아하는 탓으로, 양쪽을 화해시키려는 것뿐이오."

"어떻게 화해를 시킬 작정이오?"

"내게 한가지 방법이 있소이다. 일이 성사되고 안되고는 천명일 것이오."

여포는 기령의 손을 끌고서 장막 안으로 들어가 현덕과 대면하게 했다. 두 사람은 제각기 의심을 품은 채 서로를 마주 보았다. 여포는 가운데 자리를 잡고 앉더니 기령을 왼편에, 유비를 오른편에 앉힌 다음 술상을 내오도록 했다. 술잔이 두어순배 돌자 여포가 입을 연다.

"두 집안은 내 낯을 봐서 모두 군사를 거두시오."

유현덕은 말이 없다. 기령이 먼저 말한다.

"나는 주공의 명을 받들어 10만 군사를 이끌고 유비를 잡으러 온 몸이오. 그런데 그냥 돌아가라니, 무슨 말씀을 그리하시오?"

화가 난 장비가 칼을 빼들고 호통을 친다.

"우리가 비록 군사는 많지 않으나 네까짓 놈들이야 실로 어린아이처럼 보일 뿐이다. 백만 황건적에 비하면 아무것도 아닌 것들이 감히 우리 형님을 어찌 보고 하는 소린가!"

관운장이 급히 장비의 손을 붙들며 말한다.

"여장군의 뜻이 어떤지 먼저 들어보자. 그다음에 각기 영채로 돌아가서 싸워도 늦지 않을 것이다."

여포가 소리를 높인다.

"내 그대들을 청한 것은 화해를 시키려는 것이지, 싸움을 시키려는 게 아니오."

저쪽에서는 기령이 불만스러운 얼굴빛이고, 이쪽에서는 장비가 여차하면 칠 기세로 울근불근한다. 여포는 격노하여 소리를 내지른다.

"당장 방천화극을 가져오너라!"

여포가 가져온 화극을 집어들자 기령과 유비 두 사람 모두 낯빛이 변했다.

"내 두 집안을 서로 화해시키려 하는데, 그 일의 성사는 모두 하늘의 뜻에 달렸소."

여포는 좌우를 돌아보며 분부를 내린다.

"이 화극을 원문(轅門) 밖 빈터에 갖다세워라!"

화극이 원문 밖에 세워졌다. 여포가 기령과 유비를 돌아보며 말한다.

"여기서부터 저 원문까지 150보는 족히 되오. 내 이제 화살을 쏘아 저 화극 끝 곁가지를 맞힌다면 양쪽 다 군사를 거두어 돌아가시고, 만약 맞히지 못하거든 각기 영채로 돌아가 싸울 준비를 하시오. 하나, 내 말을 따르지 않는다면 내가 먼저 군사를 몰아 칠 것이니 알아서들 하오."

기령은 속으로 코웃음을 치며 생각했다.

'150보 밖에 있는 화극 끝 곁가지를 맞히기가 어디 쉽겠나? 우선 그러마 하고, 활 쏘기를 기다렸다가 맞히지 못하거든 그때 유비를 쳐도 그만이지.'

기령은 쾌히 승낙하고, 현덕 또한 마다할 도리가 없다. 여포는 모두 자리에 앉도록 하고서 다시 두 사람과 술을 한잔씩 마신 다음 활과 화살을 가져오도록 명한다. 현덕은 마음속으로 가만히 축원한다.

'부디 여포가 맞히게 하소서.'

여포는 천천히 전포 소매를 걷어올린 다음, 화살을 시위에 메겨들고 힘껏 잡아당겼다. 손에 땀을 쥐게 하는 순간, 여포는 시위에서 손을 떼며 한소리 크게 외친다. 활이 가을 하늘의 달처럼 둥그렇게 부풀어오르면서 시위를 떠난 화살은 마치 흐르는 별처럼 허공을 날아 한치의 어긋남 없이 방천화극의 곁가지에 정통으로 맞고 떨어진다. 장막 안팎에 있던 장수들이 일제히 탄성을 올렸다.

후세 사람이 시를 지어 칭송했다.

온후의 활솜씨 세상에 짝이 없어라	溫侯神射世間稀
원문에서 표적 맞혀 위기에서 구해주었네	曾向轅門獨解危
해를 쏘아 떨어뜨린 명궁 후예 무색하고	落日果然欺后羿
원숭이 울린 유기도 못 따르리	號猿直欲勝由基
호근현 시윗소리 울린 곳에	虎筋弦響弓開處
조우령 화살 날아 닿는 시각	雕羽翎飛箭到時
표범꼬리 요동치듯 화극을 꿰뚫어	豹子尾搖穿畫戟
웅병 십만 갑옷 벗고 싸움터 떠났네	雄兵十萬脫征衣

여포는 화극의 곁가지를 쏘아 맞히고 나서 한차례 크게 웃더니 활을 땅바닥에 던져놓고는 기령과 유비의 손을 잡고 말한다.

"하늘의 뜻이니 두 집안은 즉시 군사를 거두어 돌아가시오."

여포는 다시 술을 가져오게 하여 큰 잔에 가득 부어 두 사람에게 권한다. 현덕은 마음속으로 부끄러워하고, 기령은 한동안 말없이 앉아 있다가 한마디 한다.

"장군의 말씀을 거역할 수는 없지만, 이대로 돌아가면 주공이 어찌 내 말을 믿겠소이까?"

여포는 원문 밖의 방천화극 곁가지를 활로 쏘아 맞히다

여포가 대답한다.

"내 자세한 사연을 써드릴 터이니 마음 놓으시오."

몇순배 술잔이 더 돈 다음 기령은 할 수 없이 여포의 서신을 가지고 먼저 돌아갔다. 여포가 현덕에게 공치사를 한다.

"내가 아니었더라면 공께서는 위태로울 뻔했소. 은혜를 잊지 마시오."

현덕은 깊이 사례하고 관우·장비와 함께 여포의 진영을 나섰다. 이튿날 세 진영의 군마가 모두 흩어지니, 기령은 회남으로, 현덕은 소패로, 여포는 서주로 각각 돌아갔음은 두말할 필요가 없다.

한편 회남으로 돌아간 기령은 원술에게 전후사정을 낱낱이 고하고 여포의 서신을 올렸다.

"여포에게 그렇게 많은 양식을 주었건만 어린애 장난 같은 짓으로 도리어 유비편을 들더란 말이지? 내 몸소 대군을 거느리고 가서 유비를 치고 더불어 여포도 응징하리라."

원술은 분하여 어쩔 줄을 모른다. 기령이 말한다.

"생각을 달리하시는 게 좋겠소이다. 여포는 본래 용력이 뛰어난데다 서주에 웅거하고 있으니, 만일 유비와 손이라도 잡는 날에는 맞서 싸우기 어렵습니다. 듣자하니, 여포의 처 엄씨에게 과년한 딸이 하나 있다고 합니다. 주공께 아드님이 있으니 사람을 보내 청혼을 하십시오. 여포가 딸을 주공댁에 보내오면 마침내 유비도 죽일 수 있을 것입니다. 이른바 소불간친지계(疎不間親之計)를 써서, 일단 한쪽을 가까이한 뒤에 상대의 친한 사이를 이간하자는 것이올시다."

원술은 기령의 말대로 즉시 한윤을 중매쟁이로 삼아 예물을 가지고 서주 여포에게 가서 혼인을 청하라 일렀다. 서주에 닿은 한윤이 여포에게 말한다.

"우리 주공께서 일찍이 공을 사모하여 따님을 며느리로 맞이하시길 원하옵니다. 더불어 서로 사돈의 정을 맺고자 하는 뜻을 전해 올리는 바입니다."

여포는 내당으로 들어가 아내 엄씨와 의논했다. 원래 여포에게는 아내 둘과 첩 하나가 있었나. 엄씨가 바보 첫번째 부인이며, 나중에 초선을 첩으로 맞아들였고, 소패에 있을 때 조표의 딸에게 장가를 들어 둘째부인으로 삼았다. 조씨는 소생도 없이 일찍 죽었고, 초선 역시 아이가 없는데다 오직 엄씨만이 딸 하나를 낳았으니, 그에 대한 여포의 사랑은 그야말로 유난했다. 엄씨가 여포에게 말한다.

"들자니 원공께서는 오랫동안 회남에 웅거하여 군사가 많고 양곡이 넉넉하며 머지않아 황제가 되리라 하니, 만약 대사를 이루기만 하면 우리 딸은 장차 황후가 될 수도 있는 게 아니겠습니까? 다만 그에게 아들이 몇이나 있는지 그게 궁금합니다."

"아들은 하나요."

"그렇다면 혼인을 시킵시다. 설사 황후가 못 된다 하더라도 서주를 잃을 걱정은 없지 않겠습니까?"

여포는 마침내 뜻을 정하여 한윤을 융숭하게 대접하고, 혼인을 허락했다. 한윤이 돌아가서 원술에게 보고하니, 원술은 즉시 빙례(聘禮)를 갖추어 한윤을 다시 서주로 보냈다. 여포는 원술의 예물을 받은 다음 술상을 차려 극진히 대접하고 역관에 머물러 쉬게 했다.

다음 날 여포의 모사 진궁이 역관으로 한윤을 찾아왔다. 그는 인사를 나누고 자리에 앉은 다음 주위 사람을 내보내고는 은밀히 묻는다.

"대체 누가 꾸민 계교요? 원공으로 하여금 봉선과 사돈을 맺게 한 뒤에 마침내 현덕의 머리를 치자는 뜻 아니오?"

한윤은 깜짝 놀라 손을 내저으며 말한다.

"공께서는 부디 이 말씀을 누설하지 마십시오."

"나야 입 밖에 내지 않겠소만, 오래 끌면 자연 남들이 눈치채게 되니 중간에 무슨 변이나 생기지 않을까 그게 걱정이오."

한윤이 청한다.

"그럼 어찌하면 좋겠소? 귀공께서 가르쳐주시지요."

진궁이 말한다.

"내가 봉선에게 내일이라도 당장 신부를 원공에게 보내라고 하면 어떻겠소?"

한윤은 크게 기뻐하며 자리에서 일어나 절하여 깊이 사례한다.

"그렇게만 해주신다면 원공께서도 공의 은덕을 결코 저버리시지는 않을 거요."

진궁은 그길로 여포를 찾아갔다.

"공께서 따님을 원공의 아들과 결혼시키기로 하셨다니 매우 잘된 일입니다. 언제쯤 혼사를 치르실 생각입니까?"

여포가 대답한다.

"차차 의논해서 할 생각이네."

"자고로 빙례를 받고 성혼하기까지는 각각 기간이 정해져 있습니다. 황제는 1년, 제후는 반년, 대부는 한철이요, 보통 백성은 한달입니다."

"원공로는 하늘로부터 옥새를 받았으니 머지않아 황제가 될 터, 황제의 예를 따르는 게 옳지 않겠나?"

"안됩니다."

"그럼 제후의 예를 좇는 수밖에 없겠군."

"그것도 안됩니다."

"그럼 대부의 예를 따라야 하나?"

"역시 아닙니다."

여포는 어이가 없어서 웃는다.

"그럼 공대는 나더러 백성의 예를 좇으란 말인가?"

"그런 건 아닙니다."

"그럼 대체 어찌하란 말이오?"

여포가 묻는 말에 진궁은 정색하고 대답한다.

"지금 천하 제후들은 서로 형세를 다투고 있습니다. 공께서 원공과 사돈을 맺는다는 소문이 들리면, 필시 투기하는 제후들이 있을 것이외다. 만일 택일을 멀리했다가 혼례를 치르러 가는 도중에 누군가 군사라도 매복해놓고 신부를 빼앗으려 하면 어찌하겠습니까? 혼인을 허락하지 않았다면 몰라도 이미 허락하신 이상 다른 제후들이 모르고 있을 때 따님을 수춘으로 보내 별관에 머무르게 한 뒤에 길일을 택해 성례하면, 만에 하나라도 뒤탈이 없을 것입니다."

여포는 기꺼이 진궁의 뜻을 받아들였다.

"듣고 보니 옳은 얘기일세."

여포는 내당으로 들어가 엄씨에게 이 뜻을 전하여 밤을 새워가며 혼수감을 갖추었다. 그리고 보마(寶馬)가 이끄는 향나무 수레에 딸을 태우고, 송헌(宋憲)과 위속(魏續)에게 호위를 명하여 한윤과 함께 떠나도록 했다. 일행은 풍악소리가 천지를 울리는 가운데 성 밖으로 나왔다.

이때 진등(陳登)의 아버지 진규(陳珪)는 병이 들어 집에 있다가 문득 요란한 풍악소리를 듣고 집안사람에게 까닭을 물었다. 그 사연을 들은 진규는 자리에서 벌떡 일어났다.

"소불간친의 계책이로군. 현덕이 위태롭도다!"

그는 병을 무릅쓰고 곧 부중으로 가서 여포를 만났다. 여포가 묻는다.

"대부께서 어인 일로 오셨소?"

진규가 말한다.

"장군께서 돌아가셨다기에 조상(弔喪)하러 왔소이다."

여포는 깜짝 놀라 묻는다.

"어디서 그런 말을 들으셨소?"

진규는 차근차근 말한다.

"지난번에 원공로가 양곡과 금은·비단을 보낸 것은 유현덕을 죽이려는 속셈이었는데, 공이 화극을 쏘아 현덕을 위기에서 구해주었소. 이제 또 원공로가 공에게 혼인을 청하는 것은 따님을 볼모로 삼아 현덕을 친 다음 소패를 손에 넣으려는 것이오. 소패가 망하면 서주 또한 위태로울 게 뻔한 일이오. 게다가 원공로가 공에게 군량을 빌려달라, 군사를 빌려달라 할 때마다 일일이 응하려면 얼마나 귀찮은 노릇이며, 또한 현덕과는 원수를 맺는 일 아니오? 그렇다고 청을 들어주지 않으시면 사돈간의 정리를 상하여 마침내 원술이 군사를 일으킬 것이오. 더구나 원술은 항상 황제라고 자칭할 마음을 품고 있다 하니, 이는 곧 반역이오. 원공이 만약 모반을 일으키는 날에는 공은 바로 역적의 인척이니, 장차 누가 공을 용납하겠소이까?"

여포는 크게 놀란다.

"내 진궁의 말만 믿고 한 노릇인데 큰일날 뻔했구나!"

그는 당장 장요(張遼)에게 명하여 멀리 30리 밖에까지 쫓아가서 딸과 그 일행을 데려오게 했다. 그리고 한윤을 감금하고, 원술에게는 따로 사람을 보내 아직 혼수준비가 부족하니 다 갖춘 후에 보내겠다고 전했다.

진규는 다시 여포에게 한윤을 허도로 보내라고 하였다. 그러나 여포는 주저하며 결단을 내리지 못하고 있었다. 이때 문득 사람이 와서 보고한다.

"현덕이 소패에서 군사를 뽑고 말을 사들이고 있는데, 무슨 의도인지 모르겠습니다."

여포는 웃으며 말한다.

"그야 장수의 본분이거늘, 의심할 것 없다."

그 말이 채 끝나기도 전에 송헌과 위속이 들어와서 고한다.

"저희 두 사람이 명공의 분부를 받들어 산동에 가서 말 3백필을 사가지고 소패 가까이 이르러, 난데없는 도적떼를 만나 절반이나 빼앗겼소이다. 한데 소문을 듣자니, 유비의 아우 장비가 일부러 산적처럼 변장하여 도적질을 했다 합니다."

여포는 화가 머리끝까지 치밀어 군사를 거느리고 장비를 치기 위해 소패로 달려갔다. 현덕은 이 소식을 듣고는 크게 놀라 황망히 군사를 거느리고 성에서 나왔다. 양쪽 군사가 진영을 벌이고 대치했다. 현덕이 말을 타고 앞으로 나서며 여포를 향해 말한다.

"형장은 무슨 연고로 군사를 거느리고 이곳에 오셨소이까?"

여포가 손짓을 해가며 외친다.

"내가 원문의 화극을 쏘아 너를 위급한 상황에서 구해주었거늘, 너는 무슨 까닭으로 내 말을 빼앗아갔단 말이냐?"

"말이 부족하여 근자에 각처로 사람을 보내 사온 일은 있지만, 감히 형장의 말을 빼앗다니, 그럴 리가 있겠소이까?"

"네가 장비를 시켜 내 말 150필을 빼앗아가고도 딴소리를 할 셈이냐?"

이때 장비가 창을 꼬나잡고 현덕의 등 뒤에서 말을 달려나오며 큰소리로 외친다.

"그래, 내가 네놈의 말을 빼앗았다. 어쩔 테냐?"

여포가 격노하여 소리친다.

"이놈 고리눈깔아, 매번 나를 업신여기려 드는구나!"

장비가 마주 대고 일갈한다.

"네 이놈, 내가 말 빼앗은 건 분하고, 네놈이 우리 형님의 서주땅을 빼앗은 데 대해선 왜 말이 없느냐!"

여포가 방천화극을 비껴들고 말을 몰아나와 장비를 공격한다. 이에 장비는 장팔사모를 휘두르며 맞서 싸운다. 두 장수가 분기탱천하여 창날을 맞부딪치며 싸움판을 벌이는데, 하늘과 땅이 요동치는 듯하다. 연신 욕설을 퍼부으며 1백여합이 되도록 싸웠으나 좀처럼 승부가 나지 않는다. 유현덕은 혹시 장비가 실수할까 두려워 급히 징을 울려 군사를 거두고 성으로 들어갔다. 여포는 군사를 나누어 소패성을 철통같이 에워쌌다. 유현덕이 장비를 불러 크게 꾸짖는다.

"이건 모두 네가 남의 말을 빼앗아서 일으킨 일이다. 그래, 빼앗은 말은 모두 어디다 두었느냐?"

장비가 대답한다.

"여러 절에다 잘 맡겨놓았수."

유현덕은 즉시 여포에게 사람을 보내 빼앗은 말을 모두 돌려보낼 터이니 부디 서로 군사를 거두자고 청했다. 여포가 청을 받아들이려고 할 때 진궁이 나선다.

"이 기회에 유비를 죽여 없애지 않으면 뒷날 반드시 화를 입을 것입니다."

이 말에 여포는 생각을 바꾸어 현덕의 청을 물리치고 더욱 거세게 소패성을 공격했다. 현덕이 미축과 손건을 불러 상의하니, 손건이 말한다.

"여포를 가장 미워하는 사람은 조조입니다. 즉시 성을 버리고 허도로 가서 우선 조조에게 몸을 의탁한 다음, 군사를 빌려 여포를 치는 게 상책일 듯싶습니다."

현덕이 좌우를 돌아보며 묻는다.

"누가 앞장서서 포위를 뚫겠는가?"

장비가 말한다.

"이 아우가 목숨 걸고 앞장서 싸우겠수!"

이에 장비가 앞서 나가고, 관우는 뒤를 맡으며, 유비 자신은 가운데에서 늙은이와 어린아이를 보호하기로 했다.

그날밤 3경(밤 12시), 달 밝은 때를 타서 현덕 일행은 북문으로 조용히 빠져나가고 있었다. 이때 송헌과 위속이 군사를 몰고 나와 가로막는다. 장비가 적진으로 뚫고 들어가 무찌르며 포위망을 벗어나 달아나니, 뒤쪽에서 장요가 추격해온다. 그러자 일행의 뒤를 지키던 관우가 기다렸다는 듯이 맞서 싸워 멀리 물리쳤다.

여포는 현덕이 소패성을 버리고 떠난 것을 알고는 구태여 멀리 쫓지 않았다. 즉시 군사를 거두어 성안으로 들어가서 백성들을 안심시킨 여포는 고순에게 소패를 지키게 한 뒤 서주로 돌아갔다.

현덕은 허도에 이르러 성밖에 영채를 세우고, 먼저 손건을 들여보내 조조에게 찾아온 이유를 고하게 했다. 손건의 말을 들은 조조가 말한다.

"현덕은 형제와 다름없소."

그러고는 흔쾌히 현덕을 성안으로 청했다.

이튿날 현덕은 관우와 장비에게 성밖에 남아 있도록 지시한 뒤, 손건과 미축 무리를 데리고 성안으로 들어갔다. 조조는 상빈(上賓)의 예로써 현덕을 정중히 맞아주었다. 현덕은 여포에게 핍박받은 일을 낱낱이 호소했다. 듣고 나서 조조가 위로한다.

"여포는 본래 의리 없는 놈이오. 이제 내가 아우님과 합세하여 쳐 없애도록 하겠소."

현덕은 사례했다. 조조는 잔치를 베풀어 현덕을 극진히 대접하고, 날이 저물어서야 자리를 파하였다. 현덕이 돌아가자, 순욱이 들어와 조조에게 말한다.

"유비는 영웅입니다. 지금 일찌감치 손을 보지 않으면 훗날 반드시 걱정거리가 될 것입니다."

조조는 말이 없다. 순욱이 물러가자 이번에는 곽가가 들어왔다. 조조가 묻는다.

"순욱이 나더러 유비를 없애자고 권하는데 어찌하면 좋겠소?"

곽가가 대답한다.

"안됩니다. 주공께서는 백성을 위해 포악한 자들을 없애고자 의병을 일으키신 분입니다. 그러니 신의로써 천하의 호걸을 청해 맞아들이셔야 할 뿐만 아니라 오히려 그들이 오지 않을까 두려워해야 할 판입니다. 현덕은 일찍부터 영웅으로 불리는 사람으로, 지금 곤궁한 처지가 되어 주공께 의탁하러 온 터에, 만일 그를 죽여 없앤다면 이는 곧 어진 이를 해치는 일이 됩니다. 천하의 지모지사(智謀之士)들이 이런 소문을 듣게 되면 누가 주공을 믿고 따르려 할 것이며, 주공께서는 장차 누구와 함께 천하를 도모하시겠습니까? 한 사람의 화를 덜기 위해 사해(四海, 곧 온 천하)의 인망을 잃는 일이니, 주공께서는 안위의 경중을 깊이 살피셔야 할 줄로 압니다."

"그대의 말이 바로 내 뜻과 같소."

조조는 매우 흡족해하며 다음 날로 즉시 황제께 표문을 올려 유비를 예주(豫州) 목사로 천거했다. 정욱이 간한다.

"유비는 절대 남의 밑에 있을 사람이 아닙니다. 속히 제거하는 게 좋습니다."

그러나 조조는 듣지 않는다.

"바야흐로 영웅을 써야 할 때 한 사람을 죽여 천하의 마음을 잃어서는 아니 된다. 곽봉효도 나와 뜻이 같도다."

조조는 정욱의 말을 물리치고 군사 3천명과 양식 1만섬을 현덕에게 보내주었다. 그리고 예주로 부임한 다음 소패로 나아가 흩어진 군사를 정비한 뒤 함께 여포를 치도록 했다. 예주에 부임한 현덕은 조조에게 사람을 보내 함께 여포를 치자고 청하여 마침내 기일을 정했다.

조조가 군사를 일으켜 유비와 함께 여포를 치러 가려는데, 파발꾼이 급히 말을 달려와 고한다.

"장제(張濟)가 관중에서 군사를 이끌고 남양(南陽)을 공격하다 화살을 맞고 죽었습니다. 장제의 조카 장수(張繡)가 대신 무리를 통솔하여 모사 가후의 도움으로 형주의 유표와 결탁하고서 지금 완성에 진을 치고 있고, 장차 궁궐로 쳐들어가 어가를 탈취할 작정이랍니다."

조조는 격노하여 즉시 군사를 일으켜 장수를 치러 했다. 그러나 그 틈을 타고 여포가 다시 침범하지나 않을까 염려스러워 순욱에게 계책을 물었다. 순욱이 대답한다.

"별로 어려운 일은 아닐 듯합니다. 여포는 본래 꾀가 없는 자라, 목전의 이익에만 급급하여 조금이라도 득을 보면 기뻐 어쩔 줄 모릅니다. 명공께서는 즉시 서주로 사람을 보내 여포의 벼슬을 높이고 상을 내리면서 유현덕과 화해할 것을 권하십시오. 여포는 기뻐서 뒷일 따위는 생각할 겨를이 없을 것입니다."

"그것 참 좋은 생각이오."

조조는 봉군도위(奉軍都尉) 왕칙(王則)에게 벼슬을 내리는 사령장과 화해를 권하는 서신을 주어 서주로 보냈다. 그런 다음 장수를 치기 위해 군사 15만을 일으켜 세 길로 나누어 나아갔다. 선봉은 하후돈이었다. 조조의 대군이 육수(淯水)에 이르러 영채를 세우자, 가후는 이를 보고 장수에게 권한다.

"조조의 군세가 워낙 커서 도저히 대적하기 어려울 것이오. 차라리 항복하시는 게 나을 성싶소이다."

장수는 그 말에 따르기로 하고, 가후를 조조에게 보내 교섭하도록 했다. 조조는 가후의 언변이 물 흐르듯 능숙한 데 이끌려 수하에 거두어 모사를 삼고자 했다. 조조의 청에 가후가 답한다.

"이몸은 일찍이 이각을 섬겨 천하에 죄를 지었는데, 그후 장수에게 의탁하여 지금까지 그의 신임을 한몸에 받아왔소이다. 내 말이라면 모두 들어주고 내 계교는 반드시 따라주는 그를 어찌 차마 버릴 수 있겠소이까?"

가후는 사양하며 하직을 고하고 돌아갔다. 이튿날 가후가 장수와 함께 다시 조조에게 오자, 조조는 장수 일행을 후하게 대접한 다음 군사를 거느리고 완성으로 들어가 주둔했다. 나머지 군사들은 성밖에 주둔하게 하니, 10여리가량이나 영채가 끊이지 않고 이어졌다. 조조가 완성에 며칠을 머무는 동안 장수는 매일같이 잔치를 베풀어 조조를 대접했다. 하루는 술에 취해 침소로 돌아온 조조가 가만히 부하들에게 묻는다.

"성안에 혹시 기녀는 없느냐?"

조조의 형의 아들인 조안민(曹安民)이 벌써 그의 뜻을 짐작하고 가만히 대답한다.

"지난밤에 제가 관사 곁을 지나다가 우연히 한 부인을 보았는데, 가히 경국지색(傾國之色)이었습니다. 주위에 물어보니 바로 장수의 숙부 장제의 처라 하더이다."

조조는 즉시 조안민을 시켜 무장군사 50여명을 거느리고 가서 데려오라 일렀다. 조조가 보니 과연 절색이라, 가까이 불러서 묻는다.

"성씨가 뭐요?"

부인이 답한다.

"작고한 장제의 처 추(鄒)씨입니다."

음성 또한 나긋나긋한 게 여간 곱지 않다. 조조는 흐뭇한 미소를 떠올리며 다시 말을 건넨다.

"부인은 나를 아시오?"

"오래전부터 승상의 명성을 익히 들어 알고 있사온데, 오늘밤에 이처럼 뵙게 되니 그저 기쁠 따름이옵니다."

"내 특별히 부인을 생각하여 장수의 항복을 받아들였소. 그렇지 않았더라면 반드시 멸족했을 것이오."

추씨가 몸을 일으켜 절한다.

"참으로 살려주신 은덕에 감사드리나이다."

"오늘 이렇듯 부인을 만나게 되어 천행이오. 부인, 오늘밤 나와 잠자리를 같이하고 나를 따라 허도로 가서 부귀영화를 누리는 게 어떻겠소?"

추씨는 가만히 고개를 숙여 보였다. 이윽고 그날밤 두 사람이 잠자리를 같이하는데 추씨가 말한다.

"이대로 성안에 머물러 있으면 반드시 장수가 눈치챌 것이고, 다른 사람들의 뒷공론도 두렵습니다."

조조가 말한다.

"내일부터는 성밖에 있는 영채에서 지내도록 합시다."

이튿날 조조는 추씨를 데리고 영채로 처소를 옮겼다. 그러고는 전위(典韋)로 하여금 중군(中軍, 본부) 밖을 지키면서 조조의 부름이 없으면 누구도 함부로 드나들지 못하게 하니, 안팎이 단절된 채 철저히 통제되었다. 조조는 매일 영채 안에서 추씨와 즐기며 도무지 돌아갈 생각을 하지 않았다. 드디어 장수의 집안사람이 이 일을 은밀히 고했다. 장수는 분통을 터뜨린다.

"조조 이 도적놈이 이렇게까지 나를 모욕하다니……"

장수는 즉시 가후를 불러 의논했다. 가후가 말한다.

"이 일을 절대 입 밖에 내서는 안됩니다. 내일 조조가 처소에서 나와 군무를 의논할 때를 기다려서……"

그러고는 바짝 다가앉아 귓속말로 계책을 일러주었다. 이튿날 조조가 장중에서 일을 보고 있는데, 장수가 들어와 고한다.

"새로 항복한 군사들 중에 도망치는 자가 많으니, 중군에다 진영을 옮겨둘까 합니다."

조조가 이를 허락했다. 장수는 즉시 수하군사를 조조가 거처하는 영채 가까이로 옮겨 사방으로 진을 쳤다. 그러고는 기일을 정해 거사를 계획하는데, 무엇보다도 용맹한 전위가 밤낮으로 조조를 호위하고 있는 게 문제였다. 장수는 편장(偏將) 호거아(胡車兒)를 불러 이 일을 의논했다. 호거아는 힘이 장사로, 5백근을 등에 지고, 하루에 7백리를 가는 기인이었다. 호거아가 계책을 말한다.

"모두들 전위를 두려워하는 이유는 그가 가진 쌍철극(雙鐵戟) 때문입니다. 주공께서는 내일 전위를 청해다가 술을 취하도록 먹여 보내십시오. 그러면 소장이 그의 수하들 틈에 섞여 있다가 몰래 그 쌍철극을 훔쳐내오겠습니다. 쌍철극만 없으면 전위도 전혀 두려울 게 없습니다."

장수는 흡족해하며 수하군사들에게 활과 화살을 준비하도록 영을 내리는 등 비밀리에 거사를 준비했다. 그리고 가후로 하여금 전위를 청해와서 정성껏 술을 권하게 하니, 전위는 밤늦도록 잔을 기울이다가 잔뜩 취해서 돌아갔다. 호거아도 다른 군사들 틈에 섞여 대채 안으로 들어갔다.

그날밤, 조조는 징막 인에서 추씨와 더불어 술을 마시고 있었다. 그때 갑자기 장막 밖에서 사람들 소리와 말 우는 소리가 소란스레 들려왔다. 사람을 시켜 알아보게 하니, 장수의 군사가 밤순찰을 돌고 있다고 한다. 조조는 더 의심하지 않았다. 그런데 2경쯤 되었을 때 갑자기 영채 안에서 난데없는 아우성소리가 들리더니, 마초를 쌓아둔 수레에 불이 났다는 보고가 들어왔다. 조조는 대수롭지 않게 생각했다.

"군사들이 실수로 불을 낸 모양이니 더이상 소란 피우지 마라."

잠시 후 사방에서 불길이 치솟아올랐다. 조조는 그제야 사태가 심상치 않음을 깨닫고 황급히 전위를 불렀다. 전위는 대취하여 세상 모르고 쓰러져자다가 갑자기 요란한 징소리와 북소리, 고함소리에 퍼뜩 잠에서 깨어났다. 황급히 자리를 박차고 일어나 쌍철극을 찾았으나 좀처럼 눈에 띠지 않는다.

이때 이미 적군은 원문으로 들이닥치는 중이었다. 전위는 군졸이 허리에 차고 있던 칼을 급히 뽑아들었다. 어느새 무수한 기병들이 각기 긴 창을 손에 들고 앞다투어 영채 안으로 뛰어들어온다. 전위가 있는 힘을 다해 앞으로 나서서 20여명을 해치우자 비로소 기병들은 물러섰다. 그러나 이번에는 보병들이 밀려들며 여기저기에서 창날이 번뜩인다. 전위는 무서운 기세로 싸웠으나 미처 갑옷을 입지 못한 터라 수십군데 상처를 입고 말았다. 전위는 손에 든 칼이 무뎌져 쓸모없게 되자 내던지고 적병 두명을 한손에 한 사람씩 움켜쥐고 해치웠다. 삽시간에 그에게 맞아 죽은 자가 8~9명이니, 보병도 감히 더는 나서지 못하고 멀찍이서 화살을 퍼부어댔다. 빗발치듯 날아드는 화살 속에 전위는 죽기를 각오하고 영채의 문을 막아섰다. 그러나 영채 뒤로 돌격해오는 적군을 어찌하겠는가. 마침내 적군이 던진 창이 등을 꿰뚫어 전위는 두어번 크게 고함을 지르고는 피투성이가 되어 쓰러지더니 숨을 거두고 말았다. 그런데 어찌 된 일인지 한참이 지나도록 누구 하나 감히 앞문으로 들어서는 자가 없었다.

한편, 조조는 전위가 앞문을 막고 싸우는 사이에 재빨리 말을 타고 대채 뒷문으로 달아났다. 조카 조안민은 타고 갈 말도 없어 달음박질로 조조를 뒤따르고 있었다. 조조는 황망히 달아나다가 오른팔에 화살을 맞았고, 달리던 말도 화살 세대를 맞았다. 그러나 그 말은 대원(大宛, 지금의 이란)산 준마로 화살을 맞은 뒤로는 더욱 빠르게 내달았다. 마침내 육수 강변에 이르렀는데 적군들이 급하게 추격해왔다. 뒤따라오던 조안민은 장수의 군사에게 잡혀 이미 어육이 된 뒤였다.

조조는 급히 말을 몰아 물살을 헤치며 강을 건넜다. 겨우겨우 언덕에 올랐을 때 화살 하나가 날아들어 조조가 타고 있던 말의 눈에 명중했다. 조조는 말과 함께 그대로 나뒹굴었다. 그때 맏아들 조앙(曹昻)이 말에서 뛰어내리더니 조조를 부축해 제가 타던 말에 태웠다. 이리하여 조조는 무사히 달아날 수 있었다. 그러나 조앙은 어지러이 날아드는 화살에 목숨을 잃고 말았다. 간신히 위기에서 벗어난 조조는 계속해서 달아나다가 중도에 여러 장수들을 만나 남은 군사들을 수습했다.

그 무렵, 하후돈이 거느리고 있던 청주 군사들은 승세를 타고 마을을 헤집고 다니며 노략질을 일삼고 있었다. 이에 평로교위(平虜校尉) 우금(于禁)은 수하군사를 지휘해 청주 군사들을 소탕함으로써 백성들을 위무했다. 도망쳐온 청주 군사 하나가 조조를 만나 울며 고한다.

"우금이 변심하여 우리 청주 군사를 보는 족족 죽였사옵니다."

조조는 깜짝 놀랐다. 얼마 후 하후돈·허저·이전·악진 등이 오자 조조가 분부한다.

"우금이 반역하였다니, 즉시 군사를 정비해 치도록 하라."

한편 우금은 조조가 수하장수들을 거느리고 진군해오는 것을 보자, 즉시 참호를 파고 궁수들을 배치하며 진영을 정돈했다. 이를 보고 수하 사람이 묻는다.

"청주 군사가 장군이 반역했다고 승상께 거짓으로 고하여 지금 저렇게 오고 있는데, 어찌하여 장군은 변명할 생각은 않고 영채부터 세우시는 것입니까?"

우금이 답한다.

"지금 적병이 승상의 뒤를 쫓고 있는데 아무 대책이 없다면 무슨 수로 적병을 막겠소? 변명하는 것은 나중 일이요, 우선 적을 물리치고 봐야 하지 않겠소?"

우금이 영채를 막 세우고 난 뒤였다. 아니나 다를까, 장수의 군사가 조조의 뒤를 쫓아 두 길로 나뉘어 쳐들어왔다. 우금은 곧 말을 몰고 나가 맞서 싸웠다. 적은 급히 군사를 거두어들인다. 우금이 군사를 휘몰아 추격하자, 다른 장수들도 각기 군사를 이끌고 우금을 도와 공격에 가담한다. 그렇게 1백여리를 뒤쫓아갔다. 결국 장수는 크게 패하여 더이상 저항하지 못하고 패잔병을 이끌고 유표에게로 도망쳤다.

조조가 군사를 수습하며 장수들을 점호할 때에야 우금은 비로소 나서며 지금까지의 정황을 설명했다. 청주 군사들이 노략질을 일삼아 민심을 크게 잃은 터라 하는 수 없이 그들을 죽였다는 우금의 변명에 조조가 되묻는다.

"그러면 즉시 내게 정황을 고할 일이지 영채부터 세운 것은 어인 까닭인가?"

우금이 답한다.

"적들이 승상을 뒤쫓아오는 형세라 적을 물리치는 일이 더 급했소이다."

그제야 조조는 의심이 풀렸다.

"그대가 경황없는 와중에도 남들의 모략을 염려하지 않고 능히 군사를 정돈하고 진영을 굳게 세워 도리어 승리를 거두었으니, 아무리 이름난 옛 명장이라 하더라도 이보다 더할 수는 없다."

조조는 이렇게 칭찬하며 금으로 만든 그릇 한벌을 상으로 내리고 익수정후(益壽亭侯)에 봉하는 한편, 하후돈을 불러 군사를 단속하지 못한 죄를 문책했다. 또한 제물을 차려 전위를 위한 위령제를 올리며 목놓아 울더니, 손수 술을 따라 올리고는 모든 장수들을 향해 말한다.

"내가 맏아들과 조카를 잃었어도 이렇게 슬프지 않거늘, 오직 전위를 생각하면 뼈에 사무치게 애통하구나."

유달리 부하를 아끼는 조조의 진심 어린 말을 듣고 모여선 모든 사람들이 하나같이 감동의 눈물을 흘렸다.

이튿날 조조는 군사를 거두어 허도로 돌아갔다.

한편 조조의 명을 받고 조서를 받들어 서주로 간 왕칙은 여포의 영접을 받고 부중으로 들어갔다. 조서는 여포를 평동장군(平東將軍)으로 봉하고 특별히 인수(印綬)를 하사한다는 내용이었다.

"조승상께서는 장군을 지극히 존경하고 있습니다."

왕칙이 조조의 서신을 내주며 입에 침이 마르도록 칭찬하자, 여포는 크게 기뻐했다. 이때 사람이 들어와 원술이 사자를 보내왔다

고 고했다. 여포가 즉시 불러들여 무슨 일로 왔는지 묻자 원술의
사자가 말한다.

"원공께서 조만간 황제의 위에 오르고 동궁을 세우려 하니, 동궁
비 되실 따님을 속히 회남으로 모셔오라 하셨습니다."

여포가 벌컥 성을 낸다.

"역적놈이 감히 뭐라구?"

그러고는 그 자리에서 원술의 사자를 한칼에 베고, 갇혀 있던 원
술의 사자 한윤을 끌어내 칼을 씌워 허도로 압송하도록 명했다. 그
리고 진등을 시켜 표문을 가지고 왕칙과 함께 허도에 가서 사은하
게 했다. 또한 조조에게 사례하는 답서를 보내며, 기왕이면 자신
을 서주 목사로 제수해줄 것을 청하였다. 조조는 여포가 원술의 구
혼을 거절했다는 보고를 받고 몹시 기뻐하며 즉시 한윤을 거리로
끌고 나가 참수하게 했다. 여포의 사자 진등이 조조에게 조용히 말
한다.

"여포는 이리와 같은 자올시다. 용맹하긴 하나 지혜가 없어서 거
취를 가볍게 하니, 일찌감치 없애버리시는 게 좋을 듯싶소이다."

조조가 대답한다.

"나도 여포가 이리 같은 자라 참으로 오래 두고 기르기는 어렵다
는 걸 익히 알고 있소. 공의 부자가 아니면 누가 그의 실정을 살피
겠소. 공은 부디 나를 돕도록 하시오."

"만일 승상께서 일을 도모하신다면, 내 마땅히 안에서 내통하겠
소이다."

조조는 크게 기뻐하며 진등의 아버지 진규에게 녹봉 2천섬을 내리고, 진등을 광릉(廣陵) 태수로 삼았다. 진등이 하직을 고하자 조조가 그의 손을 잡고 말한다.

"동쪽의 일은 오로지 공에게 당부하오."

진등은 머리를 끄덕여 쾌히 승낙하고 서주로 돌아왔다. 여포가 허도에서의 일을 묻자 진등이 대답한다.

"저의 아비에게는 녹봉 2천섬을 내렸고, 이몸을 광릉 태수로 봉했습니다."

여포는 화가 나서 소리친다.

"너는 나를 위해 서주 목사의 직첩은 구하지 않고, 너희 부자만 벼슬과 국록을 얻었단 말이냐? 네 아비가 나에게 조조와 힘을 합하고 원술과 절혼하라 하여 그리했더니, 나는 아무것도 얻지 못하고 그래 너희 부자만 잘되었구나. 결국 너희들이 나를 이용해먹은 셈이 아니더냐?"

분을 못이겨 당장 칼을 뽑아 죽이려 한다. 진등이 크게 웃으며 말한다.

"장군께서는 어찌 그리 사리에 밝지 못하시오?"

"무슨 그따위 소리를 하느냐?"

"내가 조조에게 '여장군을 기르는 것은 범을 기르는 것과 같아서 고기를 배불리 주어야지, 만약 부족하면 사람을 잡아먹습니다' 했더니, 조조가 웃으며 이리 말하더이다. '내 생각은 좀 다르오. 나는 여장군을 대하는데 매 기르듯 하외다. 주위에 여우와 토끼가 아직도 많은데 뭐 하러 배불리 먹일 필요가 있겠소? 매는 본래 배고프면 쓸모가 있지만 배가 부르면 날아가버린다오' 하더군요. 그래서 대체 누가 여우며 토끼란 말씀입니까 하고 물으니, 조조 말이, 회남의 원술과 강동의 손책, 기주의 원소, 형양의 유표, 익주의 유장, 한중의 장로가 모두 여우나 토끼가 아니면 뭐겠소 하더이다."

여포는 칼을 땅에 내던지고 흡족하게 웃는다.

"조공이 과연 나를 제대로 아는구먼!"

이때 사람이 뛰어와 급히 알린다.

"원술이 대군을 이끌고 서주로 쳐들어오고 있습니다."

여포는 듣고서 놀라는 기색이 역력했다.

| 친선을 맺으려다 원수지간으로 변해 | 秦晉未諧吳越鬪 |
| 혼인을 하자더니 군사 끌고 쳐들어오네 | 婚姻惹出甲兵來 |

과연 사태는 어떻게 전개될 것인가?

17

칠로군을 쳐부순 여포와 조조

원술은 칠로군을 크게 일으키고
조조는 세 장군을 한곳에 모으다

　회남에 웅거한 원술은 영토가 넓고 양식이 넉넉한데다 손책이
맡긴 옥새까지 가지고 있는 터라, 드디어 황제 노릇을 해볼 생각이
나서 수하들을 모두 모아놓고 의논했다.

　"옛날 한고조는 사상(泗上)의 한낱 정장(亭長, 현縣의 하부단위로
10리를 관할하는 관직명)에 지나지 않은 미천한 신분으로 천하를 손에
넣었다. 그러나 4백년이 지난 지금 한나라 운세가 다하여 세상이
크게 어지러워지고 있다. 우리 집안은 4대에 걸쳐 삼공을 낸 명문
으로 백성들의 존경을 받고 있으니, 나는 이제 천명을 따르고 인심
에 순응하여 황제의 위에 오르려 한다. 공들의 뜻은 어떠한가?"

　주부(主簿) 염상(閻象)이 말한다.

　"가당치 않은 말씀입니다. 그 옛날 주나라 후직(后稷, 주나라의 시

조)은 덕을 닦고 공을 쌓아 문왕(文王)에 이르러 천하의 3분의 2를 차지했건만, 오히려 신하로서 은나라를 섬겼습니다. 명공의 가문이 비록 귀하다 하나 아직 옛 주나라의 융성함만 못하며, 한나라 황실이 비록 쇠미하다고는 해도 은나라 주왕(紂王)만큼 포악하지 않은 터이니, 결코 이 일을 행해서는 아니 되옵니다.”

원술은 노기를 띠고 말한다.

“우리 원씨는 본래 진(陳)나라 땅에서 났으니 곧 대순(大舜)의 후예라, 진나라 토덕(土德)이 한나라 화덕(火德)을 계승하는 것은 운세에 맞는 일이다. 또한 참(讖, 예언)에 의하면 ‘한나라를 대신할 자는 도고(塗高)’라 했는데 나의 자가 공로(公路)이니, 공로의 ‘로(路)’와 도고의 ‘도(塗)’가 같은 뜻이므로 이는 곧 비결(秘訣)에도 부합한다. 더구나 나는 전국옥새를 가지고 있으니 만약 내가 황제가 안된다면 이야말로 하늘의 도를 거역하는 바가 아니겠느냐? 내 뜻은 이미 정해졌으니, 더 여러 말을 하는 자는 목을 베겠다.”

원술은 드디어 연호를 중씨(仲氏)로 정하고, 대(臺)·성(省) 등의 관부를 두었다. 또한 황제의 위용을 갖추어 용봉연(龍鳳輦, 황제가 타는 가마)을 타고 출입하는 한편, 남북 교(郊)에 제사를 지냈다.(천지에 즉위를 고하는 의식) 풍방(馮方)의 딸을 황후로 삼고 아들을 동궁(東宮)에 책봉한 다음 여포의 딸을 동궁비로 삼기 위해 사람을 서주로 보냈다. 그런데 이미 여포가 한윤을 허도로 압송하여 조조로 하여금 죽이게 했다는 소식을 전해들은 원술은 크게 노해 장훈(張勳)을 대장으로 삼아 20여만 대군을 7로군으로 나누어 서주를 치게 했다.

제1로는 대장 장훈이 한가운데 서고, 제2로는 상장 교유(橋蕤)가 왼쪽을, 제3로는 상장 진기(陳紀)가 오른쪽을 맡아 진군하기로 했으며, 제4로는 부장 뇌박(雷薄)이 왼쪽을, 제5로는 부장 진란(陳蘭)이 오른쪽을, 제6로는 항복한 장수 한섬(韓暹)이 왼쪽을, 제7로는 항복한 장수 양봉(楊奉)이 오른쪽을 맡아 각각 휘하 장병을 이끌고 진군했다.

또한 원술은 연주 자사 김상(金尙)을 태위로 삼아 7로군의 물자와 양식을 운반하는 일을 맡기려 했다. 김상은 이를 끝내 거절했다. 원술은 즉시 그의 목을 베어 죽이고, 대신 기령을 칠로도구응사(七路都救應使)로 삼아 그 일을 맡겼다. 그리고 자신은 직접 3만 군사를 거느리고, 이풍(李豐)·양강(梁剛)·악취(樂就)를 최진사(催進使)로 삼아 칠로군을 돕게 했다.

한편 여포가 사람을 시켜 탐문해보니 장훈의 군사는 큰길로 곧장 서주를 향해 오고 있고, 교유의 군사는 소패를, 진기의 군사는 기도(沂都)를, 뇌박의 군사는 낭야(琅琊)를 향해 오고 있으며, 진란의 군사는 갈석(碣石)을, 한섬의 군사는 하비(下邳)를, 양봉의 군사는 준산(浚山)을 향해 오는데, 하루에 50리씩 진군하면서 가는 곳마다 노략질을 일삼고 있다 한다. 여포는 급히 모사들을 불러모아 대책을 논의했다. 진규와 진등 부자도 그 자리에 참석했다.

"원술이 20여만 대군을 일으켜 7로로 나누어 서주를 향해 진군 중이라니 이를 어찌하면 좋겠나?"

진궁이 나서서 말한다.

"이번 일은 진규·진등 부자가 초래한 일입니다. 저들은 조정에 아첨하여 봉록과 벼슬을 구하고 장군에게는 이같은 재앙을 몰고 왔으니, 진규 부자를 참수하여 그 목을 원술에게 바치면 저절로 물러갈 것입니다."

여포는 그 말을 듣자마자 진규·진등 부자를 끌어내게 했다. 진등이 소리 높여 웃으며 말한다.

"장군께서 이리도 겁이 많으실 줄은 몰랐소이다. 내 보기에 원술의 칠로군은 일곱 무더기의 썩은 풀더미로밖에 안 보이거늘, 무얼 그리 염려하시는 겁니까?"

여포가 말한다.

"네게 적을 물리칠 만한 좋은 계책이 있다면 말해보아라. 만일 쓸 만한 계책이라면 네 죄를 용서해주마."

진등이 말한다.

"장군께서 이몸의 말씀대로 한다면 서주에는 아무 근심이 없을 것입니다."

"말해보라."

"원술의 군사가 비록 많다 하나 모두 오합지졸에 불과하여 군기도 없고 저희들끼리도 믿지 않소이다. 그러니 우리가 정병(正兵, 계책을 쓰지 않고 싸우는 군사)으로 지키고 기병(奇兵, 계책을 써서 기습하는 군사)을 써서 공격한다면 승리는 따놓은 당상입니다. 게다가 제게 또 한가지 계책이 있는데, 그 계책을 쓰면 서주를 지킬 뿐만 아니라 원술도 사로잡을 수 있을 것이외다."

"그 계책이란 무언가?"

"알다시피 한섬과 양봉은 본래 한나라 조정의 옛 신하였소이다. 그들은 조조의 세력을 두려워하여 달아났으나 몸 둘 곳이 없어 부득이 원술에게 의탁하고 있는 처지입니다. 그러한 터라 원술도 저들을 우습게 여길 게 분명하고, 저들 또한 원술의 수하에 있으면서 내심으로는 얼마나 불만이 많겠소이까? 그러니 한섬과 양봉 두 사람에게 밀서를 보내 내통하고 한편으로는 유비와 손을 잡는다면, 반드시 원술을 사로잡을 수 있을 것이외다."

여포는 즉시 진등에게 영을 내린다.

"그럼 그대기 직접 시신을 들고 한섬과 양봉에게 가서 교섭하도록 하라."

진등은 이를 수락했다. 여포는 곧 표문을 만들어 사람을 허도로 보내 황제와 조조에게 사태를 알렸다. 또한 예주로도 사람을 보내 유비에게 도움을 청하는 한편, 진등에게 기병 몇명을 주어 하비로 떠나도록 했다.

진등은 하비에 이르는 길목에서 기다리고 있었다. 이윽고 한섬이 군사를 거느리고 와서 영채를 세웠다. 진등이 한섬의 영채로 찾아가자 한섬이 묻는다.

"그대는 여포 수하에 있는 사람인데 이곳에는 무슨 일로 왔는가?"

진등이 웃으며 말한다.

"이몸은 대한(大漢)의 당당한 신하로서, 여포의 부하란 말씀은 당치 않소이다. 그보다도 장군이야말로 한실의 옛 신하가 아닙니까? 그런데 지금은 역적의 신하가 되어 있으니, 일찍이 관중(關中)에서 황제를 보호하던 공이 수포로 돌아갔지 않소이까? 어쩌다 그리되셨는지 생각할수록 애석할 따름이외다. 더욱이 원술은 천성이 의심이 많아 언젠가는 장군께서도 화를 면키 어려울 터인데, 지금이라도 대책을 세우지 않았다가는 반드시 후회하게 될 것이오."

한섬은 탄식한다.

"나 또한 한나라 조정으로 돌아가고자 하오만, 길이 없는 것이 한이오!"

진등이 품에서 여포의 밀서를 꺼내준다. 한섬은 읽고 나서 말한다.

"이제 뜻을 알았으니 그대는 먼저 돌아가시오. 양장군과 함께 창끝을 돌려 원술을 공격할 테니, 불길이 이는 것을 신호로 삼아 여포 장군더러 접응하라 하시오."

진등은 한섬과 작별하고 급히 돌아와 여포에게 그대로 전했다. 여포는 곧 군사를 5로로 나누어서, 고순은 군사를 거느리고 소패로 나아가 교유를 맞아 싸우도록 하고, 진궁은 기도로 나아가 진기를 대적하며, 장요와 장패는 함께 낭야로 나가서 뇌박과 맞서 싸우도록 했다. 또한 송헌과 위속도 함께 군사를 거느리고 갈석으로 가서 진란과 맞서게 했다. 그리고 자신은 몸소 일군을 거느리고 큰길로 나아가 장훈을 대적하기로 했다. 각기 군사를 1만명씩 거느리고, 남은 군사는 성을 지키기로 했다.

여포는 서주성을 떠나 30리 밖에 영채를 세웠다. 적장 장훈은 군사를 이끌고 오다가 여포를 대적할 수 없음을 깨닫고, 20리 밖으로 물러나 진을 쳤다. 후속부대의 도착을 기다렸다가 연계하여 싸우려는 것이었다.

그날밤 2경쯤 한섬과 양봉이 군사를 거느리고 와서는 도처에 불을 놓았다. 이를 신호로 여포의 군사가 장훈의 영채로 들이닥쳤다. 장훈 진영은 일대 혼란에 빠졌다. 여포는 기세를 몰아 공격을 늦추지 않았고, 장훈은 결국 크게 패하여 달아났다. 날이 샐 무렵까지 끈질기게 추격하던 여포는 앞을 막아서는 적장 기령과 맞닥뜨렸다. 이에 한섬과 양봉이 달려나와 여포를 도우니, 기령 또한 패하여 달아난다.

여포는 군사를 몰아 그 뒤를 급히 추격했다. 이때였다. 갑자기 산등성이 뒤쪽에서 한떼의 군사가 쏟아져나온다. 용·봉황·해·달 등을 수놓은 깃발과 사두오방(四斗五方)의 기치가 바람에 나부낀다. 또한 금과은부(金瓜銀斧, 고대 호위병이 지니던 의장용 무기. 각기 끝을 오이모양, 도끼모양으로 하고 금과 은으로 장식함)며 황월백모(黃鉞白旄, 의전 장식. 금칠한 도끼와 모우 꼬리장식을 한 흰 깃발)를 나누어 들고 나오는데, 바로 황제만이 쓰는 의장(儀仗)이다. 그 속에서 황금빛 비단으로 꾸민 일산(日傘)이 움직이더니, 황금갑옷 차림의 원술이 두자루의 칼을 팔목에 걸고 여포의 눈앞에 나타났다. 원술은 진 앞에 말을 세우고는 큰소리로 꾸짖는다.

"주인을 배반한 종놈아!"

여포는 울컥 화가 치밀어 다짜고짜 방천화극을 휘두르며 달려들었다. 원술의 수하장수 이풍(李豐)이 창을 들고 나와 맞선다. 어울려 싸우기를 불과 3합에 여포의 화극이 번쩍 빛나는가 싶더니 이풍의 상체가 기우뚱 균형을 잃는다. 이풍은 화극에 손을 찔려 창을 떨군 채 그대로 달아나버린다. 여포는 숨 돌릴 틈도 주지 않고 군사를 휘몰아 공격했다. 크나큰 혼란에 빠진 원술의 군사는 우왕좌왕하며 제각기 달아나기에 바빴다. 여포가 그 뒤를 쫓아 빼앗은 말과 무기와 갑옷의 수가 헤아릴 수 없을 정도였다.

원술이 남은 군사를 이끌고 정신없이 달아나는데, 갑자기 산등성이 뒤에서 한떼의 군사들이 쏟아져나오며 길을 가로막았다. 한 장수가 앞으로 나서며 버럭 소리 지른다.

"역적놈이 그래도 살기를 바라는가!"

관우였다. 기겁한 원술은 수하장수와 군사들을 내팽개친 채 혼자 달아나고, 남은 군사들도 사방으로 흩어져버렸다. 관우는 그들의 뒤를 쫓아 닥치는 대로 무찔러 승리를 거두었다. 이리하여 제대로 싸워보지도 못하고 크게 패한 원술은 몇 남지 않은 군사들을 수습하여 회남으로 돌아갔다.

큰 승리를 거둔 여포는 관우와 양봉, 한섬 일행과 함께 서주로 돌아와 크게 잔치를 베풀어 그들의 노고를 위로했다. 또한 수하의 군사들에게도 상을 내려 배불리 먹도록 했다. 이튿날 관우는 하직 인사를 하고 예주로 돌아갔다.

여포는 한섬을 기도목(沂都牧)에, 양봉을 낭야목(琅琊牧)에 천거하는 표문을 허도에 보낸 다음 그들을 서주에 머무르게 하고자 수하들을 불러 의논했다. 진규가 말한다.

"안됩니다. 한섬과 양봉 두 사람은 산동으로 보내야 합니다. 그러면 산동 일대가 모두 평정되어 1년 안에 장군의 수중에 들어올 수 있을 것입니다."

여포는 그 말대로 두 사람을 각각 기도와 낭야로 보내, 그곳에 있으면서 은명(恩命)을 기다리게 했다. 진등이 가만히 아버지 진규에게 묻는다.

"어찌하여 두 사람을 서주에 남게 하여 여포를 죽이는 일을 도모하지 않으셨습니까?"

진규가 답한다.

"만약 두 사람이 여포 편에 서서 한패가 되었다가는 도리어 범에게 발톱과 어금니를 더해주는 꼴이 아니겠느냐?"

진등은 아버지의 고견에 탄복하지 않을 수 없었다.

한편, 싸움에 패하여 회남으로 돌아온 원술은 억울하고 분할 따름이었다. 어떻게든 다시 군사를 일으켜서 원수를 갚고야 말리라 결심하고, 곧 사람을 강동의 손책에게 보내서 힘을 빌려달라고 청했다. 손책은 크게 노하였다.

"감히 내 옥새를 가지고 스스로 황제라 칭하며 한나라 황실을 배반했으니, 이는 곧 대역죄로다. 내가 군사를 일으켜 그 죄를 물으려는데 오히려 도와달라니 참으로 가당찮구나."

그러고는 거절하는 서신을 써서 사자에게 주었다. 사자가 회남으로 돌아가 답신을 전하자 원술은 분통을 터뜨렸다.

"입에 젖내도 가시지 않은 놈이 감히 이럴 수가 있단 말이냐? 내 그놈부터 쳐 없애리라."

장사(長史) 양대장(楊大將)이 극구 만류하여 이를 막았다.

한편 손책은 거절하는 답신을 보낸 뒤 원술이 쳐들어올 것에 대비해 강어귀를 지키고 있었다. 이때 뜻밖에 조조가 보낸 사자가 와서 손책을 회계(會稽) 태수로 봉하고, 군사를 일으켜 원술을 치라는 칙명을 전했다. 손책은 사람들과 의논하고 곧 군사를 일으키려 했다. 장사 장소가 말한다.

"원술이 비록 패한 지 얼마 안되었으나, 워낙 군사가 많고 양식이 넉넉하여 그 형세가 만만치 않소이다. 따라서 조조에게 서신을 보내, 남정(南征)하여 회남의 원술을 치게 하십시오. 그런 뒤에 우리가 협공한다면 원술의 군사를 물리치기란 그리 어렵지 않을 것입니다. 또 그렇게 해야 만에 하나 우리가 불리해지더라도 조조의 구원을 받을 수 있지 않겠습니까?"

손책은 장소의 말을 좇아 조조에게 서신을 보내 그 뜻을 전했다.

한편 조조는 허도로 돌아온 뒤에도 자신을 대신하여 목숨을 바친 전위 생각에 울적한 나날을 보내고 있었다. 그는 전위를 기리기 위해 사당을 짓고 제사를 올리고는 그의 아들 전만(典滿)을 중랑(中郞)으로 봉하여 부중에 두었다. 손책의 사자가 이르러 조조가 그 서신을 읽고 있는 중에, 때마침 사람이 들어와 고한다.

"근래에 군량미가 부족한 원술이 군사를 일으켜 진류로 나와 노략질을 하고 있다 합니다."

조조는 마침내 남쪽으로 쳐내려갈 뜻을 정하고 출정준비를 했다. 조인에게 허도를 지키도록 명한 뒤 나머지 군사를 모조리 거느리고 나아가니, 기병과 보병이 도합 17만이요 양식을 실은 수레가 1천여대에 달했다. 그는 또한 손책·유비·여포에게도 사람을 보내서, 곧 군사를 일으켜 함께 원술을 칠 것을 청하였다.

조조의 대군이 예주 경계에 이르자 먼저 유현덕이 군사를 거느리고 나와서 맞이했다. 조조는 유현덕을 자신의 진영으로 청해들여 인사를 나누었다. 이어 현덕이 수급 두개를 조조에게 바쳤다. 조조가 놀라서 묻는다.

"누구의 머리요?"

현덕이 답한다.

"하나는 한섬의 목이고, 다른 하나는 양봉의 목이외다."

"어떻게 이것들을 얻으셨소?"

"여포가 얼마 전 이들에게 기도와 낭야 두 고을을 맡아보게 했습니다. 그런데 엉뚱하게도 이자들이 군사를 풀어 백성들을 약탈하니 기막힐 노릇이었지요. 두 고을에 어찌나 원성이 자자하던지, 제가 생각다 못해 술자리를 만들고 상의할 일이 있다고 하여 저들을 청했습니다. 술을 마시다가 술잔 던지는 것을 신호 삼아, 관우와 장비 두 아우를 시켜 잡아 죽이고 수하군사들을 모조리 항복하도록 했는데, 아무래도 제가 큰 죄를 지은 것 같습니다. 용서하십시오."

"그대가 나라에 해가 되는 자들을 없애주었으니 실로 큰 공을 세웠다 하겠거늘, 그게 어찌 죄가 된단 말씀이오?"

조조는 유현덕의 공을 치하한 후 군사를 합하여 함께 서주로 향했다. 두 사람이 경계에 이르자 여포가 나와서 맞이했다. 조조가 듣기 좋은 말로 여포를 위무하고 좌장군으로 삼은 다음, 싸움이 끝나는 대로 허도로 돌아가 서주 목사의 인수를 정식으로 보내겠노라고 했다. 여포는 매우 기뻐했다. 조조는 여포의 군사를 좌군으로, 유비의 군사를 우군으로 삼아 하후돈과 우금을 선봉에 세우고 자신은 몸소 대군을 통솔하여 중군으로 진격했다.

원술은 조조의 군사가 당도했다는 말을 듣고 대장 교유를 선봉으로 삼아 군사 5만명을 거느리고 나가서 대적하게 했다. 마침내 양군은 수춘 경계에서 마주쳤다. 원술 쪽에서는 제일 먼저 교유가 말을 몰고 나와 하후돈과 싸움을 벌였다. 그러나 교유가 싸운 지 3합도 못 되어 하후돈의 창에 찔려 죽자, 수하 군사는 크게 패하여 모두 성안으로 달아났다.

원술에게 갑자기 연이어 보고가 들어왔다. 손책은 배를 타고 강기슭을 따라 서쪽을 치고, 여포는 군사를 이끌고 동쪽을 친다고 했다. 그리고 유비와 관우·장비는 남쪽을 치고, 조조는 몸소 17만 대군을 거느리고 북쪽을 치고 있다는 것이었다. 원술은 소스라치게 놀라 급히 수하 장수들을 불러 의논했다. 장사 양대장이 나서서 아뢴다.

"수춘은 해마다 홍수와 가뭄이 번갈아드는 터라 백성들 모두 먹

을 것을 얻지 못하고 있는 실정입니다. 이런 와중에 또 군사를 일
으키면 민심이 흉흉해져서 적에 맞서 싸우기가 어렵습니다. 차라
리 군사를 단속하여 성을 굳게 지키고, 전투를 피하십시오. 적의 양
식이 떨어질 때를 기다리다보면 반드시 저들에게 변란이 생길 터
이니, 폐하께서는 어림군(御林軍)을 거느리고 이곳을 떠나 회수를
건너십시오. 이는 첫째로 상황이 무르익기를 기다리고, 둘째로는
적의 날카로운 기세를 잠시 피하기 위함입니다."

원술은 양대장의 말을 받아들였다. 이풍·악취·양강·진기 등 네
장수에게 10만 군사를 주어 수춘성을 굳게 지키도록 지시한 후, 자
신은 나머지 군사와 창고 안에 있는 금은보화를 모두 챙겨가지고
서둘러 회수를 건넜다.

한편, 조조는 17만 군사가 날마다 먹어치우는 엄청난 양의 군량
을 도저히 당해낼 재간이 없었다. 그도 그럴 것이 고을마다 흉년이
들어서 보급도 거의 불가능했던 것이다. 군사를 재촉하여 급히 싸
우려 했으나, 이풍 등이 성문을 굳게 닫아걸고 꼼짝을 하지 않는
다. 성을 포위한 채 제대로 싸워보지도 못하고 어느덧 한달이 지났
다. 드디어 양식은 바닥이 났고, 조조는 손책에게 서신을 보내 곡식
10만섬을 빌려왔으나 17만 군사가 지탱하기엔 너무도 부족한 양
이었다. 군량 담당자 임준(任峻)의 부하 왕후(王垕)가 조조에게 말
한다.

"군사는 많고 양식은 적으니 어찌하오리까?"

조조가 말한다.

"작은 되로 나누어주어 우선 시장기나 면하도록 하여라."

"군사들이 원망할 터인데 어찌하시렵니까?"

"다 생각이 있으니, 시키는 대로 하라."

왕후는 조조의 분부대로 각 영채의 군사에게 날마다 배급하던 양을 작은 되로 줄여 나누어주었다. 조조는 가만히 사람을 시켜서 군사들의 반응을 살피게 했다. 모두들 승상이 자신들을 속였다고 원망이 자자했다. 조조는 고개를 끄덕이고 나서 가만히 왕후를 불러들였다.

"내가 너의 물건 한가지를 빌려 그걸로 병사들을 진정시키려 하니, 부디 아끼지 마라."

왕후가 묻는다.

"승상께서 무슨 물건을 쓰시려 하는지요?"

"네 머리를 베어서 군사들에게 내보여야 한다."

왕후는 깜짝 놀라 애원한다.

"이몸이 무슨 죄가 있사옵니까?"

"네게 죄가 없는 것은 잘 안다만, 너를 죽이지 않고는 그들의 마음을 잡을 수 없으니 어쩔 도리가 없구나. 네가 죽은 뒤에 처자들은 잘 돌보아줄 터이니, 그 점은 염려 말아라."

왕후가 다시 무슨 말인가를 하려는데, 조조는 어느새 도부수를 불러들였다. 도부수는 즉시 왕후를 문 밖으로 끌어내 목을 벤 다음, 그 목을 장대 위에 높이 매달아놓았다. 그리고 조조는 이렇게 방문을 붙였다.

왕후가 군사들에게 나누어줄 곡식을 작은 되로 나누어주고 빼
돌렸으므로 군법에 의해 처형하노라.

그제야 조조에 대한 군사들의 원망은 진정되었다. 이튿날 조조
는 각 영채의 장령들에게 엄명을 내렸다.

"만약 힘을 합해 사흘 안으로 성을 쳐부수지 못하면 모두 참형에
처하리라!"

조조가 몸소 성밑으로 나아가 군사들을 독려하여 흙과 돌을 날
라다 해자를 매우게 했다. 이내 성 위에서 화살과 돌멩이가 비오듯
쏟아지자 곁에 있던 두명의 군사가 몸을 피해 물러선다. 조조는 그
즉시 칼을 빼어 두 사람의 목을 베고, 말에서 뛰어내려 몸소 흙을
날라다 해자를 메웠다.

이 모습을 지켜보던 군사들은 앞을 다투어 성문을 향해 돌진했
다. 그 기세가 어찌나 대단한지 성 위의 적군들은 감히 대적할 엄
두를 내지 못했다. 조조의 군사들은 사기 충천하여 성벽을 타넘기
시작했다. 먼저 성벽을 타오른 몇몇 군사들이 쇠사슬을 끊고 성문
을 활짝 열어젖혔고, 대병력은 물밀듯 성안으로 밀려들어갔다.

원술의 장수 이풍·진기·악취·양강은 모두 사로잡혔다. 조조는
이풍 무리를 저자로 끌어내 참수하게 하는 한편 원술이 본떠서 만
든 궁실과 전각, 관아 등 백성에게 금지된 모든 기물을 불살랐다.
수춘성은 하루아침에 폐허가 되고 말았다.

조조는 사람들을 불러모아 회수를 건너 원술을 공격할 일을 의논했다. 순욱이 아뢴다.

"해마다 흉년이 들어 식량 수급이 어려운데 다시 군사를 일으키면 장졸들은 지치고, 백성들의 고초 또한 막심하여 득이 없을 것입니다. 잠시 허도로 돌아가서서 내년 봄 보리 익기를 기다려 군량이 넉넉해지거든 다시 도모하시는 게 좋겠습니다."

조조가 주저하며 얼른 결단을 내리지 못하고 있는데, 문득 파발꾼이 들이닥치며 급보를 알린다.

"달아났던 장수가 유표에게 의탁하여 다시 반란을 일으키고, 남양과 강릉의 여러 고을이 반기를 들었습니다. 조홍이 막지 못하고 패전을 거듭하고 있는데 매우 위급한 상황입니다."

조조는 곧 손책에게 글을 보내, 즉시 강을 건너 유표가 함부로 날뛰지 못하게 견제하라고 일렀다. 그리고 자신은 그날로 군사를 거느리고 돌아가 장수를 칠 계책을 세우기로 했다. 떠나기 전에 유현덕에게는 소패에 주둔하고, 여포와 형제의 의를 맺어 서로 돕고 싸우는 일이 없도록 하라고 권유했다. 여포가 먼저 군사를 거두어 서주로 돌아갔다. 그뒤 조조는 조용히 현덕을 불러 말한다.

"내 공더러 소패에 주둔하라 한 것은 함정을 파놓고 범이 걸려들기를 기다리라는 뜻이오. 그대는 진규 부자와 상의하여 기회를 잘 보도록 하시오. 내가 군사를 내어 공을 도우리다."

이리하여 조조와 유현덕 모두 군사를 거두어 각각 돌아갔다.

조조가 군사를 끌고 허도로 돌아오자 보고가 올라왔다.

"단외(段煨)는 이각을 죽이고, 오습(伍習)은 곽사를 죽여, 그 수급을 가져왔습니다. 그뿐만 아니라 단외는 이각의 가족 2백여명을 사로잡아왔습니다."

조조는 이각과 곽사의 머리를 높이 매달고 이각의 가족 2백여명을 각 성문으로 끌어내 참하니, 백성들이 모두 통쾌히 여겼다. 황제는 어전에 나와 문무백관을 모아서 태평연(太平宴)을 베풀었다. 단외는 탕구장군(蕩寇將軍)에, 오습은 진로장군(殄虜將軍)에 봉하여 각기 군사를 거느리고 장안을 지키게 하니, 두 사람은 절하여 사례하고 물러갔다.

조조는 황제께 장수가 또다시 난을 일으켰으니 군사를 동원해 징벌하겠다고 아뢰었다. 황제가 몸소 수레를 타고 궁궐을 나와 전송하니, 때는 건안 3년(198) 4월이었다.

조조는 순욱에게 허도를 지키라 이르고, 몸소 대군을 거느리고 출발했다. 행군하는 길가에는 보리가 누렇게 익어 있었다. 백성들은 군사가 온다는 소식에 두려워 몸을 피하고, 감히 나와서 보리를 베지 못했다. 조조는 즉시 원근 각 고을의 노인들과 관리들에게 사람을 보내 널리 알린다.

"내 황제의 명을 받들어 역적을 몰아내고 백성들을 편안케 하려는 바이다. 바야흐로 보리가 무르익는 때에 부득이 군사를 일으킬 수밖에 없었으니, 보리밭을 지날 때는 각별히 조심하되, 만약 함부로 보리밭을 짓밟는 자가 있으면 누구든 모두 목을 베겠다. 군법이 심히 엄하니 너희 백성들은 놀라지 말고 마음을 놓으라."

백성들은 조조의 전언을 듣고 모두 기뻐하며 그 덕을 칭송하지 않는 자가 없었고, 대군이 지나는 곳마다 길에 나와서 무수히 절을 올렸다. 군사들은 보리밭을 지날 때마다 모두 말에서 내려 손으로 조심스레 헤쳐가며, 감히 보리를 밟는 자가 없었다.

조조 역시 말을 타고 보리밭을 지나고 있었다. 그런데 갑자기 보리밭 속에서 난데없이 비둘기 한마리가 푸드득 날아올랐다. 그 바람에 놀란 조조의 말이 껑충 뛰어오르더니 보리밭으로 뛰어들어 함부로 짓밟았다. 조조는 즉시 행군주부(行軍主簿)를 불렀다.

"내가 오늘 보리를 밟았으니 곧 그 죄를 다스리도록 하게."

행군주부는 심히 송구스러워하며 아뢴다.

"황공하옵니다. 누가 감히 승상의 죄를 다스리오리까?"

조조가 말한다.

"내 손으로 법을 만들어놓고서 스스로 어긴다면 다른 사람들을 어찌 복종시킨단 말인가?"

조조는 즉시 차고 있던 칼을 빼어 스스로 목을 찌르려 했다. 사람들이 급히 달려들어 만류했다. 곽가가 한마디 한다.

"옛 『춘추』에 이르기를, 지존(至尊)에 대해서는 법으로 다스릴 수 없다 하였습니다. 승상께서 대군을 통솔하고 계신 터에 어찌 스스로 목숨을 끊으실 수 있사오리까?"

조조는 한참을 생각하던 끝에 입을 연다

"『춘추』에 그런 뜻이 있다 하니 내 죽음은 면하였소."

그러고는 칼을 들어 머리털을 끊어 땅바닥에 던지며 말한다.

"이 머리털로 목을 대신하겠다."

장수들이 조조의 머리털을 삼군에 두루 보이며 말한다.

"승상께서 보리밭을 짓밟아 목을 베어 징계해야 하나, 이 머리털로 대신하노라."

이 말을 들은 군사들은 모두 놀라며 누구 한 사람 군령을 어기는 자가 없었다.

후세 사람들이 시를 지어 이 일을 논했다.

10만의 용사, 10만의 마음   萬貔貅 萬心

한 사람 호령으로 다스리기 어려워라   一人號令衆難禁

칼 뽑아 머리털 끊어 머리를 대신하다니   拔刀割髮權爲首

조조의 저 술수 놀라울 따름   方見曹瞞詐術深

한편 장수는 조조가 대군을 거느리고 온다는 소식을 듣고 곧 유표에게 글을 보내 도움을 청하는 한편, 자신은 뇌서(雷敍)·장선(張先) 두 장수와 함께 군사를 거느리고 성을 나섰다. 양군이 서로 마주 보고 진을 쳤다. 장수가 앞으로 말을 몰고 나서더니 손가락으로 조조를 가리키며 큰소리로 꾸짖는다.

"너는 거짓으로 인의를 내세우면서 몰염치한 짓을 자행하는 놈이다. 대체 금수와 뭐가 다르단 말이냐?"

조조는 크게 노하여 허저를 불러 싸우도록 했다. 장수는 곧 장선

군령을 어긴 벌로 조조는 스스로 목을 베는 대신 머리털을 자르다

으로 하여금 맞서 싸우게 한다. 두 장수가 접전을 벌인 지 불과 3합에 장선이 허저의 칼에 맞아 말 아래로 떨어져 죽자 장수의 군대는 그대로 무너져 크게 패했다. 조조가 군사를 휘몰아 진격하니, 장수는 남양성 안으로 달아나 성문을 굳게 닫아걸었다.

조조는 성을 에워싸고 공격을 시작했다. 그러나 남양성은 해자의 폭이 넓고 물이 깊어 쉽게 접근하기 어려웠다. 조조는 군사를 시켜 흙을 날라다 해자를 메우게 하고, 흙을 담은 포대와 나뭇단과 짚단 등을 성 주위에 쌓아올려 성으로 오르는 발판을 만들도록 했다. 그 위에 사다리를 세워 군사들에게 성안을 정찰하라 이르고, 자신은 몸소 말을 타고 성 주변을 살폈다. 사흘 동안 줄곧 성 주변을 둘러보던 조조는 서문 쪽에다 나뭇단과 짚단을 쌓아올리게 한 다음 군사들에게 그 위로 오르도록 명했다.

한편, 성 위에서 이 광경을 지켜보던 가후가 장수에게 말한다.

"조조가 뭘 하려는지 이제 알았소이다. 그러니 조조의 계책을 역으로 이용하는 게 좋겠소."

뛰는 놈 위에 나는 놈 있다더라   強中自有強中手
속임수 쓰려는데 속임수로 받아치네   用詐還逢識詐人

가후가 말하는 계책이란 과연 어떤 것일까?

18

눈알을 씹어삼키는 하후돈

가후는 적을 역이용해 승리하고
하후돈은 화살을 뽑아 눈알을 씹어삼키다

조조의 속셈을 알아차린 가후는 적의 계략을 어떻게 역이용할 것인지를 장수에게 설명한다.

"저는 지난 사흘 동안 조조가 성밖을 두루 살피는 것을 줄곧 지켜보았습니다. 조조는, 새로 쌓아 전돌 빛깔이 다른 곳도 있는 동남쪽 성벽이 낡고 허술해 보일 뿐 아니라 방어를 위한 녹각(鹿角, 사슴뿔처럼 만든 방어용 울타리)도 태반이 부서진 것을 보고, 그리로 쳐들어올 생각을 정한 것 같소이다. 그러면서도 서북쪽 성벽에다 나뭇단과 짚단을 쌓아 허장성세를 부리는 것은, 우리로 하여금 그곳을 굳게 지키게 만든 뒤에 실제로는 한밤중에 동남쪽 성벽을 타넘으려는 속셈입니다."

장수가 묻는다.

"과연 그렇다면 어찌하면 좋겠소?"

가후가 대답한다.

"그야 간단한 일이지요. 내일 정예병을 뽑아서 배불리 먹인 뒤 가벼운 옷차림으로 동남쪽 백성들의 집에 숨어 있게 하십시오. 그 대신 백성들을 군사로 가장시켜 서북쪽을 지키는 척 꾸미면, 조조는 반드시 야음을 틈타 동남쪽 성벽을 타넘을 것입니다. 그때 포소리를 신호 삼아 복병들이 일제히 일어나 친다면 조조를 사로잡기란 그리 어렵지 않을 것입니다."

장수는 크게 기뻐하며 그 계책에 따르기로 한다. 그런 줄도 모르고 조조의 진영에서는 한 정탐꾼이 조조에게 이렇게 보고한다.

"장수가 군사를 거두더니 함성을 지르며 서북쪽 성벽을 굳게 지키고 있습니다. 동남쪽은 텅 비어 있습니다."

조조는 머리를 끄덕였다.

"적들이 나의 계략에 말려들었구나!"

조조는 곧 군사들에게 은밀히 삽과 괭이 등 성벽을 기어오를 장비를 갖추도록 했다. 낮 동안에는 군사를 몰고 나가 서북쪽을 공격하는 시늉을 하다가, 날이 저물어 2경쯤 되자, 정예병을 거느리고 동남쪽으로 진격하여 성벽을 타고 올라가 녹각을 부수었다. 그런데 어찌 된 일인지 성안에서는 아무런 반응도 없었다.

조조의 군사들은 망설임없이 일제히 성벽을 타넘어 들어갔다. 그때 느닷없이 커다란 포소리와 함께 사방에서 복병들이 일제히 떨쳐일어났다. 조조가 급히 군사를 호령하여 물러나려는데, 등 뒤에서 장수가 정예병들을 거느리고 매섭게 휘몰아쳐온다. 조조의 군사는 크게 패하여 성밖으로 수십리나 허둥지둥 달아났다. 장수는 날이 밝을 무렵까지 맹렬한 공격을 퍼붓고 나서야 군사를 거두어 성안으로 들어갔다. 조조가 비로소 군사들을 수습하여 점고해보니, 죽은 군사가 5만여명이요 많은 물자를 잃었으며, 여건과 우금도 부상을 입었다.

한편, 가후는 조조가 패하여 달아나는 것을 보고 급히 장수에게 권했다. 유표에게 서신을 보내 조조가 돌아갈 길을 끊도록 하라는 것이다. 유표가 장수의 서신을 받고 군사를 일으키려 하는데 홀연 정탐꾼이 와서 전한다.

"손책의 군사가 강어귀에 진을 치고 있습니다."

괴량(蒯良)이 말한다.

"손책이 강어귀에 진을 치고 있는 것은 바로 조조의 계략입니다. 이제 조조가 패했으니, 지금 기세를 몰아 공격하지 않으면 반드시 후환이 있을 것이외다."

유표는 황조(黃祖)에게 요새를 굳게 지키게 한 다음, 몸소 군사를 거느리고 안중현으로 가서 조조의 돌아갈 길을 끊었다. 그리고 장수에게 사람을 보내어 서로 연대를 꾀하였다. 유표가 이미 군사를 일으켰음을 전해들은 장수는 즉시 가후와 함께 조조의 뒤를 추격했다.

조조의 군사들이 천천히 행군하다가 양성(襄城) 육수(淯水)에 이르렀을 때였다. 조조가 갑자기 말 위에서 통곡을 한다. 좌우 사람들이 깜짝 놀라 묻는다.

"승상께서 어인 이유로 이러십니까?"

조조가 울음 섞인 소리로 대답한다.

"지난해에 바로 이곳에서 대장 전위를 잃은 생각을 하니 아니 울 수가 없구나."

조조는 영을 내려 군마를 멈추게 하고 제를 올려 전위의 영혼을 위로했다. 조조가 친히 분향을 마치고 울면서 절하자, 모든 사람이 감탄해 마지않았다. 조조는 전위의 제사를 지낸 다음, 조카 조안민과 맏아들 조앙을 비롯해 그때 함께 전사한 군사들의 제사를 지냈다. 그리고 마지막으로 그때 화살에 맞아 죽은 자신의 애마까지 제를 지냈다. 이튿날 허도를 지키고 있는 순욱이 사람을 보내왔다.

"유표가 장수를 돕기 위해 안중에 진을 치고 돌아오시는 길을 끊으려 할 것입니다. 승상께서는 조심하십시오."

조조는 곧 순욱에게 답신을 보냈다.

내가 하루에 조금씩 천천히 행군하는 것은 적군이 우리 뒤를 쫓는 것을 몰라서가 아니오. 내게도 나름대로 생각이 있소. 안중에 도착하면 반드시 장수를 꺾을 테니 너무 염려 마시오.

조조가 군사들을 재촉하여 안중현 경계에 이르니, 유표의 군사는 이미 요새에 진을 친 채 기다리고 있었다. 후방에서는 장수가 군사를 거느리고 뒤쫓아오고 있었다. 조조는 곧 영을 내려, 어두운

밤을 틈타 험한 곳을 뚫어 길을 냈다. 그리고 산골 곳곳에 은밀하게 군사를 배치하도록 했다.

먼동이 틀 무렵 유표와 장수가 군사를 한곳에 모으고 살펴보니 조조의 군사가 그리 많아 보이지 않았다. 그들은 조조가 달아났다고 생각해 군사를 이끌고 서둘러 험한 산길로 들어섰다. 그 순간 산속에 매복해 있던 조조의 군사들이 기다렸다는 듯 일제히 들고 일어났다. 예기치 못한 상황에 당황한 장수와 유표의 군사는 참패를 면치 못했다. 싸움에서 크게 이긴 조조는 군사를 이끌고 안중의 험한 요새지를 벗어나 영채를 세웠다.

유표와 장수는 패잔병을 수습하고 대책을 협의하기 위해 한자리에 모였다. 유표가 먼저 입을 연다.

"우리가 조조의 간계에 빠져 이렇게 패할 줄 누가 알았겠소?"

장수가 대꾸한다.

"그러게 말씀이외다. 그렇다고 순순히 물러날 수는 없는 일, 다시 기회를 엿보아 반드시 놈을 잡아야 합니다."

이렇게 뜻을 모은 유표와 장수는 각기 군사를 거느리고 안중현에 주둔했다.

이때 순욱은 원소가 군사를 일으켜 허도를 치려 한다는 급보를 받고 즉시 조조의 진중으로 사람을 보냈다. 조조는 이 소식에 마음이 급해져 그날로 회군할 채비를 했다. 장수 역시 정탐꾼에게서 이 소식을 전해듣고 당장 군사를 일으켜 조조를 추격하려 했다. 가후가 나서며 만류한다.

"뒤쫓지 마십시오. 뒤쫓아 싸우면 반드시 패합니다."

유표가 적극 주장한다.

"지금 적을 뒤쫓지 않으면 가만히 앉아서 기회를 놓치는 일이 될 것이오."

장수는 군사 1만여명을 거느리고 유표와 함께 조조의 뒤를 추격했다. 맹렬히 뒤를 쫓아 10여리쯤 달렸을까. 드디어 조조의 후대(後隊)를 따라잡아 일대 접전이 벌어졌다. 그러나 조조의 군사들이 어찌나 사력을 다해 대항해오는지 두 사람은 크게 패하고 말았다. 장수가 돌아와서 가후에게 말한다.

"공의 말을 듣지 않았다가 과연 낭패를 보았구려."

가후가 대꾸한다.

"당장 군사를 정비하여 다시 한번 추격하시지요."

장수와 유표가 동시에 반문한다.

"그게 무슨 말이오? 지금 막 패하고 돌아온 마당에 다시 한번 추격하라니, 진정으로 하는 말이오?"

가후가 빙그레 웃으며 장담한다.

"이번에는 반드시 크게 이길 것입니다. 만일 내 말대로 되지 않으면 내 머리를 베시오."

장수는 가후의 말을 믿었지만, 유표는 주저하여 함께 가지 않았다. 장수가 혼자서 군사를 거느리고 다시 조조의 뒤를 쫓았다. 과연 이번에는 조조의 군사가 크게 패하여 말이며 수레, 군수품들을 버리고 앞다투어 달아났다. 장수는 기세 좋게 뒤쫓았다. 그러나 갑자기 산등성이 뒤쪽에서 한무리의 군사가 쏟아져나와 감히 더 쫓지 못하고 군사를 거두어 안중으로 돌아왔다. 유표가 가후에게 물었다.

"먼젓번에는 우리가 정병을 거느리고 추격했는데도 공은 반드시 패할 것이라 했고, 이번에는 패한 군사를 거느리고 추격했으나 공은 반드시 이기리라 했소. 과연 두번 다 공의 말이 맞았소이다. 대체 어인 까닭이오? 공이 나를 좀 깨우쳐주시오."

가후가 대답한다.

"별로 어려운 일이 아니지요. 장군께서는 용병을 잘하시나 조조의 상대는 아니십니다. 비록 패했지만 돌아가는 조조의 군대는 반드시 용감한 장수와 날랜 정예병을 뒤에 배치하여 추격병을 방비했을 것이오. 그러니 우리 군사가 용맹해도 당해내지 못할 터라, 패할 줄 알았던 것입니다. 하나 조조가 서둘러 퇴각하는 걸 보면 반드시 허도에 무슨 일이 생긴 게 분명하지요. 그러니 추격해온 적은 이미 무찔렀겠다, 속히 돌아갈 생각에 급급하여 다시 후대를 방비했을 리가 없질 않겠소? 이때 우리가 다시 추격하여 싸운다면 이길 게 뻔하지 않겠소이까?"

유표와 장수는 가후의 식견에 탄복하지 않을 수 없었다. 가후는 유표에게 형주로 돌아갈 것을 권하였고, 장수에게는 양성을 지키며 유표와 서로 긴밀한 관계를 유지하도록 해두었다. 유표와 장수는 각기 군사를 거느리고 길을 떠났다.

한편, 조조는 추격해온 적을 물리치고 행군하던 중 장수의 군사가 다시 쫓아와 후군이 크게 패했다는 소식을 전해들었다. 조조는 즉시 말머리를 돌려 수하장수들을 거느리고 몸소 도우러 나섰다. 그러나 그가 당도했을 때는 장수의 군대는 물러나버린 뒤였다. 패잔병들이 입을 모아 말한다.

"만약 산등성이 뒤쪽에서 한떼의 인마가 쏟아져나와 적을 막아주지 않았다면 저희들은 그만 적의 포로가 되었을 것입니다."

"대체 누가 구해주었단 말이냐?"

이때 한 장수가 말에서 내리더니 조조에게 절을 올린다. 그는 강하(江夏)의 평춘(平春) 사람으로, 성은 이(李)요 이름은 통(通), 자는 문달(文達)이라고 하며, 진위중랑장(鎭威中郞將)으로 있었다. 조조가 묻는다.

"그대는 어디서 왔소?"

이통이 대답한다.

"근래 여남을 지키고 있다가 승상께서 장수와 유표의 무리와 싸우신다는 말씀을 듣고 도우러 왔습니다."

조조는 크게 기뻐하며, 이통을 건공후(建功侯)에 봉하고 여남의 서쪽 경계를 지켜서 유표와 장수의 군사를 방비하도록 했다. 이통은 조조의 명을 받들어 감사의 절을 올리고 떠났다.

허도로 돌아온 조조는 즉시 황제에게 손책의 공로를 아뢰어 토역장군(討逆將軍)에 봉하고, 오후(吳侯)로 삼았다. 그리고 사자에게 조서를 주어 강동의 손책에게 이를 전하고, 유표를 토벌하라 이르도록 했다. 조조가 부중으로 돌아가자 모든 관리들이 문안인사를 왔다. 인사가 끝나기를 기다렸다가 순욱이 묻는다.

"승상께서는 천천히 행군하여 안중으로 가시면서 어떻게 적병과 싸워 이길 것을 아셨소이까?"

"저들은 물러나려 해도 돌아갈 길이 없으니 반드시 사생결단으로 싸울 줄 알았다. 그래서 나는 천천히 가면서 적들을 끌어들이고 매복한 군사들로 친 것이다. 따라서 반드시 이길 줄 알았다."

순욱이 조조의 계책에 찬탄해 마지않는데, 곽가가 들어선다. 조조가 곽가에게 묻는다.

"그대는 어찌하여 이렇듯 늦게 오는고?"

곽가가 소맷자락 안에서 서신을 꺼내놓으며 말한다.

"원소가 사람을 시켜 승상께 서신을 보내왔습니다. 공손찬을 쳐없앨 터이니 부디 군량과 군사를 빌려주십사 하는 내용입니다."

"원소가 허도를 도모하려 한다는 말을 들었는데, 내가 돌아오니 딴소리를 하는 게 틀림없다."

조조가 말을 마치고 편지를 열어보니, 그 글이 매우 교만하였다. 조조가 곽가에게 묻는다.

"원소가 이리 무례하니 내 반드시 그를 치기는 쳐야겠는데, 힘이 부족하니 어찌하면 좋겠나?"

"유방(劉邦)이 항우(項羽)의 적이 아니었음은 주공께서도 잘 아시지 않습니까? 한고조께서는 오로지 지혜로써 이기셨으니, 항우가 비록 강하기는 했어도 끝내 잡히고 말았습니다. 게다가 원소에게는 열가지 패할 이유가 있고, 주공께는 열가지 이길 이유가 있으니, 원소의 군사가 비록 강성하다 해도 전혀 두려울 바가 없습니다.”

“무슨 말인지 알아듣게 말해보게나.”

“첫째, 원소는 예절이 번거롭고 형식이 많으나 주공께서는 모든 일을 자연의 이치에 맡기니, 이는 도(道)로써 이기는 것입니다. 둘째로, 원소는 천리를 거스르며 움직이나 주공께서는 순리대로 거느리시니, 이는 의(義)로써 이기는 것이지요. 셋째, 환제(桓帝)·영제(靈帝) 이래로 정사가 타락하여 오늘날 이리 되었건만, 원소는 이를 관대히 보았고 주공께서는 강력한 법을 세워 다스렸으니, 이는 치(治)로써 이기는 것입니다. 넷째로, 원소가 겉으로는 관대한 듯해도 안으로는 시기심이 많아서 친·인척에게만 일을 맡기오나, 주공께서는 겉은 대범하고 마음은 사리에 밝아 사람을 쓰시되 오직 재능을 보고 하시니, 이는 도(度)로써 이기는 것이며, 다섯째로, 원소는 꾀는 많지만 결단력이 부족하건만 주공께서는 계책만 세우면 즉시 행하시니, 이는 지모(智謀)로 이기는 것이요, 여섯째로, 원소는 오로지 명성만 듣고 사람을 거두지만 주공께서는 지성으로 사람을 대접하니, 이는 덕(德)으로써 이기는 것입니다. 일곱째로, 원소는 가까이에 있는 자만 생각할 줄 알았지 멀리 있는 자는 소홀히 하는 반면에 주공께서는 널리 사람을 아끼시어 멀고 가까운 구별이 없으니, 이는 인(仁)으로써 이기는 것입니다. 여덟째로, 원소는 참소하는 말을 듣고 남을 의심하지만 주공께서는 이에 대해 꿋

꿋하시니, 이는 명철함으로써 이기는 것이오며, 아홉째로, 원소는 시비가 분명치 못하오나 주공께서는 법도가 엄정하오니, 이는 문(文)으로써 이기는 것이외다. 마지막으로 원소는 허세를 좋아하고 병법의 요점을 모르지만, 주공께서는 적은 군사로 많은 무리를 이기며 용병술이 귀신같으시니, 이는 무(武)로써 이기는 것이지요. 이렇게 주공께는 원소를 이길 열가지 이유가 있으니, 원소를 물리치는 데 아무런 어려움이 없으십니다."

조조가 기쁨을 감추지 못하고 껄껄 웃으며 말한다.

"과찬이오. 그대의 말을 내 어찌 감당하겠는가?"

순욱이 이어서 말한다.

"곽봉효의 십승십패설(十勝十敗說)이 제 소견과 꼭 같소이다. 원소의 군사가 비록 많다고 하나 두려울 게 뭐가 있겠습니까?"

곽가가 다시 말한다.

"가장 큰 근심거리는 서주의 여포입니다. 이제 원소가 멀리 북쪽으로 공손찬을 치러 가면, 우리는 이 기회에 먼저 여포를 쳐서 동남쪽을 평정하고, 그다음에 원소를 치는 게 상책입니다. 그러지 않고 바로 원소를 치면 여포가 그 틈을 타서 허도를 공격할 터이니, 우리의 피해가 적지 않을 것입니다."

조조는 그 말을 옳게 생각하고, 동쪽의 여포를 칠 일을 의논했다. 순욱이 말한다.

"먼저 사람을 유비에게 보내 약속을 정하시고, 답을 기다렸다가 군사를 움직이시지요."

조조는 순욱의 말을 따랐다. 유현덕에게 서신을 보내는 한편, 원소의 사자를 후히 대접한 다음 헌제께 아뢰어 원소를 대장군 태위(大將軍太尉)로 봉하여 기주(冀州)·청주(靑州)·유주(幽州)·병주(幷州) 등 네 주의 도독을 겸하게 했다. 그러고는 원소에게 다음과 같은 밀서를 보냈다.

공이 공손찬을 친다면 나는 마땅히 군사를 내어 공을 도우리다.

이 글을 받아본 원소는 몹시 기뻐하며 즉시 군사를 일으켜 공손찬을 치러 떠났다.

한편 여포는 서주에 머물면서 걸핏하면 사람을 모아 잔치를 베풀었다. 진규 부자는 술자리에 참석할 때마다 입에 침이 마르도록 여포를 칭송해 마지않았는데, 이를 지켜보던 진궁은 그들의 아첨 떠는 꼴이 못마땅하여 틈을 엿보아 여포에게 고한다.

"진규 부자가 장군 앞에서는 아첨을 일삼으나 과연 그들의 속마음이 어떤지는 헤아릴 수가 없습니다. 공께서는 아무쪼록 조심하소서."

여포는 불끈 화를 내며 진궁을 꾸짖는다.

"너는 어찌하여 좋은 사람을 참소하여 해하려 하느냐!"

진궁은 밖으로 나오며 한숨을 짓는다.

"충성된 말을 귀담아듣지 않으니, 화를 면치 못할 것이로다."

진궁은 여포를 버리고 다른 곳으로 떠날 생각도 했다. 그러나 이제 와서 차마 그렇게도 못하겠고, 또 남의 비웃음이나 사지 않을까 두려워 우울하게 지내고 있었다. 어느날 진궁은 울적한 심사를 달랠 겸 시종 몇을 거느리고 소패땅으로 사냥을 나갔다. 그런데 문득 관도(官道) 위로 나는 듯이 달려가는 역마(驛馬)를 발견했다. 수상하게 여긴 진궁은 뒤따르던 시종들과 함께 지름길로 쫓아가서 그 역마를 사로잡았다.

"너는 누구의 명을 받고 어디로 가는 것이냐?"

진궁이 물었으나, 말을 달리던 사자는 그가 여포의 부하라는 것을 눈치채고 당황하여 감히 대답을 못했다. 진궁이 시종을 시켜 그의 몸을 뒤져보니 그의 품속에서 유현덕이 조조에게 보내는 밀서 한통이 나왔다. 진궁은 곧 그를 포박하여 여포에게로 끌고 갔다. 여포의 추궁에 잡혀온 자가 실토한다.

"조승상의 분부로 예주의 유공께 글을 전하고 답서를 받아 돌아가는 길이올시다. 그러나 뭐라 씌어 있는지는 모르옵니다."

여포가 곧 봉한 것을 뜯고 보니 그 내용은 이러하다.

승상의 명을 받들어 여포를 도모하려 하오매, 어찌 한시인들 마음을 늦추리이까. 다만 제게 군사가 적고 장수 또한 많지 않아서 감히 경망되이 움직이지 못할 따름입니다. 승상께서 대군을 일으키신다면 제가 마땅히 선봉에 서겠습니다. 삼가 병기와 갑옷을 정비하여 지시를 기다리겠소이다.

편지를 읽고 난 여포는 피가 거꾸로 솟는 듯했다. 분노에 찬 그의 음성이 잇새로 부들부들 떨려나온다.

"조조 이 도적놈이 내게, 내게 감히 이럴 수가 있단 말이냐!"

여포는 그 자리에서 사자의 목을 베었다. 그런 다음 진궁과 장패로 하여금 태산에 웅거하고 있는 산적 손관(孫觀)·오돈(吳敦)·윤례(尹禮)·창희(昌豨) 무리와 결탁하여 동쪽으로 산동에 있는 연주 일대의 모든 군(郡)을 치게 하고, 고순과 장요는 소패성으로 보내 유현덕을 치도록 하며, 송헌과 위속에게는 서쪽의 여남과 영천을 공략할 것을 명한다. 그리고 자신은 몸소 중군을 거느려 세 곳의 군사를 후원하기로 했다. 고순과 장요는 여포의 영을 받은 즉시 군사를 거느리고 서주를 출발해 소패로 향했다. 이 일을 정탐꾼이 현덕에게 알려왔다. 현덕이 급히 사람을 모아 의논하니, 손건이 나서며 말한다.

"속히 조조에게 사람을 보내 구원을 청하도록 하십시오."

현덕이 좌우를 돌아보며 묻는다.

"누가 허도로 가서 급보를 전하겠느냐?"

뜰아래에서 한 사람이 나서며 대답한다.

"이몸이 가겠소이다."

그는 현덕과 한 고향 사람인 간옹(簡雍)으로, 자는 헌화(憲和)이며, 그때 현덕의 손님으로 와 있었다. 현덕은 곧 편지를 써서 간옹에게 주어 밤낮을 가리지 않고 허도로 가서 구원을 청하게 했다.

그러고는 성을 지키는 기구를 정비하여 자신은 남문을 지키고, 손건은 북문을, 관우는 서문을, 장비는 동문을 지키도록 하는 한편, 미축과 그의 아우 미방(麋芳)은 함께 중군을 지키도록 지시했다. 원래 미축에게는 누이동생이 있었으니, 곧 현덕의 둘째부인이다. 현덕은 미축·미방과 처남 매부 사이가 되는지라 그들로 하여금 특별히 중군을 지켜 가족을 보호하게 한 것이다.

고순의 군사가 소패에 이르렀다. 현덕은 성루에 올라서서 그들에게 묻는다.

"내 봉선과 원수진 일이 없거늘, 어찌하여 군사를 거느리고 예까지 오셨소?"

고순이 앞으로 나서며 소리친다.

"네가 조조와 결탁하여 우리 주인을 해치려던 일이 탄로났으니, 속히 나와 결박을 받으라!"

그러고는 즉시 군사를 휘몰아 성을 공격하기 시작했다. 현덕은 성문을 굳게 닫고 나가지 않았다. 이튿날은 장요가 군사를 이끌고 와서 서문을 공격했다. 관운장이 성 위에 올라서서 그를 내려다보며 말한다.

"그대처럼 비범한 인물이 어찌하여 여포 같은 무리를 따르는 게요?"

장요는 고개를 숙이고 아무런 대답이 없다. 그에게 충의가 있음을 짐작한 관운장은 거듭 몰아세우지도, 나서서 싸우지도 않는다. 장요가 군사를 거느리고 동문으로 가니, 장비는 곧 나가 싸우려 했다. 한 군사로부터 이 사실을 전해들은 관운장은 급히 동문으로 향했다. 아니나 다를까 장비는 막 성밖으로 나서려는 참이었고, 장요는 이미 군사를 몰고 물러가는 중이었다. 관우는 급히 장비를 불러들였다. 장비가 불만에 가득 차서 볼멘소리로 투덜댄다.

"저들이 겁을 먹고 물러가는데, 왜 뒤쫓지 못하게 하는 거유?"

관우가 말한다.

"그 사람의 무예는 우리 두 사람에 못지않다. 내가 바른말을 한마디 했더니 느낀 바가 있어 우리와 싸우려고 하지 않는 것이지, 무서워서 도망치는 게 아니다."

장비는 그제야 군사를 시켜 성문을 굳게 지키게 하고, 다시는 나가서 싸우려 하지 않았다.

한편 간옹은 현덕의 서신을 가지고 허도에 이르러 조조에게 그간 있은 일들을 소상히 전했다. 조조는 급히 사람들을 모아놓고 의논한다.

"내가 나가서 여포를 치는 데 원소는 별반 근심되지 아니하나, 유표와 장수가 이 틈에 허도로 쳐들어오지 않을까 걱정이로다."

순유가 입을 연다.

"유표와 장수는 앞서 크게 패하여 감히 경거망동하지 못할 것입니다. 하나 여포는 워낙 용맹한 터라 만약 원술과 결탁이라도 하여 회수(淮水)와 사수(泗水) 연안지역을 휘젓고 다닌다면 신속하게 맞서 싸우기 어려울 것입니다."

이번에는 곽가가 나선다.

"여포의 반역행위에 여러 사람이 동참하기 전에 하루라도 빨리 기를 꺾어놓아야 합니다."

조조는 그 말에 따랐다. 즉시 하후돈·하후연·여건·이전 등에게 군사 5만명을 내주며 먼저 떠나게 하고 몸소 대군을 거느리고 뒤따라 출발했다. 간옹 역시 뒤를 따랐다.

파발꾼이 소패로 달려가 조조가 대군을 거느리고 오고 있다고 고순에게 전하자, 고순은 이를 즉시 여포에게 알렸다. 여포는 즉시 후성(侯成)·학맹(郝萌)·조성(曹性)에게 군마 2백여기를 이끌고 가서 고순과 합류하여 소패성에서 30리가량 떨어진 곳에 진을 치고 조조의 군대를 맞으라고 지시했다. 그리고 자신은 몸소 대군을 거느리고 뒤따라가서 돕기로 했다.

유현덕은 고순과 장요가 성을 포위하고 있던 군사를 거두어 물러가는 것을 보고는, 조조의 군사가 진군해오고 있음을 짐작했다. 현덕은 즉시 손건에게 남아서 성을 지키라 이르고, 미축·미방 형제에게 각별히 가족의 보호를 당부했다. 그런 다음 자신은 관우·장비와 더불어 성밖으로 나가 각기 군사를 나누어 진을 치고 조조의 군대를 기다렸다.

한편, 군사를 거느리고 진군하던 하후돈은 마침내 고순의 군사와 맞닥뜨렸다. 하후돈이 곧장 창을 들고 싸움을 청하니, 고순이 말을 몰고 나와서 맞선다. 고순은 40~50합을 맞서 싸우다가 하후돈을 당해내지 못하고 도망치기 시작한다. 하후돈이 급히 뒤쫓았으나 고순은 진을 맴돌면서 달아난다. 이때 진영 위에서 보고 있던 조성이 가만히 활에 살을 메겨들고 하후돈이 가까이에서 지나기를 기다려 손을 떼었다. 시윗소리를 울리며 날아든 화살은 하후돈의 왼쪽 눈에 그대로 틀어박힌다. 하후돈이 손을 들어 크게 소리 지르며 눈에 박힌 화살을 잡아당기자, 눈알까지 그대로 뽑혀나오고 말았다.

"아버지의 정기와 어머니의 피로 만든 것인데 내 어찌 버리겠느냐!"

하후돈은 뽑혀나온 눈알을 입에 넣고 삼키더니, 곧장 창을 고쳐 잡고 말을 몰아 조성에게로 달려들었다. 조성이 미처 손쓸 사이도 없이 하후돈의 창은 조성의 머리통을 꿰뚫어버렸다. 조성은 말 아래로 굴러떨어져 죽었다. 이 광경을 지켜보던 양쪽 군사들은 하나같이 기가 질려버렸다. 하후돈이 자신의 진영을 향해 말머리를 돌리는 순간, 고순이 군사를 휘몰아 공격을 퍼붓기 시작했다. 이 싸움에서 조조의 군사는 크게 패했다. 하후돈은 아우 하후연의 도움으로 간신히 목숨을 건졌고, 여건과 이전은 패한 군사들을 수습하여 제북(濟北)으로 달아나 영채를 세웠다.

조조의 군사를 물리친 고순이 군사를 되돌려 현덕을 공격하려는데 때마침 여포의 대군이 도착했다. 여포는 고순·장요와 함께 군사를 세 길로 나누어 현덕·관우·장비의 세 영채를 치러 갔다.

후세 사람이 시를 지어 이 싸움을 노래했다.

눈알 삼킨 장수 제아무리 용맹하다 해도　　啖睛猛將雖能戰

하후돈이 화살을 뽑아 자신의 눈알을 씹어삼키다

화살 맞아 눈 잃고서야 어찌 선봉에 버티랴   中箭先鋒難久持

현덕과의 승부는 과연 어찌 될 것인가?

19

여포의 죽음

조조는 하비성에서 적군을 몰살하고
여포는 백문주에서 목숨을 잃다

이때 고순과 장요는 관우의 영채를 공격하고 여포는 몸소 장비의 영채를 공격하니, 관우와 장비가 각각 나가 싸우고 현덕은 군사를 이끌고 두 진영을 오가며 도왔다. 난데없이 여포가 군사를 나누어 배후를 기습하는 바람에 관우와 장비의 군사는 패하고 말았다. 현덕은 황급히 수십기의 기병만 거느리고 소패성으로 달아났다. 여포가 급히 뒤를 쫓는다. 현덕은 다급하게 성 위의 군사를 향해 조교를 내리라고 소리쳤다. 여포가 등 뒤까지 따라붙은 순간에야 겨우 조교가 내려지고 성문이 열렸다.

성 위의 군사들은 즉시 활을 들어 쏘려 했지만 잘못하다가는 현덕을 다치게 할까 두려워 공격할 수 없었다. 그 틈에 여포는 그대로 성안으로 들어서버렸다. 성문을 지키던 군사들은 감히 막아보려 하지도 못하고 사방으로 달아났다. 여포는 즉시 수하의 군사들을 불러들였다. 형세가 워낙 다급하니 유현덕은 가족들을 돌아볼 경황도 없이 성안을 곧장 가로질러 서문으로 빠져나갔다. 여포가 현덕의 처소에 이르자, 미축이 황망히 나와 맞으며 간곡히 고한다.

"이몸이 들은 바로는 대장부는 적의 처자를 해치지 않는다 했소이다. 장군과 천하를 다투는 자는 조조요. 현덕공은 화극을 쏘아 위급한 처지에서 구해준 장군의 은혜를 언제나 잊지 않고 있소이다. 이렇게 조공과 결연하게 된 것은 부득이한 일이었으니, 장군께서는 부디 가엾게 여기시오."

여포가 대답한다.

"현덕은 나의 옛벗이니, 내 어찌 차마 그 처자를 해치겠느냐."

여포는 미축이 현덕의 처자를 서주로 데리고 가서 편히 지내도록 배려해주었다. 그리고 고순과 장요로 하여금 소패를 지키도록 명한 뒤 자신은 곧 군사를 이끌고 산동 연주의 경계를 향해 떠났다. 그즈음 손건은 이미 성을 빠져나왔고, 관운장과 장비도 각기 패잔병을 수습해 산속에 몸을 숨기고 있었다.

한편, 현덕이 홀로 말을 타고 성을 빠져나와 달려가는 중에 문득 등 뒤에서 요란한 말발굽소리가 들려왔다. 돌아보니 다름 아닌 손건이다. 현덕이 말한다.

"이제 두 아우의 생사조차 알지 못하고 처자도 버리고 왔으니, 장차 어찌했으면 좋겠는가?"

손건이 말한다.

"우선 조조한테 몸을 의탁하여 후일을 도모하십시오."

현덕은 손건의 말에 따르기로 했다. 두 사람은 추격병이 있을까 두려워 인적이 드문 샛길을 더듬어 허도로 향했다. 양식이 떨어지면 마을로 들어가 먹을 것을 구했는데, 어디를 가든 그가 예주 목사 유현덕이라는 사실을 알면 하나같이 앞을 다투어 음식을 내놓았다. 한번은 이런 일조차 있었다. 어느날 날이 저물어 한 촌가를 찾아드니, 젊은 주인이 나와 현덕과 손건에게 넙죽 절을 올린다. 현덕이 하룻밤 묵어가기를 청하고 젊은이의 이름을 물으니, 사냥을 업으로 삼고 살아가는 유안(劉安)이라고 한다. 유안은 자기를 찾아온 사람이 평소 흠모하던 예주 목사 유현덕임을 한눈에 알아보았다. 산짐승이라도 잡아 대접하고 싶었으나, 제아무리 사냥을 업으로 삼고 산다 할지라도 이미 밤늦은 시각이라 여의치 않은 일이었다. 마침내 유안은 아내를 죽여 현덕을 대접했다. 현덕이 물었다.

"이게 웬 고기인가?"

유안이 대답했다.

"이리 고기올시다."

현덕은 아무런 의심 없이 배불리 먹고 자리에 들었다. 포만감과 고단함에 단잠을 잔 현덕은 이튿날 이른 아침에 눈을 떴다. 길을 떠나기 위해 말을 끌어내려 뒤뜰로 향하던 그는 집 모퉁이를 막 돌아서다가 소스라쳐 놀라지 않을 수 없었다. 부엌바닥에 한 여인이 쓰러져 죽어 있는데 두 팔의 살이 모두 도려진 채 뼈만 남아 있는 게 아닌가.

"이게 어찌 된 일인가?"

현덕이 뒤따라나온 유안에게 떨리는 음성으로 물었다. 유안이 말없이 고개를 떨구었다. 비로소 현덕은 자신이 간밤에 먹은 고기가 유안의 아내였음을 깨달았다. 현덕은 유안의 손을 잡고 눈물을 흘리며 움직일 줄 모르다가 한참 후에야 말에 오르며 권하였다.

"함께 떠나지 않으려느냐?"

유안이 울음을 삼키며 고했다.

"주공을 모시고 떠나고 싶은 마음 간절하나, 늙은 어머님이 계셔서 감히 그럴 수가 없습니다."

유현덕은 거듭 감사의 뜻을 표하고 길을 떠났다. 현덕이 양성(梁城)을 향해 말을 달리는데, 갑자기 먼지가 구름처럼 일어 하늘을 가리더니 한떼의 군사가 이쪽을 향해 달려왔다. 자세히 보니 조조의 군사가 분명했다. 현덕은 손건과 함께 곧장 중군 깃발이 있는 곳으로 가서 조조를 만났다. 유현덕은 소패성을 여포에게 빼앗기고 두 아우의 생사도 모르는 채 처자까지 버리고 온 일을 낱낱이 호소했다. 조조는 눈물을 흘리며 함께 슬퍼했다. 또한 유안이 자기 아내를 죽여 그 고기로 현덕을 대접하더라는 말에, 조조는 즉시 손건을 시켜 황금 1백냥을 유안에게 보내도록 했다.

조조의 대군이 제북(濟北)에 이르자 하후연이 마중을 나왔다. 하후연은 조조를 진영 안으로 모셔들이며 자신의 형 하후돈이 한쪽 눈을 잃고 아직 완쾌되지 않아 자리에 누워 있음을 보고했다. 조조는 몸소 하후돈을 찾아가 살펴보고, 허도로 먼저 돌아가 몸조리를 하라 이른 뒤 사람을 보내 여포가 지금 어디 있는지 알아보도록 했다. 며칠 후 정탐꾼이 돌아와서 전한다.

"여포는 진궁·장패와 함께 태산의 산적들과 결탁하여 연주지방의 여러 고을을 공격하고 있습니다."

조조는 곧 조인에게 군사 3천명을 거느리고 소패성을 치라 명하고, 자신은 몸소 대군을 거느리고 현덕과 함께 여포와 싸우러 진군했다.

조조가 산동땅의 소관(蕭關, 소패성의 관문) 가까이 이르렀을 때다. 태산의 산적 손관·오돈·윤례·창희 무리가 수하 도적 3만여명을 이끌고 나와서 길을 막는다. 조조는 허저를 시켜 나가 싸우게 했다. 네명의 산적 대장이 일제히 달려들었다. 허저가 번개같이 칼을 놀려 네 장수를 상대하니, 그들은 얼마 견디지 못하고 각기 말머리를 돌려 달아난다. 조조는 기세를 몰아 그 뒤를 추격하여 소관에 당도했다. 소관에 있던 파발꾼이 급히 여포에게 달려가서 사태를 알렸다.

이때 여포는 이미 서주로 돌아와 있었는데, 소패성이 위태하다는 급보를 받자 진규에게 서주를 맡기고, 자신은 진등과 함께 소패를 구하기로 했다. 진규가 아들 진등에게 가만히 이른다.

"일찍이 조공이 네게 동쪽의 일을 맡긴다 하지 않았느냐. 여포는 이제 패할 것이니 곧 일을 도모하도록 해라."

진등이 말한다.

"바깥일은 제가 맡아서 할 터이니, 여포가 패하여 돌아오거든 아버님께서는 미축과 함께 성을 굳게 지키시고 절대로 여포를 성안에 들이지 마십시오. 저는 스스로 몸을 빼낼 계책이 있습니다."

"한데 여포의 처자가 이곳에 다 있고 좌우 심복들도 많으니, 그게 걱정이다."

"제게 계책이 있으니 염려 마십시오."

진등은 곧장 여포에게로 가서 말했다.

"서주는 사방에서 적들에게 공격을 받을 테고 게다가 조조는 반드시 있는 힘을 다해 공격할 것이니, 먼저 물러갈 곳을 정해두는 게 좋을 듯싶습니다. 재물과 곡식을 하비성으로 옮겨두었으면 하는데 장군의 뜻은 어떠하신지요? 설사 적들에게 포위를 당할 경우에라도 하비성에 군량만 넉넉하면 능히 지탱할 수 있을 터이니, 서두르시는 게 좋을 것입니다."

"그대의 생각이 옳을 듯싶네. 내 처자도 그리 옮겨야겠군."

여포는 마침내 송헌과 위속을 시켜 처자를 호위하여 재물과 군량을 하비성으로 옮기게 한 다음, 자신은 진등과 함께 군사를 거느리고 소관을 구하러 떠났다. 중도에서 진등이 여포에게 말한다.

"소인이 먼저 조조의 허실을 알아볼 터이니, 공께서는 제가 돌아온 다음에 진군하심이 어떠실는지요?"

여포가 허락하자 진등은 곧 말을 몰아 소관으로 갔다. 진궁이 그를 성내로 맞아들였다. 진등이 말한다.

"주공께서는 그대들이 나가서 싸우지 않는 것을 의심하여 처벌하시러 오는 길이오."

진궁이 대답한다.

"지금 조조의 군세가 강성하니 경솔하게 대적할 수 없는 상황이오. 우리들은 관문을 굳게 지킬 터이니, 주공께서는 소패성을 보전하시는 게 상책이라고 권해주시오."

진등은 말없이 고개를 끄덕였다. 날이 저물어 진등이 관 위로 올라가 보니, 조조 군사가 바로 관 아래에까지 와 있다. 진등은 어둠을 틈타 몰래 세통의 서신을 화살에 매어 관 아래 조조의 진중으로 쏘았다. 이튿날 아침 진등은 진궁에게 하직을 고하고 여포에게로 돌아왔다.

"산적 손관의 무리들이 조조의 형세를 보고 항복하려는 것을 진궁을 시켜 단단히 지키라 일렀사옵니다. 그러니 장군께서는 날이 어두워지기를 기다렸다가 진궁을 구하소서."

"공이 아니었으면 소관도 벌써 조조 수중에 넘어갈 뻔했네그려."

여포는 아무것도 모른 채, 다시 진등으로 하여금 소관으로 가서 진궁의 무리와 약속을 정하여 호응하되, 불을 질러 군호를 삼을 것을 지시했다. 진등은 다시 말을 달려 소관으로 가서 진궁에게 말한다.

"큰일났소! 조조가 샛길로 군사를 몰아 관내로 들어서고 있소이다. 주공께서는 서주가 심히 위태로우니 즉시 군사를 거두어 돌아오라 하셨소."

진궁은 급히 군사를 거느리고 소관을 버리고 떠났다. 진궁의 무리가 관을 나서자, 진등은 곧 성루에서 횃불을 올려 신호를 보냈다. 여포가 횃불을 보고 곧장 공격을 시작했다. 여포의 군사는 진궁의 군사와 마주쳤다. 그들은 상대편을 적으로 알고 어둠 속에서 어지러이 싸워 서로 죽이고 죽었다. 한편 전날밤 진등의 서신을 받은 조조의 군사들은 소관으로 일제히 몰려들어갔고, 산적 손관 등은 각기 도망하여 사방으로 달아나버렸다. 마침내 소관은 조조의 손에 떨어졌다.

날이 훤히 밝을 무렵까지 싸우다가 그제야 사태를 파악한 여포는 진궁의 군사와 합세하여 분주히 서주로 돌아갔다. 여포가 성밑에 이르러 속히 문을 열라 외치는데, 갑자기 성 위에서 화살이 비오듯 쏟아졌다. 성루에서 미축이 큰소리로 외친다.

"우리 주공 유현덕의 성을 빼앗은 건 바로 너였으니, 마땅히 우리 주공께 되돌려드려야 하지 않겠느냐? 다시는 이 성에 들어올 생각을 말라!"

여포는 진노했다.

"진규는 대체 어디 있느냐?"

미축이 대답한다.

"내 손에 죽은 지 이미 오래다."

여포가 진궁을 돌아보며 묻는다.

"진등은 어디 있느냐?"

진궁이 답답하다는 듯 대꾸한다.

"장군께서는 그 간사한 도적에게 아직도 미련이 있으십니까?"

여포가 사람을 시켜 진등을 두루 찾아보게 했으나 이미 종적을 알 길이 없었다. 진궁이 여포에게 권한다.

"한시바삐 소패로 돌아가십시다."

여포는 진궁의 말을 좇아 군사를 수습하여 소패를 향해 떠났다. 그러나 반도 못 가서 질풍처럼 몰려드는 한떼의 군마와 맞닥뜨렸다. 가만 보니 바로 고순과 장요였다. 여포는 괴이한 생각이 들어 급히 묻는다.

"성은 어찌하고 이리 오는 게냐?"

고순이 대답한다.

"조금 전에 진등이 달려와 주공께서 적군에게 포위되었으니 빨리 가서 구하라고 했습니다."

"모두 다 그 간사한 도적놈의 계략입니다."

진궁의 말에 여포는 분통을 터뜨렸다.

"내 맹세코 이 도적놈을 살려두지 않으리라!"

여포는 화살같이 말을 몰아 소패성에 이르렀다. 어느새 성 위에는 조조의 군기(軍旗)가 펄럭이고 있다. 조조가 조인을 시켜 소패를 공략하여 성을 빼앗아 지키게 한 것이다. 여포가 주먹을 치켜들어 성 위를 가리키며 진등에게 욕을 퍼부었다. 성루에 모습을 드러낸 진등은 오히려 여포를 향해 큰소리친다.

"나는 한나라의 신하거늘, 어찌 너같이 무도한 역적을 섬길 수 있겠느냐?"

여포가 노기충천하여 성을 치려 하는데, 갑자기 등 뒤에서 커다란 함성이 일며 한무리의 군사가 몰려온다. 무리를 이끄는 장수는 바로 장비였다. 고순이 나서서 싸웠으나 당해내지 못한다. 여포가 직접 나가 한참 장비와 접전을 벌이는 중에 또다시 진 밖에서 함성이 일어난다. 조조가 친히 대군을 통솔하여 몰려오고 있었다.

여포는 도저히 당해내지 못하리라 짐작하고, 군사를 이끌고 동쪽으로 달아나기 시작했다. 조조의 군사가 맹렬하게 뒤를 쫓는다. 여포 진영의 사람과 말이 모두 지쳐 있는데, 산모퉁이에서 또다시 한떼의 군사가 달려나와 앞을 가로막았다. 한 장수가 말을 세우며 칼을 비껴들고 큰소리로 외친다.

"여포는 도망치지 말라. 관운장이 여기 있다!"

여포가 황망히 나서서 싸우는데 등 뒤에서는 또 장비가 벼락치듯 소리를 지르며 쫓아온다. 여포는 더이상 싸울 엄두를 내지 못하고 진궁과 함께 죽기로써 혈로를 뚫고 하비성으로 달아났다. 가까스로 하비성에 다다르자, 후성이 군사를 이끌고 나와 여포를 맞아들였다.

한바탕 싸움이 끝났다. 관우와 장비는 서로 얼싸안고 눈물을 흘리며 그동안 지내온 일을 이야기하느라 여념이 없었다. 관우가 말한다.

"나는 해주 가는 길목에 진을 치고 있다가 소식을 듣고 부리나케 오는 길이다."

"저는 망탕산에 들어가 있다가 답답해서 나왔는데, 이렇게 형님을 만났지 뭐요."

관우와 장비는 군사를 이끌고 조조의 군중에 있는 현덕을 찾아가 울며 절하였다. 현덕 역시 기쁨과 슬픔이 한데 어우러져 눈물이 솟구친다. 현덕은 조조에게 두 사람을 데려가 인사시킨 뒤 함께 조조를 따라 서주성으로 들어갔다.

미축이 일행을 맞이하러 나와 가족이 모두 무사하다고 전하니, 현덕은 비로소 시름을 놓고 기뻐했다. 진규와 진등 부자도 조조에게 와서 절하며 뵈었다. 조조는 큰 잔치를 베풀어 수하의 여러 장수들을 위로했다. 조조가 중앙에 앉고 진규는 왼쪽에, 현덕은 오른쪽에 앉고, 나머지 장수들도 서열에 따라 차례로 앉았다. 잔치가 끝난 뒤에 조조는 진규 부자의 공로를 가상히 여겨, 10개 현에서 도조(稻租)를 받게 하고, 다시 진등을 복파장군(伏波將軍)에 봉했다.

서주를 손에 넣은 조조는 매우 흡족해하며 다시 사람들을 불러 하비성 칠 계획을 의논했다. 정욱이 나서서 말한다.

"이제 여포에게 남아 있는 것은 하비성뿐입니다. 지금 우리가 너무 심하게 몰아치면 여포는 죽기로 싸우고, 반드시 원술에게 가서 붙을 것입니다. 만일 여포와 원술이 손을 잡는다면 그 형세는 참으로 만만치 않겠지요. 그러니 유능한 사람을 보내 회남으로 가는 길목을 지키도록 하여 안으로는 여포를 막고, 밖으로는 원술에 대비하는 게 좋을 듯하옵니다. 그뿐 아니라 지금 산동에는 여포 수하에 있던 장패와 손관의 무리가 아직도 항복하지 않고 있으니, 그들 또한 소홀히 해서는 안됩니다."

조조는 현덕을 돌아보며 말한다.

"산동의 여러 고을은 내가 맡을 테니, 회남으로 가는 길목은 유현덕께서 맡아주기 바라오."

"승상의 분부를 어찌 마다하리까."

현덕은 기꺼이 그 뜻을 받아들였다. 다음 날 현덕은 미축과 간옹을 서주에 남겨두고, 손건과 관우·장비와 함께 군사를 이끌고 회남으로 가는 길목을 지키러 떠났다. 조조도 대군을 이끌고 하비성을 치기 위해 길을 나섰다.

한편 하비성에 머물게 된 여포는 넉넉한 양식과 사수(泗水)에 힘입은 지리적 이점만 믿고 편안한 나날을 보내고 있었다. 어느날 신궁이 말한다.

"조조의 군사가 이쪽으로 오고 있다 합니다. 저들이 영채를 세워 자리를 잡기 전에 우리 쪽에서 먼저 공격하면 반드시 승리를 얻을 것입니다."

여포가 대답한다.

"그동안 여러차례 패했거늘 어찌 경망스럽게 나가겠는가. 그들이 공격해오기를 기다렸다가 모조리 사수의 물귀신으로 만들어버릴 참이다."

그로부터 며칠 뒤 조조가 와서 영채를 세운 다음, 수하장졸들을 거느리고 성 아래 이르러 큰소리로 외쳤다.

"여포는 내 말을 들거라!"

여포가 성 위에 올랐다. 조조가 여포를 향해 말한다.

"듣자니 봉선이 또 원술과 사돈을 맺으려 한다기에 군사를 거느리고 이곳까지 왔소. 원술로 말하자면 조정에 반역한 대역죄인이고, 그대는 동탁을 토벌하여 얻은 공로가 있는 터에, 어찌하여 전공(前功)을 버리고 역적을 좇는단 말이오. 만약 성이 무너지고 나면 뉘우쳐도 어쩔 수 없는 일, 지금이라도 투항하여 한나라 황실을 돕는다면 봉후(封侯)의 지위를 잃지 않을 것이오."

여포는 마음이 흔들린다.

"승상께서 잠시 물러나 계시면 의논하여 회답하리다."

바로 그때였다.

"네 이놈, 간사한 역적 조조야!"

여포 곁에 있던 진궁이 큰소리로 외치며 어느 틈에 화살을 쏘아 조조의 일산(日傘)을 맞혔다.

"내 맹세코 너를 죽이고야 말겠다."

조조는 노기등등하여 이렇게 외치고는 마침내 하비성을 공격하기 시작했다. 진궁이 여포에게 말한다.

"조조의 군사는 먼 길을 오느라 지쳐 있어 오래 지탱하기 어려울 것입니다. 장군께서는 보병과 기병을 거느리고 성밖에 영채를 세우십시오. 저는 나머지 군사를 데리고 성을 지키겠습니다. 만약 조조가 장군을 공격해오면 제가 군사를 이끌고 나가서 그 배후를 칠 것이고, 반대로 조조의 군사가 성을 공격해오면 장군께서 그 뒤를 치십시오. 열흘도 못 가서 조조의 군중에 양식이 떨어질 것이니, 그때를 기다려 휘몰아친다면 단번에 깨뜨릴 수 있습니다. 이것이 이른바 기각지세(掎角之勢)입니다."

"좋은 계략이다."

여포는 곧 부중으로 돌아와 싸움에 필요한 군비를 수습했다. 때마침 겨울이라 종자에게 분부하여 솜옷을 많이 내오게 하니, 그의 아내 엄씨가 나와서 묻는다.

"장군께서는 어딜 가시려 하십니까?"

여포가 진궁의 계략을 자세히 설명하자 엄씨가 말한다.

"장군께서 성을 남에게 맡기고 처자도 버리고 멀리 나갔다가 만에 하나 변고라도 생기면 제가 어찌 장군을 다시 모실 수 있겠나요?"

여포가 주저하며 결단을 내리지 못하고 사흘 동안 집에서 나오지 않았다. 진궁이 들어가 아뢴다.

"조조가 성을 포위하고 있습니다. 속히 나가지 않으면 반드시 곤궁한 지경에 처할 것입니다."

여포가 말한다.

"가만히 생각해보니, 성을 두고 멀리 나가는 게 굳게 지키고 있느니만 못할 것 같다."

진궁이 다시 권한다.

"요즘 들으니 조조의 군중에 양식이 부족하여 조조가 허도로 사람을 보냈다 하더이다. 일간 군량이 수송되어올 모양인데 장군께서는 정병을 거느리고 나가서 곡식이 오는 길을 끊어놓아야 합니다. 절호의 기회입니다."

여포가 듣고 보니 진궁의 말이 옳게 여겨졌다. 그는 안으로 들어가 떠날 채비를 하며 엄씨에게 정황을 설명했다. 엄씨가 다시 울면서 말한다.

"장군께서 만약 이대로 나가신다면 진궁과 고순이 무슨 수로 이 성을 온전히 지키겠습니까? 만약에 실수라도 하는 날에는 그때 가서 후회한들 무슨 소용이리까. 지난날 장안에 머물 때에도 장군께서는 첩을 버리고 떠난 적이 있었지요. 다행히 방서(龐舒)의 도움으로 간신히 장군을 다시 만나 이렇듯 모시게 되었는데, 또다시 첩을 버리고 가시겠다니 참으로 야속합니다. 장군은 앞길이 만리 같은 분이시니, 제가 그 길을 막을 수야 없겠지요. 소첩은 앞으로 어찌 되든 상관 말고 장군께서는 어서 가십시오."

엄씨는 말을 마치자마자 통곡을 터뜨린다. 여포는 마음이 착잡하여 좀처럼 결단을 내리지 못한 채 이번에는 초선을 찾았다. 그러나 초선 또한 그를 붙잡는다.

"장군께서는 저를 지켜주십시오. 부디 장군의 몸을 가벼이 움직이지 마소서."

"너무 염려 말아라. 설사 조조가 성을 포위했다 해도 내게는 화극과 적토마가 있는데 누가 감히 나를 범하겠느냐?"

여포는 초선을 위로하고 밖으로 나와 진궁에게 말한다.

"허도에서 군량이 온다는 것은 속임수이다. 조조는 워낙에 계략이 많으니 섣불리 움직일 수 없다."

진궁이 밖으로 물러나와 하늘을 우러르며 탄식한다.

"이제 우리는 죽어도 묻힐 땅조차 없겠구나!"

여포는 이때부터 하루 종일 엄씨와 초선과 함께 술로써 답답한 심사를 달래려 했다. 한창 술을 마시는데, 여포의 모사 허사(許汜)와 왕해(王楷)가 들어와 여포에게 묘책을 말한다.

"지금 원술은 회남에서 크게 기세를 떨치고 있습니다. 장군께서는 예전에 원술과 사돈을 맺기로 한 일도 있는데, 어찌하여 그에게 구원을 청하지 않으십니까? 원술의 군사와 안팎으로 협공하면 조조의 군사를 쳐부수기란 그리 어렵지 않습니다."

여포는 그들의 계책에 따르기로 했다. 그날로 서신을 써서 두 사람에게 주어 떠나게 하는데, 허사가 말한다.

"지금 성이 포위되어 있으니 우선 길을 터주셔야겠습니다."

여포는 장요와 학맹에게 군사 1천명을 주어 두 사람이 적진을 뚫고 나갈 수 있도록 호위하게 했다. 그날밤 2경 무렵, 장요가 앞장을 서고 학맹은 뒤쪽을 지키며 허사와 왕해를 호위해 일제히 하비성을 빠져나갔다. 한참을 달려 어느덧 현덕의 영채를 지나서 뒤를 쫓던 몇몇 적장들을 물리치고 애구(隘口, 좁고 험한 길목)를 벗어났다. 학맹은 군사 5백명을 거느리고 그대로 허사와 왕해를 따라가고, 장요는 나머지 군사를 이끌고 성으로 돌아왔다. 얼마 후 다시 애구에 다다른 장요는 한떼의 군사를 거느린 관운장과 정면으로 맞닥뜨리고 말았다. 그러나 싸움이 벌어지기 전에 고순이 군사를 거느리고 성에서 달려나와 위험에 처한 장요를 도와 성내로 들어갈 수 있었다.

한편, 허사와 왕해는 무사히 수춘에 당도했다. 허사와 왕해가 원술에게 여포의 서신을 바치니, 원술이 노기띤 어조로 말한다.

"지난날 봉선은 나의 사신을 죽이고 혼인을 거절하더니, 이제 와서 새삼스럽게 제 편에서 청하는 것은 어찌 된 까닭인가?"

허사가 아뢴다.

"지난 일은 모두가 조조의 간계로 말미암아 그리된 것이니 명공은 굽어살피소서."

원술이 말한다.

"너희 주인이 지금 조조의 핍박을 받아 곤경에 처하지 않았다면 어찌 제 딸을 내게 보내려 하겠느냐!"

이번에는 왕해가 말한다.

"이제 명공께서 저희를 돕지 않으시면 해를 입으시게 될지도 모를 일입니다. 입술이 상하면 이도 시리게(脣亡齒寒) 마련이라, 조조를 치는 일이 오히려 명공께도 이로울 것이옵니다."

원술이 잠시 생각해보더니 마침내 말한다.

"봉선이 이리 붙었다 저리 붙었다 하여 믿을 수 없으니, 먼저 딸을 내게 보내주면 그때 군사를 내주겠다."

두 사람은 마침내 원술에게 하직을 고하고, 학맹과 함께 수춘성을 떠나 애구까지 무사히 왔다. 하지만 다시 유현덕의 영채를 지날 일이 걱정이었다. 허사가 말한다.

"아무래도 낮에는 움직이기 어려울 것 같소. 한밤중에 우리 두 사람이 먼저 갈 터이니, 학장군께서 뒤를 맡아주시오."

약속한 대로 날이 어둡기를 기다려 학맹을 남겨둔 채 허사와 왕해가 먼저 길을 떠났다. 학맹이 잠시 기다렸다가 군사 5백명과 함께 조심스레 뒤를 따르는데, 문득 장비가 벼락같이 호통을 치며 가로막는다. 학맹이 맞서 싸웠으나 단 1합에 그만 장비에게 사로잡히고, 5백명의 군사는 뿔뿔이 흩어져 달아나버렸다. 장비가 학맹을 끌고 현덕에게 가자, 현덕은 다시 그를 조조 앞으로 끌고 갔다. 학맹은 여포가 원술에게 구원을 청하기 위해 사돈을 맺기로 한 일을 낱낱이 고하였다. 조조는 대로하여 학맹의 머리를 베고 나서 각 영채에 이른다.

"모든 영채에서는 물샐틈없이 방비하도록 하라. 만에 하나 여포나 그의 군사를 단 한명이라도 놓치는 자가 있으면 군법에 따라 처단하겠다."

각 영채의 군사들은 모두 추상같은 영을 듣고 바짝 긴장했다. 현덕은 영채로 돌아와 급히 관우와 장비에게 다짐을 준다.

"우리가 바로 회남의 요충지를 맡고 있으니, 두 아우는 각별히 조심하여 조공의 군령을 어기지 않도록 하여라."

장비가 투덜거린다.

"이 아우가 적장을 사로잡아 적의 기밀을 알게 해줬는데 조조는 상은커녕 군령이니 군법이니 하며 도리어 호통만 치니 대체 이게 무슨 경우요?"

유현덕이 타이른다.

"그렇게 말할 게 아니다. 조조는 많은 군사를 통솔하고 있는데 군령이 아니고는 어떻게 군사를 복종시키겠느냐? 그리 알고 군령을 어기지 않도록 해라."

관우와 장비는 순순히 응낙하고 물러갔다.

한편 하비성으로 돌아온 허사와 왕해는 여포를 만나 원술의 말을 그대로 전했다.

"먼저 따님을 보내주셔야만 군사를 내주겠다 합니다."

"그러니 어떤 방법으로 보내면 좋겠나?"

여포가 묻자 허사가 대답한다.

"학맹이 붙잡혔으니 지금쯤 조조가 내막을 죄다 알고 미리 방비하고 있을 것입니다. 장군께서 몸소 나서서 신부를 호송한다면 모를까, 다른 사람이야 무슨 수로 철통같은 경비를 뚫고 나가겠습니까?"

여포가 말한다.

"그렇다면 당장 오늘밤에라도 서두르는 게 어떻겠나?"

"오늘은 흉살이 있는 날이라 안됩니다. 내일이 대길하니, 기다렸다가 내일 밤 술시(戌時, 밤 8시)나 해시(亥時, 밤 10시)에 보내도록 하십시오."

여포는 곧 장요와 고순을 불러 영을 내린다.

"그대들은 군사 3천을 인솔하고 신부가 타고 갈 수레 한채를 준비하라. 내가 직접 2백리 밖까지 호송하리라. 거기서부터는 그대들이 회남까지 호송토록 하라."

다음 날 밤 2경 무렵이다. 여포는 딸에게 솜옷을 두둑이 입히고 다시 그 위에 갑옷을 입힌 다음 자신의 등에 업고 적토마 위에 오르더니 방천화극을 거머쥔 채 성밖으로 내달았다. 장요와 고순이 3천 군마를 이끌고 그 뒤를 따랐다. 현덕의 영채 앞에 이르렀을 때다. 갑자기 북소리가 크게 울리더니, 관우와 장비가 군사를 몰고 나와 길을 가로막으며 큰소리로 외친다.

"꼼짝 마라!"

여포는 전혀 싸울 뜻이 없는지라 이리저리 길을 뚫고 나가려 애를 썼다. 그런데 다시 현덕이 한무리의 군사를 거느리고 달려나와 그를 공격한다. 양쪽 군사간에 일대접전이 벌어졌다. 아무리 여포기 용맹하다 해도 딸을 등에 들쳐업고 있는데다 혹여 딸이 다칠까 두려워 마음놓고 싸울 수도 없다. 그때 다시 뒤쪽에서 조조의 장수 서황과 허저가 군사를 몰고 쳐들어오며 소리친다.

"여포를 놓치지 마라!"

여포는 도저히 뚫고 나갈 수 없음을 깨닫고 급히 말머리를 돌려 다시 성으로 들어가버렸다. 그제야 현덕은 관우·장비와 더불어 군사를 수습하고, 서황의 무리도 각기 영채로 돌아갔다. 결국 여포의 군사는 한명도 성을 빠져나가지 못했다. 성으로 돌아온 여포는 답답한 마음에 술로 나날을 보냈다.

조조는 벌써 두달이 넘도록 하비성을 공격했으나 함락시키지 못하였다. 어느날 정탐꾼이 와서 고한다.

"하내(河內) 태수 장양이 군사를 동시(東市)에 출동시켜 여포를 구하러 오려다가 그의 부장 양추(楊丑)의 손에 죽고 말았습니다. 양추는 장양의 수급을 들고 승상께 바치러 오는 중에 다시 장양의 심복 장수인 휴고(睢固)의 손에 죽었사온데, 휴고는 장양의 수하군 졸을 거느리고 견성(犬城)으로 갔다 합니다."

조조는 보고를 받자마자 사환(史渙)을 시켜서 휴고를 쫓아가 죽이라 명하였다. 그리고 장수들을 모아놓고 상의한다.

"장양이 다행히 자멸했지만 아직도 북쪽으로는 원소가, 동쪽으로는 유표와 장수가 도사리고 있소. 게다가 이곳 하비성도 두달 넘게 공격하고 있지만 함락시키지 못하고 있소. 이대로 여포를 버려두고 환도하여 잠시 싸움을 쉴까 하는데 공들의 생각은 어떻소?"

순유가 급히 말린다.

"천만부당하신 말씀입니다. 여포는 번번이 패하여 이미 예기가 꺾였습니다. 장수의 기세가 꺾이면 군사들도 싸울 마음이 없는 법이외다. 진궁이 비록 꾀가 있다고는 하나 이제 와서 제가 무얼 어떻게 하겠습니까? 여포가 기운을 차리지 못했고 진궁도 미처 계략을 세우지 못했으니, 이때를 놓치지 않고 속히 치신다면 여포를 사로잡을 수 있을 것입니다."

이때 곽가가 나서서 조용히 말한다.

"제게 하비성을 함락시킬 계책이 있사온데, 아마도 군사 20만명을 쓰는 것보다도 나을 겝니다."

순욱이 말한다.

"기수와 사수의 물길을 터놓자는 것 아니오?"

곽가가 웃으며 대답한다.

"바로 그것이외다!"

조조는 크게 기뻐하며 즉시 각 영채에 영을 내렸다. 군사들은 모두 몰려나와 기수와 사수 두 강의 둑을 끊고, 물줄기를 하비성으로 돌려놓았다. 조조의 군사들은 높은 언덕에 자리 잡고 앉아 하비성이 물에 잠기는 것을 구경했다. 물줄기가 급하고 험한 까닭에 하룻밤 사이에 동문을 제외한 나머지 문들 쪽은 모두 물바다가 되었다. 군사들이 크게 놀라 여포에게 급히 알렸다. 여포가 말한다.

"나의 적토마는 물도 평지처럼 건너는데 두려울 게 뭐가 있겠느냐?"

여포는 날마다 엄씨와 초선과 더불어 술로 세월을 보내던 터라, 마침내 주색으로 몸이 상해 몰골이 말이 아니었다. 그러다가 하루는 우연히 거울에 비친 자신의 모습을 보고 깜짝 놀랐다.

'내가 너무 주색에 빠져 지냈구나. 오늘부터 끊으리라.'

그는 곧 성안 사람들에게 영을 내렸다.

"앞으로 술을 마시는 자가 있으면 누구든 목을 벨 것이다."

여포가 금주령(禁酒令)을 내린 직후, 수하장수 후성에게 공교로운 일이 있었다. 본래 후성에게는 말 15필이 있었는데, 말을 먹이는 자가 몰래 훔쳐다가 현덕에게 바치려 했다. 후성이 이를 알아차리고 급히 추격하여 마침내 도적을 죽이고 말을 되찾았다. 그러자 장수들이 찾아와서 후성을 치하했다.

마침 후성에게는 담가둔 술 대여섯말이 있어 치하에 답하기도 할 겸 장수들과 더불어 마시고 싶은 생각이 들었다. 그러나 며칠 전에 내린 여포의 금주령 때문에 불안하여, 생각 끝에 술 다섯병을 들고 부중으로 가서 여포에게 고했다.

"장군의 위엄에 힘입어 잃었던 말을 모두 되찾았습니다. 여러 장수들이 와서 치하하기에 담가두었던 술이나 나누고자 하는데, 감히 저희만 마실 수 없어 먼저 장군께 바치려 합니다."

여포가 불같이 화를 낸다.

"내 이미 술을 금했거늘, 너희가 도리어 여럿이 모여 술을 마시려 했단 말이냐? 그래 모두들 함께 모여 나를 거꾸러뜨리려 작당을 한 게로구나!"

그러고는 곧 후성을 문밖으로 끌어내다 목을 베라 명했다. 송헌과 위속 등 여러 장수가 여포에게 달려와 애걸했다. 여포는 다소 누그러져서 말했다.

"후성이 내 명을 어겼으므로 마땅히 참수할 것이나, 여러 장수들의 얼굴을 봐서 곤장 1백대로 대신하겠다."

여러 사람들이 다시 입이 아프게 애걸했다. 여포는 못이기는 체 곤장 50대로 감해주었다. 이 조처에 모든 장수들은 기가 죽었다. 송헌과 위속이 위로하러 후성을 찾아왔다. 후성이 울며 두 사람의 손을 잡고 하소연한다.

"공들이 아니었더라면 이 사람은 송장이 되고 말았을 게요."

송헌이 말한다.

"여포는 자기 처자만 알았지, 우리들은 초개처럼 여기고 있소."

위속도 한마디 한다.

"조조의 군사가 성을 철통같이 포위하고 강물은 성을 삼킬 듯하니 우리도 언제 죽을지 기약이 없구려."

송헌이 다시 말한다

"여포는 어질지도 못하고 의리도 없으니, 그를 버리고 우리 함께 달아나는 게 어떻겠소?"

위속이 고개를 저으며 말한다

"달아나는 건 대장부가 할 일이 아니오. 그러느니 차라리 여포를 잡아다 조공에게 바치는 게 어떻겠소?"

후성이 나선다.

"나는 이번에 잃었던 말을 되찾았다가 이렇듯 형벌을 받았소만, 여포가 평소에 믿는 것은 적토마뿐이니, 두분이 여포를 사로잡고 성문을 열어 항복할 의향이 있다면 내가 먼저 적토마를 훔쳐내어 조공을 만나보겠소."

세 사람이 의논하여 서로 할 일을 정했다. 그날밤, 후성은 살며시 마원(馬院)에 들어가서 적토마를 끌어내 타고 동문으로 달려갔다. 위속이 지키고 있다가 즉시 문을 통과시킨 다음 짐짓 뒤를 쫓는 체하다가 들어와버렸다. 후성은 조조의 영채를 찾아가서 적토마를 바치며 고했다.

"송헌과 위속 두 장수가 백기를 꽂아 성문을 열기로 했습니다."

조조는 곧 방문 수십장을 써서 화살에 꽂아 하나씩 하비성 안으로 쏘아보내게 했다. 그 방문에는 이렇게 씌어 있었다.

대장군 조조는 황제의 칙명을 받들어 여포를 정벌하러 출병했다. 만약 대군에 항거하는 자가 있으면 성을 함락하는 날 온 집안이 주륙(誅戮, 죄를 물어 죽임)을 면치 못할 것이고, 위로는 장교에서부터 아래로는 백성에 이르기까지 능히 여포를 사로잡아 바치거나 또는 그 수급을 바치는 자가 있으면 벼슬과 상을 후히 내리리라. 이제 방을 내어 모두에게 알리는 바이다.

이튿날 새벽, 성밖에서 천지를 울리는 함성이 들려왔다. 여포는 소스라쳐 놀라 화극을 들고 성에 오르더니 각 문을 점검했다. 그러고는 위속을 불러 후성을 놓쳐 적토마를 잃은 죄를 다스리려 했다. 그때 조조의 군사는 성밖에서 성 위에 꽂혀 있는 백기를 보고 더욱 크게 함성을 지르며 맹렬하게 성을 공격해왔다. 여포는 몸소 군사를 지휘해 공격해오는 적을 막으며 싸웠다. 전투는 새벽부터 한낮까지 계속되었다.

조조의 군사가 잠시 공격을 늦추었다. 여포는 문루 위에 앉아 곤한 몸을 쉬다가 저도 모르게 의자에 기대앉은 채 잠이 들고 말았다. 기회를 노리고 있던 송헌은 좌우 사람들을 물린 뒤, 여포의 곁에 세워진 방천화극부터 집어들었다. 그리고 위속과 함께 재빨리 미리 준비해둔 밧줄로 여포의 온몸을 단단히 결박했다. 곤히 자다가 깜짝 놀라 일어난 여포는 몸부림치며 사람들을 불렀다. 그러나 달려오던 군사들은 모두 송헌과 위속의 손에 죽고 말았다. 송헌과 위속이 꽂아놓은 백기를 들어 흔들자, 조조의 군사들은 일제히 성 아래로 몰려들었다. 위속이 큰소리로 외친다.

"여포를 사로잡았다!"

그러나 성문 앞에 선 하후연은 좀처럼 믿지 못했다. 그 순간 송헌이 성 위에서 여포의 방천화극을 밖으로 떨어뜨리고 성문을 열어젖혔다. 그제야 조조의 군사들은 아우성치며 성내로 몰려들어왔다. 고순과 장요는 서문을 지키고 있다가 물길에 막혀 달아나지 못하여 사로잡히고, 진궁은 말을 달려 남문으로 달아나려다 서황에게 잡히고 말았다.

조조는 성내에 들어서자 우선 디놓있던 강물을 막고 방을 붙여 백성들을 안심시켰다. 조조가 유현덕과 함께 백문루(白門樓, 하비성 동쪽 문루) 위에 올라가 앉으니, 관우와 장비가 양쪽에 호위해 섰다. 포로 1천여명이 차례로 끌려왔다. 제아무리 용맹하기로 소문난 여포라 해도 밧줄에 꽁꽁 묶이고 보니 어쩔 도리가 없었다. 여포가 끌려나오며 소리친다.

"갑갑해서 숨도 못 쉬겠소. 좀 늦추어주시오."

조조가 대답한다.

"호랑이를 어찌 허술하게 묶을 수 있겠느냐?"

여포는 후성·위속·송헌 등이 서 있는 것을 보고 한마디 던진다.

"내 너희를 과히 박대하지 않았는데, 어찌하여 날 배반했느냐?"

송헌이 대답한다.

"너는 처첩의 말만 듣고 우리 장수들의 계책을 듣지 않았다. 그

지쳐 깜박 잠든 여포가 부하들의 손에 결박당하다

러고도 박대하지 않았다는 것이냐?"

그 말에 여포는 말문이 막힌 듯 입을 다물었다. 이때 여러 군사들이 고순을 결박하여 데려왔다. 조조가 묻는다.

"네 할 말이 있느냐?"

고순은 입을 봉하고 대답하지 않는다. 조조가 노하여 꾸짖는다.

"저놈을 끌고 가서 목을 베어라!"

고순이 끌려나가고, 이번에는 서황이 진궁을 끌고 들어온다. 조조가 묻는다.

"공대(公臺, 진궁의 자)는 그간 별고 없었는가?"

진궁은 얼굴빛 하나 변하지 않고 대답한다.

"내가 너를 버린 것은 네 마음이 바르지 않기 때문이었다."

"내가 바르지 못하다고 하면서 너는 어찌하여 여포 같은 자를 섬겼단 말이냐?"

"여포는 비록 지혜는 없으나 너처럼 간사하고 음험하지는 않다."

"너는 스스로 지혜가 많다 자랑했거늘, 그래 어찌하다 오늘 일이 이렇게 되었느냐?"

진궁은 곁에 서 있는 여포를 돌아보고 한마디 한다.

"이 사람이 내 말을 듣지 않았기 때문이다. 만약 내 말대로만 했더라면 이리 되지는 않았을 게다."

조조가 다시 묻는다.

"이제 어찌했으면 좋겠느냐?"

진궁이 소리 높여 대답한다.

"나는 기꺼이 죽음을 맞이할 것이다!"

"네가 죽는다면 너의 노모와 처자는 어찌하려느냐?"

진궁이 태연하게 대답한다.

"내 들으니, 효로써 천하를 다스리는 자는 남의 부모를 해치지 않으며, 어진 덕으로써 천하를 다스리는 자는 남의 후사를 끊지 않는다 했다. 내 노모와 처자의 목숨 또한 그대의 손에 달렸을 뿐이다. 나는 이미 사로잡힌 몸이니 오직 죽기를 청할 뿐, 아무 미련도 없다."

조조는 불현듯 진궁이 아까운 생각이 들었다. 진궁은 당당하게 문루 아래로 뚜벅뚜벅 걸어내려간다. 좌우 장수들이 조조의 뜻을 헤아려 만류했으나 진궁은 그대로 성루 아래로 내려간다. 조조가 저도 모르게 몸을 일으켜 울며 보내는데, 진궁은 끝끝내 뒤를 돌아보지 않았다. 조조는 부하들에게 분부했다.

"공대의 노모와 처자를 허도로 모셔다 편히 살게 하여라. 만일 소홀히 하는 자가 있으면 목을 베리라."

진궁은 진정 어린 조조의 말을 듣고서도 아무 말 없이 목을 늘여 형을 받았다. 모든 사람들이 울며 그의 죽음을 안타까워했다. 조조는 관을 갖추어 예로써 그를 허도에 장사 지내주었다.

후세 사람이 시를 지어 진궁의 장렬한 최후를 애도했다.

생사에 당해서 두 뜻이 없었더라   生死無二志

장부여, 어찌 그다지도 장렬한가	丈夫何壯哉
금석 같은 그의 충고를 외면하여	不從金石論
동량의 재목을 헛되이 잃었구나	空負棟樑材
진실로 공경하며 주인을 위하더니	輔主眞堪敬
늙으신 모친 두고 떠나는 애달픈 모습	辭親實可哀
백문에서 죽는 날에	白門身死日
공대와 같은 인물 어디에 있으랴	誰肯似公臺

조조가 진궁을 배웅하느라 문루에서 내려서 있는데, 여포가 유현덕에게 밀한다.

"오늘날 공은 상객이 되어 높이 앉았고 이몸은 죄수가 되어 계단 아래 있거늘, 어찌하여 나를 위해 한마디도 말해주지 않는 거요?"

유현덕이 말없이 고개를 끄덕이는데 조조가 다시 문루 위로 올라온다. 조조가 자리에 미처 앉기도 전에 여포가 소리 높여 말한다.

"명공이 이제껏 근심한 것은 바로 이 여포였소. 이제 내가 항복했으니, 공은 대장이 되고 이몸이 부장이 되면 천하를 평정하기가 어렵지 않을 거외다."

조조가 현덕을 돌아보며 묻는다.

"여포의 뜻을 어찌 생각하오?"

유현덕이 대답한다.

"공께서는 정건양(丁建陽)과 동탁의 일을 보지 못하셨소?"

여포가 유현덕을 노려보며 말한다.

"참으로 신의 없는 놈이로구나!"

조조는 마침내 좌우를 돌아보며 명한다.

"여포를 끌어내 목을 베어라!"

여포는 끌려내려가며 현덕을 향해 소리친다.

"이놈, 귀 큰 놈아! 내가 원문 아래 화극을 세우고 활을 쏘아 너를 구해준 일을 잊었느냐?"

문득 한 사람의 외침소리가 들려왔다.

"이 변변치 못한 놈아, 어차피 죽을 바에야 사내답게 죽지 못하고 그 무슨 추태냐?"

사람들이 소리 나는 곳을 바라보니, 장요가 도부수에게 끌려들어오고 있었다. 조조는 여포를 끌어내 목을 벤 다음 저자에다 내걸었다.

후세 사람이 시를 지어 여포의 어리석음을 탄식했다.

도도히 넘치는 홍수에 하비성이 잠기던 날	洪水滔滔淹下邳
여포는 붙잡혀 포로가 되었으니	當年呂布受擒時
하루 천리를 달리던 적토마만 남았구나	空餘赤兔馬千里
한자루 방천화극은 무엇하랴	漫有方天戟一枝
묶인 범 풀어주길 바라다니 비겁한 소리	縛虎望寬今太懦
매는 배불리 먹이지 않는다는 옛말이 틀림없다	養鷹休飽昔無疑
아내 생각에 진궁의 간언 외면하더니	戀妻不納陳宮諫
'은혜 모르는 귀 큰 놈'이라 남을 욕하다니	枉罵無恩大耳兒

또 현덕을 논한 시가 있으니, 그 시는 이러하다.

사람 다치는 주린 범의 결박 늦추지 않는 건 　　傷人餓虎縛休寬

동탁 정원이 흘린 피 아직 마르지 않은 까닭 　　董卓丁原血未乾

유현덕, 여포의 심보를 이미 알거늘 　　玄德旣知能啖父

어찌 남겨두었다가 조조를 해치게 하지 않았던가 　爭如留取害曹瞞

무사들이 장요를 조조 앞으로 끌고 왔다. 조조가 장요를 가리키며 묻는나.

"이자는 무척 낯이 익은데!"

장요가 말한다.

"복양성(濮陽城) 안에서 만난 일이 있는데 그새 잊었더냐?"

조조가 웃으며 말한다.

"그래, 너도 그 일을 기억하고 있구나!"

장요가 탄식한다.

"아아, 분할 뿐이로다!"

"무엇이 분하다고 그러느냐?"

"그날 복양성의 불이 맹렬하지 못하여 너 같은 나라의 도적을 태워 죽이지 못한 것이 한스럽다!"

조조는 화가 치밀었다.

"패장이 감히 나를 욕하느냐?"

520

조조가 칼을 뽑아들고 장요를 죽이려 하자 장요는 두려워하는 빛 없이 목을 내밀었다. 이때 한 사람이 뒤에서 조조의 팔을 잡고 말리며, 또 한 사람은 조조 앞에 무릎을 꿇고 간청한다.

목숨 구걸하는 여포는 구해주는 이 없더니　　　　乞哀呂布無人救
꾸짖는 장요는 도리어 살아날 길이 있었네　　　　罵賊張遼反得生

　　장요를 구하려는 자들은 누구일까?

20

옥대 속에 숨긴 황제의 밀서

조조는 허전에서 사냥을 하고
동승은 내각에서 조서를 받다

조조가 장요를 쳐죽이려 하는데 조조의 뒤에서 팔을 붙잡은 것은 현덕이요, 무릎을 꿇고 간청한 것은 관우였다. 유현덕이 말한다.

"이렇게 마음이 곧은 인물은 마땅히 살려두었다가 써야 합니다."

관운장도 간청한다.

"나는 일찍부터 문원이 충의지사임을 익히 들어 알고 있던 터입니다. 부디 그를 살려주십시오."

조조는 기다렸다는 듯 얼른 칼을 내던지며 말한다.

"나 역시 장요가 의리 있는 인물이라는 걸 알고 있소. 그저 짐짓 희롱한 것이오."

그러고는 손수 결박을 풀어주고 자기의 옷을 벗어서 입혀준 다음 장요를 끌어다가 상좌에 앉혔다. 장요는 조조의 그와 같은 후의에 감격하여 마침내 조조에게 항복했다. 조조는 장요를 중랑장에 임명하고 관내후(關內侯)로 봉한 다음, 장패를 회유하게 했다. 장패는 여포가 이미 죽은데다 장요 또한 항복했다는 말을 듣고 스스로 군사를 이끌고 와서 항복했다. 조조는 장패에게 후한 상을 내린 뒤에, 이번에는 그로 하여금 손관·오돈·윤례 등을 회유하게 했다. 그러나 창희만은 끝내 귀순하지 않았다. 조조는 장패를 낭야상(琅琊相)에 임명하고 손관 등 모두의 벼슬을 높여준 뒤, 청주와 서주 연해를 지키게 했다. 또한 여포의 처자를 허도로 보내고, 모든 군사들에게 상을 내려 수고를 치하했다.

조조가 영채를 거두어 군사를 거느리고 허도로 돌아가는 길이었다. 막 서주를 지나는데 백성들이 모두 거리로 몰려나와 분향하고 절을 올리며 간절히 유현덕을 청한다.

"유사군(劉使君) 나으리를 서주 목사로 두시어 이 고을을 다스리게 하소서."

조조가 이른다.

"유사군은 공적이 워낙 크니, 우선 허도로 올라가 황제를 뵙고 작위를 받은 다음에 다시 돌아와도 늦지 않을 것이니라."

그 말에 백성들은 더욱 깊숙이 머리를 조아렸다. 조조는 거기장군 차주(車冑)에게 서주를 임시로 다스리도록 명하고 허도에 도착해서는 출정했던 군사들에게 공로에 따라 각기 상을 내렸다. 유현덕은 특별히 승상부 왼쪽 가까이 있는 저택에 머물게 했다.

이튿날 헌제가 조회를 열었다. 조조는 표문을 올려 현덕의 공로를 아뢰고 나서 현덕을 데리고 들어가 황제를 뵙게 했다. 유현덕이 조복(朝服)을 갖추어입고 어전의 붉은 계단 아래서 배알하니, 헌제는 유현덕을 전각 위로 오르게 한 뒤 묻는다.

"경의 조상이 누군고?"

유현덕이 아뢴다.

"신은 중산정왕(中山靖王)의 후손이며 효경황제(孝景皇帝) 폐하의 현손이옵니다. 그리고 할아비는 유웅(劉雄)이옵고, 아비는 유홍(劉弘)이옵니다."

황제는 종족세보(宗族世譜)를 가져오라 하여 종정경(宗正卿)에게 읽으라 명했다.

"효경황제께서 아드님을 열네분 두었으니, 일곱째 아드님이 바로 중산정왕 유승(劉勝)이라. 승은 육성정후(陸城亭侯) 유정(劉貞)을 낳고, 정은 패후(沛侯) 유앙(劉昻)을 낳고, 앙은 장후(漳侯) 유록(劉祿)을 낳고, 록은 기수후(沂水侯) 유련(劉戀)을 낳고, 련은 흠양후(欽陽侯) 유영(劉英)을 낳고, 영은 안국후(安國侯) 유건(劉建)을 낳고, 건은 광릉후(廣陵侯) 유애(劉哀)를 낳고, 애는 교수후(膠水侯) 유헌(劉憲)을 낳고, 헌은 조읍후(祖邑侯) 유서(劉舒)를 낳고, 서는 기양후(祁陽侯) 유의(劉誼)를 낳고, 의는 원택후(原澤侯) 유필(劉必)을 낳고, 필은 영천후(潁川侯) 유달(劉達)을 낳고, 달은 풍령후(豐靈侯) 유불의(劉不疑)를 낳고, 불의는 제천후(濟川侯) 유혜(劉惠)를 낳고, 혜는 동군(東郡) 범령(范令) 유웅(劉雄)을 낳고, 웅은 유홍(劉弘)을 낳고, 홍은 벼슬하지 않았으며, 유비는 바로 유홍의 아들이라."

헌제가 세보(世譜)로 따져보니, 현덕은 바로 황제에게 숙부뻘이 되었다. 헌제는 크게 기뻐하며 그를 편전(偏殿, 황제가 평소에 거처하는 궁전)으로 청해들이고 숙질간의 예를 베풀며 생각한다.

'조조가 대권을 손에 넣고 국사를 제 마음대로 하고 있는데 이렇듯 영웅다운 황숙을 얻었으니 참으로 짐에게 큰 힘이 되리로다.'

헌제는 유현덕을 좌장군(左將軍) 의성정후(宜城亭侯)로 봉하고 잔치를 베풀어 극진히 대접했다. 잔치가 끝난 뒤 유현덕은 사은하고 조정에서 물러나왔다. 이때부터 사람들은 유현덕을 가리켜 유황숙(劉皇叔)이라 불렀다.

조조가 부중으로 돌아가자 순욱 등 모사들이 들어와 말한다.

"황제께서 유비를 황숙으로 인정하셨으니 승상께는 별로 이로울 게 없을까 걱정입니다."

조조가 태연히 답한다.

"현덕이 비록 황숙이 되었다 해도 내가 황제의 칙명을 일컬어 명하면 복종하지 않을 수 없을 것이야. 더구나 현덕을 허도에 붙들어 놓으니 그가 명색은 황제 곁에 있지만 실은 내 손아귀 안에 있는 터에 두려워할 게 뭐 있는가? 내가 염려하는 것은 태위 양표(楊彪)다. 양표는 원술과 친척간이니 만약 그가 원술이나 원소와 내통이라도 하는 날이면 피해가 적지 않을 게야. 내 곧 그를 없애야겠다."

조조는 그날로 은밀히 사람을 보내, 양표가 원술과 내통한다고 무고한 표문을 올리게 했다. 그러고는 즉시 양표를 옥에다 가두고 만총(滿寵)에게 명하여 그 죄를 다스리게 했다. 이때 북해 태수 공융(孔融)이 허도에 머물러 있다가 이 소식을 듣고 깜짝 놀라 조조를 찾아와 간한다.

"양공은 4대를 내려오며 청렴하고 덕이 높기로 널리 알려진 사람입니다. 설사 원술과 내왕이 있다 하더라도 그것만으로 죄를 다스릴 수는 없습니다."

조조가 무심히 대답한다.

"조정에서 하는 일이니 나는 모르겠소."

공융이 나시 말한나.

"성왕(成王)이 소공(召公)을 죽였다고, 주공의 입장에서 모르는 일이라 발뺌할 수 있겠소이까?"

공융의 이 물음에 조조도 양표의 관직을 빼앗아 향리로 돌아가게 했을 뿐, 그 이상 형벌을 내리지는 못하였다.

의랑(議郞) 조언(趙彦)이 조조의 횡포에 분개하여 황제께 상소했다. 조조가 칙명도 없이 제 마음대로 대신을 내쫓는다고 탄핵한 것이다. 조조는 격분하여 즉시 조언을 잡아들여 죽였다. 이에 문무백관은 조조를 두려워하여 더이상 입을 여는 자가 없었다. 모사 정욱이 조조에게 말한다.

"명공의 위명이 날로 높거늘, 어찌하여 이런 기회에 패업(霸業)을 이루지 않으십니까?"

조조가 말한다.

"조정에는 아직도 황제에게 충성하겠다는 고굉지신(股肱之臣)이 많아서 가벼이 움직일 수 없네. 아무래도 황제를 모시고 사냥을 나가서 여러 사람의 동정을 좀 살펴보아야겠다."

조조는 좋은 말과 날쌘 매, 사냥개를 고르고 활과 화살을 갖춘 다음, 군사들을 성밖에 집결시켰다. 그러고는 대궐로 들어가 헌제에게 함께 사냥을 나가자고 청했다. 헌제가 내키지 않는 기색으로 말한다.

"사냥은 옳은 일이 아닌 듯하오."

조조가 다시 아뢴다.

"옛 제왕은 봄에 하는 사냥을 '수(蒐)'라 하고, 여름에 하는 사냥을 '묘(苗)', 가을에 하는 사냥을 '선(獮)', 겨울철 사냥은 '수(狩)'라 하여, 매 계절마다 사냥길에 올라 그 무위(武威)를 천하에 떨쳐 보였습니다. 이처럼 사해(四海)가 어지러운 때일수록 사냥을 하여 무술을 연마해야 합니다."

조조가 이렇듯 강력히 주장하자, 헌제도 더는 그 청을 거절할 수가 없었다. 헌제는 마침내 소요마(逍遙馬)를 타고, 보석으로 장식된 활과 금촉이 달린 화살을 챙겨 의장을 갖춘 뒤에 성을 나섰다.

유현덕과 관우와 장비도 각각 전통을 메고, 속에는 엄심갑(掩心甲, 가슴가리개)을 받쳐입었으며, 병장기를 챙겨들고 완전무장을 했다. 그런 뒤 수십명의 기마병을 거느리고 황제를 따라 허창성(許昌城, 허도)을 나섰다.

이리하여 조조가 조황비전마(爪黃飛電馬, 발굽이 누렇고 번개처럼 빠른 말)에 올라 10만 군사를 거느리고 황제와 함께 허전(許田)으로 사냥을 가니, 무려 2백여리에 달하는 사냥터를 군사들이 에워싸고 있었다. 조조는 황제와 겨우 말머리 하나의 거리를 두었을 뿐 거의 나란히 앞으로 나아간다. 뒤따르는 자들은 모두 조조의 심복장수들뿐이었으며, 문무백관은 멀리 떨어져서 감히 황제 근처에는 얼씬도 못하였다.

황제가 소요마를 달려 마침내 허전에 이르자, 유현덕은 관우·장비와 함께 길가에 서서 맞이했다. 헌제가 유현덕에게 말한다.

"황숙의 사냥솜씨를 한번 보고 싶소."

유현덕은 헌제의 분부를 받들어 말에 올랐다. 마침 풀숲에서 토끼 한마리가 불쑥 튀어나왔다. 현덕이 번개같이 활을 당겨 토끼를 쏘아 맞혔다. 헌제가 현덕에게 갈채를 보내며 언덕을 넘어섰다. 그때였다. 이번에는 가시덤불 속에서 커다란 사슴 한마리가 뛰어나와 반대쪽으로 달아난다. 황제가 연달아 화살 세대를 겨누어 쏘았으나 모두 빗나가고 말았다. 황제는 뒤돌아보며 조조에게 말한다.

"경이 쏘아보오."

조조는 화살을 뽑으려다 말고, 황제의 보조궁과 금촉으로 만든 화살을 빌려달라 하더니, 재빨리 활을 당겨 화살을 날린다. 달아나던 사슴은 조조가 쏘아올린 화살을 맞고 그대로 쓰러지고 말았다. 신하들과 장수들은 사슴의 등에 꽂힌 금촉으로 된 화살을 보고는 황제를 향해 일제히 만세를 외쳤다.

그런데 이게 웬일인가. 기다렸다는 듯 조조가 황제의 앞을 가로

막고 나서더니 문무백관의 치하에 답례하는 것이 아닌가. 모든 사람들은 만세를 부르다 말고 대경실색했다.

유현덕의 등 뒤에 서 있던 관운장은 조조의 거동에 크게 노하여 누에 같은 시커먼 눈썹을 곤두세우고, 봉의 눈을 부릅떴다. 그 무서운 형상은 청룡도를 번쩍 치켜들고 그대로 달려나가 조조를 단칼에 벨 기세였다. 현덕이 얼른 손을 내저으며 눈짓을 보냈다. 관우는 감히 움직이지 못한 채 눈을 질끈 감았다. 현덕은 조조 앞으로 다가가서 몸을 굽혀 칭찬한다.

"승상의 솜씨는 참으로 세상에 보기 드문 신궁(神弓)입니다."

조조가 웃으며 답한다.

"이는 또한 황제의 큰 복이시오."

슬쩍 말머리를 돌려 황제를 향해 치하하더니, 빌려쓴 보조궁을 돌려드릴 생각도 하지 않고 턱하니 자기 등에 걸었다.

사냥을 끝내고 허전에서는 한바탕 잔치가 벌어졌다. 잔치가 끝난 뒤에야 일행은 황제를 모시고 허도로 돌아왔다. 이윽고 처소로 돌아온 관우가 현덕에게 묻는다.

"조조 그 역적놈이 임금을 업신여기기에 내가 죽여서 나라의 근심을 덜려 했거늘, 형님은 어찌하여 날 말리셨소?"

유현덕이 대답한다.

"쥐를 잡겠다고 독을 깨어서는 안된다는 말이 있다. 그때 황제께서는 바로 조조 곁에 계셨고, 또 주위에는 모두 조조의 심복들뿐이었다. 만약 네가 순간의 노여움으로 경망되이 움직였다가 뜻을 이루기는커녕 오히려 황제께서 다치시기라도 했다면, 그 죄를 모두 우리가 뒤집어썼을 것 아니냐?"

"하나 오늘 그 도적을 죽이지 않았으니, 훗날 반드시 나라의 화근이 될 것이오."

"오늘 일은 비밀에 부치고, 함부로 입 밖에 내지 마라."

한편, 환궁한 헌제는 복황후에게 울면서 말했다.

"짐이 즉위한 이래 간웅이 계속 일어나 먼저는 동탁에게 변을 당하였고, 나중에는 이각과 곽사의 난리를 만나 짐과 그대는 다른 사람들이 겪지 못한 고초를 겪었소. 저음 조조를 만났을 때는 이제야말로 사직을 위한 충신을 만났구나 생각했더니, 뜻밖에 권력을 잡고 제 맘대로 국사를 휘두르니 짐이 매번 그를 볼 때마다 마치 가시방석에 앉은 듯 괴롭소이다. 게다가 오늘은 사냥터에서 조조가 나를 대신하여 문무백관의 치하에 답례까지 했으니 이렇게 무례할 데가 어디 있겠소. 반드시 머지않아 딴 뜻을 품을 터이니, 우리 부부는 언제 어디서 죽을지 모르겠소."

"조정의 대신이 모두 한나라의 녹을 먹는 터에 국난을 구할 사람이 한 사람도 없다니, 이렇게 통탄할 일이 어디 있사오리까?"

복황후도 비감하여 눈물을 짓는데 문득 누군가 들어오며 아뢴다.

"폐하, 너무 상심하지 마시옵소서. 소신이 한 사람을 천거하여 나라의 화근을 뿌리뽑도록 하겠사옵니다."

황제가 눈을 들어 보니 바로 복황후의 아버지 복완(伏完)이다.

헌제는 용포 소매로 눈물을 닦아내며 묻는다.

"장인께서도 조조의 횡포를 알고 계셨습니까?"

복완이 말한다.

"허전에서 사슴 쏘던 일을 누가 보지 못했사오리까. 다만 문무백관이 모두 조조의 심복이 아니면 일가친척이니, 국척이 아니고서야 어찌 충성을 다하여 역적을 치겠사오리까. 노신은 권력이 없어 이 일을 행하기 어렵거니와, 거기장군 동승(董承)이면 가히 대사를 맡길 만합니다."

"동국구(董國舅, 국구는 황후의 오라버니)가 국난에 힘을 많이 쓸 줄은 짐도 익히 알고 있는 바요. 곧 입궐하라 하여 함께 대사를 의논하십시다."

복완이 머리를 내젓는다.

"폐하의 측근에 있는 자들은 모두 조조의 심복이니, 만약 이 일이 누설되면 무슨 변을 당할지 모르옵니다."

"그러니 이 일을 어찌하였으면 좋겠소?"

"신에게 한가지 방법이 있습니다. 폐하께서 비단옷 한벌과 옥대를 은밀하게 동승에게 내리시되, 옥대 속에다 밀서를 집어넣고 꿰매도록 하십시오. 그리하여 동승이 집으로 돌아가서 뜯어보게 하시면 동승이 보고 밤낮으로 계책을 세울 것이니, 아마 귀신도 모르게 일이 진행될 것이옵니다."

헌제는 그 말을 옳게 여겼다. 복완이 하직하고 물러갔다.

황제는 손가락을 깨물어 혈서를 써서 복황후에게 주었다. 복황후는 그 밀서를 옥대 속에 집어넣고 자줏빛 비단으로 안을 대어 직접 정성스레 꿰매었다. 황제는 다 꿰매기를 기다려 그 옥대를 입고 있던 금포 위에 둘렀다. 그런 다음 내시를 시켜 동승을 대궐로 불러 들이도록 했다. 동승은 조복을 갖추어 입고 입궐하여 헌제에게 예를 올렸다. 황제가 이른다.

"짐이 간밤에 황후와 더불어 지난날 패하(霸河)에서 겪던 고초에 대해 이야기를 나누다가 불현듯 국구의 공적이 생각났소. 그래서 오늘 특별히 그 은공을 위로하려고 국구를 부른 것이오."

동승은 머리를 조아리며 사은한다. 헌제는 용상에서 일어나더니 동승을 데리고 편전을 나와 태묘(太廟, 역대 황제의 위패를 모신 사당)로 향했다. 공신각(功臣閣)에 올라선 황제는 분향재배한 다음, 동승과 함께 차례로 화상(畫像)을 둘러보았다. 한가운데 한고조의 초상이 모셔져 있다. 황제가 동승에게 묻는다.

"선조 고황제(高皇帝)께서는 어디에서 몸을 일으켰으며, 어떻게 천하를 평정하고 나라를 세우셨소?"

난데없는 질문에 동승은 깜짝 놀라며 반문한다.

"폐하께서 어찌 신을 희롱하십니까? 제가 성조(聖祖)의 사적을 어찌 모르겠사옵니까? 고황제께서는 사상(泗上)의 정장(亭長)이라는 미천한 신분으로, 3척 검을 들어 백사(白蛇)를 베시고는 의를 일으켜 천하를 종횡하시었으니, 3년 만에 진나라가 망하고 5년 만에 초나라를 멸하여 만세의 기업을 세우신 것이 아니옵니까?"

"짐의 선조께서는 그렇듯 영웅이셨건만, 자손은 이리도 나약하니 참으로 한심스럽소."

황제가 한숨을 내쉬고는 좌우 화상을 가리키며 말을 잇는다.

"이 두 사람은 바로 유후(留侯) 장량(張良)과 찬후(酇侯) 소하(蕭何)가 아니오?"

"그러하오이다. 고황제께서 나라를 세우실 때 실로 이 두 사람의 힘이 컸사옵니다."

헌제는 좌우를 둘러본다. 가까이에 사람이 없는 것을 확인하고 음성을 낮추어 동승에게 조용히 말한다.

"경도 이 두 사람처럼 짐의 화상 곁에 나란히 걸릴 것이오."

"신은 털끝만큼의 공훈도 세운 바 없거늘, 어찌 감히 그런 영예를 바랄 수 있사오리까."

"경이 서도(西都, 장안)에서 구해준 은공을 하루도 잊은 적이 없었으나, 여태 보답하지 못하였소."

황제는 입고 있던 금포와 옥대를 가리킨다.

"경은 부디 짐의 이 금포를 입고, 또 짐의 이 옥대를 둘러 항상 짐의 곁에 있는 듯이 여기도록 하오."

동승이 머리를 조아리며 사례한다. 황제가 금포를 벗고 옥대를 끌러 동승에게 건네주며 은밀히 속삭인다.

"경은 돌아가서 자세히 살펴보고, 부디 짐의 뜻을 저버리지 말라."

동승은 황제의 뜻을 짐작했다. 즉시 금포를 입고 옥대를 허리에 두른 다음에, 하직을 고하고 공신각을 내려왔다.

그런데 황제가 동승과 함께 공신각에 올라 밀담을 나눈 일을 벌써 조조에게 전한 사람이 있었다. 조조는 의심이 일어나 급히 대궐로 들어섰다. 마침 동승은 궁궐 문을 나서다가 대궐로 들어서는 조조와 맞부딪치고 말았다. 너무 순식간이라 몸을 피할 곳이 없어 동승은 길옆으로 비켜서서 예를 올린다. 조조가 다가와서 묻는다.

"국구는 무슨 일로 입궐하셨소?"

동승이 대답한다.

"황제의 부르심을 받고 입궐하였더니, 내게 이렇게 금포와 옥대를 내리시더이다."

"무슨 일로 하사하신 것이오?"

"지난번 서도에서의 공로를 생각하시어 내리셨소이다."

"어디 그 옥대를 풀어 내게도 좀 보여주오."

동승은 옥대 속에 필시 밀서가 있으리라 짐작되어 냉큼 풀지 못하고 머뭇거렸다. 조조가 더욱 의심하여 좌우를 꾸짖으며 억지로 옥대를 풀어오게 하더니 한동안 이리저리 살펴보았다.

"과연 좋은 옥대로다. 이번에는 국구께서 입고 계신 그 금포를 좀 보여주시오."

동승은 두려운 마음을 애써 누르며 조조의 말에 따랐다. 조조는 두 손으로 금포를 펴들고 한동안 햇빛에 비추어보더니, 선뜻 제 몸에 두르고 옥대까지 띤 다음에 좌우의 사람들을 돌아보며 묻는다.

"어떠냐, 내 몸에 꼭 맞느냐?"

좌우에서 한입으로 아뢴다.

"참으로 잘 어울리십니다."

조조는 빙그레 웃으며 동승에게 말한다.

"국구는 이 금포와 옥대를 내게 줄 생각이 없으시오?"

동승이 대답한다.

"황제께서 하사하신 물건을 어찌 함부로 남에게 주겠소이까. 이 사람이 따로 한벌 지어서 승상께 드리겠습니다."

"국구께 이 물건을 하사한 데에는 무슨 깊은 곡절이 있는 게 아니오?"

그 말에 동승은 깜짝 놀라는 체하며 말한다.

"어찌 감히 그런 일이 있겠습니까. 그렇게 필요하시다면 황제께서 하사하신 물건이오나 승상께 드리리다."

"공이 모처럼 황제께 하사받은 것을 어찌 함부로 빼앗겠소. 장난으로 한번 해본 소리요."

조조는 웃으며 옥대와 금포를 벗어서 동승에게 내주었다. 동승은 조조와 헤어져 집으로 돌아왔다.

그날밤 동승은 홀로 서재에 앉아서 등불을 밝혀놓고 금포를 샅샅이 살펴보았다. 그러나 어디에서도 별다른 점을 발견할 수가 없었다. 동승은 생각했다.

'황제께서 의대를 내리시고 돌아가서 자세히 보라고 하신 데에는 반드시 곡절이 있을 터, 그런데 아무런 흔적도 찾을 수 없으니, 이건 도대체 어찌 된 일일꼬?'

동승은 이번에는 옥대를 들어서 자세히 살펴보았다. 영롱한 백옥 위에 작은 용과 꽃이 새겨져 있고 안으로 댄 자줏빛 비단이 더없이 아름다우나 그저 심상한 옥대일 뿐, 도무지 특별한 게 없었다.

'참으로 괴이한 일이로다.'

동승은 옥대를 탁자 위에 올려놓고 몇번이나 되풀이하여 살펴보고 또 살펴보았다. 한참을 그러다가 노곤함을 이기지 못하여 탁자에 몸을 기대고 잠깐 쉬려는 참이었다. 갑자기 등잔 심지가 세차게 타오르면서 옥대 위로 불똥이 튀어 자줏빛 비단 끝자락에 떨어졌다. 깜짝 놀란 동승은 재빨리 손으로 비벼 껐으나 어느새 옥대에는 구멍이 났다. 그런데 하얀 비단이 드러나 보이고, 언뜻 핏자국 같은 게 눈길을 끌었다. 동승은 급히 칼로 실밥을 뜯어내고 내용물을 꺼내보니, 그건 놀랍게도 황제의 친필 혈서였다. 황제의 조서에는 이렇게 씌어 있었다.

짐이 들은 바에 의하면, 인륜의 큰 도리는 부자간의 관계를 첫째로 하고, 존비(尊卑)의 분별은 군신(君臣)을 근본으로 한다고 하였다. 근자에 조조가 권세를 부려 군부(君父)를 핍박하고, 붕당을 만들어 나라의 기강을 무너뜨리며, 상벌과 봉작(封爵)이 짐의 뜻과는 무관하게 좌지우지되니, 짐은 밤낮으로 나라의 운명이 위태로운 지경에 처하지 않을까 근심한다. 그런 고로, 경은 이나라의 대신이요 짐의 가까운 친척으로서, 고황제께서 힘들여 창업하신 것을 생각하여 충의에 불타는 열사를 불러모아 간당을 제거하고 사직을 다시 바로잡는다면 심히 다행일 것이다. 짐은

동승은 옥대 속에 숨겨진 황제의 밀서를 읽다

손가락을 깨물어 피로써 이 조서를 쓰나니, 경은 신중을 기하여 짐의 기대에 어긋남이 없게 하라.

건안(建安) 4년 봄 3월에 쓰노라.

조서를 읽은 동승은 너무나 비통하여 밤새 흐느껴 울며 그날밤을 뜬눈으로 새웠다. 이튿날 아침, 동승은 다시 서재에 앉아서 조서를 거듭 읽었으나 도무지 묘책이 떠오르지 않았다. 탁자 위에 조서를 올려놓고 이런저런 계책을 골똘히 생각하다가 그만 탁자에 기대앉은 채 깜박 잠이 들고 말았다.

이때 시랑(侍郞) 왕자복(王子服)이 동승을 찾아왔다. 문지기는 왕자복이 주인 대감과 교분이 두터운 것을 아는 까닭에 막지 않고 그대로 들여보냈다. 왕자복이 서재에 들어가보니 동승은 탁자에 엎드려 곤히 잠을 자고 있었다. 가만히 보니 동승의 소맷자락 밑에 하얀 비단조각이 보이고, 그 위에 '짐'이라는 글씨가 흐릿하게 보이는 것이 아닌가. 왕자복은 무언가 의심스러운 생각이 들어 가만히 비단조각을 뽑아보았다. 혈서로 쓴 황제의 조서가 틀림없었다. 왕자복은 얼른 그것을 자신의 소맷자락 안에 감추었다.

"국구 대감은 참으로 마음도 편하시오. 어찌 이리 태평하게 잠이 든단 말이오?"

왕자복은 동승의 어깨를 흔들어 깨웠다. 동승이 깜짝 놀라 깨고 보니, 탁자 위에 놓아둔 조서가 보이지 않는다. 동승이 혼이 나간 듯 어찌할 바를 모르는데 왕자복이 한마디 한다.

"그대가 조공을 죽일 속셈인가본데, 내 가서 고해바칠 것이오."

동승이 울며 간청한다.

"형장께서 만약 그리하시면 한나라 종사는 이대로 끝장이오."

왕자복이 정색을 하고 말한다.

"농담으로 해본 소리요. 우리 조상도 대대로 한나라의 녹을 먹은 터에 어찌 충성된 마음이 없겠소. 나도 그대를 도와 국적을 없애는 데 앞장서리다."

동승은 뛸 듯이 기뻐한다.

"형께서 그리하여 주신다면 나라를 위하여 참으로 다행한 일이오."

"우리 밀실로 가서 황제께 충성을 맹세하는 뜻에서 서명을 합시다. 삼족(三族)이 멸함을 당한다 해도 나라를 위한 일이니 무얼 두려워하겠소?"

왕자복의 말에 동승은 당장 흰 비단 한폭을 내다가, 먼저 자기 이름을 쓰고 왕자복에게 붓을 내준다. 왕자복도 자신의 이름을 쓴 다음 동승에게 말한다.

"장군 오자란(吳子蘭)도 평소 나와 친분이 두터운데 함께 일을 도모할 만합니다."

동승이 말한다.

"조정 대신 가운데 장수교위(長水校尉) 충집(种輯)과 의랑(議郞) 오석(吳碩)도 나의 심복이오. 두 사람 모두 반드시 우리와 뜻을 같이할 것이오."

이렇게 한참 의논을 나누는데 하인이 들어와 여쭌다.

"충교위와 오의랑 두분께서 오셨습니다."

"이는 하늘이 우리를 돕는 것이로다."

동승은 이렇게 말하며, 왕자복에게 잠깐 병풍 뒤에 숨어 있게 하고 두 사람을 서원으로 청해 들였다. 하인이 내온 차를 마시고 난 뒤, 장수교위 충집이 먼저 입을 연다.

"지난번 허전에서 사냥할 때 일을 생각하면 공께서는 분하지도 않소?"

동승이 대답한다.

"분하기야 하지만 그렇다고 어찌하겠소?"

오석이 끼어든다.

"내 이 역적을 죽이고 싶은 마음 누를 길이 없는데, 뜻을 같이할 사람이 없는 게 한이오."

충집이 말한다.

"나라를 위해서 화근을 없앨 수만 있다면 비록 이몸이 죽는 한이 있더라도 여한이 없겠소."

그때 갑자기 병풍 뒤에서 왕자복이 걸어나오더니 두 사람을 가리키며 말한다.

"너희 둘이 조승상을 죽이려 하다니, 즉시 고발할 것이다. 동국구는 부디 증인이 되어주오."

충집이 노하여 소리친다.

"충신이 어찌 죽음을 두려워하겠느냐? 우리는 죽어서도 한나라

귀신이 될 것이다. 나라의 도적에게 아부하여 목숨을 구걸하는 네 따위와는 다르다."

동승이 웃으면서 충집과 오석에게 말한다.

"그렇지 않아도 그 일 때문에 지금 막 두분을 뵈려던 참이었소. 왕시랑의 말은 농담이외다."

동승이 소맷자락에서 황제의 조서를 꺼내 두 사람에게 보이니, 충집과 오석은 조서를 읽고 눈물을 뿌렸다. 동승이 맹약의 뜻으로 서명을 청하자 두 사람 모두 자기의 이름을 적어넣었다. 왕자복이 말한다.

"그럼 다들 잠깐 앉아 계시오. 내 가서 오장군을 청해오리다."

잠시 후, 왕자복은 장군 오자란과 함께 돌아왔다. 오자란은 좌중의 사람들과 인사를 하고 나서 역시 맹약을 나누고 서명했다. 동승은 곧 그들을 후당으로 안내하고 술상을 차려내와 함께 술잔을 기울였다. 이때 다시 문지기가 들어와 고한다.

"서량 태수 마등(馬騰) 대감이 오셨습니다."

동승이 분부한다.

"내가 병으로 누워 있어 오늘은 만나뵙기 어렵다고 여쭈어라."

문지기가 나가서 마등에게 그대로 고하니, 마등이 화를 벌컥 내며 말한다.

"내가 어제 저녁 동화문(東華門) 밖에서 이 댁 대감이 금포를 입고 옥대를 띠고 나오는 것을 분명히 보았거늘, 병환으로 누워 계신다니 그게 웬 말이냐? 내가 한가하게 놀러 온 게 아니건만 어찌 나를 따돌리려 드느냐?"

문지기가 돌아와 마등이 진노했다고 전한다. 동승은 하는 수 없이 몸을 일으켰다.

"그럼 이몸이 잠시 나가서 만나고 오리다."

밖으로 나간 동승은 마등을 맞아들여 인사를 나누고 자리에 앉았다. 마등이 말한다.

"내가 이번에 황제를 뵙고, 다시 서량땅으로 돌아가게 되었기에 하직인사를 하러 온 길인데, 어찌하여 나를 보지 않으려 한 거요?"

동승이 대답한다.

"갑자기 몸이 좀 불편하여 영접하지 못했소이다. 너그럽게 용서하시오."

"대감 얼굴에 화색이 가득한데 병색이라니요?"

동승은 대답할 말이 없어 잠자코 있었다. 순간 마등이 갑자기 자리에서 벌떡 일어나더니 깊은 한숨과 함께 섬돌을 내려서며 말한다.

"도무지 나라를 구할 사람이 어디에도 없으니……"

동승은 그 말에 급히 쫓아내려가 마등의 소매를 잡는다.

"나라를 구할 사람이 없다니, 그게 무슨 소리요?"

마등이 대답한다.

"허전에서 사냥할 때 있었던 일을 생각하면, 지금도 가슴이 막혀 숨을 못 쉴 지경이오. 그래 공은 황제와 친척의 몸으로 주색에만 빠져 도무지 도적을 칠 생각은 안하니, 어찌 나라를 구할 인물이 되겠소이까!"

동승은 마등이 진정으로 하는 말인지 혹은 자기 속을 떠보려 하는 소리인지 몰라서 짐짓 깜짝 놀라는 체한다.

"조승상께서는 이 나라의 막중한 대신이오. 조정이 조승상에게 의지하고 있거늘, 공은 어찌하여 그런 말씀을 하시오?"

마등이 격노하여 말한다.

"그래 대감은 아직도 그 도적놈을 믿는단 말이오!"

"대감, 고정하시오. 이목이 많으니 음성을 낮추시오."

마등은 아랑곳하지 않는다.

"살기를 탐하고 죽기를 두려워하는 무리와 내 어찌 대사를 논하겠느냐!"

마등은 한마디 내던지고 나가려 한다. 동승은 더이상 마등을 의심하지 않고 조용히 말한다.

"고정하시오. 내 공에게 보여드릴 물건이 있소이다. 이리 들어오시지요."

마침내 동승은 마등을 서재로 데려가 황제의 조서를 내보였다. 황제의 조서를 읽는 동안 마등은 머리카락과 수염이 모두 곤두서고, 어찌나 이를 갈고 입술을 깨물어댔는지 입 언저리가 온통 피투성이였다. 마등이 동승에게 말한다.

"대감께서 일을 도모하기만 한다면, 이놈이 곧 서량의 군사를 일으켜 후원하리다."

동승은 곧 마등을 후당으로 데리고 가서 왕자복 등과 만나게 한

다음, 비단에 서명하게 했다. 마등이 피를 나누어 마시며 맹세한다.

"우리는 죽을 각오로 오늘의 맹세를 저버리지 맙시다."

그러고는 다섯 동지를 돌아보며 말한다.

"열 사람만 얻어도 충분히 대사를 이룰 수 있을 것이오."

동승이 말한다.

"충의지사를 얻기란 어려운 법이오. 변변치 못한 인물을 끌어들였다가는 오히려 일을 그르치게 됩니다."

마등은 문갑 위에 놓인 고관 대신들의 이름이 적혀 있는 원행로서부(鴛行鷺序簿, 고관대신 인명록)를 집어들고 한장씩 뒤적이다가, 문득 유씨 종족에 이르사 손뼉을 치며 말한다.

"어찌하여 이 사람과 의논하려고 하지 않는 거요?"

모두가 누구냐고 묻는다. 마등이 천천히 입을 열어 그 사람의 이름을 말했다.

국구 동승이 조서를 받고부터   本因國舅承明詔
또 한나라 바로 세울 종친이 나오도다   又見宗潢佐漢朝

과연 마등은 어떤 인물을 내세울 것인가?